是心跳太野
With me
“如果我试用期过了，你能不能补偿我？”
“和我在一起。”

『如果我试用期过不了，你能不能补偿我，
和我在一起。』

目录

Contents

图书在版编目（CIP）数据

是心跳太野 / 八月糯米糍著. -- 长沙 : 湖南文艺出版社, 2023.11
ISBN 978-7-5726-1483-5

Ⅰ. ①是… Ⅱ. ①八… Ⅲ. ①长篇小说－中国－当代
Ⅳ. ①I247.5

中国国家版本馆CIP数据核字(2023)第196815号

是心跳太野
SHI XINTIAO TAI YE

作　　者：八月糯米糍
出 版 人：陈新文
责任编辑：李　阔
出版统筹：邓　理
策划编辑：吴红玲
封面设计：张娅君
特邀画师：张骰子 燃北柒
内文设计：罗晓芸
出版发行：湖南文艺出版社
（长沙市雨花区东二环一段508号　邮编：410014）
网　　址：www.hnwy.net
印　　刷：湖南天闻新华印务有限公司
经　　销：新华书店
开　　本：880mm×1230mm　1/32
字　　数：434千字
印　　张：16
版　　次：2023年11月第1版
印　　次：2023年11月第1次印刷
书　　号：ISBN 978-7-5726-1483-5
定　　价：65.00元

心跳是太野

（上）

八月糯米糍 著

湖南文艺出版社
HUNAN LITERATURE AND ART PUBLISHING HOUSE

第一章 重逢

昭棠回岁宜这年，海棠花开得格外热闹。

岁宜市博物馆临山，后院里有一片湖。早春的清晨山岚缭绕，露珠躺在湖边的海棠花瓣上，被风一吹，打了个旋儿，滚落到湖水里。

早晨七点刚过，街上车辆还算稀疏，一辆出租车畅通无阻地驶来，在博物馆门前停下。

昭棠向司机道了声谢，推门下车。外头雾气浓重，她不自觉地拢了拢身上的外衣，快步往馆里走去。

保安亭内的大叔正捧着铁盆吃面条，远远见到昭棠，没等她拿出卡，就主动为她开了门："今天这么早啊？"

昭棠扬起脸，含笑道谢："早点过来，谢谢您。"

甲骨文研究中心在后院的一座仿古建筑内，两层的小楼，歇山顶，暗红色外墙，面积不大。屋后栽种了芭蕉和桂树，屋前的海棠和朱砂梅开得娇艳灿烂，不远处两株二乔刚刚冒出粉白色的花骨朵。

这个时候，楼内空无一人。

昭棠快步走进办公室，打开门窗，忍着清晨的寒意让空气对流了几分钟。等清润的空气将办公室内锁了整夜的沉闷气息驱散，她才重新将门窗关好，打开空调，趴在办公桌上睡了过去。

这一觉睡到八点五十，临近上班时间，院子里嘈杂起来，昭棠睁开了惺忪的双眼。

同事孙珞宁推门而入，见到她，一脸意外："你怎么会在这里！"

这问题问得好。

"那应该是因为……"昭棠趴着睡了两个小时，此时半边身体都是麻的。她保持着趴在桌上的姿势，一脸认真地回答，"家里没矿吧。"

所以得上班，让自己活下去。

"我不是说这个，我是说你今天怎么没有踩点到？要是按你的日常作息，你就能遇见你命中注定的男人了！"

昭棠一头雾水，她命中注定的什么？

孙珞宁走到昭棠桌前，说起帅哥，激动得不行："就在主楼外面！真的是又高又帅，五官俊美，一件休闲外套都被他穿出了制服的帅气，插个兜站在那里，面无表情，浑身散发着荷尔蒙气息……啊！救命！"

昭棠试着慢慢以痛苦的姿势撑起身子，随口附和："你是不是看到哪个明星了。"

孙珞宁摆摆手："不只是帅，还很有气质，就是那种冷硬里透着恣意，不羁里带点锋利。"

昭棠睡得浑身疼，疲惫地靠在椅背上，恹恹地问："那你怎么不上去要个微信？"

"这不是脸皮太薄不好意思吗？"孙珞宁娇羞地捂了下脸，又说，"接待部的部花去要了，没要到。你知道为什么吗？"

昭棠拿出一袋豆浆，将粉末倒进马克杯里，问道："为什么？"

"他说女性只加直系血亲、三代以内旁系血亲和未来老婆。"

昭棠无言以对，觉得这话很扯淡，逻辑也有问题。

昭棠忍不住问："那他怎么就知道她们不是他未来的老婆呢？"

“问了！说大师算过了，他未来老婆的名字是两个字的，前面一个字带火，后面一个字带木，木火通明。”

昭棠无语地起身去接水。

孙珞宁跟在她身后，像是发现了什么了不得的事情：“‘昭’带日，日就是火，‘棠’带木，棠棠，你说巧不巧？你的名字不就刚好是前面一个字带火，后面一个字带木吗！”

孙珞宁见昭棠没反应，忍不住替她激动了：“你要不要过去看看？且不说这种命中注定的缘分本身就很令人心动，就说那张脸，那个身材……我真是远远看着都很喜欢！可惜名字误我，如果我叫昭棠，我当即就冲上去了！”

昭棠想说这算哪门子的命中注定啊！

孙珞宁：“你怎么一直不说话？”

昭棠沉默了两秒：“我有个问题。”

“什么问题？”

昭棠看着孙珞宁没戴眼镜的双眼，一脸不解地问：“你不是近视吗？你远远看着，怎么看清楚他的脸？”

孙珞宁：“……”

孙珞宁走回自己的位子，装模作样地感慨：“世间三大恨事，牡丹无香，鲫鱼多刺……”然后她幽怨地瞧了昭棠一眼，“美人不解风情。”

正打趣着，主任赵希声拎着公文包进来，见昭棠坐在位子上，露出了和孙珞宁如出一辙的惊讶：“你怎么在这里？”

昭棠：“……”

那她去挖矿？

赵希声：“你不是说今天请半天假去处理你那房子的事儿吗？”

说起那个房子……昭棠疲惫地摆摆手：“我还是先活下去吧。”

孙珞宁刚才只顾着说帅哥，这才想起昭棠趴在桌上的模样，问道：“你昨晚没回去，在这儿睡的吗？”

昭棠摇头："没有，早上过来的。昨晚在房子里面反应更大了，胸闷恶心，好不容易熬到天亮，我赶紧跑了。"

孙珞宁义愤填膺地骂了一句："无良房东！"

昭棠年后刚回岁宜，岁宜房子难租，她单是四处看房就花了半个多月。可看的房子不是这里有问题就是那里有问题，好不容易租到一套各方面看起来比较满意的，结果住进去第一晚就感觉鼻子不舒服，然后胸闷头疼，身体的反应一天比一天激烈。最后才从邻居口中得知，这房子上个月还在敲敲打打搞装修。

问起房东，房东却一口咬定房子已经装修好一年，本是打算留给自己女儿住的，因为女儿临时不回来了，才让昭棠捡了这个便宜。

赵希声劝昭棠："刚装修好的房子甲醛肯定严重超标，你尽快约第三方做空气质量检测，拿着报告和房东协商解约，他也就无话可说了。"

昭棠轻轻吐出一口气："已经问过了，他们出报告要七个工作日。我先搬出来，后面再慢慢约吧。"

赵希声点了下头："对，先搬出来，命重要。"

时间很快就到九点，昭棠喝了豆浆，三人不再闲聊，各自开始一天的工作。

这间办公室门口挂着一面铜牌，用烫金的文字写着"甲骨文研究中心"。赵希声是研究中心的主任，五十多岁，头发花白，身材瘦高，穿灰色夹克，戴着厚厚的眼镜。他研究甲骨文三十年，是名老学者，出了许多成果，也获得了不少头衔。本有一名跟了他多年的助手，但因为身体原因提前退休，因而空出了一个编制。

昭棠的专业是古文字研究，硕士毕业后考进来做了赵希声的新助手。

孙珞宁是博物馆学专业，比昭棠早一年考进来，因为有成功运营小视频账号的经历，被领导分配到甲骨文研究中心，负责为这一"冷门绝学"做新媒体推广。

昭棠和赵希声正在制作甲骨文拓片，没开电脑。

孙珞宁不时点点鼠标，忽然从屏幕后探出头来："主任，馆长在群里找您，让您看到回复他。"

赵希声应了一声，拿起手机看了一眼，抬头对昭棠说："小棠，你去趟主楼。"

昭棠不知是不是被孙珞宁影响了，手里拿着拓包，下意识看向赵希声，差点脱口而出——去用我的名字帮大家加帅哥微信吗？

赵希声解释道："有两个外国记者在负一楼史前器物展厅做采访，不太友好，讲解的小姑娘扛不住。"

岁宜市博物馆正在举办中华五千年历史主题展，策划巧妙，各种传统元素的呈现全部精准地踩在当代年轻人的审美点上，短短一个月内就打响了知名度，之前已经有不少媒体采访过，带动热度和口碑一路扶摇直上。

昭棠问："是这次没有安排好吗？"

"外媒没法安排。他们总有一些人对我们的历史质疑这个、质疑那个，我们去国外参加研讨会没少跟他们争得面红耳赤。"赵希声看向昭棠，"我英语不行，你替我过去看看。"

昭棠去主楼的路上遇见书画部的姜姐，两人一起赶到负一楼时，原本空阔的展厅已经挤满了人，人群的中心传来夹杂着英语的激烈辩论声。

两人拨开人群走进去，只见对面站着一名身材高大的外国记者，眼睛碧绿，留着厚厚的络腮胡子，他的身旁，另一名记者高高举着摄像机。

这时双方已经争论得很激烈了，外国记者直接用他没有声调的汉语大声说："中国没有真正的历史，你们所谓的上下五千年可以用短短的几章写完！"

对面，器物部的同事也没跟他客气，抬手激动地指着展厅里珍贵的古器物说道："我们的红山文化最早可以追溯到公元前6000年，中华文明灿烂辉煌，是世界上唯一没有出现断层的文明！你来，你用几章写完给我看看！”

“No！No！No！”外国记者激动得中英文混着说，“你们没有罗马帝国的崩解，没有文艺复兴，没有启蒙运动，你们只有一个朝代延续另一个朝代，你们的历史就是不断重复的墙纸！”

同事愣了一下，一时没接上话。

这时，昭棠上前一步，朝着外国记者微微一笑：“我听明白您的意思了……古希腊分崩离析、罗马帝国彻底崩解，只有像这样将原本的二元对立彻底颠覆、解构，你们才称之为历史，对吗？”

外国记者谨慎地补充：“只有这样，才能真正地进步。”

昭棠点点头：“那如果这样定义的话，你们也没有历史啊，你们有的只是无限循环的……故事。”

“What（什么）？”

“就像暴力故事，解构很彻底，最后什么都不剩下，而且能推动下一个暴力故事的发展。”

外国记者闻言睁大了眼睛，她的逻辑乍一听挺有道理，细想之下却过于无耻，一时竟语塞了片刻，随即反驳道：“你这是逻辑谬误！”

“这就是逻辑谬误。”昭棠大方地承认，立刻反问，“你们不也是相同的逻辑谬误吗？”她不卑不亢地继续说下去，“你们的历史呈现出了彻底的解构，我们的历史传承着源远流长的文明，历史存在反映意识形态，但现在你们却将二者倒置，反过来以意识形态定义甚至否定历史，这不就是逻辑谬误吗？假如你们所言是正确的，那么我们有数千年传承不断的文明，你们没有，那是否就能说明你们的历史只有故事，而没有文明呢？”

外国记者被问住了，一时说不出话来。

昭棠适时地露出友好的笑容：“所以，我们一开始就不要用自己的意识形态去定义其他国家的历史，互相尊重，也尊重历史本身的样子，不好吗？”

外国记者闻言，眼睛直直地注视着昭棠。

这间展厅不算小，但因为此时四周围满了游客，显得有些拥挤。地下的展厅，大灯没有打开，只有每组陈列品上方打了微弱的灯，人群所在的位置光线十分昏暗。

站在正中的女孩却像发着光，她皮肤白皙，脸蛋饱满，一双鹿眼黑白分明，显得天真而无辜。长发绾成蓬松的丸子头，两鬓落下些许毛茸茸的碎发，她亭亭玉立，说的话直击人心，让人挪不开目光。

沉默了片刻，外国记者反问道："你们有什么传承不断的文明我们没有？"

"那就真的是很多了呢，譬如……"昭棠含笑说出两个字，"汉字。"

外国记者："……"

他在中国多年，对中国历史文化有相当的研究。当昭棠含笑说出"汉字"两个字时，他就醒悟过来自己失误了，一个不小心就被绕进了对手的绝对优势里。

果然，只见昭棠微微抬着下巴，自豪地面对在场的游客，温和而又不失力量地宣传起来："汉字是世界文明史上唯一历经数千年仍旧传承下来的文字，它的原理在长达3000多年的时间里都没有发生改变，我们至今仍然书写汉字，这也正是甲骨文从发掘的第一天起就可以进行释读的原因，与之不同的是……"

昭棠继续说道："同为四大文明，古埃及的文字至今无法辨识，地中海地区原来的文字系统也没有流传下来……"

昭棠说话的同时，目光徐徐扫过面前的游客。倏地，她的余光像是瞥见什么，条件反射地看过去，下一秒就猝不及防撞上远处的一道视线。

只见站在人群外围的男人有一头利落的黑发，身上穿着深色的休闲外套，双手插在兜里，一条长腿微曲，随意搭在另一只脚上，斜倚在柱子前。男人的姿势有些慵懒，可是他很高，宽肩窄腰，身材挺拔，因而即使这么懒散地站着，身上也透着男性特有的力量感。

他的附近正好有一个展柜，隔着不近不远的距离，玻璃展柜里的光线反射，恰好照亮他半边侧脸。他的五官精致：深邃的双眸，眼角微微往上扬，带着点攻击性，鼻梁高挺，下颌线条流畅，却丝毫没有阴柔之气，反而有种逼人的英气，让人联想到冷剑的锋芒。

他不知是什么时候出现的，也不知在那里站了多久，独自游离于人群之外，视线落在昭棠身上，仿佛和在场的每个人没什么不同。

昭棠却像是刹那间被不容抗拒的力量定住，隔着中间一段不长不短的距离，措手不及地与他四目相对。

倏地，男人的嘴角若有似无地扬起。原本冷漠的脸上，立刻流露出几分难能可贵的温柔，像极了神鬼故事里的妖精有意接近书生时露出的魅惑风情，只一眼，就让人迷迷糊糊地想和他亲近。

昭棠微微晃神。

“小棠。”

直到姜姐轻扯她的衣袖，昭棠才回过神来，收回视线。

姜姐提醒她：“这个记者想邀请你一起过去看甲骨文，同时，想对你做个采访。”

昭棠转头看向外国记者，这人辩论输了，却也服气了。

昭棠立刻婉拒：“让讲解人员陪同您过去吧，我只是个助理研究员，您可以预约采访我们的赵希声赵主任，他是真正的甲骨文专家。”

负责解说的同事适时上前，带着两名外国记者去了下一个展厅。人群也陆陆续续散开，展厅空旷下来。

昭棠和姜姐从另一个方向离开。

男人还在原地，昭棠没有抬眼去看，但他就在她们必经的路上，随着距离拉近，她的余光里不可避免地闯入一道身影。

姜姐笑着说：“小棠，你为咱们单位争了面子，馆里领导应该会给你奖励。”

“奖金吗？”昭棠心不在焉接了一句。

“奖金怕是难，不过应该会给你发两箱水果。”

“我还挺喜欢吃水果的。”昭棠随口说，“那我想要一箱5J脆甜车厘子、一箱丹东红颜草莓。”

姜姐残忍地提醒她：“应该不会让你自己选。”

很快，她们与那个男人擦身而过。

昭棠目不斜视往前走，姜姐却忽然凑过来，在她耳边说：“小棠，那个大帅哥在看你，你们是不是认识？”

昭棠脚步不停，神情平静地道：“我脸盲，不记得了。”

昭棠回到办公室，赵希声抬头问她：“怎么样？”

昭棠停在门口，脑子里有一刹那的空白，两秒后，她神色自若地走进办公室说道：“没什么事儿，都处理好了。”

赵希声点了下头，没有多问。

昭棠回到自己的位子，盯着面前的甲骨，思绪却有些收不回来。

不过是一个简单的视线交错，从前那些带着盛夏蝉鸣的记忆就不受控制一般争先恐后地涌进脑海。

昭棠失神半晌，反应过来，强行拉回思绪，又来来回回琢磨自己刚才的反应，从神情到仪态到语气，自觉堪称完美。她刚才的表现，应该就是一个标标准准的过去的人该有的表现。

逻辑也很合理，无懈可击——我脸盲，我有理。

嗯，很好。

“棠棠，你真的太棒了！”

一个喜悦的声音在耳边响起，昭棠刹那间觉得自己的情感果然充沛，出个神都能自动配音，实在是个人才。

直到又听到有人喊自己的名字，才反应过来刚才说话的是孙珞宁。

“什么？”昭棠立刻回过神，朝她看去。

赵希声也问道：“怎么了？”

孙珞宁兴致勃勃扯下耳机，将电脑屏幕转向赵希声："主任，您看，是棠棠！"

昭棠也跟着看去——

有人把刚才她回应外国记者的视频发到了网上。不知道是哪个同事拍的，镜头和打光十分好。地下的展厅光线弱，这个视频竟拍出了电影大片的感觉。镜头里的她站在画面的正中，暖黄色的光从一侧射来，勾勒出她饱满的脸，衬得皮肤白皙，肤如凝脂，双眸明亮，长而翘的睫毛扑闪，神情不卑不亢。

赵希声看完视频，脸上也露出满意的微笑："说得好！逻辑清晰，一针见血。"

"评论也好有意思啊！"孙珞宁将网页往下拉，指了几条有趣的评论给两人看。

"我的天，她好漂亮！"

"逻辑满分！虽然我听不懂她在说什么……"

"我听得懂，我的问题主要是考不进岁宜博物馆。"

"我去年报考的，报录比2000：1。"

"2000人报名，只录取1个人？这么'卷'吗？！"

"是的，不要问我怎么知道的，问就是我也是那2000人中的一个。"

"果然宇宙的尽头是体制内！"

话题一旦扯到编制，评论风向就开始跑偏，后来几乎满屏都是"宇宙的尽头是编制"。

赵希声不大清楚现在的形势，转头问昭棠："竞争真这么激烈？"

昭棠想了一下，说道："他们说的应该是名额很少的那种岗位吧，我这个要好一些。"

赵希声问："你那个多少？"

昭棠："200：1。"

赵希声："……"

下午，赵希声去市里开会，办公室只剩下孙珞宁和昭棠两人。还差几分钟到五点半，孙珞宁兴致勃勃地催她。昭棠这才想起两人之前预约了鹿溪餐厅的位子，于是立刻收拾东西，和孙珞宁一起打卡下班。

鹿溪饭店是博物馆附近的一家五星级酒店，步行二十分钟的距离。市中心的景区限高，因此鹿溪饭店周围没有高楼。地标石后一条开阔的道路往内延伸，一幢幢古朴雅致的小楼错落在茂盛的绿树之间，在这市中心的热闹景象里，颇有几分大隐隐于市的诗意情致。

倒是十分贴合它的名字：树深时见鹿，溪午不闻钟。

鹿溪餐厅是鹿溪饭店对外开放的餐厅，位于饭店外围，临湖。在岁宜异常火爆，前来打卡的网友至少要提前一个星期预约。

她们走到餐厅时还不到六点，这个时间人不算多，两人找了靠窗的位子，有一句没一句地闲聊，很自然地就说到昭棠今晚住哪里的问题。

“你找到住的地方了吗？”

昭棠心不在焉地摇头：“一会儿随便在网上订个便宜的酒店，暂时住着，然后尽快看房子搬家。”

孙珞宁问道：“我记得你一开始的时候不就住鹿溪吗？怎么不继续住这里了？”

昭棠抬了抬眼皮：“我倒是想。”

孙珞宁问道：“怎么了？”

昭棠看着她，问道：“你听见什么声音了吗？”

孙珞宁被她认真的神情弄得紧张起来，下意识凝神听了几秒，但除了餐厅里舒缓的音乐和偶尔的餐具碰撞声，什么也没听见。

“什么声音？”

昭棠轻轻吐出一口气：“我钱包撕心裂肺抵抗的声音。”

孙珞宁：“……”

昭棠解释道：“上次是刚来这边工作，太匆忙了，步行距离内又只有这一家酒店，没有办法。现在租房刚被坑，要还继续住这么奢侈的酒店，那我的钱包真的就要跟我恩断义绝了。”

孙珞宁共情能力较强，忍不住帮着昭棠骂了两句不靠谱的房东，又很快转移话题：“给你看个好东西！”

她拿出手机，雀跃地点开界面，递给昭棠。

昭棠狐疑地接过，视线落在屏幕上，眼睛瞬间就亮了。

是一个剪辑过的短视频，里面的帅哥个个帅气，配乐也十分激昂，旁白的声音十分兴奋——

“倘若一觉醒来，你成了皇上……

“你的皇后攻心计，善谋略，心系天下；你的皇贵妃是皎皎君子，泽世明珠，善弹琴；你的贵妃微微一笑，便能让你神魂颠倒；你的熙妃温文尔雅却处事谨慎，身世坎坷，让你心疼；你的磊妃骁勇善战，是英姿勃发少年郎，你一见他就春心萌动；你的嘉妃心怀正义却一个眼神就能让你欲罢不能；你的洋妃剑眉星目、气度不凡，外冷内热……所以今天到底该翻谁的牌子？还要不要早朝？”

昭棠捧着手机看得入迷，立刻就将贫穷的烦恼忘到九霄云外，嘴角咧得老高。看完一遍，视频自动重播，她咧着嘴角又看了一遍。

孙珞宁见她一脸沉醉的模样，笑着问：“是不是很心动？”

昭棠猛点头，双眼亮晶晶的，又看了一遍才恋恋不舍地将手机还给孙珞宁。孙珞宁接过，又看了两遍，才关了屏幕，十分兴奋地和昭棠探讨：“棠棠，你翻谁的牌子？”

昭棠手托腮，刚刚看的时候，感觉还挺兴奋，但此刻仔细一想，又难以选择了。

孙珞宁见她不回答，误会了：“你是不是还想纳新的嫔妃？”

昭棠本来没想到，被她这么一提醒，倒觉得还真是。

后宫佳丽三千人，三千佳丽不嫌多。

“果然！”孙珞宁大呼一声，立刻追问，“是谁，是谁！”

晚餐配了青梅酒，低酒精度数，不算醉人，但微醺。

昭棠不知想起了什么，安静了一会儿，嘴角微微扬起：“越妃。”

很轻的两个字，像雪落在手心。

孙珞宁没听太清，马上追问道：“月妃？有哪个明星的名字里带月字的吗？”

昭棠摇摇头：“他不是明星，他是……”

后面的话，昭棠没有说完，只是笑了笑，又仰头喝了一口青梅酒，酒有点辛辣，顺着喉咙滑入，又奇妙地留下一点点回甘，有点香，有点甜。

昭棠忍不住又喝了一口。

孙珞宁瞧着昭棠，打趣道：“你的初恋？”

昭棠惊讶地挑眉，似乎没想到孙珞宁这么厉害。不过她没有否认，大概是仗着他不在这里，即使她说了什么他也听不见吧。

提起初恋，孙珞宁也像被戳中了心事，她仰头喝了一口酒，放下酒杯，笑着说道：“那我也要纳我的初恋为妃……不过他性格强势，应该不愿意入我的后宫。”

昭棠双手拍着自己滚烫的脸颊，笑着说：“越妃性格也很强势啊，我大概得封他做皇后才行……不对，他那个人，又傲娇又强横，他要是做了皇后，肯定直接罢了我的后宫。”

“那你肯罢吗？”孙珞宁端起酒杯，递到昭棠面前。

昭棠和她碰了一杯，一饮而尽，放下杯子时，目光落在窗外。

此刻天已经黑透了，看不到外面的湖光山色，只能透过玻璃倒影，看到脸颊红红的女人，眉眼温柔，目光迷离，额前落下一缕刘海。

她轻声说：“罢就罢吧。”

孙珞宁点点头，十分入戏：“罢了也好，早朝还是要去上的，不然江山可怎么办？”

昭棠果断地摇头：“有越妃在，还上什么早朝？”

反正是做梦，做得大胆一些又能怎么样呢？

她低声笑起来：“我啊，我就只想和他同床共枕。”

孙珞宁听到这里，捂脸笑个不停："对对，言之有理！"

两个女人喝得半醉，自己把自己逗笑了。

终究还剩那么点儿理智，昭棠想想觉得这样不行。她深吸一口气，慢慢坐直了身子，两只小手往滚烫的脸颊扇风，试图让自己从白日梦里清醒过来。

刚扇了两下，忽然察觉身侧落下一道阴影，将她整个人完全笼罩。

她下意识转头看去，顿时……世界都安静了。

昭棠呆呆地望着突然出现在自己身旁的男人。

男人身上穿着深色的外套，一只手插在兜里，身材高大，几乎完全挡住了身后暖色的光线。他的五官立体，双眸低垂，眼尾微微往上挑，嘴角仿佛带着笑，居高临下地瞧着她。

昭棠看着他，背脊绷直，仿佛被施了定身咒。

她呆呆地睁着眼睛，不知道过了多久，长长的睫毛像两把刷子，机械地碰到一起，又重新分开。

男人也没有说话，就这么站在她面前，两人四目相对。

过了一会儿，他不疾不徐从口袋里抽出一张卡片，放在昭棠面前。他的手指很长，骨节分明，在眼前一晃而过。放下卡片的同时，一声极轻的哂笑落在她耳边。昭棠再次机械地眨了下眼睛，目光呆滞地望着他不紧不慢离去的背影。

先回过神来的是孙珞宁，她猛地摇了下头，让自己清醒过来，然后探身拿起昭棠面前的卡片。

那是一张名片，十分简洁，白色的卡片上只有一个姓名和一串电话号码，还是手写的。字倒是挺好看，遒劲有力，笔走龙蛇。

孙珞宁念出上面的名字："路景越。"

"路景越？"孙珞宁总觉得这个名字有点耳熟，她皱着眉沉吟了片刻，猛地想起什么，瞪大了双眼，"越妃！"

昭棠被孙珞宁这一喊，终于回过神。

然后，那巨大的、因为不愿意接受现实而被短暂封印住的惊恐霎时席卷全身，从她的脚趾往上，一路直冲大脑。

救命！路景越为什么会在这里？他到底是什么时候出现的！

昭棠哆哆嗦嗦指了指那道远去的背影，问对面的孙珞宁："他是从哪里冒出来的？"

孙珞宁指了指昭棠的身后，支支吾吾地说："他好像……一直坐在你身后。"

昭棠："……"

她刚刚都胡说八道了些什么！

孙珞宁将那张名片放回昭棠面前，舔了舔嘴唇，小心翼翼地问："这个越妃，不是，这个路景越……给你留名片的意思是，他答应和你同床共枕吗？"

昭棠一头重重磕到桌面上。快，快带她离开这个星球！

昭棠趴在桌上，久久没动弹。

孙珞宁等了等，一直没等到她重新振作起来，终于伸出一根手指，轻轻戳了戳她："你没事吧？"

昭棠没有出声。

孙珞宁干巴巴地安慰她："其实没有什么，不就是刚好他的名字里有个'越'字吗？就一厢情愿以为你说的是他，就主动留了个联系方式约一约你。没什么好尴尬的。"

昭棠没有抬头，将脸更加用力地往胳膊弯里藏。

孙珞宁心头立刻升起不妙的预感，不……不会这么惨吧？

她咽了咽口水，颤抖着声音问道："不会这么巧……他真的就是你的越妃吧？"

越妃……昭棠听到这两个字，终于崩溃了，呜咽了一声。

孙珞宁瞬间明白了，易地而处，假如刚刚是她的初恋在旁边听到她口口声声说要为他罢后宫……

孙珞宁一巴掌拍在自己脸上："你想离开这个星球吗？我可以为你发起众筹……"

昭棠抬起头来。

孙珞宁立刻改口："但是不一定能众筹成功。"

昭棠望着孙珞宁，像要哭了一样："你……你为什么不提醒我他一直在我身后？"

"我，我近视啊……"孙珞宁脱口而出，转念一想，"不对，就算我不近视，我也不知道他就是你的越妃啊。"

"不要再提'越妃'这两个字了！"昭棠快崩溃了。

她深吸一口气，拿起面前那张名片，倏地站起身来。

"你要去哪里？"孙珞宁问。

昭棠回头看了眼身后那张桌子。

餐厅座位与座位之间竖着镂空的木雕屏风，给人一种私密性好的错觉。透过镂空的间隙，只见后面这桌十分整洁，桌上只有一副碗筷，面前摆着几道招牌菜，都只是稍稍动了动。

他一个人，难怪这么无声无息。

她就说，但凡他吱个声，她都没理由听不出他的声音来。

昭棠悲愤地往外走："去还给他。"

"他……"

他应该早就走远了。孙珞宁想提醒她，但昭棠的背影太过决绝，让人不敢再刺激她。

她默默噤了声。

昭棠大步往电梯走去，不知是脸太热还是她走得太快，她觉得一路走过，仿佛有冷风刮在她的脸上，有点疼，也让她清醒了一些。昭棠用力捏着那张名片，心里想，希望他的车还没有开走。

她一定要赶紧去解释一下，毕竟人与人之产是的缘分那么有限。

还记得回来之前，有人对她说：“岁宜太大了，多少人一辈子都见不上一面。”她想，他们不算有缘，那大约是真的一辈子都见不上了。然而现在，一天之内就见了两次，应该已经把他们仅剩不多的缘分全部耗尽了，今天说不定就是他们的最后一面。

如果他已经走了，那将来他回想起她，最后的印象就是她说的“越妃”和“同床共枕”……

想到这里，昭棠重重捂住脸。不行，她不能接受这样的自己！

昭棠右转，走入电梯间，摁了下行键后，索性崩溃地闭上眼。

电梯间在餐厅尽头的转角，单独的一方空间，隔着远处舒缓的音乐、偶尔的交谈声和餐具碰撞声，有种迷离的安静，显得电梯上行的声音格外清晰。

不久，耳边就传来电梯停稳的声音，紧接着，“叮”的一声，金属门沉闷地开启。

昭棠懊恼地跺了下脚，正要走进去，耳边忽然传来一道声音。

“你是在找我吗？”男人的声音低沉，带几分懒散。

昭棠瞬间僵住，周遭仿佛刹那间变得安静。直到打开的电梯门因为等不到人而再次缓缓关上，不锈钢门划过轨道的声音响起，昭棠才缓缓地转过头。

男人就站在离她不远处，身姿英挺，斜倚着墙，双手插在兜里，一条长腿微曲，他这个姿势看起来有些意兴阑珊。也许是餐厅里的空调开得有些高了，他里面的衬衫解开了两颗扣子，露出锁骨和一小片结实的胸膛。

昭棠的视线不自觉地停留在他的锁骨上，等反应过来，又飞快地移开视线。

“你怎么还在这里？”她的目光刻意地落在他旁边一盏暖黄色的壁灯上，不自然地问。

路景越已经在这儿等了好一会儿，从她捂着脸走进来，他的视线就没有离开过她。她穿了一件浅色的羊绒开衫，是十分温柔的颜色，微微落肩，面料看起来十分软，衬得她脸上的肌肤更加细腻。不知道是不是喝了酒的缘故，她的脸颊微微泛着粉色，一直红到了饱满的耳垂，头发也有些松，一缕刘海温柔地垂下，落在肩头。

她站在他面前，却没有看他，整个人像被笼在一层朦胧的烟雾里。

他没说话。

空气仿佛凝固住了。

诡异的安静让昭棠不得不转过头，迎上他的视线。四目相对的一刹那，她清晰地听到自己的心怦怦直跳的声音。

路景越终于开口，平静地回答她："在等电梯啊。"

昭棠："……"

她觉得自己的智商被他羞辱了。她是得喝多少酒才能信他在这里等了至少五分钟的电梯？电梯坏了都够时间修好了吧！

路景越像是看懂了她内心的想法，漫不经心地解释："忘了摁。"

昭棠轻抿了下唇，提醒他："那刚才电梯到了你怎么不上去？"

他挑眉，暖色的壁灯光在他眼底反射出细碎的光："这不是看到你来找我了吗？"

这滴水不漏层层推进的逻辑真让人无法反驳！最重要的是，她确实是来找他的。

她悄悄捏了捏手指，鼓起勇气，朝他走去。他就站在那里，看她一步步向自己走近，两人都没说话。

最后，昭棠停在他面前，尽量让自己的声音听起来平稳："这个还给你。"她将手里的名片递给他。

路景越扫了眼她粉嫩的指尖，没接："现在认出我了？"

昭棠一时无语。你都直接给我递名片了，我还敢认不出来吗？她演的是脸盲，又不是文盲！

但她仍然面不改色地"嗯"了一声："我也是刚看名片才认出来的。"为了增加可信度，她又硬着头皮补了一句，"好久不见。"

路景越侧过头看着她，没说话，过了片刻，漫不经心地问了一句：“什么时候回来的？”

昭棠安静了两秒，才回道：“年后。”

“为什么回来？”他看着她，眼睛漆黑。

四目相对，昭棠心里一阵兵荒马乱，无意识地捏紧指尖，表面上却依旧神情自若，她看着他，诚恳地说：“因为好不容易考上编制。”

路景越：“……”

昭棠轻轻眨了下眼：“200∶1。”

路景越竟一时不知道说什么。

昭棠又解释道：“很难考，所以我打算在这里赖到退休。”

他一直没接名片，她的手举得都有些酸了，忍不住往前凑了凑，提醒他：“你的名片。”

路景越直直地盯着她，不知在想什么。就这么过了好几秒，他蓦地发出一声低低的哂笑。

他反问道：“既然名片这么有用，那还给我做什么？”

昭棠：“……”

你说呢？昭棠暗暗咬牙，虽然很没有说服力，但这种时候除了一口咬定不松口也没有别的办法。

她一脸问心无愧地看着他：“因为我觉得，你可能误会了什么。”

“哦？我误会什么了？”路景越的嘴角微微往上扬着，似乎心情还算不错，因此虽然嘴上为难她，还是很爽快地接过了名片。

昭棠收回手，松了一口气，坦诚地回答：“那我就不知道了。”

她眨了眨眼，逻辑同样无懈可击：“毕竟隔着屏风，你很容易听错啊。至于你到底听成了什么，那我就不清楚了。”

路景越显然没有想到她能将责任推卸得如此无耻，如此简单粗暴，连眼睛都不眨一下。这个时候，他要是提醒她刚才在餐厅说的那些话，反倒会被她一口咬定是他听错了。他一时没说话，只是神情莫测地盯着她，像是觉得有些好笑，又有些佩服。

片刻后，他轻轻点了下头，顺着她的话说："对，没错，那个镂空的屏风隔音效果很好。"

他承认了镂空的屏风隔音效果很好。

昭棠感觉自己撑不下去了，转身离开，身后却立刻传来脚步声。

大而快的步子，伴随着男人身上特有的气息，瞬间就追到了她的身后。昭棠的心猛地提到嗓子眼，双腿像是有独立的意识一般，在她的理智允许以前，率先叛逆地停下。

她僵直着背，身体的感官被无限放大。

路景越靠在她的身后，离她很近，她不知道他的身体有没有碰到她，只是在慌乱中错觉般地感受到了他温热的身体，有力的胸膛。他伸手，干燥的指腹擦过她的手背……昭棠瞬间屏住了呼吸，脑子里一片空白。

下一刻，修长的手指落在她身侧的电梯按钮上，下行的箭头被摁亮。

路景越退回，身体与她重新保持距离。

就像是个一厢情愿的误会，可是昭棠清楚地感觉到了他的体温、他肌肤的触感，还有他靠过来时身上雪松般冷冽的气息。

她闭了闭眼，暗暗吐出一口气，重新往前走。

"给你名片呢，是因为……"身后再次传来路景越的声音，有些吊儿郎当。

昭棠停下脚步，转头看向他。

路景越面对着电梯，没有看她，一副一心等电梯的样子，像是等得过于无聊了，顺便和她搭句话。察觉到她的目光，这才慢条斯理朝她看来，继续说道："有人脸盲，只认字，不认人。"

昭棠被他的话反击得哑口无言。

路景越："不用谢，名片放你口袋里了。"

昭棠一愣，立刻去摸衣服口袋，果然摸到了一张软硬适中的卡片。

"你什么时候放进去的？"

路景越没有回答，只似笑非笑地看着她：“留着吧，不然下次我再给你递张名片，你很可能会吓出心脏病。”

昭棠正往外掏名片的手僵住，她下次肯定不会再做这么丢脸的事！

这时，电梯再次到达该楼层，只是这一次里面有人出来。

路景越十分自然地往昭棠身边让了让，两人的距离顷刻间拉近，他身上特有的气息瞬间包围了她。

昭棠的心突突地快速跳了两下，挺着背，僵在原地一动不动。

从电梯里出来的是一对情侣，两个人十指交扣，女生的头亲昵地靠在男生的肩上。

他们从路景越和昭棠身旁走过的时候，不知是有意还是无意，往两人这边看了看，一副看小情侣闹别扭的模样。

昭棠的心立刻跳得更快了，路景越却仿佛毫无所觉，在他们下电梯后径直走了进去。

隔着一道电梯门，两人的视线再次对上，谁都没有说话。

昭棠不知道自己出于什么样的心态站在原地没动，看着路景越，等电梯门自动合上。路景越也注视着她，漆黑的眼睛看起来格外安静。

就这么四目相对着，不知道为什么，过了大约半分钟，电梯门却迟迟没有合上，昭棠觉得有些奇怪。

这个时候，路景越开口问道：“不进来？”

昭棠这才注意到，他的手指一直摁着电梯的开门键。

她忽然觉得自己呆呆地站在这里打算目送他下去的行为很傻，为了挽回自己脆弱的自尊心，她面不改色，随意撒了个谎：“不了，我往上。”

路景越意味不明地看着她，过了几秒，他轻轻点了一下头：“那行，我先下去了。”

昭棠总觉得他眼睛里带着莫名的笑意，还没想明白过来，电梯门已经自动合拢，路景越像是忽然想起什么：“对了……”

昭棠轻声问：“什么？”

路景越一笑："这里是顶楼，不能再往上了。"

话落音，电梯门彻底关上，时间卡得刚刚好，一秒不多，一秒不少。

昭棠望着冰冷的、紧闭的电梯门："……"

第二章 路师傅

昭棠回去的时候，孙珞宁已经放下了筷子，正低头玩手机。

昭棠从她身旁经过，在对面坐下，一脸绝望地问：“你刚刚说送我离开地球的那个众筹，还算数吗？”

可以的话，她想立刻离开。

孙珞宁小心翼翼地放下手机，斟酌着开口：“我虽然近视，但我刚刚也看了眼越……”说到这里，她敏锐地感受到昭棠目光里的绝望，又及时改口，“路景越，他长得是真的好，而且很有气场，这种男人大多是‘钢铁直男’，睡一觉，这事儿就翻篇了。”

昭棠原本被孙珞宁苦口婆心的模样唬住了，认真听她的分析，猛然听到“睡一觉”，脸“唰”地热了：“等等！”

孙珞宁困惑地眨了眨眼：“我说得不对吗？你怎么又脸红了？”看着昭棠水汪汪的双眼，回想自己刚刚说的话，反应过来，“口误，口误！”

她拍了拍自己的嘴巴：“是我酒没醒，一时口误。我的意思是，你让他自己睡一觉，第二天醒来他就忘了……”

昭棠一只手捂脸，一只手抬起来打断她：“够了！别再说了！”

孙珞宁果断地闭嘴。

此时一名服务员走到两人面前，手里拿着平板电脑，笑盈盈地说：“两位打扰一下，今天是我们店的特殊纪念日，我们有一个回馈酬宾的抽奖活动，两位愿意参与吗？”说完便将屏幕转向两人，简洁的屏幕正中显示一个偌大的红色按钮，上面写着红色的“抽”字。

昭棠扫了一眼，心如死灰地问：“一等奖是送我离开地球吗？”

周围安静了几秒，服务员一本正经地否认：“不是的，一等奖是免单。”

昭棠失望地“哦”了一声，看向孙珞宁：“那你来吧。”

孙珞宁摆手：“我不行，我是中奖绝缘体，从小到大连包纸巾都没抽中过。”

昭棠刚想说“我比你好不到哪儿去”，服务员就开口了：“每位顾客都有一次机会。”说着，先将屏幕递到孙珞宁面前。

孙珞宁虽然知道自己是个中奖绝缘体，但看到抽奖还是会有期待。她搓了搓手，小心翼翼地在屏幕上轻轻点了一下。圆形的抽奖按钮转了两圈，屏幕上弹出“谢谢参与”四个字。

“果然……”孙珞宁努了努嘴。

服务员轻点两下屏幕，退回抽奖界面，又重新递到昭棠面前。

昭棠刚经历完人生的“落落落”，此时心如止水，对此完全不抱任何期待，服务员将平板递到她面前，她随手点了一下。抽奖界面立刻爆发出一阵烟花，紧接着跳出三个喜庆的大字：一等奖。

昭棠还没回过神来，服务员惊喜的声音已经落在耳边：“恭喜您！您抽中了一等奖！”

“欸？”昭棠有点蒙，她无法理解，为什么今晚自己这么惨，却能在抽奖上扳回一局？

“我们的一等奖是店内三个月的消费免单。”

孙珞宁到底没有在短短半小时内经历接二连三的尴尬，脑子比昭棠清醒，想到昭棠现在正无家可归，立刻追问道：“那这个免单是仅限于在你们这里吃饭，还是住宿也可以？”

“住宿也可以。”服务员温柔地解释道，“只要是在鹿溪饭店的消费，都是可以使用这项免单权利的。时间是三个月，上限金额十万。”

“上限金额十万……比花呗免单还多五万啊！”孙珞宁立刻兴奋起来，激动地拽着昭棠的手用力摇晃，“棠棠，你今晚不是正好没有地方住吗？现在有了！现在有了啊！你不用在飞猪上找便宜的酒店，也不用连夜打包离开地球了！”

昭棠这时终于后知后觉，这从天而降的三个月免单是一件天大的好事，像及时雨一样，刚好可以解她眼下的燃眉之急。

昭棠慢半拍地笑起来。笑了快半分钟，昭棠才想起来问服务员：“那我今晚可以来住吗？”

服务员笑盈盈地说：“当然可以，您告诉我您的姓名和电话号码，我帮您登记一下，您之后直接去前台办理入住就可以了。对了，您的姓名需要和您身份证上的姓名一致哦。”

昭棠立刻报上姓名和电话号码，服务员在平板上操作了几下，片刻后，又笑着看向昭棠：“我看到您之前也在我们这边住过，对吗？”

“对，我以前在你们这里住过一段时间。”

服务员用手指在屏幕上轻轻点击两下：“好的，因为还在三个月时间内，所以您之前的消费也会一起返回到您的支付账户。”

昭棠惊呆了，这么爽快吗？连以前花出去的钱都能退回来？

服务员又和她确认了一遍她的支付账户，确保还能够接收退款。事情的走向太过完美，昭棠始终觉得有些不真实。

服务员离开后，她问孙珞宁：“咱们俩是还没有醒酒吗？”

孙珞宁拍了拍自己的脸，也不太敢确定。十万块，比支付宝免单还多了一倍……做梦都不敢这么想！

“这样吧——”孙珞宁立刻想到个解决方案，往昭棠身前凑了凑，“我们现在就走，如果没有人拦着我们，就说明我们真的不是酒后出现了幻觉。”

昭棠觉得这个提议十分靠谱，立刻站起来：“好。”

两人没有埋单，一路畅通无阻地离开了鹿溪餐厅。没有人上来拦她们，只有门童在她们身后说：“欢迎下次光临。”

昭棠和孙珞宁相视一眼，笑了出来。

孙珞宁感慨道：“可能人的运气是守恒的，你在你的‘越妃’面前丢尽了脸，这三个月免单应该就是上天对你的补偿。”

从天而降的十万块足以让昭棠对“越妃”这两个字释怀，她现在回想起当时觉得尴尬得要死的情景，此刻竟已十分淡定，仿佛也没什么了不起。也是，毕竟中间隔了十万块钱嘛。十万块钱换一次丢脸……她也不是不可以。如果需要，再来一次也行。

她忍不住笑道：“大概是地球舍不得我走，在挽留我吧。”

“对了，”孙珞宁此时忽然想起什么，“你知道鹿溪饭店另一个老板的名字吗？”

昭棠一脸茫然地看向她：“我连一个老板的名字都不知道。”

“听说有两个老板，‘鹿溪’就是两人的名字各取了一个字。我只知道‘溪’是孟言溪，‘鹿’我就不知道了。”

孙珞宁说到这里，苦恼地皱了下眉：“岁宜到底哪个大佬叫什么鹿呢？”

虽然昭棠连孟言溪是谁都不知道，更别提什么鹿了，不过见孙珞宁那么苦恼，她还是善良地给出了一个思路：“像是女生会用的名字，那‘鹿’可能是孟言溪的女朋友吧。”

“可能真是他女朋友吧，有钱人的神仙爱情啊……”孙珞宁感慨了一句，想了想又说，“不过也不一定就是那个‘鹿’，说不定是谐音。”

两人离开鹿溪，孙珞宁回家了，昭棠回到她的出租屋，简单收拾了换洗衣服和随身用品，又拎着行李箱下楼。

岁宜的雨说下就下，昭棠打车回到鹿溪时，雨已经下得很大了。主楼外，礼宾员早已等在门口，车停稳后，立刻上前为她打开车门，替她拿行李。昭棠走向前台办理入住，察觉到一道视线落在自己身上，她下意识转过头，不想撞上一双桃花眼。这是个长相十分出色的男人，尤其是那一双眼睛，上下眼睑弧度明显，眼角微微下垂，有一种朦胧的美感。

他已经站在电梯里了，短暂地对视后，电梯门缓缓合上。

昭棠茫然地站在原地，根据过往二十多年经验，像这种超过三秒的注视，要么是觉得她好看，要么就是她的熟人。是她又忘了吗？

昭棠忍不住反思，绞尽脑汁去想那双眼睛，最后只艰难地想起了某个大红大紫的男明星。他就是这种眼睛，大桃花眼，鬈曲的睫毛，看起来温柔多情，被称为‘望妻眼’。

昭棠又仔细回忆了一遍自己认识的人，确认并没有人有这样的一双眼睛，才放下心来。

那应该是觉得她好看吧，昭棠自我感觉良好地走向前台。

顶楼套房，孟言溪推开门，一阵酒气扑面而来。客厅内，暖黄色的灯开得大亮，中间的茶几上已经堆了好几个空酒瓶。

骆珩抱着一瓶酒坐在沙发上，肆无忌惮地‘损’着他对面的男人。

“我说越哥，别人都是自主创业失败，回原公司上班。您这是……出城打工失败，回来继续当老板啊？”

路景越坐在背对他的沙发上，孟言溪没见着人，只听声音倒是一如既往地欠揍：“啊，外面的世界太难，我打算在这里赖到退休。”

骆珩不屑地嗤笑一声：“扯淡！”

关门的声音传来，骆珩回过头，冲孟言溪打了声招呼。

孟言溪走近，见路景越躺在沙发上，用手臂盖住了眼睛，露出的小臂结实有力，看起来不像是喝醉了。

“什么时候回来的？怎么忽然想起住这里？”

路景越看都没看他，勉强回了他一句，算是给他面子："早上。"

"走的时候那么六亲不认，"孟言溪走到他对面坐下，温柔地往他身上'插刀'，"怎么不到一个月就回来了？"

路景越放下手臂，缓缓坐起来，侧头瞧着孟言溪。

两秒后，他站起身，径自往卧室方向走去："睡了，不送。"

骆珩喝得迷迷糊糊，一脸天真地问孟言溪："北方普遍睡很早吗？他怎么去了一趟作息都变了。"

孟言溪若有所思地看着路景越的背影："听下面的人说，路总今天送了个十万块的免单出去。"

路景越头也没回，推门走进卧室："记我账上。"

骆珩喝了不少，醉得不轻，还是过了好一会儿，才渐渐反应过来两人刚才的对话是什么意思，顿时震惊了。

"什么？你们有十万块的免单？这么大方！"

孟言溪眉梢微挑："我也是刚知道，据说是某人为了庆祝某个特殊纪念日，特别推出的活动。"

"什么特殊纪念日？"

"谁知道呢？"孟言溪意味深长地笑了一声，"不过刚才在楼下，我看见一个人……所谓的特殊纪念日就是某人回来的纪念日吧。"

骆珩脑子晕乎乎的，搞不清楚"一个人"和"某人"究竟是谁，愣了几秒，觉得十万块的免单实在是大手笔，笑嘻嘻地问孟言溪："哥，那你看你们这个免单，我还有机会吗？"

"这你就得问你越哥了。"孟言溪敲了敲沙发扶手，一脸真诚地说，"但我建议你问他之前先去趟派出所。"

"去派出所干什么？"

"改名字。"

"改……名字？"

"对，把你那名字改了，"孟言溪笑得十分温柔，"就改成第一个字带火，第二个字木。”

骆珩脑子越来越晕。

“最好就叫昭棠。”

“……”

“顺便再把性别一起改了，这样成功的机会比较大。”

在前台办理入住，十分顺利。昭棠报了姓名和电话号码，递上身份证，前台很快就确认了她的免单信息，又让她自行挑选房间。

昭棠有些惊讶：“还能让我自己选房间吗？”

前台笑盈盈地说：“当然啊，您的免单金额是十万，选择空间很大呢。”

昭棠今晚一直有点蒙，先是在路景越面前丢脸，再到莫名其妙抽中十万块免单，她仿佛在坐过山车，经历着人生的起起落落。她最后选了和上次一样的大床房，房间还是在十三栋，礼宾员开车将她送到楼下。

回到房间，插卡，满室骤亮。

六十平方米的大房间，空间疏朗，带一个阳台。阳台的玻璃门半开，清风徐来，山间清新的空气涌进来，吹动着白色纱帘。

卫生间和浴室分开，对面有一个小小的衣帽间，衣帽间里还有熨斗，地上还有一台体重秤。

时间已经不早，昭棠打开行李箱，拿了换洗衣物，迅速进入浴室。

洗完澡收拾好已经十一点半，昭棠昨晚睡在出租屋里，房间里奇怪的空气刺激着她的呼吸系统，整个人都很难受，更别说入睡了。她几乎熬了个通宵，直到天亮才跑到办公室睡了一会儿。刚才洗澡的时候她几乎快要睡着，结果现在躺在床上，却反而清醒了。

闭上眼睛，眼前就是路景越英俊的五官。

她没有想到他们还会再遇见，并且事情的走向如此‘惨烈’。

虽然第一面是意外，但大体还是和她想的分毫不差。人海重逢，视线交错，假装谁也不认识谁。她表现很好，云淡风轻，面不改色，就是一个标标准准的过去的人该有的样子——我脸盲，我不记得了。

她自觉逻辑清楚，无懈可击！结果一天都还没过完就崩盘了，而且惨不忍睹。她说了什么？越妃、同床共枕……他更狠，竟直接递了张名片过来！昭棠简直不忍再想下去，用力扯过被子蒙住自己的头，直到几乎缺氧，才重新拉下被子。

实在睡不着，又伸手拿过床头的手机，心不在焉地玩着手机转移注意力。可惜眼睛看着屏幕，内容却没进脑子。她随手点进一个APP，发现有新的消息提示，她机械地点开。

是很久以前她回答的一个问题："想喝一碗脸盲的鸡汤，有吗？"

点赞最高的答主回复："本人重度脸盲，毕业后当了小学老师，每天看小豆丁们穿着同款校服留着差不多的发型……我人当场就傻了。"

底下的回复都是："哈哈哈！"

下面又有人问："答主试用期过了吗？"

答主一直没有回复，最后底下的网友直接问："答主人还在地球吗？"

昭棠跟着笑了一会儿，毕竟关于脸盲的尴尬场面她遇到不少，她匿名回复："脸盲，不太容易记住陌生人的脸，好在不算严重，多见几次就能记住了，但也因此一直很烦恼。后来我遇见了一个男孩子，我们住同一个小区。其实第一眼我就记住他了，可是之后见到他，我都会假装认不出，装作脸盲，每次见面就盯着他看，装作努力回忆他是谁的样子，趁机多看他三秒。他一直知道我脸盲，还算有同理心吧，也没有不耐烦，就大方地站在那儿给我看，好像也从来没有怀疑过我。就这么每次三秒，每次三秒，我总共偷偷多看了他一百个三秒，一直到再也装不下去，不得不认出他来。"

她这条回复有很多人点赞，很快就被顶了上去。

很多网友说："学到了呢！"

还有网友追问："后来呢？"

昭棠回复："后来，我就再也不嫌弃自己的脸盲了。"

虽然是匿名回复，但昭棠怕身份曝光，并没有多说什么。

这么长时间以来，点赞和回复都没有断过，每次点开这个APP，都会多出很多的未读消息。她扫了一眼，大多是在追问她后续的。

"后来呢？后来他知道你是假装的吗？"

"你跟他表白了吗？"

"你们有没有在一起？"

昭棠看了一会儿，视线落在其中一条回复上："不太确定那个男孩子有没有发现你是假装的，但他肯定喜欢你，否则他才不会有这么好的耐心，每次都大方地给你看呢！我比较好奇的是，你们俩最后是谁先开口向对方表白的？现在还在一起吗？"

昭棠盯着这条回复看了许久，直到眼睛发酸。她轻点屏幕，将回答隐藏了，然后把手机重新放回床头。

昭棠闭上眼，不再去想那个已经从她生命里退场的男人。

第二天上午，赵希声晚到了一会儿，放下公文包的时候和昭棠说："早上上班路上遇见馆长，和她提了一唏你租房子的事，馆长说可以给你批个单间宿舍。"

昭棠有些吃惊，看向赵希声："馆里的宿舍，新员工不是只能六人一间吗？"

赵希声解释道："馆里有这样的规定，对老员工和有重要贡献的员工可以适当安排福利。你昨天在展厅的表现很好，反应及时，给咱们馆做了不小的贡献，馆里应当给你奖励。而且你只是过渡一下，也住不了几天，所以给你单独安排是没问题的。"

孙珞宁感叹了一声，问赵希声："主任，能把单间兑换成别的奖励吗？"

赵希声不解地看向她。

孙珞宁看了昭棠一眼，笑嘻嘻地说：“棠棠昨晚已经找到住的地方了，就在鹿溪饭店。”

昭棠忙解释道：“我昨晚抽到了鹿溪的三个月免单。”

赵希声眼睛一亮，神情顿时满是钦佩：“还是你厉害！我这辈子抽奖可是连一包纸巾都没有抽到过。”

昭棠尴尬地笑了笑：“其实我也没有。”

可能是昨晚她惨得连老天都看不过去了，这才大发慈悲补偿补偿她。

“也好，刚好解了你的燃眉之急。”赵希声又问，“你那房子和房东协商好了吗？”

昭棠摇头：“房东已读不回，我已经约好了第三方空气质量检测公司，这周末上门检测，先拿出证据来吧。”

赵希声点点头，想到“已读不回”四个字又皱了皱眉。老学究不认同现在所谓的什么成年人之间的“已读不回”，只单纯地认为这是一种很没有礼貌的行为。

孙珞宁忍不住说：“本来也不是什么好人，如果是好人又怎么可能骗棠棠说这个房子是留给女儿住的，已经晾了一年？”

“不过话说回来，”孙珞宁话锋一转，“棠棠，你看房的时候都没有发现房子有味道吗？”

昭棠点头：“有，不过他之前应该是做过什么处理，那个味道很淡，混合着别的味道，而且我之前没有租过这种房子，没有这方面的经验，所以他跟我说这是房子空置久了没有人气的味道，我也没有太怀疑。”

孙珞宁皱眉：“就是，租房就是一个坑接一个坑，最烦的还是在你踩坑之前，你可能根本就想象不到这竟然还能是个坑！”

赵希声问她：“那你没有去问物业吗？”

“问了，在房东和中介离开后，我一个人去问的，不过那是个很老的小区……”

赵希声瞬间懂了，很多老小区的物业都只是摆设，除了收钱，其他一概不管。

“那你最后是怎么发现房子才装修好的？”

昭棠沉默了一会儿，缓缓说道：“我搬家的时候，邻居出去玩了。我从住进去第一个晚上开始就不舒服，从鼻子不舒服到头疼，中间也问过房东到底是什么时候装修好的，他向我保证装修好一年了。我就当是自己感冒了吧，结果那天我下班回家，走在楼道里……那种老小区的楼道，顶楼说话一楼都能听见，所以我就听见我刚旅游回家的邻居指着顺丰快递员帮我放在家门口的快递说……”

“说什么？”

昭棠学着邻居的语气：“咦，隔壁不是上个月还在装修吗，这么快就找到冤大头把房子租出去啦？”

“……”

昭棠捂脸：“刚好被我这个冤大头听到了。”

孙珞宁深感同情：“姐妹，你好惨。”

周末，昭棠约了空气质量检测人员上门。一个星期后，她收到了检测报告，报告显示甲醛和TVOC果然远远超标。

想到自己曾经在这样的房子里住了一个星期，昭棠心有余悸，立刻将报告的每一页都拍了下来，通过微信发给房东。房东一如既往不回信息，昭棠也不着急，直接拍了一条法律条款发过去。

“第七百三十一条‘租赁物的瑕疵担保’，租赁物危害承租人的安全或者健康的，即使承租人订立合同时明知该租赁物质量不合格，承租人仍然可以随时解除合同。”

这时，房东立刻出现，并拨了语音电话过来。

通话中，消失许久的房东客气地解释了一番自己这半个月不回消息的原因，说是去外地出差了，人不在岁宜，这部手机一直没开机。这不，刚开机就看到了昭棠的消息，所以马上联系她说明情况。

你说巧不巧，就是这么巧。

昭棠不置可否，言归正传，说了下情况。

这么长时间以来，她每每和房东沟通都是温和平静的语气，说话不疾不徐，有理有据，从不失态。大概她这个样子，反而让人不好和她耍无赖。房东答应退租，按照法律和合同，该怎么办就怎么办。不过也相应提出要求，让昭棠当天搬出去。

昭棠早就搬出来了，只是一直没去搬行李。此时房东好不容易松口，她一口答应，约定下班就回去搬行李，同时和房东交接。房东说他不在岁宜，会委托当初带她签约的中介过去交接。

提起这个中介，昭棠忍不住皱了皱眉，也是个收了钱就立刻玩失踪的主。不过此时她还挺希望中介来交接，不为别的，只是因为对方是个女孩子。女孩子，即使有过不愉快也让人感觉安全一点。

昭棠便一口答应下来。

下班后，昭棠打车回家，在车上琢磨了下时间，用手机约了货拉拉上门搬家。她打算先将行李搬到鹿溪酒店，之后找到房子了再从酒店搬走。

刚下完单就收到了系统发来的短信，提示师傅已接单。与此同时，本城的陌生号码来电。

昭棠接起："是货拉拉搬家师傅吗？"

那头低低地应了一声："嗯。"

昭棠主动向对方再次核对了一遍地址和时间，又不放心地问："七点准时到可以吗？太晚的话，我这边就不太方便了。"

对方又应了一声："嗯。"

毕竟是女生独自一人晚上搬家，七点已经很勉强了，但没办法，她现在打车回去就六点半了，简单收收行李，应该差不多七点。好在这个季节白天越来越长，现在七点的天还只是擦黑，没有完全黑透。

她甚至都没有留交接的时间，打算等中介到了以后就把钥匙直接交给中介，后面水、电、燃气、物业等费用，让他们直接扣好了。她甚至有些阴暗地想，就算被坑，这些小钱他们也坑不出花来。

回去以后，昭棠马不停蹄地收拾东西。

虽然说只在这里住了一个星期，很多东西都没来得及从箱子里取出来，但必需品都收拾出来了。此时她一件件放回箱子里，一面频频看窗外的天色，一面安慰自己不要想太多，不要杞人忧天，一面脑子里又不受控制地浮现出女生晚上独自搬家遭遇各种不幸的新闻。

昭棠手忙脚乱地扣好行李箱，这时门铃声响起。昭棠拿起手机看了一眼，七点整，还挺准时。

昭棠顺手将最后一只行李箱从卧室推出来，朝门外应着："来了。"昭棠推开防盗门的同时，礼貌地露出笑容，"师……"

脸上的笑容在看清门外男人的脸瞬间凝固了，还没来得及说出口的那个"傅"字硬生生地卡在了喉咙里。

这两天气温直线上升，一路冲到了二十五度。

门外的男人上身穿着一件黑色衬衫，下面是同色的休闲裤，袖口挽起，露出一截结实的小臂。他的身形挺拔，皮肤颜色不深，稍微带一点点蜜色，看起来干净又有力量。即便是如此简单的穿着，也掩盖不住他优越的外形，他的五官近乎完美，凑在一起却丝毫不显阴柔，整个人英气勃勃，意气风发。

怎么看，都不像是和她约好的货拉拉师傅。

"怎么是你？"

有一瞬间，昭棠觉得这句话是自己问出口的，她甚至为此反思了两秒，又回忆了一遍那低沉的音色。最后才确定，确实不是她问的，而是眼前的男人问的。

路景越站在门口，微微低着头，目光上下打量着眼前的女人，像是也很惊讶，但是他接受能力很强，在看到她脚上踩着的拖鞋时，就坦然接受了一切。

“是你约的货拉拉吧？”他问话的同时，已经毫不客气地迈开长腿，进了昭棠的临时小家。

男人身上的气息清冷，昭棠下意识就侧过身，往旁边让，但身体还保持着仰头呆呆地望着他的姿势，因为过于惊讶，她一时间说不出话来。仿佛她这震惊模样干扰了他正常工作，男人停在玄关处，转头看向她。

一室一厅的房子，玄关本就不算宽敞，此时忽然挤了两个人，空间立刻显得逼仄。昭棠背贴着墙，觉得自己应该说点什么，张了张嘴巴，喉咙无比干涩，最后只鬼使神差地将刚刚卡在喉咙里的那个字吐了出来。

“傅？”

她这隔着万水千山的一声“师傅”，难为路景越竟然还能接起来。

他面不改色地点了下头：“嗯。”

昭棠：“……”

他到底经历了什么……

路景越脸色十分淡定，目光扫过客厅里整齐摆放的四个行李箱、三个纸箱和一个行李袋，问昭棠：“就这些？”

他问这话的神态和语气十分专业，真的像极了昭棠以前遇见的那些搬家师傅。

她下意识地点了点头，反应过来又立刻摇了下头：“先等一下。”说着，她侧着身子从他旁边走过，小心地没让自己的身体碰触到他，然后飞快跑回了卧室，她从梳妆台上拿起手机，点开货拉拉APP。

虽然路景越自己承认了，但她还是无法接受自己约的货拉拉师傅是路景越。不管是路景越做了货拉拉师傅这件事，还是路景越做了货拉拉师傅还刚好接到了她这一单这件事，都让她感觉很不真实。

她点开进行中的订单，接单师傅那里没有显示姓名，只有三个字：骆师傅。

路景越站在客厅正中，视线不疾不徐扫过这套房子。

一室一厅一厨一卫的全明格局，客厅和卧室都朝南，装修不算精致，但很干净，吊灯一尘不染，看得出来家具、家电都是全新的。

她稍微有点洁癖，这是她会租的房子。只是空气中飘散着一股味道，很淡，有点像很久不住人的房子里那种没有人气的味道，但太淡了，只有仔细闻才能闻出不同。

身后传来脚步声，路景越回过头。

昭棠手里拿着手机，走到他面前，将点开的屏幕递给他看，语气里带着几分小心翼翼：“你看，你是不是弄错了？我这边显示接单的是骆师傅，不是路师傅。”

路景越扫了她手机一眼，没说话，又抬起眼皮看向她。

昭棠抿了抿唇，不知道出于什么心态，又补了一句：“真的，这上面显示的不是路师傅。”

路景越嘴角轻扬，泰然自若地点了下头：“没弄错，骆师傅是我的合伙人。”

昭棠觉得自己对“合伙人”这三个字可能存在什么误解。现在，连货拉拉师傅都有合伙人了吗？

“合伙人？”

“嗯。”路景越点了点头，“他负责抢单，我负责搬家。”

昭棠：“啊？”

路景越脸上的神情十分认真，不像是在开玩笑：“毕竟我搬家的时候没空看手机，他拿着手机没办法搬家，这事儿得两个人合作才能完成。”

她竟无法反驳！

路景越走向那一堆行李，大概为了方便，他将袖口往上挽了些，想了想，又抬手开始解衬衫扣子。

昭棠在一旁看着他的动作，目光发直。

路景越的手指真的很长，而且骨节利落，又不是那种过于突出的，就是刚刚好很分明很好看的弧度。昭棠看着他微微抬起下巴，脖子线条随之拉紧，凸起的喉结更加明显。食指和拇指活动，慢慢地解着上衣的扣子。

不知道是不是扣子有点紧，他的动作十分缓慢。

第一颗扣子本就是开的，过了大概三四秒，他才将第二颗扣子解开。男人的锁骨随之露出来，充满了力量感。

昭棠无意识地咽了咽口水，反应过来自己在干什么，她立刻摇了下头。不行，她不能接受这样的货拉拉师傅！

“要不……”她将视线下移，落到他没解开的扣子上，斟酌着说，“我还是取消订单吧？”

路景越停下动作，转过头，一脸不解地问：“为什么要取消？”

你自己说呢……你觉得以咱们俩的关系，你来帮我搬家，合适吗？你还解衣扣，男孩子在外面也要好好保护自己啊！

路景越思索了一下：“你不想让我帮你搬家？”

昭棠垂着眼，没否认。

路景越点点头：“所以你这是歧视我？”

昭棠猛地对上他的眼睛，怎么还扯上歧视了？

路景越：“你知不知道，你这样的话，我可以去工会投诉你？”

“投诉？”昭棠愣住，“我只听说过客户投诉师傅，师傅也可以投诉客户吗？”

男人语气十分温和，甚至带着点儿商量的口吻：“要不你试试？”

行吧，既然他都不介意了，她也没什么好介意的。

她抿了抿唇，嘀咕：“那你别再解衣扣了。”

路景越不知是不是没听清她前面的话，单单就听见了“解衣扣”三个字，闻言惊讶地打量着她。

几秒后，摇摇头，轻哂一声：“想得还挺美！”

昭棠：“……”

算了，她不跟路师傅计较！

好在路师傅意识到要保护自己后，没再继续往下解扣子了。他看了一眼面前这堆东西，有两个三十寸的大行李箱，还有两个二十六寸的小行李箱，旁边还有三个纸箱都用胶带封好了，堆在一起。

他拿起两个三十寸的行李箱。

昭棠见他一下拿了两个最重的箱子，下意识地跟上前去，想帮他搭把手。刚刚碰到行李箱，路景越就停了下来，转头看着她，目光中充满了戒备。

昭棠愣了一下，就听他说："我呢，是来搬家的，不是来卖身的。"

这句话配合着他刚才那句"想得美"来听，真是别有意味。

她深吸一口气，没跟他计较，解释道："这两个箱子太沉了，你一个一个拿吧，要是你嫌来回跑麻烦，我就帮你搭把手。"

"所以我在你眼里，连个箱子都搬不动？"

"不……不是。"

行吧，昭棠松开手，默默往后退了一步。

路景越一手拎一个箱子出了门。

这个小区没有电梯，楼道很窄、楼梯也陡。他下楼却很稳，昭棠完全没有听到行李箱磕碰的声音。

她记得搬回岁宜那次，也是这种老小区，没有电梯，她将行李一一打包好，让物流公司的师傅来取。那个师傅一次只拿了一个行李箱，还是把箱子一路给拖下楼去的，拖得整个楼道震天响。

她当时提醒师傅："要不拎起来？"

师傅回答："你这箱子太沉了，拎不动啊！易碎不？易碎你就过来搭把手，不易碎的你就体谅一下。"

昭棠没有去搭把手，就让师傅那么一个个拖了下去。心里一面对邻居们感觉抱歉，一面想着：就这样吧，要是碎了也是它们命里注定要渡这个劫。此时有了对照，"路师傅"的形象瞬间高大伟岸起来。

昭棠看了眼房间里的东西，走过去抱起一个最轻的纸箱，又提起地上的行李袋，跟着下楼去。

小区没有地下停车场，车子都停在地面。出了单元门，昭棠就看到右前方几十米处停着一辆白色的面包车，正好停在路灯下，冷白的光将车身上那三个大字照得格外明晃晃——货拉拉。

橘色，斜体加粗。

路景越将两个行李箱叠好放在一起，一回身，就见昭棠站在单元门口，怀里抱着一个大大的纸箱，右手还提着一个鼓鼓的袋子。

路景越浓密的眉毛顿时皱了皱，他大步走到她身边：“给我。”

昭棠将手里的纸箱交给他，路景越站着没动，抬了抬下巴：“袋子。”

昭棠举了举手里的行李袋：“这个里面是纸巾，很轻。”

路景越这才没说什么，抱着纸箱，转身走向面包车。昭棠跟在他身后，帮着将行李袋也一起放到车里。

这个季节的岁宜雨水多，总是说下雨就下雨。明明刚回来那会儿还有些热，此刻就觉得有凉意。昭棠抬头看向灯下，果然有雨滴落下，不大，像月光下的尘埃，细碎，轻飘飘的。

“怎么下来了？”路景越看向她。

昭棠眨了眨眼：“下来看看你的车。”说着，中肯地评价了一句，“还挺新。”

路景越“啊”了一声：“刚换的，车太旧容易被客户取消订单。”

昭棠怀疑地问：“真的吗？”

路景越没回答她。

两人沉默着回到五楼，昭棠又抱起一个纸箱，一抬头却见路景越站在原地没动，神情莫测地看着她。

昭棠面不改色地眨了下眼：“我还要去看看中介来了没有，顺便帮你带一个下去吧。”

路景越一只手搭在行李箱上，轻轻地敲了两下：“你这是什么借口？”

昭棠的心猛地跳了一下。

房子里很安静，但大门开着，远处隐隐有嘈杂的声音传进来。大概有老人在遛弯儿，还有小孩在玩耍，不知道哪家在做饭，连带着炒菜的香味飘了进来。

路景越双眸漆黑，静静地看着她。

昭棠抱着纸箱，背脊绷直。有一点点重的箱子，此刻她却像是完全感觉不到重量一样。

半晌，路景越忽然开口了："想少给钱是吧？"

昭棠猛地抬头，咦？

路景越笑了一声："想什么呢？订单已经下了，就算你帮我干活，我也不会给你打折的。"

昭棠想说不是这样的。

"给我。"路景越迈开长腿走到她面前，朝她伸出手。

行吧，不识好人心。昭棠一言不发地将纸箱放到他怀里。

路景越单手抱着纸箱，另一只手又拎起一个行李箱。走出门的时候他想起什么，回头看向昭棠："对了，哪家中介这么大牌，要你冒雨亲自下去迎接？你介绍给我，我去他们那儿打工，我也想享受这待遇。"

昭棠："……"

第三章 搬家

昭棠和房东约好七点交接，她把时间算得很紧，原打算等货拉拉师傅搬东西下去的时候，她刚好和中介交接，带中介检查房子，拍下水、电、煤气的度数。这个安排其实还带着一点保护自己的小心机。毕竟是晚上，三方同时在场总好过两方单独见面。

只是没想到，中介不守时。眼见路景越还有最后一趟就搬完了，中介还没过来，昭棠只好打电话给房东。

路景越再回来的时候，昭棠正背对着门和房东讲电话。他停在门边，静静地看着她。

这些年她好像都没怎么长高，还是一米六出头的样子。不算高，可是很好看。骨骼纤细修长，尤其是腰，他怀疑自己一只手就能捏住，但又不是只剩一把骨头，而是骨肉匀称，看起来就很温暖柔软。她的嗓音十分温柔，说话不疾不徐，都这样了，也没见她发火。

最后，只听她说："好，那我再等十分钟。"

从她的语气中，能听出压抑的情绪，但没有咄咄逼人。

挂了电话，昭棠转身，就见路景越斜倚着门框，姿态慵懒地看着她。

她充满歉意地说：“抱歉，可能还要再等十分钟。”

路景越没说话。

昭棠自觉理亏，又小心翼翼地问了一句：“可以吗？”

路景越这才淡淡地应了一声：“嗯。”

“谢谢。”昭棠抿唇一笑。

还要说什么，路景越忽然又问：“不是说过了七点不方便吗？”

她那时候哪知道接单的是“路师傅”呢，如果是不认识的师傅，那么太晚搬家她肯定会害怕啊。不过是“路师傅”的话，尴尬归尴尬，至少安全是有保障的吧。就算他还记着当年的事，心里对她有怨，那也不至于报复她吧？

昭棠对路景越的人品还是很有信心的。

想到什么，昭棠忽然问：“当时给我打电话的人是你吗？”

路景越怔了一下，点了下头：“嗯。”

昭棠震惊地问道：“那你都没听出我的声音吗？”

路景越反问：“听出了怎样？没听出又怎样？”

“听出了你就……”昭棠的话差点脱口而出，可一对上路景越深沉的目光，心又莫名跳快了两下，一种说不清的情绪慢慢袭上心头，有点心虚，又有点尴尬。

她的声音几不可闻：“可以取消订单啊。”

那就不会有现在这种尴尬的场面了。

路景越直勾勾地看着她，不知道是听见了还是没有听见，他只是一言不发地站在那里。半晌后，才漫不经心地说了一句：“有点耳熟，但是没听出来。”

昭棠的脸有点发烫。他这么说，就显得她刚才那么问很自作多情啊！他真是一点面子都不留给她啊！

昭棠抿了抿唇，看了眼剩下的一个行李箱和一个纸箱，说：“那你一会儿就在楼下等我吧，等中介到了我把钥匙交给她就下去。”

路景越不置可否，走过来抱起纸箱，拎起行李箱就下去了。

中介是踩着点到的。只是出乎昭棠意料，来的并不是当初带她看房签约的那名女中介，而是两个男人。

这两个男人，都有一米七的个头，一个胖一些，一个瘦一些，瘦的那人说话声音很大，嗓音尖细，刺得人耳朵不舒服。

昭棠没有多问，直接将钥匙给了两人，说道："水电费和燃气费我不会算，你们算好后直接发给房东吧。"说完她拿起包就准备离开。

瘦中介上前两步拦在门口，昭棠抬眼看向他。

虽然这里是老小区，楼道没有监控，但两人都穿着工作服，应该是真的中介，而且门大开着，昭棠倒是不担心他们怎么样，只是预感，怕是得扯皮。

果然，胖中介拿着合同过来，看似客气地翻了翻："房东委托我们过来，除了交接房子，还要和您谈一下退租的事。"

昭棠不解："他已经答应退租了。"

"对，他是答应退租了，但是退回金额还没谈。"

"退回金额不就是我付的房租和押金减去我这几天用掉的水、电、燃气费吗？"

"但是你们签的是一年合同，你这是提前退租，按照合同你要付给房东一个月租金的违约金，并且你这个月的租金已经生效，所以这个月的房租也不能退给你。你是押一付三，等于付了四个月的房租给房东，按照合同，房东收你一个月租金、扣你一个月押金，最后退你的钱应该是两个月租金减去你这段时间用的水、电、煤气和三个月物业费。"

昭棠目瞪口呆。

这个算法过于荒唐，昭棠忍不住笑了，提醒他："你看下免责条款。"

胖中介没翻合同："我们家的合同，我清楚，免责条款说的是'因自然不可抗力或因政府施工导致房屋无法正常使用，合同自动解除，甲乙双方互不承担违约责任。'"他抠着字眼儿说，"现在有自然不可抗力吗？

没有吧。有政府来施工吗？也没有吧。所以就是你违约，房东收你两个月租金，合情合理。”

昭棠耐心听着，也没打断他，只是听完后轻轻笑了一声：“你翻到备注看看。”

胖中介狐疑地看着昭棠。

昭棠抬起眼皮，说道：“我当初签约之前仔细看过你们的合同模板，免责条款那里有些奇怪，不可抗力就是不可抗力，什么叫自然不可抗力？我怕以后有问题说不清，所以我早就要求在备注里面加了一条：合约存续期间，若乙方发现房屋有威胁乙方生命安全或健康的潜在隐患，乙方可随时提出解约，而不必承担违约责任。”

胖中介听到昭棠的话，脸色变了，拿起合同飞快往后翻。

昭棠语气温和，不紧不慢，一条一条往下说：“而我现在退租，是因为这个房子刚装修好，甲醛超标，这就是存在威胁我生命健康的隐患，并且我也出具了空气质量检测报告佐证。所以不管是按照法律条款还是按照你们的合同条款，我都可以无责解约。至于房租，我使用了这套房子半个月，我也可以退一步，付这半个月的房租——”

“这是哪个神经病……”昭棠还没说完，就被瘦中介的脏话打断。

瘦中介凑到胖中介旁边，看到合同上竟然真的有这么一条备注，暴躁地骂了一声：“这是哪个玩意儿加的！”

昭棠皱了皱眉，这个瘦中介，不管是他尖细的声音还是他粗鲁的用词都让她心生厌烦。

她淡淡地反问：“合同是三方共同签的，你不会看上面的中介签名吗？”

昭棠的声音不大，甚至可以说温柔，可是她的眼神让瘦中介觉得很不舒服，她的眼神仿佛在看什么上不得台面的玩意儿。瘦中介暗自骂了一声，从昭棠身边走过，径直走进客厅。他从烟盒里抽出一支烟，用打火机点燃。就这么抽着烟，在几个房间里乱转，四处打量。

房子里忽然烟雾缭绕，沉闷的烟味让昭棠皱了皱眉，不过她忍耐着，没说什么。

胖中介终于找到了合同上的中介签名，抬头对昭棠说：“这是我同事签的，我也不知道什么情况，她现在下班也联系不上，明天上班我再问问她吧，也需要问问我们公司的领导。”

昭棠笑着摇摇头，仍旧用平和轻淡的语调，反问道：“什么时候已签字的合同生效与否，还要先问过你们公司了？你们答应才算数，不答应就作废？”

胖中介被噎住了。

“就按合同办吧，我还有事，先走一步。”昭棠侧身从他身旁走过。

“我说你是真不知道还是假不知道，房东有权一分钱不退你！”瘦中介在后面高声喊住她。

昭棠觉得十分荒唐，顿时停下脚步：“有权？谁给了他违约的权利？”

瘦中介将手里的烟头重重地扔在地上，抬起沾着灰的皮鞋，用力踩上去，同时大步往昭棠走来：“那你告他啊！他就违约了，他就不退你钱，你去，你现在就去法院告他！”

昭棠不怕讲道理的人，最怕的就是道理讲得好好的，结果对方忽然开始耍无赖了。她有点撑不住，毕竟她一个女孩子，对方是两个大男人，别说这会儿天已经黑了，就是白天她也会害怕。

胖中介拉住瘦中介，瘦中介伸出一根手指，指着昭棠的脸直接开骂：“你在这儿装高贵呢？别以为别人不知道，你一个刚毕业的女人就出手阔绰，整租房子，住五星级酒店，你是什么样的人你自己不清楚吗？你在这儿装什么装？”

昭棠长这么大还从来没有遇见过这么明目张胆不要脸的人，她气得脸都红了，不过更多的是害怕，她不敢留在这里，转身往外跑。结果忘记了这房子有一道不矮的门槛，她一着急，脚绊住了。

完蛋了！

她闭上眼，已经做好当着这两个中介狼狈摔倒的准备。预期的疼痛却没有来，她重重地撞上了一个结实有力的胸膛。与此同时，一条手臂环过她的腰，另一条手臂像是安抚似的轻轻拍了拍她的背。温热而沉稳的气息透过皮肤，直达她的心脏，下一秒，她就知道对方是谁了。

她抬起头，对上路景越深邃的双眸，他垂眼看着她。

路景越将她拉出了怀抱，对她说道："等着。"

昭棠迷迷糊糊的还沉浸在刚才那个意外的拥抱里，就已经被他拉到了身后。路景越大步跨进门，一把拽住了瘦中介的手腕。瘦中介被抓疼了，骂了句脏话。

路景越一言不发，拽着他只管大步往客厅里走。瘦中介用力反抗，但在路景越手里仿佛一只瘦弱公鸡，毫无挣脱之力。

事情发生得太突然，昭棠和胖中介都还没反应过来，就见路景越忽然停下来，一只手拽住瘦中介的头发，用力往后一扯，再重重按住他的后脑勺，狠狠往坚硬的墙上撞去。

"砰！"头撞上钢筋混凝土的声音，沉闷厚重，昭棠感觉房子都仿佛晃了晃。

瘦中介惨叫一声，反应过来后，捂着头破口大骂。路景越冷着脸，一句废话都没说，又一拳重重地挥过去。

瘦中介捂着脸，倒在沙发上。

胖中介终于反应过来，大喊了一声："你干什么！"

昭棠见胖中介大步朝路景越走去，也终于回过神来，连忙跟着跑进去。

结果她到路景越身边比胖中介还快一步，她拉着路景越的手臂往后退两步，又挡在路景越身前，抬手对胖中介说："冷静点，有话好好说，都别动手！"

路景越一把将她拉到自己身后，冷冷地扫了胖中介一眼。

胖中介看着路景越，其实不用昭棠说，他也不敢动手。路景越看起来瘦，可是刚才揍人那两下又狠又硬，一看就是练过的。

路景越看向倒在沙发上的瘦中介，仿佛在看一团垃圾。他嗤笑一声，将瘦中介挑衅昭棠的话原样还给他："我动手了，你告我吧。你去，你现在就去法院告我。"

瘦中介捂着脸没吭声。

路景越回头看昭棠，昭棠对上他的目光，心跳得飞快。

路景越温声细语地问："名片呢？"

昭棠愣住了："什么？"

路景越提醒她："我给你的名片，拿给他，让他去告我。"

昭棠还是没反应过来，一……一定要这样吗？

路景越见她没动，忽然笑了一声："别舍不得，让给他，我再给你。"

昭棠无语，她是舍不得吗？她的手指无意识地按着自己的包："名片在那几个行李箱里，都搬下去了。"

路景越没说什么，只是若有所思地看着她的手。

昭棠飞快将手拿开，拽着他往外走："我们走。"

路景越没说什么，任由她牵着手，经过胖中介身边时却冷不丁地停下来，抬手轻而易举就抽走了胖中介手里的合同。

胖中介反应过来正要说话，路景越将手递到他面前："笔。"

大概有的人天生自带强者的气场，让人不自觉地就听其号令，胖中介一对上路景越那双沉黑淡漠的眼睛，不由自主地从口袋里掏出了笔，乖乖递到他的手上。

路景越接过，翻开合同看了看，找到一处空白的地方，唰唰写下"路景越"三个字，并在后面留了一串电话号码。随后将笔连带合同一起还给胖中介，目光冷冷地扫过沙发上的瘦中介，语气不屑地说道："我等着你来告我。"

路景越转头看向昭棠："走吧。"

昭棠没说什么，垂着眼往外走，路景越走在她身后。

不知是不是出于女孩子天生的直觉，昭棠走到门边，忽然回头看去。

这一眼，正好看见瘦中介红着眼，顺手抄起电视柜上的花瓶往路景越脑袋上砸去。

“小心！”

她下意识去拉路景越，路景越却像是后脑勺长了眼睛似的，都没回头，反手就拽住了瘦中介的手腕，瘦中介痛得惨叫一声。

“啪！”花瓶掉到地上。

路景越又拽着瘦中介的手往后背一扭，瘦中介毫无招架之力，脑袋被狠狠按到了墙上，连连惨叫。

路景越一只手押着瘦中介，转头对昭棠道：“报警。”

昭棠还没反应过来，瘦中介就先破口大骂：“你先动手！”

路景越扫了他一眼，笑得十分欠揍：“我这是正当防卫。”他说着，用长腿将脚下的花瓶碎片一踢，正好踢到瘦中介脚上。

胖中介和瘦中介这俩人平常也就欺负欺负小姑娘，仗着女生在体力上处于弱势不敢跟男人动手，也不会有人真的花那么大工夫去法院告他们。做这种事也不是一两次了，只是万万没料到，今天遇见硬茬，不仅先动手打人还比他们更不要脸，抓了把柄就号称正当防卫要报警。

胖中介连忙跑过来打圆场：“哥，你看，报警就不用了吧。这可是你先动手，这要报警也该是我们报警啊。”

“那你来报。”路景越冷笑。

胖中介讪讪发笑了笑。

打架没什么，但这里是客户家。在客户家打架，还闹到派出所，即使最后和解，也轻则扣工资，重则丢工作，说不定还会被整个中介行业拉黑。胖中介想，他又没有动手，凭什么被连累？两个中介原本是一边的，但利益当头，人不为己天诛地灭。

胖中介立刻走到瘦中介身边，推了推他：“喂，你赶紧道歉啊。”

瘦中介嘴里含着血，“啐”了一口：“我为什么道歉？他把我打了，我还要道歉？”

胖中介一急，在瘦中介耳边狠狠地警告："你还想不想要工作了？你要不想要你就跟他去派出所，我还要工作，我可不想跟着你丢了工作！"

胖中介说着作势要走，瘦中介咬着牙，愤恨地道："对不起！"

路景越手上一用力，将他扯过来，让他面对着昭棠："对她说。"

瘦中介额头上肿了个紫色的大包，一只眼睛也黑了，一张脸简直没法儿看。他又挣扎了两下，奈何路景越一只手把他制得死死的。

瘦中介不得不屈服于路景越的武力，看了眼昭棠，又咬牙说了句："对不起。"

昭棠转开脸摆了摆手："让他走吧。"

路景越本来还打算说什么，但见昭棠多看一眼这人都不愿意，他也就没说什么，松了手。

瘦中介得到自由，和胖中介两人飞快地跑了。

昭棠看了眼地上的花瓶碎片，去阳台上取了笤帚过来，简单收拾了一下。其间，路景越就靠着门打电话，昭棠心里装着事，没注意听他说了什么。等她收拾好了，走到他身边，他已经打完电话，正垂眼看着她。

昭棠轻声说："我们走吧。"

路景越站着没动，两人一时都没说话，气氛有些安静。

过了片刻，路景越低声问："吓到了？"

昭棠顿了顿，轻轻摇了下头："没有。"

路景越没说话。

昭棠往外走，他也没动，在她身后开口道："等个人。"

昭棠停下脚步，看向他："等谁？"

路景越："律师。"

昭棠："……"

不会真要告吧？

她忍不住提醒他："这事儿跟你没关系啊。"

路景越不悦地道："我不要面子的吗？"

昭棠一阵语塞。

路景越挑眉："都被人挑衅到跟前了，我要是不做点什么，这还是我路景越吗？"

昭棠直白地纠正他："他们挑衅的不是你，是我。"

路景越："但留下姓名、电话的人是我。"

行吧，你赢了。

不到半个小时，人就到了，来的是一对年轻男女。

女孩先进来，跨过门槛，一眼看到坐在沙发上的路景越，喊了一声："越哥。"

昭棠循声看去。

进来的女孩穿了一条白色的裙子，长及脚踝，外面套了件莫兰迪色的针织衫。长发披散，发丝很有层次，清晰分明，发梢也用心地卷过，卷曲成不大不小的波浪。

她快步走到路景越面前，昭棠看清了她的五官。鹅蛋脸，皮肤白皙，桃花眼，眼角微微下垂，给人一种柔美的感觉。她化着很精致的淡妆，嘴唇上涂了眼下流行的口红色号。

昭棠也是女孩子，心里也有喜欢的人，所以她一眼就看出，这个女孩浑身上下都透着只有见喜欢的人时才会用到的小心机。

昭棠轻轻移开目光。

路景越看了她一眼，转头问女孩："你怎么来了？"

女孩看了看路景越身边的昭棠，转了转黑白分明的眼珠子，大声说："骆珩正在跑货拉拉，没空过来，就让我和周淮琛过来了。"

昭棠不知道是因为听到了货拉拉还是听到了第三个人的名字，又看向女孩。

"介绍一下，"路景越开口，"孟逐溪，我表妹。"顿了顿，又加了一句，"三代以内。"

这时，一个男人走了进来，留着寸头，身上的夹克敞开，露出里面的黑色T恤衫，身高腿长，姿态挺拔，五官比不得路景越精致，但也是轮廓清晰，身上冷漠硬朗的感觉倒是重了几分。

男人走到孟逐溪身边停下，看向路景越问道："你没受伤吧？"

"怎么可能？"路景越转头向昭棠介绍，"周淮琛，警察。"

路景越又看向孟周二人，介绍道："昭棠，我今晚的客户。"

昭棠听到"我今晚的客户"六个字，莫名觉得有些不对，但转念一想，好像也没什么不对。她现在对他而言，可不就是这个身份吗？

只是她一时没想明白，为什么路景越说等律师，结果律师没到，警察和他的"女朋友"到了。是的，就在孟逐溪和周淮琛对视的一个眼神里，昭棠就看懂了一切。这两人，即使现在还不是男女朋友，但也差不多了。

孟逐溪看了路景越一眼，忽然皱着鼻子用力嗅起来："咦，这什么味道？"

"有机污染物的味道。"路景越解释道，之后看向孟逐溪，"你先带她出去，我给警察同志介绍介绍情况。"

昭棠完全没明白过来现在什么情况，就被孟逐溪拉了出去。

老小区的楼道有些简陋，没有封窗，昭棠和孟逐溪站在楼梯上，看着外面暗沉沉的天色。雨没下起来，但空气湿润了不少，凉凉的晚风夹杂着春天的气息，万物复苏，势不可挡。

孟逐溪长相甜美，性格开朗，她事先知道了中介的行径，十分自然地站在昭棠这边，皱眉低声骂着两人，不过来来回回都是"太过分了""祝他出门掉沟里"这种匮乏的骂人词汇。

忽然，孟逐溪想到什么，低叫一声："糟了！"

昭棠："什么？"

孟逐溪紧张地看着她："你现在还没租到房子，后面还是要找中介看房。可你们现在把那两个中介得罪了，后面租房怕是会很难啊。"

昭棠并不放在心上："中介多得是，我换一家就是了。"

孟逐溪跺了下脚："你不要以为你只得罪了他们两个没关系，中介是有群的！那两个人肯定会在群里大肆造谣你是一个很恶劣的客户，让后面的中介不敢接你的单，或者就算接了也故意给你推荐有问题的房子，给你挖坑。"

昭棠愣住，不至于吧？

孟逐溪见状，又立刻笑了，摆摆手说："不过没关系，有周淮琛在，让他替你找房子。"

昭棠想问这合适吗？

孟逐溪却一副理所当然的模样："他是警察啊，为人民服务是他的天职……不过你不能加他微信。"孟逐溪眨了眨眼，"他是我的，你加我微信，他要是找到房子，我发给你。"

孟逐溪说着，掏出手机，点开微信二维码，递到昭棠面前。

孟言溪这番安排明明白白，昭棠有些好笑地看着她，不过倒也理解，便也拿出手机："好，我加你。"

刚加好微信，两个男人就出来了，周淮琛走在后面，顺手把门带上。

路景越走到昭棠身边，轻声道："走吧。"

下楼时，孟逐溪和周淮琛落在了后面，昭棠停下来想等两人，路景越从她身边走过，轻飘飘地留下一句："长得这么好看，怎么就不解风情呢？"

昭棠愣住。

路景越停在面包车前，回头看昭棠："上车，别妨碍他们谈恋爱。"

昭棠赶紧跟上去。行吧，是她疏忽了。

从后面出来的孟逐溪远远瞧着远去的货拉拉面包车，心疼地感慨："我越哥不容易啊，追个女朋友又是开货拉拉又是打架的。"

周淮琛看了她一眼，径直走开："被他追的更不容易。"

"咦？"孟逐溪傻眼了，追上他，心虚地问，"你什么意思啊？"

周淮琛停下来，侧头瞧着她：“微信加到了吧？下一步是不是就打算把房子推给她了？”

孟逐溪一愣，做警察的观察能力和推理能力都这么强的吗？

周淮琛又问：“骆珩现在没在开货拉拉吧？”

“没……”已经被看穿了，孟逐溪只好坦白交代，“他们为了抢到这一单，真的一不小心抢到了好多单，但除了这单越哥亲自过来，其他的都花钱找别人做了……好吧，我承认，越哥根本没让骆珩过来，一开始就是让我带你过来。”

周淮琛点点头：“让你过来是为了让你加昭棠的微信，带我过来是因为我的身份能帮助你取得她的信任。”

“警察叔叔就是很伟大啊。”孟逐溪硬着头皮吹捧他。

周淮琛不置可否。

前方巷口处，崭新的货拉拉面包车很快驶出视野。

周淮琛“啧”了一声：“这走一步看三步的本领，他从商真是屈才了。”

回去的路上，两人一路沉默。

月亮只露出残缺的一角，挂在高楼大厦间，若隐若现。

昭棠坐在副驾驶座上，不自觉地抠着安全带。她终于还是没忍住，侧头去看身旁的男人。

很难想象，她第一次看他开车，他开的竟然是货拉拉。面包车的座椅有些窄，不过很新。路景越坐在驾驶座上，看着前方，像是很专注。

昭棠想了想，轻声开口打破沉默：“你现在在做什么？”

路景越看她一眼，说得理所当然：“开货拉拉啊。”

“那你……”她又没话找话，“你和你的合伙人一直都是他抢单你搬家吗？”

路景越漫不经心地应了一声：“嗯。”

昭棠觉得这个分工有点奇怪，明显搬家的人比较累，抢单的人比较轻松啊，如果轮换还好，一直这样，他不就很累很吃亏吗？

昭棠又忍不住问："那你们收入怎么分配？"

路景越随口答："五五分。"

昭棠瞪大了眼睛，这么不公平吗？她不敢相信地盯着路景越。

十字路口，绿灯转红，路景越将车停在斑马线后，转过头，对上她的视线。

昏暗的车厢里，男人目光深邃，声音低沉："你在看什么？"

昭棠咽了咽口水，终究没控制住心中大胆的想法，厚着脸皮问："你看，你还需要合伙人吗？"

路景越一头雾水。

昭棠小心翼翼地提议道："我工作不算忙，我也可以帮你抢单。"

路景越："不用。"

昭棠又强调："我不用五五分，我可以三七分，不，二八分也可以！"

路景越不想说话了，他安静地看着她，双眼漆黑，车厢内本就昏暗的光线仿佛完全照不进他的眼睛里。车外，十字路口红绿灯的倒计时一秒秒跳动着。

四目相对，昭棠忍不住有些心猿意马，又立刻拉回思绪。

在商言商，她斟酌着后退一步，妥协道："其实，一九……也行。"

路景越听到这里，终于笑了一声，短促，很轻。

昭棠不明白他这声笑是什么意思，就听他意兴阑珊地开口："那要不……"

他的语气似乎有所松动，昭棠立刻期待地看着他。

路景越也看着她，停了三秒，才把话说完："要不别分了，我的钱都给你，怎么样？"

好一会儿昭棠才明白过来他这是在讽刺她，连连摆手解释："不不，你误会我的意思了，我说的是我一你九，不是你一我九！"

路景越轻哂，没说什么。

此时刚好红灯转绿，他发动车子，汇入车流。

昭棠看着他的侧脸，心里生起一丝被拒绝的挫败，又再次想起了他刚刚那一句——要不别分了，我的钱都给你。

刚才一着急，下意识就以为是他理解错了，忙着解释。此刻看他沉默不语的样子，昭棠才后知后觉，他这明明就是故意说反话讽刺她嘛！昭棠轻轻吐出一口气，不再自讨没趣。

车子开到鹿溪饭店，停在十三栋楼下。

昭棠从车上下来，正打算帮路景越将东西搬上去，几名服务员刚好经过这边，见此情形，立刻殷勤地涌过来帮忙。

路景越手刚碰到行李箱，就被服务生抢了先："您歇着，我们来，我们来就好。"

昭棠看着忙忙碌碌的几人，深刻感受到了人间的温暖。

行李眨眼就搬完了，服务员过来打了声招呼，很快就走远了。四周再度安静下来，只偶尔传来几声蝉鸣。酒店为了避免光污染影响客人休息，隔很远的距离才设一盏微弱的灯。两个人站在外面，即使面对面，也无法将对方的样子看得十分清晰。

昭棠觉得这样影影绰绰就很好，像是多了一层天然的保护色。

她犹豫了一番，还是轻声道："今晚，谢谢你。"

路景越低头看着她，没说话。

昭棠忽然有种诡异的直觉，觉得路景越很可能会回她一句：不用谢，给个五分好评就行。

她并没有猜对，下一秒，路景越开口说道："下次租房找信得过的人带你，别再被坑了。"

低沉的声音，在这安静的夜里显得多了几分温柔。

昭棠抿唇笑了，忽然觉得，这样就已经可以了。

她原以为，他们这辈子都不会再见，即使哪天在浩瀚人海里视线交会，也会擦身而过，假装谁也认不出谁。没想到短短的日子里，他们见了这么多次，现在还能像朋友一样说几句客套话。这样就可以了。

她的语气不觉轻松下来："人生几十年，总会遇见各种烦恼啊，谁还不是一次次被坑，又一点点积累经验过来的呢。"

路景越漫不经心地笑了一声："不用你积累经验。"

他没再说下去，昭棠的背脊却一下子绷直，长长的睫毛轻轻颤了颤。

路景越仿佛完全没有意识到自己说了什么，或是早已忘记了，并没有放在心上，只是出于礼貌说了一句："回去吧，早点睡。"

昭棠的心像是缺了一角，有风凉凉地吹进来又凉凉地吹走。她垂下眼，轻轻应了一声："好，你也早点休息。"

她从他身前走过，没有说"再见"。见了这么多次，应该是真的已经将缘分耗尽，也不必再见了。

昭棠走在月光里，抬头看着天上残缺的月亮。

身后传来车子引擎发动的声音，在一片清寂的夜色里有些刺耳，车子很快远去。昭棠没有回头。她不后悔，她只是，有一些遗憾。

第四章 梦境

很奇怪，今晚明明搬东西的人不是她，打架的人也不是她，昭棠却觉得好累。回到房间，连行李都没有碰，就直接去浴室洗了头洗了澡。头发吹得半干的时候，她听见有人摁门铃，朝外面问了一声是谁。

是酒店服务员，居然是特地来给她送晚餐的。

服务员在门外说："刚才看您这么晚了还在搬行李，一定还没有吃东西吧？"

昭棠觉得自己这几年遇见的温暖都快被这家酒店承包了，可惜她没什么钱，如果她有很多钱，她肯定一直住在这里。

谁不想一直这么被关怀，被照顾呢?

昭棠没去开门，隔着门撒了个谎："不用，我吃过了，谢谢你们。"

服务员沉默片刻，温柔地说："好的，那您早点休息。"

服务员离开后，昭棠没继续吹头发了，她将电吹风一放，也不管头发湿着对身体不好，直接躺到床上。

她睁着眼睛，怔怔地看了一会儿天花板，抬手碰了下床头的感应开关。灯光骤灭，房间暗下来，昭棠闭上眼睛。

这一晚，毫不意外地，她又一次梦见了路景越。只是和以前那些光怪陆离、毫无逻辑的梦不同，这一次，她梦见了以前的一件事。

高二那年，学校要开春季运动会。

本来运动这种事，是怎么都和昭棠挨不着边的，她体育考试能勉强及格已经是拼了老命。可惜当年他们的班主任是刚毕业没几年的年轻女老师，朝气蓬勃。运动会报名的时候，她重点交代体育委员，要让班里去年没有参加过运动会的同学都报上名。

班主任："项目不限，但人人都要参与。"

不少女生抱怨起来，骂骂咧咧地在下课后找体育委员报了名。

昭棠有时候有点侥幸心理，她坐着没动。同桌催她赶紧去选轻松点的项目，她眨了眨眼："这不还有高三吗？我明年再参加。"

同桌一脸疑惑："还能等到明年？"

昭棠真诚地点了点头："我难得在运动场上发光发热一次，肯定要留在高中最后一年啊。"

才怪。她早就知道，高三就没有运动会了。

因为路景越就不用参加运动会，这让她十分羡慕，羡慕到恨不得跳级去和他同班。

晚上放学，路景越在校门口等她，听说她打着这个小算盘，笑了一声，忍不住提醒她："你还是赶紧去报名吧，就你打的这小算盘，还能算得过你们班主任？别到时候不仅逃不掉运动会，反而还得去最苦最累的项目。"

昭棠闻言睁大眼睛，不开心地瞪着他："路景越你盼我点儿好啊！"

"行，我盼你好。"

少年将声音拖得老长，求饶声里带着点取笑的意味。

十八岁的少年，身高已经冲到了一米八，身姿挺拔，逆光站着，夕阳自他身后斜斜打来，将她完全笼罩在清凉的阴影里。他垂眼看着她，又补充了一句："我对你这么特别，我还能不盼你好吗？"

虽然知道他这人就这样，不苟言笑的时候严肃得不行，有时候又喜欢开玩笑。

昭棠听到这话还是忍不住红了脸，跺了下脚，闷闷地转身走开：“你别胡说啊！”

路景越跟上她，他步子大，看起来慢悠悠的，却紧紧跟在她身边，任她走多快都甩不掉。他在她耳边吊儿郎当地提醒她：“你可别想多了，我的意思是，你脸盲但你认出了我这张脸，你就得对我负责。”

当初两人不熟的时候，她为了多看他几眼，厚着脸皮一直假装脸盲认不出他。直到再也装不下去，不得不认出他。没想到这人脸皮比她还厚，竟然说他的脸开过光，一般人记不住，只有特别的那个人才能记住。还赖上她了，要她对他负责。怎么有人可以这么一本正经地胡说八道！

结果事实证明，有的人就是乌鸦嘴。

第二周周五下午报名结束，班主任收回报名表研究了片刻，说道：“女生八百米还少了一人，谁还没报名？昭棠吗？那行，昭棠，你来跑八百米。”

昭棠：“……”

她可太讨厌路景越了！

回家的路上，路景越笑得双肩轻颤，昭棠真的再也不想看到他了！她背着书包一个劲儿走在前面，仰着脖子，不管他在旁边怎么逗她，她都不为所动。

路景越无奈，只好说：“你要是实在不想跑，那就别跑了。”

昭棠停下脚步，狐疑地看着他：“你有办法？”

路景越眼带笑意：“我帮你想办法。”

昭棠听他这么说，迟疑了片刻，摇了下头：“算了，我还是跑吧。”

“怎么又想跑了？”

昭棠噘了噘嘴：“不跑还得找理由，费力。”

路景越抬手揉了揉她的头发：“不用你找理由，我很会找理由。”

他总是这样说，不知什么时候起，这就仿佛成了他们之间特有的对话方式——不用你，我会。最开始的时候，是他要无赖，说他的脸开过光，一般人记不住，只有特别的那个人才能记住。

她不甘示弱地说："那我下次说不定就认不出你了啊。"

他笑着说："不用你认出我，我会认出你。"

昭棠抬杠："万一你也认不出我呢？"

路景越嗤笑了一声："不用你操心，我不脸盲，我很会认人。"他着重强调了那个"很"字。

从那以后，他好像就常常说这种句子，像是为了不让她反驳，每次都会加一个表示程度的副词——

不用你想办法，我很会想办法。

不用你帮，我力气很大。

不用你记，我记性很好。

……

他说过好多这样的话，而且不只是说说。

昭棠低下头往前走，他走在她的身后。

初夏的热风迎面吹来，拂在她的脸上，身后的夕阳将两人的身影拉得很长。

运动会那天，昭棠穿着贴了号码牌的运动服，和同组的队员一走到起跑线后。她下意识看了眼看台，没看到路景越，心中暗暗松了口气。

虽然在跑八百米这件事上她没什么胜负欲，但让路景越看到她跑最后一名可不行，她也是要面子的。还好他念高三，要上课。

枪声响起吓了她一跳，回过神来，她慢了一拍跑出去。

虽然一开始打定了主意，跑完就行，但真的到了跑道上，听着周遭此起彼伏的加油声，她多多少少还是被激起了胜负欲，没有落在最后了，她控制着呼吸，尽力往前跑。到终点以前，竟还超过了一名女生。

她自己也没想到，这场运动会不是高手云集，而是“虾兵蟹将”聚会。这惊喜来得太突然，让她又累又开心，猛地发力，一口气冲过终点。结果大概是因为体力透支，跨过终点线后，她腿一软，跪倒在粗粝的跑道上。双膝火辣辣地刺痛，手心也疼，她怀疑皮磕破了，深深地吸了口气。

不远处有同学看到，立刻朝她快步赶来。

路景越却比他们更快，不知道什么时候出现的，他从看台上跳了下来，跑到昭棠身边，一只手揽过她的肩，一只手托起她的双膝，将她抱了起来。

昭棠看到是他，一脸惊愕：“你是从哪里冒出来的！”

她刚刚明明还确认过一遍啊！

路景越抱着她大步往前走，手却很稳，风将他的声音吹得有些模糊：“我送你去校医室。”

余光瞥见满操场的人，她又立刻不安起来，轻轻挣扎：“你别抱我啊，你让同学来扶我。”

“别动。”

他走得极快，很快就将所有人甩在了身后，耳边渐渐安静，嘈杂声仿佛从身后遥远的地方传来。

昭棠不动了，垂着眼，平复自己的心跳。

“疼吗？”他低声问。

昭棠摇头：“不疼。”

“那怎么这么安静？”

不然呢？

昭棠抬眼，看着他绷紧的下巴：“我在想一会儿怎么解释。”

他看了她一眼：“解释什么？”

她停顿下来，过了片刻，似乎想到什么，故意说：“我在想一会儿怎么说谎。”

路景越果然想都不想，立刻就说了一句：“不用你说谎，我很会说谎。”

昭棠扑哧一声笑了。

路景越低头看向她。

昭棠冲他笑，不怀好意，拖着长音，反问：“路景越，你很会说谎啊？”

路景越：“……”

这一觉醒来似乎更累了，昭棠躺在床上，睁眼看天花板上繁复精致的纹路，觉得浑身上下一点力气都没有。

她闭上眼，又过了几分钟，才起床开始洗漱。

上班时间，主任赵希声说起上次她将外国记者说得哑口无言的事，建议她写篇论文：“昭棠，你见解独到，可以考虑以意识形态作为切入点论述中西方不同的历史观，发表在咱们馆的核心期刊上，对你评职称也有帮助。”

昭棠点点头：“其实我也有这个打算，只是最近太奔波了，一直没找到时间。”

赵希声问：“房子还没找到吗？”

昭棠摇头：“中介给我发了几套，我打算周末去看看，不过看图片也不是很合适的样子。”

孙珞宁忍不住插话：“这附近的房子是真的难租，要么是豪宅，要么是‘老破小’，一进去仿佛穿越回二十世纪七八十年代。‘老破小’就算了，还贼贵，一居室一个月都五千了。”

赵希声：“这没办法，这附近的老破小都是学区房，又紧邻岁宜大学，有得天独厚的优势。”

孙珞宁问昭棠：“要不住远一点呢？”

昭棠抬了抬眼，很是心塞：“我上套房就离得远，也不便宜，一个月三千多，还没有地铁，打车要花一小时，一天里花在路上的时间就有两小时。”

这话简直戳到了孙珞宁心窝，她连连赞同："可不是，咱们这代人可太不容易了！买房买不起就算了，连租房都租不起！"她说着直摇头，"还好我家就在岁宜，住家里爸妈不收我房租……对了，棠棠，你不也是岁宜本地人吗，怎么不住家里？"

昭棠垂下眼眸，轻轻说了一句："我住家里也不方便。"

孙珞宁没想太多，自动理解为她嫌距离远："对，家离得太远了还不如在这附近租房。"

赵希声看了孙珞宁一眼，转移话题："对了，小棠，你上套房子的钱退你了吗？"

经赵希声这么一提，昭棠才想起来上套房子的事儿，还不知道中介怎么跟房东说的。她昨晚应该及时联系房东的，昭棠懊恼地想，怎么后来就一点儿都不记得了呢？全想些有的没的去了。

昭棠轻轻吐出一口气："我也不知道……中午打电话问问房东吧。"

孙珞宁震惊地说道："你都出具空气报告了还不给你退租呢？这房东人品太差了吧，他这明显就是仗着你不会真为了这么点儿钱去告他，在跟你耍无赖呢！"

可不是？昨晚那俩中介那么嚣张，不就是断定她不会为了万把块钱又是请律师又是打官司的，费钱费力。

"我好气！"孙珞宁捏了捏拳头，气愤地说，"那就发到微博曝光他，省钱省力，用唾沫淹死他！"

昭棠听到这话忍不住笑出声来。

赵希声皱眉轻斥了一声："说什么呢？"

赵希声又看向昭棠："好好协商，别动不动闹到网上，平白让人看了笑话，影响不好。"

昭棠点头。她当然想协商解决，毕竟回来这一个月已经够焦头烂额了，实在没那个心力再打官司。

中午的时候，昭棠还没来得及给房东打电话，微信就先弹出条银行卡收款提醒。点开一看，到账金额整整一万五千块钱。正是她当初押一付三转给房东的钱。

这房东和当初带她签约的中介一样无赖，都是没收到钱以前十分殷勤，钱一到账，立刻撇清关系。当初因为房子住着不舒服又不能确定装修时间的事儿，昭棠联系房东，房东不回复，联系中介，中介不回复，现在退钱却这么主动？这是太阳打西边出来了吧。

正想着，手机屏幕弹出一条语音通话邀请。

昭棠接通后，房东客气得有些诡异的声音立刻传出来："小昭啊，能听见吗？"

昭棠看了眼屏幕上的"房东"两字，怀疑这人被盗号了，她轻轻"嗯"了一声。

房东态度好得宛若换了一个人，一开口就向她道歉，表示中介昨晚对她无礼的事完全与他无关，并对中介的无耻行径进行了强烈的谴责："他这明显就是看热闹不嫌事大，两头拱火，挑拨咱们俩之间的关系！小昭你放心，我刚才已经打电话过去投诉了这两人，这种恶劣行径，绝对不能容忍！他们领导也给我准话了，轻则扣工资，重则开除。"

昭棠安静地听着，没吭声。

房东果然话锋一转，说道："那你看，我钱都退你了，也投诉中介了，你要不跟骆律师说一声，这诉咱就撤了呗？"

"骆律师？撤诉？"昭棠愣住。

"不是你请的骆律师吗？我说小昭，你们年轻人可太不会过日子了，为了这点儿钱，你就请这么有名的大律师来告我啊？我退你的钱还不够你付律师费呢。"

昭棠满腹疑云，完全搞不清楚这个"骆律师"是从哪儿冒出来的，不过见房东现在这谄媚劲儿，想起以前他那讨厌的态度，想起他们仗着她没工夫去告故意挑衅……

她笑了笑，语气十分温和有礼："没事儿，上法院的话您还得倒赔我一笔钱呢，我再贴补贴补，也够付律师费了。”

房东顿时哑口无言。

话虽然这么说，但昭棠挂了电话，还是认真琢磨起这个骆律师来。她忽然想起昨晚货拉拉订单界面显示的骆师傅，也姓骆。帮路景越抢单的骆师傅，强势逼房东退钱的骆律师……该不会真是路景越吧？

昭棠心口涌起一股热流。她迟疑了几分钟，轻轻点开手机通信录，找到昨晚倒数第二条通话记录，一串陌生的数字。指尖点上去，一触即离，屏幕立刻显示“正在呼叫……”

昭棠紧紧盯着这四个字，睫毛轻颤，心跳得飞快。她无意识地抠着手机光滑的金属外壳，又用力吸了一口气，屏住呼吸，轻轻将耳机贴到耳边。周遭陷入短暂的寂静，时间都仿佛静止了，只有她仿佛一个跋山涉水的旅人，用尽了力气，耳边只剩呼呼的风声和自己的心跳声。

然而下一秒，冰冷的女声顷刻间将她拉回现实：“您好，您所拨打的电话为虚拟号码，您的订单目前已结束，不能再通过此号码联系师傅，祝您生活愉快，再见！”

昭棠看着被挂断的手机，陷入茫然：她刚刚“跋山涉水”到底是为了什么？

骆珩发现路景越这两天格外爱玩手机，几个人正说着话呢，他忽然看手机就算了，有时候一帮人一起喝酒，酒杯碰撞，气氛正好，他忽然一个人坐在角落里看起了手机。

骆珩困惑了两天，猛然意识到——他越哥应该是换新手机了！

想到自己竟然让越哥一个人“锦衣夜行”了这么久，骆珩十分惭愧，立马热情地拍马屁：“越哥，换新手机了啊？还挺好看！”

路景越的眼睛离开屏幕，仿佛看智障一样看向他：“你的审美是体育老师教的？”

得，算他多事！

路景越把玩了一会儿手机，又看向他，问道："我让你告房东，你告了吗？"

"告什么告啊！"骆珩摆手，"这种民事纠纷，只有当事人自己主张，我才能提交诉讼状。我现在只能发封律师函过去吓唬吓唬他。"

"那你吓了吗？"

"吓了啊，前两天就吓了。"骆珩说起房东，不屑地笑了笑，"这种人我见多了，小市民心态，法律意识又薄弱，抱着租客耗不起那个时间和金钱真找他打官司的心态耍无赖，等真碰见硬茬了，他们跑得比谁都快……以我多年打官司的经验，我估计我这边刚给他发完律师函，他那边转头就向昭棠求饶了。按理说他那边一找昭棠，昭棠就该来问你情况了啊。"骆珩说到这里停顿了一下，"怎么，她没联系你吗？我可特意叮嘱了一遍我骆师傅的大名。"

路景越没说话。

骆师傅虽然有时候神经大条，但律师该有的观察能力还是有的。他看路景越这神情，立刻明白过来——应该是真没联系。那么他这两天不停看手机……原来不是换了新手机，是在等昭棠的电话啊！

骆珩恍然大悟，心里立刻畅快了。这男人欠揍得很，活该现在有人出来治他！但"骆师傅"也怕，表面上还是不敢表现得太明显，甚至被压迫得生出了"奴性"，还帮他想起了招儿。

他忽然想起什么，猛地一拍大腿。

路景越抬头看过来。

骆珩大声道："我忘了告诉你，货拉拉联系客户用的都是虚拟号码，订单一旦结束，对方就打不通了！"

昭棠没有再联系路景越。有时候勇气就是那么一瞬间的事，那一分钟过后，即使再想起来他曾给她留过电话，她也没有勇气打了。

她从钱包里拿出那张卡片，盯着上面龙飞凤舞的字迹看了一会儿，又重新塞回去，将它压在了自己的身份证下面。

应该是再也用不到了，她想。

或许很多年后，她能看到这张雪白的纸片变得陈旧泛黄。但其实这张纸片能再出现在她的生命里，本身已经是老天给她开恩了。

之后的两天，房产中介又陆续给昭棠发来几套房子的照片，也不知房源是不是真的那么匮乏，一套不如一套，甚至几乎每一套都有硬伤。其实她要求不高，不过是安全、干净、安静。可是房产中介发来的这些房子，要么是卫生间黑色的污垢都快溢出屏幕了，要么就是卧室正对工地，并且还正在施工。

这就难免让她想起孟逐溪的话——房地产中介内部都是有群的，她和之前那两个中介闹成那样，他们必然会在群里大肆泼脏水，让后来的房地产中介对她产生先入为主的偏见，要么不接她的单，要么接了也故意给她介绍有问题的房子。

但昭棠想，应该没有人会这么蠢吧？为了两个不太熟悉的同行，而放弃自己实实在在的业绩？再说，即使只是隔着屏幕聊天，她也不难相处吧？有礼貌，有同理心，掏钱爽快。但昭棠无意深究，只是回了中介一句：谢谢，我再看看。

之后她也没再找别的中介。

就这么一直到周五晚上，昭棠也没定下周末看哪套房。她虽然有三个月的鹿溪免单，目前暂时不着急，但难得周末可以看看房子，她实在不想浪费。于是自己下了几个租房APP，半靠在美人榻上，寻找着房源信息。

果然自己看的都比中介靠谱。她很快就收藏了几套，正打算一个个联系，屏幕上方忽然弹出条微信消息，她定睛一看，是孟逐溪。

指尖顿了一下，她轻点进去。

第二天，昭棠从鹿溪饭店走到附近的摩卡小镇，到的时候，比约定时间还早了十分钟。

身后是一片花园洋房，占地面积极广，呈现出一派都市田园风光。低楼层，绿化好，容积率低，小区门口是一块古朴的石头，上面刻着拙朴的四个大字——摩卡小镇。

摩卡小镇正是孙珞宁口中的豪宅，城中心的房价天花板。

她上次租房实在租不到的时候，也曾动过这里的心思，甚至来看过一套，不过这里的房价实在令她高攀不起，她最终还是放弃了。

昨晚孟逐溪给她发来一套两室一厅的房子，就在摩卡小镇，她下意识婉拒，但架不住孟逐溪一再游说。孟逐溪说这是周淮琛弟弟的房子，急着出租，价格也有商谈的余地，都快求她来看了。

昭棠忽然想起路景越让她找信得过的人带她看房。周淮琛是警察，还有比警察更信得过的人吗？

于是，昭棠欣然答应。

她刚在小区门口站了两分钟，一辆红色的越野车就开了过来，在她面前停下。副驾驶室的车窗降下，孟逐溪那一双漂亮的桃花眼映入眼帘。

“你怎么比我还早到啊？”孟逐溪冲她眨了眨眼，解开车锁，“上来，我们去看房！”

房子在小区中庭的位置，这栋楼共六层，这套房子正好在六楼，视野很好。站在阳台上，还能看到隔壁的岁宜大学。房子内部的装修处处透着精致，看得出房主人当初花了很多心思，至今墙面雪白，东西摆放整齐，可见房子保养得极好。

孟逐溪在一旁解释：“房主大学毕业后就没怎么在这里住过，但阿姨定期都会过来打扫。”

昭棠随口问：“那都不住这边了，怎么不把房子卖掉？空着不是挺浪费的吗？”

孟逐溪沉默片刻才说道：“他大概是想以后生了小孩，等小孩念大学可以继续住这边吧。”

昭棠忍不住笑道："想得还挺远。"

"他这人想得一向远，说不定夜里辗转难眠的时候连宝宝名字都想好了。"孟逐溪眨了眨眼，"虽然他现在还没追到女朋友。"

闻言昭棠笑了笑。

"对了，说到这里，正好解释一下，这套房子呢，价格会比较低，应该就市价的一半左右，想再低也可以谈，但还是要先和你说句实话……"孟逐溪神情凝重地停顿了一下，"这里风水有问题。"

昭棠立刻紧张起来："凶……凶宅？"

"那倒没有！"孟逐溪连连摆手，"我怎么能给你找凶宅呢？就是，人住在里面桃花会凋零。"

昭棠疑惑："桃花凋零？"

孟逐溪沉重地点点头："嗯，房主自己自从住进这房子吧，就一直单身到现在。"

昭棠觉得这个说法十分不科学，忍不住提醒："单身跟房子没关系吧？"

孟逐溪凑过来，在昭棠耳边轻声说："他这人迷信。"

"具体情况你自己问他吧。"孟逐溪低头点开微信，漂亮的指甲在屏幕上飞快地点了两下，"我把他的微信推给你。"

昭棠的手机响了一声，她有些迟疑："会不会不太好？"

"没什么不好的，又不是说你加了他就一定要租他的房子，问问还不行吗？"

昭棠想想也是，却在点开这人名片的瞬间愣住了。

微信名：有房在租。

现在的人起名都这么简单直接吗？难道她一直租不到房子，是因为没有把微信名改成"我想租房"？

她主动加了对方好友，对方一时没有回复。

孟逐溪又带着她看了看房子。

这套房子，大到格局朝向、装修，小到露台上的秋千、窗帘的颜色，甚至书桌材质，都全部精准地踩在昭棠的审美上，巧合得就像是专门为她准备的一样。

昭棠忍不住回忆起自己幼时住的房子，觉得也不过如此了。可惜考虑到这里的房价，还是有些犹豫。

房主不知道是太忙了还是没看到，一直到晚上才通过昭棠的好友验证。彼时，昭棠正躺在床上，双手捧着手机，矛盾地用计算器计算房租。

她点开最上面的消息，主动发消息过去："您好，我想问问您家房子的情况。"

消息发送出去，对话框顶部立刻显示：对方正在输入……

很快，空白的屏幕上弹出一条消息。

有房在租："嗯，风水有问题，你要是不介意可以问。"

昭棠觉得这个人从名字到说话方式都十分简单直接。

昭棠："嗯，我不介意。我想问一下，您的房租最低多少？"

有房在租："五千。"

昭棠迟疑了一下，继续打字："四千可以吗？我刚才算了一下，我只能接受不超过四千的房租，再多的话，会入不敷出。"

这次消息发送过去以后，对方久久没有回复。

昭棠捧着手机，又看了看自己刚才发送的消息，感觉有些过分。本来五千就差不多只够那边市价的一半，结果她还价到四千。她忽然有些不安，怀疑自己这么得寸进尺，对方会把她"拉黑"。

当然，她会这么想，是因为她不知道那个人此刻究竟有多忙。

自从路景越提前把微信名改成了"有房在租"，手机消息就没停过，他不胜其烦，要不是孟逐溪打电话过来提醒，他险些错过了昭棠的好友请求。而就在他和昭棠说话的短短几分钟内，他收到了至少二十条消息。他烦躁地退出微信，昭棠的消息立刻被淹没。

最上面一条信息是骆珩发来的："你有房在租？哪套？别墅还是平层？地址密码给我，我明天过去看。"

路景越捏了捏挺拔的鼻梁，点进个人信息界面。

昭棠心不在焉地看了会儿朋友圈，又回到消息界面，却在看到最顶上的微信名时，愣住了——有房已租。

明明两分钟前还是"有房在租"，怎么她就还了个价，就变成"有房已租"了？现在拒绝人都流行这么简单直接吗？

昭棠有些不甘心地问："您好，房子已经租出去了吗？"

有房已租："嗯，租给你了。"

昭棠愣住了，她不是才问了两句吗？怎么就成交了？

有房已租："四千，我答应了。"

这么爽快吗？她迟疑了一下，斟酌着问："能问一下，您这房子为什么这么便宜吗？"

有房已租："孟逐溪没跟你说这房子风水有问题？"

昭棠舔了舔嘴唇，不知道该不该劝他不要这么迷信。

有房已租很快又发来一条消息："去年冬天，我刚在里面过完了我的七周年单身纪念日。"

他是想让她夸一句"您还挺有仪式感"吗？

昭棠想了想，终究还是出于人道主义精神，斟酌着打下一行字："不瞒您说，我也刚过完我的七周年单身纪念日。"昭棠想了想，又补一句，"但我过去七年搬了好几次家……所以我觉得，单身应该不是房子的问题。"

过了好一会儿，那头才回复。

有房已租："确实不是房子的问题，是人的问题。大师算过了，这房子缺一个木火通明的主人。"

昭棠："木火通明？"

有房已租："嗯，名字第一个字带火，第二字带木，木火通明。"

昭棠想了想自己的名字，昭带火，棠带木……可不就是木火通明吗？只是昭棠实在很难想象，现在竟然还有这么迷信的人。就为了个名字，把市价一万的房子四千块租给她。

她虽然是既得利益者，可怎么都觉得不能坦然接受。但显然房主人并不这么想，反而对她的到来寄予厚望。

有房已租："你住进来以后，我应该就不用过第八个单身纪念日了。"

昭棠："有句话我不知当讲不当讲。"

有房已租："讲。"

昭棠："我住进来，您确实不能在这里过第八个单身纪念日了，要过您也只能换个地方过。"

手机那头的路景越："……"

第五章　巧合

昭棠并不知道微信那边和自己聊天的是“路师傅”，等了一会儿没等到回复，她忽然觉得有些尴尬。又看了眼自己最后发的那条消息——要过您也只能换个地方过。

感觉对于陌生人而言，说这样的话是有一点唐突。虽然她在说以前还特地问了一句不知当讲不当讲……那也是他自己让她讲的啊。

昭棠正犹豫着要不要说句什么找补，屏幕上忽然弹出一句——

有房已租：“你要不想租也行，我把名字改了。”

改什么？再从“有房已租”改回“有房在租”吗？怎么还生上气了？只是对方生气的方式莫名有些可爱……谁生气是用改名字来表达自己的不开心啊？

昭棠莫名被逗乐了，想了想，发了一条消息：“先别改吧。”

她故意一面慢慢地打字，一面看他的回复。这人还挺沉得住气，没理她，她这才将消息发出去。

昭棠：“毕竟像我这么木火通明的名字，真的不多见呢。”

有房已租：“对，所以我打算去改名字，求人不如求己，我去给自己改一个前面一个字带火、后面一个字带木的名字。”

行吧，是她输了。谁让他的房子就是这么合她心意呢？

人也不错，爽快，虽然有点骄傲。怎么会有人这么在意明年单身不单身呢？易地而处，假如他说她明年还单身，她就完全不会生气。

昭棠沉默片刻，自己给自己搭了个台阶：“怎么能说求呢？举手之劳而已！那咱们一年一签？您不会中途卖房子吧？”

有房已租：“不会，你要愿意，十年一签都行。”

昭棠也没什么好磨叽的，问道：“那咱们什么时候签约？您定个时间，我都可以。”

有房已租：“等我回来吧，我现在不在那边。”

昭棠：“那您大概什么时候能回来呢？”

有房已租：“早着呢，至少得等我过完八周年单身纪念日吧。”

这人真的，爽快是真爽快，记仇也是真记仇。

昭棠正犹豫着要不要给他道个歉，解释下自己并不是诅咒他明年还单身的意思。屏幕上忽然蹦出一串六位数字。

有房已租：“房子密码，你先住，签约转账等我回来再办。”

这么爽快吗？她连忙打字：“这样不太好……”

她打字一向习惯打几个字先发，打几个字又继续发，常常一句话被她分成好几条消息。她把这几个字发送出去，正要继续打“我还是先等您回来吧”，对方先发来消息。

有房已租：“那你就和周淮琛签，钱直接转给他。”

还能这样？

昭棠试探地问：“这样会不会更不好？”

也不知道对方是不是不耐烦了，这次，大约三五分钟后，他才发来四个字。

有房已租：“他是警察。”

简单的四个字，在这种场景下却能解读出各种各样的意思。

昭棠甚至能想象到房主人反问她的样子："他是警察，你信不过我，还是信不过他？"

或者一脸冷漠："他是警察，有事不找警察帮忙，你还想我打个'飞的'回来专程跟你签约吗？"

又或者一脸无奈："小姑娘，人与人之间的信任呢？"

总之，昭棠盯着这四个字，脑子里几个画面反复闪现，最后心里实在佩服这人的语言组织能力。她一个研究文字的都自愧不如，他可真是将"少即是多""大道至简"展现得淋漓尽致。

昭棠思索了下，其实代签也行。

昭棠："好的，那我和他签。不过还是您给我发个卡号吧，我把钱转给您。"

这次消息发送出去，昭棠等了大约五分钟，对方都没有回复。

昭棠不信有人收钱还这么不积极，猜测他应该是去找银行卡了，于是退出和他的聊天界面，点开孟逐溪的头像。

她将这事告诉孟逐溪，又客气地表示，房东不在这边，可能到时候需要周淮琛代签。

孟逐溪："但是周淮琛出差执行任务去了，现在不在岁宜呢。没关系，他们一家子爽快人，你先住，后面再签也可以。"

昭棠确实感觉到了房主人好说话，她本身性格也十分爽快，从来不让对方吃亏，稍微思索了一下，就答应下来："那行，那我就先把房租转给房东，后面再慢慢签吧。"

孟逐溪："咦，房租要先给吗？不是先住后给钱吗？"她甚至贴心地举了个例子，"就像你去餐厅吃饭，不也是吃完再结账吗？"

这逻辑让昭棠无法反驳。

昭棠只好提醒她："也有一些餐厅是先付钱再吃饭的。"

孟逐溪十分大气："咱们这边是先住再交房租！"

昭棠很想问，她的钱是烫手吗？

此时，房主人也回复她了。

有房已租：“知道你上一个房东为什么对你‘已读不回’吗？”

虽然这个问题有点莫名其妙，但她确实还挺想知道原因。

昭棠：“为什么？”

有房已租：“因为你先给钱了。”

有房已租：“给钱的是孙子，欠钱的是大爷。”

有房已租：“你这次可以试试先住后给钱，你看我还敢不敢对你‘已读不回’。”

昭棠：“……”

虽然听起来挺有道理，但她总觉得哪里有点不太对劲儿。

有房已租：“不用谢，一个房东的自我修养罢了。”

“他真这么说？”周一上班，孙珞宁听完昭棠的经历，十分震惊。

“就是这么说的，我也很震惊，我甚至有点怀疑……”

“怀疑什么？”

昭棠抬眼看过去：“怀疑他这是要提升整个房屋租赁市场的服务水平。”

孙珞宁疑惑地看着认真的昭棠，这是重点吗？

“不是，你该怀疑的是他不是好人啊！天上不会掉馅饼，要有点戒心啊姐妹！”

“对，天上不会掉馅饼。”昭棠点点头，“所以我先把房租转给第三方了。”

“第三方是谁？”

“给我介绍这房子的警察。”

“警察啊……”孙珞宁沉吟道，“这应该没什么问题了。”

“不对，好像还是有点问题，哪个房东那么好，愿意让你先住后给钱啊？说什么一个房东的自我休养，以防自己对你‘已读不回’，太离谱……”孙珞宁说到这里忽然笑了笑，有些无奈地摇摇头，“不知道是不是被社会毒打惯了，我现在一遇见好事，都会下意识怀疑对方是不是要害我。但是你这边有警察叔叔在，安全感满满……”

孙珞宁又思索了一番，最后谨慎地建议：“那你就先付一个月房租，先住一个月试试。”

昭棠说：“我直接按押一付三转的，我相信周淮琛。”

孙珞宁虽然觉得昭棠过于爽快了，但还是点点头：“对，公职人员有党纪，他们不敢做坏事。”

“也不全因为他是警察。”

“那是因为什么？”

昭棠安静了几秒，轻声说：“因为他是一个我非常非常信任的人介绍给我的。”

周淮琛是路景越介绍给她的。说不明白为什么，就是很笃定，路景越一定不会害她。包括他介绍给她认识的人，也一定不会。

昭棠打开手机，点开房主人的头像，正想给他发条消息，一眼看到“有房已租”四个字，为了自己的眼睛着想，昭棠把之前的房东删了，把他备注成了房东。又给他发了条消息过去，告诉他，自己准备这周末搬进去。可能真的是因为钱还没到手，那边回复得格外快。

房东：“好。”

过了会儿，房东又发来一条消息：“房子有什么问题跟我说，什么东西坏了也跟我说，我让人来换。”

昭棠盯着这行字，深深觉得，不愧是要带领整个租赁行业‘卷’起来的男人！想她以前遇见的那些房东，都恨不得她除了打款永远别去麻烦他们。当然了，这人这么说说不定也只是客套客套。

昭棠没把他这话放在心上，这些事情她一直都是自己处理，只是出于礼貌回了一个字：“好。”

昭棠提前约阿姨去打扫了房子，周六的时候就搬了过去。值得一提的是，这次搬家还是鹿溪赠送的服务。

大约是因为她有天下班回去，经过主楼时，提前和他们说了自己这周末会退房，并感谢他们赠送的免单。

当天晚上，她在房间里就接到了前台的电话，向她确认搬家时间，还说："您是我们的老客户，如果是五公里距离以内的话，我们这边可以免费为您提供搬家服务。"

昭棠握着座机听筒，有一刹那，她感觉有些恍惚。

就像孙珞宁说的，不知道是不是被社会"毒打"惯了，现在遇见一个好人，都会警惕对方是不是要害自己。前前后后算起来，她已经在这里白吃白住一个多月了，最后走了还要人帮她免费搬家？昭棠自己都觉得有点过分。

正想婉拒，前台又干巴巴地笑了笑，说："您要是觉得咱们这儿服务还行，能支持下我们的工作，办张卡吗？"

果然！她就知道消费的尽头是办卡！

前台继续游说："您充个卡，不一定要来这边住宿，平常过来吃个饭也行，而且我们的会员不用预约，您什么时候想来随时都可以过来。"

果然世上没有白吃的午餐，也没有白吃的晚餐和早餐。

不过鹿溪饭店确实在她困难的时候帮助了她，即使他们不提供搬家服务，昭棠也不会拒绝。离开前，她特地去前台办了张卡，考虑到自己免单免了不少钱，她便在里面充了一万块钱。

两名前台见状，顿时笑靥如花，一边一个扶着她出门，又站在台阶上冲她挥手："您以后一定要常来啊！"

昭棠觉得这情景说不出地诡异，但她还是点了下头。毕竟她可充了一万块钱呢，不来她对得起自己吗？

酒店搬家的效率很高，很快就搬完了。送走了人，昭棠将打包好的东西收拾出来，一一放好，又将没洗的脏衣服扔进洗衣机里。洗衣机也是新换的，她看着锃亮的银灰色洗衣机，回想起房东当时主动发过来的那一句话，仍旧觉得有一点感动。

房东："男人用过的洗衣机，你要是用不惯，就换一个。"

当然，也只是有一点感动而已。

因为房东下一句就是："钱一人一半，算在账上，等我回来给我。"

虽然如此，但换洗衣机这个提议还真是让她无法拒绝。毕竟男人用过的洗衣机，谁知道他有没有在里面洗过内裤或袜子啊……所以昭棠很爽快地答应了。

第二天家电旗舰店的工作人员就送来了一台全新的洗衣机。只是她把衣服放进去后，才发现一个问题——她没有洗衣液。之前买的洗衣液嫌重懒得打包，留在了那个甲醛超标的房子里。后来在酒店，贴身衣服她一直都是用内衣皂手洗。

她又一一清点了别的东西，将需要添置的日常用品大致记下来。见外面天色已暗，肚子也有些饿，昭棠决定出去吃个晚饭，吃完饭顺便去超市逛一圈。

拿手机出门时，碰到屏幕才看到锁屏上一条消息，是房东发来的，时间是两个小时以前。

房东："东西都收拾好了？"

昭棠一边换着鞋，一边打字："收拾好了，谢谢。"

消息发送出去，鞋也换好了，她出去反手将房门拉上。等电梯的时候，手机响了一声，她拿起一看。

房东："你是我第一个客户，我帮你点个外卖恭贺你乔迁之喜。"

这么有仪式感吗？不过想想也是，能过七周年单身纪念日的男人，仪式感应该是差不到哪儿去。

但昭棠礼貌地婉拒了："不用了，我下楼去趟超市，顺便在外面吃。"

收到消息的男人此刻正坐在烧烤摊前。

烧烤摊人不算少，桌子摆到了路边。桌凳有些简陋，顶棚上搭着一颗简陋的灯泡，白炽灯下，偶尔几只小虫子飞过。

骆珩一巴掌又拍死了一只蚊子，连连抱怨："我说越哥，咱们已经在这里坐两个小时了，你到底吃好了没？"

路景越放下手机，抬头看向对面两人。

骆珩一面挥着手抓蚊子，一面嘀咕："怎么就非要坐大街上，坐里面蚊子也少些啊！"

反观孟言溪就淡定多了，泰然自若地坐在塑料凳上，一言不发，慢悠悠地摇晃着一只简陋的啤酒杯，像抚摸情人一样摩挲着简陋的杯子，让人恍惚间有种他刚刚从鹿溪饭店的宴会过来的错觉。

路景越站起来："你们回，我去趟超市。"

骆珩一听这话，如蒙大赦，猛地从塑料凳子上蹿起来，甚至条件反射地跳了两下脚，意图赶走那些讨厌的只围着他一个人转的蚊子。

"去吧去吧，不奉陪了！"他敷衍地朝路景越挥了挥手。

孟言溪缓缓站起身来，盯着路景越的脸，问了句："这附近有三家超市，你去哪家？"

路景越闻言挑了下眉，反问道："我是三岁小孩儿？"

然后路景越将手机揣回兜里："小孩儿才做选择，我就不能三家超市全都去？"

孟言溪："……"

骆珩："……"

路景越说走就走，骆珩茫然地望着他英挺的背影，转头问孟言溪："不是，他到底要干什么？没头没脑请我们大老远来吃烧烤，味道一般就算了，吃烧烤就吃烧烤吧，还非得坐在路边喂蚊子，他是生怕路边的小姑娘看不到他那张脸是吧？"

"你还真说对了。"孟言溪看了骆珩一眼，转身往另一个方向走，

“他就是怕姑娘看不到他。”

骆珩追问道：“什么意思？”

孟言溪抬了抬下巴，示意骆珩看对面小区：“孟逐溪跟我说，昭棠今天搬家。”

“你妹说的？”骆珩反应过来，忍不住骂了一句，“他来堵妹子，让咱们俩陪着喂蚊子？上次他让我注册货拉拉，结果给我抢了一堆单子回来的事，我还没找他算账！”

“不对啊。”骆珩说到这里猛地反应过来，“昭棠搬家，那他怎么没去跑货拉拉啊？”

孟言溪看他一眼：“你以后还是别追女孩子了，你等着人来追你吧。”

骆珩摸不着头脑：“什么意思？”

孟言溪慢悠悠走在街上，打量着这附近的环境：“意思就是追女孩子得花心思，你这心思啊，比起你越哥差了不止十万八千里。”

骆珩还是不理解：“他不去搬，谁去？”

“酒店，五公里以内免费搬。”

骆律师顿时心动了：“你们酒店还有免费搬家的服务？”

孟言溪失笑，摇头道：“亏你还是大律师呢，你觉得那句话的重点是五公里吗？”

骆珩挠了挠头：“不然呢？”

孟言溪慢条斯理道：“重点不是五公里，是昭棠。是昭棠，别说五公里，五千公里都免费搬。”

骆珩吃了一晚上的烧烤，最后还没一碗“狗粮”来得撑！

昭棠下楼的时候看了眼地图，南门外的超市最大。从南门出去，一条街的馆子，灯火明亮。有中规中矩的餐厅，有烧烤小龙虾，还有肯德基、麦当劳……各种吃的应有尽有。

昭棠一天没吃东西，原本有些饿，但看了眼时间，还是放弃了去吃那些复杂的东西。她走进一家粥店，要了一份粥，吃完后进了超市。

每次搬家需要重新添置的东西都不少，零零碎碎，几乎把日用品重新又买了一遍。她一边回忆家里还有没有缺的东西，一边推着小推车，一排排货架逛过去，将需要的东西一一放进小车里。

纸巾、垃圾桶、垃圾袋、洗衣液、洗手液、漱口杯、纸杯……奶锅也需要一只，平常热一热东西，这样的话，可以再买一袋米和面条，懒得出去的时候可以煮。那么碗筷、勺子也是需要的，黑芝麻糊和豆浆粉也各来一袋，用来保养头发和皮肤。

走到蔬果区，她想起家里还没买水果，又买了点水果。买了水果的话，又需要买两个洗水果的沥水篮，她折回日用品区，路过女性用品，想起卫生巾也差不多用完了，又拿了几包放进车里。

就这么随意逛了逛，走到收银台时，面前的小推车已经冒出了个尖尖的头。晚上这个时间点，逛超市的人很多，收银台前排着长长的队伍。她站在队伍的末端，低头盯着自己的小推车，考虑要不要放一些回去，毕竟东西太多了她拎不太动。可是再跑一趟吧，她又嫌麻烦。

那要不就咬咬牙一鼓作气提回去？

正犹豫着，头顶忽然传来一道声音：“这队你要排吗？”

低沉的声音，清冷中透着几分慵懒，像要触碰她的心尖。

昭棠的心在一瞬间猛烈地往胸口撞去，与此同时，耳边仿佛错觉般地出现了短暂的寂静。

过了不知道多久，她缓缓抬起头，循声看去。

路景越站在她身侧，挺拔的身影挡住了她的视线。他站在超市明亮的灯光下，五官显得更加清晰。漆黑的眼睛，利落的下颌线，黑色衬衫包裹着结实精瘦的身体，最上方解开了两颗扣子，露出线条明显的锁骨。

昭棠脑子里霎时间有些许空白，她不知道为什么还能遇见他，还是在超市里，于是就这么怔怔地看着他。

路景越又问了一遍：“排吗？”

昭棠这才注意到他手里拿了一瓶水，她反应过来，连忙推着小推车往一旁让了让："你先。"

路景越却站在原地没动，看着她，漫不经心地问了句："买什么买了这么多？"

昭棠反应过来，立刻去看自己的小推车，果然见到那几包卫生巾正好放在上面。

昭棠的脸有些热，装作不经意似的，伸出手，从底下随便抽出一包什么，装模作样地拿到路景越面前晃了一下："就这个。"然后镇定自若地放回去，正好盖住卫生巾。

路景越没说话，似笑非笑地看着她。

昭棠有些难为情，总觉得他这个神情的意思是，他已经将她的小把戏看穿，并且觉得十分好笑，只是为了维护她的面子，不好笑出声。

两人就这么尴尬地对视着，直到旁边又推过来一辆小推车，轻轻撞上她的。

"你们俩排不排队？"陌生的大叔问。

昭棠立刻拖着小推车往后退了退："您先排。"

路景越让大叔的时候，十分自然地走到了她的身边。

昭棠觉得有些不自在，忍不住干巴巴地问："你怎么不去结账？"

"人太多了。"他看了眼收银台前长长的队伍。

"那怎么办呢？"昭棠没领会到他的意思，总不能因为排队的人多就不结账了吧？

路景越思索了两秒，问她："你能帮我排队吗？"

昭棠有点不敢相信，忍不住问："我排队，那你呢？"

路景越稍稍抬了抬下巴，示意她看收银台对面那一排空着的座椅，认真地说道："我去那儿坐着等你，到你了喊我。"

你排队，我坐着等你。她该感动吗？这真是个大老爷们儿说得出来的话？昭棠闭了闭眼，真的很想问路景越这么多年过去，你到底经历了什么！但是为了一瓶水表现出不开心又好像很没有道理，显得她非常小气。而且她的东西确实比较多，而他只有一瓶水。

昭棠默默吐出一口气，说道："好，给我吧。"

昭棠朝他伸出手。

"谢谢。"路景越面无愧色，十分自然地将手里的水放到她的手心。

大概是动作太过随意了，他的食指和中指指腹不经意碰到了她。干燥温热的触感从她的指尖滑过，很快分开。昭棠清晰地感觉到了他微微粗粝的指腹，只觉得自己浑身的神经末梢都不由自主地蜷曲了起来。她的背绷紧，过了两秒，才装作不经意地将水放回小推车里，沉默地往他相反的方向走去，随意排在离得最近的队伍后面。

她没去看他，前面的人一个个结完账，她心不在焉地往前走。到她了，她低着头将小推车里的东西一件件拣出来，放到收银台上。

收银员一面扫码，一面问她："要袋子吗？"

"要。"

"几个？"

"能装几个要几个。"

收银员于是从柜台底下扯了两个最大的购物袋出来，放在一边，昭棠还在往外拿东西，旁边忽然出现一只手，撑开一只购物袋，将扫完码的商品一件件装进去。

昭棠动作一顿，转头看去。路景越正站在她身边装东西，垂着眼，神情有些慵懒。

收银员的动作很麻利，一件一件地往路景越那边递，路景越看似毫不思索一件一件往购物袋里塞，东西却放得十分有条理，很快一个购物袋就规规整整地装满了。他放到一边，又扯过另一个购物袋。

昭棠回过神来，连忙继续将小推车里的东西往外堆。

一包蓝色两包粉色的东西从她手中经过，她由于心不在焉，竟慢了两秒才反应过来那是什么。她吸了一口气，抬手就想去拿回来，收银员却已经扫完码，随手放到了路景越面前。然后，昭棠就眼睁睁看着路景越好看的手捡起她的卫生巾，神色自若地装进了袋子里。整个过程他眼皮都没有抬一下，动作行云流水，一副理所应当的样子。扫码付款后，昭棠想去拎袋子，路景越先一步，两个袋子一起提了过去。

昭棠觉得不好意思：“我来拿一个吧。”

“不用。”男人的嗓音落在耳边，很轻很低。

昭棠的心跳立刻又快了起来。

两人沉默着走出超市，昭棠再次去接路景越手里的购物袋。路景越仍旧没给她，只是问了一句：“你住哪儿？”

昭棠下意识指了指对面的小区：“摩卡小镇。”

闻言，路景越迈开长腿往前走：“走吧，我去你小区门口的菜鸟驿站拿快递，顺路。”

昭棠完全摸不着头脑，在原地愣了两秒，才想起来追上他。走在他身边，忍不住仰头问他：“你住哪里？为什么要去那里拿快递？”

路景越神色自若地跳过她第一个问题，只说：“快递员送错了。”

昭棠点头，还忍不住轻声附和了一句：“就是，他们很容易送错地方。”说着还真诚地给出了一个建议，“你其实不用自己过来拿，你可以打电话让他们帮你送到你那边，毕竟送错快递是他们的责任。”

路景越听到这话，停下脚步，转头看她。

路灯昏黄，男人的脸不甚清晰，目光却说不出地迷人，昭棠不由自主地看着他。路景越就这么看了她两三秒，没说话，然后又回过头继续往前走。昭棠完全摸不着头脑，他是在谴责她不体谅快递小哥吗？

到了小区门口，看到菜鸟驿站的牌子，昭棠忽然想起自己也有个快递要取。她快走了两步，走到路景越前面，回头问他：“你的取件码是多少？我也要去取快递，我帮你一起拿。”

沉默了三秒，路景越反问：“你刚住进来哪儿那么多快递？”

昭棠无辜地眨了下眼：“不多啊，就一个。我提前买的，留的这边的地址……咦，不对。”昭棠反应过来，“你怎么知道我刚住进来？”

路景越抬起眼皮：“你上次搬家还是我帮你搬的，就算你第二天立刻就从酒店搬到这里，也不过十天吧。”

昭棠想想有道理，到底是路景越，逻辑推理就是厉害。

“走吧，一起去拿。”路景越拎着两个大袋子从她身旁走过。

这里的菜鸟驿站在小区外面，是一个小小的门面。入口窄窄的，过道很长，走进去，两边是长长的货架，地上堆着几个废弃的纸盒，空气里弥漫着包裹特有的尘土气息。

这会儿前面还排了一个女孩，女孩一次取了好几个快递，用袋子装好一并拿走。一回头，看到昭棠身后的路景越，眼睛刹那间就亮了起来，定在原地，盯着路景越看了两三秒。反应过来，她又立刻心虚地去看昭棠。她显然是误会了什么，自觉唐突，低着头飞快地从两人身边跑了。

昭棠懂她，想她年少时第一次见到这个人，可不就是这样吗？他这张脸，时时刻刻都招女孩子喜欢。一时间，她感觉心里有些闷闷的，她并没有不开心，她只是无能为力。

“取件码。”菜鸟驿站的阿姨上前问。

昭棠回过神，连忙掏出手机，报了取件码。

阿姨很快就找到了包裹，看了眼包裹外面的姓名，和昭棠核对：“名字是昭棠吗？”

昭棠点头，上前拿了包裹。

阿姨又看向路景越：“帅哥，你的取件码呢？”

路景越一只手拎着两个购物袋，一只手插在口袋里，站在灯下，显得身姿笔挺，气质卓然，和这逼仄杂乱的环境格格不入。

他看了一眼昭棠，神情自若地说：“手机没电了，下次再拿。”

“没电了？”

昭棠在取快递这件事上经验可是相当丰富，她稍一思索，立刻就找到解决办法：“没事，你可以报手机号后四位数字。”

菜鸟驿站阿姨也跟着说了一句："对，你把你手机号后四位数字报给我，我帮你查。"

昭棠见路景越不说话，睁着一双无辜的鹿眼，又用力向他点头保证："嗯！这样你就不用再跑一趟啦！"

路景越："……"

他要谢谢她这么体贴吗？他看着昭棠，神情复杂。

大概为了方便搬家，她的头发全部绾了起来，在头顶扎成了个松松的丸子头，露出一张白皙细腻的脸蛋，小小的，软软的。眼睛黑白分明，水汪汪的，在灯光下一闪一闪，像星星一样发着光。

她仰着脸看他，模样既无辜，又贴心。

路景越看了她片刻，挪开视线，转头泰然自若地反问菜鸟驿站的阿姨："你们这儿都有哪些快递？"

阿姨手里拿着扫码机，用带着浓重乡音的普通话说："三通一达，还有百世。"

路景越点了下头，面不改色地看向昭棠："那我走错了，我的是EMS（邮政特快）。"

昭棠在拿快递这件事上从不马虎，立刻主动帮他问："阿姨，EMS要在哪里取件？"

阿姨"哎哟"一声，对路景越说："那你错得远呢，EMS的代收点在北门，我们这里是南门。"

取快递最怕什么？一怕快递员送错，二就是怕走错菜鸟驿站，并且两个驿站还隔了老远。

昭棠觉得路景越好惨，短短一天之内同时经历了两件事。作为一个经验丰富的网购女孩，她十分同情路景越的遭遇。

她不遗余力地帮他想办法："确实有点远，要不你还是别去拿了，回去给快递员打个电话，让他帮你送到你那边的菜鸟驿站……不对！"

说到这里，她忽然想起什么，眼睛一亮，惊喜地看着路景越："EMS

和顺丰一样，他们是可以送到家门口啊！”

她说着说着就笑了起来，神情雀跃，像极了有一天忽然在某件不穿的衣服口袋里发现了意想不到的二百块钱。

路景越觉得他现在不想和她说话，所以他看了她一眼，转身走开了。

昭棠愣住，快递能送上家门呢，这都不能令他开心吗？

路景越走了两步，发现她没跟上来，又回过头：“走吧，去北门。”

昭棠张了张嘴，虽然不理解，但还是没有说什么，沉默地抱着她刚取的快递跟上去。

摩卡小镇说大不大，说小不小，从南门到北门，穿过小区走直线，大约要走十分钟。站在路景越的角度考虑，有点远了，但是站在自己的角度，他去北门会经过她家楼下，可以帮她多拿一段路的东西了。感觉怎么都是自己占了便宜，除了路上气氛有点尴尬。

这会儿过了九点半，小区里遛弯儿的老人小孩都已经回家，四下不见人影。光线昏暗，只有路旁的草坪里亮着小小的灯，将一条条曲径通幽的小路照亮。这个季节，栀子花开得正好。她和路景越走在一起，一路的栀子花香萦绕在两人身边，或淡或浓，令人十分舒服。

昭棠忍不住闭上眼，嗅了嗅。结果忘了自己手上的包裹太长，她一闭眼，一不小心踢到包裹，绊了一跤。她头皮一紧，脑子里顷刻间闪过一个念头——又要在他面前丢脸了。然而走在她前面的路景越像是身上装了雷达似的，过身来。他手里两个重重的塑料袋“啪”地落地，与此同时，昭棠的身子被他稳稳接住。

路景越一条手臂扶住她的腰，另一条手臂穿过她的腋下，绕到她的后背。昭棠身子前倾，正好扑在他的怀里。栀子花的味道瞬间没有了，鼻间全是路景越身上的气息，昭棠脑子里登时一片空白。

时间像是停止了，她一动不动地保持着伏在他怀里的姿势，两只手下意识地拽紧他的衬衫，呼吸也屏住了。

路景越似乎也愣住了，他抱着她，僵硬地保持着一动不动的姿势。

远处，加班回来的单身女孩刚走出小区大堂，正迷迷糊糊，一抬眼看到两个人抱在一起，以为是一对情侣正趁着夜黑风高四下无人在偷偷摸摸地亲热，脚步一转，默默往另一个方向走了。

最后，是路景越胸口“咚咚”激烈的心跳的声音将昭棠惊醒，她反应过来，呼吸一下子紊乱起来，又马上装作若无其事地推开他，并往后退了一步。

路景越顺势放开她，掌心里温暖柔软的触感犹在，他神色自若地收回手。看了一眼脚下掉落的两个袋子，里面的东西掉出不少，于是弯下身去捡。而昭棠还沉浸在刚才那个拥抱里，手脚发软。

一周前的那个晚上，他们其实也这么不小心抱过一次，可是那时和现在完全不一样。那时候他很生气，浑身上下散发着戾气。他扶着她，立刻就放开，然后上前揍中介，可是刚刚她感觉得到，他很温柔，仿佛在抱住她的一瞬间，就将浑身上下所有的棱角全都小心翼翼地收了起来，卸下外壳，露出一颗柔软的心脏。明明他的脸上没有表情，看起来十分冷漠，可是她却仿佛被一团温暖的棉花裹住了。

她深深吸了一口气，告诫自己不要自作多情。

她正要蹲下去和他一起捡东西，他已经收拾好站起来。一只手上提着两个购物袋，另一只手拿起她的快递。

昭棠连忙上去接快递：“给……给我吧。”

她嗓子莫名干涩，像是在沙漠里跋涉太久的旅人，还有点沙哑。

她垂着头去拿，路景越却没松手，两人的手同时停在了快递包裹上。长长的一个纸盒子，里面装的是杆儿一样的东西，很窄。他们的手同时放上去，隔得很近。两只手，一只手又白又软，另一只手的手指修长，肤色明显要深一些。光线影影绰绰，两只手中间只隔了不到一厘米的距离，几乎要碰到一起。

昭棠心一紧，就要收手，他却快她一步，先松了手。快递的重量霎时全部落在她这边，不重，但暧昧的气氛顷刻间消散。

路景越看着她，问道："什么东西这么长？"

昭棠将快递盒拿起来，一边低着头从他身边走过，一边回答："窗帘。"

路景越挑了下眉，走在她身边："你那房子里没有窗帘？"

昭棠专注地看着面前的路："有，不过不太遮光，所以我自己买了个遮光窗帘。"

路景越沉默片刻，低声问："睡眠不好？"

昭棠轻轻咬了下唇，过了一会儿，云淡风轻地说了一句："嗯，年纪大了，开始畏光了。"

路景越沉默了，几秒后，轻嗤一声："你这什么房东，连窗帘都要你自己买？"

昭棠下意识地解释："没有，房东人挺好的，只是这些小事我可以自己处理，不用麻烦他。"

"你房东……"路景越停了停，"人挺好的？"

"还行吧。"昭棠想想，"就是有点儿迷信，有时候神神道道的。"

想到那个"木火通明"，昭棠忍不住感慨："这年头，已经很难遇见像他这么迷信的人了。"她说完意识到背后说别人坏话不好，又找补了一句，"所以，我还挺珍惜他的。"

路景越转头看她，疑惑地问："珍惜他？"

昭棠对上他的视线，理所当然地眨了一下眼："对啊，物以稀为贵嘛。当然要珍惜他。"

路景越："……"

很好，物以稀为贵。

转过一个回廊，就到了楼下。

昭棠停下脚步，看向路景越："我到了。"

路景越点了下头，又看了眼她手里抱着的窗帘，问她："这个自己能拿上去吗？"

不能也得能啊，这么晚了，她总不能邀请他上去坐坐吧？就是她不介意，路景越怕是也要担心她意图不轨。说不定还会怀疑她对他余情未了，故意找借口喊他上去送东西，等他进了她的家门，她就将他打晕，让他真真正正成为她的“越妃”。

不行！不能再想下去了！

她一只手握住包裹，伸出另一只手去接他手里的袋子：“给我吧，我能拿上去。”

路景越没动，反而没头没脑地问了一句：“你那窗帘要怎么装？”

昭棠愣了下，以为他也想买一个，立刻热情地解释道：“这个很简单的，卖家已经把窗帘布裁剪好了，还配了个伸缩杆，我把窗帘穿到杆上，都不用打孔，直接把伸缩杆推上去，借住两边墙壁的力量卡住就行了。”

路景越看着她，一时没说话。

昭棠不明白他这是什么意思，想了想，试探地问：“你……想要链接吗？”

沉默了三秒，路景越又问了一句：“那么高，你自己怎么推上去？”

他的样子过于认真，以至于昭棠本来计划得好好的，都被他这个问句问得怀疑起自己来。

她不太确定地反问：“用……用……梯子？”

聊不下去了，他将东西还给她。

满满的两个塑料袋，交接的时候不可避免地就会碰到彼此的手。可是真的是太沉了，昭棠此刻完全没有了那些让人脸红心跳的小女生心思，只顾着咬牙死死拽住两个袋子，不让它们掉到地上去。

正好单元楼里有人推门出来，昭棠两只手都拿满了东西，随口向路景越说了声“再见”，转身就跑进了还未关上的单元门。

进了电梯，将东西一股脑儿扔到地上。她看了眼自己的手，才这么一会儿就被勒红了，完全无法理解路景越到底是怎么面不改色单手提这么远的。到了家门口，她一手拽一个袋子，就这么一路拖回了家。

洗手的时候，昭棠才来得及回想今晚的遇见。

最近遇见得有点频繁，昭棠忍不住想。这才多久，他们就见了好多次，好像到哪里都能遇见。不过他在这附近取快递，可见是住在这边，也就能解释通了。

原来，他们住在同一个社区。

昭棠用洗手液洗干净手，抽出一张纸巾随手擦着，一抬眼，看见镜子里的自己。眼睛亮晶晶的，皮肤白里透红，嘴角情不自禁地往上扬着。

她连忙用力抿了下唇，将嘴角的笑容压下去，可是一双眼睛依然亮晶晶的。

他们住在同一个社区。她又想。

她脚步轻快地走出卫生间，将买的东西一一取出来放好，拿到一半，发现路景越买的那瓶水还在里面。

他忘记拿走了。昭棠想都住一个社区了，以后肯定还会遇见，那就下次见面再拿给他吧。转念一想，又觉得这样会不会太刻意了，一瓶水不值什么钱，他发现忘了拿，肯定会重新买。说不准他们什么时候才能再遇见，万一一两个月以后见面，到时她还刻意提一句“你上次的水还在我这里”，不是显得她很自作多情吗？

就这么想着，她将那瓶水随手放到了一边。

将超市买的东西整理好，昭棠又去拆快递包裹，然后就愣住了。她不理解，明明是一根铁质的伸缩杆，卖家为什么要在盒子里塞满白色泡沫，他们是怕铁杆在途中被摔坏吗？可是泡沫都被铁杆戳成颗粒了啊！

她更惨，刚把东西取出来，白色的颗粒泡沫就撒了一地。

阳台的窗户没关，夜风习习。泡沫很轻，立刻随风起舞，眨眼就飘得到处都是。

昭棠无奈地跺了下脚，赶紧去拿笤帚，追着泡沫颗粒满屋子跑。

半小时后，昭棠总算将所有的泡沫都清理干净了，她将泡沫倒进垃圾袋里，用力拉紧垃圾袋的绳子，不让它们再跑出来。又卷起一旁的纸壳，小心翼翼地不让里面的泡沫颗粒也跑出来，就打开门下楼扔垃圾去了。

她推开单元楼的门，抬眼就看见了对面的男人。

路灯的灯光是暖黄色的，为了不影响低楼层的住户，光线很微弱。路景越倚在灯下，低着头，手里拿着什么东西，意兴阑珊地把玩着。他听见声音抬眼看过来，在看到昭棠的一瞬间，马上收起手里的东西，顺手塞进裤兜里。

“你怎么下来了？”

“你怎么还在这里？”

两人同时开口。

一阵风吹来，眼见纸盒里的泡沫快要压不住了，昭棠匆匆扔下一句“等一下，我先扔个垃圾”，就往垃圾站跑。

路景越走上前去想帮她拿，昭棠连忙躲开：“别动，一动里面的泡沫就飘出来了。”

路景越收回手，没说话，慢条斯理走在她身边。转过一个角，垃圾厅就到了。昭棠将塑料和纸盒扔进了可回收垃圾桶里，剩下的垃圾袋，她有点搞不清楚该放哪儿。

按理说泡沫是可回收垃圾，这没什么问题，可是碎泡沫……是其他垃圾还是可回收垃圾呢？昭棠站在垃圾桶前仔细回忆之前看过的垃圾分类教程，半晌无果，她只好放弃，闭着眼将它扔进了可回收垃圾里。

就这样吧，她尽力了。

她走出垃圾站，到外面的水龙头前洗手，路景越站在一旁问她：“你买的窗帘是易碎品？”

说起这个昭棠就生气，她忍不住皱眉跟路景越抱怨了几句卖家那个“败事有余”的泡沫。

路景越听完笑着说：“这不挺有爱心的吗？”

昭棠洗干净手，从一旁的纸巾盒里抽出纸巾，擦手的时候抬头问他：

“你怎么还在这儿？”

她说着想起那瓶水，正要开口问他是不是回来拿水的，就听路景越说：“回去，刚好路过。”

昭棠想到他是要去菜鸟驿站的，立刻转移了注意力，关心地问：“拿到快递了吗？”说着扫了眼他浑身上下，见他空着手，奇怪地问，“你的包裹呢？”

路景越不理解她怎么对那个包裹这么执着。

“菜鸟驿站关门了。”他淡淡地说了一句。

昭棠顿时觉得路景越好惨。她之前说错了，取快递最怕的不是两件事，而是三件事。不只是快递员送错了快递，取件人走错了驿站，还有——好不容易走到驿站，结果驿站关门了。而路景越在短短一天之内全都经历了。她同情地看着他，一时竟说不出安慰他的话来。

第六章 新房东

到最后还是没还他那瓶水。昭棠回到家，看到桌子上放着的水，才猛地想起来。路景越出来这一趟，不仅没取到快递，连水都忘了拿，现在还得再去趟超市。昭棠觉得路景越真的好惨，她都快看不下去了。要不是不知道他住哪儿，她都想叫个跑腿，帮他把水送过去了。

昭棠同情了路景越一番，直到晚上洗完澡洗完头，躺在床上，迷迷糊糊要睡着之际，灵光乍现，她的脑子里忽然闪过一个诡异的念头——路景越，他……他是特意来见她的吗？

这个念头让昭棠瞬间清醒过来，瞌睡去了大半。她猛地从床上坐起来，房间里关了灯，幽静而昏暗。她的遮光窗帘还没来得及挂上去，不太明亮的月光从外面照进来，在窗帘正中映出一片浅淡的影子。

房间里原本的窗帘很好看，厚重的材质，质感很好，和《乱世佳人》里的窗帘是同款的绿色，颜色分毫不差。

她高中时看了《乱世佳人》后就一直很喜欢这种颜色，所以看房的时候一走进主卧，她就觉得房主人和她有缘，并且比她讲究，毕竟如果是她自己去买的话，应该大概率买不到这么相似的。不过此时并不能看清颜色，房间里的东西都只能看出浅浅的轮廓。

映着月光的窗、对面墙上挂着的油画、油画下面摆放的书桌。昭棠屈腿坐在床上，眼神空空地看着某一处，脑子里快速闪过今晚见到路景越的一个个画面——超市里的偶遇，在菜鸟驿站取快递，独自倚在灯下的路景越……

这些画面来来回回浮现，立刻就显得有迹可循。路景越是为她而来，这么一想，昭棠的心尖发麻，然而很快，她用力地摇了摇头，清醒过来——不可能。

别做梦了！如果是别的男人，那还有那么几分可能，但如果这个人是路景越……真的不可能。她抬手捂住眼睛，过了几秒，将手慢慢地往上移，手指穿过头发。刚刚洗过的发丝蓬松，随着她的手指穿过，一点点散落下来，散发出一阵淡淡的甜美的香味。她想起了路景越身上的味道，不甜，也不柔和，冷冷的，像山巅的雪松。真的不可能了。她闭上眼，仿佛又回到了那个漫天大雪的夜晚。

高考后，她离开岁宜，独自一人去临绛念大学。路景越是冬天的时候找来的。那天正好是圣诞节，圣诞到元旦之间几乎是一年间最冷的时候，尤其是北方城市。大雪铺天盖地往下落，白日里看雪的兴奋劲儿散去，晚上就只剩下了厚厚的积雪和刺骨的寒冷。

凌晨气温已经到了零下十几度，他还站在宿舍楼下没有走。四周一个人都没有，只有一盏昏黄的路灯静静照着他清瘦的身影。不远处的长凳上，雪积得太厚，堆不住了，偶尔一捧积雪抖落到雪地里，发出沉闷、细微的动静。

大概宿管阿姨怕出事，所以昭棠一下来，阿姨二话不说就给她开了门，在她耳边低声劝说：“赶紧先让他回去吧，有话明天再说。”

昭棠轻轻点了下头，将羽绒服从脖子裹到脚，走到他面前，在雪地里留下一串浅浅的脚印。气温很低，冷风刮在脸上，刀割一般疼。

他从南方城市匆匆赶来，身上只穿了一件薄薄的棉服，脸被风刮得没了血色，一片惨白，眼眶却通红。

她仰起头，他一动不动，低着头静静地看她，眼神坚毅。

昭棠轻声说："回去吧，我白天已经说得很清楚了。"

"你那叫说得很清楚？"他的嗓子像被砂纸打磨过，嘶哑、低沉。

昭棠将目光落在他身后的长椅上，说道："路景越，你不是死缠烂打的人。"

路景越直直地看着她，漆黑的眼睛像深潭一样，沉沉的、无波无澜，眼眶却红得充血。四周沉寂，谁也没有说话，只有冷风吹过，积雪轻轻落到地上。

不知过了多久，他忽然轻轻点了下头："行，那我走了。"

昭棠是希望他赶紧走的，可是真当他如此果断地说出这几个字，她的眼角仍旧不可抑制地红了。她没有看他，只是盯着那积了雪的长椅看。

他的声音落在耳边，像积雪一样，散发着寒气："但是昭棠，落子无悔，这一次，我不会再让着你。我这一走，就是彻底放弃，从此……"

昭棠放在口袋里的手指轻轻蜷缩，眼睛却倔强地没看他。

路景越的目光紧紧攫住她，一字一字说道："我只爱比你更爱我的人。"

从此，我只爱比你更爱我的人。

昭棠将手放在衣兜里，衣兜里的布料薄薄的、滑滑的，她无声地攥紧。她仍旧没有回头看他，只是在他说完那句话以后，过了大约一分钟，才轻轻地说了一句："嗯，那应该很容易。"

耳边，路景越笑了一声，短促冷淡，充满了讽刺意味。

他一向说到做到，转身离开，从此七年，她真的再也没有见过他。七年，她念完了大学，又念完了硕士。人这一生最重要的时光，从青涩到成熟，可以肆意放纵的年华，他们从彼此的生命里黯然退场。

路景越一直就是这样骄傲的一个人，言出必行，对自己做的决定从不后悔，他不会回头了。

昭棠将脸埋进掌心里。或许，他的生命里已经有了别人，毕竟他要找爱他的姑娘，真的太容易了。他真的是一个很值得爱的男人。

如果他的生命里已经有了别人，那么如今他们的每一次偶遇，即使她只是在心中偷偷地喜悦，都是不道德的。

昭棠果断地掀开被子下了床，拉开卧室门，走到客厅，将餐桌上放的那瓶水扔进了垃圾桶。

他很大度，时隔多年，不再和她计较，甚至可以神情自若地和她说话，仿佛还是朋友。可是于她而言，就像她回来以前设想的那样，人海重逢，擦肩而过，假装谁也不认识谁，才是最好的结局。

她重新躺回床上，裹着被子，闭上眼，静静地想：他今天的运气真的是太坏了，跑了三趟没拿到快递，还让她误会了。

喜欢一个人，会下意识地将一些微不足道的巧合串联起来，像穿珠子似的，将它们穿成自己想要的模样。可是当白日梦醒，她终将发现，那些事真的只是巧合，除此以外，什么都不是。

那样的事实会让人难堪。

第二天是周日，奔波一个多月塑造出来的生物钟不负所望，让昭棠一大早就醒了。她睁开眼睛，盯着绿窗帘看了一会儿才起床。

把自己收拾好，简单吃了个早饭，她又继续收拾行李，顺便把脏衣服洗了，最后将昨天新到的遮光窗帘扔进了洗衣机。这才坐下来，打算给物业打个电话，让他们借个梯子过来，一会儿窗帘洗好了她就踩着梯子挂上去。刚拿起手机，就看到两条未读消息，分别来自赵希声和房东。

她先点进了赵希声的微信。

赵希声："家搬好了吗？"

赵希声为什么会在周末突然给她发来一条看似寒暄的消息？

昭棠："已经搬好了。"

赵希声很快回复："那你尽快抽个时间把我和你说的那篇论文写出

来，下个月望城有个甲骨文国际学术研讨会，你跟我一起去，发个言。”

昭棠盯着这行字，困惑地眨了下眼。赵希声这是……发错了吗？她刚刚毕业，只是个助理研究员，就去国际学术研讨会上发言？她硕士期间确实参加过学术会议，不过都是一些小规模的会议，她勉强能蹭进去做个小组发言，最后拿个二三等奖回来，那已经算是她学术生涯里的颠峰时刻了。毕业以后考进博物馆，她并没有那么高的学术追求，她就只是想做个平平凡凡的“搬砖人”而已。朝九晚五，做好本职工作，向大众宣传宣传中华文明，就是她给自己定下的职业规划。

毕竟她对自己还是挺有自知之明的，她可能确实不笨，高考努力考上了个“985”，但终究只是个平凡人，假如她真有那么崇高的理想，她就不会考编，而是考博，继续在学术界高歌猛进了。然而刚刚参加工作的她，就要跟着赵希声去参加国际学术会议了吗？

她想了想，委婉地问：“主任，您觉得我能说什么呢？”

赵希声听懂了她的弦外之音：“去看看吧，甲骨文研究进行这么多年，就释读出一千五百多个字。巅峰期过后，学科发展就遇到了瓶颈，我也遇到了瓶颈。当然你让我演讲，那我也能滔滔不绝说个半小时，不过有什么意义呢？没什么新的贡献。你们年轻人有想法，一起去交流交流，说不准能找到努力的新方向。”

昭棠这才应下：“好的，主任，我准备准备。”

结束和赵希声的对话，她点开房东的消息。

房东给她转发了个小程序过来，也没发文字，没头没脑的。应该是喊她帮忙砍价的，那还是等她先打完电话再砍吧。昭棠退出来，在通信录里找物业电话，屏幕上方忽然弹出一条新消息。

房东：“对我已读不回？”

“已读不回”这四个字确实很令人讨厌。

昭棠无奈，只好先退出通信录，回复道：“好的，我现在就帮您砍价。”

点进小程序，出乎意料，竟然不是砍价。她又找了找，也没找到什么

是心跳太野
Wild Heartbeat

助力红包的入口。她奇怪地退出来，正好看到房东发来一个问号。她还想发问号呢，他倒是先发制人了。

房东：“你以为我是想让你帮我砍价？”

不然呢？

昭棠：“那您这是？”

几秒后，对方甩过来一段字：“岁宜覆盖面很广的一个购物平台，生鲜日用品都有，可以送货上门，你看看能不能用上。”

昭棠盯着这行字，心里渐渐生出愧疚。人家好心给她推送APP，想让她在这里的日子过得方便舒服一点，她竟然以为他是在喊她帮忙砍价。作为一个独居多年的女性，什么每日优鲜、盒马鲜生、京东到家，她都是资深VIP会员了。她日常买东西几乎都是网上采购，因为送货上门，不用自己去拎，再重的东西她都敢买。像昨晚那种情况只是个意外，她刚刚搬完家，想着自己出去方便一点，没想到没收住手，一不小心买多了。还好遇见了路景越，不然她一个人大老远提回来……想想都好惨。

房东大概以为她是刚来岁宜，不熟悉这边吧。

她连忙道谢：“好的，谢谢您！”

她以为对话就此结束了，刚点进通信录打算继续找物业的电话，房东又发来一条消息：“有事就打电话让物业的人做，每个月那么贵的物业费不是白交的。”

昭棠怔住，目光定在“物业费”三个字上。好像，似乎……她忘记了什么重要的事，忘了问物业费，“那么贵的物业费”到底是多贵？

有事就打电话让物业的人做，这语气俨然像是在使唤家里的仆人……但问题是，她并不想花钱请仆人啊。这些事她其实都可以自己来，毕竟她的劳动力比较便宜。

昭棠小心翼翼地问：“物业费是多少？”

手机这头的路景越已经完全无语了，她这莫名其妙的关注点……她以为他是来催物业费的吗？

几分钟后，昭棠的手机上弹出一条新消息。

房东："一年一付，租满一年免物业费。"

昭棠困惑地眨了眨眼，确认自己没有看错，她非常不敢相信地问："这……真的可以吗？"

结果房东先发给了她一个问号。

房东："信用卡可以刷满三次免年费，我却不能租房一年免物业费？你是觉得，我不如银行财大气粗？"

这逻辑，她真的服气！但有句话她实在不知当讲不当讲。就绝大多数情况而言，个人确实比不上银行财大气粗，毕竟人家是银行……对吧？

当然，昭棠汲取上次冒犯他的经验，这次没有再说出来了。

昭棠："好的，那就谢谢您！"发送出去后，想了想，又补了一句，"您放心，如果租期不到一年，退房的时候我会把物业费都补给您。"

房东回了一个字："嗯。"

昭棠觉得，这人虽然有时说话会忽然来个奇怪的反转，比如上次说给她换洗衣机，结果下一句就是让她出一半钱……但总体而言，能感觉得到，他人其实不错。她给他发了个感激的表情包过去，结果表情包还没加载完呢，屏幕上就接连跳出两条新消息。

房东："对了，房子里的桌子椅子不要随便踩，容易坏。"

房东："架梯子也不行，我怕你摔着了，反过来找我赔钱。"

这个房东真是——从不令她失望！总是上一秒让她感觉他是个好人，下一秒就能让她明白——这人也好不到哪儿去！

昭棠抿了抿唇，冷漠地回复："您放心，为了您，我也会保护好自己。"

房东："那就好。"

最后，因为房东的警告，昭棠打电话给物业的时候，想了想，还是多问了一句："你们送梯子过来的时候可以顺便帮我把窗帘安装上去吗？"

昭棠说完还有些怕被拒绝，没想物业一口就答应了："可以，我现在就让师傅过来。”

昭棠忙说：“不急不急，我的窗帘也还没洗好。”

“那大概要多长时间呢？”

“一个小时以后，可以吗？”

“好的。”

一个小时后，物业那边的师傅果然带着梯子准时上门。比外面的师傅专业，自己戴了鞋套，进门后目不斜视，除了让昭棠帮忙递一下洗好的窗帘，没有一句多余的话。

因为要将窗帘的杆往上推至天花板，师傅带来的梯子很高，而且爬到了最上面一层。昭棠站在门口看了看，忍不住侥幸地想：还好没有自己来，这么高她肯定不敢爬上去，就算爬上去了，万一摔下来……

她忽然有些感激那个嘴欠的房东。还好他提醒了她。这么想着，等送走了师傅，她主动给房东发了一条消息。

昭棠：“谢谢您。”

房东：“什么？”

昭棠也没有多解释，只是有感而发，说了一句：“您人真的挺好的，那么您单身可能真是这房子的风水有问题。”

对方沉默片刻后，发来消息：“所以你努点力，别让我再过第八个单身纪念日了。”

昭棠盯着这句话看了一会儿，实在没忍住，问道：“我有一个问题……”

房东：“问。”

昭棠舔了舔唇，小心翼翼地打字：“假如您明年找到对象了，但是后年又分手了，那后年您过的单身纪念日是算第八个，还是重新计数，算第一个？”

消息发送出去以后好一会儿没有回复，昭棠盯着屏幕，意识到自己可能又唐突了。

她忍不住懊恼地捂了捂脸。她知道这么问不好，可她就是有强迫症啊，遇见含糊的地方就很想把那些逻辑条理都一一理清楚了，就像看到一张皱巴巴的纸一样，想把所有的褶皱都给它抚平。

好吧，她又错了。昭棠正要道歉，消息弹出。

房东："那行，我换种说法——你能让我从此过上结婚纪念日吗？"

昭棠捧着手机，整个人一瞬间有点儿蒙。

她让他过上结婚纪念日？怎么过？嫁给他吗？这个念头闪过脑海，昭棠立刻被自己吓到，连忙用力地摇了摇头。不对不对！她又仔细地揣度了这句话的意思。想起房东曾经和她说过，大师说他需要一个"木火通明"的人帮他脱离单身。

啊……那就说得通了，原来还是迷信。

她想了想，本着尊重别人的想法，斟酌着打字："玄学的事情我不是很懂，也不是很有把握，但我尽量努力吧。"

消息发送过去以后，过了大约一分钟，房东才回复她："玄学？"

昭棠不懂他反问的意思。他不是在说玄学吗？

房东："也行，那你想怎么努力？"

昭棠思索了片刻，试探地问："要不，我在房子里多贴几张我的名片，让各个角落都'木火通明'起来？"

对方没再理她。

五分钟后，房东发来信息："早点睡吧。"

昭棠看看手机，又看了看外面正好的日头，轻轻眨了眨眼。他这是什么意思？但昭棠很快就得到了两个答案——要么，他在国外，他确实该睡觉了；要么，他只是不想再和她说话了。出于女孩子的直觉，昭棠觉得大概率是后一个。他应该是不喜欢她提出的贴名片这个方法，那更好，他要是真答应了，她还得去印名片。

这么一想，昭棠愉快地放下心来。

第二周周五是清明节，想到这个星期只用上四天班，孙珞宁从周一就开心起来。

上班前坐在位子上，她兴致勃勃地问昭棠：“棠棠，清明节要一起出去玩吗？”

昭棠轻声说：“我已经有安排了。”

孙珞宁失望地“啊”了一声，又说道：“也是，难得三天小长假，你肯定是想回家躺几天的。”

昭棠笑了笑，没说是也没说不是。

正好赵希声拎着公文包进来，孙珞宁笑着问：“主任，清明节去哪儿玩？”

赵希声随口答：“我去扫墓。”

昭棠安静地打开电脑。

赵希声放下公文包，抬头问昭棠：“论文有思路了吗？”

昭棠说：“已经写好大纲了，这周先看看文献。”

孙珞宁听他们说起这个，又想起来昭棠回应外国记者的“名场面”，笑着问：“主任，棠棠怎么说也帮咱们馆争回了面子，除了写论文，馆里对她就没有别的奖励了吗？”

赵希声想了一下：“还真有，我忘了说。”

昭棠听见“奖励”二字，立刻看过去。

赵希声推了下眼镜：“馆长说给你发两箱水果。”

还真让姜姐给说中了。

赵希声可能也觉得小气，不好意思地笑了笑：“现在馆内经费紧张，体谅一下。”

孙珞宁问：“那可以自己挑水果吗？”

赵希声摆手：“不能。”

全说中了……昭棠真的服了姜姐！

孙珞宁又问：“那水果呢？”

赵希声摸了摸鼻子：“馆里说，等端午节给大家发水果的时候，多给昭棠发两箱。”

孙珞宁大笑出声：“这太省事儿了吧！而且现在才清明节，端午节得等到什么时候去了！”

赵希声文化人脸皮薄，颇觉不好意思，想了想说：“久是久了点，但不能图快就清明节发吧。”他看向昭棠，“清明节给你送水果，那多不吉利啊，对吧小棠？”

昭棠竟无话反驳。

就这样，一个星期很快就在轻松的氛围里过去了。清明节那天，昭棠定了闹钟，一早就起来了。她去花店买了一束百合，出来的时候，网约车刚好到花店门口。

她坐到后排，司机和她确认了一遍地址，又问：“今天放假，人都出来玩，路上可能有点堵，要不咱们走高速？”

昭棠点头：“可以。”

“先跟你说，高速有点绕，而且要收费。”

“没事。”

可惜她今天出师不利，走高速不仅绕了一大圈，而且还刚好遇见事故导致的堵车，长长的车流堵在了高速上。

昭棠心里有些急躁，不停地拿出手机来看。司机比她更急，频频打开车门下车去看。不过这种事真是没办法，他们各自再着急都没用，直到中午十二点半，道路才重新疏通。

到达墓园，已经是下午一点半。墓园坐落在郊区的一片山上，昭棠抱着百合花，缓缓走到高处，在一方墓地前停下。墓前已经放了一束百合花，显然，在她来之前已经有人来祭拜过了。

昭棠垂着眼看了一会儿，心里生出几分茫然的平静。她抬眼看向墓碑上的照片，这么多年过去，照片已经有些陈旧了。上面的女人依旧是年轻时候的模样，肌肤白皙，眉眼温柔，头发乌黑茂密，眉眼间和昭棠有几分相似。照片下方刻着女人的名字：叶君繁。

昭棠弯下身，将手里的百合花束放在墓前。

“妈妈。”她冲着照片上的女人轻轻笑了笑，眼角却不由自主地落下两滴泪来。

熟悉的悲伤夹杂着真实的疼痛感立刻汹涌地袭上胸口，昭棠赶紧擦干眼泪，深深地吸气，不让自己去回想与之相关的画面。过了好一会儿，才终于压下了那股令她窒息的感觉。

她重新看向照片上的女人，和她说起这些年的事。她顺利念完了大学，念完了硕士，而且很幸运，毕业后就考上了博物馆的编制。虽然工资不算高，但工作不累，公积金还挺高。再过三年，评个职称稍微加点薪，应该能按揭买房了。

她就这么点儿事。其实人生也就这么点儿事，用不了多久就能说完。

墓园重新安静下去，远处有风吹来，带着初夏的热气。昭棠的目光静静地落在墓碑左下侧的两行小字上：

夫：昭锦程

女：昭棠

昭棠又看向照片里的叶君繁，低声问：“他这些年都会来看您吗？”

四周寂静无声，只有山上的风轻轻拂过她鬓角的碎发。

离开墓园，昭棠漫无目的地走在路边。她没有打车，一个人沿着郊区的公路走。四周没有行人，偶尔有一辆车很快地从她身边开过。远处有稻田，稻谷已经长出了稻穗。风吹过，稻田一片滚动的浪。有农民戴着草帽，埋头劳作。

昭棠走了一会儿，停下脚步，从口袋里掏出手机，点开网约车APP。刚定位好，输入目的地，还没来得及下单，手机就自动关机了。她这才想起上午堵车，她心里着急，不停地看手机，结果把电用光了。她低头在包里找出充电宝，手指碰到屏幕，充电宝显示电量为0。

没办法，她只好重新往回走，打算去墓园，让管理员帮她充电。刚走了几步，迎面一辆越野车驶来，在她面前停下，摁了声喇叭。

昭棠听见声音抬头，她面前的车车身宽大，方盒子一样的造型，线条硬朗，是十分有辨识度的奔驰G系列。视线往上，透过前面的挡风玻璃，昭棠看见一双漆黑的眼眸。

路景越一只手握着方向盘，姿态闲适地坐在车里看着她。

不知道是那晚自己想明白了，还是刚才在墓园里情绪控制得太好，昭棠此刻对上路景越的视线，内心竟还挺平静的。既没有初次重逢时的手足无措，也没有后来再见时的心跳加速，仿佛他只是她在路上遇见的一个熟人。昭棠走到副驾驶室门前。

路景越降下车窗，看着她调侃道："这么环保啊，走路出来玩？"

他歪了歪头，大概是在思索市区走到这里的距离，最后问她："你这是昨晚没睡觉，连夜出发呢？"

昭棠的心情本有些沉重，被这个人一闹竟不知道是什么滋味了。

昭棠抿了下唇，解释道："没有，我准备回去了。"

"上来吧。"

"嗒"的一声，车门解锁。

昭棠看着他。

路景越漫不经心说了一句："我刚好回城，顺路。"

昭棠目光落在车门上，她想起了那瓶被她扔掉的水，站着没动，拒绝的话很快就到了嘴边。

路景越却忽然先她一步开口："但我顺不到你家去，只能捎你到地铁站。"

昭棠婉拒："不用，我自己打车就可以。"

路景越挑了下眉，修长的手指轻轻敲了下方向盘。昭棠不理解他这个神情和动作是什么意思，就听他似乎嘲讽地笑了一声："怎么，我不送你到家，你生气了？"

她生气？昭棠连忙解释："不是，我真的可以自己打车。"

路景越却认定她这就是生气时故意说的反话，一脸无奈地重复：“我是真的不顺路，只能送你到地铁站，不能送你到家。”

昭棠有点无奈，心想，如果她现在不上车，路景越就会认定她是在生气吗？而她生气的原因是他没送她到家？人与人之间的交流真的好难！

昭棠在原地迟疑了一分钟，最后认命了。就当是从前的一个熟人顺路载她一程吧，也好过让路景越以为她对他余情未了，因为他不愿意送她到家而负气自己打车。

“那谢谢你了。”昭棠没看他，不情不愿地说了一句，拉开后座的车门坐进去。一抬眼，从后视镜里对上路景越的视线。

“真把我当司机了？”路景越的语气里带着几分吊儿郎当的讥诮，“行，那您系好安全带。”

昭棠没说话，坐着没动。一路沉默着，昭棠像是在极力抹去自己的存在感一般，安静地坐在副驾驶座后面的位子上，闭着眼，缩在座位和车门之间小小的一隅。

路景越从后视镜里看去，只能看到冰冷的座椅，都看不到人，除了空气里十分浅淡的一缕清香，像花香，又带着一点点奶味。可惜实在是太淡了，一个恍惚，几乎会以为是错觉，仿佛她根本不在车上。

车子驶上高速，路景越看着前方，忽然想起前几天骆珩买的那些花。骆珩当时说什么来着？好像是说：去见姑娘呢，最好能随时拿出一束花来。

孟言溪在一旁骂他油腻，骆珩振振有词：“等姑娘不搭理你们的时候，你们最好先反思一下是不是自己太小气，见人的时候空着手。”

空着手？确实，几次都空着手。想到这里，路景越轻轻敲了下方向盘，看了后视镜一眼。

“想要花吗？”

昭棠闭着眼睛，却并没有睡着。忽然听见路景越开口，她以为自己听错了，睁开眼，问了一句：“什么？”

路景越重复了一遍："想要花吗？"

昭棠十分不解路景越怎么就没头没脑冒出这么一句话来，坐直了身子，往驾驶座的方向看去，正好在后视镜里对上他的视线。

两人目光交会，路景越很快又继续看向了前方，一边开着车，一边说："一会儿去地铁站的路上，会顺路经过一个花店，你想不想要花？"

昭棠震惊地睁大了眼睛。

路景越又看了眼后视镜，两人四目相对。

昭棠不敢相信地问："清明节，你要给我送花？"

路景越终于发现自己的话有点不对。

昭棠觉得非常不能接受，用力喊他的全名："路景越，你对我怎么有这么大的恶意！"

路景越："……"

骆珩这个成事不足，败事有余的废物！

路景越这辈子极少有说不出话来的时候，不管怎样的场面，他总能面不改色地圆过去。但此刻，他是真接不上话了。

沉默了半晌，他尴尬地轻咳一声："抱歉，我不是这个意思。"

"那你是什么意思？"昭棠觉得路景越就是对她有恶意。

路景越思索了一下，努力地解释："送点吉利的花，比如向日葵？红玫瑰。"

他还敢提花！昭棠想也不想就反驳："没错，我生前就是很喜欢向日葵、红玫瑰这种吉利的花。"

路景越愣住了。

意识到自己说错了话，昭棠立马闭上嘴巴。呸呸呸！什么生前！真是被这个讨厌的男人气糊涂了！她冷漠地改口道："我一直就很喜欢向日葵、红玫瑰这种吉利的花。"

她强调了"一直"两个字，试图把刚才那个"生前"掩盖过去。

她实在太生气了，又把自己口误的账一并算到路景越头上，嘴唇紧抿，继续说道：“但你不用现在就把几十年以后的花都给我安排好啊！”

路景越现在只想闭嘴，但闭嘴又像默认自己对她真的心怀恶意，总要说点什么将这破事儿揭过去。路景越思索该说什么，可惜最后也没想出来该说什么。实在无可奈何，只好在心里叹了一口气。

“你还是睡吧。”他最后只能憋出这几个字来。

讨厌的人都一个样，不想说话了就让她睡觉。房东这样，路景越也这样。大白天的，睡什么睡！

昭棠换了个姿势，重新靠回后座和门中间的一隅，继续闭目养神了。他还不想说话？她才不想跟他说话呢！但她的决心不太坚定，连这一路都没能坚持下来，刚下高速，她就再一次被命运戏弄。

越野车驶下高速，在收费站前停下。不知道这个收费站怎么回事，前面排着长长的队伍，昭棠看了一眼，以为是ETC坏了，没有放在心上。

刚闭上眼睛，就听路景越说道：“你……”

“不要跟我说话。”昭棠立刻冷漠地打断他。

她的气还没消。清明节送花……都是他的错！

路景越果真闭嘴，没再说话了。

过了一两分钟，昭棠听见车窗被人从外面敲响，随即，路景越降下驾驶座的窗户。昭棠睁开眼，看到一名交警站在外面，往她这边打量。昭棠茫然地眨了下眼，不明白发生了什么。

查酒驾吗？那不应该查司机，什么时候酒驾连乘客都查了？

交警像是确认了什么，让路景越出示驾照，接过去看了以后没还给他，而是说了一句：“把车靠边，你们俩下车跟我来。”说完就带着路景越的证件离开了。

路景越打着方向盘，将车停到路边。

昭棠一脸蒙，也顾不得自己才说过不和他说话，坐直身子，主动开口问：“这是怎么了？”

“在查安全带。”路景越从后视镜里看了她一眼。

昭棠还没搞清楚状况："安全带不是只查前排吗？"

"岁宜也查后排。"

昭棠震惊地问道："那你怎么不提醒我？"

路景越抬起眼皮朝她看来："是谁让我别跟你说话的？"

昭棠捂住了自己的脸。

路边，几名交警在维持秩序，有两名交警分别站在两辆警车前，两边各自排着长长的队伍，另有两名交警在队伍旁指挥。

见昭棠走过来，一名交警走到她身边，指引她排队，又对她进行教育："知道坐后排要系安全带吗？"

"知道。"昭棠点了下头，老实说，"但我不知道不系会被罚。"

倒也不必这么老实。身边，路景越低笑了一声，昭棠没理他。

交警继续对昭棠进行安全教育："这是岁宜市新实施的道路交通新条例，要求骑电动车必须戴头盔，乘车不管前后排都要系安全带。"接着他又问，"司机提醒您系安全带了吗？"

昭棠飞快地看了路景越一眼，男人站在阳光下，身高腿长，姿态挺拔，在人群里，仿佛散发着光芒。可惜脸上的神情非常不友好，似笑非笑地看着她，像是在看笑话。

虽然很不愿意承认，但是她刚一上车，他确实就对她说了一句："您系好安全带。"可惜她那个时候以为他是在讽刺她。

昭棠抿了下唇，不情不愿地说："提醒了。"

交警点了下头："那行，罚款二十元，这边排队。"

昭棠僵在原地，放在口袋里的手尴尬地捏着她没电的手机。她没钱啊……怎么交罚款？

交警见她一动不动，抬手指了指旁边的队伍，又说了一遍："您这边排队。"

昭棠顺着他手指的方向，看向那两条长长的队伍。大多是年轻人，不远处的一个女孩子像是网约车乘客，一面排队，一面抱怨身边等待的司机没有提醒她。显然，不知道这条新规的不止她一个人，但没钱的倒霉蛋就只有她一个。

昭棠红着脸，尴尬地向交警解释：“我是刚从临绛回岁宜的，我不知道岁宜有这个规定。”

“您什么时候回来的？”

“今年2月。”

“这个条例是3月1日起实施的，在您回来之后。”

昭棠心想，她要直说自己没钱吗？当着路景越的面，二十块钱都拿不出来……不行，她丢不起这个人！

昭棠垂死挣扎，和交警商量：“今天不是过节吗？可不可以不罚款？”

交警闻言震惊地看向她，显然，他非常不理解为什么有人能为了省二十块钱，主动要求过清明节。

他哭笑不得：“小姑娘，今天这个节不是给你过的吧？”

昭棠竟无法反驳。

“行了，赶紧排队吧。”后面又有人过来了，交警留下一句话，又上前继续进行安全教育了。

昭棠轻轻吐出一口气，她现在该怎么办？向路景越借钱吗？她悄悄朝他看去。他正看着她，她这一抬眼，刚好被他抓了个正着，倒像是她偷看他似的。昭棠立刻移开视线，认命地排到队伍最后。路景越没说话，沉默地站在她身边，她往前走一点，他就跟着往前走一点，和她站在一起。

初夏的太阳已经有些烈了，他这一站倒是刚好替她遮住了炙热的阳光，让她可以躲在阴凉里。

昭棠看了看这长长的队伍，违反交规的乘客们都在排队缴罚款，司机站在一旁等待。有的互相不和对方说话，有的互相抱怨、推卸责任。但他们应该没有谁还得思考怎么开口问司机借钱的问题，并且这个司机是她的初恋……昭棠深深地吐出一口气。

这个人刚刚还想在清明节给她送花！她打定主意不跟他说话了，最后却不得不为了二十块钱，向他低头。昭棠十分犹豫，但眼看着队伍一点点往前，她终于还是不得不看向他。

路景越察觉到她的视线，朝她看来。

昭棠揪着手指头，期期艾艾地出声："路景越，你……你能借我二十块钱吗？"

不知道是她声音太小了路景越没听清，还是因为她连二十块钱都拿不出来把路景越震惊到了，他挑眉看向她。

昭棠觉得自己的脸有点热，不过为了交罚款，她还是硬着头皮解释："我手机没电了。"

话音刚落，路景越还没来得及开口，交警又带着人过来了。

听对话是一对热恋中的小情侣，刚好排在昭棠身后，女孩向男朋友撒娇说："你借我二十块钱，我手机没电了。"

昭棠十分震惊，她为什么要用这么暧昧的语气借钱？这样会把说了同样的话但无辜的她拖下水啊！

这个时候，男孩开口了，语气暧昧，反问女孩："行啊，你要怎么还？"

女孩倒是毫不扭捏，立刻亲了男孩一口，理直气壮地说："还了！亲一口二十块钱！"

昭棠想问她到底做错了什么，被罚款就算了，为什么还要和热恋小情侣一起排队！她硬着头皮飞快地看了路景越一眼，果然见路景越看她的眼神变了。昭棠立刻移开视线。是她错了！是她出门没看皇历！

这条队排了多久，身后的那对小情侣就打情骂俏了多久。昭棠一开始还会脸红，后来已经习惯了，随便吧，反正她清者自清。排到她，她报了身份证号，交警输入后拿起扫码机。

昭棠没说话，路景越也没说话，只是十分自觉地将自己的手机付款码递出去。"嘀"的一声，扫码成功。

交警尽职尽责地将发票和回执单交给昭棠，又将路景越的证件还给他。

离开的时候，昭棠余光瞥见那对小情侣一直挨在一起，男孩低头和女孩说话的时候，还趁机亲了亲女孩的脖子。

昭棠马上转开头，却一不小心对上路景越的目光。显然，他也看到了那对情侣隐秘的小动作。昭棠长叹一口气，她不如瞎了！

回到车上，昭棠仍旧坐在后排，不过接受了被罚款二十块钱的教训，默默系上安全带。两人谁也没有说话，路景越认真开车，昭棠则是心虚得说不出话来。她不知道自己为什么会这样，她是真的手机没电了才会向他借钱。现在被那对小情侣一搅，路景越会认为她是故意找借口想亲他吗？二十块钱一个吻。好廉价哦。是她她才不愿意呢，二百块钱还差不多……天啦，她到底在想什么！

昭棠闭了闭眼，让自己理智地想想现在该怎么做，才能不动声色向路景越解释清楚自己对他并没有那些乱七八糟的心思。她等了一会儿，等恢复问心无愧的神情，才从口袋里掏出关机的手机，试探地问道："我能充下电吗？"

路景越看着路，不知道是真没听懂还是假没听懂，反问："充什么电？"

昭棠默默咬牙道："手机，我手机没电了，充上电了才能还你钱。"

路景越沉默了三秒，才说："你要怎么还？"

不知道是不是她的错觉，在他问完的一瞬间，她觉得路景越的形象和刚刚那个偷亲女朋友的男孩重叠了。

她的耳边甚至响起男孩的那一句——"你要怎么还？"

真的一字不差！虽然路景越没有男孩那么明目张胆，但是他的语气比男孩更加意味深长！对，就是意味深长！他那种语气，不紧不慢，又带着点儿懒散的漫不经心，仿佛在告诉她：对，我知道你的心思了，不就是想亲我吗？直说好了。

昭棠闭了闭眼，回答道："微信扫码可以吗？"

路景越慢条斯理地应了一声，又问："你是什么手机？"

“苹果。”

“充不了，我是安卓。”

“……”

“你再想想别的办法。”

她想什么办法？不就是欠债还钱吗？她还能想什么办法！昭棠深深吸了一口气，让自己冷静，不要和他计较。

她想说，那就路上看看有没有共享充电宝，刚张嘴，又想起自己的手机没电了，如果要扫共享充电宝，还得向路景越再借一次钱。如果她真开口再借，不知道他又要怎么曲解她的意思了。

真的是二十块钱逼死英雄汉！昭棠索性闭嘴。不就是二十块钱吗？她不还了还不行吗？有本事他就来催她还啊！昭棠将头靠在车窗上，想着，死猪不怕开水烫！

车子又开了一会儿，昭棠忽然发现窗外的景色十分熟悉，她后知后觉，这里已经是她家附近了，再往前就是摩卡小镇。

她奇怪地问：“你不是说不顺路，只能送我到地铁站吗？”

前面马上就是红灯了，路景越将车停在斑马线后，从后视镜里看向她。昭棠也看着他，他若有所思地说道：“啊，本来是不顺路的，但你手机不是没电了吗？我也不能太绝情，那就顺路送你到家。”

他语气平静地说着这句话，强调“你手机不是没电了吗”这几个字，语调微微上扬，仿佛意有所指。他到底在暗示什么！

这句话配合着他那样的语气和神情，真是太不要脸了！仿佛他只是一个本本分分的男人，艰难抗拒着她一而再再而三的撩拨，最后却因为她段位实在太高，他难以抗拒，只好“从”了她。

她今天到底做错了什么！

直到车子在摩卡小镇南门停下，昭棠都没有再说话。解开安全带，她一言不发地推开车门。

路景越喊住她：“等等。”

昭棠手推着车门停了下来，没看他，等着他喊她还钱。

没想到路景越并没提那二十块钱的事，反而又提起了另外一桩事：“我上次是不是掉了一瓶水在你那里？”

这都一个星期了吧？那瓶水喝了是能长生不老吗，值得他记一个星期！他在这个时候提，不是提醒她既欠他钱又欠他水吗？听听这话，如果不知道前因后果，她都要觉得自己在处心积虑勾引他，在居心叵测机关算尽地接近他！

昭棠转过头，心如死灰地看着他：“那你要跟我回家去拿吗？”她的语气里很明显已经带着“玉石俱焚”的决绝，但凡路景越有点眼力见儿都知道该怎么回答。

然而路景越像完全领会不到她在说反话似的，一脸认真地思索了两秒，最后竟然点了点头：“行。”

昭棠一动不动地看着他。

见状，路景越又提醒了她一句：“你先把门关上，我把车开进车库。”

路景越，真有你的！

最后，昭棠真的把门关上了。不过她是先下车，从外面把门关上的，然后头也不回地进了小区。

第七章 新邻居

今天果然诸事不宜！昭棠希望倒霉的一天赶紧过去，所以天刚黑，她就爬到床上睡了。但路景越并没有放过她，还一路跟进了她的梦里。

梦里，昭棠回到了她十八岁生日那天。

她出生在早春时节，据叶君繁说，她是夜里出生的，那晚下了一整夜的雨。第二天早晨，云开雾散，是个难得的大晴天。产房外的几株海棠花开得格外热闹，阳光下，蜜蜂、蝴蝶都围着花转，娇嫩的花瓣十分夺目。昭棠这个名字就是这样来的。

她的生日在年后，残存着一点过年的喜庆，但不在假期里，基本上那个时候开学的开学，上班的上班。她十八岁生日时，她处在高三最后一个学期，路景越上大一，两人都已经开学了。他在望城念大学，离岁宜不算远，开车三个多小时，但到底是在别的城市了。

他们那时连青梅竹马都算不上。青梅竹马好歹从幼儿园就认识了，而他们是在高中时才认识的，最多只能算是走得近一些的朋友吧。

她生日前几天，路景越发短信问她：“你那天什么时间可以出来？”

她盯着这条短信，仿佛他就在眼前亲口对她说这句话似的，开心了好久。最后她口是心非地回了一句："都不可以出来，高三了，要刷题。"

路景越很快回复："你说巧不巧，我也没时间回来。那就遥祝你生日快乐了。"

这什么朋友啊？还遥祝？绝交吧！

因为路景越遥祝的"生日快乐"，昭棠一直闷闷不乐到生日当天。那天刚好是周日，叶君繁在家为她办了个生日派对，邀请了不少亲戚朋友和她的同学。不过在家里一群小孩有父母盯着，终究不那么自在。

傍晚，几名要好的同学约她去KTV。

昭棠抱着教辅书，摇头："不要，我要刷题。"

同学们面面相觑。

昭棠又说道："我刚刚许愿要考望大，现在趁热打铁刷题，才能更显示出我的诚意。"

同学们："……"

昭锦程听了很是欣慰，叶君繁却听不下去了，往她口袋里塞了两千块钱，推着她出门。

KTV里闹哄哄的，空气也不怎么流通。不知道是不是因为有一个讲究的妈妈，昭棠从小就很喜欢干净的水、空气和环境，在这种场所不是很自在，心不在焉地唱了两首歌，就坐在角落里看手机了。可惜不管她怎么看，它就是没有动静。既没有电话，也没有短信。她点开路景越的消息，最后两条是他今天早上发来的。

路景越："刷题快乐！"

下面配了一张图片，是一本摊开的习题集，上面放一把大大的刷子。刷毛朝下，正对着书页上的题目用力刷着。如果没有之前的两句话，她收到这么一张图片说不定会忍不住笑出声来。可惜，稍微往上拉一拉屏幕，就能看到他那两句讨人厌的——

"你说巧不巧，我也没时间回来。那就遥祝你生日快乐了。"

昭棠将手机扔进沙发里，又拿了个靠垫靠着，狠狠把手机压在下面。结果这一靠，手机怎么样她不知道，她倒是迷迷糊糊地睡了过去。再次醒来的时候，耳边是跑调跑得爹妈都认不出的对唱。昭棠过了几秒才缓缓睁开眼睛，映入眼帘的是熟悉的脸庞，背着光，隐没在不甚明亮的光线里。昭棠愣了下，下意识又闭了闭眼。再次睁眼，路景越还在，嘴角噙着笑，眼睛很亮。昭棠确定不是在做梦，睁大眼睛，惊讶地看着他。

热闹嘈杂的包间里，光线闪烁，大家的注意力都在屏幕上。没有人注意到这个小小的角落里，昭棠躺在沙发上，路景越坐在她身边，低着头看她。四目相对，他们所处的空间在这喧嚣的环境里显得十分安静。

过了好一会儿，昭棠才意识到两人这样的姿势实在奇怪，连忙尴尬地坐起来，胡乱问了一句："你怎么在这里？不是说没空回来吗？"

路景越伸手拉了她一把，随后放开她："那你呢？不是说要刷题？"

昭棠："我那是……"我那是气你的。

路景越笑了一声："回来跟你说句话。"

"什么？"

不知道是不是包间太吵闹了，路景越怕她听不见，忽然倾身凑到她耳边："生日快乐，眠眠。"

眠眠，她出生在夜深人静的时候，所以小名叫眠眠。其实从小到大，只有叶君繁一个人会这么叫她。后来有一次被路景越听见了，从那以后，他偶尔也这么喊她。

他又轻声问道："回家还是再玩会儿？"

昭棠看时间差不多了，起身去和同学们打了招呼，便和路景越一起回家。

两人住在同一个小区，路景越打了车，两人坐在后排，却谁也没说话沉默了一路。下车时已经过了十点，小区的绿化做得很好，树丛十分茂盛，白天看起来曲径通幽，如世外桃源一般，这个时候更是显得幽暗。

昭棠走上台阶，左右是灌木丛，路灯照不到，显得格外昏暗，她看着脚下。

路景越身高腿长，脚步却放得极慢，不疾不徐地跟在她身后，随口问：“这么晚出来，你家里人同意吗？”

昭棠一边小心地看着台阶，一边回答：“妈妈推我出来的，不过爸爸确实不大乐意。”

估计她出门后，昭锦程肯定要说叶君繁。想到这里，昭棠停下脚步，回头看向路景越：“你一般怎么哄妈妈开心？”

“好端端的，为什么要哄她开心？”

昭棠想了想：“比如你爸爸妈妈吵架之后，妈妈心情不好。”

路景越：“那我们家不存在这种情况。”

昭棠好奇地问：“他们不吵架吗？”

“吵。不过我妈一表现出不开心，我爸就立刻认错，她马上就能开心起来。”

是她问错了人，她就不该问这个天之骄子。她又往上走，忽然发现路景越还站在两级台阶之下，一动不动。

昭棠不解地看向他。

四目相对，路景越忽然开口说了一句：“我跟我爸还挺像的。”

“嗯？”她没懂他的意思。

路景越的眼睛在夜里格外亮，安静地凝视着她：“我也不会让你不开心。”

昭棠站在两级台阶以上，刚好可以和他平视。两个人离得很近，四目相对。明明四周这么幽暗，他们却像是能从彼此的瞳孔里看到自己。

就这么对视着，寂静的空气里仿佛有什么在无声流动。时间一点点流逝，她下意识地紧紧揪住衣服的下摆。

昭棠一下子醒了过来，睁开眼睛。房间里安了遮光窗帘，遮光效果太好，在夜里伸手不见五指。昭棠躺在床上，睁大眼睛，久久回不过神来。

许久，她才伸手摸过床头柜上的手机，看了眼时间，才凌晨三点半。

她闭了闭眼，长长地吐出一口气，掀开被子下床，去卫生间洗了把脸。出来时又觉得有些渴，她拉开卧室的门，打算去厨房烧一壶开水。

从纸箱里提了一桶矿泉水出来，正拧着瓶盖，却忽然听见寂静的夜里响起了几声“嘀嘀嘀”的声音。她一时间没有反应过来，仍旧有些木然地拧着瓶盖，等那个声音结束了，她拧瓶盖的手倏地一顿。

那个声音是按密码锁的声音！

昭棠的心狠狠一跳，脑子里那些愁绪顷刻间烟消云散。她立刻走出厨房，往玄关走去。

她安静地停在门边，紧紧盯着那扇门，屏息仔细听着。等了一会儿，那个声音没有再响起。可是她确定自己刚才没有听错，就是有人在外面按她家密码锁！而且刚好六声！

这里的防盗门没有猫眼，昭棠在里面无法看到外面是什么情况。这半夜三更，她又不敢贸然打开门去看。如果外面真的有人，那她开门……昭棠被自己的想法吓得踉跄一步，往后退的时候险些绊倒。

她转身飞快地跑回卧室，关紧房门，又将锁反锁。她慌乱地拿起手机，她先深呼吸了两下，让自己稍微冷静一点。对，冷静一点，想想别的可能，也许不一定就那么糟糕。

她很快点开房东的微信，发了个语音过去：“你好，我刚刚听到外面有人在摁密码锁，请问是你这边有亲戚朋友不清楚这个房子已经租出去了，想过来住吗？”

语音消息发送成功，她等了半分钟，没有回复。她又看了眼时间，凌晨三点四十四分。对啊，这么晚了，房东早就睡觉了。可房东的亲戚过来已经是她能想到的最好的可能性。如果不是……昭棠的心猛地一跳，不再迟疑，立刻拨打110。

接线民警的态度很好很周到，听她说有人在门外按密码锁，立刻问了她小区地址和门牌号，又告诉她会马上派两名民警过来，并且叮嘱她，在民警到达以后不会直接敲门，而会通过电话联系她，所以让她在民警到达以前千万别开门。

接线民警负责的态度给了昭棠极大的安抚，无措跳动的一颗心渐渐平复下来。挂了电话，她才发现微信多了五条未读消息，是房东。

昭棠有些惊讶，这么晚了，房东竟然还没睡？点进去，才发现刚才房东先给她拨了一个语音通话，大概她刚才在打电话，所以语音通话没有收到。见她没接，他又发来一条语音，之后又连续发来三个语音通话，她全部没有接到。这么多条消息在短短几分钟内堆在一起，仿佛隔着屏幕都能感受到对方焦急的心情。

昭棠手指上移，轻轻点开中间那条语音。男人的声音顺着手机听筒传出的一瞬间，昭棠几乎以为自己是在做梦。那无比熟悉的低沉的，充满磁性的声音，平日里清冷中带几分慵懒，此刻却焦急克制，像是咬着牙说出来的。

是路景越的声音。他应该是一面说话，一面往外赶，昭棠甚至能听见背景里夹杂着慌乱的脚步声和关门声——

“没有！我没有任何亲戚朋友会过来！你把门反锁好，千万别开门，我马上就到！”

路景越的声音从手机中传出来，昭棠脑子里有短暂的空白。直到语音播完，房间里重归沉寂，昭棠还呆呆地拿着手机，没有反应过来，一时分不清是自己听错了还是那个梦还没有醒。

手机铃声再一次响起，凌晨万籁俱寂，突兀的声音吓了她一跳，低头一看，是来自房东的语音通话。

铃声兀自急促地响着，仿佛昭示着来电人此刻的心情。

过了好一会儿，昭棠才轻轻摁下绿色的接通键，那无比熟悉的声音迫切地传出：“昭棠？”

七年了。时隔七年，再一次听见他喊她的名字，昭棠的心里酸酸的，时空仿佛在刹那间变得模糊。

路景越没有得到回应，更焦急地喊了两声：“昭棠、昭棠，是你吗？”

昭棠回过神来，轻轻应了一声：“嗯，是我。”

路景越开着车，正在凌晨的大街上疾驰。幸好这个时间一路畅通无阻，他将油门踩到底。

风从半开的窗户灌进来，呼呼作响。耳边传出一声熟悉的低喃，极轻，他立刻听了出来，上一秒紧锁的眉头顿时放松了。

他将车窗升上，车厢内瞬间变得安静。昭棠听到了风声沉寂的过程，那种感觉很奇怪，她仿佛亲眼看见了一颗焦灼不安的心变得平静。

她解释道：“刚才在报警，没接到你的语音通话。”

双方沉默片刻，而后传出路景越低低的一声“嗯”，然后又沉默了。

昭棠无所适从地捏了捏指尖：“我没事，警察马上就到，你——”

其实他可以不用过来的。

“那个声音还有吗？”路景越开口将她后面的话打断。

昭棠愣了一下，才反应过来他问的是外面摁密码锁的声音，摇了下头：“我不知道，我回卧室了。”

“好，你就待在卧室。”路景越简明扼要地交代，“把门反锁，别挂语音，等我过来。”

他每每认真起来的时候，都强势得令人无法质疑，昭棠听他这么说，下意识没有挂，也没有说话。路景越也没有说话。好一会儿，她就这么捧着手机，安静地听着里面传出的电流声。明明是慌乱无措的一夜，昭棠却感觉到了宁静。

过了不知道多久，她才恍然意识到这样有多尴尬，脑子艰难地转了转，开口打破尴尬：“警察刚才说到了不会敲门，会给我打电话，我一直通话怕他们到时打不通……”

“那你就开Wi-Fi。”

昭棠咬了下唇：“我还没来得及去办宽带。”

安静了片刻，他妥协道：“那你挂吧。”

昭棠松了口气，轻轻应了一声。

挂断以前，路景越又说了一句："我马上到了。"

昭棠想说一声"好"，可是张了张嘴，没发出声，她沉默着摁下了红色按钮。

挂了语音通话，昭棠的大脑还有些恍惚。看路景越刚才的反应，他显然早就知道这个房子是租给她了。也对，她的微信名就是昭棠，他又不眼瞎，怎么会不知道房子租给了她？可是，他为什么要把房子租给她呢？

昭棠还没想出结果，也就三五分钟的时间，手机响了一声。

房东："我到了。"

昭棠惊讶。这么快？片警还没到，他就先到了？他怎么做到的？等她打开门的时候，她就知道他是怎么做到的了。

门外的男人脸有些红，额头上挂着汗珠，发梢湿润，呼吸不匀。如果不是刚刚在通话里昭棠很明显地听到了风灌进车窗的声音，她几乎都以为他就是这么一路跑过来的。他的头发乱糟糟的，身上还穿着睡衣，脚下踩着的拖鞋……一只是黑色的，一只是蓝色的。他站在门外暖色的廊灯下，漆黑的眸子直勾勾地看着她。

昭棠站在玄关冷色的灯光里，抬眼与他对视。四目相对，一冷一热，时间仿佛短暂地停止了。

片刻后，她轻轻侧过身，让他进门："你先进来歇会儿。"

路景越站在原地没动："把门关上。"他看起来气都还没喘匀，语气却沉稳冷静，"把门关上，我在外面按密码，你再听一下是不是刚才那个声音。"

昭棠明白过来，点头照做。

隔着门，听见路景越在外面按了六位数的密码。"嘀、嘀、嘀、嘀、嘀、嘀"，六声，和刚才的一模一样。可是因为昭棠住进来以后改过密码，所以他此刻按完，紧接着出现一道电子声，提示密码错误。

昭棠从里面打开门，路景越问她："是这个声音吗？"

昭棠点头："就是这个声音，节奏也一样，可是好像有哪里不太对……"她一时想不出来哪里不对，忍不住蹙眉思索。

路景越垂眸看着她，轻言细语道："别想了，等警察过来一起去看监控就知道怎么回事了。"

话刚说完，身后就传来电梯到达的声音，两名身穿制服的民警从里面走出。向昭棠简单询问了情况，之后就带着两人去监控室看监控。

昭棠这楼是一梯两户的户型，监控360度覆盖至每一户的入户门。

监控室里，民警向值班保安说明来意，又转头问昭棠："你是什么时候听见声音的？"

昭棠正要拿出手机来看，路景越就说道："三点四十四分，查三点半到四点之间的监控。"

经路景越这么一说，昭棠也才想起来，她给"房东"发消息的时间正是三点四十四分，于是跟着点头："对，三点四十四分。"

民警打量着路景越，问昭棠："这位是——"

昭棠飞快地看了眼路景越，轻声说："业主。"

民警的目光扫过路景越脚上那一个颜色一只的拖鞋，意味不明地笑了一声："这位业主人不错啊，我还没见过哪个房东这么把租客放在心上的。"

"心上"，昭棠听到这两个字心尖麻麻的。

监控很快就被调了出来，四下寂静，只有偶尔一两声蛙声从小区花园深处传来。这个时间，屏幕上一直没有人出现。昭棠忍不住蹙眉，她总觉得哪里不太对劲。忽然，她脑子里一瞬闪过什么，呼吸一窒。

所有人的注意力都集中在监控屏幕上，只有路景越察觉到什么，转头朝她看来："怎么了？"

昭棠对上他的视线，忽然觉得无比尴尬，小声说："我可能……知道那个声音是什么了。"难怪她刚才总觉得路景越按那几声和她听到的那几声有一点不同。

她一说话，所有人的目光都落到她身上。

面对众人询问的目光，昭棠都不好意思看他们，最后只好看着路景越，红着脸解释："你刚刚，按了错误的密码以后，密码锁发出了一声错误的提示音。但是在那之前，我听到那六声'嘀'以后就结束了，并没有那个错误提示音，门也没开……"

她支支吾吾地说道："有……没有可能，不是有人在外面按锁，而是……锁没电了？"

昭棠越说越尴尬，到最后简直没敢看他，只垂头盯着地板，恨不得找条缝钻进去。

"没事。"路景越却并不是很相信她猜测的情况，转头重新盯着监控屏幕，平静地说道，"先看监控。"

他这么一说，本来要开口的民警反而不好说什么了，两人对视一眼，只好继续看监控。最后，正如昭棠意识到的那样，三点半到四点这段时间，除了先后赶到的路景越和民警，门口确实一个人都没有。

离开监控室，四下寂静，只有几盏不甚明亮的路灯昏暗地照着沉睡的小区。昭棠觉得很抱歉，连连向民警道歉。

民警笑着宽慰她："没事，女孩子一个人独居，小心一点总是对的，虚惊一场总比真的受到惊吓好。"

昭棠又一番道歉。

送走了民警，昭棠盯着路景越穿错的拖鞋和皱巴巴的睡衣，轻声说："你也赶紧回去再睡会儿吧。"

"你觉得我还睡得着？"

昭棠内心无比愧疚，继续垂着头道歉："对不起……我之前住的房子都不是密码锁，我不知道密码锁没电了会发出这种声音，我下次会注意。"

路景越低头看着她，漆黑的眸子在夜里显得格外安静。半晌，他一言不发转身离开，走了几步，又头也没回地交代了一句："锁好门。"

昭棠回到家，将房间里的灯全部打开，才发现确实毫无睡意。而且刚才光忙着道歉了，好像还有更重要的事没说——他干吗要把房子租给她？他们之间的关系，这房子，她还要住下去吗？

昭棠坐在沙发上，抱过柔软的抱枕，长长地吐出一口气。

路景越走出小区，目光落在路边停着的车上。他盯着看了几秒，拿出手机，拨通了孟言溪的电话。

电话响了很久才被接通，对方的声音沙哑，带着被吵醒后的不悦：“你最好有事。”

路景越面无表情，淡淡地丢下一句：“给你半小时，摩卡小镇，过来把我的车开走。”

孟言溪无比恼火：“这种事你怎么不喊骆师傅！”

路景越言简意赅：“你近。”说完挂了电话。

电话那头的孟言溪不禁问自己：上辈子积了多大德这辈子要跟这种人做兄弟！

昭棠在沙发上思索了一会儿，无果，正要起身回床上躺会儿，手机响了一声。

房东：“问你一件事。”

昭棠一脸茫然。她还没问他呢，他倒还先问上她了？她先将这扎眼的“房东”二字改成了“路景越”，没好气地回：“什么？”

路景越：“你们这儿的警察很负责吗？”

昭棠一头雾水。他这话什么意思？难不成他半夜回去睡不着觉，准备找她这个打扰他睡眠的罪魁祸首闲聊消磨时间？

昭棠：“什么意思？”

路景越：“我车违停，被拖走了。”

昭棠盯着这行字，险些以为自己看错了，又看了眼手机右上角的时间，不敢相信地问：“凌晨四点，会有交警过来拖车吗？”

路景越：“很难说，毕竟凌晨四点，不也有民警过来帮你调监控？”

这话她竟没有办法反驳！

深夜的大街上，这会儿一个人也没有。路景越站在路边，一辆空出租车从他面前经过，大约是见他一个人停在路边，以为他要打车，停下发出邀约。路景越连眼皮都没抬，出租车又识趣地开走了。

路景越面不改色打下一行字："你们这儿的出租车师傅不太负责。"

昭棠还没想明白过来交警和民警的区别，不知道为什么路景越又扯到了出租车师傅身上，忍不住发了个问号。

路景越："没夜班，我等半小时了也没等到车。"

昭棠转头看了眼窗外。黎明前的天空黑沉沉的，一颗星子也看不见。刚才走在外面，夜风很凉，他就穿着一身睡衣。

昭棠迟疑半晌，轻轻打下一行字："要不，你上来坐会儿？"

路景越："行。"

路景越这个"行"回得过快，以至于昭棠没反应过来。她倒也不是口头客气，只是在她的认知里，以他们这样尴尬的关系，路景越至少也得犹豫个几分钟吧。

毕竟易地而处，是她的车被拖走了，是她清晨四点多在寒风里等了半小时没等到出租车，路景越邀她去他家坐坐，她可能会再犹豫半小时，最后实在被冻得瑟瑟发抖了才不得不为了活着而向路景越妥协。当然，那个时候精神境界就很高了，完全是出于对生命的敬畏，生命至上。所以也不是对路景越的妥协，而是对生命的妥协。万万没想到，路景越竟然直接省略了这个妥协的过程。

不过昭棠在短暂地吃惊过后，还是很快反应过来，趁着路景越还没上来，赶紧将房子稍微收拾了一下。其实她的房子很整洁，只是刚刚坐在沙发上，抱枕有些乱，她将抱枕摆好。又想起自己半夜起来，床单还皱着，被子也胡乱卷着，她又连忙跑回房间，将床整理好，被子铺好。

她看着整整齐齐的卧室，满意地点点头，又猛地一巴掌拍到自己脸上。她这是抽什么风！路景越上来坐坐还能来她卧室坐坐，来她床上坐坐吗？她整理床是什么意思啊！昭棠有些崩溃，在接下来的几分钟里，她就自暴自弃地坐在沙发上，什么都没做。

门铃声很快响起，她从入户对讲机里确认了是路景越才开门。

路景越还穿着皱巴巴的睡衣，脚上穿着颜色不一样的拖鞋，只是在寒风里站了半个小时，额头上的汗珠没有了，脸色显得有些苍白，头发也被吹得更乱了。昭棠连忙侧身让他进来。路景越走进门，停在她身侧。玄关本就不算宽敞，两个人并排站在这里，离得很近，昭棠都能感受到他身上带着的寒气。

她不自在地往墙边退了一步，看到还开着的门又像是找到了事情做似的，连忙转身去关门，装作若无其事地说："我这里没有男人的拖鞋，你不用换鞋了，直接进来吧。"

路景越看着她圆圆的后脑勺，过了两秒，说："嗯，那你下次准备一双。"

昭棠以为自己听错了，现在还有这么不客气的人吗？

她回过头，路景越看着她的眼睛，十分体贴地解释了一句："不然我过来一趟还要让你打扫一次卫生，那多不合适。"

昭棠无言以对，望着他说道："谢谢你这么为我着想。"

"不用谢。"路景越泰然自若地径直走到沙发旁坐下，掏出手机，抬头对站在一旁的昭棠说，"去睡觉，我在这里坐会儿。"

他这副安排得明明白白的样子，看起来确实有些不客气，不过考虑到这原本就是他的房子，又好像没什么不对。

想到这一点，昭棠轻轻走到他旁边的沙发上坐下。

她明显有话要说，路景越的视线从手机屏幕挪开，落到她的脸上。

昭棠看着他黑沉沉的眼睛，原本要问的话反而卡在了喉咙口。她原本想问，为什么要把房子租给她。可是他的眼睛仿佛让这个夜晚更加安静了，像是现在随意一句话都是突兀的、不合适的，会"刺啦"一声粗暴地划破平静的夜。最后，她的目光有些狼狈地躲开，落到他身后墙面的油画上——偏冷调，却有股烟火气。

“要不，我找时间搬出去吧。”

路景越挑了下眉，不是惊讶，反倒像是意料之中。

他点了下头：“可以。”

昭棠反倒惊讶了。

路景越又补了一句：“就找一年以后的某个时间吧。”

她就知道，不愧是路景越！

“不然呢？”路景越反问，“说好了一年一签，你现在是想毁约吗？”

“毁约多难听啊……”昭棠嘀咕，“我们不是还没签约吗？”

“口头约定就不是约定？”

昭棠觉得自己有些冤枉，忍不住辩解：“我那时候又不知道房子是你的，孟逐溪说房子是周淮琛弟弟的。”

路景越笑了一声：“她这是想嫁给周淮琛，提前进入角色了。我跟孟逐溪是表兄妹，孟逐溪要是嫁给周淮琛，我跟周淮琛就勉强成了一家人，我比周淮琛小，她说我是周淮琛的弟弟倒也没错。”

昭棠觉得这话乍一听有些道理，但仔细一想，又觉得有哪里不对。

孟逐溪和路景越是三代内的表兄妹，孟逐溪是周淮琛未来老婆，周淮琛和路景越勉强成为一家人，就是兄弟了……等等！

昭棠看向路景越：“这样说的话，你也不是周淮琛的弟弟啊，他是你的妹夫，他应该跟着孟逐溪喊你哥……”昭棠面对路景越无语的目光，讪讪地说完，“而不是你喊他哥。”

路景越只默默看着她。

四周又安静下来，昭棠颇有些尴尬地扯了扯衣角，言归正传：“那解约的事……”

“又搞歧视？”路景越换了个姿势，抬起眼皮睨她，“上次想取消我的订单，这次想毁约，你对我的偏见怎么这么大？”

“怎……怎么是偏见？”昭棠觉得不可思议，忍不住反驳，“那你自己呢，又是开货拉拉，又是出租房子的，你工作怎么就那么多？”

路景越冷哼一声：“谁还没个副业？”

“我就没有。”

“嗯，那说明你这人没什么特长。”

昭棠反唇相讥：“货拉拉且先不说了，力气大算是特长吧，但收房租也算特长吗？”

“不算。”路景越看向她，神情很欠揍，“有房算特长。”

她竟没有办法反驳！

最后，因为说不过路景越反而被他贬低了一番，昭棠彻底放弃提退租的事了。说得像是她多愿意搬似的。她要是现在搬，那就是一个月内搬三次家了。谁愿意一个月内搬三次家啊！她又不是闲得慌！她替他着想，怕他尴尬，这个人毫不领情就算了，还说她没有特长！

昭棠气得回房间躺下了。

不过出乎她的意料，本以为今晚会失眠。毕竟受了惊吓，虽然是虚惊一场，但当时的害怕也是真真切切的。虽然路景越和警察都尽快赶到了，但她独自等待的时间里，那种心惊肉跳的感觉仍旧无比清晰。

没想到刚上床没几分钟，她就睡着了。迷迷糊糊之际，她想起了坐在客厅里玩手机的路景越，想起自己忘了反锁卧室门……但这并没有影响到什么，下一秒她就沉沉睡了过去。

这一觉竟睡得出奇地好，连个梦都没有做。再次醒来，天已经大亮，昭棠看了眼手机，十点了，她有些惊讶。自从回到岁宜，她总是一大早就醒了，还从来没有一觉睡得这么沉过。

她从回岁宜起就一直失眠，今天倒是睡了个好觉，让她多少有点怀疑是被路景越给气累了。

起床来到客厅，沙发上已经没有了人，显得有些空荡荡。只有阳光从拉拢的客厅窗帘缝隙里透过，在地板上落下一片隐约的光。昭棠盯着那片光看了一会儿，又忍不住想，其实也没什么吧。她在临绛租那套房子时，和房东一次面都没有见过，签约是中介代签，一直到退租都相安无事。如果不是昨晚密码锁忽然没电，吓得她慌不择路联系了房东，也许她和路景越也不会以房东和租客的身份见面。

直到她将来买房、退租，她都不会发现这房子的主人是路景越。

这样一想，她就说服了自己。可是同时心里又有些说不出的落寞，就像一个人站在荒原，遥遥看见夕阳的最后一丝光线没入地平线，世界重归寂寥。

站了一会儿她才想起来去换电池。

她从收纳盒里找出电池，推开密码锁内盖放到玄关的柜子上，才发现柜子上放了一排电池，最外面的塑封被拆开了一半，显然已经被拆了几颗出来用掉了。

昭棠看了看剩下的几颗电池，又看了眼密码锁内安放的电池——同样的品牌和花纹。

她转身去客厅，打开垃圾桶，里面果然多了一个外卖纸袋。

之后的两天假期，昭棠都没出过门，全靠外卖活着。

一个人在房子里，白天夜晚都很安静。

她喜静，最怕别人吵她，因为有一点儿声音她都会醒。可是很奇怪，这两天明明很安静，夜里针掉在地上都能听见，她却睡不着了。她怀疑是自己的反射弧太长，那晚受到的惊吓当晚没发作，过了两天才表现出来。但就算知道是怎么回事，她也没别的办法，只能先这么熬一熬吧。根据从前的经验，这些不好的记忆过几天自然就淡了。

星期一早上，她很早就起床了，为自己做了简单的早餐，之后准备出门上班，却忽然听见门外传来嘈杂的声音，像是有人在搬东西。她忽然想起，从她住进来起，隔壁邻居就一直很安静，该不会是房子一直没人住，现在租出去了吧。

她这个猜测很快就得到了证实。推门出去，就看到了站在对门玄关处的路景越。男人肩背笔直，姿态挺拔而沉稳，站在明亮的天光里，像是正在指挥客厅里的人放东西。不知是察觉到了她的目光，还是听见了她开门的声音，他回过头来。一瞬间，四目相对。

昭棠站在门口，身后的房门还没来得及关上。她身上穿着宽松的长袖衬衫和阔腿裤，一头乌发随意地披散在胸前，八字刘海微微遮挡白皙小脸，整个人浑身上下散发着一种慵懒的感觉。

看到他，她脱口而出："这也是你的房子？"

路景越的视线落在她的脸上："租的。"

昭棠忍不住转过头看了看自己身后的房子。

路景越漫不经心的说道："不用看了，不会把你赶出去的。我这个人没什么优点，就是诚实守信，说了租你一年，所以现在即使自己没地方住只能租房，我也不会把你赶出去。"

昭棠闻言愣在原地。

他顿了顿，又意有所指地说了一句："希望你见贤思齐。"

什么见贤思齐！你是"贤"？

昭棠抿了抿唇，问："你怎么会在这里租房子？"

路景越神情自若地道："上班顺路。"

上班？昭棠的脑子刹那间宕机，傻乎乎地问道："货拉拉不是全城都可以接单吗？"

路景越沉默了两秒，面不改色道："对，但这附近单子比较多。"

昭棠想想觉得有道理。这里是市中心，人最多。她轻轻点了点头，又觉得应该说点儿什么，想了想，憋出一句："那祝你日进斗金。"

路景越一脸问心无愧："谢谢。"

昭棠等电梯的时候，路景越还没进去，一直站在玄关处。宽阔明亮的楼道中，两个人，沉默以对。

昭棠觉得不说话有点尴尬，而且他今天刚搬家，她应该表示友好，必竟以后，他们就是邻居了。想了想，她转头看向他，说：“我可以把你的名片推给同事吗？”

路景越一脸疑惑。

昭棠解释道：“我们单位经常有人要搬家的，而且每年都会有新人考进来，他们也要搬家，所以我们这边单子很多，而且源源不断。”

路景越：“……”

“我把你的名片推给他们，他们再推给自己科室的新人……”昭棠一想到这个场景，就忍不住开心地笑了起来。

她一脸雀跃地说道：“路景越，岁博一日不倒闭，你就一日有钱赚啊！”

路景越心想，那岁博还不如早点倒闭呢。

第八章 偷花

“岁博一日不倒闭，你就一日有钱赚？哈哈哈……”

电梯门关上的一刹那，在客厅里帮忙放东西见势识趣地躲起来假装不存在的“骆师傅”和“孟师傅”终于忍不下去，爆发出了一阵大笑声。

“孟师傅”还稍微收敛一点，手握成拳放在嘴边，“骆师傅”则抱着肚子笑得前俯后仰：“‘路师傅’，可以啊！苟富贵勿相忘！来日飞黄腾达别忘了兄弟啊！”说着又险些笑得背过气去。

路景越抱胸站在玄关处，一脸冷漠地看着这两人：“搬完了？搬完可以走了。”

骆珩艰难地忍笑，孟言溪笑着摇头：“我现在是你的房东，你不能这样对你的房东。”

这套房是孟言溪的，两人是表兄弟，二十岁那年两人挣得第一桶金，一起买了相邻的两套房。倒不是两人感情有多好，只是一样懒。房子相邻，平常办手续什么的一次来一个人就够了。

路景越从前觉得这个决定除省事外没什么好处，直到清明节那晚，半夜被昭棠吓得魂飞魄散，他才忽然意识到自己当初这个决定多么英明。于是第二天一早天刚亮，他买了电池帮昭棠换上以后就穿着颜色不一样的拖鞋去找孟言溪，租下了对面那套房。孟言溪原本以为就是租个房子的事，没放在心上。万万没料到，他这个房东除了要被迫租房，还要负责搬家。搬家就搬家吧，偏偏这个人还挑了周一早上。

此时，骆珩听见“房东”这两个字，又发出一阵嘲笑：“对对对，你看看刚才那位租客，对您多有礼貌啊，又是祝您日进斗金，又是给您介绍客户，岁博一日不倒闭你就一日有钱赚！哈哈哈！真的要笑死我！”

孟言溪在一旁表面温柔地当和事佬，暗地里“补刀”：“行了，你就别调侃他了，职场得意，情场失意。他情场一蹶不振，职场也是该有点儿起色了。”

路景越若有所思地挑眉：“职场得意，情场失意？”

摩卡小镇离岁宜博物馆不算远，步行二十分钟左右就到了。

早高峰时间，昭棠没打车，她也不会骑车，就这么不紧不慢地走在路上，很自然地想起早上遇见路景越搬家这事儿，当时没有多想，现在想想，总觉得哪里有点奇怪。这时，手机响了一声，她拿出来看。

路景越：“不用推我名片了。”

昭棠还没想明白他搬家这件事，又忽然收到这么一条消息，下意识地问：“为什么？”

路景越：“我刚才被平台开除了。”

昭棠：“为什么！”

昭棠无法理解，他搬家的业务水平明明很高啊！她立刻追问：“是不是有什么误会？你要不申诉一下？”

路景越很快回复：“不用了，能量守恒。职场失意，这说明我别的场子该得意了。”

为什么回来以后，昭棠总觉得路景越变得有点……迷信。

昭棠上班的时候还想着路景越，想到他莫名其妙的迷信，自然又想起了当初那个“房东”跟她说的话——七周年单身纪念日。单身七年，昭棠心念一动。前两天过于震惊房东忽然之间变成了路景越，她只顾着想怎么就租到了他的房子，甚至没想起之前的一些细节。他说，他刚过完他的七周年单身纪念日，所以这么多年，他都是一个人。

这让昭棠早已沉寂下去的心仿佛复苏一般。那，职场失意，什么场就该得意了呢？她想得太入神，忍不住轻声问了出来。

赵希声陪同馆长出国访问了，这个星期都不在，办公室很安静，孙珞宁一下就听清了她的话，对着电脑随口说了一句：“这还用说，职场失意，情场得意啊。”

昭棠倏地看向她。

孙珞宁察觉到昭棠的目光，反倒愣了一下：“怎么，我说错了吗？”

昭棠久久没有说话。她看着孙珞宁，目光却仿佛落在别处。

他究竟是什么意思？自她回来，他就频频出现在她面前。她原本以为都是不期而遇，是他运气不好。可是运气不好的他，为什么要主动把房子租给她，让自己运气更不好呢？他还说，他的房子风水有问题，需要一个名字“木火通明”的主人。前面一个字带火，后面一个字带木——那不正是“昭棠”两个字吗？是大师真这么说，还是他……

想到这里，昭棠胸口一热，心脏重重地跳了一下，不过也就一下。下一秒，心像是被冷风吹过，凉凉的。

“说得没错，只是让他情场得意的那个人肯定不是我。”

孙珞宁一头雾水，她根本就没搞清楚前因后果，只是随口问道：“为什么不能是你？”

昭棠轻轻地吐出一口气：“因为我把一切都搞砸了。”

孙珞宁虽然迷糊得不行，但她下意识地反驳：“只要他还喜欢你，怎么都不能算砸。”

闻言，昭棠睫毛轻轻一眨。

只要他还喜欢你，怎么都不能算砸。那，他还喜欢她吗？

一整天，昭棠满脑子都是这个问题。重逢以来所有的画面都像是电影似的，一帧帧在她脑子里回放，直至她将每一个微末的细节都回忆起来。她心里清楚，这些并不能说明什么，因为她已经陷入了某种逻辑误区。就像她现在这样，先入为主地设定一个结论，然后再去串联所有只对自己有利的证据，最后开启无限自证模式。

可是她到底只是个凡人，明知是奢望还是会奢求。因为孙珞宁那一句“只要他还喜欢你，怎么都不算砸”，而克制不住心怀侥幸地妄想，万一呢？万一他真的……

下班回家的路上，她低头走在小区里，无意间碰到了一枝开到路边的桃花。小区里的桃花开得极好，一簇簇的，凑在一起绽放，又一路延伸到路旁。昭棠没注意，一朵桃花轻轻扫过她的头发，花瓣掉落了。昭棠伸出手，一片桃花正好落在她的手心。她盯着这瓣花看了一会儿，又抬头去看桃树。桃树都不矮，只是桃花开得有的低有的高，前面一株桃树开得高一些，青绿的叶子也高。昭棠忍不住抬手比画了一下，摸是摸不到的，但如果跳起来，应该能摸到。

她怔怔地站在原地，很自然地就想起了从前那个混蛋。

路景越十八岁的时候就已经长到了一米八几，高高瘦瘦的，特别招女孩子喜欢。而那个时候她才一米五九。她每天跟他走在一起，多多少少会有些身高焦虑，总是忍不住问他怎么长高的。

他只瞧着她笑，反问道：“我长得高还不好啊，我长高了，你就不用努力了。”

少年背光站着，阳光在他的身上落下灿烂的光晕，好看得让人移不开眼。可是他每每说出来的话却实在令人火大。什么叫他长高了，她就不用努力了？难道他还能替她长高吗？昭棠气呼呼地从他身旁走过。

路景越追上她，在她身边笑着说道：“我教你一个长高的方法。”

闻言，她立刻停下脚步，转头看着他。

路景越眼底笑意浮动，指了指不远处一棵树，对她说：“你去摸最低的那片树叶。”

昭棠困惑地问道：“摸树叶有用吗？”

路景越一本正经地点点头：“嗯，每天摸，它感受到你的诚意，你就能长得跟它一样高了。”

她看起来很好骗吗？

昭棠从不信路景越的鬼扯，可是在路景越考上大学，要去望城念大学的那个夏天，骄阳似火，蝉鸣不止，他们沉默地走在树下。

昭棠看着不远处的一棵树，忽然对路景越说：“等你放假回来的时候，我应该能长高两厘米。”

“那应该不太可能。”路景越转过头看着她，接着说，“我国庆就回来，一个月你想长高两厘米，恕我直言，有点痴心妄想。”

这种朋友她为什么不绝交？

她没再理他，他忽然快走了几步，走到前面那棵树下，回头望着她说：“你来摸这片树叶。”

路景越很高，都不用踮起脚，抬手就轻而易举地碰到了树叶，手臂甚至还曲着。金色的阳光从树叶的缝隙里落下来，正好落在他长长的睫毛上，随着他说话眨眼，闪耀着光芒。昭棠心一动，不知是出于什么心理，她就这么看着他，然后朝他跑了过去，轻轻一跃，伸出指尖。夏日里的树叶被太阳晒得热乎乎的，昭棠的手一触即离，落地的时候差点摔跤，被一双有力的手适时扶住，他的手臂是结实的、炙热的，像是早有准备，稳稳地扶住她。刹那间，昭棠心里像是有什么轰然炸开。

盛夏的阳光炙热如火，青绿的树叶泛着光，微风拂过，光芒晃了人满心满眼。周遭蝉鸣不歇。

过了不知多久，路景越声音低沉地说道：“注意点儿。”

后来的很多年里，昭棠总是回忆起那年的夏日与少年。自那以后，他们之间确实没有什么特别的故事了，一直到她十八岁生日那晚，他赶回来给她过生日。她的高三最后一个学期结束于一片兵荒马乱，他们总共只见了两面，她与路景越之间的缘分，便匆匆结束。那么无声无息，却又狼狈不堪，可是为什么至今她都忘不掉呢？

昭棠站在桃花下，望着前面的桃枝，怔怔地思索了一会儿。她想，青春总是纯粹而美好的，即使时隔多年，再回首，也像是笼在了一层朦胧美好的烟雾里。像隔窗听雨，隔江看花，多了几分隔着距离的美丽。可是时间沉淀下来的不仅是岁月的美丽，更多的是陌生的年华和越发疏冷的内心。他们也都不再是过去的人。

七年过去，她再也不是十八岁的昭棠，路景越也不再是那个十九岁的少年。即使旧事重演，他们也不可能再回到从前。就像前面那棵树，就算她再跳起来去碰那片树叶，落地的时候，也不会再有一个少年站在树下等她了。这样想着，她就真的小跑了几步，轻轻一跃，指尖很容易就碰到了最低的那一片树叶。

春夏交接时的树叶不似盛夏滚烫，甚至带着一丝丝凉意。落地时，昭棠抬头，前方空无一人，目光所及，只有小区刻意营造的花木，在这云开雾散的初夏时节，姹紫嫣红开遍。她心里空落落的，却很平静。

这才是现实。

少女梦是给十八岁昭棠的恩赐，并不属于二十五岁的昭棠。

重新往前走，走过漫长的小径后，转角不远处，就是她住的那幢楼。

身侧忽然传来一道低沉轻柔的声音：“你刚刚是在偷花吗？”

昭棠的脚步倏地定住，背脊刹那僵硬。耳畔有风拂过，仿佛带来回音，昭棠难以置信地转过头。路景越随意地倚在树下，双手插在兜里，一眼睛似笑非笑地看着她。

两人四目相对。

远处，有小孩踩着滑板车过来，很快就从她身后过去。小孩的父母不疾不徐地跟在后面，夫妻二人一面低声聊天，一面冲着孩子喊：“慢点。”

路景越的目光在那一家三口身上短暂停留，又重新看向昭棠。

昭棠的心跳仿佛漏了一拍，又立刻装作若无其事地说：“我至于偷花吗？你怎么会在这里？”

“等外卖。”路景越很闲似的，追着她不放，“为什么不至于？你看花开得好看，偷偷采一朵，也不是没可能。”

昭棠抿了抿唇，一板一眼地提醒他：“偷东西是要被开除公职的。”

路景越挑了下眉，一脸的不信任。

昭棠觉得他这神情简直太侮辱人了，正想说“我还买不起一束花吗”，他忽然站直身体，朝她走来。他们本就离得不远，两米不到的距离。他的腿很长，步子很大，两步就走到了她身边。昭棠不解他什么意思，他忽然伸手过来，手指拂过她的侧脸。

昭棠感觉耳边霎时“嗡”的一声响，整个人顿时呆住了，屏着呼吸，脖颈儿僵直，睁大眼睛看着他。

路景越的手指在她头顶轻轻拂了一下，很快收回：“那这是什么？”

他将手伸到她眼前，拇指和食指指腹间捏着一片粉粉的花瓣。

昭棠看到了，顿时愣在原地。

路景越抬起眼皮看向她：“藏得还挺隐蔽。”

昭棠对上路景越谴责的目光，十分无语，只好解释：“我刚才走在路上，不小心碰到了伸到路边的桃花。”

路景越打量着她，仿佛在判断她话中的真假。

这么近的距离，被他这么直勾勾地盯着看，要不是受了这天大的冤屈，昭棠都要心动了。可是一想到这个人竟然污蔑她偷花，她又不躲不闪地看着他，一脸正气。

对视片刻后，路景越收回了视线，捏着桃花花瓣的手插回口袋，漫不经心地说了一句：“嗯，那是花碰你的瓷。”

她要谢谢他还她清白吗？昭棠真不想再看到这个人了，气呼呼地转身走开。她一路走得飞快，所以完全没发现，身后的路景越将手从口袋里拿出来，指腹间捏着好几瓣桃花——不是桃花“碰瓷”她，而是路景越“碰瓷”她。

当然，昭棠完全想不到那瓣桃花根本就是路景越“栽赃”给她的，毕竟谁能想到，二十六岁的男人还跟个十七八岁的少年似的，能做出这么幼稚而无耻的事呢？

昭棠一心以为连花都跟她作对，什么时候落到她头上不好，偏要被路景越看见。过了一会儿，她想起自己当时跳起来摸树叶的动作，又有点担心被路景越看到。如果他看到了，以为她对他余情未了怎么办？

那她可太丢脸了……昭棠想到这里，捂住脸。这个时候，她忽然觉得，比起让路景越误会她对他余情未了，误会她偷花其实也不算什么了。就让他误会她偷花好了。她不就是工资太低，没钱买花吗？谁还没个囊中羞涩的时候？

想到钱，她忽然想起来，她还欠路景越二十块钱。当时手机没电了，又被他欺负一通，钱也没还成。现在她手机有电了，还知道他的微信，如果再不还钱，他不是更有话可说。于是昭棠立刻点开微信，飞快地转了二十块钱过去。

路景越正在楼下等电梯，手机弹出一条昭棠发来的新消息。

她给他转了两百块钱。

路景越浓密的眉毛微微一挑，毫不犹豫地收了款。

昭棠刚刚转账完就意识到自己多打了一个零，懊恼地跺了下脚，捧着手机正要解释自己转错了，让路景越退给她，没想她还没来得及打字，屏幕上立刻就跳出一个橙色的长方形——转账已收款。

这是什么人啊！给钱就收，问都不问一下。

她正要发信息过去，那边又发了个问号过来。很好，还是知道问一下的，只是这种有钱先收，收完再问为什么的行为……

昭棠想想又有点生气，气呼呼地打字：“上次欠你的二十块钱，我一不小心多打了个零……”

电梯很快就到了一楼，路景越却没有进去，他看了一眼电梯里面，当时就放弃了进电梯，转身走进楼道里。

推开楼梯间的门，路景越一边上楼，一边低头打字。

路景越："不用谢。"

收到回复的昭棠一脸茫然，她那句话的意思是让他说"不用谢"的吗？救命！她是想让他还钱啊！这个人的情商真的让人着急！

昭棠不得不挑明："那你能还我一百八十块钱吗？"

路景越："你要怎么还？"

又是这句，明明都过去好几天了，她却像是被诅咒了似的，在看到这五个字的瞬间又想起了高速路口，那个男孩对他女朋友说的那一句情话——你要怎么还。以及女孩大胆的亲吻——还了！亲一下二十块钱！

路景越现在欠她一百八十块钱，那不就得亲她——九下！

昭棠顿时晃了下神，反应过来又立刻摇了摇脑袋。昭棠！你不要昏了头脑！他是路景越，他没有那个意思！

昭棠闭了闭眼，回复："微信转账吧。"

路景越没有回。

过了一分钟，路景越发来消息："转不了，账号被冻结了。系统提示刚才那笔转账资金存在风险，已经把我的支付功能冻结了。"

昭棠不敢相信地看着他发来的信息，整个人神情恍惚，再三确定自己刚才转的确实是两百元，而不是两百万，才放下心来。

昭棠："就为了两百块钱把你的支付功能冻结？我不理解。"

路景越："嗯，网上转帐就是不太安全，习惯就好。"

昭棠忍不住翻了个白眼。

路景越："或者，你反省下转这两百块钱给我的动机。"

她为什么要反省？

路景越："你自己好好想想。"

他到底在暗示什么啊！他污蔑她偷花还不算，现在还要暗指她对他有不良企图吗！她只是想还他钱，仅此而已。

最后，一个星期过去了，路景越也没还她一百八十块钱。其实昭棠后来又遇见过他几次，都想提一提，毕竟一百八十块钱也是钱。可因为数额实在不多，她脸皮又薄，最后硬是没好意思再开口。

路景越则完全是一副忘了的样子。

也许大家都有这种经历，有天中午昭棠在单位食堂吃饭，还听隔壁桌同事“吐槽”朋友：“她欠我钱，倒比我这个被欠钱的还理直气壮。成天一副忘了的样子，我提醒她，她还说我小气，说这么点钱我记这么久，还好意思提！”

那可不是，如果她提，路景越必然也要说她小气。她可太难了。

孙珞宁听了，笑嘻嘻对昭棠说：“所以我从来不借钱给别人。”

昭棠艰难地说：“他倒不是跟我借的。”

孙珞宁立刻一脸好奇，凑过来小声说道：“展开说说。”

有什么好说的？昭棠无奈地说道：“我还他钱的时候多还了。”

“你这确实……他要不主动还的话，你更不好意思提。”孙珞宁嘀咕着，忽然问，“男的女的？”

“男的。”

“长得怎么样？”

昭棠不理解：“这跟他长得怎么样有什么关系？”

“当然有关系啊！”孙珞宁理直气壮地说道，“如果长得帅，那你就别让他还钱了，让他以身相许！”

好了，昭棠算是知道为什么路景越要误会她了。她忽然意识到，她可能不是第一个干这种事儿的人。区别可能只在于，别的女孩子是故意的，她真的只是“手滑”。想到这里，她心里忽然酸溜溜的。看路景越收钱收得那么爽快，他以前经常这么……逗女孩子吗？

昭棠感觉心情突然不好了，以至于后来再见到路景越，她连话都不想跟他说了。

一个星期很快又过去了，周五那天下班回家，昭棠想想现在自己总算安定下来，这个周末没什么安排，之前孟逐溪和周淮琛帮她找到了房子，虽然最后……算了！但到底孟逐溪和周淮琛都帮了她，出于礼貌，她应该请他们吃饭。

路上，昭棠在微信上问孟逐溪和周淮琛最近有没有空。孟逐溪回复最近很闲，不过不确定周淮琛有没有空，她要问问。

昭棠笑着回复“好”，到了家门口，正准备按密码开门，身后的防盗门忽然推开了。昭棠假装没听见，没回头。

前两次她没有回头，路景越很识趣地没出声了，今天大概是良心发现，意识到欠债就得还钱，主动开口：“你那钱……”

那既然他都提还钱了，她没有不要的道理，于是转过身。

路景越站在门边，看她的眼神很平静。他看了她两秒，问：“我能用实物偿还吗？”

实物？昭棠脑子一卡壳，目光下意识扫了眼他的身体。

男人身姿挺拔，宽肩窄腰，看起来瘦，却不失男性的力量感。尤其是微微敞开的两颗扣子，露出好看的锁骨。

路景越追踪着她的目光，故作不解地问了一句：“你在看什么？”

昭棠立刻心虚地移开目光，咽了口口水，面不改色地问：“什么实物？”问完她忽然很鄙视自己的道貌岸然。

明明前几天她还因为这个人不自爱而不齿，连话都懒得和他说，结果现在他一提，她立刻鬼迷心窍地盯着他的身体看。

路景越不答反问：“你想要什么？”

这是什么话！什么叫她想要什么！

昭棠生气地抿了下唇，正想大声地丢下一句“那你别还了”就走，路景越先一步开口了：“自己去挑。”

昭棠愣住了。

路景越上前两步，伸手摁了电梯下行按钮，转头看向她：“我转不了账，但我可以刷信用卡。你有没有什么要买的，一起去超市。”

一起去超市……昭棠的心飞快地跳了两下。虽然这么想可能有点一厢情愿，但成年男女晚上一起逛超市，是不是有点暧昧？

昭棠的手指轻轻缩了缩。

然而下一秒，路景越就毫不留情打破了她的幻想：“我刚搬家，要买的东西不少，你帮我搭把手。”

见昭棠没动，路景越提醒她：“我上次也帮你了。”

行！是她欠他的！她还他还不行吗！昭棠生气地上前去摁电梯，一抬手，才发现下行键已经亮了，她觉得好尴尬，面对路景越的目光，她抿着唇收回手，不着痕迹地反问他：“你信用卡没被冻结吗？”

路景越点头：“嗯。”

昭棠嘀咕：“稀奇。”

这时，电梯到了，昭棠率先走进去。路景越跟在后面走进来，摁了楼层和关门键，这才转头看向她，慢条斯理地道：“应该是因为你没往我信用卡转过钱。”

是，都是她的错！

摩卡小镇南门外一两百米左右就有一个商场，顶楼是电影院，地下一楼有一个大型超市，生鲜、日用品，应有尽有。周末的晚上，超市里人很多，尤其是情侣。不知道怎么回事，上次她一个人过来还没发觉，今天忽然发现超市里的情侣格外显眼。都是男孩推着车，女孩挽着男孩的手，偶尔对视，十分甜蜜。当然也有情侣会看着看着就争起来，男孩要买这个，女孩要买那个，互不相让，最后要么两个都买，要么两人吵一架，谁吵赢了听谁的，两败俱伤就哪个都不买。

昭棠正看得有趣，路景越推着小推车走到她身边，她顿时有点尴尬。他们这么走在超市里，别人不也以为他们是恩爱的小鸳鸯吗？

昭棠支吾了一声，正想说“那我先去买我的，一会儿收银台见”，路景越先一步将小车推给她：“推着。”

昭棠看了眼四周，就没发现女孩子推车，男孩子无所事事的！这让她不禁想起上次，他说队伍太长了，喊她去排队，他自己找了把椅子，像个大爷似的坐着！这个混蛋！

但路景越的理由很充分，看着她反问：“不是说好了来搭把手？来吧，把手搭上来。”

行吧，你开心就好。最后，昭棠推着小推车，默默地跟在他身后。路景越走在前面，看上什么就从货架上拿下来，随手往小推车里放。将日用品和零食扫荡完后，又走向了生鲜蔬果区，昭棠原以为他只买点水果，直到见他开始买菜买肉。

她忍不住问道：“你这是要做饭吗？”

路景越阴阳怪气地说道：“不是，我买回去摆拍。”

行吧。只是万万没料到，现在这世道，连混蛋都会洗手做羹汤了。

路景越买了菜，又走到海鲜区，让超市服务员替他捞了一只大龙虾，又称了石斑鱼、面包蟹、鲍鱼、生蚝和扇贝。

昭棠彻底呆住了，顿时连看路景越的眼神都不一样了。等他买完，终于没忍住，恍恍惚惚地问他：“这些东西，你都要自己做吗？”

路景越停下脚步，看着她，过了几秒，谦和地说道：“你要想做我也可以让你来。”

又是搬家，又是做饭。这么多年，路景越到底经历了什么？

买完菜，路景越又绕到厨具区，他让昭棠去帮他挑餐具，自己则停在一排锅面前挑选。昭棠看时间确实不早了，想到他还没有吃饭，就没有说什么，默默地去帮他挑餐具了。

结果等她挑了一套骨瓷回来，路景越还站在那一排锅前，没有做出决定。见她回来，他指着面前的炒锅问她：“这两个品牌买哪个？”

昭棠傻傻地望着他：“我……我不知道啊。”

路景越毫不客气地指使她："那你现在百度一下。"

昭棠心不甘情不愿地掏出手机，路景越十分自然地倾身过来看。他高大的身影立刻遮挡了光线，将她笼罩在一片浅浅的阴影里。昭棠手指顿时有些抖，还没来得及在搜索框里输入品牌名称，孟逐溪的微信就弹出来了。她下意识地点开微信，和孟逐溪的聊天记录就跳了出来。

路景越很自然地就看到了昭棠约孟逐溪和周淮琛吃饭的事，顿时眉毛一挑，意味深长地说了一句："有意思。"

昭棠反倒不解了，问他："什么意思？"

他靠过来看她的手机，两个人离得十分近，他垂着眼看她，她轻轻抬眼看着他，这个画面，怎么看怎么暧昧。

正要过来挑厨具的两名女生都不好意思再往前走，又默默退了回去。

路景越却像是毫无所觉，眼睛里一点温度都没有，不满地谴责她："把房子租给你的人是我，你请他们吃饭，却不请我吃饭？"

孟逐溪这个消息回得怎么这么不是时候，刚好让这个人看到！

昭棠骑虎难下，只好问："那下周三晚上，你有空吗？"

"有。"

他回答得过于干脆了，昭棠忍不住问："你都不确认一下吗？毕竟是工作日，要是你到时候没空不能来，我不会补请的。"

"不用确认。"路景越一脸真诚地说，"我刚被货拉拉开除，暂时还没找到工作，每天都有空。"

沉默片刻后，昭棠只好说："那行，那就周三晚上。鹿溪饭店，我请你们吃饭。"

路景越微微挑了下眉。

昭棠皱眉："你这又是什么表情？"

"没什么，只是很震惊。"

"震惊什么？"

"我以为你对那个地方会有……"路景越看着她的眼睛，格外意味深长地吐出两个字，“阴影。”

她好不容易才忘记“要和越妃同床共枕”的事，他为什么还要提醒她！昭棠无言以对，只好心虚地转开视线：“那没办法，我在那儿充了一万块钱的卡。”她轻轻吐出一口气，“我现在只希望在我的钱花完以前饭店千万别倒闭。”

路景越：“……”

昭棠的注意力很快回到那两个品牌的炒锅上，她搞不懂为什么买个锅还要百度，决定自己替他选择，她踮起脚拿了一个外观更加好看的锅，问路景越：“就买这个吧？”

路景越的视线缓缓从她的脸移到她的手上，没反对。

昭棠自觉地将东西放进小推车里，又问他：“还要买什么？”

路景越看着她，没说话。

那就是不买了。昭棠见小推车已经满了，再买下去就算她搭把手两个人也提不回去，于是推着小推车往收银台走去。

路景越走在她身边，忽然说了一句：“你放心，就算倒闭了也会把钱退给你。”

昭棠愣了一下，才明白路景越还在说她办的那张卡，随口嘀咕了一句：“说得这么肯定，万一真的倒闭了，你退我钱吗？”

路景越：“……”

周五晚上的超市人真多，每个收银台前都排着长长的队伍，连自助结账的几台机器前都排满了人。昭棠还在看哪里人最少，路景越已经随意走到了一条队伍的最后，昭棠忍不住比较了一下。

很好，这个人排在了最长的队伍后面。他到底在想什么？

她想开口提醒他排错了，又鬼使神差地想起刚刚遇见的那对因为买什么东西吵架的小情侣，觉得他们俩现在不合适争论这些小事，最后只好无奈地走到他身边，沉默着和他一起排队。

等待的时间里，她又顺手拿出手机，将时间、地点发给孟逐溪。孟逐溪很快回复了她，说没问题。

放下手机，昭棠忽然觉得孟逐溪这个名字有点耳熟，好像在哪里听说过。她思索了一会儿，隐隐约约想起来是“鹿溪”的“溪”。她记得那时候孙珞宁和她讨论过，鹿溪饭店的“溪”是一个老板的名字……但，叫什么溪来着？她忘了，总觉得和孟逐溪的名字有点儿像，但不是孟逐溪。明明就要想起来了，昭棠忍不住蹙起秀气的眉毛，冥思苦想。

路景越一低头，就见她站在自己身边，微微歪着头，嘴唇抿成一条直线，一副冥思苦想的模样。她的皮肤白皙，脸蛋饱满，睫毛长长卷卷。超市的灯光明亮，像是给她身上每一处都洒下夺目却柔和的光，让人移不开眼。她的头发披散着，不算长，但蓬松柔软，刚好落到胸前，无意间遮住了小巧精致的锁骨，随着她往前走动，偶尔露出一点点，美得动人。

路景越看着她：“在想什么？”

“在想鹿溪饭店老板的名字。”昭棠没注意到路景越的眼神，还沉浸在当初和孙珞宁的对话里，却死活想不出来，她皱了下眉，“我同事和我说过，但我想不起来了，总觉得和孟逐溪的名字有点像。”

路景越注视着她，低声问：“说过什么？”

昭棠心想，我要还记得她说过什么，我至于想得这么辛苦吗？算了，她放弃了。她干嘛要操这个心？

刚好队伍又往前移了一点点，昭棠推着小推车跟着往前挪动，随口说：“说鹿溪饭店是一对情侣开的，鹿溪是两个人的名字，小鹿是小溪的女朋友。”

谁？是谁的女朋友？路景越一头雾水。

昭棠停顿了两秒，又忍不住发出和当初孙珞宁一样的感慨：“有钱人的神仙爱情啊，还把女朋友的名字放在自己的名字前面。”

她说到这里，又看了一眼路景越。哪像这个人？排队都排最长的，她还不能说他！

被无故甩了个白眼的路景越：“……”

终于排到他们，路景越把东西从小推车里拿出去，昭棠去一旁帮忙把扫码后的商品装进袋子里。可惜昭棠这个人从小就不会收拾东西，再加上，现在都习惯送货上门了，根本不会整理东西。

她刚装了几件，收银员就忍不住提醒她：“不能把车厘子和瓶瓶罐罐装在一起，会压坏的。”

昭棠连忙把酱油拿出来，想了想又拿了蔬菜放进去。

收银员一面扫码，一面提醒她：“应该先把车厘子拿出来，水果和蔬菜最后放。”

“啊……好。”昭棠觉得收银员说得对，立刻将水果和蔬菜一起拿出来，又去拿酱油。

路景越停下动作，淡淡地看了收银员一眼，转头对昭棠说：“你想怎么放就怎么放。”

年轻的收银员立刻觉得脸有些热，不再说话，低头安静地扫码。

昭棠看着面前越来越多的东西和至今空着的袋子，懊恼地看向路景越，干脆承认自己是个废物：“还是你来吧，我不知道怎么放。”

路景越看着她水汪汪的眼睛，轻轻点了下头：“好，你过来我这边。”

两人交换位置，一切就和谐起来。昭棠不用动脑子，只管一股脑儿把东西拿出来，路景越像是随手把东西捡进口袋里，可是安排得既合理又高效，没一会儿就装好了。

等路景越拿出信用卡付款的时候，昭棠才忽然想起什么。

路景越敏锐地察觉到她的情绪，转头看她：“怎么了？”

昭棠摇头：“没什么。”

其实她想的是，她的一百八十块钱还没花掉。说好了来超市用实物抵账的，结果光顾着陪他买东西了，自己什么东西都没买。算了，她该买的之前都买了，现在也不知道买什么，而且他已经买了那么多，再买两个人提不动。

三个大袋子装得满满当当，昭棠刚想上前去帮他拿，路景越先一步拿走了。见她走到他面前，他挑了下眉，神情有些困惑，仿佛完全不理解她为什么忽然跑到他面前，还一脸殷勤地仰头望着他。

昭棠张了张嘴，想说自己可以帮忙搭把手，但一想到刚才他让她搭把手的样子，又生怕到时候成了……两人一起提一个袋子？昭棠简直不敢想象，索性闭嘴。

她默不作声地空手走在他身边，目光扫过那几个鼓鼓的塑料袋，回忆着刚才买的那堆东西，又是瓶瓶罐罐，又是铁锅，肯定很重。

乘着扶梯出了超市，过红绿灯，马路对面，路口处有一排小黄车。应该是刚放过来不久，还整整齐齐地停在路灯底下。

昭棠快步走过去，掏出手机，打开支付宝，对着最边上的一辆共享单车扫了二维码。

她之前从没有扫过岁宜的共享单车，“嘀”的一声过后，屏幕自动跳转到租借签约协议。

路景越走到她身边，看了眼她的手机，颇为惊讶：“都会骑自行车了？”

“不骑，我扫一辆小车车。”她随口答。

“不骑你扫一辆……”路景越停了一下，学着她的语气，不理解地问，“小车车，做什么？”

昭棠停下动作，抬头认真地解释：“你这几个袋子太沉了，可以把它们放到这个车筐里，我们一起推回去。”

路景越低着头，漆黑的眸子定定地看着她。

天已经黑了，路边的灯光不甚明亮，他的五官隐没在昏沉的光线里，眼里的情绪看不清。

昭棠说完又低头继续摆弄手机了，初次扫码，步骤有些多，但昭棠很快就弄好了，屏幕跳转回去，她要再扫一次的时候，听见身旁的路景越低声说：“走吧，不沉。”

最后，昭棠没扫成小车车。她愣了一下，转头见他已经走远，又空着手追上了他。走到他身边，她忍不住说：“我帮你提一个吧。”

“不用。”

昭棠无话可说了。即使男人和女人在力气上有天生的差距，也没有必要这么自讨苦吃吧。

她又换了个思维，说了一句：“要不下次还是送货上门吧。”

她说完立刻意识到自己多嘴了，很怕路景越会反问她一句“送货员就不怕沉”，没想路景越沉默了两秒，只是低低地应了一声：“好。”

难得两人的对话这么和谐，昭棠愣了好一会儿，最终将这归结为受宠若惊。嗯，一定是路景越太久没有好好对她说话了，难得一次温和，竟然给了她温柔的错觉。

一直到家门口，两人都没有再说话。

这个时间，小区里最是热闹，人来人往。有遛弯儿的老人、玩耍的小孩，还有陆陆续续回家的年轻人。叽叽喳喳各种声音，热闹了一路，更显出两人之间的气氛安静得有些诡异。

两人沉默着进电梯，出电梯，然后各自回家。

昭棠进门后独自在玄关处站了一会儿，觉得有点饿，想了想，又懒得点外卖，刚换好鞋，就听门铃响了。她从讲机里看了一眼，是路景越。打开门，只见路景越站在门口，手里依旧提着那三只大袋子。

昭棠茫然地看着他问道：“怎么了？”

“我那房子没通燃气，来你这儿做个饭。”

昭棠愣了足足三秒，才反应过来，问：“没燃气……你之前不知道吗？”竟然还买那么多食材！

路景越：“不知道。”

好吧。

“但我这儿……”昭棠目光扫了眼鞋柜，随意找借口，“还没买男人的拖鞋。”

“没关系。”路景越十分自然地从其中一个袋子里拿出一双新买的拖鞋，递到她面前，“我买了。”

拖鞋上的标签崭新，明晃晃地反着光。

昭棠：“……”

第九章 心意

昭棠心里真是万般后悔陪他去逛超市。谁能想到他不仅买了食材，还顺手买了拖鞋。行吧，既然已经没有借口了，这里原本也是他的房子。怪只怪那个讨厌的房东，不给“路师傅”装燃气。

昭棠侧身让他进门，为了不让自己看起来过于不情愿，她甚至主动伸手帮他接下东西。

这次路景越没跟她客气，直接松开手，昭棠咬牙提进厨房，再出来时，路景越已经换好鞋，正好走到她身边。

昭棠的目光尴尬地落在他的拖鞋上。停顿了两秒，又缓缓地看向自己脚上的拖鞋。两双拖鞋，她的米色，他的蓝色，却是同样的莫兰迪色系，款式更是一模一样。两人的右脚上都有一只肥嘟嘟的小熊，神情呆萌。他们站的位置也巧，两只小熊正好对视，仿佛一对青梅竹马，天真无邪地问对方要不要一起玩。

路景越自然也注意到了，顺着她的目光看了片刻，意味深长地问了一句：“你什么时候买的，怎么结账的时候我没发现？”

他是在说她跟着他买的吗？结账的时候没发现，言下之意不就是说她还偷偷藏了起来没让他看到！

昭棠觉得这人太自作多情了，咬着牙反驳：“我搬进来那天就买了。”

路景越侧头打量着她，眼神充满玩味，仿佛在判断她有没有说谎：“是吗？那还挺巧。”

“那还挺巧”这四个字绝对是意有所指！

昭棠忍不住争辩：“你上次过来时我就穿的这双拖鞋。”

路景越从她身旁走过，轻描淡写道：“是吗？我没注意。”

但凡这个房子不是他的，她就会把他赶出去！他爱做饭就让他做吧，昭棠回到自己房间，生气地把门关上。

周末的晚上，本来应该躺着玩会儿手机的，可是房子里多了一个人，就像将她的心吵到了似的，即使隔着房门，她也能清晰地听见他的动静。他走动的脚步声，他用水的声音，他清洗餐具、食材……

路景越这人的存在感一向强。昭棠心静不下来，连追剧看着男主角的脸，都能自动替换成路景越的模样。回过神来全神贯注地看，又觉得索然无味。这男主角，长得还没路景越十分之一好看，身材更是比路景越差远了。还不如路景越去演呢。

她烦躁地将耳机扯下来，心不在焉地刷新着网页，点开收藏夹，看到以前经常上的甲骨文论坛，顺手点进去。算算时间，她自从毕业后就再没上过这个论坛。时隔快一年再打开，右上角用户名的旁边，小信封上飘着一个红色的数字“6”。

有六条未读消息，全部来自一个叫“半眠”的ID。

半眠是她大学时在论坛上认识的网友。昭棠性格淡漠，对人有着很强的防备心，去临绛后，也不太愿意交朋友。而半眠对甲骨文的研究很深，每次她有不懂的地方上来发帖，半眠总是第一个回复她。假如遇见自己也不懂的，半眠还会主动查找文献专著，然后和她一起讨论。昭棠觉得这样的缘分很奇妙，所以在半眠主动加她好友时，她看了下对方的主页，看到性别信息那一栏里显示为“女”时，彻底放下了戒备，通过了。大概是因为同为女生，网名也有些相似，这么多年，两人偶尔还会闲聊。

昭棠的ID叫“子时”。

半眠：“你叫子时……你是子时出生的吗？”

子时：“对，那你是不是睡得不好？”

半眠：“怎么说？”

子时：“半眠不就是睡不好吗？睡得好的话应该叫入眠吧。”

半眠：“入眠，你是认真的吗？”

子时：“什么意思？”

半眠：“没事，你就当我睡不好吧。”

昭棠当时觉得半眠的反应有点奇怪，后来有一次逛社交平台，偶然看到一个叫“半眠日记”的生活博主，她才发现网上好多人叫“半眠”，她忽然觉得自己那时说的“入眠”好傻，仿佛诗人遇见了一个文盲，文盲还上前去问诗人：你是不是睡得不好？当然，半眠不是诗人，但确实挺有文化的。

半眠学的专业似乎不是古文字，但对甲骨文的研究一点不比她浅。而且半眠这个名字十分文艺，应该是个很有生活情调的女孩子。

昭棠还记得，很多年前的一天，半眠忽然问她：“你想要花吗？”

当然，这条消息过去一个多星期才被昭棠看到。

登录后的子时：“怎么了？”

半眠是论坛里的“老油条”，回消息一向很快：“没什么。那天是我们认识一周年。”

“文盲”且没有仪式感的子时瞬间沉默了。

几分钟后。

子时：“那天我吃了炸鸡，还配了可乐。”

半眠：“……”

子时：“所以你就当我独自庆祝过了吧。”

半眠：“……”

子时：“你要是没吃，你也去吃一份，权当和我庆祝过了。”

后来半眠再没提什么纪念日，昭棠觉得半眠应该是被她的粗神经狠狠伤到了，以至于在之后的几年里都无法痊愈。后来，昭棠也想补救一下，奈何自己根本不记得她们是哪天认识的。

她们断断续续聊了五六年，关于生活的闲聊不算多，大多是关于甲骨文的，昭棠觉得，她们只是关系比较近的“坛友”，上线偶尔聊一聊，下线也不用特意告知。一直到去年五月，她准备毕业答辩忙了起来，从此再没上过论坛，也没放在心上。此时才发现，半眠一直在找她。

一开始——

半眠：“答辩顺不顺利？”

半眠：“毕业后打算继续读博还是找工作……想不想回家？”

后来——

半眠：“最近很忙？怎么都没有看到你？”

再后来——

半眠：“是不是遇见了不开心的事？可以和我说。”

然后是元旦的时候——

半眠：“新年快乐。”

最后一条是今年2月16日，那天正好是她的生日。

半眠：“我来临绛了。”

昭棠这么长时间没上论坛，一直没看到对方的消息。此时盯着这么多条消息，她心中愧疚不已，连忙一条条回复。

路景越刚将调料铺好，将波士顿龙虾放进蒸箱，口袋里的手机就接连响了三声。不是寻常的铃音，而是一个久违的、特别的消息提示音。他动作一顿，去水龙头前洗手，用厨房纸巾将手擦干，拿出手机，里面跳出三条消息，来自一个论坛APP。

子时：“对不起，我毕业后太忙，一直没有时间上论坛，刚刚才看到你的消息。”

子时：“我今年回岁宜了……忘了和你说。”

子时：“你……还在临绛吗？”

路景越轻轻靠着厨房岛台，低着头，头顶的灯光落下，在漆黑的睫毛底投下一片小小的阴影。

他盯着手机看了好一会儿，又往卧室的方向看了一眼，而后将手机调成静音，登陆APP，用户名那一栏里显示两个字：半眠。

昭棠以为过去这么久，半眠说不定不玩论坛了，也说不定见她一直不回复，就不想理她了，心里有些惭愧，又有些失落。

她心不在焉地翻看了几个帖子，没一会儿，忽然发现右上角的小信封图标上多了一个红色的数字，立刻惊喜地点开。

半眠：“嗯，我也回岁宜了。”

半眠：“你呢？为什么回来？”

为什么回来？昭棠下意识转过头，往门的方向看了一眼。卧室门紧闭，看不到外面的人。她不知道路景越这会儿在做什么，一点动静都没有，房子里安安静静的。昭棠的手在键盘上停留了半分钟，轻轻打字。

与此同时，两条新消息在路景越的手机屏幕上无声弹出。

子时：“我考上了岁宜博物馆的编制。”

子时：“真的太难了，我打算在这里赖到退休。”

这何其熟悉的理由！

半眠一直没有回复，昭棠等了一会儿，一直没有新消息。

她想了想，觉得今日的对话应该到此结束了吧。正要关闭聊天窗口，却忽然注意到对话框上方的名字变了——伴眠。不是半眠。

昭棠觉得有些奇怪，问道：“咦，你怎么改名字了？”

伴眠不答反问：“你觉得哪个好点儿？”

子时：“半眠听起来更文艺。”

网友的名字，必然是只能夸奖的。虽然昭棠觉得“伴眠”这两个字有点奇怪，不过她没有说出来，而是歪着脑袋想了好一会儿，最后艰难地找到一个相对安全的措辞。

子时：“伴眠更热闹。”

伴眠：“热闹？”

子时：“旁边多了个‘人’，可不就热闹了吗？”

伴眠：“是啊，身边多了个人，现在每天都很热闹。”

昭棠盯着这行字，心中有了隐约的猜想，小心翼翼地问：“你谈恋爱了吗？”

这个论坛，路景越一直知道，昭棠高中时就和他提过。只是那时候他并没有放在心上，更不知道她的ID。后来……他后悔了。其实现在回想，他并没有做错什么。求和的时候耗尽尊严，离开的时候骄傲硬气，之后就是一个人，短暂失落，继续往前……然后，仿佛失明。

“失明”这个词是孟言溪说的。他一向言出必行，落子无悔。分开后很长一段时间，他也尝试着在别人身上寻找心动的感觉，可是都失败了。

孟言溪问他：“你是失明了吗？”

是啊，他是失明了吗？他也想不通。

直到一年后的春天，也是年后，海棠花开得最灿烂的时候，他和朋友在酒吧喝酒。

他早就忘记那天为什么喝酒了，只记得一群人喝到凌晨一两点。头顶灯光闪烁，晃得人眼睛疼，震耳欲聋的音乐一声声刺激着耳膜。桌上酒瓶碰撞，人声喧哗。最热闹的时候，他靠在沙发里，脑子里一刹那安静了下来。一个很平静的念头闪过——今天是她的生日。他甚至没有拿起手机看日历，但就是无比笃定。

他起身离开。骆珩在后面喊他，问他去哪儿。

他头也不回地说：“去挂个眼科。”

深夜的酒吧门口，一点都不比白天冷清。他停在路边站了一会儿，觉得有点儿冷，从烟盒里抽出一支烟，刚塞进嘴里，一簇火苗凑到他嘴边。

冒着寒气的深夜，小小的一簇红色火苗，在他眼前轻轻跃动，像是在热情地拨弄着什么。抬眼，是个年轻又富有的女孩。皮肤白皙，身材曼妙，气质优雅，妆容淡而精致，大波浪的长发染成了栗色，质感很好的风衣半敞，里面的毛衫开着领子，手里拿着一个稀有皮的铂金包。

女孩长相清纯，很有风情，笑盈盈地盯着他的眼睛，主动给他递火：“我也是岁大的学生，我们在学校见过，你还记得我吗？”

路景越没动，抬起眼皮看她。过了两秒，他将烟从嘴里取下，一言不发地转身离开。路过垃圾桶时，他顺手将还没抽的烟扔了进去。

就在那一瞬间，他惊讶又毫不意外地发现，他应该不是瞎了。

他只是，被限额了。他这一生，的确还会遇见比她好看、比她有钱、比她聪明，甚至比她更爱他的女孩……可是，他的喜欢却有限。

他喜欢了昭棠，就再也无法喜欢上别人。

他从小就有主意，那二十年里，他还从来没有做过让自己后悔的事。可是就在那个寒冷的夜里，在她生日的那个晚上，他看着那一簇撩拨他的火苗，无比清晰地认识到，他后悔了。悔不当初轻轻放过，最后只能千方百计打听她的消息。她和从前的所有人都断了联系，连社交账号也不用了。他偷偷去过临绛几次，也十分小心翼翼地试图用各种小号加回她。可是她对陌生人的戒心很重，他的尝试无一不以失败告终。

他想，要不就等她毕业回来吧。后来又想，万一她毕业后不回来了呢？而且那么长的时间，她一个人在陌生的城市，没有家人也没有朋友，难过了无人陪伴，开心了无人诉说。

有一天，他忽然想起她曾经和他说起的那个甲骨文论坛。这是个很大的论坛，很容易就搜到了。他给自己注册了一个账号，用户名那一栏里，他输入“伴眠”两个字。眠眠是她的小名，伴眠，陪伴眠眠。可是停顿了半分钟，他又迅速删除。不行，这个名字太明显了，她一看就会发现是他。想了想，他把名字改成了“半眠”，又在性别那一栏勾选了“女”。很好，看起来是个有点小资情调的女孩子了。

他自觉伪装得很好，但注册完以后，他猛地意识到，他其实根本没必要伪装——他根本就不知道她的ID。他搜“昭棠”，用户名不存在。他又在搜索框里输入她的小名“眠眠”，倒是存在了，可是有好多同样的ID。

到底哪个才是她，还是一个都不是？

整整两个月的时间，他没事就逛论坛，看起来像她会进的帖子，他都会一一点进去，然后一遍遍分析回帖，试图寻找熟悉的词汇和说话方式。

这个方法如大海捞针不说，而且异想天开，但他像是养成了习惯，每天都会登录，每天都会去看帖子，却从不发言。那段时间论坛正好推出APP，他是第一批下载的用户，没事就来看看。他觉得，只要他看得够多，他一定能根据她说话的习惯里认出她。

终究是少年时候年轻气盛，换作现在的路景越，只会笑他盲目狂妄地自信，并且根本不会浪费那两个月时间，一开始就能想到更有效的方法。

当然，二十岁的路景越虽然晚了一点，最后好歹是想到了。有一天，他忽然意识到，与其自己苦苦寻觅她的痕迹，不如主动引她说话。

他第一次在论坛发言，发了一个帖——为什么喜欢甲骨文？他知道她的答案，只要她出现了，他一定一眼就能认出她！点击“发布”那一刻，他的心脏猛烈跳动，甚至为此抱着手机，激动了大半个晚上。

然后第二天一大早醒来，帖子沉了，路景越的心情也跟着沉了。他不停顶帖，可是根本没用，几天过去，只有两个人回复他，而且那语气根本就是觉得他可怜，纯粹出于人道主义关怀来帮他暖暖帖罢了。路景越简直看得想骂人。

他问孟言溪，怎么才能让帖子得到更多的关注，孟言溪头也没抬说：“把你那张脸放上去。”

他问骆珩，骆珩小心翼翼地提议：“把你那八块腹肌放上去，人鱼线露出来？”

路景越索性不再理他们。

最后，他还是托了外公的关系，特意飞去国外拜访了一位华裔甲骨文专家。老学者已经八十多岁，早年私人收藏了不少甲骨，且从未对外公开过。他说动老人家让他拍了部分照片，回国后将这些从未面世的图片放到了那个帖子里，吸引关注。

效果惊人，这些甲骨的第一手图片不仅在论坛上造成了极大的轰动，甚至引起了整个学界的关注。有整整一年的时间，路景越那个帖子一直高居热门第一，更有无数专家学者转发，但讨论的话题早已不复初衷。

大家在他的帖子里津津乐道于学术交流，根本没人理他的问题，倒有不少人反过来问他问题。

“楼主在哪里拍的图？为什么上面的内容之前从没见哪本书收录，是不是伪造的？”

“私藏甲骨，你有国家的许可吗？”

“如果是外国人，请归还国宝！”

昭棠没来，质疑声先到了。但路景越还是很认真地看了每一个回帖，虽然根本没人回答他的问题。两个月过去，一无所获。他琢磨着再发一个帖，这次问一个生活气息和针对性强一些的。他思索了几天，最后编辑了一个帖子——岁宜哪家海鲜最好吃？比如：蒜蓉粉丝蒸龙虾、清蒸石斑鱼、避风塘炒蟹。昭棠喜欢吃海鲜，他还特意列举出了她最爱的几道菜，应该能吸引她出现了吧？

汲取上次沉帖的经验，他甚至采纳了骆珩的建议。他解开衣扣，露出上半身，胸肌若隐若现，八块腹肌十分明显，两条人鱼线清晰，像漂亮的鱼尾一样。

后来很多次回想，路景越都觉得这是他这辈子做得最傻的一件事——在网上发自己的自拍照。

还好，最后昭棠及时出现，保住了他卑微的清白，没让他发成。

他拍好照片，正要上传，手机页面的右上角冒出一个红点，提示有新的消息。虽然失望了无数次，但他还是点了进去。然后，他就看到了那个叫“子时”的ID。那个帖子早就“歪楼”了，早已没有人回答他的问题。只有这个ID，被淹没在大片的学术讨论和键盘侠攻击之中，无比认真地回答他。

子时：“因为它让我相信，即使沧海桑田，这世上始终还有一些东西不会改变，不管经过多久都会一直在那里，保留着最初的样子，刀凿不破，火烧不灭。”

路景越盯着这行字，眼角发热。他立刻关注了她，又设置了推送，只要她一发帖，他就能收到消息。她很少说话，甚至不常上论坛，偶尔发帖，不管是清晨还是深夜，他总是第一个回复。他这么做是想在她面前刷存在感，为之后加她好友做准备。但很快他就发现，没用。她显然不是来论坛交朋友的，所以每次都只会回复和她交流专业知识的网友。至于不专业的他，直接被忽略。路景越无奈，只好从头开始学习甲骨文的专业知识，不仅在课上学习，还让父亲引荐了不少甲骨文专家，私下请教，文献专著更是没少看。就这样，在他水平达到能拿个第二专业学位证书的时候，他总算能和她说上话了。

她第一次在网上回复他那个晚上，他抱着手机，又大半个晚上没睡着觉。经过近一年的努力，他终于掌握了吸引她注意力的密码。然后步步为营，估计她不会再拒绝他的时候，主动加她好友，她果然通过了。他很会逗她闲聊，但她的回复常常令人猝不及防，让他有些招架不住。

他问她：“你叫子时……你是子时出生的吗？”

子时：“对，那你是不是睡得不好？”

半眠：“怎么说？”

子时：“半眠不就是睡不好吗？睡得好的话应该叫入眠吧。”

他一开始很小心，生怕她会发现这个ID是他的，甚至会觉得从“伴眠”改成“半眠”依旧很明显，她其实很容易就能发现。不过一起聊了五六年，他觉得，自己真是高估了她。本来就不怎么开窍，结果还越活越回去，如今倒比年少时更加不开窍了。

他放心地将“半眠”改回了“伴眠”。她立刻就问他是不是谈恋爱了。他有些惊讶她的“开窍”是不是全用到了“网友”身上。

路景越靠在岛台边，略一思索，回复了一句：“看和谁。”

看和谁？昭棠盯着电脑屏幕，脑子里缓缓冒出一个问号。

子时：“什么意思？”

伴眠：“如果你说的是和人谈恋爱，那还差点儿。”

伴眠：“如果是和木头，那我已经谈了有一段时间了。”

昭棠还是第一次看到有人这样描述自己的恋爱经历。和木头谈恋爱？这是人还没追到手、撩又撩不动的意思吧。

昭棠想想还挺有同感的，忍不住回复：“就是，男人都是木头，撩都撩不动！”

厨房里，路景越挑了下眉，单手慢条斯理地打字：“你撩谁了？”

子时：“木头啊。”

路景越哼了一声，你真好意思说别人？

伴眠：“怎么撩的？”

昭棠歪着脑袋思索了一会儿，目光自然地落在紧闭的卧室房门上。

路景越每次拿很重的东西她都很心疼，可不管她是主动帮他拿，还是想帮他扫共享单车，他都毫不留情地拒绝。还有，她想和他有更多的联系，主动提出帮他抢单、帮他介绍客户时，他也都十分冷漠地拒绝了。

这可不就是个木头吗？如果不是，那就是拒绝。不管是木头还是拒绝，她其实心里都有一点失落。

不过和网友说这些并不太合适，她没有多说，只是避重就轻地回复：“都不重要了，反正是失败了。”

路景越再次挑眉。他确定她没有“撩”过自己，如果真的有，那只能说她做得太不明显，一般人都感觉不到。

路景越略一思索，主动挑起话题：“是不是你的方法有问题？我可以教你。”

子时：“你教我？”

伴眠：“嗯，我这方面还挺有经验的。”

昭棠盯着这行字，沉默良久。

半晌，路景越的手机屏幕上弹出一条新消息。

子时：“那你可千万别教我。”

伴眠：“为什么？”

子时：“你这么有经验，结果到现在还在和木头谈恋爱……”

伴眠：“……”

子时：“你看，你在说人家是木头之前，不如先反思一下自己呢？”

路景越暗自咬牙，反思下自己？很好。

昭棠发完，也忍不住反思了一下自己。

虽然聊了五六年，但毕竟是网友，不算特别近的关系，她这么直白地说出来，是不是有点过分？但她觉得自己没有说错。要不这么说，难道还真让这个有着多年失败经验的人来教她“撩”路景越吗？万一弄巧成拙，让路景越从此恨她一辈子，那多不划算！

还是不要了！这么想着，就听房门响了一声。这个房子里现在就她和路景越，想到路景越来敲她卧室的门，她的心跳都加快了。不过她很快平静下来，反倒不知道自己紧张啥。他在做饭，总会缺了这少了那。她看了一眼和网友的聊天记录，谨慎地合上电脑屏幕，起身去开门。

只见路景越立在门边，高大的身形遮挡住了外面的光线：“有米吗？”

“米？”昭棠一时没反应过来。

“嗯，煮米饭的米，我忘了买。”

昭棠稍微思索了一下，记得自己刚搬进来那天逛超市时顺手买了米和面，于是忙说：“有，应该就在厨房里。”

“在哪儿？我没看到。”

“我帮你找。”昭棠从他身边走过，往厨房走去。

刚一进厨房，就闻到了空气中飘散的十分鲜美的味道。燃气灶上，刚买的炒锅洗好了，却并没有开火。

一旁安装了嵌入式的烤蒸一体机，上面是蒸箱，下面是烤箱，此时里面正亮着橙色的光，源源不断的海鲜香气从里面飘出。昭棠心里嘀咕了一句，这人还挺会物尽其用。转念一想，这里本来就是他的房子，厨房里的这些东西，他的确会用得比她更顺手。

她打开橱柜的门，开始找米。她刚搬来不久，还没来得及自己做饭，很多东西买了就收起来了。

路景越不紧不慢地跟着她走进厨房，靠在门边，安静地看着她四处找米。她一会儿踮起脚打开上面的橱柜，一会儿弯下身去检查下面的橱柜，全找了一遍都没有找到。

她懊恼地咬了下唇，转头问他：“一定要煮米饭吗？我不记得放到哪里了。”

厨房的灯光是明亮的冷白色，男人站在灯下，身形挺拔，轮廓清晰，漆黑的眸子明亮而沉静。

他静静看着她，没说话。嗯，这就是一定要煮米饭的意思了。

她轻轻吐出一口气：“行吧，我去帮你买点儿回来。”

她认命地往厨房外走，他忽然开口：“奶锅呢？打开看一下。”

昭棠停下脚步，又回去找出她新买的奶锅，揭开盖子。崭新的不锈钢内壁锃亮，里面果然放着一袋香米，连着包装塞进去的，底下还压着一张奶锅的纸质标签。

总算是找到了，她松了一口气，拿出来的时候却忽然想起，奶锅和米都是搬家那天买的。那晚在超市遇见路景越，结账的时候也是他帮她把这些东西放进袋子里的。所以，米在奶锅里，是他放的，他知道。那为什么还要特意来问她？她看向路景越，对方正安静地看着她。

视线交会，昭棠的心猛地一紧。那一个瞬间，她倏然明白过来，是借口。他一开始就知道米放在哪里……昭棠直直地看着他，一颗心怦怦跳。

路景越这时从她身边走过，走向水池，挽起袖子，开始清洗面包蟹，十分自然地扔下一句："洗一点米，放电饭煲里。"

他微微弯着腰，水龙头开着，水从他指间流过，他垂着眼，神情专注。昭棠静静看着他清隽的侧颜，心跳得越来越快。她觉得自己仿佛领会到了他的意思，可是不敢轻举妄动，只能呆呆地站在原地，紧张地掩饰着心底的无措。

她盯着他看了一会儿，飞快地眨了两下眼，转身去拿淘米的篮子。倒米的时候，她悄悄看了他一眼，不知是有意还是无意，她的手抖了一下，倒了很多米进去。她没有倒一些出来，只是沉默地走到他身边的水龙头旁，安静地淘米。

洗完后，轻声扔下一句："洗好了，那我先出去了。"

路景越头也没回："嗯，做好饭叫你。"语气寻常又自然。

昭棠捏着指尖，觉得呼吸都有些急促，不知道怎么想的，竟鬼使神差客套了一句："不……不用了。"

路景越洗好了面包蟹，顺手放到一旁，又不疾不徐地在水龙头下洗了手，这才转头看向她。

昭棠面对他的目光，干巴巴地解释："东西都是你买的，菜也是你做的……"

路景越扯过厨房的纸巾，慢条斯理地擦着手，盯着她看，过了两秒，反问道："米不是你洗的吗？"

昭棠："……"

昭棠离开厨房时，脚步迟疑了一下，没有回卧室。她走进客厅，坐在沙发上看电视，声音却开得不大。所以路景越在厨房喊她的时候，她立刻就听见了。他问她东西放在哪里，让她帮忙打个鸡蛋，让她帮忙开个包装……很奇怪，明明她没做什么，可是路景越几次喊她，就是让她莫名有了她帮了大忙的错觉。以至于在后来看着一盘盘精致的菜肴陆陆续续上桌，她也有了底气动筷子。

清蒸石斑鱼、蒜蓉粉丝蒸龙虾、避风塘炒蟹、烤生蚝、荷塘小炒、莼菜汤……昭棠吃了一口，整个人惊喜得眯起了眼睛。

她难以置信地看对面的男人。如果不是她刚才一直坐在客厅里，还断断续续进了几次厨房帮忙，她简直都要怀疑这些菜是他叫的外卖。

路景越看着她，轻轻抬了抬下巴，神情相当骄傲。

昭棠捧场地问："你怎么会做这么复杂的菜？"

路景越的语气既谦虚又欠揍："特长之一罢了。"

昭棠想起上次他贬低她没有特长，现在看来，他说的好像没错。想想路景越，既会搬家、又会做菜，还有房子……说起房子，昭棠已经疑惑了很久，此时两人在一起吃饭，气氛放松，她顺嘴就问了出来："你为什么会在这里买房啊？"

路景越闻言看过来。三秒后，他放下筷子，拿起一旁的红酒杯，仰头喝了一口。昭棠看着他微微仰头，脖颈线条绷紧，凸起的喉结明显，随着吞咽的动作轻轻滑动。

他放下酒杯时淡淡地说了一句："离学校近。"

这里附近的学校就是岁宜大学，昭棠下意识地问："你硕士在岁大念的吗？"

路景越直直地看着她："本科。"

昭棠睫毛一颤，喉咙一瞬间如被什么东西死死卡住，心里的情绪却如浪翻涌，短暂地退却，然后下一个浪涌得更高，几乎冲到胸口。

许久，她张了张嘴，听见自己的嗓音沙哑："你本科……不是在望大念的吗？"

路景越轻描淡写地说了一句："本来是望大，后来退学了，重新考了岁大。"

这一晚，昭棠心底悄悄燃起的火苗，在短暂的蠢蠢欲动后，又寂静无声地熄灭了。对于普通人而言，从一所顶尖高校退学，再重新高考，考上另一所顶尖高校，这是在炫耀吧？但昭棠知道，不是。

路景越，他是真的心冷了。望城是他们曾经约定好要一起去的城市，其实他以前从未考虑过，只是因为她说过一次家里希望她考望大，所以高考填完志愿后，他漫不经心和她说了一句，他报了望大。她也真的曾为了考上望大拼命学习，可是最终……她失约了。

她失约，他就退学，重新选一个志愿。

这就是路景越——坦荡骄傲，不管是付出还是放弃，都带着锋芒。

第十章 永远

这晚，昭棠躺在床上，闭着眼，却整晚没有睡着，心情一直无法平静，反反复复响起路景越轻描淡写的那句——退学，重新考了岁大。

她仿佛能看到他说话时，眼睛里的冷漠。她知道，他是生气的。可能本来气氛很好，过了这么久，再重逢，他真的没打算再跟她计较了。但当她自己主动提起往事，他终究还是无法抑制自己心里对她的气和恨吧。人之常情，他生气也是应该的。换作是她，她也生气。他提前一年去望城等她，她却一声不响背弃了约定，并且至今都没有给他一个合理的解释。

他的生日在六月六号，她从前一直很羡慕这样一个吉利的日子，但对于高三那一年而言就不算吉利了，因为就在高考前一天，为了腾出考场，她提前一晚放假了，但没去找他，只是给他打了个电话，打算就在电话里说声“生日快乐”。不想刚接通，他就对她说：“下来。”

她从窗户探出头去，就见他站在楼下，手里拿着手机，抬头看着她。她立刻跑下楼，路景越的目光扫过她空着的手：“你还真没跟我客气啊。”

昭棠不解地问：“什么？”

路景越笑了一声，意味不明地说：“这才到哪儿，你就连礼物都给我省了。”

昭棠的脸有些热，本来就挺不好意思拿出来的，他这么一说，她索性理直气壮地说：“我本来就没什么仪式感，大不了等你高考完我请你吃饭，就当送你礼物了。”

路景越点了点头：“也行。”

“走吧。”他转身朝小区外走。

昭棠吃惊了一瞬，连忙追上去：“现在就去吗？你明天不是还要高考吗？”

“现在就去，高考哪有你请吃饭重要？”路景越看了她一眼，“我记得以前有人说请我吃饭，结果给我点了个外卖。”

那时她跟他不熟啊……两个人一起吃饭，那多尴尬。

路景越说：“我怕我现在不赶紧吃，过几天又只剩个外卖了。”

昭棠故意气他：“不用等过几天了，现在就可以。我给你点个外卖，你正好边吃边做题。”

虽然是说说而已，但他高考，她比他还紧张，生怕耽误了时间，也不敢走远，本想在小区门口随便吃点儿，他却像是彻底放飞自我了似的，带着她打车去了岁宜一家十分有名的海鲜餐厅。那里的龙虾和蟹远近驰名，她平日里一听就馋得不行，但当晚，当她眼睁睁看着出租车缓缓在餐厅门口停下时，真是百爪挠心。完蛋，这家店光排队就要排一小时。她磨磨蹭蹭不肯下车，他就站在车门外看着她，两个人用眼神无声地争执。

最后，他无奈地说了一句：“我找了个黄牛帮我排队。”

昭棠惊呆了，这也能找“黄牛”？

他们进去就坐下了，看路景越大方地给了“黄牛”几张粉红色钞票，昭棠眼巴巴地问：“下次这种事，你能留给我吗？我也可以。”

“想得还挺美，你请我吃饭，反过来赚我的钱？”

昭棠嘀咕：“那你的钱给谁不是给。”

路景越反驳道：“谁说那是我给的？”

昭棠眨眼："欸？"

路景越笑得有些狡黠："你请我吃饭，排队的钱也应该由你来出，我只是帮你垫付，一会儿记得还我。"

这个人真的只配吃外卖！腹诽归腹诽，昭棠想到他明天要高考，还是大度地没跟他计较，忍气吞声地答应给他钱，不过最后连饭钱也是他付的。他这个人，嘴巴是讨厌了一点，倒是从没真的让她吃过亏。

昭棠心中有愧，最后还是磨磨蹭蹭地从口袋里掏出一张小纸条，递到他面前："给，礼物。生日快乐，明天考试好好考。"

小小的纸条，方方正正，上面写着"礼物兑换券"五个字。粉蓝色的字体，稚拙可爱，墨水里有金粉，在明亮的灯光下闪着光。

路景越看着她，昭棠没看他，目光落在别处，下巴轻轻抬着，一副"我没放在心上，只是刚好摸到就拿出来给你"的神情。

他笑了一声，抬手接过，指腹轻轻摩挲着，笑着逗她："我生日，我请你吃饭，你就送我一张纸条……你这性格还挺不吃亏。"

他不知道这张纸条可以兑换很多东西吗？

现在他们是还小，可是长大以后……还能用啊。

昭棠心里生着闷气，没好气地道："是啊，因为上次月考没考好，我这个月零花钱都没有了，你就当让我赊次账吧。"

路景越没说什么，只是笑着将那张小小的礼物兑换券收好，起身带她离开。走到门口，外面还排着长长的队，等着叫号吃饭。路景越看了一眼，转头看她，说："下次排队你来。"

没等昭棠说话，路景越又接着说道："你说得对，我的钱给谁不是给，不如便宜你了。"

昭棠彻底不想理他了。

两人回到小区，时间还不算晚，小区里仍旧有遛弯儿的老人和小孩。这晚的月亮很好，满月，明亮，隐在薄薄的云层里，光芒不减，还多了柔和的光晕。月亮旁边还有一颗星星，亮极了，一闪一闪的。

昭棠盯着天上的星星和月亮，轻声对路景越说：“明天考试加油。”

路景越走在她身边，低低地应了一声：“嗯。”

两人之间又是一阵沉默。

过了一会儿，他问她：“你想考岁大吗？”

昭棠：“什么？”

路景越转头看向她，又问了一遍：“明年高考，你想考哪里？会留在岁宜吗？”

昭棠不明白，明天参加高考的人是他，怎么他反而来问她的志愿。不过她还是老实回答：“爸爸想让我考岁大金融系，不过我的成绩考岁大金融系有点难，他觉得我努力就可以，可我自己知道，想达到顶尖的水平，除了努力外，还是要拼一拼天分的，所以我觉得很难……但如果我报岁宜其他大学，爸爸又会很失望……”昭棠抬眼看向路景越，“所以妈妈已经帮我想好了，考望城大学，最后一年，我努力一下应该可以。”

路景越点了下头：“望大和岁大也算同一个层级，但分数比岁大低，离岁宜也不算远，还挺合适。”

路景越又不用考虑合适……昭棠心里难免羡慕：“你应该会考岁大吧？”

毕竟虽然是同一个层级，但岁大综合排名要比望大靠前，以路景越的成绩，考岁大简直就是手到擒来的事。

路景越反问道：“你想我考岁大吗？”

昭棠看着他，毫不犹豫地点头：“想。”

路景越笑了：“为什么？”

昭棠实话实说：“以你的成绩，如果不考岁大，那就一定是更好的大学，临绛大学或者出国……那还是岁大吧。”

高考很顺利，头天半夜下了一场雨，气温下降不少。一个月后出成绩，他的分数很高，不仅岁大专业随便挑，更像她说的，报临绛大学也绰绰有余。填完志愿那天，他约她出去，两个人走在路边，他像是忽然想起什么，不经意地对她说了一句："对了，我报了望大。"

昭棠正低头心不在焉地踢着路上的石子，心里琢磨着怎么开口问他有没有报临绛大学。她甚至都已经不自觉地开始想象自己在北方城市生活的场景了，忽然他的话落在耳边，她想象里的世界一下就静止了，刚好定格在她在临绛的雪夜里去找他的画面。

过了几秒，她仿佛才消化了他的话，重新回到盛夏的岁宜。

一股热风吹来，她整个人都热烘烘的。她抬起头，直直地看进他的眼睛里。他低着头，眼睛黑而亮，安静地注视着她。阳光从树叶缝隙间落下，树上的知了叫个不停，热风吹来，两个人却仿佛都感觉不到热，站在原地，时间仿佛定格。

过了许久，她才轻声开口："你……为什么不报岁大？"

路景越的语气很欠揍："给你借口让你以后请我吃饭正好有理由点外卖吗？"

路景越看了她一眼，转身往前走："别想了，我没这么好糊弄。"

昭棠慢了一拍跟上他，走在他身边。过了一会儿，她笑了："好，那以后我去望大请你吃饭。"

路景越转头看着她，眼底浮起笑意，在灼灼的阳光下，纯粹而坚定。被背弃的时候，他也骄傲而决绝。既然约好了一起，她没来，他也没有等在原地的必要。退学，重新高考，换一个与她无关的志愿。

路景越永远骄傲，他的放弃和付出一样坦荡，有锋芒。

那晚以后，昭棠好几天没有再见到路景越。对面安安静静的，即使他在也一直很安静，但昭棠直觉，他应该是不在家。

其实她感觉得到，那晚他那样冷漠地说出他曾经放弃她的决定，让她清清楚楚地感知到他曾经的心灰意冷，生气是真的，怨她是真的，但更多的，他应该是想听她解释。但他想她怎么解释呢？告诉他，一切都是误会，她是迫不得已吗？有误会可以解释，那如果……没有误会呢？她要怎么解释？她就是放弃了他，那该怎么办？甚至连对不起都说不出口。对不起是为了求原谅，那原谅过后呢？要求他既往不咎，重新和她在一起吗？那样未免太欺负人了。

一直到周三，昭棠都没有再看到路景越。

早上，她在鹿溪饭店订了位子，服务员问她几位的时候，她说：“四位。”

但她心里知道，路景越是不会来了。他都离开摩卡小镇了，她估计有一段日子，他应该不想再看到自己。

白天在办公室，她将论文发给了赵希声。赵希声看后将她的名字报了上去，让她准备参加下个月的望城甲骨文国际学术研讨会。昭棠看到承办方“望城大学”这四个字，心仿佛被什么轻轻蛰了一下。短暂的疼痛过后，心里空落落的。

下班后，昭棠往鹿溪饭店走。路上遇见书画部的姜姐，两人一起走了一段路。见她准备走进鹿溪饭店，姜姐笑眯眯地打趣了一句：“和男朋友约会啊。”

昭棠总觉得路景越不可亵渎，虽然他根本不会来，但她还是立刻澄清：“不是男朋友，是约了几个朋友吃饭。”

姜姐盯着她上上下下地看，有些难以置信：“你长成这样子还没有男朋友，男人的眼睛是都瞎了吗？你等着，姜姐立刻给你介绍！”

昭棠连忙拒绝：“别，不用，不用！”

“你放心，姜姐介绍的男人都长了眼睛，不会像网上那些‘奇葩’。”

昭棠见挡不住，只好自暴自弃：“不是他们瞎，是我，我瞎。”

姜姐一愣：“啊？”

“我脸盲，交了男朋友也记不住人，到头来别人还以为我只想要露水情缘呢。就这样吧，我认命了。”

好不容易打消了姜姐要给她介绍对象的念头，昭棠继续往鹿溪餐厅走。出电梯后，她看了眼手机，刚好六点。

这个时间，人不算多。

她心里算着路景越应该是不会来了，孟逐溪和周淮琛可能会迟一些，和服务员报了预定时留下的信息，正打算坐下来慢慢等，服务员就笑盈盈地说："您的朋友已经到了呢。"

服务员领着昭棠过去，昭棠一眼就看到了坐在窗前的男人。路景越坐在沙发上，黑衣黑裤，神情疏懒，视线落在窗外。大约感觉到有人走近，他回过头，向她看来。四目相对，昭棠的心快速跳了一下，手指无声地捏紧。

服务员将她送到就离开了，昭棠在他对面坐下。路景越没有说话，双眸漆黑，神情安静，让人无端紧张。记忆还停留在不欢而散的那晚，昭棠总觉得应该说点儿什么打破那不太愉快的记忆，也打破这微妙的气氛。

她低着头随手摆弄碗筷，状似不经意地说："你怎么会在这里？"

空气安静了一瞬。

路景越冷哼一声："你这话问得有趣。"

她抬眼看他。

路景越反问："不是你请我来吃饭的？"

那谁能想到，您气量这么大，还真就来了呢？她还以为，为了那晚的事他至少得生气十天半个月吧。她甚至都还没来得及去想怎么主动和他说话，总觉得至少是她从望城回来以后的事了。结果短短三四天，他就自己出现了，倒让她有些措手不及。

服务员此时送上菜单，昭棠接过，递到他面前。

路景越抬起眼皮看她："不等他们了？"

昭棠看了眼他面前只剩小半壶的茶水，心里想的却是，不知道他一个人在这儿等多久了。来这么早……会不会是中午没吃饭，直接过来的？

她抿唇笑了笑，说："没事，你先点。"

路景越也没跟她客气，抬手接过菜单。

趁着路景越点菜，昭棠点开微信。虽然请人吃饭还催人很不礼貌，但昭棠还是发了条消息给孟逐溪：“你们到哪里了？”

孟逐溪很快回复，语气很急：“啊，抱歉棠宝，我忘和你说了！周淮琛临时接到任务，我现在正在送他去机场的路上。”

昭棠小心翼翼地看了一眼对面的男人。说好的四个人一起吃饭，结果最不可能来的那个人早早到了，另外两个最该出现的人没来。

昭棠只好回复：“没关系，等你们回来我再约你们。”

关了手机，昭棠想着该怎么和他说。他不会以为她是故意的吧？

她正吞吞吐吐，路景越像是头顶长了眼睛似的，抬头朝她看来：“怎么了？”

瞒也瞒不住，昭棠只好直说：“周淮琛林临时出任务，逐溪送他去机场……他们不能过来了。”

路景越闻言挑了下眉，没说什么，似笑非笑地盯着她。这个眼神实在意味深长，让昭棠有种自己没有做贼偏偏心虚的错觉。她刚想解释，路景越又收回了探究的目光，云淡风轻地点了下头，视线重新回到菜单上。

昭棠松了口气。

下一秒，却听他忽然极轻地笑了一声，说：“你这日子选得还挺妙。”

昭棠心想，她到底做错了什么？不对，她是做错了，但这件事她没错啊！又不是她让他们不来的，为什么他话里像是意有所指！

原本是四个人的晚餐，结果最后只剩她和路景越两个人，气氛注定尴尬。今晚窗前这一排座位也不知是怎么安排的，往前看，隔着镂空的木雕屏风，能看到路景越身后那桌是一男一女。往后这桌就更明显了，虽然看不到，不过偶尔听见一对男女的对话，十分暧昧，很明显，就算不是男女朋友也差不多了。昭棠觉得自己和路景越夹在中间，十分无辜，不知道的人还以为这一排是情侣专座呢。

两人都没说话，她最后一次开口还是在路景越点完餐后。不知道他口味变了没有，她回忆着他从前的口味，多加了几个他爱吃的菜。路景越看了她一眼，既没说话，也没反对。当然他也没理由反对，她请客呢，她付钱。想起上次的青梅酒好喝，她又要了一瓶青梅酒，问路景越想喝什么，他随口说了一句和她一样。

服务员离开后，路景越瞧着她说道：“都敢喝酒了？”

他说话的时候，眼里隐隐有点吃惊，还带着几分明晃晃的讥诮。

昭棠当然知道他在讥诮什么，她从小性格安静乖巧，小时候家教很严，太阳下山前必须回家，如果晚上还在外面，必须有家人陪在身边。除了好学生能做的事，她一件都不能做。一直到高中以后，叶君繁信任路景越，她才多了一些自由，但有些观念早已根深蒂固，被她自己主动接受并认同了，所以她除了会稍微晚一点回家，还是这也不敢做，那也不敢做。

十八岁去KTV都要叶君繁推着她去，自己绝对不会在外面喝酒。哪像现在，随便吃顿饭都敢喝酒了。重点是和她吃饭的还是个男人。昭棠当然不会说因为这个人是他，她才这么放心啊。她想说这酒度数不高，话到嘴边，却不知是出于什么心态，又默默咽了下去。

过了片刻，她才轻声说了一句：“我毕竟二十五岁了，胆子肯定要比以前大一些啊。”

“是吗？”路景越直直地看着她，“我怎么觉得你的胆子比以前小多了。”

昭棠看着他，心麻麻的。

酒最先上来，服务员当着两人的面打开，倒上两杯。昭棠想到请这顿饭的初衷，举起酒杯，客气而简单地向对面的人说了一声：“谢谢。”

路景越没说话，轻轻敲了一下杯子，礼貌地和她碰了杯。浅色的酒顺着喉咙滑入，带一些辛辣苦涩的味道，又奇妙地留下一点点回甘，有点香，有点甜。路景越看着昭棠，目光温柔。

昭棠低头避开他的视线，顺手将垂到脸颊的一缕长发捋到耳后，菜还没上来，她又喝了一口酒。

路景越看着她微微仰起脸，白皙的肌肤在暖色的灯光下如凝脂般细腻，又透着一点嫣红。雪白的脖颈拉长，长长的上睫毛轻轻垂下，无声地覆在下睫毛上。

在这种餐厅吃饭，如果两个人毫无交谈，气氛难免微妙。但汲取上次的教训，昭棠也不敢轻易开口。他们之间并非毫无嫌隙，可以随意闲聊，她怕一不小心，又像上次一样说错话，让他难受，又不知该如何让他开心起来。

她忽然想起路景越刚刚讥诮的那一句，“我怎么觉得你的胆子比以前小多了？”那是他不知道她都做过些什么……如果他知道，他就不会这么说了。只有对他，她才会这么小心翼翼。

这种感觉其实很讨厌，她想要很多，却又不敢向他开口，只能默默地压抑着，迟疑着，尤其是和他在一起独处的时候，这种求而不得的感觉仿佛被压抑到了极致，又铺天盖地地反扑，她却无可奈何，只能安静地喝酒吃菜，让自己看起来镇定自若。

好在凡事有利有弊，两个人不闲聊的结果就是这顿饭吃得很快。他们吃完的时候，天刚刚黑。

昭棠看着服务员领着一桌桌客人进来，原本还算清静的餐厅人多起来。往窗外看，陆陆续续有车开来，停在楼下停车场。

昭棠问路景越：“吃好了吗？”

路景越这顿饭吃得十分惬意，一直都是不疾不徐动着筷子，偶尔喝两口酒，姿态优雅又闲懒。按他的节奏，既可以随时放下筷子离开，又可以永无止境地吃下去。

昭棠忽然很担心他会让她等会儿，但出乎她的意料，他今晚还挺好说话的，拿起一旁的湿巾擦了下手指，轻轻地点了点头。

结账的时候，昭棠拿出自己的会员卡递过去，清楚地看到服务员接过时，目光在路景越身上停留了一瞬，心中忍不住暗叹，美色误人。但同时想到迷恋路景越美色的不止她一个人，又松了口气。

服务员刷卡后，很惊讶地“咦”了一声，又看向昭棠，双手将卡送还：“女士，您之前在我们这里抽中了三个月免单，现在还在有效期内，您不用付款。”

昭棠一时竟不知道该说什么好，一来，她自觉在这里白吃白住了那么久，自己都不好意思再在同一家店身上薅羊毛了；二来，她这卡里充了一万块钱，虽然这么想很不厚道，但她真的很担心这家店会在她花完以前倒闭……还有，他们要不要这么实诚，她要付钱就让她付不好吗？

她正想说今天请客还是付钱吧，路景越看向她：“三个月免单？”

服务员笑盈盈地解释：“这位女士之前在我们店里抽中了三个月免单，所以三个月内过来吃饭是不用付钱的。”

虽然这是好事，但她请路景越吃饭，最后请他吃了个“霸王餐”，感觉真的很奇怪。

可万万想不到，路景越竟然完全不这么想，闻言“嗯”了一声，还得寸进尺地问道：“只能她自己一个人用，还是可以邀请别人？”

“邀请别人也是可以的，只要上限金额在十万和三个月有效期之内就行。不过需要昭女士亲自到场，报卡号或者电话号码都不可以，不然是不是她主动邀请，这个就说不清了。”

路景越若有所思地点了点头，十分自然地替她接过会员卡：“走吧。”

他将卡还给昭棠，似笑非笑地看着她，那眼神仿佛在说：这么吃霸王餐，你的良心不会痛吗？

大概是鹿溪对自己太好了，昭棠真的觉得过意不去，接回路景越递还的卡还想让服务员刷，路景越已经往外走了，轻飘飘扔下一句：“对你好就收着，别傻乎乎地拒绝。”

正好有新的客人进来，服务员忙着去接待别的客人，昭棠尴尬地纠结了几秒，还是跟着出去了。

路景越在门口等她，安静地看着她走回自己身边。

昭棠抬眼瞅他：“走吧。”

路景越没动，看了眼她身后，跟她商量："下次还能带我来吗？"

昭棠表示疑惑。

路景越的神情略显无奈："刚才她说了，要你本人到场，免单才能生效。反正不用你花钱，慷他人之慨，你不如多请我几次，还能让我欠你几个人情。"

昭棠瞪着他。这么多年，路景越到底经历了什么？她现在这么穷，她都没想过钻这种空子薅羊毛！

昭棠无言以对地看着他，实在不好说什么，最后索性将自己的会员卡塞到他手里："你自己吃吧。"说完转身离开。

路景越低头看着手里黑色的卡片，缓缓挑了一下眉毛。这里面可是有一万块钱，她对他这么大方啊？

昭棠刚走两步，就听见一个男人的声音从不远处传来，浑厚有力，充满磁性，在这暗沉的夜里，透着睽违已久的熟悉。她的脚步霎时僵在原地，仿佛被人不轻不重地推了一把，整个人有片刻的恍惚。过了两秒，她轻轻转头，循声看去。

前方不远处，一辆宾利停在明亮的灯下，后座车门打开，高大的男人背对着她，弯身从里面抱出一个小男孩。小男孩看起来七八岁的样子，胳膊腿有力，应该是有些重量，男人在抱起他的时候，叹着气大笑了一声。

与此同时，另一边车门打开，一个年轻漂亮的短发女人下了车。

"快看你的儿子，这么大了还这么调皮！"男人笑着说。

女人看着父子俩笑，他们刚好就站在灯下，这个画面过于清晰和谐，刺得人眼睛疼。

昭棠眼睛一眨不眨地看着，直到眼眶泛红，鼻子发酸。

一家三口笑闹之后，转身向餐厅走来。昭棠孤零零地站在餐厅门口，身后的灯光同样明亮，但与和和美美又耀眼的一家三口相比，她几乎融入了苍白的灯光之中，毫无存在感。

在男人往这边看来的一刹那，昭棠转过身去。路景越不知何时站在了她的身后，她一转身，几乎撞上他的胸膛，她抬头，直直撞入一双幽深漆黑的眼眸里，他背光站着，挺拔的身形挡住了餐厅里的光线，五官隐在阴影下，垂着眼，静静地凝视着她。

昭棠不知道自己在想什么，那一瞬间，身体里涌出一股几乎要将她湮灭的冲动，让她心里一直被紧紧关起来的小鹿顺利叛逃。她抬手，主动抱住路景越，将头埋进他怀里，鼻间霎时被他清冷的气息霸占。一瞬间，她清晰地感觉到两人的身体都僵硬了。她不知道自己是不是在怕他会推开她，下意识地收紧了手臂，更加用力地抱紧男人精瘦的腰，头深深地埋进他的怀里。

路景越瞳孔收紧，直直地看着怀里的人。她将头埋在他的胸前，他垂眼，只能看到蓬松柔软的发丝，鼻间满是她身上清甜的气息。她无数次入他梦中，无数次在他怀里，此时又有些不同，她身上夹杂着淡淡的酒味。那一点淡淡的酒味却像世间最烈的酒，狠狠刺激着他的神经，让他毫无招架之力，垂于身侧的手握紧，然后毫不犹豫地用一只手搂住她的腰，另一只手抬起护住她的头。

一家三口很快就走到了近处，女人看了一眼还在餐厅门口就迫不及待紧紧抱在一起的男女，笑着转头看向自己的丈夫，目光别有深意。

男人却没有看她，牵着儿子，随意地往这边看了两眼。

对上路景越的视线，男人只觉得这张脸有些眼熟，却一时想不起来在哪里见过。加之对方气场强大，看自己的目光冷漠且锐利，男人很快就收回了视线，带着儿子和妻子快步走进餐厅。

小男孩牵着父亲的手，正撒着娇想买某个动画片里的周边玩具，男人一口就答应了，女人疼爱地抚摸着儿子的头，在一旁笑得宠溺又温柔。

一家三口很快就远去。

昭棠却久久没有松手，两条手臂紧紧抱着路景越的腰，保持着偎依在他怀里的姿势。她不知道自己想抱到什么时候，她脑子里一团混乱，心想，抱到他忍无可忍推开自己吧。对，抱到他忍无可忍地推开她。

那个时候，她再顺势离开，若无其事地说："抱歉，我好像喝醉了，你不要和一个喝醉酒的人计较。"

想到这里，她立刻就明白了为什么刚才吃饭，路景越讽刺她喝酒的时候，她没有说那一句，这酒度数很低。原来，她一开始就有了这个打算。甚至在遇见昭锦程一家以前，她就已经有了这个打算。

昭棠被自己可怕的心机吓到，却没有松手。夜风很大，从一侧吹来，将她的长发吹起。温柔的发丝随风拂动，正好拂过他的脸，扬起一阵栀子花的甜香，肆意飘散。风过后，发丝沿着他的脸颊，轻轻地滑落，发梢不知天高地厚地轻轻扫过他凸起的喉结。

路景越的手立刻收紧，手背上的青筋凸出来。路景越直勾勾地盯着她的头顶，黝黑的眸子里仿佛有什么烧起来了。

昭棠紧紧闭着眼，沉浸在自己猛烈的心跳里。下一秒，他就要推开她了。这么想着，她就像个叛逆的青春期少女，更加用力地抱住他，脸紧紧贴着他的胸膛。他却一动不动，沉默地相拥，谁也不愿先放手。

直到不远处传来一道细微的拍照声。

"咔嚓"一声，快门声传来，路景越最初并没有反应过来，那个声音仿佛来自遥远的不属于他的世界，让他有些恍惚。下一秒，他警觉地转过头，视线准确无误锁定偷拍的人。

两个女孩站在餐厅门口，手里还举着手机，镜头正对着他和昭棠，大概没想到偷拍会忘记开静音，被人抓个正着，但一瞬间的慌乱以后，两人十分默契，立刻将头凑在一起，对着手机屏幕做出夸张的表情，假装在自拍。

路景越收回视线，俯身在昭棠耳边说了一句："等我。"

路景越的气息拂过耳根，温温热热的，昭棠其实根本没听清他说了什么，只是在他的唇几乎贴到她的耳垂时，身子一颤，心猛地往胸口撞。然而下一秒，她就感觉他松开了自己。

她立刻松手，退后一步，垂着眼，张嘴就要说出之前准备的那句：我喝醉了，你不要跟一个喝醉酒的人计较。但她精心准备好的借口还没来得及说出，路景越已大步转身离去。

昭棠愣住了，视线茫然地追过去，顺着路景越的方向，看到餐厅门口的两个女孩。拿着手机的女孩长得十分好看，脸蛋白皙小巧，化着淡妆，长发卷卷的，发梢微微内扣，刚好垂在裸露出的肩膀上。女生露出的香肩比起她的脸也毫不逊色，圆润嫩白，和她这个妆发造型配在一起，显得清纯又迷人。

昭棠作为一个女孩子，视线都忍不住在她的肩膀上流连。

路景越停在两人面前，背对着她，昭棠看不见他脸上的神情。不知他说了什么，两个女孩的脸色僵了，之后，拿着手机的女孩轻轻噘了噘嘴，俏生生地看向路景越。

女孩开口了，隐约可以听见声音都是甜甜的，却听不清她具体说了什么。昭棠迟疑了一秒，迈步跟过去。

“你是不是想找借口加我微信？我加你啊，你长得这么好看，就算你不问我要，我也会问你要。”

路景越一脸冷漠：“别逼我报警。”

两个女孩听见“报警”两个字，脸色变了，对视一眼，拿手机的女孩这才不情不愿地点进相册。昭棠走近时，正好看到女孩点开最后一张照片又飞快地点了删除，照片不见了。

“这样可以了吧？”女孩看了昭棠一眼，生气地问路景越。

路景越盯着她，面无表情地吐出两个字：“再删。”

女孩自恃长得美，长这么大还没有遇见过这么软硬不吃的男人，心里既生气又憋屈，但她没办法，只好咬牙点进“最近删除”的相册，将刚刚偷拍又删掉的照片彻底删除。

女孩删完瞪了路景越一眼：“可以了吧！”

路景越淡淡地扫了一眼手机屏幕，确认没有后患，这才转头看向昭棠：“走吧。”

昭棠看着路景越，想到发生这小插曲以前自己做的事，心虚不已，慌忙躲开他的视线，默不作声地转身离开。

路景越走在她身后。

这男人从头到尾就没有正眼瞧过自己，一脸冷漠，如果他对所有女人都这么冷漠就算了，偏偏他女朋友一过来，他的眼神立刻温柔得能掐出水来，这让女孩觉得既挫败又生气。

女孩看着两人的背影，愤恨地讽刺了一句："帅哥，下次抱女朋友注意下场合好吗？公共场合注意点儿影响。"

她这话说得不轻不重，昭棠还没走远，刚好听见了，险些打了一个趔趄，一股气血从脚趾直冲上脸颊。她僵在原地，一时真是回头解释也不是，装作没听见也不是。

解释什么？解释不是他抱她，是她抱他吗？装作没听见也不行，路景越显然听见了，随着她停下脚步，他也停在了她身边。不用看她也知道他正看着她。好失策啊！她懊恼地闭了闭眼了，最后无奈，只好硬着头皮说出自己一开始准备好的说辞。

她抬眼，缓缓看向他，目光闪烁："我刚刚好像喝醉了……你……你不要和一个喝醉酒的人计较。"

路景越没说话，低头静静地看着她，双眸漆黑。昭棠心跳得飞快，十分担心他会为难自己。然而就这么看了她大约半分钟，他忽然意味不明地笑了一声，点点头："对，度数是有点儿高。"

昭棠反而惊讶了。

路景越反问道："我说得不对？"

好不容易他放她一马，昭棠肯定不会反对，立马唯唯诺诺地点头："对，对……"

摩卡小镇就在鹿溪旁边不远，步行就能回去。两个人安静地走在一起，谁都没有说话。夜风携着花香吹来，带着初夏的燥意，昭棠觉得自己浑身上下都有些热。刚才那个借口，看起来像是骗过他了，却没有骗过自己。那个情不自禁的拥抱，让她再清楚不过地意识到，这么多年过去，她对路景越始终还是会有……可耻的非分之想。她低头看自己的手，掌心似乎还残留着男人身体炙热的触感。

她忍不住攥紧手掌，她似乎走入了一个困境，却不知该如何走出，只能懊恼地想，如果刚才没有被偷拍就好了，那样，她至少还能多抱会儿。

路景越一直就很招女孩子喜欢，从学生时代起，就总有女生找各种机会和他说话，胆子大些的还会给他送礼物。昭棠不像她们，她胆子很小，连他在场上打篮球，她都不好意思把手里的水递给他。

看着别的女生大方地给他送水，她也想跟上去，哪怕只是表示友好呢。但她迈了一步就尴尬地停了下来，然后假装是买来自己喝的，低头拧开瓶盖，自己给自己递台阶，手里的水却猝不及防地被抽走。

昭棠惊讶地抬起头。

路景越站在她面前，眉眼低垂，好看的一张脸因为奔跑而泛红，额头上挂着汗珠，短发汗湿了。也许是因为长得干净，也许是因为真的爱干净，昭棠觉得，就算他出了一身汗，他身上的味道也一点都不难闻。瓶盖已经拧开了，他也不管她喝没喝过，笑着看了她一眼，仰头就大口大口地灌进去。脖颈拉长，凸起的喉结随着吞咽的动作一下下滚动。盛夏的风吹来，拂动少年的短发，将他身上宽大的篮球服吹得鼓鼓的。

昭棠眼睛一眨不眨地看着他。

他将只剩下一小半的水放回她手里，面对她的目光，像是才反应过来似的，一本正经地说："这是你的水啊？抱歉，喝错了，下次还你。"

并不是所有的女孩子都像她这么胆小，也有胆子大的女孩子会主动给他送礼物。那个最大胆的女生，昭棠至今都还记得她的名字，叫罗心欣。罗心欣人长得漂亮，家里还很有钱，给路景越送的礼物都是奢侈品。可惜路景越看都不看一眼，但罗心欣百折不挠，送的东西一次比一次贵。

昭棠见状心里酸酸的。她家不算穷吧，可她不敢给路景越送这么贵的东西。其实她不是舍不得，她就是……不敢。

一个周五放学后，罗心欣主动找到了她。

因为她和路景越住一个小区，经常会一起回家，时间久了，大家自然就把她当成了路景越的妹妹。

那天放学，昭棠做值日。同学们走得差不多了，昭棠把东西放好，一回头，就看到门口站着一个高挑纤细的女生，梳着公主发型，睁着大大的眼睛冲她笑。昭棠和罗心欣没见过几次，一下真没认出来。

走廊里，罗心欣自我介绍一番，又将手里质感极好的盒子送到她面前："你能帮我送给路景越吗？"

昭棠看着罗心欣，安静了两秒，问道："能打开让我看一眼吗？"

罗心欣听她这么说，以为有戏，立刻开心地揭开盒子。盒子里是一块男士手表，昭棠的目光轻轻落在表盘上方的LOGO上——百达翡丽。

很好，这下她不只不敢，还买不起了。但她云淡风轻地观察了一会儿，抬头问罗心欣："你在哪儿买的啊？"

罗心欣以为昭棠担心这是假货，骄傲地挺起胸脯保证："我舅舅在国外专柜买的，限量款，国内都买不到！"

昭棠闻言，脸上立刻露出讨好的笑容。

罗心欣从小见惯了这种殷勤的笑容，心领神会，以为自己已经将昭棠收买了，立刻大方地承诺："你放心，事成之后，我送你一条Tiffany的项链！"

昭棠笑眯眯地摇头："不，我不要Tiffany。"

"那你要什么？"

昭棠瞅了瞅罗心欣手里的百达翡丽，用商量的语气问："你看，你能把你这块表卖给我吗？"

罗心欣没听懂。

昭棠眨了眨眼："我也想给他送这个，可惜国内买不到。"

罗心欣以为找到个帮手，结果多了个对手。她气得转身就走。昭棠目的达到，得逞地笑了笑，正要回教室，身后传来一道熟悉的声音。

“你要给我送什么？”吊儿郎当的语气，带着戏谑的笑意。

昭棠脚步一停，僵硬地回过头。

路景越穿着蓝白色的校服，书包挂在肩上，懒散地倚着墙，歪头看着她。盛夏的夕阳斜斜照进走廊，橘色的阳光照在他干净的皮肤上，灿烂而健康。

他看着她，真诚地提议：“国内买不到没关系，我帮你买啊，你回头给我钱。”

昭棠：“……”

那些她对付别人不在话下的小伎俩，在他面前真的全无发挥的余地。

那两年里，找她帮忙送礼物的不止罗心欣一个，昭棠每次都会用这样的小心机将人挡回去，她从没有和路景越说过。她想，她们在她这里碰了软钉子，自然会去找路景越，但那些礼物从未在路景越那里出现过。

路景越从来不是个容易对付的人，不管是作为朋友还是敌人。他身上没有弱点。他好看，所以不会为皮囊诱惑；他有钱，所以再昂贵的礼物也不能打动他；他心志坚定，外在的人或物都无法影响他。或许人都有弱点，但这么多年了，昭棠就是找不到路景越的弱点在哪里。

走出电梯，两人都没有说话。

昭棠轻轻吐出一口气，垂着头回家。她心不在焉地摁下密码，门锁很快就开了，她拉开门，却没有进去。她站了一会儿，迟疑地转身，看着他的背影，很想和他说一声“晚安”。

却见路景越低头飞快地按着密码，密码锁接连发出“密码错误”的提示音。昭棠觉得有点奇怪，直觉让她觉得不能再这么按下去了，刚想出声提醒他，让他想好再按，还没来得及开口，就听见密码锁在提示了最后一声“密码错误”后，忽然发出短促的三声警报，然后彻底锁住了。

路景越回头看向她，一脸无奈地说：“锁住了。”

昭棠看着他，没说话。

路景越解释道：“密码连续输错六次，自动锁定。”

昭棠舔了舔唇，难以置信地问：“你忘记密码了吗？”

路景越面不改色地点了点头：“嗯，忘了。”

很难想象，他也就三四天没住这边吧，这就把密码给忘了？他是金鱼吗？

但路景越很快就给了她一个无懈可击的理由：“你那个酒度数有点儿高，我应该是喝醉了。”

这可让她怎么反驳？毕竟她刚刚用的就是这个借口啊！如果反驳他，那不就是推翻了自己刚才的话吗？

路景越若有所思地扫了一眼她身后打开的房门，又重新看向她。一个细微的眼神，昭棠察觉到了，背脊一瞬间僵直，手指悄然捏紧。走廊的灯光带着点橘色调，路景越漆黑的眸子仿佛带着几丝朦胧的暖意，又像是隐隐多了几分无可言说的蛊惑。四目相对，昭棠有些茫然，又仿佛领会到了什么。

她咽了口口水，嗓音轻得几乎听不见：“那你今晚……要不要暂时住我这里？”

第十一章 亲吻

那你今晚……要不要暂时住我这里？话出口的瞬间，昭棠觉得自己绝对是中蛊了！她在干什么？她在邀请路景越去她家睡啊！一个女人晚上邀请一个男人去她家睡觉，那还能是单纯的睡觉吗？

疯了疯了！昭棠你真的是疯了！她甚至都不担心路景越会觉得她很随便了，她比较担心的是路景越会感觉到她对他明晃晃的觊觎，会觉得她不愿意和他谈情说爱，却又想得到他的人……

他那么骄傲的一个人，以前连女孩子的礼物都不接受，现在却被她这样觊觎，怕是会觉得受到了极大的羞辱。

昭棠说完一秒，立刻改口："我……"

去睡酒店，你放心，没有我，这里很安全。然而她张嘴刚说出一个字，路景越看了她一眼，直接从她身边走过。

真的是从她身边，擦着她的衣角走过，明明走廊那么宽。凛冽的气息不容抗拒地袭来，瞬间就将她没说完的话果断地堵了回去。她在原地愣了片刻，等反应过来，路景越已经进了她家，抬手摁亮了客厅里的灯，原本漆黑的房子骤亮。

路景越站在玄关处，一举一动无比自然，仿佛他今夜不是客人，而是男主人。他自然地扫了一眼明亮的家，十分顺手地拉开鞋柜，从里面找出自己的拖鞋换上。

这一切都做完之后，他仿佛才发现昭棠还在外面，回过头来，不解地看着她："你还站在外面做什么？"

昭棠竟不知道该说什么好。她原本还担心他会觉得自己的身心受到了极大的羞辱和威胁，现在看来，她真的是想多了。

见他对她那么放心，昭棠也不好再说什么，沉默地走进门，换鞋。

他站在玄关没动，等她换好拖鞋，两双款式一模一样的拖鞋又凑到了一起，上面两只小胖熊再次对视，仿佛要相约一起快乐玩耍。

昭棠觉得自己还是有必要解释一下。

她没看他的眼睛，指了指次卧："那个房间一直空着，你今晚可以睡那里。"

她一面说着，一面低头走进客厅，不动声色地躲开了和他这么亲密地相处。但是好像没有好到哪里去。共处一室，空间就那么点儿大，在他视线范围内，她觉得浑身都有点儿热。

她尴尬地在客厅里站了两秒，又回过头来，故作镇定地交代："你要喝水的话，厨房里有烧水壶，要是没有矿泉水了就从那个箱子里拿。"

昭棠指了指厨房角落里的一整箱矿泉水。

"要是饿了，"昭棠不知道自己为什么这么紧张，就想说话，不让空气安静下来，"厨房你比我熟，自己随便煮点儿什么。"

"刚吃完饭就饿了？"

"那你自己随便吧，我回房间了。"

昭棠无话可说，飞快地躲回自己的房间。

背抵着门，她用力深吸了一口气，却久久站着没动，只是双目无神地眨了眨。

这下，路景越会相信她的清白了吗？关键是，她，是清白的吗？

昭棠闭上眼用力摇了摇头，告诫自己，早点睡早点睡，睡着了就没有烦恼了。

刚这么想，身后的房门就被敲响。她的背贴着门，隔着一层木板，他的手仿佛碰到了她的身体似的。昭棠顿时像是触电了般，飞快地弹开，回头瞪着门，像一只惊弓之鸟。过了几秒，才小心翼翼地去开门。不知道在防他还是防自己，她只将房门拉开了一半。

路景越站在门口，低头看她："我现在去洗澡。"

昭棠的脸不受控制地有点热，胡乱咕哝了一句："外面有卫生间，你不用跟我说。"说着就要关门。

他伸出手臂挡住了门，她立刻推不动门了，心怦怦地快速跳着，她惊讶地看他，脑子里立刻闪过乱七八糟的念头。更要命的是，路景越仿佛完全意识不到危险，竟然还低头直直地看着她。

他不知道他这样会火上浇油吗！

昭棠内心十分崩溃，就这么看了他几秒，才猛地想起来："啊，对，你没有换洗衣服！"

路景越没说话。

"还有洗漱用品。"

昭棠明白了他找她的原因，在心里自责了一番自己的粗心，这就像邀请朋友到自己家过夜，却不给人家准备牙刷一样嘛！

"等一下。"

昭棠转身走进自己房间的卫生间，从柜子里拿了一套没有拆封过的牙刷牙膏和毛巾，又拿了沐浴露和洗发水，很快就出来了。

"沐浴露和洗发水都是新的，你用吧。"她十分大方地把东西放到他手里。

路景越低头看了一眼自己手里的女士沐浴露和洗发水，又听她嘀咕："不过我这里没有男人的衣服，要不你在美团APP上下个单吧。"

路景越看了她一眼。

昭棠见状，试探地问：“还是，你不介意穿女装？”

路景越沉默了两秒，仿佛不想再看到她一般，转身走开。

昭棠茫然了。

路景越走了几步，头也没回地解释：“次卧里有。”

昭棠这才想起当初看房的时候，孟逐溪说过次卧里还有一些主人的东西没来得及搬出去，希望她不会介意。她反正只睡一个房间，倒不介意那个房间里放了什么，只是又确认了一遍主人不会回来住，得到孟逐溪的保证以后，她才放下心来。

谁能想到他还真回来住了呢……还是她亲自邀请的。昭棠捂着脸，心想，她还是睡吧。

昭棠关好门，想了想，又蹑手蹑脚地将门反锁，之后才回主卧的卫生间洗漱。洗澡的时候，热水滑过嫩白的身体，轻轻柔柔的，像情人缠绵的抚摸，脑子里难免又回想起了他们相拥的画面。

她的心跳得很快，但又觉得，这样就可以了，这样已经很圆满了。

她洗澡的时间长，一番洗护下来，再将头发吹干，时间已经到十点，她决定躺在床上玩会儿手机，然后就睡觉。

刚躺下，房门就被敲响了。

昭棠的心立刻扑通一跳，手机没拿稳，迎面砸到了她的脸上。脸有点儿疼，昭棠把手机拿开，又摸了摸鼻子。

“什么事？”她问外面的人。

路景越的声音隔着门传来，听起来十分平静：“没被子，冷。”

昭棠一听，连忙从床上爬起来去开门，却忘了自己刚才将门反锁了，第一次没打开，她又连忙拧开反锁，猜想他在外面肯定听到了，莫名觉得有点尴尬。

“等一下，我……”昭棠一面开门，一面轻声说。

然而当房门拉开，她看到外面站着人时，倏地噤声，没有说完的话硬生生被卡在了喉咙口。她不由自主地睁大了眼睛，直直地盯着眼前这一具……身体，脑子里刹那间一片空白。路景越刚刚洗完澡，只有下半身穿了一条灰色的棉质休闲裤，上半身一丝不挂。

他的身材极好，肌肉结实，八块腹肌十分明显，两条人鱼线清晰，像漂亮的鱼尾一样，性感迷人。昭棠的目光恋恋不舍地停留在他的裤子上。

世界都仿佛安静了。

过了几秒，她猛地清醒过来，飞快地后退一步，同时移开目光，一脸淡定地看向他的脸。

路景越低头看着她，眼睛很黑，却没有多余的情绪。

昭棠想起他是来要被子的，忙说："等一下，我有新的凉被，我帮你拿。"

她逃也似的迅速转过身，往衣柜跑去。

昭棠拉开最中间那道门，下面一层是抽屉，上面一层放着洗干净的床单被套。她踮起脚，去扯第二层被压着的薄被。那是她前几天新买的，还没来得及用，只是洗干净了。薄被上方还压着她新买的四件套，她懒得先把四件套拿下来，就这么偷懒地去扯下面压着的薄被。可惜懒人多受罪，她扯着下面的被子，上面的四件套难免跟着动。她又抬起一只手去压着上面，一只手压，一只手扯。

正吃力地扯着，身后忽然伸出来一条手臂。她的余光立刻瞥见他手臂上凸起的肌肉，不算夸张，可是结实有力，极具视觉冲击大，他离她只有不到一厘米的距离，身上仿佛腾腾地散发着热气。昭棠仿佛被烫到，飞快收回手，转身就想跑，却不料刚抬脚就被路景越的腿绊住。

他想扶她，却不知怎么搞的，没站稳，他的身体往后倒去。昭棠察觉到了，下意识地上前一步，想去拉他，但她的力量怎么敌得过一个成熟的男人？他搂着她的腰，两人一起倒到了柔软的床上。他们本来就离得近，忽然倒在床上，在惯性驱使之下，昭棠扑倒在他身上，嘴唇亲上了他紧绷的胸肌。

时间仿佛瞬间停滞了。

血气方刚的男人，身体像石头一样坚硬，身上的温度却像火一样滚烫。他躺在床上，一条手臂箍着她的腰，另一条手臂按着她的背，双目低垂，直勾勾地盯着她。

昭棠趴在他的身上，整个人完全呆住了。

嘴唇重重挨到他身体的一刹那，昭棠觉得自己仿佛一簇烟花，被他给点燃了，脑子瞬间炸开，在一片混沌里，只剩下了五光十色的火焰。

直到脑子里的烟花落下，意识才渐渐回笼。

昭棠惊恐地保持着趴在路景越身上的姿势，一动不动。像是后背有一股力量按住了她，使她动弹不得，又好像并不是，她其实是能活动自如的，只是不敢轻举妄动。

她现在整个人有点蒙。

路景越的身体滚烫而僵硬，并且似乎越来越烫，越来越僵，那种感觉源源不断地顺着她的嘴唇传来，她甚至能感觉到自己的唇有多么柔软。鼻端传来熟悉的沐浴露的味道，是她常用的花香味，但此刻这种味道仿佛被成年男人身体的味道给挤占了，变得浅淡微弱。

她的呼吸，终于全部被他身体的味道霸占，带着致命的吸引力，让她想不顾一切地更靠近去闻。

她一动也不敢动，一个念头惊慌地在脑子里乱窜——她做了什么？她亲了路景越！她居然亲了路景越！

她觉得自己此刻仿佛踩着一个炸弹，一动不动或许还能苟延残喘，一旦轻举妄动，她就完了。她不知道该怎么办，脑子转得也很缓慢，完全想不到如何走出这个困境。只好暂时保持着趴在他身上的姿势，本能地选择苟延残喘。

对，一动不如一静。

与其轻举妄动，不如让路景越来解决这个困境。对，他比较聪明！他一定能想办法化解眼前的尴尬！这一刻，昭棠心里忽然对路景越生出了前所未有的信任。但下一秒，路景越就毫不留情辜负了她的信任，昭棠腰上的力量猛地加强。

她终于发现，原来那股禁锢她的力量不是她的错觉。

她睁大了眼睛，震惊地看向身下的男人。

路景越躺在她的床上，安静地看着她，卧室里明亮的吊灯正在他的上方，洒下浅浅的暖黄色的光，仿佛给他的脸、给他所有裸露在外的皮肤打上了柔光。他的五官英挺，一双眼睛黑漆漆的，直勾勾地盯着她，脸上的神情却沉稳极了，他的眼睛看起来那样平静，嘴唇那样柔软，仿佛一朵毫无反抗之力的娇花，躺在她身下，说不出地诱人，吸引着她随意采撷，为所欲为。

但是昭棠知道不是！路景越这辈子都只会是猎手，而不会是猎物。

她推他，想要逃跑，躲开这么尴尬的场面。

手刚碰到他滚烫结实的胸膛，他就咬着牙开口了："再摸！"

男人的声音带着克制的警告。

昭棠被吓得脑子一片空白，立刻收回手，一双眼睛水汪汪的，无措地看着他。

路景越的眼睛黑得吓人，她飞快地移开视线，不敢看他："我……我不是故意的……我现在就起来。"

她的嗓音发抖，手都不知道该往哪里放。她说话时，气息浅浅的、柔柔的，一阵阵拂过他的喉结。

路景越克制地闭了闭眼，深吸一口气。呼吸间却全是她身上的气息，浅浅淡淡的花香，又带着点儿身体的奶香。

他却没有松手，自己冷静了三秒，再睁开眼，恢复了一副清心寡欲的样子，低声问她："不是故意的，那为什么要邀请我过来？"

昭棠无辜极了，瞪大眼睛看他："不是你的门被锁上了吗？按错六次密码，自动锁定。"

路景越盯着她粉嫩的嘴唇两秒，又看着她的眼睛，诘问："那你就可以为所欲为，扑到我身上亲我吗？"

昭棠张了张嘴，说不出话来，最后索性破罐破摔，嘟囔着："不管你信不信，反正我不是故意的。"

路景越："我不信。"

昭棠脸涨红，憋了两秒，忍不住也去拿他的错处反击："那你呢？你为什么不穿衣服？"

路景越："衣柜里没衣服。"

昭棠才不信他呢，立刻反问："衣柜里没衣服，为什么有裤子？"

"嗯，就是有裤子。"

昭棠被气到了。

路景越盯着她道："怎么，我穿了裤子，你很失望？"

路景越，你能不能要点脸！昭棠气呼呼地用手撑床，想起来。她甚至机智地汲取了刚才的经验，没有再贸然去碰他的身体，自觉这样应该够稳妥了。然而她刚刚动了一下，下一秒，原本被她压在身下仿佛毫无还手之力的路景越忽然翻身。她甚至还没反应过来，眼前一个翻滚，就已被紧紧地压在了身下。

昭棠震惊地睁大眼睛，路景越离她很近，只有三五厘米的距离，神情专注。

他没有说话，就这么近距离地看着她的眼睛、她的嘴巴。他的鼻息炙热，随着胸膛的起伏，一阵阵扫过她的脸颊、她的嘴唇。

空气里仿佛有什么在无声流动，又很快缠绕成一团，摩擦出火花。

昭棠的视线也很自然地落到他的唇上。他的嘴唇有点薄，但很好看，不知道是不是温度有点高，此刻他的唇红得像夏日樱桃，让她很想凑上去咬一口。

这个念头闪过脑海的一瞬间，她的呼吸变得急促，猛地打了一个激灵。下一秒，她扭过头，目光落到窗帘上。随着她扭头的动作，女孩子细细的脖颈被拉长。

她身上穿着浅色的睡裙，柔软的棉质面料，薄薄的一层，领口早已在混乱间拉开了，露出了肩膀。雪白细腻，仿佛发着光一般，明晃晃地刺激着他的感官。路景越眼底有什么激烈地涌动着，像涨潮一般，一浪接一浪。然而最终在她扭过头时，一切缓缓归于沉寂。

他闭上眼，无声地握紧拳头。

三秒后，他面无表情地起身，放开了她。

昭棠愣了一下神，看向着他。

视线交会，他很快收回目光，沉默地转身离开。

路景越离开后，昭棠还怔怔地躺在床上，胸口处有什么仿佛随着他的离开丢失了。她盯着打开的衣柜里那床扯出了一半的凉被，许久，终于明白过来什么。她抬起手指，轻轻碰了碰自己的嘴唇。很奇怪，他明明没有亲她，上面却仿佛残留着他的气息和热度。

他刚刚……是在等她吗？

桌上的手机忽然响了起来，手机铃声音量不大，却无端带着催促的意味。她一动不动，仿佛还没有从刚才那个短暂的插曲回过神来，就这么任由手机铃声一遍遍地响着，直到手机终于安静下来。

她忽然坐起来，果断地拉出衣柜里那一床凉被，顾不得上面的四件套被她扯到了地上，抱着被子就往外跑。然而她刚刚踏出卧室门，就听到了玄关处传来关门的声音。不轻不重，很克制的关门声，在这寂静的深夜里，也吵不到别人。

她追了两步，看到门口被换下的拖鞋，又停了下来。

她抱着被子，轻轻垂下眼，过了一会儿，又默默回到卧室。

第二天上班，昭棠一整天都有些神思恍惚。却不是心情落寞，她只是终于想明白了一件事。她想，路景越应该还是喜欢她的。

生理反应不一定是喜欢，原始欲望不一定是喜欢，但克制就一定是，

她用了整整一个晚上才想明白。她只是不知道，路景越能不能明白她

昨晚没有主动……也和他一样。不是因为不喜欢，而是因为克制。

因为喜欢，所以不能草率。

他们没有更多的机会了，如果这一次不小心，又错过了，那他们就真的没有以后了。她想对他郑重一点，只是她没办法告诉他，因为昨晚那种情况，她自己也没想明白，太混乱了。

趁着休息的时间，她点开他的微信，想和他说点什么，来来回回打了无数句话，又全删了，就这么耗了半个小时，她都怀疑路景越但凡点开了她的微信，都能看到聊天窗口上方的“对方正在输入”。

最后她却一个字都没有发出去。

她放弃了，想了想又点进一个情感博主的微博。她想匿名投稿，问问大家怎么追求喜欢的男孩子。刚点进私信，又觉得自己这个问题十分普遍，应该早就有人问过了。她立刻去翻看博主以前的微博，结果最近的投稿全部都是甜甜的恋爱。

昭棠毫不犹豫地关了微博。

下班时，昭棠和孙珞宁一起走，昭棠忍不住问孙珞宁：“你以前向别人表白过吗？”

孙珞宁毫不犹豫地摇头：“没有！”随即意识到昭棠问这话的目的，吃惊地盯着她的脸，“等等！该不会你想跟人表白吧？”

昭棠没有否认。

孙珞宁立刻制止：“不要啊！男人只有对自己追到手的才会比较爱惜！你表白，他就会觉得是你主动送上门的，就不会珍惜你了！”

昭棠没吭声，脑子里却想着，会不会路景越就是这么觉得呢？觉得她不珍惜他。这种感觉，会不会无关性别？只是多付出的那一方，就自然地觉得卑微。所以昨晚，他一直在等她的主动。

她无法和孙珞宁解释，孙珞宁见她不说话，便极力劝说她放弃表白的念头。但是很奇怪，不知道是不是昭棠的叛逆期到了，她每多说一句，昭棠反而更坚定了一分表白的决心。

孙珞宁崩溃地“嗷呜”大叫一声：“救命！你是遇见了什么绝世大‘渣男’！能把你迷成这样！”

昭棠听见“渣男”两个字，忍不住笑着辩解：“他不‘渣’，而且我昨天忽然发现，他还是喜欢我的。”

孙珞宁一听这话，嘴巴张得大大的，足可以塞个鸡蛋进去。半晌，她不可思议地问：“你昨天发现他喜欢你，今天你就要表白？”

“快吗？”昭棠看着孙珞宁，不太确定地问。

孙珞宁一字一顿地反问：“你，说，呢？”

昭棠想了想，老实说道：“我本来没有觉得快，被你这么一说，又不太确定了。”

昨天发现他喜欢她，今天她就去表白。听起来，好像是有点儿快。

孙珞宁扯着她的胳膊往前走，咕哝道：“一看就是没谈过恋爱。你不知道，谈恋爱最甜的就是暧昧期，像你这样，可不就是直接把暧昧期给跳过了吗？”

暧昧期……

“你的意思是，我应该和他暧昧一下？”昭棠说到这里，有些茫然地问，“等等，要怎么暧昧？”

孙珞宁想了好一会儿，最后总结道：“就是，要亲不亲吧。”

要亲不亲……昭棠听了这话，脸渐渐地红了。昨晚他们那个样子，可不就是吗？难道过去那段时间，在她完全没反应过来的时候，她和他就已经在暧昧期了？

她被自己这个想法惊讶到了，目光闪烁，安静了片刻，有些心虚地问孙珞宁：“那暧昧期过后，是不是就该表白了？”

孙珞宁点头：“对啊，光暧昧不表白，那不是不负责任吗？”

不能不负责任啊，这个责任，她得负！责任心爆表的昭棠立刻满怀担当地想。

和孙珞宁分开以后，她快步往小区走去。但她进了小区没有立刻回家，反而放慢了脚步，东张西望。之前很多次，都是在她下班这个时间，路景越会下楼来等外卖。

那时她不理解，问他："为什么等外卖要到楼下等，在家里等不行吗？"

路景越反问道："你觉得我长成这样，在家等外卖，安全吗？"

路景越打量着她："也是，你可能理解不了我的困扰。我很注意保护自己，轻易不让人知道我的住处，省得对我生出不该有的心思。"

昭棠当时其实想说：这样的话，我建议你搬家。因为她现在知道了他的住处。但话到嘴边，想到自己这么说，他如果反问她一句"所以你也觊觎我"，那她不是给自己挖坑吗？于是作罢。只是对他的行为十分不解，不懂这么多年路景越到底经历了什么……为什么现在变得这么奇怪。然而经过昨晚，她好像忽然间打通了任督二脉，恍恍惚惚明白了路景越那些在她看来无法理解的举动。

她一下班回家就不想再出门，即使两人住对门，一天也可能见不上一面。可是因为他每天定时下楼拿外卖，她下班回家就能看到他。两个人会见面，会交谈，关系会越来越近。

昭棠从前完全不敢往他是故意的方向想，可是昨晚，她感觉到了他明明白白的心意。像是一层纱布被他用这样直接的方式捅破了，那些他从前未宣之于口的意图，都明明白白地让她看到了。

昭棠觉得自己的心跳得很快，脚步却放得更慢，然而经过他常常等外卖的地方，她却没有看到他的身影。

她慢慢地走回家，在门口徘徊了几分钟，还是没有见路景越出来。

她又重新下楼，仰头专注地看着他家的窗户，试图分辨出他有没有在家。就这么站了一会儿，天渐渐擦黑，有几户开始亮起灯光，他那里却一直没有动静。

她不确定他是不是在家，但就算他在家，她也不敢贸然去敲门。她思索了一下，想来想去，觉得还是偶遇最自然。于是从来不散步的她开始绕着小区散步。然而她走了好几圈，还是没遇见路景越。

她心里一面有些失落，一面忍不住想，为什么他制造“偶遇”看起来那么轻而易举，她就那么难呢？现在想想，他想见她的时候就一天能见好几次。而她想见他的时候，脚都走疼了，也没见着他人影。

昭棠回到楼下，又望了眼他的窗户，还是一片漆黑。

最后她选择回家，上楼后，站在路景越家门口，低头盯着那道门锁。按理说密码输入错误后，过一段时间就能自动解除锁定了，不至于今天也进不去，可他就是没有回来。

昭棠回到自己家。她有点饿，却没有心情点外卖，坐在沙发上，点开微信，盯着他的头像看了一会儿。

她知道他生气了，她虽然没有过这种经历，但古装电视剧看了不少。路景越昨晚那模样，可不就是像极了古装剧里那些想要侍寝的妃子？脱了衣裳躺到龙床上，结果皇上却不为所动。妃子受到了极大的羞辱，扯着半透明的外帛披上跑出去，在雨夜里跑了一个镜头后就彻底变成反派了。

她以前不太能理解妃子为什么拒绝一下就变成反派的心理。可是现在那个人换成了路景越，她忽然开窍了一般，立刻就懂得共情了。

易地而处，假如是她在路景越面前躺上他的床，路景越都抱住她了，最后却没有碰她……那她也是要跑出去的。

变成反派倒不至于，但她应该会气得直接换个人。

想到这里，昭棠猛地从沙发上坐起来，心里后知后觉地生出了危机感。她着急地在客厅里走来走去。不行，她不能让路景越去勾引别人啊！

昭棠咬着手指这么走了几圈，本来想个万全之策，可是她本来就是个神经很大条的人，现在临场发挥，她也想不出什么高明的妙计吸引他。

她拿起手机，给路景越发了一条微信：“你回来了吗？”

她没有给自己犹豫的时间，也不让自己有机会觉得不好意思，打完字就立刻点了发送。

看着绿色的气泡出现在聊天对话框里，她的心怦怦直跳。然而她盯着手机看了半晌，却毫无动静。

她这才意识到，好像从一开始，他对她的消息就一直是“秒回”。即使是她凌晨两三点找他的时候，他也是立刻回复，然后以最快的速度出现在她面前。昭棠心里忽然有点发酸。

她在对话框里解释：“对不起，我昨晚有点不……”

写到这里，她又飞快地点了删除。不行，太假了，一看就是谎言，最重要的是，她这么说，不就将他此刻的生气全部归结为男人被女人拒绝后生气了吗？其实，昨晚如果是他亲她，她也完全招架不住。但他显然并不是这么想的，可能一开始他一直在等她心甘情愿。

路景越没有回她。

昭棠盯着安静的聊天屏幕，轻轻吐出一口气，过了几分钟，没有办法，只得说：“我刚才听见你家有声音，如果不是你，会不会……”

她看了眼大门，对面安安静静的，她昧着良心点了发送。

这次，路景越果然理她了。

昭棠看着他很快发来的语音，心情有些复杂。

她轻轻点开，他的嗓音漫不经心，夹杂着嘈杂的背景音：“这样啊，那你帮我报个警，我就不回来了。”

昭棠瞪着手机，像是不敢相信一般，又重新播放了一次。

“这样啊，那你帮我报个警，我就不回来了。”

昭棠一蹶不振地倒在沙发上。她觉得，路景越就是有这种本事，能用一句话让她怀疑自己眼瞎，竟然会喜欢他！她感到挫败，但过了一会儿，又勇敢地重新拿起手机。

昭棠：“好的。”

她不想再给他不理她的机会，发完以后又立刻发了一条：“你什么时候有空？”

过了两三分钟，路景越又回了一条语音，慵懒的声音从手机里传出来："怎么，还要我去派出所做笔录？"

路景越不知道在哪里，背景有些嘈杂，一开始昭棠以为是在酒吧，可是后来听起来又不像，那隐隐约约的音乐声仿佛隔着一段距离。

昭棠不理会他话中的讥诮，简单直接地将对话往自己的中心意图上扯："不是，我想请你吃个饭。"

她本来想问问他今晚回不回来，如果回来，她就今晚表白，不等了。现在他不回来，那就只能约他吃饭的时候表白，反正目的都是一样的。

是有些简单直接了，她想。但没办法，那些细腻婉转的手段她想不出来，而且就算她想出来，也会出现一些意想不到的问题，到时候弄巧成拙，又成了昨晚那样。

路景越一时没有回复。然而昭棠既然已经想明白了，路景越这点点冷漠根本抵挡不住她的决心。

昭棠继续在输入框里打字："其实现在也可以，你在哪里？我刚好没吃饭，我来找……"

字还没有打完，路景越的语音弹出。昭棠立刻停下来，点开。

这一次，背景更加安静了，路景越的嗓音听起来仿佛低沉了几分："为什么请我吃饭？"

昭棠立刻删掉输入框里的字，改成："我有话对你说。"

她看着这行字，睫毛轻轻颤了颤，深吸一口气，点击发送。她盯着屏幕，静静等待路景越的回复。

一秒、两秒、三秒……

酒吧的后巷里，路灯昏暗，一辆显眼的奔驰G63安静地停在路边。路景越独自坐在车里，眼皮低垂，沉静地看着屏幕。

昭棠："我有话对你说。"

他一直看着，没有回复她，也没有退出，手机屏幕自动暗下去了，他就点亮，继续看，直到副驾驶座的窗户被敲响。

他侧过头看去，骆珩站在车前。

车窗落下，骆珩一脸愤怒地质问他：“不是你约我们出来借酒消愁加通宵打牌吗？怎么回个消息你就趁机想跑？”

路景越抬起眼皮，漫不经心地说道：“家里进小偷了。”

骆珩一愣，忙问道：“偷什么了？”

路景越：“不知道，我回去看看。”

骆珩点点头，立刻反应过来：“不对，你喝酒了，你怎么能开车？”

路景越漫不经心地道：“我不开车，这不是想找个安静的地方和小偷聊聊天？”

骆珩想问自己兄弟，他看起来像个傻子吗？

骆珩无语地重新进了酒吧。

路景越升起车窗，周遭再度安静下来。

这时，手机屏幕上多了一条新消息。

昭棠：“但最好别太久，因为我下周要出差。”

这次昭棠等了没多久，手机响了一声，屏幕重新亮起。

路景越：“好，那就明晚。”

昭棠提到喉咙口的一颗心倏地落下。

她捧着手机笑起来，笑了一会儿又扔下手机，飞快地跑回房间找明天要穿的衣服。

千挑万选选好衣服，她又将明天要化的妆提前练习了一遍。

她其实不常化妆，年华正好的女孩子，又生得这么美，多少有些“嫌脂粉污颜色”的骄傲。可是明晚，她想更美。

她对着镜子折腾到十点多，终于满意了，这才去卸妆，洗澡洗头。

她躺在床上，还是觉得不够，自己应该再做点什么。

她脑子里想着古装剧里那些受了委屈的妃子……猛地坐起来！

这晚，昭棠躺在床上，熬夜看了一整晚的爱情小说。

第十二章 告白

一边看爱情小说，一边往备忘录里添加各种花里胡哨的手段，到天亮的时候，昭棠已经记了好几页的“攻略”。她看了一眼，觉得很满意，这才关了手机，赶紧睡觉，没一会儿就被闹钟喊醒。

她困倦地揉着脑袋，万般不想起床，但一想到今晚的约会，她浑身立刻充满了力量，一下子就从床上坐起来。

照镜子的时候她就后悔了，她盯着自己眼底的青灰色，忽然意识到自己好像本末倒置了。她昨晚不是该睡个美容觉吗？毕竟没有哪个男主角是顶着黑眼圈去追妻的，哪次出场不是颠倒众生光芒万丈，吸引无数女人。女主角最终会回头，很难说不是因为男主角的美色。

那问题来了，没有美色的“男主角”……还能成功吗？

她这么搞不清楚重点，熬了一夜，早上化妆是肯定来不及了，心想那只能下午提前一点下班，回来换衣服化妆打扮一下了。

好在她就住在单位旁边，提前半小时走回来就行了。

这么想着，昭棠随手薅了薅头发，勉勉强强营造出美女的氛围，就匆匆地跑出门。等电梯的时候还争分夺秒地点开手机备忘录，复习昨晚做的攻略，试图寻找出两三条可用的，结果一看，她又发现了一个致命的问题——她没钱。

那些送礼物、送房子，甚至大笔一挥直接收购女主角公司的手段——都是要钱的啊！

昭棠无法接受自己昨晚熬了个通宵却一无所获，顿时心里发慌，飞快往下翻着备忘录。看到一条比较接地气的，她如见曙光一般。

“为小娇妻准备满满一后备厢的鲜花，送她到楼下的时候，状似不经意地揭开后备厢车盖。”

昭棠大概估算了一后备厢鲜花的价格，觉得这个可以，在自己的承受范围之内，顿时心中一喜。但很快，她又发现了另一个致命的问题——她没车。这可咋办？现在去租一辆车可还来得及？可是租车去送花，想想那个场景，她开着“租来的车”去接路景越，状似不经意打开“租来的车的后备厢”，让路景越看到满满一车厢的鲜花……以路景越不太纯良的本性，她非常怀疑他在收到惊喜之前会先问她一句：“车哪儿来的？”

表白的关键时刻，她必然不能说谎，那她可能只好说一句：“我租来的……”

昭棠想到这里，捂住了自己的脸，现在的问题就成了：一个既没有美色也没有钱，连车都没有的她，能追回路景越吗？

昭棠吐出一口气，迈步走进电梯。

“等等。”

门快要关上的时候，外面传来一道低沉的声音，昭棠条件反射地伸手去按开门键。厚重的金属门重新打开，挺拔的男人缓缓出现在视线里。目光相对，昭棠的心猝不及防地怦怦直跳。

约好了晚上，她还以为要到晚上两人才能见面，没想到他昨晚竟然回来了。这样的感觉有点像毕业答辩，明明说好了时间，结果却忽然提前了，手足无措的同时，又隐隐感到兴奋。路景越走进电梯，电梯门自动合上。他站在她身边，不闪不避地看着她。

昭棠紧张地握着手机，正想张嘴寒暄两句打破尴尬，路景越忽然皱了下眉，低声问："昨晚真有声音？"

昭棠愣住了，慢了一拍才反应过来，她昨晚很急切地想让他回来，骗他说他家有声音。结果他吊儿郎当地喊她帮忙报警……显然是根本不上当。她不理解此刻他为什么忽然这么问，但既然他已经答应了她的邀约，那她就得堂堂正正地追求人家，不能再对他说谎了。

她有些惭愧地、诚实地摇了下头："没有。"

"那你的黑眼圈怎么回事？"

昭棠有些心虚地摸了摸脸，不知道自己看起来是不是很憔悴，忽然很后悔没有化妆。

路景越想到什么，忽然问："昨晚没睡好啊？"

虽然她没睡好是事实，但他那格外舒心的神情和得意的腔调，言下之意真的不言而喻——想我想得睡不着？

昭棠忍不住澄清："熬夜看小说了。"

路景越沉默了两秒才说道："还挺有闲情逸致。"

昭棠仔细揣度着他这话的意思，觉得他有些不满。昨晚那种情况，两人算是冷战吧，结果他都气得跑出去了，她还有心情看小说。

不知道是不是至今还代入爱情小说里的角色，昭棠此刻对路景越满满的呵护，见不得他半点不开心，立刻小心翼翼地解释："不是很有闲情逸致的那种小说，属于……工具类书籍吧。"

路景越侧头瞧着她："什么小说还是工具类的？"

昭棠默了默，不想说谎，老实说："就是那种，一开始男主角对女主角爱答不理，最后，为了追女主角，会主动去做很多事情的小说。"

路景越意味深长地挑了一下眉，昭棠硬着头皮没好意思看他。

好在电梯及时到达一楼，昭棠低声说了句"晚上见"，飞快地往外跑。走了几步才忽然发现路景越跟了出来，她惊讶地回头看他："你不去车库吗？"

路景越伸手从她的脸侧探过，摁下单元门开门键的同时，垂眸看了她一眼：“我出去吃早餐。”

单元门解锁，他伸手推门。仗着身高优势，手臂从她头顶越过，又从她身侧绕开，走了出去。见她还站在原地，他也没催，只撑着门看她。

昭棠觉得脸莫名有些热，垂着头从他身边走过，想了想，还是礼貌地说了句：“谢谢。”

两人一起出门，路上必然不可避免地要继续那个话题。

路景越走在她身边，状似不经意问了句：“都学到些什么？”

昭棠沉默了两秒，挫败地说：“学是学到不少，但都没有什么用。”

“为什么？”

昭棠瞅了他一眼：“因为这类型的小说里，追求女主角的都是有钱人，而我不是。”

空气安静了几秒，路景越轻哂一声：“具体说说，都学到些什么？”

昭棠才不想和他说呢，嘀咕道：“还是不用具体说了吧，反正我没钱，学到了我也发挥不出来。”

路景越：“我可以借你。”

仿佛回到高中时，他说他要借钱给她买礼物送给他，终究是她输了。

昭棠强行转移话题：“晚上想吃什么？”

路景越：“你定。”

昭棠还真没想过这个问题，现在路景越忽然这么好说话，反倒把她给难住了。去鹿溪是最方便的，既好吃又贵，还近。重点是她卡里还有一万块钱，总想着早点花出去。可是前天晚上才去那里吃了顿霸王餐，今晚还去，总觉得不是很有诚意。

她思索了一下，说：“那我一会儿看看有没有好吃的，再发给你看？”

路景越：“好。”

很快就走到小区北门，昭棠要往博物馆的方向走，才发现北门这边并没有早餐店。餐厅和小吃店全都集中在南门和东门。昭棠以前都不敢往这方面想，经过昨晚的主动，她的胆子似乎越发大了起来。

她看了眼路景越，嘴角悄悄扬了扬，故意一本正经地问他："你来这边吃早餐啊？"

路景越倒是神色自若："嗯，我去鹿溪。"

行吧。除了那晚，她就没见他陷入过困境，总能面不改色跳出坑来。

"那我去上班了。"昭棠指了指博物馆的方向。

路景越点头："嗯。"

走了几步，昭棠又停下来，她背对着路景越思索了一会儿，转过身。路景越还站在原地，安静地看着她。她从包里摸出一张黑色的卡，又走回他面前。

这边不是主路，车流不算多，道路两旁的行道树青绿茂盛。清晨只有寥寥几个人走在街上，有种不疾不徐的悠闲清静。

昭棠将手里的卡片递到他面前："这张卡给你。"

路景越低头一看，是她在鹿溪饭店办的会员卡，他挑了下眉。

昭棠以为他这个神情是表示拒绝，没想到下一秒，他就毫不客气地接了过去。指腹摩挲着卡片，他问："里面的钱随便花？"

昭棠大方地点头："嗯，随便花。"

路景越轻哂，拖着语调点评："不错，小说没白看。"

昭棠："……"

上班时间，趁着不忙的时候，昭棠在手机上查找好吃的餐厅。

她很多年没有回来了，岁宜多了许多餐厅，她一家都不熟，看了看网友的推荐，又结合孙珞宁的点评，最后选了一家炭火烤肉店。

烤肉店评分很高，却没有鹿溪那样火爆，不用排队预约，去了就能吃。虽然不在这附近，但地图上显示开车只需要半小时。她将餐厅推送给路景越，问他的意见。

路景越很快回复："好。"

昭棠算了算时间，问道："那七点，家门口见？"

路景越："好。"

昭棠盯着这个字，不知怎的，察觉出了缠绵的意味，想了想，又回复了一句："那，晚上见。"

路景越："晚上见。"

昭棠忍不住抿唇笑起来，总觉得他现在对她的每一个回应，都给了她很大的勇气。结果下午就迎来个晴天霹雳，让她险些哭出来。不对，也不是迎来的，而是想起来的。

一周的工作做得差不多了，办公室的同事们开始闲聊，孙珞宁很自然地说起今晚馆长请客的事，对昭棠说："棠棠，你刚来不久，还不知道咱们学术研究部有很帅的小哥哥吧，今晚正式认识一下啊！"

昭棠一愣："什么？"

孙珞宁吃惊地说道："你该不会忘了吧？前阵子馆长生病住院，咱们去医院探望过，现在她出院了，今晚请大家吃饭啊……这事儿上周就定好了，她还特地问过大家时间啊！"

她还真的忘了。现在想想，上周馆长还真在群里发起了一个投票，问大家什么时间有空，最后所有人一致选了这周周五晚上。她当时……也选了，但那时候她没料到自己今天会表白啊！

昭棠沉默了片刻，而后缓缓捂住肚子，耷拉着肩膀，低垂着头，靠在桌上，一副疼痛难忍的样子，呻吟着："不行，我好像生理期来了……"

孙珞宁默默看着她"演戏"。

昭棠演了半分钟，一面"虚弱"地将桌上的东西收回包里，一面"挣扎着"站起来："我把工作总结发给主任了，一会儿主任回来你帮我和他说一声，我先提前下班，回家躺会儿。"

孙珞宁简直看不下去，提醒她："你上个月和我一起来的，这还差半个月呢。"

昭棠面不改色地点了下头："对，它半个月后有别的安排，所以提前来了。"

孙珞宁忍不住又提醒她："姐妹，今晚是馆长请客！馆长请客啊！你这明目张胆地不去，不是不给她面子吗？你想想，你上次脸盲，迎面打招呼就把对方给叫成了副馆长，现在又公然不给她面子，你是真的不怕试用期过不了，到时候回家重新考一次编制吗？"

昭棠果然被吓到了。

孙珞宁继续道："现在竞争这么激烈，你确定你再考一遍能考得上？"

昭棠挣扎了几秒，问孙珞宁："你能帮我演得逼真点儿吗？"

"……"

"最好演出我是真的很想去，奄奄一息还挣扎着坐起来，但真的没办法……你按照我的描述试试？"

孙珞宁恨铁不成钢地挥挥手，让她赶紧走。

昭棠立刻像兔子一样往外跑了。没办法，她欠路景越太多……再辜负他，他就真的该生气了。而且，她舍不得他生气，那还是得罪馆长吧。

回到家，比预期的时间还早一些，昭棠干脆飞快地进浴室，洗了个澡，再换上昨晚就已经准备好的长裙。

奶白色的裙子，一字领，露出完整的锁骨，隐约可见白皙圆润的肩膀，勾勒出不盈一握的腰，裙子长至脚踝。晚上的天气微凉，外面搭一件落肩的雾霾蓝色开衫。乌黑的中长发披散下来，落在胸前，整个人立刻散发出温柔慵懒的气质。这是昭棠昨晚特意在网上看的穿搭指南，据说这叫初恋的感觉。

她昨晚没有看到路景越，心里没底，不知道今天表白能不能成功，就想到了这个小心机。她想，看在他们年少时候的情分上，路景越也会对她心软一点吧，说不定就能让她蒙混过关呢。换好衣服，她又给自己化了一个干净浅淡的妆容，最后又用卷发棒稍微卷了卷发梢和八字刘海。

做好这一切，她满意地看着镜子里的女孩。小小的鹅蛋脸白皙细腻，长发柔软蓬松，一眼看去满满的美女氛围感。再仔细看，哪儿都精致动人，整个人香香软软的。

她满意地抿着嘴笑，看了眼时间，六点五十。提前出门，不想让他等。结果路景越已经等在了外面。

他靠在走廊上，单手插兜，目光落在远处，不知在想什么。听见开门的声音，他转头朝她看来，视线落在她身上的一刹那，眸色幽深了几分。

他盯着她看了一会儿，转移视线："走吧。"

昭棠心跳得有些快，轻轻"嗯"了一声，走到他身边。

地图显示三十分钟的车程，结果遇上晚高峰，开了四十分钟，运气还算不错。

昭棠打了一路的腹稿，想着一会儿到底该怎么开口表白。

是说"路景越，这么多年，其实我一直都忘不了你。你看，你还能给我个机会吗？"，还是"路景越，再试一次好吗？如果不行，我保证再也不会想着你了！"，还是"路景越，你最近有空吗？我想和你谈个恋爱。"。

这是昭棠冥思苦想一天一夜思索出来的三个方案了。可是她总觉得这种问句式的表白不太稳妥，万一他真的回复：不能、不好、没空……那她可怎么办？

那只能更加直白一些，直接通知他——

"路景越，这么多年我一直都忘不了你，我想和你再试一次。

"路景越，我最近挺有空的，我想和你谈个恋爱。

"路景越，我打算再和你试一次。"

这样，不给他拒绝的机会，他自然就无法拒绝了。可是这样，又好像很不尊重他的个人意愿。在爱情小说里，男主角如果不尊重女主角的个人意愿，是要被读者骂的。

昭棠就这么纠结了一路，最后也没想好到底该怎么说。

烤肉店已经到了。

这是一家主打炭火烤的烤肉店，一走进去，昭棠就感觉到温度似乎比外面高了些许。服务员用铁钳拎着燃烧的炭火穿梭在大堂里，远远看去，红红的火光藏在炭里。

火光。昭棠心想，嗯，不错，是个吉兆。

烤肉店和鹿溪饭店优雅的用餐环境不同，两人跟着服务员走在店里，耳边充斥着酒杯碰撞、高声笑谈的声音，满满烟火气，气氛十分愉快。

过道里，人来人往。服务员送着菜迎面走来，昭棠正想等路景越先走，自己走到他身后让一让，路景越忽然握住她的手，将她往自己身边拉，上菜的服务员很快擦肩而过，路景越却没再松开她的手。昭棠悄悄回握住他的手，低着头安静地走在他身边。后来几次与人擦肩而过，他都拉着她往他那边靠，两人的身体不可避免地碰到一起。

“昭棠！”高亢的声音忽然从一旁传来。

昭棠循声看去，旁边一张大桌挤满了人，边上还加了两个位子。吃得正尽兴的一群人，红光满面的。

出声喊她的是一个女孩子，微胖的脸蛋，眼睛圆圆的，穿着T恤衫，扎着高马尾。

昭棠觉得这张脸有些眼熟，可是一时又想不起来了。就这么看了好几秒，才恍恍惚惚地将她的脸和名字对应上，但还是不太确定，因此回复对方的时候，声音不自觉地没有底气。

“刘诗芮？”她问。

女孩用力地点头，大笑着回应：“嗯！是我呀！”

昭棠悬着的一颗心总算放下，长长地松了口气。这大概就是脸盲的痛苦吧——每次认人都仿佛在扫雷。

刘诗芮是昭棠高中三年的同班同学，关系并不是特别亲近。

可能大多数人学生时代都会遇见这么一个同学，她的成绩不是班上最好的，长得也没有多好看，甚至都没有什么才艺，但人缘非常好，和所有的同学都能玩到一起，因此也是班上消息最灵通的人。她就仿佛一个八卦中转站，不管是直接还是间接，你都曾经从她那里听说过一些八卦，甚至是关于自己的八卦。

刘诗芮就是这么一个人，昭棠当年也曾从她那里听说过不少自己的八卦。小时候会觉得这种人事儿怎么这么多，但时隔多年再遇见，却感觉比旁人多了几分熟悉。

刘诗芮笑嘻嘻地看着昭棠说道：“好久没见了啊，大学毕业以后就没了你的消息……对了，我们几个老同学正聚会呢，要不一起吧？”

昭棠忙说：“不用不用，我约了朋友。”

刘诗芮像是才注意到她身边有人，顿时惊喜地喊道：“路景越！”

路景越看向昭棠。

昭棠轻声介绍：“我高中同班同学，刘诗芮。”

刘诗芮大大方方地笑着说：“你肯定不知道我，不过你可是咱们学生时代的风云人物，那几年里，应该没有人不知道你路景越。”

刘诗芮的目光落在两人牵着的手上，似乎有些惊讶，又忍不住笑：“你们这是……”

昭棠顿时觉得头皮有点发麻，正想找个借口开溜，刘诗芮已经滔滔不绝地说开了：“不容易啊，从大学走来能修成正果的，据我所知，就只有你们两个了吧。对了，我那时候还听谣言说你们闹掰了，我不信，路景越长成这样，除了我们棠宝，还有谁配得上他？反之亦然……怎么样？你们是不是都准备要二胎了？”

烤肉桌上其他几人也是从前的高中同学，虽然不像刘诗芮那样和昭棠自来熟，但也能说上话，此时跟着打趣起来：“刘诗芮，你这么说礼貌吗？万一人家是打算要三胎呢？”

昭棠听着他们的调侃欲哭无泪，她到底做错了什么？她不过是想表个白而已，为什么上天要这么捉弄她，直接派这些人下来和她聊三胎？

“路景越，你怎么说？”老同学间开起玩笑来，其实有时候很容易失了分寸，也不知道是不是喝多了，有人直接点名路景越，大声问，“你和昭棠准备要几个孩子？”

昭棠好尴尬，好害怕自己精心准备的表白被忽然冒出来的老同学搞砸，硬着头皮抬头去看路景越：“你不要理……”

话没说完，对上路景越含笑的眸子，心忽地一下炸开了。

烤肉店里的灯光柔和温暖，明晃晃地落进男人的眼睛里，像天光，像晚霞，像古潭里荡出涟漪。

昭棠鬼使神差地嗦了声。

路景越看着她，笑意在眼底荡开：“你想要几个？我都配合。”

昭棠脑子里刹那间“嗡”了一声。他……他这是什么意思？人家问的是生孩子啊，他要怎么配合？想到这里，昭棠的脑子立刻回放起了那晚的画面：男人裸露的身体，紧绷的肌肉，强健的八块腹肌，流畅的人鱼线……救命！

昭棠回过神来，脸“唰”地变得滚烫。她觉得自己的脸绝对红了，因为她听见了老同学们忽然间高亢起来的笑声。

不知道哪个嘴碎的，竟然开始起哄：“脸红了脸红了！昭棠脸红了！”

她好恨！她冒着扣工资、得罪馆长的危险提前回家精心打扮出来的小仙女形象荡然无存！她上辈子到底做错了什么，这辈子和他们做同学？为什么这么多年过去了，这些人还像学生时代一样爱起哄！

昭棠意识到，再让他们起哄下去，他们说不定会像少年时期一样直接站到凳子上，指挥着所有人齐声怂恿：“亲一个，亲一个……”

她硬着头皮去看路景越，红着脸，暗示他赶紧跑。

路景越也低头看着她，对上她的视线，却忽然松开她的手，伸展手臂揽过她的腰，微微一用力，将她揽进了自己怀里。

身子落进结实的怀抱，昭棠刹那间像是触电，一阵酥麻的感觉传遍全身。她不由自主地瞪大了眼睛，仰头直直看着他。

路景越移开视线，看向那一桌子的人，说道：“我们先过去了。”

他说话的时候语气闲适而自在，仿佛他们真的像同学们口中所说的这么多年从未分开过，现在已经是准备要二胎的老夫老妻。

大概同学们想看的就是昭棠害羞脸红的样子，遇见路景越这样大方承认的，反而没什么可起哄的了。刘诗芮问昭棠要了微信，路景越很快就揽着她走开了。就像刚才牵手一样，牵上了就不放开，这一次揽着她的腰，他也没有放开，神情自若地往前走。

昭棠居心叵测，当然也不会放开，只是一颗心扑通、扑通跳个不停，仿佛要从胸口冲出去一般。脑子里忐忐忑忑地想着，他这意思是鼓励她大胆开口，他不会拒绝吗？

这个念头让昭棠一颗心轻飘飘的，像是立刻能开出一朵花来。她悄悄伸出手，小心翼翼地往他的腰间探，想回抱住他。不知道是不是太紧张，她的动作很慢。结果坏了事，她的手刚刚感觉到他身体的温度，眼见就要碰到他了。

到了。

走在前面的服务员停下脚步，回过头来。

昭棠飞快地收回手，立刻装作没事人一样，红着脸，一副问心无愧的样子。路景越低头看她，嘴角扬起，放开她让她坐下。

“两位这边可以扫码点餐。”服务员指了指桌角上贴的微信二维码。

很快就有服务员上来倒茶水，又有服务员提着炭火上来，将炭火放进烤炉内。

昭棠目光闪烁地看了路景越一眼：“你来点。”

路景越拿出手机，昭棠又想起来扫码点餐都是即时付款的，立刻说：“还是我来吧。”

路景越也没反对，点了下头，放下手机。昭棠用手机扫码登录，菜单很长，除了半成品还有点心饮料。她觉得一样样问有点麻烦，而且他看不到图片就没有点菜的快乐了。

“你扫码看看想吃什么，告诉我。”昭棠说完又补了一句，“我来点。”

说好的她请客，她十分坚持，生怕路景越和她抢着付钱。但显然她的担心太多余了，这个人从来就没有“和女孩子吃饭我一定要付钱，否则你就是看不起我”的心态，毕竟他是在高中时候就能厚颜无耻地说出“你想给我送什么？没钱我借你”的路景越。

闻言，他十分泰然地点了下头：“不用扫码了，我直接看，我说，你点。”

他说着便站起身来，走到昭棠这边。路景越身材高大，站在她身边，带着天然的压迫感，她沉默地往旁边让出一个位子。在她身边坐下后，他又自然地倾身过来。

昭棠感觉心尖麻麻的，不过想到刚才他们抱都抱了，而且她今晚本来就对他“居心不良”，立刻又觉得他这么大方坐过来反而是遂了她的意，她毫无害羞的理由。她低着头点开二维码，路景越随口点了几个菜，又问她想吃什么。

昭棠此刻脑子被美色糊住了，哪儿还看得清楚菜单，胡乱点了几个菜，根本不知道自己点了什么。

路景越看向她：“你不是不爱吃花生吗？”

昭棠这才看清自己将菜单拉到了小吃那里，刚才接连添加的小吃全都是花生做的——花生烙、花生酥、怪味花生。

她现在假装近视没看清还来得及吗？但显然现在立刻删掉也不行，那不就等于承认自己刚才心猿意马，光顾着东想西想都没有看菜单吗？不行，即使她一会儿要表白，她也丢不起这个人！

她一本正经地答：“嗯，但是星座运势上说我今天运气不好，只有吃花生才能转运。”

路景越侧头看着她，浓密的眉毛徐徐往上挑，神情中带着一分吃惊，九分好笑。过了三秒，他轻哂一声：“那你点吧。”

已经点得差不多了，昭棠正要结算下单，屏幕上方忽然接连弹出三条消息。

孙珞宁：“所有人都来了，真的只有你一个人没有来！

孙珞宁：“我帮你向馆长演了‘奄奄一息’……

孙珞宁：“但我觉得你接连得罪她两次，你过试用期可能真的悬。”

昭棠平常社交不多，这么多年也没什么朋友，所以微信并没有特意设置不显示详细内容。此时孙珞宁三条消息发来，都不用点进去，抬眼一扫就看完了。昭棠没有点进去，面不改色地点了结算付款。

路景越没有说什么，自觉地坐回自己的位子。

昭棠想他应该是没看清孙珞宁的消息，毕竟三条消息一条接一条，一会儿就不见了，他就算看到了，不了解详情，也不会知道那是什么意思。她松了一口气，不停乱撞的一颗心总算可以歇会儿。

路景越却忽然开口：“就你一个人没去什么？”

好吧，既然他都看到了，她只好实话实说：“馆长前阵子生病了，我们去探望过，今天她请我们吃饭。”

路景越看着她，没说话，也没问她为什么没去。

没一会儿，服务员送菜上来，将盘子一一摆好。路景越解开袖扣，挽起衣袖，拿了烤夹，将肉放到烤架上。昭棠想起来没有点饮料，问他想喝什么。

路景越看向她：“跟你一样。”

昭棠对上他的眼睛，又莫名心虚地飞快挪开目光。

她喜欢喝很甜的饮料，但是路景越不爱喝甜的，而且他今天开了车，不能给他点酒。想了想，她点了豆浆。很快，服务员就送了一扎豆浆和一小罐糖上来。

昭棠帮他倒了一杯，只加了一点点糖，放到他面前，又给自己倒了一杯。

加糖的时候，路景越忽然想起来什么似的，抬眼问她：“除了这次，你还怎么得罪你们馆长了？”

昭棠加糖的手一抖。她不是很想在这种时候说这么丢脸的事，但路景越问完就没说话了，显然没打算主动转移话题。她要是自己转移话题，又显得很生硬。尤其是在今晚这种情境下，更显得对他没什么诚意。

昭棠只好含糊地说道：“刚进博物馆的时候，有一次迎面碰上，我没认出她。”

“为这事儿就得罪了她啊？”路景越笑了一声，“那你们馆长可够小气的，就这还能做一把手呢？”

昭棠只好说：“我喊她了。”

路景越显然很了解她，瞬间明白过来。

昭棠在他了然的目光里，尴尬地继续说完：“但我把她喊成了副馆长。”

路景越：“……”

昭棠忍不住为自己开脱：“她们长得真的很像，不只是我，其他同事有时候也会认错。”

路景越：“那这种情况下，你可以一概叫馆长。”

昭棠：“我知道。”

路景越看着她，意思很明显：那你还那样叫？

昭棠解释道：“但是那个时候，我以为我已经将她们分得很清楚了。虽然只见过两次，但馆长是长头发，副馆长是短头发，这么明显的特征，我还是很有自信能分清的。”

“那为什么还会喊错？”

昭棠沉默了片刻，艰难地开口：“因为二月二龙抬头那天，馆长去把她的长头发剪成了短头发。”

路景越：“……”

昭棠捂住脸。她不懂，为什么她精心准备的表白最后会变成这个样子，先是遇见了和她聊三胎的老同学，然后被迫向喜欢的人坦白自己曾经做过的蠢事。她要是路景越，她都不想答应和她在一起了。这么想着，昭棠有些一蹶不振，一顿饭吃得没滋没味的。

最后，她的花生烙、花生酥等花生小吃上来，她必然是没有动的。

路景越倒是看热闹不嫌事大，还笑着逗她：“来吧，吃点儿，说不定可以转运。”

千难万难，昭棠总算活着吃完了这顿饭。

路景越的车停在不远处的一个巷子里，两人离开烤肉店，沉默地走过去。此时接近十点，虽然对一部分人来说夜生活才刚刚开始，但对大部分人来说该回家了。巷子里没有了来时的热闹，漆黑的夜里，只有路口一盏不甚明亮的路灯寂静地亮着。

刚才短暂地下过一场雨，此时雨刚停不久，窄窄的路面还反着白亮的水光。走进巷子里，周遭立刻安静下来。外面的车辆和人声，像是被拉到了另一个世界。

昭棠心底涌出一股强烈的冲动，一颗心如小鹿不停地往胸口撞。她垂着头，安静地走在路景越身边，手紧张地握成拳，直到疼痛的感觉从指尖传来，她才像是歇口气一般松了松手。

前面就是路景越的车了，昭棠觉得再不说就没机会了，她一咬牙，喊他的名字：“路景越。”

路景越朝她看来。

昭棠在心里给自己打气，让自己直视他的眼睛，声音却不自觉地放轻：“我昨晚是不是和你说，我有话和你说？”

“嗯。”

昭棠小声提醒他：“我还没说……”

路景越停下脚步，转身直视着她。

他的眼睛黑漆漆的，看不出在想什么，过了一会儿，反问：“还没说吗？”

昭棠不知道他为什么要这么问。正常情况下，她说她有话还没说，他不是应该礼貌地说一句“那你说”吗？不过她没有和他计较，坚定地点点头：“嗯，还没说。”

路景越倏地笑了：“可我怎么都听见了？”

男人的笑声愉悦而低沉，胸口微微起伏，像是一片羽毛拂过昭棠的心尖，酥酥麻麻的。

昭棠哪儿经得起这样撩拨，顿时傻了，呆呆地看着他含笑的眼睛，一时不知道该怎么回应，更不知道该怎么继续往下说。

路景越忽然迈步往前走。

昭棠以为他要上车，下意识跟着走了两步，伸手拉住他："等等，我话还没说完。"

她柔软的手心热热的，抓住他的手的时候，还轻轻颤抖着。路景越的心顿时软得似乎要化成水。

够了，他想。昏暗的路灯，下过雨的巷子，影影绰绰的光线，只有他们两个人。她仰头看他，一张小脸比雨水冲刷过的花瓣还要动人，长长的睫毛轻轻颤动着。

路景越直直地看着她，眼底漆黑，喉结无声滚了滚，他开口说道："不用你说，我……"

昭棠酝酿了一天一夜的表白，还没来得及开口，就被他这么拒绝了，顿时像是被打了一闷棍。她眼眶发酸，又很不甘心，一股冲动涌上心头，脱口而出："如果我试用期过不了，你能不能补偿我？"

路景越愣住了，他不知道话题怎么忽然就跳到了这里。

昭棠看着他的眼睛提醒他："虽然第一次得罪馆长全是我自己的错，但今天会得罪她，是因为她请客我没去，而我没去的原因是我来赴你的约了……所以如果我过不了试用期，你是不是也有一半的责任？"

路景越忍不住笑了，反问："那你想我怎么补偿你？"

昭棠用力捏了捏手心，却忘了自己正抓着他的手，顿时她这个动作就像主动握紧了他的手，两人肌肤相贴，说不出地暧昧。

不过现在箭已经搭在弦上，顾不得这些细枝末节了，她硬着头皮，装出一副理直气壮的样子，看着他的眼睛说道："和我在一起。"

路景越的眼睛瞬间变得幽深，仿佛所有声音消失了，空气似乎也停止了流动，只有两个人的巷子里，格外地安静，那些混杂着细雨、花香的空气无声涌来，像暗潮涌动，却在她话音落下的瞬间，倏地停了下来，一动不动。

“如果我试用期过不了，你能不能补偿我？

“和我在一起。”

他直勾勾地盯着她，没有说话，时间一秒秒过去，不知道过了多久，他仿佛终于找回自己的声音，嗓音喑哑中带着一丝干涩：“你问这话的时候，有没有想过，如果你试用期过了该怎么办？”

昭棠的心紧张地跳动着，她也不知道时间过了多久，只是期待地看着他的眼睛。终于听到他的回应，即使没有答应，她仍旧觉得松了一口气。

她轻轻点头：“想过。”

路景越哑声问：“怎么办？”

昭棠眨了下眼：“如果我试用期过了，你能不能奖励我……”她定定地看着他的眼睛，“和我在一起？”

如果我试用期过不了，你能不能补偿我，和我在一起？如果我试用期过了，你能不能奖励我，和我在一起？

不管怎么样，我就是想要你和我在一起。

昭棠仰着脸看他，眼睛睁得大大的，黑白分明的眼珠比水洗过还要亮，手紧张地攥着，连呼吸都小心翼翼。

寂静的雨后巷子里，偶尔有一阵风吹来，微微拂起她的长发，将她身上甜甜的带着奶香的气息吹到他的鼻间。

路景越安静地看着她，没有说话。

昭棠紧张得手脚发软，脑子却还坚强地思索着自己刚才的话有没有什么漏洞。

不对！他补偿她说得过去了，那，奖励她呢？他为什么要奖励她？她表白成功了，她是他女朋友了，他是她男朋友了，才有理由奖励她。现在不是还没表白成功吗？他还不是她的谁，那他为什么要奖励她？

陡然发现自己的逻辑漏洞，昭棠的心里立刻有点慌。不过她很快又想到了对策。

如果他问："我为什么要奖励你？"

她可以说："因为我刚刚请你吃饭了，你欠我一个人情。"

对，很好，就这样！昭棠再次为自己无懈可击的逻辑折服。然而她想了这么多，最终，她严密的逻辑却没有派上任何用场。

路景越幽暗的目光在她的唇上停留，而后缓缓往上，看着她的眼睛："这也是你从小说里学到的？"

昭棠不知道他为什么既没有答应也没有攻击她的逻辑漏洞，却忽然这么问，以为他是嫌弃她没有诚意，连忙说："不是，不是我从别人那里学到的……是我想了好久，这是我自己想要对你说的话。"

路景越深深地看着她，感觉喉咙发紧，空气都仿佛燥热起来。他倏地笑了，嘴角上扬，问道："那想要做的事呢？"

昭棠傻眼了："啊？"

她不知道为什么路景越的反应一再超出她的意料，频频让她措手不及。表个白，他的反应不该是要么答应，要么拒绝吗？为什么一直在说别的话？

路景越看起来耐心不错，解释道："就只有想对我说的话，没有想要对我做的事？"

他的声音低低的，含着几分慵懒的笑意，像羽毛轻轻拂过心尖，让人感到一阵酥麻。昭棠的目光鬼使神差地落在他的唇上，又飞快地挪开，想了想，大着胆子小声说："有。"

路景越看着她，没说话，眼睛很黑很亮。

昭棠缺少这方面的经验，不知道他这个眼神是在暗示她"那就来吧"，还是"展开说说"。她犹豫了足足半分钟，最后觉得自己还是应该克制一下。

于是，昭棠轻轻咬了下唇，慢慢说道："但这件事……我是从小说里学到的。"

“哪件事？”

昭棠只觉得身子一阵酥麻，反应过来时，人已经像被妖精蛊惑一般，鬼使神差朝他走近一步。他们之间原本还勉勉强强算是在安全的社交距离以内，她忽然走近一步，两个人的身体瞬间贴到一起。

路景越却一动不动，任由两人的衣角贴着，一双眼睛暗得像深潭。

昭棠被他看得身子发软，不过已经到这一步了，她也无法退缩。她看着他的眼睛，声音突然变得很小很小：“那，我给你演示一下？”

四目相对，路景越轻轻点头：“好。”

他的回应极大地鼓励了她，一颗心扑通、扑通地往胸口撞，她义无反顾地抬起一只手，慢慢地，从他的肩上擦过。

路景越站在车前，只要他稍微往后退一步，她的手就能越过他的肩膀，碰到车身，然后成功将他困在自己和车之间。

这是她想象里的画面，可是实际操作却出了一点问题。

他太高大了，本来她要把他困在车和自己的身体之间就很勉强，偏偏这个人还一动不动。即使她的身体都已经贴上他了，他也纹丝不动地站在原地。他不动，这个动作的效果大打折扣不说，还莫名显得暧昧。

“壁咚”变成了“投怀送抱”，昭棠骑虎难下，只得一咬牙，用力推他的身体。

结果他还是一动不动，只管低头盯着她，随着她多靠近一分，两人的唇就离得更近一分。

昭棠本来就紧张，一颗心跳得飞快，结果他还不配合。她觉得好尴尬，忍不住睨了他一眼：“你稍微配合一下，后退一步啊。”

“我为什么要后退？”路景越低声问。

两个人已经很近很近了，他这话说出来，气息拂过她的耳根，像是贴着她耳边说出来似的。

昭棠一下子就腿软了，呼吸都仿佛被他夺走了。

这个瞬间，她忽然很有自知之明，这个动作对她而言太难了，而且少了路景越的配合，根本不可能完成。

她红着脸，嘟囔了一句：“不做这个也行……”说着就要将手收回，腰上却倏然一紧。

男人霸道的力量袭来，她的身子被按进了一个结实滚烫的怀抱。下一秒，两个人的位置对调，昭棠被路景越压在了身下。

后背贴着冰凉的车，身前是男人炙热的身体。一条手臂从她的脸侧探过，压在车窗上，另一条手臂有力地箍着她的腰，将她往他的身体按。而她刚刚探过他脸颊的那条手臂没来得及收回来，此刻正软绵绵地搭在他的肩上。

巷口有路人正好经过，不小心往他们这边看了一眼，又马上加快速度离开了。

路景越漆黑的眸子攫住她的目光，声音低沉：“你说的，是这样吗？”他的气息有意无意拂过她的脸颊、嘴唇。

昭棠浑身止不住地发软，不知所措地看着他，只觉得在这安静的巷子里，自己的心跳震耳欲聋般响亮。

昭棠慌乱地咽了咽口水，过了两秒，又干巴巴地答：“应……”

应该是。

然而，她的话没来得及说完，路景越就俯下身，柔软的嘴唇带着滚烫的气息贴了过来。两人的嘴唇挨到一块的一刹那，昭棠脑子里“嗡”的一声，睁大眼睛。

路景越闭着眼，鸦青的睫毛轻轻覆下，看不清眼睛里的情绪。他的唇软软的、湿漉漉的，吮吻她的下唇，然后是上唇。动作温柔，可是仍旧不可避免地带着侵略性。

昭棠觉得唇麻麻的，脑子里一片空白，心像是快要跳出来了，身子却不住地发软，想要往下跌，最终在他有力的手臂里一动不动，保持着这种欲拒还迎的姿势。

呼吸急促，昭棠迷迷糊糊地看向路景越的身后。

有些斑驳的墙面，墙头探出头来的凌霄花，路灯远远照过来的昏沉的光线……她的视线渐渐模糊。

昭棠轻轻闭上眼睛，抬起另一条手臂，紧紧抱住他的脖子。

再松开，已经是不知道多久以后的事了。他的唇稍稍离开了她的唇，仍旧保持着一只手抱她，一只手撑在车窗上的动作，鼻尖几乎要碰到她的鼻尖。滚烫的气息仍旧有些急促、粗重，喷洒在她的脸颊、嘴唇。

昭棠的脸红扑扑的，心跳得像是快要炸开，一双黑白分明的鹿眼和被水洗过没什么两样。她没敢看他的眼睛，盯着他唇上的水光，脸红得不行。过了一会儿，又觉得刚才的事还没有做完。

她小声地向他确认："那你……答应我了吗？"

"答应什么？"路景越这会儿还没缓过来，嗓子有点干，语气却温柔得像能掐出水来。

昭棠对上他少见的温柔的目光，又郑重地问了一遍："如果我试用期没过，你就补偿我，和我在一起；如果我试用期过了，你就奖励我，和我在一起。"

路景越倏地笑了，他的眼睛很亮，看起来很开心，仿佛一个跋山涉水的旅人，在千辛万苦走到终点那一刻，疲惫中带着苦尽甘来的愉悦。

他就这么笑了一会儿，忽地紧紧将她抱进自己怀里。一只手揽过她的腰，一只手环过她的背，头放松地埋在她的脖子里。

"昭棠，我有没有告诉过你……我喜欢你，永远不需要条件。"

不需要如果。

路景越微微侧头，在她耳边轻声道："甚至不需要你也喜欢我。"

第十三章 顺路

我喜欢你，永远不需要条件，甚至不需要你也喜欢我。

这句话让昭棠的眼眶发酸，眼角一下子就湿了。她紧紧抱着他的脖子，闭上眼，仿佛再一次看到那个只身从南方追到北方的少年，在漫天大雪中，身上只穿着一件单薄的棉外套，清瘦寂寞地出现在她面前。

他的脸被寒风刮得惨白，眼圈却通红：“昭棠，你想要什么？你想要什么你告诉我，我都可以给你。哪怕你要天上的星星月亮，我也可以为你去做宇航员登上太空。”

路景越不该是这样的，不该卑微至尘埃里。他离开前决绝地说，他会彻底放弃她。她想，这样也好。路景越应该永远骄傲、有锋芒。谁也不能改变他，她更加不能。可以的话，她只想为他摇旗呐喊。

可是现在他说，他喜欢她，永远不需要条件，甚至不需要她也喜欢他……是她让他变得卑微了吗？这个想法让昭棠心酸不已，眼角轻轻落下一颗泪来。一个疯狂的念头冒出来，她想从这一刻开始，每天都多喜欢他一点。在一段感情里，付出情感更多的那个人会变得卑微，相对的，被爱的那个人，就有了更多的骄傲和自由。

她心甘情愿成全他的骄傲和自由，她在他怀中蹭了蹭，将眼角的泪蹭去。再抬头，四目相对，空气都仿佛变得缱绻。

昭棠轻声问：“我有没有告诉过你，我为什么回来？”

路景越似乎想到什么，笑了：“说过啊，因为好不容易考上编制。怎么，这个时候也不忘再吹一遍牛？”

昭棠觉得这个人真的很奇怪，明明有的时候浪漫极了，可是有的时候又像是一点都不懂浪漫。她刚刚那样问，明显就是想告诉他，她是为了他回来的啊。他怎么都听不懂？还要拿她以前说过的话逗她……也不怕她一怒之下就不说了！但是昭棠自诩大度，并没有和他计较。

她轻轻点了下头：“是真的难考。”她看着他的眼睛，“我从前年下半年还在写毕业论文的时候就开始报考岁宜博物馆了，没有考上，去年上半年又考，下半年也考……考了三次才考上，可是我从来没有想过换一个地方，我一直只想回岁宜。”

路景越漆黑的双眸直直地看着她，没说话。

昭棠无声地和他对视，过了几秒，忽然轻轻踮起脚，主动亲了亲他的左脸：“路景越，我喜欢你，我一直都喜欢你……”她又亲他的右脸，呢喃，“我是为了你才回来的。”

她轻轻退开他的怀抱，想看到他眼里的愉快和骄傲。可是还没来得及看清，眼前阴影落下，滚烫的气息袭来，她又一次被路景越按在了车身上。

她不知道他是怎么想的，也许是刚才已经亲过一次，这一次虽然时间只隔了几分钟，但比上一次更加放肆深入。

两人的呼吸急促粗重，昭棠浑身颤抖得不行，眼睛闭得更紧，完全不敢睁开眼睛看他，双臂无力地搂着他的脖子。最后，他激烈的吻渐渐归于克制，只用柔软的嘴唇一下下蹭她的唇瓣，又慢慢地离开。

昭棠的睫毛轻轻颤了颤，红着脸睁开眼，对上一双黝黑的眼睛，近在咫尺。他的呼吸仍旧急促，落在她的耳边，在这暗沉沉的夜里，说不出地性感。

四目相对，过了一会儿，路景越似乎要说什么，但还没来得及开口，巷口忽然传来说话的声音。清晰的交谈声，伴随着脚步声，很明显，在朝他们走近。

有人来了。昭棠打了一个激灵，终于想起来——这是在外面！她略显慌乱地松开他，路景越却没动，还是她瞪了他一眼，他才缓缓松手。

她心虚地用手简单打理了下微乱的长发，又像是无意识一般，手指似乎想碰一碰嘴唇，却在刚刚抬起手的时候飞快地收了回去……他没忍住，没管越来越近的路人，又没皮没脸地俯下身，在她唇上亲了一口。

昭棠瞪大眼睛，看着他坏笑，臊得不行，恨不得抬脚踩他。他这次倒是没有缠绵，一吻即离，又很快放开了她。

昭棠气得眼睛水汪汪的。

他低笑一声，替她拉开副驾驶的车门，在她耳边理直气壮地反问："我亲我女朋友，不行吗？"

昭棠觉得这个人有点无耻，但回味着"女朋友"三个字，心里又没出息地泛起一阵甜蜜。那三个字从他嘴里说出来，低沉里带着几分慵懒，拖着音调，又像是在像炫耀。

炫耀……

车子开出巷口，重新驶回主路，昭棠嘴角的笑还没消失。

路景越开着车，却像是旁边长了眼睛似的："笑什么？"

昭棠侧头看他，想到来的时候她忐忑得都不敢跟他说话，不过吃了一顿饭，现在这个好看的男人就已经是她的男朋友了。

她盯着他英俊的侧颜，诚实地说："因为我表白成功了，得偿所愿使我快乐。"

路景越没说话，但昭棠清楚地看到，他的嘴角也悄悄往上扬了扬。

她忍不住又笑了，转头掩饰般地看向窗外，又听路景越问："有没有人跟你说过，女孩子不要主动表白？"

昭棠不知道怎么他都答应她了还忽然问这个，不过还是点了下头：

“很多人说过。”

“很多人？”

“对，同事、同学且不说了，连网上的情感博主都一直在说，女孩子不要主动表白。”昭棠没说，就在她表白的头一天还被同事真情实感地劝阻了好久呢。

“那为什么还要说？”

为什么啊……其实她也不知道为什么，就是有一股很强烈的冲动，想要告诉他，她喜欢他。但具体为什么，她就没有想过了。她就只是顺着自己的心意而已。此时路景越这么问，她才忍不住认真思索起来。她一时没有回答，路景越也没再说话，安静地开着车。此时快十一点了，路上没几辆车，奔驰G63迎着风开得十分自在。

昭棠想了好一会儿，最后猜测道：“我觉得，表白这件事跟性别无关，谁更喜欢对方，谁就可以表白。即使失败了，也算是为自己心里的那份喜欢尽了力。”

“即使失败了，也算是为自己心里的那份喜欢尽了力。”路景越意味不明地重复着她的话。

昭棠以为他是在反问，点点头：“对。”

路景越沉默片刻，忽然转头看了她一眼：“那你怎么知道，我们之间是你更喜欢我呢？”他问完就转过头去，看着前方的路，认真地开车。

这倒是把昭棠问住了，她看着他英俊的侧颜，回味着他刚才那句话，一时没明白他那句话的意思是想告诉她，他喜欢她比较多，还是他只是想让她证明一下她有多喜欢他。

表白成功的昭棠对这个刚刚到手的男朋友格外小心翼翼，她思索了一下，觉得反正自己已经表白了，再证明一下自己现在喜欢他比他喜欢她更多好像没什么大不了。

想了想，她试探道：“不如反向推理一下？”

“嗯？”

昭棠解释道：“就是刚刚那句话啊，谁更喜欢对方，谁就先表白。反过来说，我先表白了，那就说明我更喜欢你。”

路景越一时竟无法反驳她！

前方绿灯转红，路景越将车停在斑马线后，转过头：“那你怎么知道，我慢，不是因为……”

他说到一半就停下了，昭棠不解地眨了下眼睛：“什么？”

路景越直直看着她的眼睛，说：“我让着你。”

这也要争吗？他把她问住了！

绿灯亮起，路景越重新发动车子，直行。

昭棠注意到前面不远就是摩卡小镇北门了，“咦”了一声，困惑地问：“不开去地下车库吗？”

“车上有东西，不方便开去车库。”

昭棠更加困惑了。车上有东西，不是更应该开去车库搬上电梯吗？而且……

“不知道守门的保安会不会让我们开进小区里面。”昭棠颇为担心地说。

路景越没有说什么，将车开到大门前停下。保安从保安亭内出来，路景越降下驾驶座车窗。保安是个年轻小伙子，看到路景越，脸上冷漠的表情立刻一扫而空，笑嘻嘻地喊了一声：“路先生，是您啊！”

路景越客气地点了下头：“方便让我从地面进一下吗？”

保安连连点头：“方便！方便！您稍等！”说着连忙回到保安亭。

升降杆抬上去，路景越畅通无阻地将车开进，很快就到了两人所住的楼下。车子停稳后，路景越摁了一下后备厢的开关。

“下来吧，看看我是怎么让着你的。”

昭棠一脸茫然，跟着路景越解开安全带。刚下车，就注意到从后备厢里发出漂亮柔和的灯光，不算很亮，在这黑夜里却很惹眼。昭棠像是瞬间想到了什么，惊讶地看向路景越。

男人站在车后，肩背挺拔，冷硬的脸部线条柔和下去，眼里含笑，静静地看着她。一阵晚风吹来，她闻到了浅淡的花香。

她的猜测像是瞬间被这一阵风证实，快步朝他走去。

后备厢里堆满了花，玫瑰、芍药、牡丹、百合、鸢尾、风信子、郁金香、向日葵、栀子花……一簇簇堆满了宽大的车厢。他仿佛将一个百花齐放的小小花园搬到了自己的车里，花上还挂着灯串，一颗颗小小的灯泡缀在一起，安静地散发着浅黄色的光，像黑幕上的星星。

这不就是她早上想要送给他的表白礼物吗？

昭棠惊讶地看向路景越："你什么时候买的？"

路景越眼睛里闪着浅黄色的光，看起来分外温柔，语气却傲娇："具体没看时间，不过肯定在你表白之前。"

昭棠受宠若惊，一时满心欢喜，一时又不敢相信……怎么会呢？

她明明惹他生气了，他怎么还会想主动向她表白？

她在原地纠结了一会儿，手握起拳紧了松，松了紧，最后还是先小声地确认："都是送给我的吗？"

路景越被她气笑了，语气很欠揍："不是，我买来送给自己的。"

昭棠刹那间明白了一开始她想向他表白，他打断她时那一句"不用你说"是什么意思了。原来他真的……不用她说，他早已将一切准备好。他那一刻走开应该就是想要把花送给她的，结果她太紧张了，以为他是拒绝她，抓住他的手就脱口而出了。

昭棠忍不住轻轻笑了出来。

路景越吊儿郎当地问："怎么，后悔了？"

昭棠对上他的视线，认真地摇头，说道："没有，我没有后悔。"

她走到他面前，踮起脚，轻轻吻上他的嘴角："路景越，谢谢你让着我。"

不只是让着我，让我先表白。还有，让着我……自重逢以来，一次都没有和我计较过，我从前对你的伤害。

夜色缱绻，楼下一个人也没有，只有后备厢里的小灯串，安静地发出暖黄色的光。路景越抱住她，俯下身亲昵地蹭过来，用嘴唇碰了碰她的鼻尖："那……再亲会儿？"

昭棠微微侧头躲开他的唇，小声提醒："别，有监控。"

小区的监控一直到入户门，三百六十度无死角，可不像那条寂静的巷子了。虽然她怀疑那条巷子应该也是有监控的，不过亲都亲了，她也不后悔。路景越见她红着耳根躲自己，低低地笑了一声，但还是放开了她，没再逗她。

最后，路景越又将车开出了小区，进入地下车库，把车停在电梯门口，让昭棠在里面等着，他将车上的花搬到电梯里。

昭棠看着他来回跑了好几趟，实在不理解他为什么要这么麻烦："刚才就可以直接开到这里啊，为什么要去一趟地面？"

路景越将最后一篮红玫瑰提进来，放到她手上，抬起眼皮看她："然后呢？让你以后吵架的时候有理由攻击我，连表个白都找车库这么没诚意的地方，到处是钢筋混凝土混着车油的味道？"

她要夸他一句想得真远吗？不过转念一想，刚才确实很美好。路灯，清风，浅浅的花香，还有，令人心旌摇摇的男朋友，确实比在车库好。

车库里到处都是车，常年不透风，像他说的，呼吸间都是尘埃混着汽油的味道。

电梯缓缓上升，她没有说什么，悄悄抿着唇笑。过了一会儿，她又嘟囔了一句："我才不会跟你吵架呢。"

路景越看着她，笑了："这么肯定以后会让着我啊？"

昭棠眨了眨眼，反问："不是你让着我吗？你刚刚自己说的，你让着我。那就是以后都不会找我吵架的意思吧？"

路景越："……"

昭棠又道："你不来找我吵架，我肯定不会跟你吵架。"

很好，不愧是他喜欢的昭棠，逻辑无懈可击！

说话间，电梯到达楼层，路景越催她出去：“去开门。”

昭棠低着头飞快地跑出去，将门打开后又回到电梯口，帮他按着电梯门，让他将花搬进她家。跑了好几趟才搬完，她最后帮着他拿了一篮子向日葵走出电梯。

她走在前面，将花暂时放到玄关的柜子上，他将自己手里的花递给她，人却站在门外没再进去。昭棠不解地看着他，想问一句“你不进来吗”，又觉得这话问出来不太对。现在已是深夜，她好像不能对一个成熟的男人发出这样的邀请，即使是男朋友也不行。

路景越看了眼她身后，主动开口：“我就不进去了，进去怕今晚就再也出不来。”

他说不进去，却又站在原地没动。高大的身子挡住了身后走廊里的光，垂着眼，安静地看着她。

四目相对，昭棠明白过来，脸立刻红了。

想到刚才在楼下拒绝了他的亲吻，她这次支支吾吾地主动问：“那……要再亲一下吗？”

他眼珠子都快长在她的唇上了，却道貌岸然地拒绝：“不亲了，再亲今晚就走不了了。”

昭棠心想，那你走吧。

结果那个说不亲的人却忽然将她拉进怀里，俯下身，一个温热的吻落在她的眉心，停留了好几秒，才重新放开她。

“晚安。”

这晚睡不着简直是天经地义，昭棠躺在床上都过一点了，明明昨晚才熬了一个通宵看小说，现在却一点睡意都没有，整个人精神抖擞。闭上眼，这晚的画面就一帧帧像电影似的不停回放，看得她心跳加速。

她不停地深呼吸，告诫自己虽然表白成功了，但还是应该矜持一点，不能太兴奋了。结果刚告诫完，一想到路景越现在是她男朋友了，立刻开心得抱着被子在床上直打滚。就这么在床上翻腾了一两个小时了无睡意，最后她放弃了，拿起手机玩。

好在明天是周六，不用上班。可是好像没有什么心情玩手机，就机械地点开一个APP，没什么新鲜的，又退出，又点开一个新的，也没什么新鲜的，又退出改浏览网页，突然看到收藏夹里熟悉的甲骨文论坛。

她设置了自动登录，因此每次点进去都是登录状态，右上角的用户名旁边，小小的信封上飘着个红色数字1——有人给她发消息。点进去，果然是伴眠，竟然是一个小时前发的。

伴眠：“睡了吗？”

昭棠不知道伴眠为什么这么晚给她发消息，以为发生了什么事，紧张地回复：“没呢，怎么了？”

伴眠竟然还在，很快回复：“没什么，早点睡，别熬夜。”

姐姐，明明是你自己主动找我的啊！有一刹那，昭棠觉得今晚的伴眠跟某些时候的路景越一样讨厌。

想了想，她颇为炫耀地回复：“好，你早点睡吧，我还得再快乐一会儿呢。”

昭棠已经很多年没有开心到想和人分享了，她这么说，多多少少有点期待伴眠问她什么事这么快乐，到那时，她就可以和她说，今晚她向喜欢的人表白了，那个人也喜欢她，他们顺利地在一起了，还很动情地亲了对方。万万没料到，一向贴心的伴眠这次竟然像是完全领会不到似的，也没有如从前一样陪她说话。

伴眠：“还是睡吧，这才只是开始，以后多得是让你更快乐的事。”

昭棠一时间被这个人堵得说不出话来。关键是，她还无法反驳。可不是吗？表白、接吻，后面还会一直在一起，吃饭、逛街……还有……

昭棠捂住脸，她是不是想得有点儿远？可是想到这里，就很难不让人想起路景越那诱人的八块腹肌和性感的人鱼线啊！这一瞬间，她好像有点明白路景越为什么坚持不进门了。

昭棠忍不住又抱着被子滚了两圈，才一本正经地回复伴眠："借你吉言哦！"

伴眠："不客气。"

就这么心神荡漾了大半个晚上，昭棠到快天亮才迷迷糊糊睡去，醒来的时候已经是下午了。她拿起手机看了眼时间，四点多了。

中午的时候，路景越给她发了条消息。

路景越："醒了吗？"

时间是十二点半。

昭棠连忙回复他："现在醒了！"

屏幕上很自然地显示着两人发送消息的时间，中间隔了快四个小时。昭棠感到有点惭愧。

路景越很快就回复："饿吗？"

可能睡太久已经感觉不到饿了，昭棠："不饿。"

路景越："那晚上跟我一起出去？"

昭棠："去哪里？"

路景越没有回复，没一会儿，一条视频通话邀请发了过来。昭棠想到自己刚刚醒来披头散发的样子……毫不犹豫点了拒绝，又立刻拨了语音通话过去。

"嗯？"电话一接通，路景越微微拖着音调，声音像是带着钩子一样，有意无意地勾引她。

昭棠没解释，含糊地转移话题："晚上还要出去吗？"

她有点懒，觉得昨晚已经出去过了，今晚是不是可以就在家，两个人待一会儿。

刚刚换了身份的路景越十分好说话："你要是不想出去也行，那晚上我来做饭？"

一起做饭……昭棠有点心动，不过还是体贴地问他："你想出去吗？"

“不是很想出去。”路景越笑了一声，“但今天有人给我打了一天的电话。”

昭棠问：“朋友吗？”

“嗯。”

“那你怎么回复他们的？”

“没回复。”

“啊？”

路景越：“我说，我女朋友还在睡觉，我做不了主，等她醒来再问问她。”

大哥，你这么说……别人真的不会误会吗！什么情况下女朋友能睡一整天啊！

路景越又问她意见：“那我回绝他们了？”

昭棠咬咬牙，说道：“那你还是去吧。”不然误会更深！

“你陪我去。”路景越压低声音，带了几分缱绻的意味，“我现在只想见你。”

昭棠本来还有点生他的气，被他这么隔着手机“撩”了一下，顿时就没什么脾气了。她抿了抿唇，问：“去做什么？”

“打牌。”

昭棠为难：“可我不会打牌啊。”

路景越被她这个回应给气笑了，拖着嗓音，吊儿郎当地说：“对，我约你出去就指着你帮我赢钱呢。”

还指着她赢钱……这么别扭吗？

昭棠抿着唇笑，故意逗他：“你怎么都不等我把话说完？”

“行，你说完。”

“我不会打牌，但我会陪男朋友啊。”

电话那边安静下来，路景越没说话，昭棠很得意，从来都是他让她哑口无言，难得能逗路景越一次，她忽然觉得，女朋友这个角色还挺合适她的。

她问："我们什么时候出门？"

路景越沉默半晌："你想怎么陪我？"

昭棠："……"

最后，两人还是吃了饭才出去。昭棠起床刚收拾好自己，就听见门铃声响了。她打开门，就见路景越站在门口，手里拿着保鲜盒。不知道他在哪里点的粥，用豆浆熬的米粥，里面加了百合，喝下去，香香糯糯的，温甜的口感从嘴巴一路滑到胸口。

昭棠本来不太饿，但是被他的粥这么一诱惑倒真有些饿了，一连喝了不少，又问他："在哪家点的？还挺好喝。"

路景越坐在她身边看着她喝，不满地道："就只是'挺好'？"

昭棠一看他这骄傲的神情，顿时福至心灵，试探问道："你做的？"

路景越更傲娇了："不信？"

昭棠哪儿敢？她用力摇头，又觉得不可思议。很难想象，七年过去了她还是那个普普通通的昭棠，而路景越已经练就一身的本领了。

她老实说道："你这么宜室宜家，我压力有点大。"

路景越瞧着她，似笑非笑："那你自己想办法克服一下。"

昭棠："……"

"主要是，"路景越轻轻敲了下桌面，"不'宜室宜家'一点，我怕被某人取消订单。"

某人是谁？不会是她吧？

"还取消订单……"她睨了他一眼，嘟囔着，"你这话说得让人误会，不知道的还以为我花钱把你……把你……怎么着了呢。"

"难道你没有？"路景越意味深长地反问。

昭棠震惊了："我什么时候有了？"

路景越咬着牙提醒她："昨天早上，在小区门口，是谁给了我一张卡？”

昭棠觉得冤屈：“那个是鹿溪饭店的会员卡啊。”

“里面没钱？”

“那倒是有。”

他没说话了，只看着她，眼里的意思不言而喻——那你就是花钱把我怎么着了。

行吧，你开心就好。她也不跟他争了，又喝了口粥，想了想，又忍不住悄悄看了他一眼，嘀咕：“一万块钱就能买下你了，那你还挺便宜。”

路景越轻勾了下唇：“有件事你可能不知道。”

“什么事？”

路景越吊儿郎当地瞧着她：“我不止便宜，我还能倒贴。”

终究是她输了。

等昭棠喝完粥，路景越带她出门。开车一路往南，到江边别墅的时候，天已经完全黑了。车在院子里停下，昭棠从车里看出去，别墅内灯火明亮，在这漆黑的夜里仍旧可以看出设计感极强。前院里，玫瑰开得正好，火红的颜色在影影绰绰的光线里，有种别样的风情。

昭棠问路景越：“这就是你朋友家吗？我们这么空着手过来会不会不太好，要不去买点水果？”

路景越解开安全带，漫不经心地笑了一声：“没事，我这不是给他送钱来了吗？”

“送钱？”

“嗯，情场得意，赌场失意。”说着他忽然倾身过来。

高大的身子挡住了她的视线，也挡住了外面的光线。刹那间，幽暗的车厢里，两人四目相对，他的鼻尖几乎碰到她的。昭棠的心怦怦一跳，条件反射地就想后退，一退才发现身后是座椅。她顿时有些心慌，脸热热的。她心里胡乱想着，要在这里亲吗？在人家家门口，会不会不太好？可是他都凑过来了，碰一下他的嘴唇好像也没什么？

路景越盯着她，看她目光闪躲，忽然轻哂一声。下一秒，他低下头，“吧嗒”一声，她的安全带被解开了。

“下车吧，我迫不及待要给他们送钱了。”

这个人真的——然而她还没来得及“吐槽”他，低头帮她解安全带的男人再抬起头时，嘴唇有意无意轻轻擦过她的嘴巴。

这个人真的太讨厌了！

别墅内，人基本到齐。昭棠由路景越牵着，推门而入。

坐在沙发上看综艺的孟逐溪听见声音，扭头甜甜地喊了一声：“越哥，棠棠！”

路景越问道：“其他人呢？”

孟逐溪热情地迎到两人面前，指了指楼上：“在二楼打麻将呢。”

她看了眼两人交握的手，嘿嘿直笑，冲昭棠眨了眨眼：“嘿，你还是让他得手啦？”

昭棠脸有点红。虽然知道他今晚就是要把她介绍给亲戚朋友的，但这么直白地问出来……不过都已经在一起了，好像也没必要害羞。

昭棠大方地摇头：“没有。”

路景越挑眉看向她，昭棠眨了下眼睛，一脸认真地对孟逐溪说：“是他让我得手了。”

这是孟逐溪万万没想到的，愣了几秒，服气地朝昭棠竖起大拇指：“漂亮！”

她转头看向路景越，语重心长地说道：“越哥，好好伺候啊。”

路景越扫了她一眼，孟逐溪从小自个儿亲哥都不怕，就怕路景越，可不敢在太岁头上撒野。她调皮了一下，被路景越这么一瞪，立马吓得跳开往楼上跑：“我去喊他们下来吃饭！”

孟逐溪一溜烟儿跑远了，路景越看向昭棠，咬着牙反问：“我让你得手了？”

昭棠想是自己先表白的，说他让她得手没毛病。而且让他的朋友们知道是她先追的他，他不也挺有面子的吗？

她理直气壮地点了下头，想了想，又说了一句："谢谢你让我得手。"

路景越笑："不用谢，我自愿的。"

孟逐溪很快将打牌的三个男人喊了下来。

走在孟逐溪身边的男人留着寸头，五官硬朗，昭棠根据她模糊的印象和"寸头"这个重点特征，勉强认出是孟逐溪的男朋友，周淮琛。

他们身后是两个差不多高的男人，同样的俊朗挺拔，只是一个五官更精致，眼睛和孟逐溪极像，都是桃花眼，看起来温柔多情。一个肤色稍深，眼角微微下垂，反倒有股不拘小节的气质。

四人上前，目光不约而同落在昭棠身上。路景越指着他们给她介绍："周淮琛，你见过；骆珩，骆师傅；这人，孟言溪。"

骆珩："……"

孟言溪：他就只配"这人"两个字？

昭棠向三人一一打招呼，目光落在骆珩身上，总有种熟悉的感觉。直到骆珩嘿嘿笑着喊她"学妹"，她才猛地想起，骆珩是路景越的高中同班同学。那个时候，他们就常一起打球。最开始昭棠去篮球场等路景越回家，这个叫骆珩的男孩还会百无禁忌地笑话她。她那个时候胆子多小啊，转身就跑回家了。后来好一段时间她在学校看到路景越就绕道走，装作不认识他，路景越给她带吃的她也不要。

路景越就给她发短信："我给你点个外卖吧？"

昭棠想，点外卖好啊，不用见面，多安全！

她立刻同意："可以。"

路景越："那就点熊心怎么样？"

昭棠那时候傻傻的，还问他："熊是国家保护动物，熊心……可以吃吗？"

路景越：“那就点豹胆。”

熊心豹子胆……她可算明白了，这个人根本就不是真的要给她点外卖，他是在讽刺她胆子小！但昭棠不知道的是，因为她一个月没理他这件事，路景越那段时间把骆珩“坑”得只差跪地求饶了。

时隔多年再见昭棠，骆珩恨不得当面告那狗男人的状，不过想想还是算了，给他留点面子。当然主要还是他不敢，怕再被“坑”。

骆珩笑嘻嘻地喊了一声“学妹”，又说：“以后搬家认准‘骆师傅’。”

昭棠没好意思说，在明白路景越的意图以前，她一直觉得“骆师傅”这人不太厚道。凭什么路景越一个人辛苦地搬家，却要和他五五分啊。

当然现在她都懂了，心里甜滋滋的。

阿姨准备好了晚餐，一行人走去餐厅。

昭棠悄悄问路景越：“你那辆货拉拉的车呢？”

她记得那辆车好新，二手卖出去应该能卖个高价。

路景越低头看向她，一点不心虚地说：“在车库呢，下次接单接着用。”

不知道他是要面子还是故意嘴硬，不想让他自我感觉良好，昭棠抿了下唇，说道：“你不是说……”

路景越：“什么？”

昭棠忍不住提醒他：“你已经被平台开除了吗？开除了还能接单？”

路景越被噎住了。

时间已经有些晚了，一群人围着长餐桌吃饭，骆珩直呼肚子饿。

昭棠起床后喝了粥垫肚子，这会儿倒是不饿，只随意动了动筷子，夹自己喜欢的菜吃。抬眼间，几次看到对面的孟言溪。

路景越说，孟言溪是他的表弟，孟逐溪的亲哥。

她确认自己以前没有见过他妈妈那边的亲戚，所以这应该是第一次见，但不知道为什么，她总觉得孟言溪有点眼熟。

平心而论，孟言溪的长相十分出色，如果不算路景越是她喜欢的类型，昭棠觉得，孟言溪的长相和路景越不相伯仲。不过两个人的气质差别很大，路景越外表看起来冷漠疏离，拒人于千里之外的模样。当然前提是，他别说话。他一说话就……算了，好在他不是对每个女孩子都这样。

孟言溪却长得温柔风流，一副花花公子的长相。尤其是那双眼睛，上下眼睑弧度明显，眼角微微下垂，睫毛长长翘翘的，柔美而朦胧。网友管这种眼睛叫"望妻眼"。

就是这双眼睛，昭棠总觉得她之前仿佛在哪里见过。还有他的名字，听起来也很熟悉。但她从小就脸盲，当初也就在路景越一个人身上超常发挥了一下，一眼就记住了，现在嘛，如果强行去回想，总觉得有"帅哥我都眼熟"的嫌疑。

饭后，一行人离开餐桌，准备上牌桌。

她和路景越走在最后，路景越漫不经心地问了一句："孟言溪好看吗？"

路景越看向她，脸上没什么表情，只有微微上挑的眉梢看起来有一点点傲娇："看了好几眼，看出我跟他谁更好看没？"

路师傅你要不要这么别扭啊！不过昭棠自诩大度，没跟他计较，不着痕迹地哄他："其实没看清，不过……应该还是你更好看。"

"不是没看清吗，那怎么知道我更好看？"

昭棠轻轻眨了下眼："逻辑推理啊。你看，你有女朋友，他没有，那应该就是你比较好看吧。"

路景越被她这副样子给逗乐了。

昭棠仰头看着他笑，真觉得自己还挺合适女朋友这个角色的。瞧瞧她，多会哄男朋友开心。

上楼的时候，路景越却忽然说道："有件事，你可能不清楚。"

"什么？"

"孟言溪已经有儿子了。"

昭棠吃惊，孟言溪那副风流长相就是八十岁还单身她都信，没想到竟然年纪轻轻就已经有儿子了。

不过既然如此……她立刻纠正："那……那应该就是他更好看。"

路景越被她给气笑了："你可真现实啊。"

昭棠摊摊手，无奈地说："那没办法，我既然已经用了这个逻辑公式，那就得虔诚地遵守下去，不能反悔。"

其他人早已经上了牌桌，就昭棠和路景越两人还落在后面。

骆珩推了下麻将，激动地在上面喊："你们俩先别谈情说爱了，两情若在久长时，又岂在朝朝暮暮啊！"

路景越只当没听到，转过头，若有所思地看着昭棠："那你就没有想过，让我后来居上？"

嗯，怎么后来居上？昭棠是真没懂他的意思，一直到这几人麻将都打了好几圈了，她坐在沙发里，正看着孟逐溪给她发来的搞笑视频，忽然间福至心灵，手指僵住了。

她猛地抬起头，路景越坐在她的对面，正垂着眼看牌，脸上没有表情，看起来有些冷漠，可就是好看。

昭棠不可思议地睁大了眼睛。那你就没想过，让我后来居上？后来居上的意思该不会是——他也想要个儿子吧？孟逐溪在她旁边说着什么，她没注意听。孟逐溪忍不住顺着她的视线看去——嗯，懂了。

"棠棠，我们过去看他们打牌吧。"孟逐溪十分"体贴"地站起来，主动去拉昭棠。

回过神来的昭棠连忙拒绝："不用不用，我不会打牌，看不懂。"

但她刚才盯着路景越看那么久显然已经足够让孟逐溪对自己的猜测深信不疑，她只当昭棠是不好意思，伸手将昭棠从沙发上拖了起来："没关系，看不懂就不看牌，看男朋友就行了。"

孟逐溪将昭棠按在路景越身边坐下，自己则回到了周淮琛身边。

周淮琛旁边是孟言溪，孟逐溪坐在两人中间，还不停拿眼睛去瞟孟言溪的牌。

孟言溪看了她一眼，没说什么，过了几秒，忽然开口道："孟逐溪你注意点儿你那胳膊。"

孟逐溪低头看了一眼两人之间的距离，隔着好长一段呢。

她不满地咕哝："我胳膊怎么了？我又没碰到你。"

"没碰到我……"孟言溪没看她，打出一张牌，又摸了一张牌，不疾不徐地将话说完，"但再往外拐，就该骨折了。"

桌上的人顿时都笑了。

周淮琛忍着笑，看向孟逐溪，温声细语道："你坐过来，离我近点。"

大冰块主动说让她离他近点，换作平时孟逐溪不知道有多开心，但现在这件事已经与恋爱无关了。孟言溪当众讽刺她这件事——事关尊严！

她故意和孟言溪对着干，搬起凳子往他那边挪了挪。孟言溪挑眉看着她，孟逐溪抬了抬下巴，一副挑衅的模样。

孟言溪也没恼，只是用商量的语气说："我今晚喝酒了，一会儿没法送你去医院，你可能得自己叫个120。"

这人怎么还没完没了了！

"不用你操心。"孟逐溪忍不住翻了个白眼，又死猪不怕开水烫地说，"越哥没喝酒，真骨折了让越哥顺路送我。"

孟言溪听到这话，不知想起什么，笑着摇摇头："那你还是打120吧。"

他看了眼路景越："你越哥的'顺路'是门玄学，你指望他怕是你这条手臂都会保不住。"

此言一出，孟逐溪竟然没再跟孟言溪吵了，笑出声来，牌桌上其他人也都看着路景越，除了昭棠，都是一副似笑非笑的表情，眼神意味深长。路景越仿佛没看到，神色自若地出牌。

昭棠一头雾水，她没想明白，这孟言溪、孟逐溪两兄妹正吵着呢，怎么忽然间火力调转，所有人都看向了路景越？他刚才没做什么啊，除了转头看了她一眼……似乎还笑了笑？

骆珩忍了两秒没忍不住，第一个奚落道："对！你越哥上次'顺路'可是一路从岁宜顺到了临绛去！"

骆珩开了头，所有人立刻跟着一起大笑起来。

满屋子人都在笑，除了路景越和昭棠。

路景越泰然自若，仿佛他们笑话的那个人不是他，摸了张牌，神情自若地理了下，往外一推："和了。"

正在大笑的三人："……"

乐极生悲！猝不及防！

三人心不甘情不愿地付钱，骆珩忍不住敲着桌子，愤愤不平地抗议："怎么回事，怎么回事！说好的情场得意赌场失意呢？你怎么一直在和牌！"

重开一局。

骆珩一面码着牌，一面神秘兮兮地问昭棠："学妹，想不想知道你越哥'顺路'去临绛的事儿？"

昭棠自从刚才听见"临绛"两个字，就一直神思恍惚，怔怔地看着路景越。她以为是因为她先回来了，他们才会遇见，再在一起，她从来都不知道他去过临绛。他去那里做什么？她觉得喉咙有点干，骆珩问完后好一会儿，她才找回自己的声音。

"什么顺路？"她轻声问骆珩。

骆珩越发来劲了，和孟言溪用眼神交流了一会儿，才说道："是元宵节那天晚上吧？"

孟言溪这人惯会火上添油，看了路景越一眼，笑得十分温柔："对，元宵节那天，老爷子喊一大家子人回祖宅吃汤圆。结束以后，我让他捎我一程，结果十字路口等了个红绿灯的工夫，他不知道哪根筋忽然搭错了，快绿灯的时候把我赶下车，说是他还要顺路去个地方。"

"这大晚上的，你要顺路到哪儿去？"孟言溪不可思议地扭头问他。

当时路景越静静地看着前方，一路的车尾灯在漆黑的夜里缀成了一条寂寞的光带。

“机场。”安静了几秒，他又转头看向孟言溪，说道，“你要是顺路也可以一起。”

孟言溪下了车，看着路景越将车开出不远，掉头，头也不回地驶上高架。他当时还以为路景越是忽然想起有谁要过来，去机场接人。第二天才知道，路景越当晚飞去了临绛。

时隔两个多月再说起这件事，孟言溪还忍不住嘲笑他：“我第一次知道，原来有人顺路是从岁宜顺到临绛。”

众人大笑。

昭棠却仿佛听不到他们的声音，她怔怔地看着路景越。今年的元宵节是……是她的生日。

路景越神情倒是一如既往地漫不经心，抬起眼看向自己这一帮朋友，拖着音调，吊儿郎当地说：“啊，谁让地球是圆的呢？”

他们的故事里既已经有了重逢，
就再也不需要错过。
是心跳太野

Wild Heartbeat
他不需要她完美无瑕，
只要她是昭棠，
他就是她的不贰之臣。
Wild Heartbeat

是心跳太野

八月糯米糍 著

（下）

湖南文艺出版社
HUNAN LITERATURE AND ART PUBLISHING HOUSE

目录
Contents

第十四章 恋爱

谁让地球是圆的呢？圆形的地球，可不是往哪儿走都顺路吗？这话乍听挺有道理，细想之下……有点无耻。

几个男人笑骂了几句，这个话题自然地揭过。

昭棠的心情却再也轻松不起来，一直闷闷的，整个人仿佛还陷在路景越的那个“顺路”里出不来。

今晚不知怎么回事，路景越手气好得离谱，一个人“大杀三方”，短时间内就已经赢了一辆车的钱。

这下别说骆珩不满了，连孟言溪这么沉得住气的人都忍不住频频看他：“你今晚这手气怎么回事？有点吓人啊。”

骆珩立刻附和：“就是就是，都说情场得意，赌场失意，这不科学。”

周淮琛笑着说：“说不定是昭棠旺他。”

路景越本来面无表情，听到这话，嘴角扬起，看了身边的昭棠一眼。

昭棠感到无辜："那要不，我坐一边去？"

"不用。"刚好一局结束，路景越将牌一推，"歇会儿吧，回来再换位子。"

今晚输得最惨的'骆师傅'一听这话，立刻举双手同意，第一个站起来往楼下走，边走边嘀咕："我要去外面吸收吸收天地灵气，日月精华。"

孟言溪没动，不知道他是不迷信还是压根儿不在乎输这点儿钱，悠闲地往椅背上一靠，掏出手机，眼皮低垂，不知道在看什么。

这次孟逐溪倒是十分乖，坐在他边上目不斜视，仿佛完全不好奇他的事，转而去拉周淮琛："我们去露台。"

路景越拉着昭棠的手起身："陪我出去透透气。"

晚风吹散了白日的燥热，刮在脸上，带着一丝丝凉意。后花园里没开灯，只有别墅的光亮透出来，影影绰绰照着花园里的蔷薇和秋千。

昭棠抬头看着路景越微微绷紧的下颌，不解地问："怎么赢了钱也不见你开心？"

路景越轻轻摩挲着她的手心，说道："赢钱有什么可开心的？我今晚只想输钱。"

昭棠怀疑自己听错了。

路景越轻轻一拉，将昭棠拉到自己身前，意味不明地说："连'骆师傅'都知道情场得意赌场失意，你还觉得赢钱是好事儿？"

昭棠一时竟无法反驳。

路景越垂眼看着她，低声问："眠眠，你说我今晚这么赢，是不是预示着点儿什么？"

昭棠沉默了牌刻，忍不住说："我说，你是不是太迷信了！"

路景越只是看着她，没说话。他没有告诉她，他上次手气这么好还是七年前。他不是个迷信的人，但就是从那时候起，他开始在意起这些看似毫无关联的细节。

昭棠没有将这件事放心上，她心里搁着另一件事，已经纠结一个多小时了，趁着此时两人独处，她才开口问他："你去临绛，真的是顺路吗？"

路景越毫不犹豫地道："嗯，顺路。"

昭棠觉得自己不可以这么自作多情。不能说因为她在那里，他就连那个城市都不能去了，去就一定是找她。可是那天，那天很特别啊……她的生日今年刚好就是元宵节那天。

而他就在元宵节的晚上，顺路去了临绛。

她轻轻扯了扯他的衣角，想了想，还是小声追问："那你顺路去做什么啊？"

他没说话，过了几秒，像是被她气笑了："现在还在问我去做什么？昭棠，你能不能有点儿良心？"

带着点儿讥诮的回应，却给了她再肯定不过的答案，昭棠的心刹那间怦怦直跳。

路景越收起了笑容，双臂环住她的腰，低头注视着她的眼睛，低声问："如果我现在说'生日快乐'，还算数吗？"

昭棠愣住："什么算数？"

路景越漆黑的眸子里藏着她看不懂的情绪："那天等红绿灯的时候，我做了个决定，我想，就从今年起，每年都对你说生日快乐。"

她长长卷卷的睫毛轻轻一颤。

路景越自嘲地一笑："可是没想到，第一年就失败了。"

那晚，他赶去机场，买了最近的一个航班，从岁宜飞去临绛，落地以后打车。车上，他点开那个甲骨文论坛的APP，给她发了一条消息："我来临绛了。"

他等了一路，一如之前那些消息，没有等到她的回复。赶到她家门口时，时间刚好，还有三分钟才到零点。还好，现在还是她的生日。三分钟，一百八十秒而已，可是那一刻他却无比坚定地觉得——这一次，他终于抓住了什么。抓住了什么？他想，应该是抓住了和她重来一次的缘分。

如果他们真的没有缘，又何必让他赶上这短短的三分钟？直接错过，不是给了他一个痛快？

他的心中像是被这短暂的三分钟注入了无尽的力量，摁响了门铃。但一直没有人来开门，他的心刹那间像是破了一个洞，上一秒那些力量就顺着这个洞一股脑儿漏了出去。

他摁了很久的门铃，一直没有人回应。

冷静下来后，他又自嘲地笑了，是他疏忽了。她一个女孩子独居，大晚上的有人摁门铃，她必然是不会开门的。他这么按，说不定会吓到她。而且今天是她的生日，可能她在外面吃饭，还没有回家。他没有再敲门。那晚，他也没有离开。

他站在楼道里，独自倚着墙，安静地等天亮。

老小区的楼道没有封窗，朔风呜呜地呼啸，一阵一阵从四面八方灌进来。他想抽支烟，一摸口袋，才发现没有带。也是，他平常不怎么抽烟。他想下楼去买包烟，想起楼下的门禁又作罢了。

来的时候刚好有人回家，他是跟着别人进来的。现在这半夜三更地出去，出去就进不来了。

如果她真的晚回家，那就遇不上了。

就这样，他独自在楼道里等了她一整晚。中间还下了一场雪。他安静地看着外面的天从漆黑，到鱼肚白，到大亮。

雪停了，她还没有回来。

邻居阿姨早晨出门买菜，全副武装，陡然见到一个高大的男人站在家门口，吓了一跳。被围巾裹住了一半的脸上露出警惕的神情，戒备地往路景越张望，却又在看到那张英俊不凡的脸时，本能地放下戒心。

所以说到底，人都是视觉动物。

说不定邻居阿姨还在想：这小伙子这样好看，不知道哪家姑娘这么好福气，能被他惦记。

邻居阿姨热情地跟他打招呼，问他找谁。路景越指着昭棠的家，向她打听昭棠的事。

邻居阿姨一听，惊讶地说：“你不知道吗？她搬走了，昨天退的房。”

路景越愣住了。

昨天晚上那种胸口破了一个洞的感觉，再一次、更加清晰地袭来。所有的笃定、希望，还有想对她说的话，全都顺着那个洞漏了出去。

他问邻居阿姨知不知道她搬去了哪里。

“这个我就不清楚了，小昭这小姑娘话不多，我们平常见面也就打个招呼。”邻居猜测道，“不过我知道她毕业了，说不定是搬去了离公司更近的地方。要不，你去她学校问问？”

路景越在临绛待了一个月，去过她的学校，也曾漫无目的地开着车，四下里寻寻觅觅。

她不是一毕业就找到工作了，所以学校没有登记她的三方信息。人海茫茫，奢求在路上偶遇，必然不会有结果。

他没有回岁宜，住在酒店里，安排人打听她的下落。

最后在一个凌晨，他得到了她的消息。他点开对方发来的截图，是不久前已经撤下的，岁宜博物馆官网上公示的聘用人员名单。

他将截图放到最大，久久盯着那再熟悉不过的两个字——昭棠。

屏幕白得发亮，他就这么直直地盯着看了好久，而后抬手遮住脸，低声笑了出来。

他连夜赶来，又连夜离开。只是这一次赶到机场已经太晚，连红眼航班都没有了。他买了第二天一大清早的航班，落地的时候才七点半。

早高峰让人心生烦躁，好在总算是没误事。他将车开到岁宜博物馆时，还差十五分钟才到九点。他了解她的性格，她总爱踩点到。他想，刚好，他就在博物馆前的广场上，等着她来上班，然后，不经意与她重逢。短短的十五分钟，工作人员、游客断断续续地进来，甚至有好几个女孩子主动上来问他要微信。可是没有她。

他不停地在人群里搜索，一直等到上班时间过去半小时，她依旧没有出现。可是这一次，他竟不觉得失望。

不知道是过去一个月的大起大落重重地磨砺了他的心志，还是笃定这一次她再也跑不掉了，他竟还颇有闲情逸致地在手机上买了门票，进博物馆看展。然后，在那个光线晦暗的展厅，穿过拥堵嘈杂的人群——他终于，一眼就看到了她。她站在人群的正中，眉眼含笑，不卑不亢地指出外国记者的逻辑漏洞，温和而自豪地向所有游客讲解中华汉字灿烂而辉煌的历史。

他直直看着她，她似乎感应到了，于是抬眼朝他看过来。他们的视线在空中交会，隔着漫长又寂寞的七年，隔着茫茫的人海。

但是现在，他并不准备告诉她，他曾经在雪夜、在四面漏风的楼道里等了她一整晚；他曾经在临绛停留一个月打听她的下落；他曾经星夜赶回岁宜，只为在她上班的路上与她遇见……蓄谋已久的重逢已是最好的结局，那些阴差阳错的错过都不必再提。

昭棠也没有告诉他，其实元宵节那晚，她就在岁宜机场。她甚至可能，还看到了他。

那天她中午十二点半就到临绛机场了，本来是下午的航班回岁宜，可是飞机一直延迟，一直到傍晚才起飞。

落地的时候天已经黑透，她困倦地从廊桥走出来，去取行李。隔着一面落地的玻璃墙，里面的人往相反的方向走。外面的人落地，里面的人赶往登机口登机。恍惚间，她余光仿佛瞥见一个熟悉的身影，身材颀长笔挺，鹤立鸡群一般卓尔不凡。可是他走得太快了，她愣了一下，再回过头去看时，男人已经走远，只留了一个宽阔的背影。

那一瞬间，她的心猛烈地往胸口撞去。可是下一秒，她又自嘲地笑了。她可能真是魔怔了，现在随便一个好看的男人她都能觉得是他了吗？

这么想着，她摇摇头，快步往行李提取处走去。两个人，朝相反的方向，擦肩而过，渐行渐远。

昭棠从未想过那个人会真的是路景越，直到刚才打牌的时候，孟言溪说，元宵节的晚上他去了临绛。

她瞬间笃定，她那晚看见的那个人真的是他。原来就在她刚刚下飞机的时候，她就已经见到了他。

她张了张嘴，想告诉他这件事，但最终还是没有。那不算重逢，那只是又一个错过。

他们的故事里既已经有了重逢，就再也不需要错过。

她笑了，接着他刚才的话说道："失败什么？这不还是今年吗？"

"但你的生日已经过了。"他提醒她。

她轻轻眨了眨眼："不还有你的生日吗？"

"路景越，如果你觉得那不算数，那就我来……"她仰头，定定地看着他的眼睛，"从今年开始，以后的每一年，我都对你说，生日快乐。"

凉凉的晚风吹来，花瓣和树叶簌簌作响，满园暗香浮动。路景越背光站着，垂眸看着她，久久没有说话。

昭棠原本自己都被自己的承诺感动了，以为他会说点什么更令人感动的话，结果他却什么都不说，气氛忽然间变得有些尴尬。

昭棠轻轻拉了下他的手指："怎么不说话？"

他低声笑了出来，半真半假地说道："受宠若惊，还以为自己听错了……要不，你再说一遍？"

是她低估了他的无耻！但她安静了片刻，还是看着他的眼睛，又郑重地说了一遍："路景越，从今年开始，以后的每一年，我都对你说，生日快乐。”

路景越凝视着她的眼睛，过了几秒才开口：“不反悔了？”

昭棠的心尖仿佛被什么轻轻地刺了一下，呢喃道：“不会，除非你先后悔。”

他笑了一声，伸出手臂将她拉进自己怀里，在她耳边，低声道：“喜欢你这件事，我就从来没有后悔过，以前没有，现在没有，以后也不会。”

他的声音低下去，忽然咬牙切齿地说道：“昭棠，只要你不后悔，我这辈子都耗你身上了！”

昭棠的心尖酥麻，嘴角轻轻扬了起来，抱住他的腰，过了一会儿，忽然抬头问他：“你上次是不是说我胆子很小？”

路景越没回过神来：“有吗？”

昭棠用力点头：“有，上次在鹿溪吃饭，我点个饮料酒而已，你就讽刺我胆子小。”

她这么一说，路景越想起来了，笑了一声，反问道：“我说错了吗？”说完立刻毫无骨气地说，“错了我就改。”

昭棠本来想做什么，却被他逗笑了。

此时，别墅内传来骆珩的喊声：“回来啦回来啦，开始打牌啦！”

只听见声音，没见着人，大约‘骆师傅’已经坐上牌桌迫不及待地洗牌了。

路景越牵着她的手往里走：“走吧，进去了。”

昭棠拉住他：“等等。”

趁路景越回头看来，她倏地踮起脚，用两条手臂搂住他的脖子。她香软的嘴唇凑上来那一刹那，路景越浑身僵了一下。下一秒，他立刻抱住她，要无限加深这个吻，她却轻轻退了一步。

黑白分明的眸子里仿佛含着水光，她弯着唇，狡黠地问他：“那这样呢，胆子还小吗？”

她再次亲上来的一刹那，路景越只觉得浑身的血液都呼啦啦往一个地方冲，脑子瞬间一片空白，只有一个声音在回荡——他这辈子真栽她身上了！

骆珩兴致勃勃地坐回牌桌，高声朝外面喊了两句，结果除了对面坐着一动不动的孟言溪，外面那两对没一个搭理他的。

“怎么打个牌都这么磨蹭！”“骆师傅”长叹一声，从牌桌上起身，准备亲自下楼去喊人。

结果刚走进后花园，还没来得及喊，远远地就看到了那对抱在一起缠绵的小鸳鸯。花园里没有开灯，光线昏暗，两人站在秋千旁，不远处是一簇开得正娇艳的蔷薇。男人的背影高大，微微俯下身，完全将怀里的女孩挡住了。从骆珩的角度看去，只能看到女孩子两条雪白的手臂露出来，搂着男人的脖子。

骆珩仿佛在这暗夜里看到了火花四溅，赶紧转身走了。算了算了，非礼勿视……他还是回去等等吧！

结果刚回到二楼，还在转角处就听见孟言溪暧昧且饶有兴致地对电话那头的人说：“叫两声来听听？”

骆珩的脚步霎时一顿，这是他配听到的吗？骆师傅尴尬地在原地站了一会儿，听着没声了，正要走进去，刚抬起脚，却听里面的男人压着声，又说了一句：“是不是欠收拾？信不信我连夜飞过来？”

他究竟做错了什么？他不过是想打个牌而已啊！

周日下午，昭棠和赵希声去了望城。

望城大学承办的国际甲骨文学术研讨会不仅邀请了各大高校和研究院研究所的甲骨文学者，还邀请了文化遗产传播推广和公众参与体系方面的专家。探讨的话题除了甲骨文学科本身的纵深发展，还有甲骨文与中华文化、国家形象、国学教育、文化创意产业等的联动。

研讨会为期两天，昭棠和赵希声提前一天坐高铁到了望城。承办方安排的酒店不在望大里，而在学校外面的一家星级酒店。两人到的时候刚好是傍晚，一起吃了晚饭，便各自回房休息了。

昭棠前两天光顾着谈恋爱，想到明天要在一众专家学者面前发言，终于感到紧张了。还好这件事情已经提前准备了一个月，她先是翻了翻自己的论文，又来来回回看了几遍之前准备好的提纲，就早早地休息了。

两天的研讨会很顺利，也很热闹。

昭棠不知道是不是因为自己之前那个视频在网上的热度较高，那些关于中华历史与意识形态的发言引起了许多关注，之后的讨论也颇为激烈。不过，昭棠自己比较感兴趣的是望大殷商史国家重点实验室吴翰予教授做的甲骨文大数据平台，她觉得那是可以将这些理论落到实处的一个平台。

赵希声也持相同的观点，会上讨论一番没尽兴，会后两人又约了晚饭时继续说。晚饭就在学者们入住的酒店吃，赵希声带着昭棠，吴翰予带了三名博士生。

其实得益于互联网的发展，现在各种各样的甲骨文平台并不少。且不说别的，就说这么多年昭棠一直上的那个甲骨文论坛，就有很大的用户浏览量，但都不够权威和专业，它可能只是一个行业知识的讨论平台。但吴翰予教授做的则是一个专业的知识共享平台，一个能够助力科研人员学术进步的权威数据库。

吴翰予年近六旬，身材高瘦，头发已经白了大半，鼻梁上架着厚底眼镜，说起他的平台，眼睛里发着光："我们希望能把这个平台做成国内最大的一个专业数据库，目前我们已经收录了一百多种甲骨著录、四千多张甲骨文字图，上万篇学术论文，并且准备开发自己的甲骨缀合系统。"

赵希声听到这里，说道："做数据库这些都好说，但开发自己的甲骨缀合系统，工程可大了。"

"工程不大还要我们做什么啊？"吴翰予教授笑着说，"我不仅要把目前已有的甲骨文学术成果集中在一处，开发自己的甲骨缀合系统，我还要收集眼下所有的学科难题。只有这样，才能高效地把大家的精力汇聚起来，哪里是瓶颈要集中突破，哪里值得骄傲要弄得明明白白，以后再遇见国外学者，争辩的时候逻辑也清楚些。”

吴翰予喝了口茶，语重心长地说：“我们现在有些年轻人就是缺乏文化自信，听国外一些人说几句就容易被绕进去，说好听点是有漏洞的逻辑，说难听点不就是文化侵略吗？哈哈哈！”

赵希声笑着点头：“那可不是，但凡文化和信念有一样差口气就跟着别人跑了。”

吴翰予说着，抬眼看向昭棠：“小昭做得不错，你那个视频我看了好几遍，大快人心！”

昭棠连忙谦虚地摆摆手：“没有没有，只是难得反应快了一次而已。”

吴翰予摇头说：“不不不，不是反应快，就是自信。只有发自内心地自信，才能够一眼看破对手的伎俩，一击即中。”

昭棠被这么直白地夸赞，有些尴尬。其实说出来他们可能不信，别管对方是谁，认识还是不认识的，但凡逻辑有问题，她都忍不住想指出来。就像看到了一张皱巴巴的纸，她就是忍不住想去把褶皱给抚平。

赵希声和吴翰予又说了会儿甲骨文大数据平台的事，一个前瞻性的平台要建成，前期必然需要无数研究院、研究所提供数据支撑。

赵希声一口就答应了和吴翰予国家重点实验室合作构建平台的事。

昭棠是赵希声的助手，这也就意味着，未来说不定好几年的时间，这个甲骨文大数据平台就是她的工作重心了。

吴翰予不知想起什么，忽然笑了一声：“你说缘分是不是很奇妙？很多年以前，你母亲来访，说是打算让你跟着我学习古文字，你没来，结果现在兜兜转转，还是要一起共事。”

陡然间听人提起母亲，还是从一个陌生教授口中，昭棠愣住了。

吴翰予看着她，笑着说道："我猜你把我忘了，昭小棠，你母亲是不是叶君繁？你小时候我来吃你的满月酒，还抱过你呢。"

昭棠怔了，不知道是不是时隔多年，再次听人提起母亲的名字，她的眼角忽然有些发酸。

她轻声问："她让我……跟着您学习古文字吗？"

"对啊，她没跟你说过这事儿吗？"吴翰予说到这里停住了。

想想那都是多少年前的事了。那时候昭棠才读高中，高中生的家长可不就是这样，喜欢替孩子做决定。不过这也没办法，这个年纪的小孩，真正搞得清楚自己喜欢什么、将来想做什么的人有几个啊？

吴翰予打趣道："怎么，你不喜欢这个学科？"

昭棠连忙摇头："没有没有，我喜欢。只是我一直以为，她想让我学金融。"

"哪儿呢？那是昭锦程想让你学金融！这事儿我最清楚，你妈妈跟我说过，她说你性格太长情，不喜欢变化，同学转学离开都会难过很久，资本圈那种瞬息万变的地方不合适你，她希望将来……"

吴翰予滔滔不绝地往下说着，说到这里停住了，想来是对亡者的忌讳，他没有直接说出来，话锋一转，说道："她希望未来陪伴在你身边的，不管是人还是职业，都能给予你坚定的信念和安全感。"

晚上，昭棠回到房间，脑子里还回想着吴翰予那句话。

她希望未来陪伴在你身边的，不管是人还是职业，都能给予你坚定的信念和安全感。未来……难道那个时候，她就已经知道自己时日无多了吗？可她为什么从来就没有和自己说起过？

妈妈临终的时候只是握着她的手，叮嘱她："一定要听爸爸的话，未来几十年，你的人生很长，他是你唯一的亲人。你一定要听他的话，不许倔强，不许叛逆。”

其实到那个时候为止，昭棠从来就没有叛逆过。

她从小到大都是乖乖女，成绩优秀，懂事听话，自控能力也好，老师、父母不让做的事绝对不会做。那时候的她不懂为什么妈妈临终前不许她叛逆，明明她从来就没叛逆过。

后来才明白，妈妈应该早就预见到有那么一天了。也许是想用遗言约束她，让她至少还能安稳地躲在爸爸的羽翼之下。

未来几十年，她总该有个亲人。妈妈那时是这么想的吗？所以即使妈妈也曾考虑过让她按自己的兴趣来选择专业，但最终还是希望她能按照爸爸的意思来，讨爸爸的喜欢。如果妈妈晓得她后来那般决然和昭锦程决裂，会不会很失望？

其实一个人在临绛那七年，是有点孤单。什么都是一个人，尤其是过年的时候，同学们都在朋友圈发阖家团圆的照片。爸爸妈妈都在身边，夫妻恩爱，一家人一条心。她却只能一个人坐在桌前吃外卖。想拍个照记录自己逝去的一岁，还只能自拍。但如果再让她选择一次，她还是会离开，只是不会再用那么激烈的方式，伤害自己。

这一刻，她忽然想起之前偶然看到过的一条微博。

有个女孩匿名给情感博主投稿，问要不要和仍旧有感觉的初恋复合。当时很多人反对，只有寥寥几条评论支持，其中一条她当时一眼扫过了，可现在回想起来，竟无比清晰。

那个网友说：“说不定只是因为当年你们年纪小，太弱小了，不足以守护你们的爱情，现在你们都已经变得更强大了，再试一次又有什么关系？”

对啊，年少时就是太弱小了。昭棠伸手去掏手机，想给路景越打个电话。她昨晚让他别打扰她准备发言，他说好，又让她今天结束就给他打电话，结果今晚和吴翰予教授聊平台搭建，时间有点晚了。

她正想着这个人今晚怎么这么自觉，竟然没发消息来催，一拿起手机才发现……没电了。刚充上电，路景越的消息就往外蹦。只是令人惊讶的是，竟然只有一条。

路景越："记得给我电话。"

以昭棠对这人的了解，这句话真的十分克制了。她忍不住反思，昨晚她让他不许影响她时，话是不是说得太重了。她立刻给他回了视频过去，那边很快就接通。然后她就……愣住了。

路景越似乎刚刚洗完澡，只有下半身套了一条灰色的棉质休闲裤，上半身裸着。漆黑的短发发尖还挂着水珠。他拿毛巾随手擦了两下，几颗水珠抖落到他一丝不挂的身体上。顺着斜方肌往下，滑过诱人的锁骨、分明的八块腹肌，一路顺着结实的小腹向下蜿蜒。

昭棠觉得自己的眼睛像是有意识似的，跟着那水珠，一点点往下……救命！她觉得自己快要昏过去了！

趁着自己流鼻血以前赶紧收回视线，正对上某人意味深长的目光，她立刻先下手为强："你怎么不穿衣服啊！"

路景越十分无耻地"甩锅"："这不刚洗完澡还没来得及穿，你就等不及打过来了吗？"

什么叫她等不及啊！

"那你可以不接啊。"

路景越闷声笑："那我怎么敢。"

昭棠觉得他这话逻辑不对，立刻反驳："为什么不敢？万一我再早两分钟打过来你正在洗澡呢，你也接吗？"

路景越别有深意地挑眉，透过手机镜头，直勾勾地看着她。

昭棠不知道出于对他本性的了解还是女孩子天生的直觉，心里咯噔一跳。果然，下一秒，就听他拖长音调，慢悠悠地反问："你，是不是在暗示我什么？"

"你赶紧把衣服穿上吧！"昭棠转移话题。

路景越笑了一声，倒是没有再为难她，从容地拿起一件T恤衫套上，然后四处寻找着什么。

昭棠随口问他："在找什么？"

"找钥匙，我现在出去一趟。"

"这么晚了，出去做什么？"

路景越抬起眼看她，戏谑道："买防水袋，回来带着手机洗澡，好让你重新给我打视频。"

昭棠很想把电话挂断。

路景越见真的快把昭棠逗生气了，终于收敛，和她正经地聊了一会儿天，又问她明天晚上几点回来。

昭棠："下午四点半结束，坐高铁回来，差不多八点到。"

路景越点了下头："我来接你吧。"

男朋友来高铁站接自己，昭棠觉得不是不可以，于是说道："好，我的车八点十五到南站。"

"不，我的意思是，"路景越停了一下，"我明天下午不上班，中午下班以后顺路开车过来接你。"

她睁大眼睛看着他："路师傅，你的'顺路'真是令人惊叹！"

从岁宜顺路到临绛，从岁宜顺路到望城，轻轻松松就是跨座城！

路景越忽然问她："我有没有跟你说过一件事？"

"什么？"

"有你在的地方，我都顺路。"

昭棠心里甜丝丝的。

其实仔细想想，他好像不只是顺路，还一直有空。不只每次消息回复及时，每次约他他都有空，有事没事还会和她"偶遇"。昭棠想想自己当初想和他"偶遇"的时候，可是脚都走酸了都没见着他人影，不知道他的"偶遇"怎么就那么轻而易举。

但转念一想，其实这世上根本没有什么事情是轻而易举的，看起来轻而易举，不过是他在看不见的地方付出了更多。

她的嘴角无声扬起来，又立刻落了下去。

想到从岁宜开车到望城要三个多小时，回去还要三个多小时。这一来一回，他不知道该多累。

她口是心非地说："好矫情啊，路师傅。"

路景越可能没想到自己难得说一句情话，竟然被她点评为"矫情"，挑着眉看她。

昭棠继续说："你从哪里学来这么土的情话？"

路景越被她气得笑了出来，破罐子破摔地说道："那应该是自学成才。"

昭棠一本正经地说："那你要不要反思一下？"

"反思什么？"

"反思你是不是已经土到骨子里了，要不一般人真没法自学到你这种程度。"

路景越沉默半晌，才扔下一句："你还是早点睡吧。"

第二天研讨会结束，赵希声和昭棠就直接赶去了高铁站。

到的时候离检票还有半小时，两人坐在椅子上，正讨论这两天的国际学术研讨会，忽然听见小孩子的哭声。

候车大厅里十分嘈杂，除了人来人往的声音，还有不停通知开始检票的广播。但小孩子的哭声分外响亮，仿佛用尽了全身的力气，声嘶力竭地吼叫。

两人不约而同停了下来，循着声音看去。

不远处，像是两个小朋友打架了。两个小孩看起来都不大，六七岁的样子，身后各自站着自己的妈妈。

正对着昭棠和赵希声的小男孩手里拿着一个玩具，红着眼睛，畏惧地往自己妈妈腿边挤。

哭的小孩和他的妈妈背对着昭棠的方向，昭棠看不清他们的样子，只是能从声音判断出来，应该……是个力气很大的小孩吧。

哭声可太洪亮了，就这会儿工夫，整个候车大厅的人都往他们看了过去。

小男孩一边号啕大哭，一边伸手去打拿玩具的小孩。拿玩具的小孩极力忍着眼泪，害怕地往后躲，他妈妈也拉着他往后退。打人小男孩的妈妈也在拉自己的儿子，只是越拉小孩哭得越大声。

后来，女人不知是没拉住自己儿子还是没舍得真用力，手一松，小男孩顿时像钢镚儿一样弹了过去，用力打了一下对面小男孩的脑袋，还顺手抢了对方手里的玩具。

被抢玩具的小男孩到底年纪更小，既被打又被抢，这下终于忍不住了，也号啕大哭起来。

一时间一片混乱，两个小男孩的妈妈都赶紧蹲下来劝自家小孩。被抢玩具小男孩的妈妈似乎很有办法，几句话就把自己的儿子哄好了；反倒是抢人玩具的那个妈妈对自己的儿子束手无策，越说孩子哭得越大声。

昭棠清楚地听着小孩边哭边喊："为什么要还给他！为什么要我道歉！你不会花钱帮我买下来吗！妈妈这么有钱却不愿意为我花钱，我长大后也不会给妈妈买包买衣服，等以后爸爸先死了，我就一个人独吞爸爸所有的遗产，一分钱也不要给妈妈！"

那个女人似乎已经习惯了这种场面，在所有人围观的目光下又羞又气，抬手轻轻拍了一下儿子，就起身走向对面的一对母子。她掏出手机，似乎还真的打算花钱替儿子买下抢来的玩具。

对面那对母子目瞪口呆。

愣了片刻，那个妈妈才反应过来，摆了摆手："不，不用了，一个玩具而已，他喜欢我们就送给他好了。"

说着没管对方的坚持，一只手拉着自己的儿子，一只手拉着行李箱，飞快地跑了。

抱着玩具的男孩看着仓皇逃跑的那对母子，抽泣了两声，终于停止了哭泣，立刻跑到妈妈身边，嘴巴瞬间变甜，脆生生地说：“妈妈，我爱你！妈妈，以后你老了我也这么爱你！我给你买包买衣服，还娶媳妇回来孝敬你！妈妈，你以后都要给我买玩具哦！”

昭棠和赵希声对视一眼，赵希声不屑地轻嗤一声：“慈母多败儿，这孩子算是被这个妈毁了。”

昭棠深以为然，用力地点了点头。

小孩子是一张白纸，他们能懂什么，全靠家长怎么引导。瞧瞧这小孩说的话，做的事，这是个正常家长能教出来的?

她正要收回目光，却见原本背对她的女人忽然转过身来，年轻美貌的脸正面向她。

昭棠霎时间背脊绷紧，如遭雷击。

“我们刚刚讲到哪儿了？”赵希声没有注意到昭棠细微的情绪变化，没再理会那对母子，转头继续刚才的话题。

昭棠回过神来，飞快收回视线。

她迅速平复自己的心情，思绪却还是不可避免地慢了半拍，怔怔地说：“长见识。”

他们刚才说到，这次研讨会上许多学者的研究切入点都很新颖，很能给人启发，大有研究前景。但昭棠这么简单地说，赵希声还是没想起来，倒是又想起了刚才那对母子。

赵希声忍不住又转头看了那对母子一眼。

只见就这么几秒钟的工夫，抢人玩具的熊孩子就凭着几句简简单单的话成功地哄好了女人。女人蹲在儿子面前，小孩凑过去亲妈妈的脸，左边一下，右边一下。

女人被逗得咯咯笑，刚才的不愉快瞬间烟消云散，只是宠爱地摸着孩子的头。

赵希声感慨道：“的确，活了这么大一把岁数，第一次见人这么教小孩，我这趟过来真是不虚此行，还真是长见识了。”

昭棠：“……”

第十五章 爱意

很快就开始检票了，列车准时出发，一个半小时就到了岁宜。

正好是晚饭时间，车上，赵希声问昭棠要不要吃点什么，昭棠刚给路景越发了消息，路景越问她一会儿想吃什么，她估计是要和男朋友一起吃饭了，只说自己不饿，让赵希声去吃。

赵希声笑着说："我就不去了，家里做了饭，等我回去一家人吃。"又说，"我女婿一会儿过来接我，我先送你回家吧。"

昭棠忙说："不用不用，我男朋友会来接我。"

赵希声家里应该是有什么喜事，只是他没主动提，昭棠自然不好多问。车子刚到南站，赵希声就匆匆离开了，像是迫不及待似的。

两天没见，昭棠其实也迫不及待想见男朋友，只是下车这会儿人正多，她一个女孩子不像赵希声那么能挤，慢慢地就落到了后面。她在手机上问路景越车停在哪个区，路景越让她直接出去，他上来接她。

昭棠忍不住扬起嘴角。

扶梯缓缓上升，昭棠一眼就看到了门口清隽挺拔的男人。

他站在灯光里，周遭人来人往，他仿佛鹤立鸡群一般，她这么脸盲的人，都能在人群里一眼认出他。五官英俊，身材高大充满了力量感，随意一件黑衬衫穿在身上都十分英气。他单手插兜站在那里，面无表情，却在看到昭棠的一瞬间，神色不自觉地变得柔和。

昭棠拖着行李走向他，下意识地加快了脚步。

可是很奇怪，明明奔向他的时候一颗心蠢蠢欲动，走到他面前了，张嘴说的话却没半点柔情缱绻："你怎么总穿黑色的衣服啊？"

路景越低头看着她，正伸手接她的行李箱，似乎没想到两天没见的女朋友，再见面竟然没有先亲他一下，张嘴就是不满于他的着装。

路景越失笑，顿了两秒，一脸诚恳地说："啊，这不是因为你脸盲主要靠衣服和发型认人吗？我配合你呢。"

这人怎么还攻击她了？

"我只是脸盲，又不是痴呆，我只是一开始不太容易记住人，记住了就不会忘记了啊。再说，我从来就没有靠衣服和发型认你。"

"哦？那你靠什么认我？"路景越扬起眉问她，又不等她，自问自答，"心跳吗？"

这个人能不能要点脸？

"棠棠？"一道女声忽然从身后传来，打断了两人的拌嘴。

昭棠回头，看清喊她的女人，脸上的笑容霎时间凝固。女人留着短发，停在她斜后方，离她只有两三米左右的距离。比起刚才在候车厅的遥遥一眼，此刻昭棠能清晰地看清女人的脸，一如从前。

郑菀晚今年应该三十岁了吧，还是三十一岁？或者三十二岁？可是七年的时间仿佛没有在她身上留下任何岁月的痕迹，她就像是一朵被极力保护的花朵，日日夜夜都有人精心呵护着，皮肤还是那么光滑白皙，眼睛还是那么亮且有神，身上的衣服和配饰精致讲究，浑身上下都透着一股金钱供养出来的精致。

郑菀晚手里牵着的小男孩，不得不说，继承了她的美貌，白皙的小脸圆圆的，黑葡萄似的眼睛滴溜溜转，留着西瓜头，不说话不吵闹的时候仿佛面粉团子搓成的，粉嫩乖巧，让人忍不住想上前亲一口。前提是要忽略掉他手里抢来的玩具，不知道哪个动画片里的周边，蓝色的机器人，大大的一只，几乎有他整个人一半大，被他爱不释手地紧紧抱在怀里。大概是，抢来的东西都格外珍惜吧。

“快，浩浩，叫姐姐，这就是爸爸妈妈以前经常和你说起的棠棠姐姐，你的亲姐姐啊！”郑菀晚再见到昭棠，脸上有着真假难辨的惊喜，低头催促儿子叫人。

小孩清亮乌黑的眼睛直直盯着昭棠，在昭棠打量他的时候，他也打量着昭棠。他没有开口，却不是认生，他的眼睛里毫无怯意，反而有种明晃晃的戒备和敌意。仿佛这么小的小孩都知道，眼前这个棠棠姐姐最好永远不要出现，她一出现，就会抢走他什么东西。就像他刚才去抢陌生小朋友的玩具一样，说不定还会打他一下。这个姐姐这么高，他本来就打不过她，别说她旁边还有一个大哥哥，看起来力气很大的样子，面无表情地看着他，有些吓人。想到这里，他抱紧玩具，警惕地往后退到妈妈腿边，紧紧地抱住妈妈的腿。

郑菀晚见状，精致的脸上闪过一丝尴尬，随即摸着儿子的头，温柔地打圆场：“这孩子长大后就没见过你，认生，棠棠你可千万别跟他计较。对了，你还记得弟弟吗？他就是昭浩啊，你走的时候他才半岁，现在都七岁半了。”

昭棠看着女人脸上无可挑剔的笑容，好一会儿竟不知道该怎么回应。

而郑菀晚的社交能力属实一流，她全然不给冷场的时间，再见昭棠，她脸上洋溢着惊喜，明明只比昭棠大五六岁，却像是她的亲妈一样，一脸慈爱地絮絮叨叨起来："棠棠，这么多年没见，你一个人在外面还好吗？你的病好了吗？这么多年来，你爸爸虽然嘴上说着不管你，可只有我知道，他心里其实一直都很担心你。你毕竟是他的亲生骨肉，血浓于水，父女俩哪儿有隔夜仇是不是？你看，都过去这么多年了，你也回来了，大家都在一个城市，你找个时间回去看看你爸爸，好不好？"

郑菀晚越往下说，语气越显得卑微，尤其是最后"好不好"那三个字，带着满满乞求的意味。若是个不知情的人听到了，倒像是昭棠是个六亲不认的不孝女，还要由一个外人来乞求她回家去看一眼她年迈的老父亲。

昭棠觉得荒唐，忍不住笑了出来，笑了几秒又停下来，认真地反问："咦，你不知道吗？我爸没跟你说吗？"

就像郑菀晚知道什么最能刺激昭棠，昭棠也最清楚郑菀晚最怕什么。"我爸没跟你说"这六个字，看似漫不经心，却准确无误地戳中了郑菀晚的痛脚。

老夫少妻，半路夫妻，各有所图，相互算计不可避免。整日里最担心的不过是对方瞒了自己什么，生怕对方算计自己。这六个字，什么都没说，又什么都说了。

郑菀晚脸色一变，不过她是个中高手了，瞬间又恢复正常，一脸温柔地反问："知道什么？"

昭棠扫过女人身后三十四寸的大行李箱，面不改色地说："昨晚我才回家和他吃了顿饭，顺便聊了聊遗嘱的事。"

郑菀晚的脸色霍地沉下来，抿着嘴，却忍着没说话。

她腿边的小男孩就比她沉不住气多了，立刻扯着她的腿，脆生生地问："妈妈，聊遗嘱是什么意思？你和外公外婆不是说我们家的公司、六套房、三辆车，还有银行里所有的存款都是我一个人的吗？"

郑菀晚立刻去捂小男孩的嘴巴，但没捂住，不该说的，他都说完了。

昭棠毕竟才亲眼见到这对母子在望城高铁站抢玩具那一幕，此刻对于昭浩小小年纪能说出这些话来，已经没什么好惊讶的了。倒是路景越微微皱了下眉。这小孩这么小年纪就能把家里多少财产随口列出来，可见大人平时没少教。

他转头看向昭棠，却见昭棠神情平静，甚至可以说十分温柔。

她一脸温柔，微微弯下腰，和小孩平视，语气格外柔和："啊，那是你妈妈和外公外婆在做梦呢，你可别当真。"

郑菀晚："……"

和那对母子分开后，昭棠的脸色就沉了下来。路景越没说什么，只是换了一只手推行李箱，用空出来的手臂将她揽进自己怀里。

车上，昭棠一路沉默，头轻轻靠着车窗，目光茫然地落在窗外。天已经彻底黑了，外面一路的车灯缀成了一条条光带，浮躁地闪动着。她的眼神仿佛没有聚焦，只是偶尔机械地眨两下眼睛。

又一个红绿灯后，车子右转。

昭棠看着格外熟悉的街道，才发现这是回家的路，转头看向路景越："不是说出去吃吗？"

路景越看着前方，笑道："回家吃吧，我来做。"

此时时间已经不早了，明天还要上班，她心疼他累，忙说："我不饿，在外面随便吃点就好了。"

路景越漫不经心地说："外面的菜怕你有忌口。"

"我没有忌……"昭棠下意识地接话。

"忌口"两个字还没说完，她忽然就明白了他这话的意思。这个人……她打量着他的侧颜，失笑道："你是惦记着郑菀晚问我那病呢。"

路景越眉梢轻挑，抽空转头朝她看了一眼，目露赞许之色。不错啊。以前他费尽心思暗示她都不懂，现在倒是知情识趣了。

昭棠咕哝一句："那个病没有忌口，你就放心让我在外面吃吧。"

才说她知情识趣……安静了片刻，他清了清嗓子，问道："什么病？"

昭棠把玩着手指，漫不经心地道："过敏。"

路景越："对什么东西过敏？"

昭棠："绿茶。学名'绿茶过敏综合征'。"

路景越："……"

路景越将车开到了鹿溪，服务员上的茶是今年新采的雨前龙井。嫩绿的茶尖，在清澈的泉水里浮浮沉沉，茶香四溢。

昭棠平常不喝茶都被吸引了，忍不住轻轻嗅了一下，正要伸手去拿杯子，对面的路景越却对服务员说："拿走，她对绿茶过敏，给她换成酸奶。"

"好的。"说着服务员立刻就从她面前取走了茶杯，放回自己的托盘上，又将桌上的茶壶一并取走。

昭棠目瞪口呆，看了看对面的男人，又看看对他言听计从的服务员，忍不住说："你要不先问一下今晚谁请客，再决定听谁的？"

服务员飞快看了路景越一眼。

路景越悠闲地坐在椅子里，似笑非笑地看着昭棠。

服务员收回视线，低眉顺眼地说："谁请客我也得听他的。"

说完，服务员逃也似的跑了。

昭棠还没回过味来，忍不住打量起对面的男人。不能否认这张脸的杀伤力，气质出众。暖色的灯光落下，又像是给他镀上了一层光晕，让他看起来仿佛不食人间烟火，光芒万丈。小姑娘喜欢他，她理解，但工作时间这么说，会不会有点太不专业了？她请客呢，她说撤了吗？总觉得有点不对劲。

昭棠看了眼服务员离开的方向，问路景越："路景越，她说这话是什么意思啊？"

“你猜。”

猜什么？猜他是怎么让姑娘一眼沦陷的吗？

昭棠这人，不知道为什么总有人说她反应快，其实她大多数时候反应挺慢的。路景越都暗示得这么明显了，她硬是没往那个方向想。直到菜都上齐了，她不疾不徐地咽下一口茉莉花香熏鱼，耳边忽然鬼使神差一般响起当初孙珞宁说过的话——据说鹿溪有两个老板，“鹿溪”就是两人的名字各取了一个字。

她的脑子里闪过一个可怕的念头，她猛地看向路景越。

路景越早就对她不抱什么希望了，她没头没脑这么看他，倒是把他看愣了。

只见她一眨不眨地盯着他，几秒后，轻轻咽了咽口水：“路景越，我有一个问题，我希望你对我说实话。”

“你跟鹿溪那个鹿，”昭棠小心翼翼地问，“是什么关系？”

路景越慢腾腾地挑了下眉，两秒后，一本正经地回答她：“应该就是我本人这种关系。”

昭棠捂住自己的脸。她忍不住飞快地回忆自己住在鹿溪这一段时间，有没有做什么丢脸的事。但显然，这种事根本不必她自己回忆，自有人主动提醒她。

路景越慢条斯理地说道：“没错，我就是你口中孟言溪的女朋友。”

路景越说到这里，又想起什么，嘴角缓缓勾起一抹笑：“其实有件事，我不是很明白……”

昭棠一开始没理他，以她对这个人的了解，她料定他必然说不出什么好话。但他没说完就停下了，四周安静下来，仿佛连空气都在等着他继续说。她不得不分开两根手指，一双水汪汪的鹿眼从手指缝里看出去，正对上他不怀好意的双眸。男人别有深意地笑着，身体稍稍往她这边倾。她就像是被妖精蛊惑了似的，行动先于意识，身子也朝他挪了挪。

路景越的唇凑到她耳边，以只有两人能听见的声音，低声说：“明明我每次吻你的时候反应那么大，你怎么会以为我喜欢男人？”

这个混蛋!

昭棠倏地放下手，死猪不怕开水烫，睨着他：“路景越，刚才有件事，我忘了跟你说。”

路景越不知道在想什么，直勾勾地盯着她，笑得意味深长：“什么事？”

昭棠一脸认真：“除了‘绿茶过敏综合征’，我还有个病，学名——‘路景越过敏综合征’。这几年才治好，病情还没稳定，可能会随时复发。”昭棠轻轻抬了抬下巴，提醒他，“你注意点儿。”

‘路景越过敏综合征’这个病厉害，吓得某人一晚上没敢再轻易“耍流氓”。

他将车停在了鹿溪，饭后，和昭棠走路回摩卡小镇，路上自觉地帮她推行李箱，空出来的一只手也没敢去碰她，规规矩矩地垂在身侧。

走了一会儿，总觉得手里空荡荡的，他这才态度格外端正地请示女朋友：“能牵手吗？”

昭棠侧眼瞧着他。

路景越：“怕你旧病复发。”

昭棠矜持地抬了抬下巴：“那你别牵了。”

路景越瞧着她骄傲的模样，忍俊不禁。倒是没牵她的手，而是直接将她揽进了自己怀里。

小情侣相拥走在夜风里，气氛温馨甜蜜，仿佛连空气都愉悦了起来。

走了一会儿，昭棠又忍不住轻声埋怨他：“你是鹿溪老板这事怎么都不跟我说啊？”

要是说了，她肯定就不会在他面前说小鹿是小溪女朋友这种傻话了。也不会要他的免单，也不会给他充一万块钱会员卡，最后还财大气粗地把卡送给他，说什么让他尽管花。虽然是男女朋友了，但现在一想到这些事，她还是觉得很丢脸。女朋友丢脸是谁的错？肯定是男朋友的错！

但路景越的理由十分充分："你也没问我啊。"

她怎么想得到？她总不能看到一家店就问路景越是不是老板吧。

"其实我很好奇，你为什么从来不问我做什么工作的？"路景越看向她，自我感觉良好，"是不是不管我做什么，你都喜欢？"

昭棠看了他一眼："我问过啊，你说你开货拉拉。"

还真是。

"还被开除了，最近没找到工作。"

路景越失笑："你还真信？"

昭棠摇摇头："不是很信，所以……"

"什么？"

昭棠看向他，实话实说："其实我一直以为你没有工作，我就不好意思多问了。"

路景越被噎住了，没好气地说："那你还挺放心，把自己交给一个这样的男人。"

"你也不会一辈子这样啊。"

路景越笑了，意味不明地说："嗯，对我还挺有信心。"

"对啊。"昭棠笃定地点了下头，"因为跟我在一起以后，你就不用靠父母了。"

路景越："嗯？"

昭棠笑盈盈地看着他的眼睛："我可以养你。"

无言以对，路景越一时竟不知道自己该怎么回应。末了，他轻嗤一声："你还挺大度。"

"不是我大度。"昭棠低头从自己包里掏出一面小镜子，举起来，凑到路景越面前，"来，对自己有点信心，你长成这个样子，我愿意为你赚钱养家一辈子！”

月色温柔，皎白的月光笼罩着男人清隽英俊的脸庞，漆黑的眸子仿佛闪耀着迷人的光彩。

昭棠感到一阵赏心悦目，笑嘻嘻地喊了一句：“越妃。”

原本无言以对的路景越闻言，慢条斯理地挑了下眉。一个细微的动作，却暗藏危险。下一秒，他的唇凑过来，不无暗示：“喊一声越妃，那我是不是要尽到越妃的职责？”

终究是她输了。

研讨会结束没上两天班就是五一了。

博物馆最后一天上班，别的部门昭棠不知道，反正他们办公室就跟放假彩排似的，孙珞宁甚至请假几个小时，打了个车出去看房了。回来的时候就定下了一套公寓。对她这种财大气粗的行为，昭棠表示服气。

孙珞宁却一脸心如止水地说：“搞不到男人，只好搞套小公寓了。”

昭棠心里想说：小公寓我都搞不到。

孙珞宁停了几秒，又愤恨地补了一句：“我连小公寓都搞不到，还是爸妈出的钱！”

剩下的半天，孙珞宁都双手托腮思考人生，还拉着昭棠一起思考：“你说我们这代人活得怎么就这么窝囊？算上幼儿园，寒窗苦读二十多年，也不是学得不认真啊，中考、高考、考研、考编……哪样不是千军万马杀出重围？结果到头来，男人男人没有，房子房子买不起，还全得指望爸妈……要是我女儿以后也像我这样，我真恨不得把她塞回肚子里去！”

昭棠顿时觉得心虚，虽然叶君繁给她留了点儿积蓄，但这几年岁宜房价涨了太多，就算加上叶君繁的钱，她粗略算了下，也得工作个五六年以后才能勉强付个首付。就这情况，她前两天还敢信誓旦旦说要养路景越，让他负责貌美如花呢，也不知道是谁给她的勇气。

孙珞宁又噼里啪啦在键盘上敲了一会儿，忽然发出一声自暴自弃的感慨：“怎么会这样！”

“怎么了？”昭棠探出头问道。

“调查显示，我市男女比例已经平衡了，为什么我还没有男朋友？五一五天小长假我要自己一个人玩吗？”

昭棠想提醒她，严谨来说，这种事情，不能单看男女比例，还得考虑适龄区间和情感状态，但显然这个时候她不能火上浇油。

她沉默了片刻，说道：“还有一种可能……”

“什么？”

“有人悄悄领了两个男朋友。”

孙珞宁心如死灰。

昭棠安慰她：“放心吧，这种作弊行为躲得过初一躲不过十五，迟早被发现，到时候名额空出来就是你的了。”

孙珞宁：“……”

五天小长假，昭棠提前问过路景越能不能休假。路景越说有假期，但难得一反之前什么都提前安排得明明白白的行事风格，并没有和她说想怎么过。其实昭棠不在乎怎么过，和他在一块儿，即使每天都宅在家里，她也是欢。但是如果出去玩的话，晚上不可避免要住酒店，订房间，到时候……是订一间房，还是两间房？

昭棠想，还是一个房间吧，很少听说情侣出去玩还订两个房间的，她怎么也不能委屈了越妃，大不了就要两张床呗。

只是，真住一个房间了，他还会规规矩矩自己睡一张床吗？他可是已经暗示过要“侍寝”了啊。

昭棠想到这里，忍不住捂住脸，脸热热的。到时候……说不定之后他还会说她欲拒还迎。

以路景越的人品，他说不定还会一脸骄傲地说：“你看，还好我解风情，否则你一番苦心就该落空了。”这话他还真说得出来！

昭棠想到这里，用力地摇了下头。那还是就订一个房间、一张床吧！这样的话……昭棠点开购物网站，十分有先见之明地挑起了内衣。

昭棠点进某个以性感著称的内衣品牌，看着满屏幕的半透明轻薄面料，设计性感，缀着蕾丝……脑子里却鬼使神差地浮现出路景越的手。

昭棠倏地用力闭上眼。昭棠，你在想什么！手机在这时忽然响了，短促的铃声从她手上传来，昭棠做贼心虚，被吓了一跳。

屏幕上方还停留着新弹出的微信消息。

路景越：“今晚有事，晚点回，你先睡。”

昭棠的心情十分复杂。明明他们之间是那么纯洁的小情侣关系，平日里最多不过是搂抱和接吻，为什么这条消息看起来那么不纯洁呢？

最后昭棠没下单，点进微信，十分冷漠地在输入框里打了一个句号。

本想就这么发过去，表示对他的不满，但想想她这么没头没脑的，他说不定还会以为她是在生气他不能早点回来陪她。这么想想，她又慷慨地在句号前面加了一个“好”字。

刚好到下班时间，昭棠收起手机，准时打卡下班。她走到博物馆门口，犹豫了两分钟，还是没往家的方向走。而是从相反的方向走了大约十分钟，就到了一个购物中心。这是一个新型的购物中心，里面的品牌年轻而时尚，昭棠按照指示牌，很快就找到了之前在手机上看到的那个品牌的旗舰店。

半个小时后出来，她已经拎了好几个纸袋。她没吃晚饭，随意吃了点樱桃和草莓，就将新买的内衣和真丝睡裙洗干净晾好了。

之后她站在阳台上，盯着那三套内衣看了好一会儿，想着现在气温高，就算明天一早就要出去，应该也差不多能干了。这么一想，她又忍不住笑。不得不说，路景越的身材是真的好，也不怪她没有定力。其实换个角度想，既然他早晚都是她的，好像也没什么好害羞的。

晚上洗完澡，她躺在床上玩了一会儿手机，本来想问他五一去哪里，点进微信，看到他最后一句话说今晚有事，就没有打扰他。也没有听他的话先睡，总觉得他回来后肯定会过来和她见一面，就这么歪在被子里，结果有点无聊，等着等着还是迷迷糊糊地睡了过去。

手机响了一声，她过了好一会儿才茫然地清醒过来。

房间里的灯还亮着，黄白色的光线很柔和，但在刚睁开眼睛的时候还是有些刺眼。她抬手挡了挡，等眼睛适应以后，才拿起手机。

路景越："睡了吗？"

昭棠的睡意一下子就没了，但没有回复他，掀开被子就跳下床，直接往门口跑。外面的灯感应到动静，原本漆黑的廊道瞬间亮了起来。

路景越单手插兜，斜倚着墙，安静地等在楼道里。听见开门声，转头朝她看来。看到彼此的一刹那，两个人眼底都闪着光。昭棠本来想跑出去，想到外面有监控，自己只穿了一条薄薄的睡裙，又有点不好意思。

路景越的目光在她身上停了两秒，抬步走进来。

房门关上的一刹那，他长臂一伸，还没换鞋，就直接将女朋友娇软的身子抱进了自己怀里。

女孩子清甜的体香霎时盈满鼻间，路景越有些神魂颠倒，双手紧紧搂着她的腰，俯下身去亲她。

男人身上带着淡淡的酒气，昭棠觉得是烈酒的味道，如诱人沉沦般刺激。她脑子里一片空白，倒是有一个念头格外清楚——连旅游这么正大光明的借口都不用了，就今晚吗？心脏一阵阵地往胸口撞，紧张，又在隐隐期待着什么，她更加用力地抱住了路景越。

路景越的吻带着明目张胆的欲望，不知道是因为酒精的刺激，还是昭棠热情的回应，理智有片刻的走失……然而很快他被理智强硬地拉了回来。

昭棠茫然地睁开眼睛，一双眸子仿佛含着水汽，水汪汪的，正对上男人黑漆漆的眼睛。

四目相对，他没放开她，还一下下地亲着她的嘴角，又哑声问她：“不是让你先睡吗？”

昭棠哭笑不得：“那你刚才等在外面做什么？现在又在做什么？”

路景越低笑一声：“你要是睡了，我现在就做不了什么了。”

她气呼呼地推开他，想把他赶出去，结果还没来得及，又被路景越从身后抱进了怀里。

他在她耳边低声问：“眠眠，假期跟我回家见见我家里人吧。”

昭棠愣住了，像是没反应过来他说见家里人的意思。过了好几秒，她才如梦初醒一般。喉咙有些紧，她喃喃地问：“这、这么快吗？”

路景越喝了酒，又还没从刚才的情动里完全抽身，没有察觉到她细微的情绪变化。

他低笑一声：“快点好。”

她转身面对着他，迟疑了一下：“可是我还没有准备好……”

“还要准备什么？”路景越笑着去亲她的嘴角。

他平日里不苟言笑的样子十分冷漠，可是每到这种时候就说不出地温柔，一下下地去碰她的嘴角，像是有用不完的柔情和耐心。

“我爸妈你都见过了，我爷爷奶奶你也见过……不算他们，这次你只见我妈那边的亲戚。”

“你的意思是，这次还是所有人一起见？”昭棠敏锐地捕捉到了重点。

“嗯，三号那天是外公的八十大寿。”路景越柔声问她的意见，“眠眠，跟我一起回去，好不好？”他见她没点头答应，语气竟带了点儿撒娇的意味，“我把你介绍给我的家人，好不好？”

昭棠看着他的眼睛，在玄关的白光下，他的眼睛又黑又亮，闪耀着的每一寸光芒都含着期待。

昭棠轻声问："是所有人都会去吗？你爸妈也会去吗？"

路景越忍俊不禁，用手指轻刮她的鼻尖："在想什么？我外公生日，我爸妈当然会去。"他亲昵地抱着她，在她耳边说，"你想想，以后我们有了孩子，我生日，他们要不要回来。"

什么他们的孩子啊？

她没说话，喝了酒的路景越仿佛变为一个大男孩，就抱着她不松手，撒娇似的喊她的名字："眠眠，眠眠，眠眠……"

等昭棠被他弄得哭笑不得，他又幽怨地在她耳边控诉："你不想见家长，是想得到我的人就对我始乱终弃吗？"

总之今晚的路景越真是让昭棠毫无招架之力，她没有办法，只好点头答应："好。"

路景越得偿所愿，又抱着她不管不顾地亲了一阵。

这晚，昭棠大半个晚上没有睡着。总算迷迷糊糊入睡那会儿，已经能隐约听见鸟叫。

摩卡小镇是花园洋房，小区的绿化能排进岁宜前五，清晨时分总有鸟儿叽叽喳喳地叫，听着像是晴朗的一天。

可是令两人都没有想到的是，第二天醒来，昭棠就病了。躺在床上，浑身一点儿力气都没有，酸软的感觉仿佛从骨头里冒出来，一阵阵地疼。嗓子眼发干，往外蹿着火似的，呼吸也很困难。

她一动不动地躺在床上，呆呆地望着天花板，一时搞不清楚现在是哪一年。她已经很多年没有这样过了。

门铃声响起来的时候，她才仿佛回到现实。她的目光扫过卧室的装潢，最终落在绿色窗帘上。又过了好几秒，她才确定，她是真的回来了，不是在做梦。

昭棠无力地掀开被子，艰难地从床上起来，走路的时候还觉得天旋地转。

路景越已经在门口等了一会儿，靠在门边，正低头打字。

听见开门声，他停下动作，笑着抬头：“下午了，再不开门，我就强行破解密……”话没说完，视线落在昭棠苍白的脸上，他的笑容顿时凝住，“你怎么了？”

昭棠本就浑身没力，在他伸手扶过来的时候，直接倒在了他身上。

路景越碰到她的身体，感觉到了滚烫，脸色一变：“怎么这么烫？”

昭棠在他怀里摇了下头，难受得没力气说话。路景越皱着眉，反手将门关上，然后将她打横抱起来，大步走回卧室。

将昭棠放回床上，他轻轻抚摸着她的额头，柔声问：“我们现在换衣服去医院？”

昭棠虚弱地摇头：“不用去医院，我就是感冒了，躺一会儿就好了。”

路景越直直地看着她，似乎想从她的状态里判断要不要听她的。过了一会儿，见她实在累得一动也不想动，他只好妥协，又问：“有体温计吗？”

体温计……昭棠脑子转了一下，才反应过来。

她伸手去摸床头的手机：“我现在买一个就有了。”

路景越本来看她有气无力的样子心疼得不行，硬是被她这垂死挣扎的乖巧模样给逗乐了。他抓住她的手，又扯过床上的薄被将她盖好，低头在她眉心亲了一下，温柔地说：“我去买。”

昭棠温顺地点点头。

等他都走到卧室门边了，她才想起来，说道：“密码是……”

路景越转过头。

昭棠忽然不好意思看他，目光躲躲闪闪，声如蚊蚋：“密码是我们重逢那天。”

路景越愣了一下，下一秒，喜悦的情绪浮现在眼底。

昭棠没看他，但凭她对这个人的了解，她十分有先见之明地快一步提醒他："你要是敢笑，马上就不是了。"

路景越："……"

第十六章 生病

路景越很快就买了体温计和感冒药回来，替昭棠量了温度，确定只是低烧，才没有强行带她去医院。让她吃了感冒药睡下，他又出去了一趟，买菜回来，晚上熬了粥，做了几个清淡的小菜。

昭棠几乎睡了一整天，半夜迷迷糊糊醒来，发现床边还坐着一个人。她知道是路景越，没有害怕，只是问他："怎么还没回去？"

房间里没开灯，遮光窗帘倒是被他拉开了，有淡淡的月光照进来，朦朦胧胧的。

路景越低着头，安静地注视着她："在忏悔。"

昭棠愣住了："啊？"

"昨晚我不该把你喊出来，亲那么久。"

昭棠撇开头，视线落在窗帘上，停了两秒，又抬手捂住脸。

她艰难地解释，声音低低的："真的不关你的事。"

但路景越并不信她的话，只当她在安慰他，拉下她捂着脸的手，俯身过去，看着她的眼睛："我以后不那样了。"

她轻轻抱住他的脖子，沉默地用脸贴着他的脸。

路景越俯身下来，配合她的动作，两条手臂撑在她枕侧。

两人都没有说话，只能听到彼此轻浅的呼吸声。

夜晚格外沉静，只有月光无声地透过窗帘，洒下一小片浅白色的光。

就这么抱了他一会儿，昭棠忽然侧头，用嘴唇轻轻碰了碰他的脸："路景越，对不起。"

路景越漆黑的眸子直直地看着她："为什么要说对不起？"

昭棠眨了下眼："害你自责。"

路景越挑眉。

昭棠躲开他的目光，声音几不可闻："其实你那样，我也是喜欢的。"

她说了什么？她自己反正没听见，但空气仿佛瞬间凝固了。下一秒，她的下巴被抬起，眼前阴影落下，他微凉的嘴唇就贴了上来。

"好，那我下次注意点儿。"

这晚，路景越按时喂昭棠吃了三次药，又一遍遍检查她的体温，直到昭棠不再发烧了他才离开，时间已经是清晨四点。

第二天早上九点，他打算过来给她做早餐。进门后，他犹豫了一下，还是轻手轻脚地推开了卧室的门，想先看她一眼。这一看，却吓得他心脏都停了一下。只见昭棠满脸通红地躺在床上，双眸紧闭，睡得失去意识一般，又像是因为冷，死死拽着被子，

路景越拿过床头的体温计一测，高烧四十度。

他吓得手一抖，赶紧叫她："眠眠，眠眠……"

昭棠迷迷糊糊地睁开眼睛，看到路景越的脸，笑了笑。那个笑容却像针扎一样，直戳他的心窝。

路景越的声音越发温柔："我们现在去医院。"

昭棠一听医院就皱眉，抗拒地摇头。

路景越十分后悔，昨天就不该听她的，今天他绝对不会再被她糊弄过去了。他没理会她的抗拒，直接转身打开她的衣柜，替她挑衣服。

但已经要强势送她去医院了，路景越可不敢再在别的地方惹她不开心，他不敢随意发挥自己的审美，而是回忆起她曾经穿过的衣服，最后找出一件绿色的落肩上衣和橙色的阔腿裤，都是宽松慵懒的剪裁，配色十分鲜亮。别说，他一个大男人都觉得挺好看的。

他自觉这个选择十分保险，结果送到昭棠面前，她用被子紧紧蒙住自己的脑袋，根本看都不看他一眼。

闷闷的声音从被子里面传出来："我不要去医院，我有经验，我知道，只要过了这几天，就会好了。"

哄着去是不行了，反正已经做了坏人，那就坏到底吧。

他态度强硬地问："自己换还是我帮你换？"

被子里的人轻轻瑟缩了一下，但还是很有骨气地没有妥协。

"行。"路景越轻点了下头，一边转身拉开衣柜里的内衣抽屉，一边问她意见，"内衣想穿什么颜色？"

昭棠："……"

他真的是太坏了！对付她的办法一套一套的，而她，除了换男朋友竟然一点办法都没有！最可恨的还是她现在暂时不想换男朋友。那没办法，只好暂时妥协。将路景越赶了出去，她才不情不愿地自己换了衣服。

到医院后，她烧成这样，不可避免要挂一天水。回到家已经是晚上，好在烧退了，只是浑身还是没什么力气，嗓子依旧干干的。

她这副病恹恹的样子，显然明天不合适去参加老人的寿宴，否则倒像是平白给老人添了晦气。她心里觉得万般过意不去，想到路景越和她说起时眼睛里明晃晃的期待，心里悄悄自责。却没有办法，她只能不停地催路景越回去休息，明天早点去参加寿宴。但路景越怎么敢走？明明昨晚他走之前她都好了，结果他一走，她烧得更厉害了。好在他一早过来没忍住相思先看了眼女朋友啊，否则再晚点儿她人都该烧傻了。

昭棠现在在他眼里可说是全无信用，他根本不信她的保证。这晚，路景越就在她家沙发上凑合了一晚，途中还进房看过她好几次。到第二天早上，确认她真的退烧没有再反复了，才离开。

昭棠送他出门，看着他眼下不明显的青灰色，想到这两天他都没怎么睡觉，心疼得厉害，柔声叮嘱他："你别自己开车了，打个车吧。"

路景越看着她总算有了点儿血色的脸，松了一口气，有意逗她："有件事，你可能不知道。"

昭棠："什么？"

路景越："你男朋友有司机。"

男朋友当然有司机了。

昭棠从前就知道他家世显赫，但一直以为只是他爷爷和爸爸位高权重，倒不至于多富有。可能到路景越这代从商，开个鹿溪饭店，大约已达到财富的顶峰了吧。

直到那晚他说外公八十大寿，她答应他陪他一起回去，为了挑礼物，她细心地问了问他外公从事什么工作，有什么样的喜好。

他沉吟了片刻，不答反问："作过弊吗？"

昭棠从小就是好学生，哪儿做过什么弊？她摇头。

他一本正经地点评："那你这学生时代多多少少有点儿遗憾啊。"

昭棠没听懂。

"没事，我来帮你把这个遗憾弥补了。他喜欢什么我比你清楚，礼物已经替你准备好了。"

虽然要帮她作弊，他想了想还是提前告诉了她外公的名字，让她有个心理准备。

孟淮。

孟淮是谁？这么说吧，像昭棠这么消息不灵通的人，她一听都觉得耳熟的名字，必然得是某一个领域里首屈一指的人物。打个比方，像孟言溪这种连月薪不过万的孙珞宁都耳熟能详的“霸总”，她听一次完全陌生，听第二次已经不太能想得起来。但是孟淮，她在听到的一刹那就愣住了。

过了好一会儿，她才不敢相信地问路景越：“你说的孟淮……是那个孟淮？”那个，可能不只是岁宜首富的孟淮？

“他是你……外公？”

路景越含笑看着她：“虽然我不清楚你说的是哪个孟淮，但我觉得应该就是那个孟淮。”

昭棠的心情十分复杂。

孟淮八十大寿，设的却是家宴。老人低调了一辈子，到这个岁数了更喜清静，这天一家子聚在祖宅，连一个外人都没有。

一屋子人，儿子女儿、媳妇女婿都到齐了。下一辈，外孙路景越、孙子孟言溪、孙女孟逐溪。只是到了孙辈，三个小的却都单着回来。孟老爷子不是很满意，扫了三人一眼，没说什么。好在孟言溪怀里还给他抱了个曾孙，他才没说什么。

老爷子接过孟言溪刚满一岁的儿子。

糯米团子似的小家伙爱笑，平日里见谁都笑，不逗也笑。正在孟言溪怀里玩着爸爸的下巴呢，忽然间被精神矍铄的老人接过去，眼珠子滴溜溜地一转，就冲孟淮“咯咯”笑个不停。

别说孟淮了，这可把满屋子的大人都给逗乐了。

但该来的还是得来。老爷子逗了一会儿小家伙，视线最终还是转向了几个大的。念在自己刚刚才逗了人家儿子的分儿上，这次孟淮的火力没有一开始就集中到孟言溪身上，视线转而落到孟逐溪身上：“周淮琛呢？”

孟逐溪提起周淮琛就生气，头一扭，负气地说："病了。"

孟淮问："什么病？"

孟逐溪："脑子进水了。"

孟淮："……"

其他人："……"

孟淮又看向孟言溪："孩子妈妈呢？"

孟言溪安静了两秒，不知道该怎么说，看了一眼孟逐溪，现场"抄了个答案"："病了。"

孟淮已经不想问什么病了,目光落在路景越身上。

这个外孙和他最像，孟淮从小就偏爱，平日里多半是暗地里护着不为难。虽然他很想问一问，但对上路景越那双和自己神似的眼睛，老爷子接收到暗示，犹豫了两秒，还是算了，轻轻点了下头。

行，不当众为难你。

结果路景越防住了孟淮，没防住自己亲妈。

孟时锦忽然开口问道："路景越，你说的要带回来的那姑娘呢？"

路景越神情复杂地扫了眼孟言溪、孟逐溪两兄妹,心里那个恨啊!

他的眠眠明明是真的生病了，高烧两天两夜，烧得可怜兮兮的，还被扎了针，结果就因为这俩拖后腿的兄妹说了谎，明明是真的，现在说出来倒成了"狼来了"。

他沉默了片刻，看向孟时锦，轻咳一声："我这么说可能很没有可信度，但她确实也病了。"

孟言溪和孟逐溪差点"笑场"。

孟时锦轻笑了一声："哦？虚拟出来的姑娘也会生病？"

孟时锦看着儿子，一脸诚恳地点评："你这想象得还挺周到啊。"

晚上，路景越回去，将孟时锦的原话转述给了昭棠，语气无比幽怨。

他看着昭棠，神情傲娇得仿佛一个大男孩：“现在所有人都以为你是我想象出来的，你就说该怎么办吧。”

昭棠靠在床上，忍俊不禁地看着他。这个人以前就这样，看着冷漠，拒人于千里之外，其实可会撒娇了。他这是在问她怎么办吗？

昭棠用力压着嘴角，不让自己笑出来，做出一副艰难思索的模样。

她盯着他的唇看了一会儿，忽然凑上去，主动亲了他，笑眯眯地反问：“你想象中的我会这么亲你吗？”她说着，又亲了亲他的下唇。

路景越挑眉，神情傲慢地睨着她，没主动，也没说不可以亲。

昭棠懂，这就是让她继续的意思。

理亏在先，昭棠态度特别端正，搂着他的脖子，一下一下地亲他的嘴巴，耐心地哄男朋友：“你想象中的我会这么亲你吗？不能吧……”

路景越被怀里的人撩拨得不行，视线艰难地从她脸上移开，扫过卧室的装潢。当初装修的时候就全按着她的喜好来，光窗帘就挑选了两三个月，就为了找到和她喜欢的颜色。

天知道他弄成这个样子是存了什么心思。

他将手紧握成拳，看着她这几天瘦了一圈的小脸，最后还是克制住了，意味不明地说了一句：“我想象中的你没这么敷衍。”

“敷衍？我敷衍吗？”

“嗯，你敷衍。”路景越点头。

没有吧，她亲他多有诚意啊。

昭棠不服气地问：“那你想象里的我是怎么不敷衍的？”

“你……”路景越说了一个字又停下来，对上昭棠纯洁无辜的大眼睛，轻咳一声，“你以后会知道。”

昭棠一脸茫然,她以后会知道什么？

此时，外面刮起了风。今晚大风蓝色预警，呼呼的风声透过窗户传来，吹得人有些冷。

路景越放开她起身："我去关窗。"

昭棠点了点头，慢了好几拍地想着他那句"我想象里的你没这么敷衍"和"你以后会知道"，还没想明白他什么意思，却忽然想起另一件要命的事——等等！昭棠猛地从床上蹦下来就往外冲。

等……等！先别去阳台！

昭棠飞快地跑到客厅，边跑边喊："路——"

却在看到他手上拿着的东西时，硬生生将剩下的两个字卡在了喉咙里。客厅里灯光很亮，客厅与阳台之间的推拉门半开着，夜风一阵阵地往里灌，吹得厚重的窗帘布掀起一角。

路景越站在阳台上，刚好转过身来，面对着她。

他的身后是这几日开得正娇美的粉芍药和红玫瑰。他像是刚为这些花浇过水，粉嫩的花瓣上还带着水珠，在明亮的灯光下看起来娇艳欲滴，说不出地动人。

男人的手里握着几片轻薄的布料，颜色同样娇艳，惹人遐想。茱萸粉、珍珠白、胭脂红……衬得握住它们的那双手肤色更深沉有力。

昭棠仿佛被定住了，僵在原地，死死盯着路景越手里那几片布料，恨不得眼睛能喷出火来，将它们烧了。

路景越不知道懂没懂她的尴尬，对上她的目光，沉默了片刻，神色自若地走进来。

很好，他完美诠释了什么叫只要他不尴尬，尴尬的就是别人。

路景越走到她身边也没停下来，拿着她的贴身衣物径直往卧室走，自然得像是打算帮她拿进去放好。

昭棠捂住自己的脸，转过身一步一趋地跟上去，讷讷地开口道："你给我吧。"

但是路景越这个人不知道怎么回事，有时候跟成精了似的什么都懂，有时候又仿佛完全看不懂人的尴尬似的。

听她这么说，他想了一下，居然一脸认真地保证："放心，知道你有洁癖，收之前我洗过手了。"

这是洁癖的问题吗？当然收贴身衣物之前确实应该洗手，他这点做得还不错，但这不是重点啊！她不想跟他废话了，一把夺过他手里的东西，转身就跑回卧室，拉开衣柜的内衣抽屉，胡乱塞进去。

抽屉关上，藏好了内衣。

昭棠转身，泰然自若地问道："不去关窗吗？"

路景越挑了下眉，视线扫过她身后，慢条斯理地反问："不叠一下吗？"

很好，路景越，你又赢了。

这个五一假期，昭棠就这么在床上躺着过了。

旅游没有去，寿宴也没有去。但是在调皮的命运捉弄之下，她准备的内衣倒是用上了，全给他看了摸了，只能说造化弄人。这个假期，谁能过得比她惨？

然而上班那天，她才知道，还真有人比她惨。

假期结束，赵希声没有来上班，孙珞宁戴着口罩、帽子全副武装来的。后来昭棠才知道，五一赵希声出去和朋友喝酒喝多了，洗澡的时候在浴室摔了一跤，摔到了尾椎，现在还躺在医院里休养。

孙珞宁五一的时候出去相亲，是书画部姜姐介绍的对象，两人相谈甚欢，再次约吃饭的时候不知道吃了什么过敏了，现在还满脸小痘痘。

相较之下，只是感冒高烧并在男朋友面前上演一场尴尬的昭小棠竟然成了最幸运的那一个。

"你还挺得意？"路景越听了昭棠的描述，挑眉反问。

昭棠摸了摸鼻子，诚实地摇头："那倒没有。"

怎么说她也很难受啊，总不能因为比别人提前两天好就得意吧？这是什么心态。然而即使这样，路景越也非要说她身体不行，要拉着她和他一起运动。救命！昭棠从小最怕的就是运动了！她想都不想就抗拒地摇头。可是男朋友在这件事上格外有耐心，连方案都做出来了——

选项A：绕湖跑步。

选项B：去健身房。

选项C：就在家里，他带着她做一些情侣能做的运动。

昭棠还不知道路景越的小心机？前面两个都是陪跑项，最后一个才是正确答案。现在情侣一起运动总会拍成小视频，一不小心看到就被喂了满嘴的"狗粮"。

以前昭棠看到情侣运动项目会觉得很甜，很羡慕，那个时候她也会忍不住想，如果能让路景越陪，那她勉勉强强愿意运动一下。

像是动一下，亲一下……想想就很甜蜜。然而现在路景越已经到手……那还是算了吧。她不动路景越都会来亲她，她干吗还要这么累？

昭棠耍赖，问道："我可以选D吗？"

"D是什么？"

昭棠眨了下眼："就在家里，我躺在沙发上吃零食，看你运动。"

"你倒是安排得明明白白。"路景越被她气笑了。

昭棠嘟囔："本来就是，女孩子健身大部分是为了练身材，可我……虽然这么说有点炫耀的意思，但我天生就有马甲线，还有腰窝，我不用练身体就很美了，那我干吗不躺着吃零食，要那么费力运动？"

路景越直直地看着她，忽然自言自语道："原来我上次摸到的是腰窝。"

混蛋啊！

"你这么积极，你替我运动啊……"

耍无赖谁不会啊？

昭棠"一连三问"："我们高中的时候你不是想替我长高吗？怎么现

在却连运动都不愿意替我了？路景越，你是不是不喜欢我了？”

路景越问：“那将来孩子的亲子运动会你也不去吗？”

昭棠想都不想，随口说：“不去，你去。”

说完，空气微妙地安静下去。

昭棠反应过来自己说了什么，对上男人似笑非笑的眼睛，脸颊渐渐变红。正说着运动，怎么又说到孩子了呢？她还那么自然地安排他去参加孩子的亲子运动会，不就是默认她以后的小孩是和他生的吗？

果然，她刚想到这里，就见路景越吊儿郎当地笑了起来，并且十分爽快地一口答应：“行啊，我去。”

行吧，他就是这么个人。

昭棠最后没有运动，孙珞宁的过敏好了以后，两人一起约了学术研究部的其他同事去医院看望赵希声。

赵希声恢复得差不多了，再过一个星期就能出院了，但伤筋动骨一百天，他回家也得躺着。

“这个五一你们办公室真的还不如不过，一个住院、一个过敏……”一行人离开，电梯里，同事半开玩笑地看着孙珞宁和昭棠，“我说你们要不找个时间去拜拜？”

孙珞宁嘴硬，骄傲地抬起下巴：“我虽然过敏了，但情场得意啊。”

书画部的姜姐在一旁笑着说：“这话我做证啊，她那对象还是我介绍的。”

孙珞宁抱着姜姐的手臂，嘴巴甜得不行：“谢谢姜姐让我情场得意！”

昭棠低着头笑，心里想：我情场也挺得意的……

姜姐初次做媒就旗开得胜，现在正是兴致高昂的时候，视线很自然地就落到了昭棠身上，正要笑着说什么，电梯到了。金属门往两旁拉开，两名穿着白大褂的男医生从外面走进来。电梯里不再只有自己人，姜姐没说下去，同事也收住了玩笑话，狭小的空间自然地安静下来。

昭棠垂着眼，心里正想着谢谢“越妃”让我情场得意，一道清越的声音忽然落在耳边——

“昭棠？”

昭棠一怔，抬眼看去。

男人年轻俊朗，身材高瘦。冷白的肤色，额前有几楼黑色的碎发，挺拔的鼻梁上架着一副金丝边框眼镜，他身上的白大褂一尘不染，看不到一丝褶皱。整个人看起来干净清爽，让人想起早晨拂过山林的清风。

年轻男人低头注视着昭棠，琥珀色的瞳仁里浮动着惊喜，惊喜里又隐含期待。

昭棠看着他眼底的期待，心情一时有些复杂。

她懂那是什么意思。

果然，等了她两秒没有说话，男人就理解为她又把他忘了，并且不和她计较，主动自我介绍：“我是……”

昭棠是个脸盲，但脸盲也是有尊严的。她不能接受自己在别人眼里等同于白痴，先一步开口：“沈医生。”

与此同时，电梯到达一楼。

沈惜时最先走出去，和同事说了一声，对方先走了，自己则停在门口。

等昭棠出来，他看着她问道：“坐会儿？”

电梯对面正好有一排空着的座椅，昭棠走出电梯，视线自然地落在上面，听沈惜时这么说，也没有多想，点了点头：“好啊。”

她径直走到对面的座椅坐下。

孙珞宁震惊地看着昭棠，却见昭棠一副完全不觉得自己有问题的样子，还一脸认真地跟她说道：“你们先回去吧，我坐会儿。”

孙珞宁愣了两秒，呆若木鸡般地点了下头。转头看着同样震惊的姜姐，两个人在瞬间用眼神进行了一番无声的交流。

“姜姐，坐会儿是这么坐的意思吗？”

“好像不是，我理解应该是约她出去的意思。”

“我也……所以到底是她有问题还是我们有问题？”

“那应该是她有问题。”

“我的天，知道她不解风情，但这也太不解风情了吧……她这张脸不想用可以给我用啊！”

“我就没你这么贪心。我要是能长成她那样，我也愿意当块木头。”

除了孙珞宁和姜姐，其他同事们脸上震惊的神情都如出一辙！

昭棠看着他们一言难尽的表情，慢了好几拍，才终于反应过来。

同事们很快离开，原本等电梯的人也都上了电梯，电梯间里安静下来。昭棠对上沈惜时无奈的笑容，终于明白过来，然后瞬间尴尬得手脚都不知道该往哪里放了。

她捏了捏衣角，正想重新站起来换个地方坐，沈惜时笑着摇了下头，走到她身边坐下：“你还是老样子啊。”

这句话结合着上下文来听，实在算不上什么好话。

她沉默了几秒，无奈道：“我回岁宜那天你还去机场送了我，算起来我们才三个多月没见，那我确实想变也变不到哪里去。”

沈惜时沉默片刻，忽然说了句：“三个多月。”

昭棠转头看向他。

沈惜时的目光落在她的脸上，停顿半晌，轻声道：“瘦了。”

有人说她瘦了……昭棠毫不犹豫地点了点头：“谢谢。”

沈惜时竟不知该怎么回她。

“对了，”昭棠问道，“你怎么也来岁宜了？”

她看着沈惜时身上的白大褂，有些不敢相信：“你把工作调过来了？你以前不是说你北方人，一辈子离不开临绛吗？”

“一辈子……”沈惜时笑着摇了下头，“人生哪有什么是绝对的？”

昭棠想想也是，她去临绛的时候还觉得自己一辈子不会回来了呢，现在不也回来了吗，还和路景越在一块儿了。

她点了下头：“你之后就一直在这边工作了吗？你找到房子了吗？”

一说到房子，昭棠忍不住感同身受地分享经验：“岁宜的房子真的太难租了，而且坑特别多，你……”

“昭棠。”沈惜时忽然打断她。

昭棠停下，疑惑地看向他。

沈惜时看着她的眼睛，沉默了三秒，正要开口，手机铃声在这个时候突兀地响起。

昭棠低头看去，是路景越的电话。她对沈惜时说了声“抱歉”，拿着手机站起来走到一边接电话。

“在哪儿？”路景越在那头问她，远处隐约传来车声，他应该是在车上。

昭棠早上和他说过下午会过来医院看赵希声，看完从医院直接回家，于是说：“还在医院。”

“看这么久啊？”

昭棠悄悄看了眼不远处的沈惜时，说道：“遇见了一个朋友。”

“那晚上还要一起吃饭吗？”

“要！”

路景越笑了一声：“我在回家的路上，就快经过医院了，顺路接你一起去超市逛逛？。”

昭棠笑了一下：“好，那我现在出来。”

挂断电话，昭棠走回沈惜时身边，眼底还含着笑。

沈惜时看着她的眼睛，仿佛刹那间就明白了什么。他安静地坐在椅子上，就这么看着她，没有说话。

两个人这么不说话，气氛有些奇怪。昭棠回忆了下刚才的情景，猜测是不是路景越那个电话将他的话打断了，他不高兴，于是笑着将话题转移：“对了，刚才你要说什么？”

“忘了。”沈惜时停顿了一下，“可能想说我来岁宜是短期交流吧，过阵子就会回去。”

昭棠点了点头，忍不住真诚地继续提建议：“那你别租房子了，直接住酒店吧，岁宜房子可太难租了，而且超级容易被坑！”

沈惜时不置可否。

昭棠看了眼他身上的白大褂，正要说她该回去了，就不打扰他上班了。

沈惜时忽然问：“你回来，见到他了？”

这话题转换得有点突兀，昭棠愣了一下，才反应过来沈惜时口中的“他”指的是路景越。

一想到路景越，嘴角就不自觉地流露出笑意，昭棠点点头：“对，见到了。”

沈惜时眼底的情绪复杂，嘴角勾出一丝笑，意味不明地说：“岁宜这么小的吗？我还以为，很多人一辈子都见不上一面。”

回来那天，沈惜时曾经对她说：岁宜太大了，多少人一辈子都见不上一面。

昭棠笑着摇摇头：“岁宜真的很大，很多人一辈子都见不上一面……”

她没有再说下去，重新看向沈惜时，指了指外面：“他快到了，那我先走了，再……”

沈惜时从椅子上起身，说道：“一起吧，我刚好要出去一趟。”

两人走到路边，路景越的车还没有到。沈惜时很绅士，虽然昭棠一直说不用了，但他还是坚持陪她等一会儿。

似乎想起什么，他问昭棠：“回来后有没有生病？”

昭棠摇头："没有。"

"那就好，我还担心你再回到这里，会……"沈惜时停了一秒，轻声道，"难以适应。"

"不会，我已经不再是七年前的我了。"

沈惜时看着她："七年前的你也很好，你从来没什么不好。"

昭棠淡淡地说："但太弱了，我讨厌柔弱的自己。"

沈惜时静静地注视着她。

眼前的姑娘背光站在夕阳里，长发披散，有细碎的橘色光芒从她蓬松的发丝间穿过，她整个人仿佛被晕上了一层柔光。柔和而夺目，温暖又坚韧，让人移不开眼。

他张了张嘴，想告诉她，坚强勇敢本身也包含柔弱易折。却见她眼睛倏然一亮，视线落在他的身后。

他转身看去，晚高峰这会儿，车子堵成一条长龙。目光所及之处，一辆灰色的奔驰G63格外惹眼，在这一路寻常的车里，如鹤立鸡群一般。

昭棠往路边走了走，想到什么，又回过头来，看着沈惜时，说道："对了，忘了和你说一声谢谢。"

"谢我什么？"

昭棠粲然一笑："谢谢你那时候鼓励我回来，否则我和他说不定就要错过了。"

沈惜时倏地笑了，摇了摇头："你有没有想过……"

G63很快就驶到近前，车子停稳，与此同时，副驾驶的车窗落下。少了茶色玻璃的阻挡，沈惜时一眼就看到了驾驶座上的路景越。

男人即使坐着，也难掩身上卓尔不群的气质。他上身穿了一件黑色的衬衫，袖口随意挽起，露出一截结实有力的小臂。一只手随意搭在方向盘上，侧头往窗外看来。

视线先从他身上扫过，这才落到眼前的女孩身上，神色瞬间变柔和。

昭棠指了指路景越，向沈惜时介绍：“我男朋友，路景越。”又回头看向路景越，避重就轻地介绍，“沈惜时，沈医生。”

两个男人隔着落下的车窗，视线交会。

下一秒，沈惜时笑着打了声招呼：“路先生。”

路景越靠在驾驶座椅上，轻轻点头：“沈医生。”

昭棠转头，正要和沈惜时说“再见”，忽然听路景越漫不经心的声音从身后传来问：“沈医生在哪个科室？”

昭棠心莫名一跳，女孩子奇怪的直觉突然冒了出来。

沈惜时视线掠过昭棠，看向车内的男人：“心内科。”

路景越点点头：“幸会。”

昭棠和沈惜时告别，拉开副驾驶车门上了车。

路景越礼貌地按了下喇叭，而后将车子开出去。

“你怎么忽然问人家哪个科室啊？”车上，昭棠侧头看向路景越。

路景越一边开着车，吊儿郎当地反问：“不能问吗？”

昭棠想了想，诚实地说：“有一点点唐突。”

路景越笑了一声，点点头：“行，那我下次注意点儿，尽量让自己看起来不这么激动。”

“激动？”昭棠一脸不信任地打量着他，“你刚才是激动吗？”

他刚才那个样子，怎么都跟激动沾不上边吧？

“怎么不是？你看哪个病人见到医生不激动？”

昭棠一听他病了，立刻紧张起来，用手碰了碰他的脸：“你病了吗？哪里不舒服？你刚才怎么不说啊……没事，在前面还可以掉头，我们现在回去。”

路景越抽空看她一眼，似笑非笑道：“行，那你帮我查一下，相思病挂哪个科。”

“你为什么会认识心内科的医生？”路景越问这话的时候，红灯转绿，直行，车子汇入车流。他看着前方，看似问得随意。

“我认识他的时候，他还没有在心内科，在急诊。”

“那你们俩认识还挺久了。”

挺久……昭棠缓缓转头看向他。男人神情放松，看起来甚至有些漫不经心，只是随意和她搭着话。

昭棠沉默两秒，忽然笑了：“你闻到什么味道了吗？”

她轻轻嗅了嗅。

路景越朝她看了一眼：“什么味道？”

昭棠一本正经地说道：“醋的酸味。”

路景越：“……”

“路景越，你是在吃醋吗？”昭棠含笑打量着他，还学路景越拖着音调，那神情要多傲娇有多傲娇。

路景越却没有否认，眉头轻扬：“难得。”

路景越看了她一眼，轻飘飘说完：“‘木头棠’都能察觉到我在吃醋，我有点受宠若惊呢。”

“木头棠”？很好。后来一路，“木头棠”将木头扮演到底，全程没有和他说话。有人却仿佛感知不到女朋友在生气似的，她不说话他也不哄哄她，竟然还笑，果真一副“受宠若惊”的样子。

到了小区，他将车停好，还没事人一样转头跟她说：“家里没菜了，先去趟超市。”

“木头棠”慢吞吞地解开安全带，瞅了他一眼：“你这都惊喜一路了，还没饱吗？晚上还用吃饭吗？”

路景越闻言，一只手搭上她身后的座椅，微微倾身过来，一脸认真地看着她：“我是不饿，但我得把我的‘木头棠’喂饱了。”

还有完没完啊！

路景越的目光在她的唇上流连："我守了这么多年的木头好容易开出了花骨朵，不喂饱了怎么能开得漂亮？"

昭棠一把推开他，下了车，径直往电梯走。

路景越也不喊她，不疾不徐地跟在她身后。她进电梯，他也进电梯。见他抬手摁了"6"，她反而先憋不住了，抬头瞅他："不是说要去买菜吗？"

路景越摁了下关门键，神情自若地说："在手机上下单也一样。"

平常看他这副胸有成竹的模样赏心悦目，拌嘴的时候就很不顺眼了。凭什么骂了她是木头以后就没事人一样云淡风轻啊？还笑得那么愉悦！昭棠和他对着干，等电梯门关上，她飞快地摁下数字1。很快到达楼层，昭棠走出电梯，路景越自然地跟了出来。

昭棠回头瞪他一眼，生气地问："不是说我是木头吗？你跟着一块木头干什么啊？"

路景越吊儿郎当地说道："木头也是我的木头，我不跟着，走丢了怎么办？"

哪有人这么说自己女朋友的啊！她不要面子吗？昭棠张嘴要反驳，忽然想到他为什么这副阴阳怪气的样子，又轻轻抿了下唇。

好吧，她也有责任。做人家女朋友了，也没有和男朋友解释清楚。

两人沉默地走了一会儿，昭棠主动伸手去碰他的手指，他没动，昭棠又碰了碰，还是没动。行吧，没耐心了。昭棠收回手。

下一秒，路景越忽然伸手过来，结结实实将她的手握在自己的掌心。温热有力的触感袭来，昭棠的心仿佛也热了，朝他看去。

路景越握着她的手，侧眸朝她笑道："这么没耐心啊？"

昭棠没说什么，只是用力地回握住他的手，往他身边蹭了蹭。

路景越看着她，就这么看了几秒，忽然轻哂一声："这是知道自己开得好看，在故意勾引我呢？"

昭棠没和他计较，看着他的眼睛，轻声说：“你别吃醋了，沈医生只是医生，如果一定要说除了医患关系还有什么情分，大概就是识于微时，我帮过他，他帮过我。”

“他帮过你我理解，你怎么还能帮助他？”

昭棠挽着他的胳膊，安静地往前走：“我大一的时候，感冒了，去医院挂急诊，他那时候刚毕业。那天晚上人很多，大家都在走廊里排队，外面还下着雪，我们排了很久。到我的时候，护士和家属忽然扶着个脸色惨白的女孩子进来，和我擦肩而过，挤在我前面进去了。”

“插队啊？”路景越含笑看着她。

昭棠点头：“对，插队，我还没有反应过来，我后面的人就闹了起来。其实能理解，大家排队排了那么久，又是雪天的凌晨，谁不想早点回去呢？女孩子是……”

昭棠停了几秒，她现在还能想起那天晚上，那个女孩子左手手腕上令人触目惊心的鲜血。

她轻描淡写地说了句：“外伤。”

“她的妈妈听见外面闹得凶了，哭着出来道歉。”昭棠回忆着当年的情形，“求大家原谅她，救她女儿一命。当时排队的人里面有一个年轻女孩，看起来挺小的，不知道有没有念大学，那个时候专拍网络视频的还没有现在这么炙手可热，但也有很多博主。她一直在拍视频，拍女孩子的妈妈哭，拍人群的愤怒，然后反问我们，大家大半夜排在这里，谁不是等着救命？她女儿的命金贵，别人的命就不值钱吗？”

“然后大家吵得更厉害了。”昭棠笑着摇摇头，“吵得太大声，医生护士都过来了，可是大家占理，医生护士也不能说什么，就这样没完没了地吵了好久好久。一直到我觉得那个女孩应该已经包扎完了，她也一直没有出来，倒是沈惜时先出来了。”

“他那个时候……”昭棠回忆起往事，忍不住皱眉摇了下头，“脾气很糟糕，他出来就反手关上了门，冷着脸喝止拍视频的女孩，让她少在医院兴风作浪……这可不是捅了马蜂窝吗？女孩就直接对着他的脸拍，对着他的胸牌拍，说了挺多难听的话，还问沈惜时和刚才那个女孩什么关系，扬言要去医院投诉他。”

“人是很容易被周围影响的，其实那晚我觉得只是插个队，说两句就完事了，根本没必要吵那么久，可是因为那个年轻女孩不停煽动旁人的情绪，后来排队的所有人都加入了进来，从病人和病人吵架变成了病人和医生吵架，又上升到了医患矛盾，吵得没完没了……”

“后来呢？”

“后来我被吵烦了，让他们别吵了。”

“他们能听你的？”

“没办法，谁让我排在最前面呢？”昭棠摊摊手，“我说我就是替那个女孩排的队，她没有插队，事情就这样解决了，其他人自然也就无话可说了。”

“那你呢？”路景越垂眸看着她，“她排了队，你怎么办？”

“医院门口的药店24小时营业，我本来就是个小感冒，进去随便买了点药。”

“药没有用？”路景越柔声问道。

昭棠眨了下眼：“有用啊，感冒嘛，看不看医生有什么差别。”

“那你为什么后来还会再遇见沈惜时？”

“后来生病的时候遇见的。”

“你一个人的时候经常生病吗？”路景越低声问，放开她的手，将她揽进自己怀里。

昭棠安静了两秒，垂着眼说：“没有，就是刚去的时候，水土不服，毕竟我在岁宜长大，忽然去了北方，在所难免。”

“后来呢？”

“后来就好了啊。”

路景越低头注视着她，忽然俯下身在她额头上亲了一下。

他这个亲吻猝不及防，昭棠下意识躲了一下，又警惕地四处张望。

路景越低低地笑，将她揽在自己怀里往前走，漫不经心地问：“沈惜时就是从那时候喜欢你的？”

“喜欢你”三个字着实把昭棠惊呆了，尤其路景越还是以如此云淡风轻的语气说出来，昭棠险些被他吓得跳开。

“你不要胡说啊！”

路景越笑了一声，不置可否。

昭棠急得不行，踮起脚，双手捧住男人的脸，让他面对着自己。她看着他的眼睛，神情无比严肃：“你可不要以己度人，以为你那什么我，就人人都对我念念不忘……要是被别人听见，你还不如直接挖个坑把我埋了算了！”

路景越瞧着她，忽然在她手心里亲了一下，笑盈盈的。

昭棠猛地放开他，瞪了他一眼：“你少看点电视剧吧，医生是不会喜欢病人的。”

路景越倒是好奇她的逻辑了，反问道：“为什么医生不会喜欢病人？”

昭棠沉默了几秒，目光落在远处，轻声道：“当一个人见过了另一个人最狼狈的样子，就是原本喜欢也都耗尽了，怎么还能生长出新的情愫来呢？”

路景越皱了皱眉。

昭棠转头看向他，笑了笑：“你看，李夫人生病了，就至死不见汉武帝。不让他看到自己狼狈的模样，至少还能保留着当初的喜欢，见到了，感情也就磨灭了。”

路景越低头注视着她，喉咙发紧。他沉默着将她按在自己怀里，在她耳边哑声道：“昭棠，我不是汉武帝。”

昭棠抬头看着他，忍不住说道：“你倒是想。”

路景越：“……”

第十七章 秘密

五一一过，岁宜就真正入了夏。气温在短短几天之内突破三十五度，还一路往上升。人走在室外，热浪一阵阵地往身上涌。

一天之内总能听见几个人骂这燥热的天气。

但是昭棠很喜欢夏天，尤其是盛夏。

孙珞宁笑着说她："那是因为你不用出去做体力劳动，等你去工地上搬两天砖，说不定你就最喜欢寒冬了。"

昭棠觉得这话有一定的道理。

她喜欢夏天，因为炙热的温度让她莫名有安全感。也许会有不好的情绪，但一切都会随着热烈的温度散去；不像冬天，所有的绝望和无助都仿佛被冰封了。

这样想，她就觉得路景越真的是生在了一个很好的季节；不像她……说是春暖花开，其实冰雪未消。昭棠后来想了想，是不是应该请沈惜时吃顿饭，毕竟他为她看了这么多年的病，她当初回岁宜的时候，他还去机场送过她呢。但她现在有男朋友，单独约男医生吃饭好像不太好。如果叫上路景越……想到路景越那个草木皆兵的样子……

想想还是算了。万一到时候路景越以己度人，以为谁都要跟他抢女朋友，乱说什么话，让她得当场找个洞躺进去。

主要是她觉得，她请沈惜时吃饭人家也未必会同意，毕竟现在医患关系这么紧张。不然为什么她回岁宜后，沈惜时从来没有联系过她？明知道她是岁宜人，他工作调动过来也没有联系过她……

我的天，就这样，路景越竟然还以为沈惜时喜欢她？

昭棠从不觉得路景越是对的。不，应该说，路景越在很多事情上有着猛兽一般敏锐的判断力，唯独在感情这方面，昭棠却觉得路景越是不够敏锐的。

她一直觉得路景越不可能比她更懂感情！但是她这个想法连五月都还没有过完，就被推翻了。

起因是姜姐的相亲局。

因为替孙珞宁做媒旗开得胜，姜姐之后乘胜追击，又给另一个同事介绍了对象。成没成昭棠不知道，但是姜姐的热情高涨，一个星期之后又向昭棠借鹿溪餐厅的会员卡，说是还要安排一对年轻人见个面。

鹿溪要提前半个月预定，有卡的话就能随时过去。她有卡，借给同事用一用是举手之劳。

昭棠一口答应下来，特地提前一天从路景越那里拿了卡。没想第二天给姜姐送过去时，姜姐同办公室的同事却说她去临市出差了，要隔天才回来。她只好将卡放在姜姐抽屉里，又发微信和她说了一声。

没一会儿，姜姐回了一条语音过来："小棠，不好意思啊，我都忙糊涂了，忘了今天要出差。人家约的就是今晚，能麻烦你下班直接帮我把卡送到鹿溪吗？"

昭棠想了下，反正她回家要经过那边，便随口答应下来，又问：“几点呢？”

“七点，他下班过来，可以吗？”

其实昭棠下班走过去，差不多刚好六点。七点的话，她可以先回家，再从家走到鹿溪。但这天路景越家族聚会，他回家了，她就不那么着急回去。于是下班后她在单位食堂简单地吃了份沙拉，又在办公室坐了一会儿，估算着时间差不多了才往鹿溪走去。

走在路上，收到路景越的消息，说他已经在回来的路上了。

昭棠有些惊讶，给他回了个语音通话过去。

“早上不是说今晚不回来了吗？”

路景越开着车，戴着耳机轻飘飘反问了一句：“你就听不出我那是气话？”

昭棠：“……”

说真的，不管是从前还是现在，路景越的很多行为都令她十分困惑。譬如这一句，且不说她从头到尾就没感觉到路景越什么时候生气过，就连他生气的理由，她都不知道。

路景越大概也猜到了，无奈地感叹了一句：“行，体谅你还只是个花骨朵，我对你的要求不高。但是下一次，”路景越话锋一转，语气认真起来，“眠眠，我想你跟我一起回家。”

昭棠轻轻眨了下眼，原来他想带她回家。那为什么这一次他没有说呢？夏天的这个时间段，天还只是擦黑。晚风吹来，空气里混杂着夏天热烈的味道。

昭棠安静地走在路上，看着远处明亮的月牙，悬在蓝色的天幕上。

“好。”过了一会儿，昭棠点点头，轻声道，“路景越，下一次，我跟你回家。”

她的郑重似乎让他开心了起来。

昭棠听见他低声笑：“知道跟我回家是什么意思吗？”

昭棠的嘴角无声地勾了勾：“知道。”

“回去晚上就住在那边？”

“好。”

路景越又得寸进尺道：“房间少，你只能跟我睡。”

昭棠：“……”

和路景越聊着天，不知不觉就走到了鹿溪。七点的鹿溪餐厅已经很热闹了，楼下停车场停满了车，小楼里灯火明亮，檐角挂着灯笼。湖面偶尔一阵风吹来，橘红色的小灯笼轻轻摇晃。

昭棠和路景越说自己来送会员卡，没见着人，要问一下姜姐。

路景越含笑应了一声：“好，我差不多要到了。”

挂断电话，昭棠正要给姜姐发消息，耳旁一道熟悉的声音传来：“昭棠。”

昭棠转头，只见沈惜时从餐厅里走出来，穿着衬衫和西裤，身高腿长，琥珀色的双眸里映着楼内明亮的灯火，气质干净，宛若皎皎君子。

他走到近前，昭棠愣了一下，笑道：“好巧啊。”

他的视线掠过她手里捏着的黑色卡片，说道：“上去坐会儿？”

昭棠原本想说“我还要等一个人”，可对上沈惜时的眼睛的那一刹那，就像一截木头上冒出了一个花骨朵，一个可怕的念头倏地闪过脑海。

“等等，该不会……”她不敢相信地看着他，“姜姐让我等的那个人就是……你吧？”

直到坐在沈惜时对面，昭棠还有些恍惚。脑子里来来回回在她自己说的那句“沈医生只是一名医生”和路景越说的那句“沈惜时喜欢你”之间反复切换，没一会儿就把自己搞得心力交瘁，怀疑人生。路景越是对的？怎么可能？昭棠到这一刻都无法相信。

服务员送来花茶。

菜单递到面前，昭棠感觉尴尬到了极点，正想说“我已经在食堂吃过了”，沈惜时先一步说道：“稍等，人还没到。”

昭棠愣了一下。

他真的约了人相亲？一刹那，她竟有种劫后余生的错觉。

服务员收回菜单：“好的，需要点餐的时候您按铃叫我们。”

服务员离开后，昭棠连忙站起来：“那我就不打扰你们了。”

沈惜时抬眸看向她：“约的八点，还有一个小时，让我一个人干坐着？”

他笑了笑，挽起袖子，将花茶倒进小小的茶盏，动作不疾不徐：“陪我坐会儿吧。”

他将茶盏推至她面前，昭棠只好重新坐了回去。

“怎么人家约的八点，你提前一个小时就过来了啊？”昭棠一遇见想不通的问题，就像强迫症犯了一样难受，想了想还是忍不住问。

沈惜时看着她。

昭棠默默补了一句：“你这样，被你约的人压力很大啊……显得像人家迟到了似的。”

沈惜时笑了一声：“这不是为了配合你的时间吗？”

“咦？”

“让你八点再特意出来一趟给我送卡，”沈惜时啜了一口茶，“你确定你不会暗地里骂我脸怎么这么大？”

昭棠忙说：“不会不会，如果知道是你的话，别说八点了，十二点我也出来给你送卡。”

两个人这么干坐着，虽然是陪他打发时间，但也有点尴尬。鹿溪的装潢，氛围感很足，尤其一对男女坐在一块儿，这让昭棠有些坐立难安。

她试图像寻常老朋友似的寒暄：“你来这边还适应吗？”

“嗯。”

“这边天气和临绛差得还挺多，不过还好，春夏这会儿差别还不算太大，冬天差得才多呢，湿度、温度……”

“昭棠。”沈惜时忽然打断她，“我来岁宜，不是为了来适应这里的气候。”

昭棠朝他看去，对上他沉沉的目光。她当然知道他是来工作的，不是来适应气候的啊，但这么说，这个天还怎么聊下去？

她正打算无奈地换个话题，就听沈惜时说道：“你有没有想过，我来是接你回临绛的？”

昭棠愣住了。

对面的男人，容貌清俊儒雅，暖色的灯光落在他的身上，仿佛照在了一块古玉上，温润光泽之中暗藏着风骨。一瞬间，她的脑子里思维纷繁复杂，就像千丝万缕的线，每一条都争先恐后地往外冒着头，然后在极短的时间里，毫无悬念地打起了结。

她安静了几秒，最后只能找出最先冒出来地那条线，回答他的问题：“没有想过。”

她干巴巴地问：“而且为什么要用‘回’呢？我并不是临绛人，这里才是我的家啊。”

“是吗？”沈惜时摇头一笑，“在你回到这里之后，和他重新在一起之前，你将这里当成家了吗？”

昭棠沉默下来，目光安静地落在面前的茶盏上。

浅棕色的茶水里，一片玫瑰花瓣浮浮沉沉。

“假如，我是说假如，你这次回来并不是眼前这个样子。从前的人并没有等在原地，而是风雨飘摇，物是人非，你想过回临绛吗？”

昭棠没有出声，她没有办法回答沈惜时这个问题。

沈惜时安静地看着她：“所以我来接你回去。”

昭棠在他坦诚的目光里，一瞬间仿佛明白了什么，然后脑子里那些纷繁打结的线条在刹那间被理清，一条一条，无比清晰。昭棠看着他的眼睛，清澈的茶水仿佛倒映在了他的眼底。

半晌，她才轻轻出声："我从来没有想过……而且，你不是也鼓励我回来吗？"

沈惜时低笑一声："那你有没有想过，我让你回来，也许初衷并不是为了成全你的爱情？"

昭棠："那是为什么？"

沈惜时："为了让你死心。"

昭棠沉默。

"一段美好却没能走到最后的感情，很容易会成为执念。而放下执念最好的方式，不是挣扎遗忘，而是彻底死心。"沈惜时看着她的眼睛，缓缓道，"而死心，最好的方法就是，亲眼看到一切都变了。

"亲眼看到，七年过去，他已经不再是从前那个和你两情相悦的人。如果他仍旧如少年时代那么张扬恣意，灿烂夺目，那他身边多半也有了别人，或者很多人，他会为了别的女人愉悦或难过，他会为了别的女人付出和掠夺，但那个人已经不再是你，也不会再是你。可能更糟糕，他甚至根本就不再是那个璀璨夺目的少年，他可能因为疏于锻炼，变得肥胖丑陋，也可能被现实打磨得奸诈油腻……

"到那时，你就能看清现实的模样，也许你会短暂地失落惆怅，但却能自此放下，重新往前看。而我要做的，就是在你无助彷徨的时候接你回去，做那个陪伴你重新开始的人。"

昭棠安静地看着他。

她不知道是因为路景越提前给她做了心里预设，还是因为沈惜时现在说话的口吻太过寻常，并且正在等待他的相亲对象，她的心情竟然十分平静。

她想，她本来应该是惊讶的，甚至手足无措。因为相识多年的医生、她以为这世上最不可能喜欢她的男人忽然说是为了她而来。为了让她放弃路景越，他鼓励她回来，他以为她此刻正经历着物是人非，他又不惜代价来接她离开。

她知道这是发生在自己身上的事。因为不管是她，还是沈惜时，甚至是她的执念，都无比真实。可她此刻的心境仿佛不是在当下，而是在几十年以后。

从几十年以后回望当下的自己，看着自己从前经历的故事，带着云淡风轻般的清醒和透彻。而那个当事人之一，她还能当作朋友。

像是已经过去许久的事，再说起来也没有什么尴尬的，不过是一件可以付之一笑的趣事。不只是她，还有沈惜时。

他甚至淡定地喝了一口茶，再放下时，平静地道："只是我没有想到，你心里那个少年，七年过去，依旧还是那个少年，耀眼夺目，与你两情相悦。"

昭棠的手指无声地握紧了。

半晌，她看向沈惜时，轻声问："你知道这张卡是我的吗？"

沈惜时笑着说："我如果说是巧合，你信吗？"

昭棠笑了笑，没有执着于这个问题。

看了眼手机，她站起身来："时间差不多了，我先走了。"

"昭棠，你知道我名字的意思吗？"沈惜时忽然问。

昭棠略微思索了一下，不确定地问："老易至，惜此时？"

沈惜时点了下头："对。"

"昭棠，"他看着她的眼睛，意味深长地道，"老易至，惜此时。"

昭棠不知道他忽然提这个是什么意思，站在原地，困惑地等着他说下去。

沈惜时却没有再说下去，坐在椅子上，温和地道："再见。"

昭棠有些茫然，下一秒却仿佛明白了他的意思。

他的意思是……他珍惜自己的时间，不会像路景越一样为一个人停留在原地七年，所以在知道她有男朋友以后，会立刻开始相亲。想到这里，昭棠心里说不出地自在。

她看着沈惜时，只觉这个人如朗月清风，让人舒适。即使是这么突如其来的一番话，由他说出来，竟也仿佛寻常，不怎么令人尴尬。

“祝你相亲成功。”她微微一笑。

昭棠离开时，手机响了一声。低头一看，路景越发来一条语音，她轻轻点开，将手机凑到耳边。

慵懒的声音贴着她的耳朵传来：“在哪儿？”

不知道是不是凑得太近了，这么听着他的声音，昭棠感到心尖都在发麻。他问这话显然是在她家，没见着人，在催她回去呢。好像自从上次她告诉了他密码，这人就习惯了进出她家。

昭棠心里甜丝丝的，却口是心非地敲字：“我早晚把密码改了。”

看着消息发送出去后，她的嘴角高高地扬起来，然而路景越的回复却让她愣住了。

他很快回了语音信息，笑着说：“我再买套房吧。”

昭棠：“为什么还要再买房？”

路景越：“房东要把我住的这套房收回去。”

昭棠也不想打字了，用语音轻声反问他：“你不是说你那房子签了一年吗？”

路景越的语气十分无奈：“是啊，但他宁愿付违约金也要赶我出去，我能有什么办法！”

她觉得，她要是信他的鬼话，她就真的是“木头棠”了！

昭棠想了想，一本正经地回复他：“那你就再买一套新的，比他的更大、更贵。”

路景越没回复她了。

昭棠看着安静的屏幕，心里忍着笑。走进电梯间，她摁下下行键。电梯停留在一楼，似乎有人上来，她看着上面的数字，嘴角压不住笑意。

红色数字跳到二的时候，手机响了一声。

路景越：“也是个办法……但一人住一套是不是有点浪费？”

昭棠嘴角的笑意加深，她就知道……她低头在手机上敲字，本来还想逗逗他，视线又落到他最后那行字上。

路景越这个人，大多数时候绕着弯地给她“挖坑”，难得一次能把话说得这么直白。可能是真的想这样做很久了。

昭棠删了之前的回复，轻轻打字：“那还是别这么浪费了，你住过来吧。”

字刚刚打完，还没来得及发出，电梯到达楼层。随着金属门打开，一道无比熟悉的声音落在耳边。

“昭棠。”那人的声音浑厚有力，稳重而充满磁性。

昭棠还未碰到“发送”键的手指僵住，周遭的一切仿佛在一瞬间安静了下来。过了两秒，她轻轻抬头，看着电梯里的男人。

七年不见，昭锦程老了。

当初正值壮年的男人，如今，两鬓已然出现了白发。但不可否认，昭锦程即使老了，仍旧器宇轩昂。五官端正，身材挺拔，气场沉稳而强大。像是刚从某个正式场合过来，或者是即将赴一场约会。他身上穿着衬衫西裤，深蓝色的西服随意搭在臂弯。

电梯里没有别人，昭锦程下来后，电梯门在他身后合拢。

他脸上看不出惊讶或者别的什么情绪，从昭棠身旁走过，淡淡留下一句：“跟我来。”

有一瞬间，昭棠想假装没有认出他，只当什么都没听到。但很快，她想起了清明时叶君繁墓前的百合花。

在原地停留了几秒，昭棠收起手机，跟上了昭锦程的脚步。昭锦程订的是一个大包间，不过此刻里面是空的，应该是约的人还没到。昭棠在他身后走进去，心里竟然想笑。

谁说这世上没有巧合呢？

瞧瞧她，一个晚上，先是遇见沈惜时，再是遇见昭锦程，还都是约的人没到，能短暂地分给她一点时间。

见昭棠站在门边没动，昭锦程走回来，握住门把手，将门关上。不知道鹿溪用的什么门这么隔音，关上的一刹那，外面所有的声音都被隔绝。

“坐下。”昭锦程这么多年习惯了发号施令，虽然极力放缓了语调，但还是难改命令的口吻。

昭棠站在原地没动。

父女两人无声地对视，昭锦程退了一步，自己在昭棠面前坐了下来。

他看着她，目光严厉：“我就知道上次见到的人是你。”

昭棠知道，他指的是上次在鹿溪门口，她和路景越离开，迎面遇见他们一家三口。那次她转身躲进了路景越怀里，这次她和昭锦程撞个正 着，没得躲了。

她低头一笑：“我应该感动吗？因为您还能认出我。”

“昭棠，你一定要这么跟我说话吗？”

昭锦程的眉眼生得格外英俊，剑眉入鬓，瞳仁深邃。就单凭着这双眼睛，也足够让他从少年一路帅成爷爷。但这双眼睛也格外有气场，看着人的时候，无端给人压迫感。

“我们终究是父女，骨肉血亲，你就是脾气再大，七年过去了，气也该消了吧？何至于都走到家门口了也不来见我一面？”

昭棠看着昭锦程，原来，在他看来，她当初万念俱灰地离开家，只是小女孩发发脾气，气消了还能回家吗？

对于昭锦程的想法，她竟一时不知该说什么好。

昭锦程见她没说话，以为她是服软了，缓了缓语气，问道：“你现在住哪儿？离博物馆近吗？如果远了就搬回来，我在你们单位附近的摩卡小镇有套房，过段时间让你郑阿姨转你名下去……”

他话没说完，包间的门就被人从外面推开，小孩子咋咋呼呼的声音传进来——

“爸爸！”

“姨父！”

昭棠抬眼看去。

外面进来的女人在看到她时，脸上的笑容也瞬间僵住，人也僵在原地。一时间，不算宽敞的门口挤满了人。

最先冲进来的两个小男孩。

孩子的身后是郑菀晚和另一个年轻女人，容貌与郑菀晚有几分相似，女人的身边站着一个高瘦的男人，看起来应是女人的丈夫。

三人身后是一对年迈的夫妻，说年迈是相对于郑菀晚而言，其实细究年纪应该和昭锦程差不多大。不过比起昭锦程的精气神，夫妻二人肤色暗黄，背微微佝偻，身上的衣着不算昂贵，但看得出来经过了精挑细选。

因为郑菀晚忽然停下脚步，七个人都堵在了门口。最前面的两个小孩手里举着玩具枪，玩具枪的枪口正对着昭棠。

昭棠皱了下眉。

昭锦程沉着脸道：“把枪放下。”

昭锦程的声音沉重有力，不怒自威，他一说话，蓝色衣服的小孩立刻乖巧地放下了枪。穿黑色字母T恤衫的小男孩却不怕昭锦程，只当没听见，还对着昭棠喊了一句：“打死你！”

昭棠冷笑一声。

昭锦程霍然起身，沉声喝道：“昭浩！”

昭棠这才想起来，这小孩就是郑菀晚生的儿子，昭锦程的老来子，当初在望城高铁站抢陌生小朋友玩具的小霸王。想来昭锦程平日里也没少溺爱，孩子才完全不怕他。

还是郑菀晚反应过来，赔着笑打圆场，又暗地里扯了扯昭浩的衣服：“快，快叫姐姐！”

昭浩站着没动。

郑菀晚也没强求，立刻笑着转移话题：“棠棠来了啊，快坐，好不容易一家人聚齐了，快坐下来一起吃饭。”

昭棠不屑看他们一家表演天伦之乐，一声不吭地往外走。

“站住。”昭锦程喊住她，又对郑菀晚道，“你带孩子先去外面玩一会儿。”

郑菀晚脸色一沉，不过很快笑起来，还颇为贤惠地叮嘱了昭锦程一句：“孩子好不容易回来，你好好说话，别大呼小叫。”

包间门重新关上的一刹那，郑菀晚脸上的笑容立刻消失了。

她在原地站了一会儿，身边的另一个女人是她的姐姐，此时轻轻扯了扯她的袖子。她这才恢复了素来温柔大方的神色，看了眼身边的两个孩子，目光若有所思地落在他们的玩具枪上。

昭棠很快就离开了。

她和昭锦程的关系小时候就算不得亲近，自叶君繁去世后更是疏远，如今彻底冷淡了。几句话的工夫，昭锦程就感觉胸口堵得慌，趁着自己发火之前让她走了。

昭棠踏出鹿溪，晚风吹来，带着湿润的气息，她才仿佛终于能够重新呼吸，她深深地吸了一口气，又长长吐出，正要往家走，耳旁忽然传来“啪”的一声，紧接着她的左脸颊像是被什么尖锐的东西划了一下，火辣辣地疼。

她惊呼一声，捂住脸。

抬眼看去，不远处两个小孩手里拿着玩具枪，正得意地冲着她大笑，穿着黑色字母T恤衫的小男孩长着粉雕玉琢的脸，眼睛里却充满乖戾之色：“打中了！我的子弹打中了她的脸！”

昭棠心里一把火霍地烧起来，用力攥紧拳头。她一手捂着脸，大步朝两人走去，也没管现在是公共场合，直接抢了两人的枪，狠狠折断，用力扔到地上。

她毕竟是成年人，昭浩那小混球再横，面对着满身戾气的昭棠也被吓得一时愣住了，呆呆地站在原地，面对着昭棠眼里的怒火。

这时，旁边忽然传来拔高的女声：“喂，你怎么回事啊，这么大个人了怎么还欺负小孩子！大家快来看，快来看看，欺负小孩子，还有没有天理了！”

昭棠抬眼看去，是刚才在包间门口看到的那对年迈的夫妻。她往周遭看了看，已经有不少人听见女人的声音围了过来，却不见郑菀晚。

昭棠心里冷笑。也是，这种场面，幕后指使的人必然是不会出现的。如果她没猜错，这两人应该是郑菀晚的父母，孩子的外公外婆。

昭棠眯眼看向二人，冷冷地问道：“你们是孩子的家长吗？”

两人原本还态度嚣张地找昭棠麻烦，忽然间被昭棠凌厉的眼神给吓了一跳。倒不是昭棠本身的冷静将他们吓到了，而是眼前之人和记忆里的反差，让他们一时没有反应过来。

他们记得眼前这个女孩原来不是这个样子的，她漂亮乖巧，像个瓷娃娃似的脆弱，因为从小到大没经过事，所以随便激她一下她就方寸大乱，伤人伤己。

可眼前的人分明还是从前的模样，却像是完全变了一个人。她仿佛完全不在意周遭的人对她的指指点点，甚至拿出手机拍她。

她的神情十分冷静，只是盯着他们，又平静地问了一遍：“你们是孩子的家长吗？”

两人被她问得反而瑟缩了一下，很快又高声嚷嚷道：“你管我们是不是家长，我们不是家长你就能欺负小孩子吗？”

昭棠平静地点了下头，随即掏出手机，打开通信录，很快就找到了这附近片警的电话。

“你好，这里有人教唆小孩子攻击我，他们用子弹打中了我，我好像流血了……我不确定他们是不是用了什么药物，我现在觉得头很晕，怀疑这是人贩子拐卖妇女儿童的新型手段，求你们赶紧出警救我……我现在在鹿溪饭店。”

“喂！你少胡说八道啊！”

夫妻二人起初还搞不清楚昭棠在给谁打电话，以为她是被这场面吓到了在打电话向男朋友求助，直到听见她说“人贩子”“拐卖妇女”“出警”，这才慌了起来，女人连忙走上前来抢昭棠的手机。

昭棠侧身躲开的同时将手机微微拿开，让手机那头的民警能够听见女人的声音。女人被她的举动震慑住了，下意识觉得自己被“套”了。

昭棠淡淡地看了她一眼，对手机那头的民警道：“好，我现在立刻进店里寻求保护，辛苦你们赶紧过来。”

挂断电话，昭棠敏锐地察觉到，周遭的气氛变了。原本指责她欺负小孩子的那些人将矛头指向了那对夫妻。

这毫无悬念，毕竟比起欺负小孩子，拐卖妇女儿童的性质可就完全不一样了，并且是以这样罕见的手段，着实令人毛骨悚然。

在场的好几个人拿出手机，明里暗里对着那对夫妻拍，还有人警惕地去拍那两个小孩。

两个小孩平日里是小霸王，有事就用钱解决，想来还没遇见过有人二话不说就报警的。这个年纪，到底对警察还是有些畏惧，他们手足无措地往夫妻俩身边蹭，眼巴巴地看着昭棠，嘴里喊着“外公外婆”。

外公外婆没想到原本打算让昭棠难堪的，结果难堪的是自己不说，还招来了警察，于是讪讪地向周围的人解释：“误会，真的是误会，我们是亲戚……”

但这个时候攀亲戚，就更像人贩子了。

昭棠冷着脸：“我不认识他们。”

人群里有两个女孩上前来扶昭棠：“小姐，你别怕，警察马上就到，有我们在，他们不能带走你……我的天，你真的流血了！我们送你去医院吧，这伤在脸上，万一留疤可怎么办啊！”

昭棠听见她们说“流血了”，心里一慌。

她刚才只是觉得疼，猜测应该是破皮了，她心想应该不算严重。此刻被两个女孩说得心里没底，吓了一跳，连忙从包里拿出随身带的小镜子。

外面的光线昏暗，她看得不是很清楚，只是隐隐约约看到了一条红红的印子，往外断断续续渗着血珠，大约两三厘米长，顿时心乱如麻。

“昭棠，怎么回事？”

沈惜时原本坐在窗前，看到楼下围了一群人，但他并不关心这些事，淡漠地收回目光，却忽然瞥见昭棠在人群的中心。

他匆忙下来。

昭棠到底是个女孩子，即使再冷静也还是害怕毁容的，正手足无措间听到沈惜时的声音，眼角瞬间就红了：“你快看看我的脸……”

沈惜时已经很多年没见昭棠这么慌了，连忙握住她的手，将她带到稍微明亮一些的地方。

他低头仔细看着，伤口约莫两三厘米长，其实不深，应该是被某种尖锐的东西擦破了皮。可是因为她的皮肤太嫩了，吹弹可破，这么一擦就肿了，还往外渗着血，白皙无瑕的脸上忽然多出这么一道红肿的血印子，令人触目惊心。

沈惜时凭借自己的判断，向她保证：“放心，不会留疤。”

听到“不会留疤”四个字，昭棠惊慌乱跳的一颗心这才放下。

沈惜时又道：“还是要及时去医院处理一下，我陪你去。”

昭棠知道自己不会毁容了，理智顷刻间恢复了。

她看向沈惜时："没事，我一会儿自己去。"

沈惜时想说什么，昭棠催促道："你赶紧回去相亲吧，别晾着人家女孩子了。"

沈惜时无话可说。

有了上次的经验，这次昭棠直接打了片区民警的电话，警察很快就到了。警察到的时候，昭锦程和郑菀晚姐妹也才刚刚出现，他们极力向警察解释是误会，是家事，只是小孩子玩闹。

警察问昭棠的意思，昭锦程看向昭棠。

昭棠淡淡地道："我要先去医院。"

昭锦程一家子跟警察去了派出所，民警正要陪着昭棠去医院，昭棠的手机响了。路景越来电。昭棠盯着手机屏幕，不自觉地深吸一口气，迟疑了几秒，才走到一旁接起电话。

"在哪儿？"路景越道。

火辣辣的疼痛传来，提醒着昭棠受伤的地方在脸上。

她眨了下眼睛，故作轻松地开口："我在单位，临时被喊回来加班，今晚可能会比较晚回来，你别等我了，先回自己家去睡吧。"

挂断电话，她回头，正对上沈惜时的目光。

他走到昭棠身边说道："走吧，相亲可以改天，我陪你去。"

昭棠摇头："不用，小事，我自己可以处理。"

昭棠一个人跟着民警走了，沈惜时看着她单薄而沉静的背影，喉咙发干。过了好一会儿，他才回到鹿溪。桌上，菜已经凉了。简单的几个招牌菜，只有一副碗筷。

他没有再动筷子，又坐了一会儿，去前台结账。

"您好，路总说您这一单算他账上。"服务员笑吟吟地说。

沈惜时怔了一下："谁？"很快，他反应过来，"路景越？"

"是的。"

"他人在这里？"沈惜时十分惊讶。

他是什么时候到的？知不知道昭棠受伤了？怎么还有心情请客吃饭？沈惜时烦躁地四下张望。

服务员忙说："他已经走了。"

沈惜时立刻追问："他去哪儿了？"

服务员笑着说："这我就不知道了。"

第十八章 爆发

昭棠五分钟就到了医院。

医生帮昭棠处理伤口，确实不严重，换个地方甚至都没必要来医院。但因为伤的地方太敏感了，医生也格外小心。

医生处理完伤口后开了药，又叮嘱昭棠："最近这段时间注意防晒，最好也别对着电脑太长时间，否则紫外线容易引起色素沉淀。这么漂亮的姑娘，留疤就可惜了。"

昭棠应下，道了谢，这才和民警离开医院，回到派出所。

这附近的派出所就在岁宜博物馆和鹿溪饭店之间，在一条两车道的街道上。不是主路，九点以后就没什么人也没什么车，显得有些冷清。

昭棠的伤虽然在脸上，但不严重，又是被毫无刑事行为能力的小孩子所伤，这种情况就属于民事纠纷了。

到了派出所警察说可以帮着调解，调解两次不成就上法院起诉。昭棠跟着民警走进调解室，居中坐着调解民警，一侧，只有昭锦程和郑菀晚。

郑菀晚见到昭棠，立刻起身迎过来，盯着昭棠的脸，神情满是担忧：“棠棠，伤口不严重吧？”又愤恨地骂了句，“昭浩这个小混蛋，我回去非扒了他的皮不可！”

昭锦程站在郑菀晚身后，目光落在昭棠的伤口上，似乎更肿了。

他皱了下眉问道：“医生怎么说？”

昭棠安静地看着他，没吱声。

气氛有些尴尬，还是一旁陪同的民警打了个圆场。

昭锦程听见民警说小心别留疤，眉头拧得更深了：“你看的什么医生？怎么这么点儿小伤都治不好，我现在就帮你约最好的医生……”

昭棠心中烦躁陡生，打断昭锦程：“不必了。”她看着眼前的这两个人，冷漠地道，“也不必调解了，我们法院见吧。”

话落下，顿时所有人都愣住了，包括在场的两名民警。

昭锦程觉得荒唐，忍无可忍训斥了一句：“你到底要闹到什么时候？就为了这点儿事，你闹到派出所不够，现在还要闹到法院。你这么大人了你跟个小孩子计较，就这点儿气量，就这点儿眼界，你还真不嫌丢人啊你！”

昭棠抬眸看了他一眼：“确实挺丢人的，但丢人的从头到尾都不是我。”

她看着昭锦程的眼睛，一字一字道：“从头到尾我都没有做错任何事，为什么一直让我退让？跟个孩子计较？我不应该计较吗？今天是我命好，伤口不深，他没有毁我的容，如果再深一点呢？如果我留疤了怎么办？如果他打到的不是我的脸，是我的眼睛怎么办？你有没有想过，但凡我运气差一点，后半辈子就被他给毁了！”

昭棠眼角通红，她用力将眼泪逼回：“你当初就是嫌弃我妈妈身上有了伤疤，嫌弃病痛摧毁了她的美貌，嫌弃她不好看了，你现在还要害我……”

“你给我闭嘴！”昭锦程勃然大怒，喝止昭棠，“我跟你妈的事，你没资格掺和！”

昭棠看着昭锦程，抬着下巴，无畏无惧。父女两人仿佛仇人一样看着对方，谁也不退让。

这个时候，昭棠的手机忽然响了，铃声不识趣地将调解室里的紧张气氛打破。昭棠低头看了眼手机，是路景越。

她深吸一口气，过了好一会儿，才接听：“喂？”

“在哪儿？”路景越的声音像外面漆黑的夜，沉沉的，听不出情绪。

昭棠闭了闭眼：“还在单位，加班。”

路景越沉默了几秒，问道：“是吗？”

昭棠感觉电话那边有一种奇怪的安静，听起来不像是在室内，但她此刻无暇思考，只听他淡淡道：“我来接你。”

昭棠一慌，立刻拒绝：“别！你千万别来接我！”

手机那头的人一阵沉默。

昭棠这才反应过来自己的抗拒异常激烈，激烈得甚至有些伤人，她停顿了几秒，硬着头皮放软语气：“我的意思是，我的工作还没有做完，等……等我处理完了，我就回来。”

昭棠不知道，此刻派出所门口停着一辆轿车。寻常的外观，黢黑的颜色，在这夜里，就像这街上千千万万的轿车，平平无奇，不值得多看一眼，全然没有存在感。也因为太没有存在感了，所以她没有发现，这辆车其实已经跟了她一路。

从鹿溪到医院，又从医院到派出所。

路景越倚在车前，一只手拿着手机。黑夜将他脸上的情绪隐没，唯有一双眼睛格外幽深。他看着眼前的派出所，片区派出所，从院子进去，有一栋矮矮的楼，不大，一眼能望到头。他站的地方还能看到大厅左边调解室里刺眼的白光。他胸口眼底有什么在滚滚翻涌，闭上眼，过了好一会儿，才压下自己的情绪，平静地道：“处理不好就叫我，你还有我。”

昭棠心不在焉地说了一声“好”，就飞快地挂断电话。

昭棠结束通话，郑菀晚立刻轻扯昭锦程的衣袖，嗔了一句：“你跟孩子置什么气！”

她又笑着看向昭棠：“棠棠，你也不想把事情闹大吧，我们回家说好不好？我让昭浩给你道歉。”

昭棠抬起头，一脸冷漠：“要道歉就在这里道歉。道歉总要有诚意吧？今晚害我差点毁容的人，两个小孩、两个老人，还有两个小孩的父母，总共八个人，一个都不能少，我要每个人都站在我面前，一个一个排队跟我说对不起。”

郑菀晚显然没想到昭棠会提这样的要求，愣了一下，下意识找借口：“但是现在这么晚了……”

“你的意思是这么晚了，道歉就免了或者让别人代替？”昭棠冷笑，“那就不必调解了，我们直接法院见吧。”

昭棠看向调解的民警，问道：“民警同志，我这个要求不过分吧？上了法院，法官应该也会支持对吧？”

民警点头：“对，就是上了法院，该道的歉还是得道。”

调解民警本来就是帮助双方协商和解的，他觉得昭棠的要求并不过分，毕竟人家小姑娘可是差点毁容呢，现在当事人却只派两个代表过来……确实不算有诚意。

他又看向昭锦程和郑菀晚，公平地说：“不仅要道歉，还要赔偿。”

郑菀晚看向昭锦程，目光中带着哀求。

她这些年虽然表面上圆滑，可骨子里自尊心极强，她大学期间就跟了昭锦程，也曾因为这个男人的年纪被宿舍同学看不起。好不容易等到叶君繁死了，昭锦程还不愿意立刻让她进门，那时候她真的决定放弃了。后来她离开了岁宜，那时她是真的想彻底放弃这个男人，维护自己的自尊。

万幸最后老天待她不薄，昭浩生下来，是个男孩。昭锦程这辈子就想要个儿子，最终还是为了儿子来求她回头。

这么多年，她的自尊心一直都骄傲地被供养着。如果因为昭棠受伤，要让她迫不得已向昭棠低一次头蒙混过关也就算了，可是现在要她把她的孩子、她的父母、她的姐姐姐夫全叫过来，让她全家老小站在派出所里，站在昭棠面前，排着队一一向她道歉……这比当场扇她八个耳光更加让她难堪。

郑菀晚不能接受，如果是这样，她宁愿——

“你也用玩具枪打我一枪吧！”

郑菀晚看到昭锦程神色松动，先一步开口。她看着昭棠，脸上已经挂不住微笑，拉着脸，梗着脖子。

昭棠看了她一眼，转头问协调民警：“上法院的话，法官会这么判吗？”

民警摇头：“这不可能。”

昭棠笑了一声：“那还是法院见吧。”

昭棠转身就走，昭锦程闭了闭眼，说道：“等等。”

昭棠停下脚步。

郑菀晚猛地转头看向丈夫，不能接受地喊道：“昭锦程……”

郑菀晚觉得丢人，昭锦程只会比她更觉得丢人；郑菀晚不能接受，昭锦程心中只会比她更加烦躁，他拧着眉反问她：“你想被法院强制执行，当着更多人的面向她道歉吗？”

郑菀晚噎住了。

最终，郑菀晚不得不打电话叫来所有人。明明昭棠才是受伤的那一个，但郑菀晚的脸色比她更加惨白，整个人摇摇晃晃。

这晚，调解室的灯一直大亮，直到深夜。长方形的调解桌前，调解民警坐在中间，左侧是昭棠。她一脸冷漠地看着眼前这八个人一个个排队走到她面前，一个个对她说“对不起”。两个孩子还小，最没脸没皮，道个歉对他们而言并不费力。

最先道歉的是郑菀晚的侄儿，他站在昭棠面前，怯怯地说："姐姐，对不起。"

昭浩则一开始抿着嘴唇不肯说，不过被民警的威严一压，还是乖乖站在昭棠面前，说："对不起。"

然后是郑菀晚的姐姐和姐夫，两人赔着笑说道："对不起啊，是我们没有教好孩子，我们以后一定好好教育。"

之后是郑菀晚的父母，脸上的神情已经看得出明显的屈辱了。

毕竟是上了辈分的人，现在要他们给一个小姑娘低头道歉，还有派出所警察现场见证。

两个老人临到头还看了眼郑菀晚，只见郑菀晚惨白着一张脸，没看他们，只得咬牙道歉："对不起。"

昭棠抬了抬眼皮，问道："对不起什么？"

"昭棠，你别太过分！"郑菀晚忍无可忍，她撑不下去了，朝昭棠冲过来。

昭棠看了她一眼，冷冷地道："连错在哪里都不知道，既然这么没有诚意，那我们还是法院见吧。"

最后反而是郑菀晚的父母拉住了她，在她耳边道："行了，别闹了，你还想上法院再道一次歉吗？"

夫妻俩回过头来，这次态度明显好了许多。

"对不起，是我们没有看好孩子，我们以后一定好好看着孩子！"

昭棠没看两人，理了理衣摆，咬着牙说道："要以身作则，别教坏了孩子。"

郑菀晚父母忍着气，皮笑肉不笑地跟着说了一遍："好，我们以身作则，不会教坏了孩子。"

然后就轮到郑菀晚了。

此刻，她的尊严已经被昭棠击得粉碎。从两个孩子开始，到她的姐姐和姐夫，再到她的父母……昭棠让他们排着队，排着队向她道歉。

民警见证着，调解室的摄像头录着像。

郑菀晚活那三十多年，从未受过如此屈辱！早知道这样，她绝不会教两个孩子去打昭棠，如果有后悔药的话……此刻她只觉头昏目眩，极力忍耐着。

她不想开口，可是她的孩子、她的姐姐、姐夫、她的父母都已经被昭棠羞辱了一轮，如果她此刻放弃，那他们就白白道了歉。

她终于看明白了，今日的昭棠虽然看起来还是那副柔柔弱弱的模样，可她早已不是七年前那个不堪一击的小姑娘了。如今的昭棠就像一个历劫归来的战士，不知道她曾经经历了什么，也不知道她是怎么厮杀出来的，她的战斗力惊人，早已今非昔比。

是她棋错一招……

郑菀晚咬着牙，扶着桌子，一步步走到昭棠面前。

昭棠安静地看着她。

四目相对，两人仿佛宿世的仇人。

郑菀晚曾经勾勾手指就将昭棠打击得万念俱灰，可七年过去了，昭棠只用一道破皮的伤口就将她和她全家人的尊严狠狠踩在了脚下。

郑菀晚拉着脸，哑声道："对不起，是我没有教好孩子。"

昭棠看着她的眼睛，说道："没关系。"

郑菀晚看着她，不信昭棠会这么大度说没关系。

果然，下一秒，只见昭棠微微一笑："我知道你是心有余而力不足，毕竟，上梁不正下梁歪嘛。"

郑菀晚身子一晃，险些摔倒。

昭锦程一把扶住她，站在郑菀晚身边，沉着脸瞪昭棠："昭棠，你太过分了！我们都是你的长辈，你现在怎么变成这个样子？连最基本的善良都没有了！”

昭棠笑了：“我善良的时候，你们差点逼死我……现在我还什么都没做呢，不过让你们道个歉，这就受不了了？”

“是我逼你们教孩子来毁我容的吗？”昭棠冷着脸反问。

昭锦程紧紧咬着牙，一双虎目恨不得喷出火来。如果不是念及这是在派出所，他真恨不得给她一耳光。

“亏我还想补偿你……”昭锦程对昭棠失望透顶。

昭棠的心比他更凉：“你总是这样，在我想要父爱，想要跟你讲感情的时候，你要跟我讲道理；我要跟你讲道理了，你又要跟我谈感情！什么都是你说了算……算了，先道歉吧。”昭棠冷冷地移开目光，“道完歉再谈经济赔偿。”

昭锦程被昭棠气得高大的身躯也晃了晃，沉默了两秒，冷笑道：“纲常伦理，我生你养你，你不知感恩，还逼我们至此，你就真受得起我的道歉？”

“您要是这么想的话……”昭棠歪头想了一下，看着昭锦程，笑了，“就当我是替我妈妈受的吧。”

小孩不知事，一句对不起而已，他们理解不了里面的恩怨情仇。道完歉就是谈经济赔偿，他们更加不理解了。爸爸妈妈在里面谈，他们跟着外公外婆到院子里玩。之前的两把枪已经被折断了，好在妈妈疼他们，立刻就让外公外婆买了新的。

两个小孩玩着玩着，很快就追着跑到了外面。

外公外婆在里面喊了一句：“别跑到街上去了。”

两个小孩应了一声“就在门口”，两个老人便随他们去了。

“你快跑，我来追杀你！”昭浩举着枪去追打另一个小孩。

跑到半路的时候，忽然撞上了一双长腿。他摸了下自己的额头，停下脚步。

仰头看去，是个高大的男人，五官深邃立体，十分英俊，仿佛枪战片里走出来的有胆识有智慧的大英雄，能谈笑间将敌人一举歼灭。关键是这个“大英雄”，昭浩觉得自己好像在哪里见过，但这里光线太暗了，他看得不是很清楚，一时也想不起来，就好奇地站在原地，仰头盯着他看。

路景越面无表情地看着小男孩，目光扫过他手上的玩具枪。

“会玩枪吗？”他忽然开口，语气冷漠。

再小的男孩都有胜负欲，闻言，昭浩挺起小胸膛，骄傲地道：“当然！我家里有一整个屋子的玩具枪，我的枪法可准了，刚刚就打中了坏姐姐的脸，都把她打流血了！”

路景越心像是刹那间被什么撕扯掉一块。

“不过她可真的是太坏了，逼着我爸爸妈妈还有我们全家人排队向她道歉，我妈妈都快被她气得昏过去了！”小男孩咬牙切齿地攥紧了拳头，忍不住向长得跟英雄似的陌生男人撂狠话，“等我长大了，我一定好好教训她！”

昭浩骨子里并不良善，小小年纪就像个流氓，不只撂狠话，还狠狠咬着牙，握紧拳头，额头上青筋暴起。

路景越眯眼看着他，忽然伸出手：“小朋友，你知道怎么把一个人彻底击垮吗？”

昭浩看了看路景越的手，很快领会到，他是要教他用枪。他第一眼看到路景越就对这个英俊高大的大哥哥心生好感，立刻将自己的玩具枪放到路景越手上。

路景越接过，利落地上膛，往后走远了几步，随意和他闲聊：“岁宜有一家俱乐部，我至今是那里的纪录保持者。”

昭浩的眼睛瞬间亮了：“真的吗？”

“你要试试吗？”路景越走到大约离小孩三米左右的距离，缓缓抬起手上的玩具枪，缓缓道，“看是我准，还是你准。”

昭浩动不动拿枪打这个打那个，这还是第一次自己被枪口对准。那种感觉很微妙，面对着黑漆漆的枪口，后背生出寒意，并且随着时间的拉长，那阵寒冷似乎要往他骨头里钻。

昭浩缩了一下，想躲开，却听“啪”的一声，一颗黑漆漆的子弹直直地朝他飞来。

他的脑子瞬间空白，浑身僵硬，只能紧紧地闭上眼睛。子弹没有打中他，刚好从他耳边飞出去。

那一刹那的感觉可怕极了，甚至比打中他更加可怕。

昭浩双腿一软，跌坐在地，睁大眼睛，惊恐地看着面前的男人吹了下枪口，不疾不徐朝他走来。

其实他什么都没有做，没有打他，也没有骂他，看起来仿佛只是好心地陪他玩了一下他的玩具。可是当危险来临的时候，直觉比什么都准，那是人的本能。

“你……你要干什么……”昭浩坐在地上艰难地往后退。

但他的速度显然比不上一个成年男人。路景越几步就走到他面前，弯下身，用手里的玩具枪挑起昭浩的下巴。

昭浩被迫直视着路景越的眼睛。他从未见过这么可怕的一双眼睛，那明明是一双很漂亮的眼睛，可是充满是戾气，他就像一个会吃人的魔鬼。

路景越看着昭浩，语气很轻：“我这辈子做过最无耻的一件事就是教训你。”

昭浩瑟瑟发抖地看着他，因为太害怕了，竟然完全喊不出声来，只能被迫和他四目相对。

男人倏地笑了一声，摇了下头：“但没办法，你动了我的宝贝，我就管不了自己是人是鬼了，我更管不了你是人是鬼。”

路景越侧头看了眼派出所的方向，问地上的小孩：“知道你动的人是谁吗？”

昭浩紧紧抿着嘴巴。

路景越动了动手上的玩具枪，昭浩被迫讷讷地出声：“昭……昭棠。”

“对，昭棠。”男人说起她的名字，眼底闪过一丝温柔，“她就是我的宝贝。”

“我当初恨死她的时候都舍不得伤她一分一毫，你们却敢伤她……”路景越十分温柔地说着，把枪还给了昭浩，甚至亲手将它放进小朋友的手里，动作和他的语气一样温柔。

昭浩骨子里欺软怕硬，他早已被路景越那一枪吓了个半死，就算拿回枪，也不敢怎么样，只是可怜巴巴地把自己的玩具枪抱在怀里，警惕地看着路景越。

路景越扫了他一眼，直起身来，离去时淡淡地留下一句：“回去告诉大人，告诉他们，我不跟一个孩子计较，但这只是开始。”

第十九章 分开

到谈经济赔偿这一步，调解民警反倒是松了一口气。

很奇怪，以往来调解的当事人双方，即使不是全部，也是绝大部分因为经济赔偿无法达成和解，最终不欢而散不得不来第二次，甚至直接到法院起诉。

调解民警看双方之前单为了一句“对不起”就折腾了快两个小时，心里已经做好了扯一晚上皮的准备，没想到赔偿这一步反倒出奇地快。

昭棠将几张发票拿出来，点开手机计算器，精确到小数点后两位。

她将手机展示给大家看，手机屏幕上显示356.38。

昭锦程扫了一眼，神情十分不屑：“就为了这三百来块钱，你把我们父女关系置于这等境地，你这眼光可真长远啊，你这七年书可真没白读！”

昭棠面无表情，仿佛听不懂他语气里的讽刺，直接将发票推到桌子正中：“要发票吗？”

昭锦程被气得脸色铁青，转开脸，不想再看到她一眼。

他挥了挥手，对身边的郑菀晚说：“给她转钱！”

郑菀晚拉着脸，没吭声，仿佛没有听到一样。

民警沉默了一下，提醒昭棠：“像你这种伤在脸上的情况，其实医药费以外，可以适当要一点精神损害赔偿。”

昭棠神情平静地说道：“不用，他们的道歉比金钱更能安抚我的精神。”

郑菀晚脸更惨白了。

最后因为郑菀晚无动于衷，昭锦程不想再看到她，医药费还是郑菀晚的姐姐付的。双方在调解书上各自签字，调解结束，昭锦程和郑菀晚起身就走。等所有人都离开了，昭棠才从椅子上站起来，却没有立刻出去。

她转头看向协调民警：“警察同志，这附近有药店吗？”

民警都替她紧张，立刻站起来问：“怎么了？”

不知道为什么，今晚看起来这个小姑娘的诉求都得到了满足，可是他心里却堵得慌。

一个小姑娘，大晚上的伤了脸，来到派出所。对面八个人，有父母有外祖父母，一家子亲戚骨肉，她却孤零零一个人，身边连个陪同的人都没有。

“伤口有什么问题吗？”民警问。

昭棠摇头：“没有，我想去买个口罩。”

民警这才松了口气：“你出门右转，走一百米就有一家药店。”

昭棠道谢：“谢谢您。”

民警送她出去，想了想又善意地提醒：“你这伤得也不难看，要不还是别戴口罩了吧，不然口罩一直摩擦着伤口，会影响恢复……当然我也不是医生，你要不问问医生？”

昭棠笑了笑：“没事，我现在不戴，我先备着。”

再次向民警道了谢，昭棠走出派出所。

门口，昭锦程一家子还在。她沉默地走过去，站在中间的昭浩看到她，忽然“哇”的一声，没头没脑地大哭起来。

昭棠脚步一停，稀奇地看过去。这小霸王每次看到她都喊打喊杀的，仿佛跟她有不共戴天之仇。此刻却不知道经历了什么，远远看着她，一双眼睛里充满了恐惧。眼泪止不住地往下掉，一面瑟缩地抱着大人的腿往后退，一面戒备地盯着她。

昭棠心里想笑，她被他打了脸都没有心理阴影，这小破孩瞧着倒是留下了心理阴影？不知道的还以为她把他怎么着了呢。但不知道为什么，看他现在这么怕她，她心里还挺爽的。如果可以，她还想让他更怕她，最好这辈子见到她都绕道走。

但他这么哭，有人可心疼得不行了。

郑菀晚抱着孩子，一口一个心肝宝贝儿地哄，昭锦程守护在母子二人身边，拧眉诘问昭棠：“你到底做了什么？”

昭棠看了昭浩一眼，见昭浩一对上她的目光就抖着小肩膀瑟缩，她心里感到快意，冷笑道：“警察作证，我可一直在里面。”

“现在的人都这么无耻了吗？”她咕哝了一声，右转，径直往药店走去。

药店不远，只是从派出所到药店这一路没有店面。现在已经接近晚上十一点，路上没有车也没有人，隔着老远才有一盏不甚明亮的路灯。昏暗的光线，正好掩盖了她好几次没忍住掉下来的几颗眼泪，她赶在眼泪落到伤口前飞快地擦了。

走到药店时，她已神色如常。深夜的药店，店员坐在收银台前玩手机，她问店员有没有口罩，店员问她要多少。

昭棠想了一下，这伤口虽然不深，但就算结痂了以后肯定也会有色素沉淀，等色素完全消失，应该要两个月吧。

“先要一百只吧。”昭棠心里算了下。

“好。”店员随口应了一声，一抬眼看到她脸上的伤口，多嘴问了一句，“你买这么多口罩，是想遮脸吗？”

昭棠点了点头：“对。”

“别，你可别这么遮，至少前期你别戴口罩。你这一直去摩擦伤口，本来不留疤的，万一被你弄出疤痕增生了，到时你哭都没地方哭去。”

昭棠失望地“啊”了一声，又问：“那可怎么办？”

“你就等它自己好，你这伤口不深，一个星期就能结痂了，而且你长得这么好看，还怕这小伤口啊。就一个星期，你忍忍就过去了。”

昭棠艰难地笑了笑。

店员见她没说话，又问：“口罩还要吗？”

昭棠立刻说：“要。”

昭棠坚持买了一百只口罩，但没有戴，走出药店，茫然地停在门口。

她仰头看着天上厚厚的云层，明明傍晚的时候她一面往鹿溪走去，一面和路景越讲电话，那个时候天还没有黑，她还能看到明亮的月牙挂在蓝色的天幕上。此时却什么都看不见，厚重的云层将月亮的光芒遮住，天幕暗沉沉的。

她的视线缓缓落在远处的路灯上，灯下安静地停着一辆黑色轿车。她就这么茫然地盯着那辆车，她想思索一下自己现在该怎么办，可是脑子里也仿佛堆满了厚重的云层，她觉得自己有些力不从心。

她不知道该怎么办。她只知道，不能让路景越看到她现在的模样。这世上谁都可以看到她狼狈难看的模样，就是路景越不可以。

她独自在药店门口彷徨了近半小时，中途不停地掏出手机看时间，最后估计路景越应该已经睡了，她才试探着发了条消息给他：“你睡了吗？”

如果她这个时候抬头，会发现远处那辆漆黑的轿车里，一瞬间亮起了微弱的光。

副驾驶座上的手机屏幕无声亮起，路景越抬眼看去，却没有去拿手机。他收回视线，透过挡风玻璃，路景越安静地看着药店门口的女孩。车内车外，光线皆昏暗，可他的双眸更加幽暗。

他跟了她一路。

他多么想去她身边，抱她，吻她，陪伴她，可是她不需要他。这个时候，她避他如蛇蝎。她在药店门口站了多久，他就看了她多久，胸口翻腾的情绪被黑暗无声地压制。

昭棠等了一会儿，没等到路景越的回复，心里松了口气。

嗯，应该已经回去睡了，她终于放心地在手机上约了辆网约车。

这里离摩卡小镇其实很近，只是太晚了，她不太敢一个人走回去。但打车着实太近了一点，司机赶过来花了八分钟，送她回家花了不到五分钟，中间还等了一个红灯。

路景越这晚一直没有回她的消息，她以为他睡了，却不知道，这晚他在她家楼下站了整整一夜。他没有回家，停好车后，独自一个人倚在灯下，抬眼看着她家的窗户。他就这么看着，看着她客厅的灯亮、客厅的灯灭，卧室的灯亮、卧室的灯灭。然后，微微的晨曦从东方透出来，她的灯又亮了——她一夜没睡。

他无法透过窗户看到她在做什么，但他大概能想象到。她应该会哭，但一定不会让眼泪落下来。她可能会难过，但更多的时间，她应该在想办法怎么在他面前应付过去。她不会让他看到她的伤口，他对她的了解远远超过她的想象，比她以为的更多。

昭棠确实一夜没睡。她不是不想睡，而是真的睡不着。身体明明很疲惫，脑子却无比清醒，就这样煎熬着，直到天亮。

她不能让路景越看到她的伤疤，但她总戴口罩见他，他肯定会怀疑。而且每天戴口罩，万一真像药店店员说的，伤口疤痕增生了怎么办？她就这么翻来覆去地想了大半个晚上。

清晨，她拿起手机，点开吴翰予的微信。聊天界面上是最近来往的线上文件，往上翻几页，能看到一个多星期前，两人的几条文字对话。

吴翰予："昭棠，现在甲骨文大数据平台建设进入第二期，我这边人手有点不够用，我跟你们赵主任说了，他说他那边没问题，你看你能过来帮我搭把手吗？"

她那时和路景越正是如胶似漆，自然不愿意离开岁宜去望城，和他两地分隔。刚好那几天正是518国际博物馆日，她就这么找了个借口，对吴翰予说她要帮着博物馆筹备联展，走不开。

不过大数据平台的建设她也没落下，一般是吴翰予那边有什么工作需要她做的，通过微信发过来，她做好了给他发回去。

此时，她的手指在键盘上迟疑了片刻，给吴翰予发去一条消息："吴教授，我这边的工作都安排得差不多了，您看我什么时候方便过来？"

吴翰予不知道是上了年纪睡不着还是一直这么自律，这么早竟然就已经起床了，几乎是她刚刚将消息发过去，他那边就立刻回复了。

吴翰予："太好了，你随时可以过来！"

昭棠："我今天就可以过来。"

吴翰予："行！我现在就派人去帮你安排住宿！"

吴翰予："对了，你什么时候到？我让人去高铁站接你。"

昭棠："不用麻烦的，我到了以后直接打个车去望大。"

回了吴翰予消息，昭棠立刻起床换衣服。洗漱好后就从储物间里拿了行李箱回卧室，收拾行李。

她出门的时候时间还不到七点，外面都没人，但想到路景越有时候会早起出去跑步，又拆了个口罩戴上。她轻手轻脚地拖着行李箱出门，连关门的时候都小心翼翼，尽量不弄出一点动静。

等电梯的时候还提着一颗心，生怕对面的门忽然打开，路景越从里面走出来，问她戴着口罩做什么，好在直到安全地进了电梯，路景越都没有出现。

她松了一口气，掏出手机。

她打算给路景越发一条消息，告诉他，她临时要去望城出差几天。

几天呢？今天5月28号，还有十天就是他的生日了，她答应过他，从今年开始，每年都要对他说生日快乐。

十天，伤口应该已经掉痂了，就算有色素沉淀也没关系，那个时候她可以用粉底遮瑕。这么想着，她放心不少，不过怎么跟他说却是个难题。她这么一声不吭地跑了，离开前都不肯见他一面，他多半要生气。那怎么让他不生气，就得看她说话的艺术了。

她就这么斟酌着，一直到走出小区单元门也没打好一行字。然后一抬眼，猝不及防与斜倚在灯下的男人打了个照面，手一抖，手机险些掉到地上。昭棠看着对面的人，背脊绷直。

此时天光大亮，路灯已经熄灭。路景越倚在路灯下，英俊的脸上没有表情。

不知道是不是因为在外面站了一夜，他的脸色有些白，有些冷。就像秋冬季节花园里的草木，经过一夜，面上凝了薄薄一层寒霜。

视线扫过她身边的行李箱，他安静地看着她。

四目相对，两个人都站在原地，一动不动。这会儿不到七点，小区里格外安静，周遭一个人也没有，只有远处偶尔传来几声鸟鸣。

脸上戴着口罩，昭棠心里终于生出了一点安全感。

她顶着路景越黯淡的目光，硬着头皮开口："我……我临时要去望城出趟差……"

因为心虚，她的声音很小，目光闪烁，躲着他的视线。

路景越看着她，没有说话，眼睛漆黑幽深，仿佛古潭，完全看不出情绪。半晌，他才迈开长腿，朝她走来，然后经过她身边，沉默着从她手上接过她的行李箱。

昭棠心里一阵发慌。

路景越走到单元门口，熟练地摁下几个数字，大门重新打开。

昭棠反应过来，追上去，心急如焚地想要找个理由哄哄他，解释自己为什么一声不吭就走，却在看到他冰冷的脸时，又瑟瑟地噤声。电梯还停留在一楼，他上前摁了下，厚重的电梯门重新打开，他面无表情地走进去。昭棠停在门口，捏得泛白的指尖泄露了她此刻的心虚。

眼见电梯门要再次关上，路景越摁下开门键，终于开口："进来。"

昭棠垂着头走进去，电梯下行的时候她才反应过来，不是往上，而是去地下车库。

她惊讶地抬起头。

路景越垂眸看着她，眼睛里藏着她看不懂的情绪。

"我送你去高铁站。"

听到这句话，昭棠只觉心底某个角落瞬间塌陷了。眼睛酸涩，那些她已经忍过了漫长岁月的酸涩和难过，像是一下子就要喷涌而出。从前压抑得有多用力，此刻反抗得就有多汹涌。她不敢看他，目光闪烁了一下，飞快地移开视线。

他说完那七个字以后一直没有说话。

车子开出地下车库，很快就上了高架。清晨时分，早高峰还没有开始。高架上道路通畅，车子疾驰而过，风从降下一点的车窗呼呼吹进来。

迎着有些冷硬的风吹了一会儿，昭棠冷静了不少。车窗重新升上，阻隔了外面的声音，耳边一片寂静。

昭棠暗暗在心里打了一会儿腹稿，轻声开口："吴翰予教授的甲骨文大数据平台建设进入第二期了，我之前和你说过的，我们主任和他有合作，现在主任受伤了躺在医院，只能我过去。"

她尽量平静地说着话，不让对他说谎的愧疚流露出一星半点。

路景越开着车，轻轻"嗯"了一声。像是信了，可是反应不冷不热。

“是……是有一点突然。”她没敢看他，垂着眼，睫毛轻轻颤动，“我早上起来忙着收拾行李，没来得及和你说，本来想一会儿坐下再说的，没想到会在楼下遇见你……”

路景越没吱声，过了几秒，像是不想让她一个人说话冷场似的，又低低地“嗯”了一声。

昭棠心里闷得比他不回应她还难受，她攥着手指，觉得自己根本说不下去了，可是该解释的还没有解释完。

她安静了一会儿，主动开口：“高铁站人有点多，所以我戴口罩。”

路景越的目光淡淡地落在前方：“嗯。”

昭棠感觉手足无措，又沉默了几秒，没话找话：“你要戴一个吗？我这里还有。”

“不用。”

昭棠彻底不知道该怎么办了，只能默默垂着眼。她心里闷得慌，想叹气，又不敢，咬着唇忍了。眼眶很热，她觉得自己下一秒就要哭出来了，飞快地眨了两下眼睛，点开手机转移注意力。

两人就这么一路沉默着，直到下了高架，快到高铁站了，昭棠才猛地想起自己还没买票。先前只一股脑儿想着怎么躲着他，连买票都忘记了。好在现在买票方便，她很快就用手机在网上买好了最近的一趟高铁票。

高铁站前不能停车，路景越将车开到了停车场。下车帮她拿了行李箱，也没看她，沉默地往入口处走。昭棠跟在他身后，垂着头，像个犯了错的小媳妇，伸了伸手指，想去拉他的手，最后还是心虚地缩了回去。

高铁站和小区里不同，这么早就已经有很多旅客了。旅客们大多走路带风，还有人推着行李箱一路从他们身边呼哧呼哧地跑过，显然是快要赶不上车了。

路景越在入口前的广场上停下脚步，转头对她说道：“我就送你到这里。”

他看着她，声音清冷，像冬天里的太阳，看起来很暖，其实有点凉。昭棠知道他在生气，她最不想让他生气，可是她不知道她该怎么办。

她安静了几秒，轻声说："我只去一个多星期，肯定会在你生日以前回来的。"

他看着她。

朝阳升起，浅橘色的光芒从远处两栋高楼之间穿过，清晨的旅客足下生风从四周走过。

她背着光站着，口罩将半张脸遮住，只露出低垂的眉眼。

"是吗？"他反问，语气里听不出情绪。

昭棠抬起头看向他，一双眼睛水汪汪的，像是保证一般用力地点头："嗯！"

他们说好的，从今年起，她每年都对他说生日快乐！

路景越淡淡地说道："不回来也没关系，反正你也不是第一次失约了。"

昭棠如被什么刺中心脏，眼圈一瞬间就红了。她看着他，张了张嘴，想说什么，最后却发现自己只能说对不起。

路景越自嘲地扯出一抹笑："再一个七年我也等得起。"

昭棠再也忍不住，眼泪落了下来。她忽然顾不得这里来来往往无数的陌生人，只是遵从着内心，踮起脚，用力抱紧路景越的脖子。

她的头蹭着他的肩膀，呼吸间全是他身上的气息，眼泪簌簌落下。她没让他看见，没有发出一点儿声音，只是抱着他无声落泪。湿咸的液体顺着眼角滑过脸颊，落到口罩里，有几滴流到了伤口上，带来刺痛感。

她就这么抱着他，极力想平复自己的情绪，然后安静地对他说一声"对不起"。可是她抱了他好久，一直到眼泪止住了，还说不出话来。

喉咙酸涩发紧，她怕自己一出声，就忍不住哭出来。她忽然这么哭，路景越肯定会怀疑的。

路景越没有出声，只是用力抱紧她，将她搂在自己怀里，像是恨不得用自己的怀抱为她遮风挡雨。

他在广场前抱了许久，周遭偶尔有几个旅客朝他们看了两眼，又匆匆离开。他们仿佛看不见，只关注彼此。最后昭棠没有说出那一声“对不起”，那三个字就卡在喉咙口，她无比想说，可是就像是被诅咒了似的，出不了声。

她微微松开。

路景越看着她，她露出来的皮肤白皙，眼眶却红红的，抬头安静地看着他的眼睛。四目相对，下一秒，她闭上眼，踮起脚，轻轻凑上来。

隔着口罩，她吻上他的唇。

路景越看着她，隔着口罩无纺布粗糙冰冷的质感，他的唇能感觉到她的唇，柔软，温热，轻轻颤抖。

他深深地看着她，半晌，哑声道：“把口罩摘了。”

昭棠睫毛一抖，睁开眼睛。他们离得很近，她清楚地看见他眼睛里幽暗的光，藏着不可捉摸的力量。

她目光闪烁了一下，退后一步慌乱地去拿他脚边的行李箱，轻声找了个借口：“我快赶不上车了……”

她低着头从他身边逃离，走了两步，他忽然握住她的手。她停在原地没动，他稍稍用了点力就将她拉了回去。

一声复杂的叹息落在她耳边：“没关系。”

与此同时，昭棠只觉眼前有阴影落下，她闭上眼，下一瞬，一个温柔到极致的吻落在她的眼睑。肌肤相贴，他双唇的温度顺着薄薄的眼皮传来，无声地抚慰着她的眼睛、她的心脏。

时间仿佛自此停留。

有那么一瞬间，话其实到了喉咙口。可惜冲破那一层障碍需要太大的勇气，她没有。她紧紧闭着眼睛，默默将话咽了回去。

昭棠就这么灰头土脸地离开了岁宜。

她曾以为自己是一个凯旋的战士，可是一道小小的伤口就将她打回原形，她猛然意识到，这么多年过去，她依旧不是她想要成为的那个凯旋的战士，可以威风凛凛地面对昔日的敌人。她还是那个懦弱的逃兵，她就是个扶不起的阿斗，她甚至还没有踏上战场就先逃跑了。

从岁宜到望城，高铁只用了一个半小时的时间。昭棠到吴翰予实验室的时候才上班没多久，还有人没进入状态和同学在闲聊着。

吴翰予也没想到她来得这么快，好在之前赵希声已经计划过来，他替赵希声申请好了单身公寓，结果赵希声受伤来不了，刚好给昭棠住。

他问昭棠："要不今天就回你住的地方安顿一下？"

昭棠笑了笑："不用，现在开始吧。"

吴翰予这才注意到她的脸受伤了，多问了一句："你这脸怎么回事啊？"

昭棠离开路景越就没戴口罩了，闻言不是很在意地说了一句："没事，被小孩挠了一下。"

"啧。"吴翰予看伤口不深，也没放在心上，只是随口开玩笑，"这小孩心还挺黑，这么漂亮的姐姐也舍得挠。"

他将昭棠带到位子上，给昭棠安排工作。

甲骨文大数据平台第一期建设主要是数据的收集和整理，之前已经做了好几年，现在进入二期建设阶段，利用人工智能辅助科研，之前吴翰予说的甲骨自动缀合系统就是二期的重点。

甲骨缀合有点类似于拼图，最初是王国维先生发现的，他用两片残缺的甲骨缀合，拼接出更为完整的卜辞，开创了甲骨缀合的先河。至今甲骨缀合都是甲骨文研究的一个重要手段和方向，通过把甲骨碎片拼接，将多块甲骨变为完整或者相对完整的卜辞，不仅能有效释读甲骨文，也使其成为更完整和珍贵的史料。

二十世纪初，疑古派纵横史学之时，许多人质疑商王朝是否真的存在，就是王国维先生从缀合的甲骨中考释出商代的“先公先王”，从而证实商王朝确实存在过，佐证了《史记·殷本纪》的可信。

但是甲骨缀合不是那么容易的，甲骨碎片被埋在地下几千年，不管是地下活动冲击还是挖掘磨损都让甲骨残缺严重。

以前的学者们通过视觉和经验进行缀合，效率和成果难免低下。时至今日，随着人工智能的引入，甲骨自动缀合已经十分常见，但准确率普遍不是很高。

吴翰予教授的甲骨自动缀合系统基于新的计算机视觉算法，根据之前发表的论文数据，如果顺利完成，那么其自动缀合的准确率将可以达到90%以上。更乐观的成果是，将来更能基于全球甲骨拓片数据库实现自动甲骨缀合。

在实验室的时间过得很快，昭棠投入工作，不去想其他的，一整天就过去了。因为她第一天过来，结束工作后，吴翰予提议聚餐，昭棠觉得实在有些累，婉拒了。

吴翰予笑着说：“那行，那就等过两天你安顿好了再说。”

他喊了两个学生带昭棠去单身公寓，一个男生、一个女生，女生带路，男生拿行李。单身公寓就在校内，只是望大校园大，三个人从吴翰予的实验室走到公寓花了二十多分钟。

公寓里竟然能看到篮球场，昭棠站在窗前，看着夏天的篮球场上，男生们穿着薄薄的T恤衫，挥汗如雨地在球场上奔跑，她的思绪又忍不住飘到路景越身上。

他以前是不是也常在这里打篮球？间隙里会不会一边擦着汗水，一边拿起手机查看，可曾因为看到她的消息而展颜一笑？在这一刻，昭棠原本不知如何安放的一颗心，仿佛一瞬间有了着落。

两名同学邀她一起去食堂吃饭，昭棠找借口说自己要先收拾东西，婉拒了。等人离开后，她没动行李箱。掏出手机，还是没有他的消息。她点进他的头像，两人最后的聊天记录停留在她早上对他说：“我到了。”

他说：“好。”

再无其他。

她觉得自己有点贪心，明明要逃跑的人是她，现在又奢望他能多和她说点话。

一直到晚上睡觉前，昭棠都没有等到路景越和她说话。

以前两人没见面都会视频，昭棠早上甚至担心过，怕他要视频怎么办，总不能和他视频也戴着口罩吧，后来硬着头皮想，到时候再说吧。现在他不找她了，她本该松一口气，胸口却闷得厉害。那些令人憋闷的情绪地牢牢堵在胸口上方，又像是全冲到了眼睛里似的，酸酸的。

她主动给他发了条消息：“你睡了吗？”

过了大约一分钟。

路景越：“嗯。”

昭棠好一会儿后才轻轻打字：“晚安。”

路景越：“晚安。”

昭棠将手机放在床头，轻轻吐出一口气。现在除了快点让伤口掉痂，赶紧回去，好像也没有别的办法了。

这么想着，她又重新拿回手机，在搜索框里输入：“怎么让伤口赶紧掉痂？”这个问题之前有太多人问过了，答案不外乎不要用手去碰，让它自然结痂，不要去撕。

看到其中一条，昭棠的目光停住了：“和新陈代谢有关，你看夏天比冬天好得快，小孩比老人好得快，就是因为新陈代谢快。”

加快新陈代谢？昭棠收起手机，躺在床上想了想，决定明天早点起床，沿着校园跑一圈。对，她从不运动到运动，新陈代谢肯定飞速增长。嗯，就这样！这晚，昭棠满怀希望地睡去。

但令她怎么也没有想到的是，一觉醒来，她又病了。症状和上次惊人地相似，浑身一点儿力气都没有，酸软的感觉仿佛从骨头里冒出，一阵阵地疼。嗓子眼发干，往外冒着火似的，呼吸也很困难。她躺在床上一动不动，昨晚睡前所有的希望顷刻间破灭。

之后的几天，昭棠病得很难看。所有感冒的症状一起上来，头疼脑热、嗓子疼、流鼻涕，整个人被折腾得憔悴不堪。肤色惨白，眼睛和鼻子却通红，如果被画成漫画，那她现在可以说就是个标准的小丑。再加上说话时因为声音沙哑，鼻子堵，再配上她之前那条伤疤……总之就四个字——惨不忍睹。

但即使是这样，她也没有请假，每天坚持准时去实验室，上班下班，工作一件不落下。

吴翰予都看不下去了，几次劝她："要不你还是躺两天吧，等病好了再来。这是个大工程，还得好几年呢，真的不差这几天。"

昭棠顶着一张憔悴不堪的脸向吴翰予保证："我这不是流行性感冒，不会传染给别人的。"

吴翰予想说，他不是这个意思……不是，她到底跟自己有什么仇啊！

昭棠还真像跟自己有仇似的，跟自己犟上了。越病她脾气越倔，越不肯屈服。发烧就吃退烧药，嗓子疼就吃抗生素，一句话，只要不死，她就绝不会因为生病停下脚步。

当然病情比她更倔强——你不向我屈服，那我就让你一直好不了！结果就是，上次感冒在路景越的精心照顾和陪伴下，她三天就好了，这次快一个星期了她还是老样子。不能说是老样子，毕竟憔悴得已经完全看不出她从前那直击人心的美貌了。以至于沈惜时受邀来望大做演讲，在校园里和她迎面碰上时，差点没能认出她来。

"昭棠？"最后快擦肩而过了，他才半信半疑地喊了一声。

昭棠低头走在路上，心里正想着要不还是明天去挂个水吧，毕竟路景越生日快到了，她总这么丑下去也不是个办法。

听见有人喊她，她抬起头来，就见到迎面走来的玉树临风的沈医生，被几名同事簇拥在中间。

沈惜时直接将她带去了医院。

点滴管插上，昭棠坐在椅子里，回忆着刚才和沈惜时遇见的场景，忍不住问了一句："我刚才丑到你们了吗？"

沈惜时在她身边坐下，看了她一眼："没有，你还是很美。"

昭棠回想了一下镜子里自己的模样，觉得沈惜时这话应该就是客套，但她不是很在意，只咕哝了一句："丑到了我也没办法，只能说声抱歉，再麻烦你们稍微克服一下。"

之前医生问情况的时候，沈惜时一直陪在她身边，知道她已经病了四天，除了简单吃了些感冒药以外，一直没来过医院。但他如今连她的医生都不是了，再没有立场说什么，只能安静地陪伴在她身边。

昭棠让他先回去，他没说什么，沉默了几秒，忽然说："我后天下午回岁宜。"

昭棠不理解他忽然说这个是什么意思，困惑地看着他。

沈惜时看着她的脸，伤口已经顺利结痂，过几天应该就能掉了。只是她现在这憔悴的模样，真的还不如脸上这道伤顺眼。

"后天中午一起吃个饭吧，就算是报答我现在陪你坐在这里。"

昭棠愣了下，想说你不陪我我也应该请你吃饭，不过最后还是没有说什么，只是点了点头。

第二天，昭棠又去医院打了一次点滴。

她不知道是这连续两天输液的效果，还是沈惜时身为医生自带的某种神秘气场真的具有治愈功能，第三天她就好了起来。症状消失，她的精神恢复了不少，虽然气色还有些差，但眼睛和鼻子不红了，她不再像个小丑，美貌也恢复了不少。

她上午和吴翰予说了一声，中午便提前离开了。

她和沈惜时就约在望大附近的一家本地菜馆，不算有名，到饭点了人也不多。装潢倒是古朴雅致，两人坐在二楼临窗的位子。

昭棠随口问沈惜时："相亲怎么样？"

沈惜时怔了一下，反应过来，说道："没成。"

昭棠还想说什么，沈惜时忽然道："再回一趟临绛吧，见一下顾医生，如果你已经没有了她的联系方式，我可以帮你约。"

昭棠捏着筷子的手指一僵。

沈惜时又说道："你的病没有好，不应该讳疾忌医。"

昭棠似乎想反驳，可她的嗓子干巴巴的。

沈惜时看着她的眼睛说道："之前我问你回来后有没有生病，你应该也是在骗我吧。"

昭棠轻声解释："确实没有，那次只是不小心……"

"不小心受了风寒还是不小心触动了你心底的恐惧？"沈惜时叹了一口气，"这次的情况你不说我也大概能猜到，那么上次呢，上次生病是为什么？"

昭棠垂下眼，过了一会儿才回答："他想带我回家。"

"你不想见他的家人？"

"不，不是。"昭棠声音干涩，"是他妈妈知道我……我害怕。"

"果然。"沈惜时点了点头，"昭棠，你这是心病。我不清楚具体怎么回事，毕竟我不是你的心理医生，但我想，你也许找到了压制自己情绪的某种诀窍，骗过了顾医生，也骗过了你自己。然而一旦有什么东西让你恐惧，让你不安，让你承受不住，你的身体会比你的情绪更加诚实，出现应激反应。"

“可是我已经好了啊。”昭棠攥紧手指，眼睛里满是不愿意接受事实的抗拒，她看着沈惜时，眼角微湿，“我大三时就已经好了，我已经好了四年了，而且我现在很乐观很平静，我连再面对郑菀晚都很冷静，我已经不再是从前的我了。”

“如果我没有回来……”昭棠说到这里，心感觉刺痛，她停了停，又继续说，“那我应该能好到这辈子结束。”

沈惜时残忍道：“你不是好到这辈子结束，你是逃到这辈子结束。”

“还记得上次分开，我最后对你说的话吗？”沈惜时直直地看着她。

昭棠想到了上次见面的场景。

那天太混乱了，她遇见昭锦程，被昭浩伤了脸，进了派出所。她往前想了想，想起在那之前，她本来是帮姜姐去鹿溪送卡的，结果遇见沈惜时，离开前，沈惜时问她，知不知道他名字的意思。

昭棠轻声问：“老易至，惜此时？”

“对，老易至，惜此时。”

“那不是在说……”昭棠尴尬地收回了原本想说的话，讷讷问，“你吗？”

那个话的意思不是说，他知道她有男朋友了，所以睿智如他，不会再在她身上浪费时间，立刻抓紧相亲吗？

沈惜时的眸子里藏着她看不懂的情绪：“不是，我是希望你可以及时坦诚地面对你心里在意的那个人。”

昭棠闻言手指缩了缩。

“我知道你不愿意让那个人看到你不完美的样子，你可以毫不顾及病中憔悴和我见面，却连让路景越看到你的伤口都不肯，不过是因为你心里没有我，却满满都是他。因为在意，所以软弱。”沈惜时轻叹一声，“可是昭棠，健康的爱情并不是你这样的。”

“真正爱一个人不应该让你懦弱，真正的爱情应该是让你坚强，让你有与他共同承担经历风雨痛苦的勇气。不只是你陪伴他经历风雨，还包括你愿意让他陪伴你经历痛苦。可是你看看，你都做了什么呢？人这一生，生老病死，不可避免，这一次你逃了，以后总会遇见无数的风风雨雨，那时候你又该怎么办？难道每一次都像七年前那样、像这次一样，灰头土脸地逃跑躲起来吗？”

昭棠抬手轻轻遮住脸，手指冰凉。

这些道理她都懂，沈惜时说的这些，她不是没有考虑过。只是道理是一回事，真正要踏出去那一步，却需要极大的勇气。她不敢，她浑身上下每一个细胞都叫嚣着恐惧。

她闭了闭眼，轻轻点头：“好，我会找个时间回临绛，再见一次顾医生。”

“尽快吧。”沈惜时想起什么，又问，“对了，那晚你看到路景越了吗？”

昭棠茫然地看着沈惜时：“哪晚？”

沈惜时：“你受伤那晚，他就在鹿溪。”

昭棠吓了一跳，几乎站起来：“什么时候？他不是在家吗？”

沈惜时摇头：“没有，他就在鹿溪。但我没有见到他，只是从鹿溪工作人员口中得知，他到那里的时间应该和警察差不多。”

昭棠的心猛地一紧。他到的时间和民警差不多，那就是说……他那晚给她打第一个电话的时候，就已经在她身边了？

沈惜时不解：“你没有看到他吗？他后来也没有问你？”

昭棠的脸“唰”地变得惨白。

饭后，沈惜时打车去了高铁站，昭棠心里有些乱，一个人又坐了一会儿，才失魂落魄地起身。离开餐厅又走了一阵子，感觉到迎面照射过来的阳光灼热，她才恍恍惚惚地反应过来，她的遮阳伞落在餐厅了。

医生说要注意防晒，不然容易色素沉淀。可是此刻，她连转身回去拿伞的力气都没有，只是茫然地走在太阳底下。

原来那晚，路景越一直都在。难怪，他后来什么都不问，什么都不说，只是无声地吻她的眼睛。她是觉得有些奇怪，可是因为心存侥幸，所以一直没有多想。此刻从沈惜时口中得知，原来他都知道。

他什么都知道！

心底涌出强烈的悲伤，昭棠好想哭。可是灼灼烈日之下，她眼睛干涩，竟连哭都哭不出来。她停下脚步，拿出手机，找出那个多年不曾联系的号码。

夏日午后的太阳炽烈，她一眨不眨地盯着。

“喂，顾医生吗？我是昭棠。”

第二十章 礼物

路景越是从孟言溪口中得知有人要请他吃饭的。昭棠走后他就回了江边别墅，鹿溪饭店只是他年少时和孟言溪合伙开的一家酒店，他自己的公司并不在那边，而在城南临江，最繁华的商圈，占了一整栋大楼。

之前为了昭棠才搬回摩卡小镇，昭棠离开后他懒得睹物思人，索性也离开了。她每天都会给他发消息，但从不视频，连语音也不发。他心里堵得慌，每次看到她的消息都要被她气个半死，更懒得和她说话，只简单地回两个字。好在她知道他在生气，并没有因为他的冷漠就破罐子破摔，有事没事的时候还知道哄他两句。

望大的合欢花开了，她就拍下来给他看。

眠眠："望大的合欢花开了，我又想起你了。"

眠眠："你比合欢花更好看。"

他淡淡地回了她一个字："哦。"

中午。

眠眠：“我是九，你是三。”

眠眠：“除了你还是你。”

他：“嗯。”

晚上。

眠眠：“我已经闭好一只眼睛了，就等你说晚安闭另外一只啦！”

他嘴角勾了勾，很快压下去，冷漠地回她两个字：“晚安。”

她就这么每天发送从网络上抄来的情话，却从来不给他看一眼，连条语音也不肯发过来给他听听声音。他心里莫名有些不安，不知道她一个人在那边怎么样了。

他生气归生气，但终究还是放不下她，打算周末过去悄悄看她一眼。结果他这刚刚心软呢，她忽然连信息都不发了。路景越心里那个气啊。她发信息他生气，她不发他更生气，跟受内伤没什么区别，只差咯血了。

约骆珩和孟言溪喝酒，骆珩这小人趁机插刀：“参考我事务所遇见的各种案例啊，路师傅，你是不是被甩了？”

路景越抬起眼皮，冷冷地吐出一个字：“滚！”

骆珩“啧”了一声：“但仔细一想，又不太可能，昭棠这姑娘还挺长情，都这么多年了还非你不可……”

骆珩装腔作势举起酒瓶：“来碰一个，为你是昭小棠的唯一。”

路景越淡淡地瞟他一眼，闷声喝了一口酒。

孟言溪在一旁幸灾乐祸地笑。

喝到半夜，一行人离开。夏夜的晚风还带着热度，路景越低头点开手机屏幕，点进微信，还是一条新消息也没有，他烦躁地捏了捏眉心。

司机将车开过来，孟言溪像是忽然想起什么，说了一句：“对了，底下人跟我说，有个姓沈的医生去鹿溪找你，想请你吃饭，问你什么时候有空。”

路景越闻言眼皮都没抬一下：“什么时候都没空。”

孟言溪看着他冷漠的背影，慢条斯理地补了一句：“人家刚从望大回来，说昭棠病了。”

路景越背脊一僵，手背上立刻冒出几条青筋。

“他在哪儿？”路景越转身看向孟言溪，情绪看不出波动，一脸平静地说，“我现在就有空。”

孟言溪笑得像一只狐狸，慢腾腾地提醒了一句：“现在是凌晨两点，你确定你现在有空？”

路景越看着他，俊脸和夜里的温度一样，有点凉：“就现在。”

孟言溪一瞬间想起了他的顺路——越哥的有空和顺路一样是玄学！

沈惜时半夜被电话铃声吵醒。他是医生，救死扶伤，手机24小时开机，半夜被吵醒是常事。他捏了捏眉心，目光过了几秒才聚焦，屏幕上显示的是个陌生的手机号码。

他皱了下眉，按了接听，嗓音沙哑：“喂？”

“听说你要请我吃饭？”

沈惜时脑子里瞬间冒出一个问号，烦躁的情绪“噌噌”地往上涌——你谁啊？大半夜的谁要请你吃饭！

但他还没来得及生气，对方又淡淡问了一句：“你在哪儿？我现在过来。”

沈惜时气得险些骂脏话，话到了嘴边，忽然想到什么，混沌的脑子里闪过一丝清明，他试探地问：“路景越？”

对方淡淡地应了一声：“嗯。”

沈惜时抹了一把脸，从床上坐起来。

凌晨两三点，沈惜时家附近还开着的店除了24小时超市药店，就只剩下烧烤摊了。

沈惜时本来提议自己开车过去，路景越淡淡说道：“不用，我过来比较快，你收拾好下楼。”

他的语气冷漠，又不容置喙，仿佛习惯了发号施令。

沈惜时一瞬间搞不懂为什么昭棠会喜欢路景越，她不是一向喜欢温柔体贴的男人吗？转念一想，这男人可能对别人冷漠吧。一旦遇上那个人就会身不由己，自此生出无尽的偏爱。

就这样，两个男人在凌晨两三点，约在了烧烤摊。

烧烤店在沈惜时小区门口，店面不算大，在江湖上却小有名气。这个时间还有好几桌客人，划拳喝酒，高谈阔论。

沈惜时找了一个靠窗的位子坐下，离那几桌划拳的有一定距离，又问老板要了三斤小龙虾，叮嘱半小时后再做。

沈惜时很多地方和昭棠很像，譬如都在某一方面如强迫症一般执着。昭棠是在逻辑上，沈惜时则是在时间上。他的时间一向掐得极准，结果是路景越刚刚坐下，一大盆热腾腾的小龙虾就放到他面前，往外散发着辣油的香味。

路景越面无表情扫了一眼，目光看向对面的男人，单刀直入：“她现在怎么样？”

沈惜时打量着路景越。不可否认，这男人的确长了一张颠倒众生的脸，只是这样的美貌被他身上冷漠的气质削减，显得拒人于千里之外。像天上的月亮，不容凡人亵渎。

沈惜时没有立刻回答，从桌上的盒子里抽出两只塑料手套戴上，对路景越发出邀请：“吃小龙虾。”

路景越没动，在沈惜时盯着他看的时候，他也打量着沈惜时。文质彬彬的医生，戴金丝边框眼镜，看起来温润如玉，可是琥珀色的瞳孔里隐隐藏着锋芒。他没动，淡淡地道：“我不吃小龙虾。”

沈惜时用手拿起一只，笑了一声：“那真是不巧，昭棠很喜欢吃，最喜欢吃十三香口味。”

路景越皱了下眉，语气笃定："她不吃小龙虾。"

沈惜时将虾头拧开扔了，慢条斯理地剥着虾尾："她以前不吃，不代表现在不吃……她没跟你说吗？"

路景越看了沈惜时两秒，一言不发地起身离开。

沈惜时没有抬眼，不疾不徐地问："你对她也这么没耐心吗？那难怪……"他停了一下，"她难过的时候只能逃跑，自己偷偷痊愈了才敢回来见你。"

路景越脚步一僵，几秒后，他重新坐回去。

沈惜时慢条斯理地剥好了一只虾，但没有吃。他将虾放到盘子里，扯下手上的塑料手套扔到垃圾桶。

他抬眼重新看向对面的男人："我第一次遇见她是在急诊室。那个时候我刚进医院不久，专业成绩第一，本来是可以进心脏内科的，结果被病人投诉，舆论一度闹得很大……有一天晚上我值班，护士忽然送进来一个女孩，女孩是割腕自杀。"

路景越看着沈惜时，没有说话。

沈惜时继续道："好在她找准了地方，没有割破大动脉，但流了不少血，精神快要崩溃。我为她紧急止血以后，建议家属找心理医生进行心理干预。可是女孩的运气不算好，她们母女俩甚至都出不了诊室的门。因为插队，外面的人吵了起来。插队不对，事急从权还能解释下，但不妙的是，当时那种情况，我和家属都不能向外面的人解释为什么插队。女孩是自杀，如果我们为了平息外面的怒火而泄露病人的隐私，让人知道她是自杀，那她的情绪会彻底崩溃。可是不说，那晚病人们吵个没完没了……后来，是昭棠主动让出了她的位子。"

路景越看着他，漆黑的眸子里看不出波澜："我并不喜欢这个故事。你们看到的是事情解决了，皆大欢喜。我看到的只是她一个人在深夜独自离开，走进风雪里，她一定是很难受了才会半夜去医院，最后却为了成全别人，只能自己胡乱买点药对付过去。”

“你说的没错，人心本来就是偏的。”沈惜时点了点头，“可是你知道，她为什么会让吗？”

路景越闻言，抿住双唇。

“因为感同身受。”沈惜时感叹了一声，“我第一次见她是在冬天，再见她是在第二年冬天。那个时候我已经去了心内科，大年初一我值班，她来医院，挂了我的号。”

“我一眼就认出了她。”沈惜时笑了笑，“你不能否认，她长得很美，一般人见过她本就很难忘记。再加上她曾经还做了件好事，帮了我，帮了那个自杀的女孩，所以在我看来，她算得上人美心善。”

路景越没兴趣听其他男人讲述对她的迷恋，淡淡地转移话题：“她怎么了？”

“她心口疼。”沈惜时回忆道，“不是很激烈，只是隐隐作痛，尤其是在每次感冒之后，总会疼半个月左右。但不妙的是，她抵抗力似乎不太行，好像每个月都感冒，所以她这心口疼的毛病一直在持续，一年里就没让她安生过几天。”

路景越无声地握紧拳头。

“她说她之前看过别的医生，也拍过片子，没有任何病理性特征。我让她重新拍了片子，也验了血，确实没有问题，她的身体非常健康。”

“那她为什么会疼？”路景越哑着嗓子问。

沈惜时沉默了，他安静地看着对面的男人，许久没有说话。

半晌，他自嘲地笑了一声，摇摇头：“作为医生，出于职业道德，我不能泄露病人的隐私。可是作为朋友……”

沈惜时忽然话锋一转：“春节期间，人多多少少有点避讳的，不到万不得已，一般不会挑大年初一这么个日子来医院。她的情况让我直觉不是单纯的身体生病了，加上我第一次见她的时候，大半夜的她也是一个人来，一个人离开。我问她有没有家属陪同，她说她没有家属，有什么话直接跟她说就行。”

沈惜时转开头，目光落向窗外。

深夜寂静，整条街都冷清了下来。外面已经没有车经过了，只有昏暗的路灯无声照着漆黑的夜。

沈惜时的声音沾染了深夜的清寂，仿佛从遥远的地方传来：“后来的几年里，她每次来医院，不管是白天还是深夜，不管是平常还是节日，她一直都是孤身一人。”

沈惜时转头，重新看向路景越：“生老病死，自然规律，即使我身为医生，也没有办法保证她不生病、不来医院。但至少，我希望从今往后她身边可以有人陪伴，不必在医生问家属时说，我没有家属。”

“所以作为朋友，我愿意违背一次职业道德。”沈惜时看着路景越的眼睛，轻叹，“她的身体没有问题，却每每出现病理反应是因为……她这是心病，她那两年里有很严重的抑郁症。”

对面的男人，手背上无声地冒出青筋。他的双眸很黑，沉静得仿佛暗夜大海，不知道里面究竟藏了什么，不可捉摸。

“不过你放心，她已经好了。就在那个春天，她运气不错，遇见了国内最好的心理医生，我不知道你听说过没有，她的名字叫顾矜。如果你有这个领域里的熟人，那一定听说过她的名字。”

“但我不能说这全是顾医生的功劳，毕竟顾医生曾接诊了那么多的抑郁症患者，也没有见谁比昭棠更快走出来。她真的很坚强，也很独立，花了不到一年的时间吧。”沈惜时回忆着，问路景越，“她回来后，你看到她，可曾见到过一丝抑郁的影子？”

“没有。”

“当然。”沈惜时笑了笑，“从大三起，她就没有再约过顾医生了。这么多年来，我每次见到她，都只觉得她可爱、有趣。她曾经留给我的那些落寞绝望的背影，就仿佛是我自己的幻觉一样不真实。也许她自己也这么觉得吧，觉得自己的创伤已经痊愈，她又变回了那个活泼可爱的少女，所以她才不甘心地回来，想再见见你，想和你重新开始。”

沈惜时没有说“但是”。

他看着路景越，无奈地说：“她的想法或许是有一些问题，但如果你真的爱她，你不应该每一次都放任她自己躲起来偷偷疗伤。她总让你看到她最好的一面，你心安理得地拥有了她的美丽可爱，却让她自己一个人承受独自疗伤所要经历的全部艰难和痛苦。”

面前的小龙虾很快就凉了，蒸腾的辣油味散去，原本鲜亮的颜色变得暗沉。旁边几桌喝酒划拳的声音倒是丝毫未减，酒瓶碰撞，喧嚣闹腾。

路景越起身离开：“谢了。”

沈惜时想到什么，叫住他：“等等。”

路景越停下脚步，转身。

“我解答了你的疑惑，你可不可以也解答一下我的疑惑？”

路景越：“嗯。”

沈惜时沉默了两秒，说道：“在男女之事上，她不是一个很敏锐的人，我向她示好示了这么多年她完全看不见。我一直以为那只是因为她心里有执念，所以看不到别人……不管是不是吧，我想知道，你最初是怎样让她看到你的。”

沈惜时自嘲地一笑：“我想知道，我到底输在了哪里。论陪伴，你和她不过高中三年；而我，认识她七年，陪伴她六年。”

路景越安静地看着眼前的男人，半晌，淡淡地道：“我和她并不只有高中三年，我陪伴了她十年。”

沈惜时一怔，等他想到什么，路景越已经大步离开了这间小小的烧烤店。视线追至窗外，路边停着一辆黑色的劳斯莱斯，驾驶座上的司机注意到路景越出来，迅速开门下车，为他拉开后座车门。

沈惜时的脑子久久回荡着他最后那一句——我陪伴了她十年，忍不住回想路景越刚才的神情，心痛，却不惊讶。

一个可怕的念头顿时闪过脑海——他知道！但很快这个念头就被他打消。这不可能，顾矜的职业道德无可挑剔。

不对！昭棠约到顾矜的时候只是个刚念大二的学生，没有家人也没有朋友，在那之前的一年里，她看的都只是医院里最普通的心理医生。为什么大二那一年，她忽然就约上了行业最顶尖的顾矜？

沈惜时猛地看向窗外，劳斯莱斯早已驶出了视野。

昭棠向吴翰予请了两天假，两天过后刚好是周末，算起来她总共有四天假期。她前几天自己和自己过不去的样子看得吴翰予一头雾水，不理解这姑娘小小年纪怎么就爱跟自己的身体较劲儿，现在她好不容易开口请假，吴翰予真恨不得再多让她休息几天。

但昭棠并没打算休息，今天是五号，明天就是六号，他的生日。

她一大早就起来了，她昨天联系了顾矜，原本打算今天一早飞到临绛，晚上直接飞回岁宜。可惜顾矜出差，今晚才回临绛，后天出国，半年以后才能回来，只有明天一天有空。

明天不行，昭棠毫不犹豫改了计划，决定提前一天回去。但回去之前，她得把给他的礼物准备好。

其实生日礼物她已经想了一个多月，只是一直不知道该送什么。

路景越真的生来就什么都不缺。

她不知道别人的生命里有没有遇见过那种样样都好的人，生来被神明偏爱，家境殷实，父母恩爱，自己更是外形内在都无可挑剔。人都有弱点，可他仿佛是个例外，他好像完全没有弱点，至少昭棠找不到。她想，要不给他买衣服鞋子算了，但这么多年来，她缺席他的人生，她怕自己的审美不过关，到时他不喜欢却又因为是她送的不得不穿，那反而不好。

就这么想了一个多月，直到昨晚，她躺在床上，忽然萌生出一个念头。

大学周围最不缺的就是图文店，她一早起床，在平板电脑上简单画了画，快八点的时候下楼，准备先出去吃个早餐。

路景越赶到望大的时候还不到八点。

这个时间，大学早上第一节课正要开始，校园里随处可见匆匆奔走的学生，更大胆一些的骑着自行车，一只手握着车把一只手吃饭，看到前面有人，还要临时腾出一只手去按铃，忙得很。

路景越坐在劳斯莱斯后座上，不知道是昨晚喝多了还是整夜没睡，太阳穴隐隐作痛。

等了好一会儿，保安亭内的保安才慢腾腾地踱步过来，弯下腰和司机交谈。

保安说：“这门外来车辆不让进，你们绕一下，从北门进吧。”

司机回头问路景越的意思，路景越抬起眼皮。还没说话，视线穿过落下的驾驶座窗户，一眼就看到了正走出校门的昭棠，心脏顿时往胸口狠狠地撞了一下，目光也在一瞬间聚焦。

她穿着简单的T恤衫和长裤，长发随意扎成丸子头，背着帆布包，撑着一把小花伞，不紧不慢地走在校园里，仿佛初入大学的大一新生。

校园门口车和人都很多，她在门口停了一会儿，往他的方向看。

隔着茶色的车窗玻璃，路景越的视线定定落在她的脸上。她瘦了，精致的鹅蛋脸看起来小了整整一圈，脸倒是依旧饱满，只是下巴更加尖了。皮肤显得苍白，一双大眼睛水盈盈的，神情茫然。等面前的电动车和自行车过完了，她才收回视线，继续往前走。

“路总？”察觉到他走神了，司机试探着喊了一声。

路景越推门下车，淡淡地留下一句：“你自己从北门进吧。”

司机：“……”

您都走了我还进什么门?

望大对面就是一整条的商业街，各色餐馆占了大半，昭棠找了一家馄饨店。这个时间很讨巧，早起的学生都去上课了，没课的又还没起床，馄饨店里还空着好几张桌子。

昭棠去收银台点了餐，考虑到自己的脸现在还不能晒太阳，找了个背对店门的位子坐下。等餐的时候，她又一次点进了路景越的微信。

昨天忽然从沈惜时那里得知真相，因为过于震惊且心虚，她一整天都没敢再和他说话。此刻两人的聊天界面还停留在她昨天早上发给他的土味情话上。

昭棠："有没有觉得我这几天嘴好甜?"

路景越："嗯。"

昭棠："嘴甜是因为心甜，心甜是因为你在里面呀!"

路景越："别变心就行。"

其实昭棠能从他细微的语气变化里感觉到他一点点在退让。

从一开始的"嗯""哦""晚安"，到现在一句话能对她说五个字，虽然还是有一点点傲娇，但昭棠大为振奋。她原本以为，只要她再接再厉，趁热打铁再好好哄哄他，就一定能够糊弄过去。

没想到中午沈惜时告诉她，他都知道。他什么都知道，却因为她不愿意说，压抑了自己全部的情绪，一个字都没有问，没有逼她。他对她不是退让一点点，他对她是完全的、毫无保留地投降。

昭棠忽然好恨自己，恨自己曾经这样欺负他。此刻再看自己发给他的那些土味情话，她觉得像是被人扇了几巴掌。

她的手指蜷曲了片刻，轻轻地打字。她想告诉他，她有多想他，她有很多话要和他说，她今晚就回去。可是此刻这些发自肺腑的言语一旦和那些土味情话放在一个屏幕里，就仿佛全成了虚情假意，又成了她哄他原谅她的手段。

昭棠犹豫了一会儿，最后又全删了，只剩下几个字："我今晚回来。"

点击发送，她看着这几个冷冰冰的字，实在看不下去，又小心翼翼地补了一句："我很想你。"

此刻，路景越就站在馄饨店门口。如果昭棠回头，那么她就能一眼看到他。清晨的阳光明亮却不刺眼，落在男人的侧脸上。他站在那里，像世间最出色的艺术品，五官立体，身材挺拔，气质出众。

这周围都是小女生，面对这样的路景越，可以说毫无抵抗力。女孩子们惊奇地盯着他看，三两个凑在一起，跃跃欲试地想上来要联系方式。

路景越的目光定定地追随着昭棠，他追了她一路。

正要抬步走进去，手机突然响了一声。

眠眠："我今晚回来。"

眠眠："我很想你。"

路景越紧抿的唇一瞬间就放松了，眉眼间还残留着宿夜的冷清，却在看到这句话的一刹那，像是最后一点坚持也烟消云散。

他嘴角微勾，单手打字："回头。"

正要点击发送，一通电话在这时打进来。屏幕跳转，正中显示——顾矜来电。路景越抬头看了眼前方安静坐着的昭棠，走到一旁接电话。

"小越，有件事我想了想还是要和你说一声。"电话里，女人的声音干脆而郑重。

"昭棠昨天联系我了，她想今天过来找我。但是不巧我出差了，今天晚上的航班回临绛，后天出国交流半年，所以只能明天见她。可是她明天好像有什么重要的事，又取消了预约。她是我所知的少见的坚韧的女孩，当初一个人在短时间内就走了出来，后来状态也非常好，她已经四年没有联系过我了，我不知道她现在遇到了什么困难，才会主动给我打电话。其实如果有需要，我也可以去岁宜见她，只是她连这个提议都拒绝了，我不知道她究竟是有什么重要的事情，非要明天去做不可。”

路景越站在角落的阴影里，视线落在馄饨店。

她的馄饨已经送上来了，白色的面碗放在她面前。可是她并没有动，还抱着手机看。不知道是馄饨太烫了，还是在忐忑地等他回消息。

他就这么安静地看着她，过了一会儿，对电话那头的顾矜说：“她没什么重要的事，请您把明天空出来，我带她去临绛。”

“你带她过来？”顾矜下意识愣了下，“她一直不知道当年是你请我为她进行心理治疗，而且你本身就是她的一个心结。我并不知道她目前是什么情况，如果不严重还好，如果严重，你突然出现，很可能会刺激到她，那你之前所有的付出和等待就全白费了，你还想她再躲你七年吗？”

路景越无声握紧身侧的拳头，手背上的青筋挣扎着跳动了两下。他闭了闭眼，哑声道：“好，我让她自己过去。”

昭棠紧张地抱着手机，从前她没有感觉，因为路景越每次都会很快回复她，从不让她等。

此刻不知道是不是自己心虚，他一时半会儿没回复她，她就连饭都没有心情吃了，眼睛盯着手机，又翻来覆去地看他们的聊天记录。她越看越觉得自己不是人，心里越发惴惴不安。

屏幕上方忽然弹出一条新消息，她的心下意识重重地蹦了一下，眼里的光芒瞬间暗淡。

路景越：“明天不在，你不用回来。”

傍晚，路景越接到了顾矜的电话，告诉他，昭棠重新跟她约了明天下午两点的心理咨询。

此时的路景越正在去机场的路上，闻言神情并没有什么波澜，嗓音却略显疲惫：“有没有什么办法能让我陪着她？”

顾矜愣了一下：“你陪着她？”

路景越捏了捏眉心：“嗯，您那边有没有什么办法，把我引荐给她，让我以后都能陪着她。”

“引荐？”

路景越的目光落在高速两旁的行道树上，漆黑的眸子十分沉静：“我不想再让她觉得自己是一个人，您想个法子把我引荐给她，说我是她的病友也行。”

病友？

路景越顿了顿，又说道：“当然，这只是我一个不成熟的建议。”

顾矜心想：你还知道不成熟啊。

顾矜无奈地说：“我明天先看看她的情况吧。你先放宽心，也许是柳暗花明以前最后一道坎了。”

路景越挂了顾矜的电话后，再次点进微信，视线又一次落在两人最后的聊天记录上。

眠眠：“那你明天在哪里？哪里我都可以去找你，我有话想对你说。”

路景越：“明天再说吧。”

昭棠盯着路景越最后一行字，许久，感觉眼角刺痛。她不是只想对他说生日快乐，她还有更多更多的话想对他说。有那么一瞬间，她想给他打个电话，在电话里告诉他一切。

可是她对自己没有信心，更何况还是隔着手机，她怕一个不小心会弄巧成拙……她彻底失去他了怎么办？她不想再失去他。

她惶惶不安了一整天，在图文店里几次出错，如果不是她认错态度良好，老板说不定就不做她生意了。

她终于掏出手机，给顾矜打了电话。

对，她不是没有希望，还有顾矜能帮她！

约好了明天下午两点的咨询，她订了第二天早上八点的航班飞往临绛。她花了一天做好礼物，一直到图文店打烊。

离开后，她又赶去最近的顺丰快递点，赶在今晚最后一趟快递发出去以前，将自己的礼物寄给他。

他不想见她，那就寄给他吧。

她这晚的的确确曾一度将所有的希望寄托到顾矜身上。

顾医生是国内最好的心理医生，当年就让她在短短不到一年的时间里彻底从抑郁症的阴影里走出来，此后健康地生活了四年。那么这一次，顾医生一定也可以帮助她，还给路景越一个健康完美的女朋友。

她不知道自己这一夜究竟睡着了没有，她只是躺在床上，双手交叠在胸前。她闭着眼睛，脑子里纷乱的画面一帧帧掠过，她不知道是梦境还是现实。当清晨第一缕阳光透过窗帘照进来的时候，她睁开了眼睛。那一刹那，她忽然无比清醒地认识到——顾矜帮不了她！

谁也帮不了她，能帮她的只有她自己！

那些她曾经以为已经咬牙挺过去的过去，的确真真实实地已经过去了。只是她太贪心，她不仅想要从前那些挣扎、迷茫和痛苦过去，她还苛求那一切了无痕迹，就仿佛从未发生过一般。仿佛从未发生，她才能配得上那个生来被神明偏爱没有弱点的天之骄子。

可是她错了，她要立刻回去。

她拿起手机，想给顾矜打电话，考虑到现在时间还早，又改成给她发了一条短信："抱歉，顾医生，我想我不用过来了，今天的心理咨询预约取消吧。"

她给自己买了一张回岁宜的高铁票。

路景越昨晚飞机晚点，到临绛时已经是凌晨两点，他就在机场旁边的酒店住下了。早上七点，他被手机铃声吵醒。

是顾矜。

“小越，昭棠五点多给我发来一条短信，她取消了今天的心理预约。”

昭棠回到摩卡小镇时，还没有到上班时间。因为这趟回来得仓促，她只随身带了一个小包。出了电梯，她没有回自己家，而是在路景越家门口站了片刻，然后轻轻抬手，摁响了门铃。

没有人回应，她心里却实实在在地空了一块。

她原以为他昨天说的不在只是气话，其实还是会在家等她，等她回来对他说生日快乐，毕竟那是一个有着不同寻常意义的约定。

没想到他真的不在。她感到身体一阵无力，轻轻靠在墙壁上，靠了许久才摸出手机。点进微信，她发了一条消息过去。

昭棠：“你在哪儿啊？”

过了很久他也没有回复。

今天的气温很高，外面骄阳似火，昭棠站在楼道里，背靠着冰冷的墙壁，怔怔地望着外面刺眼的天光。

风从半开的窗户吹进来，她觉得有些冷。她忽然想起当初沈惜时问她，如果回来以后没有与他重逢，她还会将这里当家吗？那时候她没有办法回答，此刻她却无比清楚地知道了答案——不会。

她匆匆赶回，站在没有他的家门口，茫然无措。

前所未有的孤独感从心底蔓延，密密麻麻，像藤蔓，迅速生长，很快就将她包裹得喘不过气来。

她不知道自己该去哪里，她没有家，望城不是她的家，临绛不是，岁宜也不是。

眼眶里含着的泪水，在她低头的一刹那落到了手机屏幕上。她轻轻抹掉，点进微信，打字的手轻轻颤抖。

他始终没有回复。

飞机十点半落地，手机在打开的一瞬间响个不停，昭棠的信息很快就被淹没在无数的生日祝福信息和电话里。

路景越没有在意其他人，径直点进她的头像。

眠眠："我可以来找你吗？"

心尖像是被什么刺了一下，他立刻给她回电话。冰冷的女声提示关机，他心里忽然很乱。

飞机舱门打开，路景越第一个走出去。直到回到摩卡小镇，她的手机依旧关机。他用密码打开了她家的门，家里的东西还和她离开时一样，一点动过的痕迹都没有，她看起来像是根本没有回来。

可他知道，她回来过。

他又回到对门，将各个房间都检查了一遍，最后想起什么，又自嘲地握拳捶了一下自己的头。

她就没来过这里，他们总是很自觉地将对面当成他们的家，所有的温存缠绵都发生在那里。

他又试着给她打了一个电话，还是关机。他揉了下太阳穴，思索着她会去哪里。

手机铃声再次响起，他以为又是哪个朋友的生日祝福，烦躁地扫了一眼，却是个陌生号码。他的心猛地跳了一下，立刻接起。

"您好，我是顺丰快递，这边有您的包裹，请问您现在在家吗？"

路景越心里说不出有多失望，情绪不是很好地说："不在。"

"好的，那我给您放菜鸟驿站……"

路景越正要挂电话，忽然想到什么，多问了一句："谁寄的？"

"寄件人叫昭棠。"

路景越一愣，让快递员帮忙送上来。

快递员已经在楼下了，很快就送了上来。是一个纸箱，没什么重量。路景越道了声谢，目光落在快递单上，是从望城寄过来的。

打开纸箱的一刹那，他就愣住了。是一个自制的盲盒，盒面上画着一对少男少女。

男孩很高，女孩才只到他的肩膀。盛夏的午后，围墙外，两人走在树荫下，细碎的阳光穿过树叶间隙落下，四个盒面，总共四幅画。

第一幅，两人并肩走在一起，女孩扎着高马尾，头发不算长，垂下来刚刚过脖子。男孩短黑发，侧眸看着她，眼底浮动着笑意。

第二幅，男孩忽然走到了前面的一棵树下，转身面对着女孩。他身高腿长，仗着身高优势，伸出长臂，轻而易举就碰到了青翠的树叶。

第三幅，男孩等在树下，女孩一路朝他跑去，眼底浮动着不服输的倔强。

第四幅，女孩一跃，手指刚刚碰到头顶的树叶，落下来时，被男孩稳稳扶住。她没想到他会扶住她，清澈的眸子里满是惊讶。男孩眼睛很亮，嘴边挂着得逞的坏笑。

路景越盯着盒子上的画面，思绪在一刹那就回到了那个灼热的午后。

“路景越，你怎么长这么高啊？”

那年他已经一米八几了，她才一米六，不知怎的就陷入了身高焦虑，总跟在他身边问他怎么长高的。他哪儿知道怎么长高的？便骗她跳起来摸树上的叶子，她自然是不信的。

后来很久以后的那年盛夏，两人走在树荫下，阳光从树叶缝隙里落下，热风迎面吹来，热烘烘的。

他心思一动，忽然快走了几步，走到前面那棵树下，回头望着她：“你来摸摸这片树叶。”

他都不用踮脚，抬手轻而易举就碰到了树叶。

她或许是被他激起了胜负欲，立刻不服输地朝他跑来。

那片树叶有点高，他特意找的。

她费了点力，跳起来指尖刚刚够到。她开心地笑起来，落下的瞬间，却被他一把扶住。

回忆仿佛隔着一个时空。

他收回思绪，小心地将盒子打开。

没有什么重量的盒子，里面只装了一张粉嫩可爱的卡片。

路景越看清了卡片上的字——昭棠兑换券。

他猛地站起来，大步往外走。

第二十一章 和好

郊外的墓园，一整天一个人也没有。灼灼的日光照下，连空气中都弥漫着昏沉的寂静。昭棠抱着一束百合花拾级而上，走到叶君繁的墓前。

七年过去了，她依旧没有任何变化，除了照片稍显陈旧，还是年轻美丽的模样。

昭棠无声地凝视着她，照片里的女人也同样凝视着她。不过是一张没有生命的照片，可是看她的眼神仿佛她还活着。昭棠在她的目光注视下，很快就落下了眼泪。她从前从来不会久久直视这张照片。不注视，就不会落泪，就仿佛真的不会再感到悲伤。

可是此刻，除了照片里的女人，她不知道心里的话该向谁说。

她不知道到她这个年纪了，其他女孩难过的时候是不是还会对妈妈诉说。但她的记忆里充满了各种女孩的声音，隔着电话喊“妈妈”的声音。

那是她念大学本科的时候，刚刚成年的女孩第一次离开家、离开父母，独自一人在外地念大学。每天晚上，她们都会给父母打电话。遇见什么事，快乐或者悲伤，或者既不快乐也不悲伤不过是一件很平凡的小事，她们都会跟爸爸妈妈说。

她从来不打电话，因为没有人接她的电话。只有在很难过很难过的时候，她才会拨下那个烂熟于心的号码，可是那个号码再也不会给她任何回应，它早已随着叶君繁的离开变成了空号。

这么多年，悲伤和快乐，困惑和迷茫，她都无人可说。然后她习惯了，什么都不说，渐渐变得坚不可摧。

“我错了吗？”她哽咽着问照片里的女人。

照片里的女人只是温柔地凝视着她。肌肤白皙，眉眼美丽，最漂亮的是嘴巴，小小的，嘴角自然往上扬。这是她生病以前的容貌。

当年的叶君繁是出了名的美人，年轻时有无数人追求，可是她只喜欢昭锦程。她和昭锦程从青春走进婚姻，当初艳羡了不知道多少人。

可是后来，她的美貌被疾病给摧毁了。手术、放疗、化疗……那几年里，她被疾病折腾得形容枯槁，到后来连头发都没有了。叶君繁是在她十八岁生日后一个月离开的。

他们都说，她被病魔折磨了整整六年，承受着别人想象不到的痛苦。她被摧毁的不仅仅是美貌，还有尊严。他们说，她能撑到今日，说不定只是想亲眼看到女儿成年。如今她已经成年，就让她解脱吧。

他们一个没有了妻子，一个没有了女儿，可是都仿佛很看得开。只有昭棠走不出来，她想留住妈妈，她不想没有妈妈。可是她留不住，因此她对未来的人生充满了恐惧。

路景越在她生日以后去了国外做交换生，不知道从哪里听到的消息，风尘仆仆飞回来，出现在昭棠妈妈的葬礼上。他回来的样子算不上好看，甚至可以说狼狈，脸上挂着汗水，连发梢都是湿的，眉角上还带着伤，不知道是怎么弄的，破了皮，往外渗着血珠。他当时那个样子，看起来就像是个不良少年，刚刚跟人打完架跑回来。

无人的角落，他在她耳边低声说：“你还有我，以后的人生，由我陪你走完。”

昭棠躲在他怀里哭，呼吸间是少年身上炙热的气息，夹杂着风尘仆仆的汗味。可是从那以后的七年里，她再也没有闻过如此令她心安的味道。

那一幕被外婆看到，外婆让她不要再和路景越联系了，如果被爸爸发现，爸爸会彻底对她失望。

外婆一脸严肃地问她：“你已经没有妈妈了，你还想失去爸爸的爱吗？”

她那时候不知道外婆这话是什么意思，但她很快就知道了。叶君繁过世不久，昭锦程就带回了一个叫郑菀晚的女人。

郑菀晚很年轻，看起来不知道是在念大学还是大学刚毕业，昭锦程说他打算和郑菀晚结婚。叶君繁去世才一个月，昭锦程就带别的女人回来，那时候亲戚们是有些不满的。可是昭锦程有钱，大家都不敢说什么。

昭棠不理解，哭着质问昭锦程为什么要这样。

昭锦程就和她讲道理：“昭棠，你妈妈已经离开我了，我有重新追求幸福的权利，时间是长是短，这对你而言真的就那么重要吗？”

那时候她还是太天真啊，竟然真的被昭锦程的“道理”绕了进去。

因为叶君繁的离开让她对未来的人生充满了不安，她知道自己已经没有妈妈了，本能地想要更紧地抓住爸爸。她甚至去和年轻的后妈争宠，孤注一掷地想挽回这微薄的父爱。

叶君繁离开后不到两个月就是高考，那个时候的她根本没有办法集中精力学习。她每天也去上课，可是老师讲的跟她听到的完全就不是一个东西。但她知道昭锦程喜欢优秀的孩子，就强迫自己集中精力学习。她比以前更加用功，从前从不熬夜的她，每晚都学习到两三点。

然而收效甚微，最后一次摸底考，她的成绩一落千丈。昭锦程从来就不愿意接受平庸的女儿，他试图从别的地方找原因，就这么找到了路景越身上，他觉得是因为她交了路景越这个朋友才导致成绩下滑。

昭锦程没有说重话，只是轻飘飘地说了一句：“你不要再跟姓路那小子联系了，他不像个好人，别让他拖累了你。”

昭棠不知道是外婆跟昭锦程说了葬礼上的那一幕，还是昭锦程自己看到了。路景越当时回来得狼狈，他们一定误会了。

昭棠忍不住开口解释：“他很好，是我比不上他。”

但这话无异于火上浇油，昭锦程皱起眉，神情中隐约带着怒气，但他一向维持着他高贵的体面，即使心中已经十分不满，也不会像别的家长一样大喊大叫，失了自己的身份，他只是冷漠而残忍地说：“你现在是个成年人了，你可以选择听我的，或者不听，这都是你的自由。甚至你认我做你的父亲，或者不认我，都可以，都是你的自由。”

这话声音不大，语气也温和，可是字字诛心。

换作现在的昭棠，面对这样绝情的讽刺会强硬地反击回去，可是那时候的昭棠就像只随时会无家可归的小奶猫，对这个世界充满了不安和恐惧，本能地想要去抓住身边唯一的亲人。为此不惜委屈自己，连昭锦程对她说出那么狠心的话，她都能替他找借口。她想，爸爸从小就对她严格，是她让他失望了。

她已经没有妈妈了，她从前不曾让妈妈骄傲，现在怎么还能让爸爸失望？在路景越和昭锦程之间，她毫不犹豫地选择了父亲。

她不再回路景越的任何消息，电话不接，短信不回。如昭锦程交代的那样，她不再跟路景越联系。

迟迟得不到回应的路景越以为她出了什么事，急疯了：“我现在立刻回来。”

昭棠终于回复了他：“我离高考只剩三十八天了。”

路景越没有回来，也没有再联系她。聪明到他那个份儿上，想来从她冰冷的几个字里就已经明白了一切。

而这也成了昭棠之后多年始终无法真正解开的心结，她觉得自己本质上和昭锦程一样，是一个背叛者。而更难堪的是，最后，她既放弃了路景越，也放弃了昭锦程。最终，她一无所有，孑然一身地离开。

昭锦程是一个成功的背叛者，而她是一个失败的背叛者。

高考结束后一个月，成绩出来了，她的分数考不上望大。

去年路景越明明可以上岁大，却为了迁就她去了望大，提前一年去望城等她，而她最终却没能考上望大。好在昭棠的成绩不算太糟糕，如果她能放弃岁宜和望城，985大学还是能上的。

在一堆可以报的学校里，她几乎毫不犹豫地就选中了望城师范大学。望师不是985，只是个211，但是在望城，就在望大旁边。如果她一直没有发现那件事的话，她说不定真就这么报了。可是就在填志愿之前，她忽然知道了另一个人的存在——昭锦程和郑菀晚的儿子，已经半岁。

昭锦程虽然带了郑菀晚回来，但他在外面买了房子，经常和郑菀晚找借口说应酬不回来。高考前那一个月，昭棠见他的次数不算多，高考过后就更少了，一个月也就匆匆见了几次面。

高考成绩出来，昭棠自己其实已经没有什么感觉了。两个月之内接连遭逢巨变，成绩对她而言真的是小得不能再小的事，即使那是高考成绩。

但她知道对昭锦程而言，这很糟糕。

昭锦程曾对她的人生寄予极大的希望，他想让她念名校，岁大不行至少也要是望大，要在国内念最好的金融专业，硕士出国，常春藤最好，不行至少也要是全球前百名，他要让她成为朋友圈里最优秀的女儿。

她一度以为昭锦程会让她复读，可是出乎她的意料，昭锦程竟然十分好说话地说了一句："挑所你能力范围内最好的大学就行。"

那一刻，她在松了一口气的同时，恍惚间有种幸福的错觉。她甚至天真地以为爸爸比以前更爱她了。如果那天她没有和同学约饭、没有去那个公园就好了，那她就可以一直这么以为了。

那是一家新开的餐厅，环境很好，临着一个公园。吃完饭，昭棠和同学进公园闲逛。一抬眼，她就看到了不远处那一家三口，离她不到五十米的距离。男人挺拔高大，虽然已经不再年轻，但正值壮年，身上散发着成功男士特有的魅力。只是与他气质不怎么符合的是，此刻他正全心全意推着一辆婴儿车。那张素来沉稳带着距离感的脸上此时满满都是温情，嘴里咿咿呀呀唱着自己改编的儿歌，不顾形象地去逗白白胖胖的小婴儿。他推着婴儿车，身边站着一个女人，年轻貌美。

随着他们走近，他嘴里唱着的儿歌也越发清晰。不知道他怎么改的，改得不伦不类，可是幸福满足之情溢于言表。他一面唱歌，一面弯腰去碰婴儿白嫩的脸，唱完一首的间隙，一本正经地教婴儿说话："儿子，我是你爸爸，喊爸爸好不好？来跟着爸爸喊爸爸，爸——爸——"

郑菀晚倚着他的肩膀，咯咯地笑。

昭棠就站在他们对面，他们抬眼就能看到。可是她站了很久，他们都没有发现她。他们兀自沉浸在一家三口的天伦之乐里，他们的快乐是那样灼目。昭棠至今都能回想起来——那样的快乐，带着毁灭一切的杀伤力。那一刻，昭棠觉得世界都崩塌了。

她的妈妈过世不过三四个月，而她心心念念想要相依为命的父亲就和别的女人有了一个处在襁褓中的孩子。她也终于明白，为什么她高考成绩不理想，一向追求完美的昭锦程却如此淡定了。

她曾天真地以为，父亲的不苛责是因为这个世界只剩下他们父女两人相依为命了，所以从前严格的爸爸自然对她更加疼爱。

原来不是，那只是她一厢情愿，他从不需要与她相依为命！那个时候的昭锦程，女儿优不优秀无关紧要，甚至有没有女儿也无关紧要。他已经有了真正可以寄予厚望的孩子——他的儿子！

一瞬间，昭棠觉得自己就是个天大的笑话！

昭锦程最后还是看到了她，除了照面时一瞬间的尴尬，他的神情平稳得令人崩溃，沉稳、平静、问心无愧。

回去后他什么也没有说，只是将两个绿色的小本子和一纸协议书交到昭棠手上，是离婚证和离婚协议书。

昭棠脑子里仿佛有一根弦，越绷越紧，而且每一次绷紧，都撕扯得她浑身刺痛。昭锦程和叶君繁在一年多以前就已经离婚了。

昭锦程看着她，一如既往的沉稳，语气平静："你妈妈将你保护得太好，她怕你无法接受，在离婚协议里加了一条不让你知道。所以在过去的一年多里，在你面前，我们依旧扮演着夫妻，她仍旧住在我们家。事实上，你可以看到，根据我们的离婚协议，你是跟爸爸的，我才是你的监护人。我和你郑阿姨的关系存在于我与你母亲的婚姻结束之后，你郑阿姨见得人，我们的孩子，也就是你的弟弟，也见得人。"

他继续说："昭棠，你已经十八岁，是个成年人了。你不再是小孩子，不能因为自己无法接受就怪罪到别人头上。你应当学着用一个成年人的目光去看待这件事，那时你就会明白，你没有立场去恨任何人。因为从道德上来说，谁都没有错，如果一定要说，那你也只能怪生老病死。"

这就是她成年的礼物吗？这就是她迈过十八岁的门槛，第一眼看到的成人的世界吗？如果谁都没有错，那为什么偏偏是她？为什么偏偏就是她失去了妈妈？为什么偏偏就是她在失去妈妈一个多月以后就多了一个后妈、多了一个弟弟，然后他们将她的爸爸也抢走了？

她还谁都不能怪，谁都不能恨，因为他们都没有错。

可是一定是有哪里不对。昭棠极力地想要将自己脑子里混乱的一团麻理清。她一直追求逻辑的无懈可击，尤其是在精神绷紧的时候。绷得越紧，她越是执着于毫无瑕疵的逻辑。

可是走到这一步，已经举步维艰，前方一片黑暗，几乎已经走不下去。她的身子摇摇晃晃，她抬手撑住桌面。她的脑子转得很慢，几乎没有办法思考，可是她还在试图为眼前的一切寻找一个答案。

她用力地呼吸。

最后，她仰起头，眼泪顺着脸颊流下。她问昭锦程：“如果谁都没有错，妈妈就更没有错了，那你为什么还要和她离婚？”

昭锦程沉默片刻，无奈地轻叹：“你还小，你不懂。”

昭棠忽然厉声打断他：“你不要再糊弄我了！你刚刚才说我已经是个成年人了，要直面你们成人的世界，现在你又说我还小。什么都让你说完了，那我算什么？我和我妈妈算什么！”

在那以前，昭棠从未用如此激烈的语气对昭锦程说过话。不仅昭锦程，她活了十八年，从未用这样尖锐的语气对任何一个人说过话。可是那一刻，她已经无比清晰地感觉到自己的认知走入了一个死胡同，她不能让自己困在里面，她横冲直撞，想要突出重围。

她哭着，直直地盯着昭锦程。

半晌，昭锦程无奈地叹了一声：“因为没有爱了。”

“为什么会没有爱了？”昭棠不理解地问道，“你们不是从学生时代一起走过来的吗？你们不是模范的恩爱夫妻吗？为什么会忽然没有爱了？”

“夫妻之间，有爱也未必能从一而终。半路走失的太多太多，不止我和你的母亲。”

昭棠只觉得头痛欲裂，她痛苦地闭了闭眼，执着地追问：“是你没有爱了，还是她没有爱了？”

昭锦程无法回答她这个问题。

她若有所思地看着昭锦程，失神地点头又摇头：“所以，是她还爱着你，可你已经不爱她了，对吗？”

“为什么？”昭棠直勾勾地盯着昭锦程，不依不饶地追问，“为什么你从前爱她，后来就不爱她了？”

昭锦程紧抿着唇，目光闪躲。

昭棠就这么看着他，很快就从他的沉默里明白了一切。

“是因为她不再漂亮了吗？”她问，声音很轻，像一片羽毛，几乎听不见，“因为她做了两次手术，身上有了丑陋的伤疤？因为她这么多年不停地放疗化疗，她原本白皙饱满的皮肤变得黯淡松弛，她原本乌黑美丽的头发一点点掉光？她再也不是你学生时代的女神，她只是一个平平无奇的妇女，和好看再也沾不上边了？难怪……”

昭棠看着昭锦程，任由眼泪大颗大颗从眼睛里滚落。她的视线一片模糊，她松开手，摇着头，一步步地往后退，离昭锦程越来越远。

她的嗓音嘶哑干涩，仿佛被困在沙漠里的旅人，临死前发出最后一句叹息：“难怪你说，要怪只能怪生老病死。”

这一刻，什么都想通了，可是她已经彻底走不出那个死胡同。脑子里那根线早已拉扯得她痛苦不堪，此刻终于再也绷不住，彻底断开——啪！

昭棠昏倒在昭锦程的书房里。

她的病来得毫无征兆，又急又快。高烧不退，扁桃体发炎，胸口疼痛难忍。她似乎感冒了，又不像是感冒。她住院一个星期，医生给她开了各种单子，验血、胸透、CT……各项指标都很正常，但是她的身体反应很激烈，一天比一天严重。医生也没办法，只能先按照治感冒的法子来治她，发烧就退烧，发炎就打抗生素。

可是病情反反复复，她迟迟不好。躺在病床上，双目无神，形容憔悴，完全不像是一个十八岁正值芳华的少女。因为护士操作不当，她的手还因为输液肿得像个馒头，令人触目惊心。

昭锦程仿佛到这个时候才终于意识到事情的严重性，他仿佛才意识到，他过于着急追求自己的幸福同时强调自己道德的无瑕，以此要求女儿无怨无恨，却忽视了她的承受能力。

所有的事情都发生得太快、太急了，他对她的要求又太高，所有事情一下子压下来，她没能扛住。

昭锦程带她去看心理医生，医生诊断她有很严重的抑郁症。应该是从叶君繁离开之后就患上了，但没有引起重视，如今雪上加霜。医生私下里让昭锦程注意点儿，怕她会想不开，做傻事。

昭锦程终于将家搬了回来，这次没有带郑菀晚和他得来不易的儿子。

他每天都来医院看昭棠，昭棠并没有表现出对他的抗拒，只是失神地看着他。不知道她的目光聚焦没有，眼神空洞，一片茫然。

大概是出于补偿心态，昭锦程在这个时候将叶君繁的遗产全数交给了她。他们的离婚协议上，叶君繁和昭锦程分割了财产，并且说明在她死后，将所有的遗产全部留给女儿昭棠。

可是叶君繁生病多年，虽然之前有她和昭锦程的共同财产支付医药费，他们离婚以后的一年多却是她独自支付，治疗费用已经将她的财产消耗了大半。她留给昭棠的钱远没有她想象的多，却也不少。

昭锦程情绪复杂地叹了一声："不管你信不信，离婚，是你妈妈先提出来的。"

昭棠没有吭声，就在昭锦程以为不会得到她的回应时，她终于轻轻说了两个字："我信。"

躺在医院的一个星期，她试着从叶君繁的角度去想，并不怎么困难，她就体会到了叶君繁所有的痛苦。明明还爱着那个人，可是那个人已经不爱自己了。她知道他不爱自己的理由，可是她无能为力。她除了眼睁睁看着自己一天比一天憔悴、看着自己的头发大把大把掉光、看着自己的美貌被病魔彻底摧毁以外，什么都做不了。

她甚至，连让自己活下去的能力也没有。她还要怎么去捍卫她的爱情和婚姻呢？如果已经感知到他的变心，是放手还是卑微地乞求？

如果乞求能求来爱情，昭棠相信，她应该也会这么做。可是她们都知道，爱情从来是求不来的。那么除了放手，她还能做什么？

信念的崩塌让昭棠忽然觉得这个世界陌生极了，如此令她惶惶不安。

填志愿最后一天，昭锦程问她要不要复读，她问昭锦程要来了笔记本电脑。没有开机的屏幕黑乎乎的，清楚地照出她如今的模样。披头散发，双目空洞无神。因为输了一个星期的液，她的脸瘦了好几圈，下巴尖尖的，整个人单薄得吓人。

她忽然想起了汉武帝和李夫人的故事。李夫人貌美，汉武帝喜爱，李夫人病后容颜憔悴，至死不见汉武帝。她觉得真是像极了。一样美好的开始，一样的生病了。甚至，他们还不如她的父母。至少叶君繁从未抛弃过昭锦程，而她却在一次小小的选择里就毫不留恋地背叛了路景越。

她是一个丑陋的背叛者。

昭棠最后报了离岁宜最远的一所985大学。出院后，她坦然地告诉昭锦程，她要离开了，短期内不会再回来。

昭锦程震惊、愤怒，说什么也不答应："你要去哪里念书？去哪里都可以，我不拦着你，我为你支付学费，你要是不想住学校，我也可以替你在学校外面租房子住，但你放假必须回来。"

昭棠平静地看着他："抱歉，我现在无法面对你。"

"你无法面对我？"昭锦程像是听说了一个天大的笑话，感到荒唐，"我是你的父亲，我生你养你！如果你是因为我娶了别的女人而恨我，那只能说你毫无道理！你没有资格要求我在与你的母亲离婚以后依旧停在原地，放弃追求自己的幸福！"

"真的是离婚以后吗？"她看向昭锦程，"你和我妈妈离婚一年多，昭浩半岁……怀胎十月，你是想告诉我，你在和我妈妈离婚的第二天就找到了您的第二任妻子，并且当晚就有了儿子？"

她讽刺地笑道："那您的幸福来得还挺快，老天对您还真是格外照顾。"

昭锦程哑口无言。

但昭棠已经不想再去追究这些了，到底昭锦程是先离婚还是先出轨，已经没有意义了。

昭棠就这么孤身一人离开了这个城市。在机场候机的时候，不知道是不是有所感应，一直没有再联系她的路景越忽然给她发来一条短信。

他没有问她考了多少分，也没有问她报了哪里，就好像他们不曾约定要去同一所大学，而他当初放弃岁大、提前一年去望大也并不是为了等她一样。他只是说："我会提前修完学分，年前回国。"

昭棠转头，看向落地窗外。她的航班已经停好，旅客下机。再过不久，她就可以登机了。

昭棠轻轻打下一个字："嗯。"

她不知道路景越会怎么理解这个字，会不会将它当作她的回应，当作他们之间的又一个约定。但是于她而言，这是她给这里的一切画下的一个句号。

登机前，她拔掉手机卡，扔进了垃圾桶。

"我错了吗？"视线模糊，昭棠颤抖着声音问照片上的女人，"我一直以为自己是对的，后来的七年也证实我确实是对的。"

安静的墓园里，一个人也没有，只有灼灼烈日，空气沉寂。

昭棠的声音很轻："无欲则刚。我其实知道，我当年痛苦，是因为奢求太多。我奢求母爱、父爱，我奢求家的温暖，我奢求这世间纯粹美好、不离不弃的感情。可我那么脆弱和不堪，一个孩子的存在就让我信念崩塌，溃不成军。"

"然后，我试着让自己放弃欲望，我不再奢求，我再无所求，我果然重新变得坚强。这么多年，我或许孤单，但从不软弱。即使回来再次面对他们，我也无畏无惧，因为我再也不害怕失去。我对他们无所求，无欲则刚。无欲则刚……我多么希望，我真的能做到。”昭棠捂着脸哭出来，“可是这么多年过去，我心里其实一直都知道，我不是，我不是真的没有欲望……我一直都有，我只是不愿意承认。可是当我好不容易鼓起勇气重新拥有了他，我又一次变得害怕失去，我变得软弱、胆小、畏首畏尾。”

昭棠说不下去了，低声抽泣。

耳边有风吹过，周遭的草叶簌簌作响，夹杂着一声叹息。

“你的欲望是什么？”身后突然传来的声音，随着清风，传进她的耳朵。

一刹那，风停了，太阳也失去了温度。昭棠背脊僵住，眼泪停在眼眶里。脚步声从她的身后传来，一步一步，沉稳又坚定地走到她的身边。

昭棠呆呆地立在原地，一动不动。

直到一条有力的手臂揽上她的肩，将她揽入怀中。

熟悉的味道顷刻间夺走她的呼吸，昭棠缓缓抬眸，毫不意外地撞入一双熟悉的眼眸里。

他低着头，直直地看着她。

四目相对。

似乎连远处的鸟都不叫了，万籁俱寂。

许久，昭棠才听见自己干涩的嗓音：“你怎么会在这里？”

路景越从口袋里掏出一张卡片，递到她眼前：“我来兑换一个昭棠。”

橘子汽水的底色，中间靠上是一行白色的字，字体稚拙可爱，排版却端端正正，上面写着——昭棠兑换券。

昭棠的眼泪还挂在脸上，眼睛泡在泪水里，红红的，一片茫然。她一眨不眨地看着眼前的路景越，像是在看一个幻影。

她不知道他为什么会出现在这里，不知道他来了多久，也不知道她刚才说的那些话他听到了多少……她一时不知道该说什么，过了好一会儿，才干巴巴地问：“你怎么知道我在这里？”

“猜的。”

她不太信。这怎么猜得到?

路景越又问：“怎么不接电话？”

昭棠愣了一下，拿出手机，手指接连碰了几下屏幕都是黑的。

“没电了。”她无辜地看着他。

“没关系。”

路景越食指和中指夹着卡片，往她眼前递了递，没说话，但一个眼神暗示了一切。

昭棠忽然觉得脸有点热。

昨天去做这个礼物，多多少少有点冲动。忽然发现原来他什么都知道，却还极力克制着心里所有的情绪陪她演戏，她觉得自己亏欠了他，急切地想要补偿。刚好他的礼物还没有准备好，她就想到了做这个。

她那时的的确确想送他一个诚实的、毫无保留的昭棠。可是此刻他忽然出现在她面前，手里还拿着卡片说要兑换，她还是难免尴尬。

她觉得手有点烫，没接。

这时一阵风吹过，不知道是风太大了还是他没有拿稳，卡片轻飘飘地脱了手。

昭棠伸出手，正好接住，松了一口气。一抬头，正对上路景越不怀好意的眸子。

“嗯，昭棠兑换成功。”路景越笑道。

好无耻。

然而她还没来得及抗议，下一秒路景越就将她搂进了自己怀里。与此同时，一个温热的吻落在她的眉心。男人的胸膛硬硬的，可是嘴唇很软，温温热热的，昭棠闭上眼。

“你是我的了。”他哑声道。

手里的卡片还残留着他指尖的热度，昭棠觉得心里从未如此安稳，刚才那些翻涌的情绪都仿佛在他这个吻里，有条不紊地归于平静。

她睁开眼睛，眼角犹湿，轻声问他："你知不知道，礼物收了是不能反悔的？"

"反悔？"路景越像是听了个笑话，"你想得还挺美。"

他神情傲慢，漆黑的眸子中闪着点点光芒，像太阳一样炽烈夺目。

昭棠呆呆地看着他，嘴角终于勾了勾，心情也终于放松了。她本来还担心他还在生她的气。

两人无声地对视，路景越忽然道："有件事，你可能不知道。"

昭棠又紧张起来："什么？"

路景越一本正经地说道："我这人挺霸道的。"

如果是这件事的话，她应该知道。

"所以，"路景越躬身，平视她的眼睛，眼底的神情忽然变得无比郑重，"以后你的快乐和悲伤，都只能说给我一个人听，不许再自己躲起来。"

昭棠一怔，看着他的眼睛，漆黑、幽深、透彻。她反应过来，转头看向墓碑，墓碑上的女人温柔地凝视着她。

她又看向路景越，讷讷地解释："我只是回来没看到你，没有地方去……"

"嗯，怪我。"怪我让你找不到我，以后再也不会了。

他看向墓碑上的女人，忽然想起什么，转头对昭棠说："在这里等我一下。"

路景越大步跑下台阶，他身高腿长，一步跨了几级台阶，奔跑在热烈的太阳底下，却比太阳更灼她的眼。

路景越很快又回来了，手里多了一束百合花。

昭棠惊讶地往外看："这附近有卖花的吗？"

路景越失笑："什么卖花的？我自己带来的。"

结果远远看到她就什么都忘记了，一下车就只顾追着她来。

他弯下腰，将百合花放在叶君繁的墓前，和她带来的那束并排放在一起：“来看岳母，怎么能不带花？”

昭棠赧然，嘀咕着：“谁是你岳母啊？”

路景越低笑一声，没说什么，郑重地在叶君繁墓前鞠了三个躬，然后直起身，一脸认真地看着照片上的女人，声音低沉：“最后一次。”

两人离开的时候，昭棠还在想路景越那句“最后一次”是什么意思，最后一次来看妈妈吗？好像有点不对。

不过很快她又想起了另一件事，惊讶地问路景越：“你怎么知道我妈妈在这里，还知道她喜欢百合花？”

刚才他出现得太突然了，她都没来得及想这些。

路景越只是笑了一声，将她揽进自己怀里，慢慢朝墓园外走去：“我知道的事情多了。”

昭棠仰头望着他的下巴。

他一向冷漠，此时难得神情放松，嘴角含着笑。

她就这么看着他，忽然想起清明节她来看叶君繁时，墓前那束鲜嫩的百合花，看起来只比她早到一会儿。

她又想起离开时在路上“偶遇”路景越，那时他说顺路送她。可经过这段时间的相处，她太清楚他的“顺路”有多么任性了。

她不可思议地问：“清明节那束百合花，也是你送的吗？”

路景越低头看她，吊儿郎当地反问：“怎么我就送了一次花，你就以为次次都是我送的呢？”

他没正面回她，昭棠却像是对这件事无比执着。她停下脚步，就要转身往回走：“你不说我就去问管理员，他肯定有记录。”

路景越无奈地拉住她：“行，我承认。”

昭棠心里说不出是什么滋味。原来是他送的，她还以为……是昭锦程送的。她还以为，这么多年过去了，昭锦程也依旧是记得她的妈妈的，她还为此多多少少有些安慰，以为也不是那么绝情。

原来不是，连花都是路景越送的。

“你每年都来吗？”她哑声问他。

“嗯。”

“为什么？”

“你不在。”

你不在。答案就是这么简单。你不在，那我来替你看你的母亲，你不在，那你应该做的事，我来替你做。

昭棠看着他，眼里又一次涌起泪水，路景越见状有些手忙脚乱。

他哭笑不得地将她抱在怀里，无奈地哄道：“你别哭啊，我可刚刚才对岳母大人承诺了，最后一次让你流泪。这还没走远呢，你就要让我食言？”

原来“最后一次”是这个意思。

昭棠双眼含泪，又忍不住笑了。

她抱紧他的腰，将头埋在他怀里，呢喃：“路景越，谢谢你。”

“谢我什么？”

“谢谢你为我做的这些事。”

他安静了片刻。

耳边有风拂过，然后，是他的吻，轻轻落在她的头顶。她听见他无奈的叹息：“我能为你做任何事，只要你愿意向我坦诚……”

“算了。”他又自嘲地一笑，很快反悔，“你愿不愿意，我都会为你做任何事。”

第二十二章　相爱

两人回到市区已经是傍晚。

路景越问昭棠想吃什么，昭棠歪着头问他："今天是你的生日，你想吃什么？你决定，我都可以。"

路景越忽然看着她，没说话，若有所思地重复了一遍："我想吃什么？"

昭棠茫然。

好在他还开着车，又很快收回了视线。

她听见他意味不明地说了一句："还是你定吧，真让我决定，你今晚就什么都吃不了了。"

昭棠一时没懂路景越什么意思，又听他忽然问："想吃小龙虾吗？"

昭棠惊奇地说道："你不是不吃小龙虾吗？"

路景越轻轻敲了下方向盘，说道："原来不吃，但是前两天有人跟我说十三香口味的小龙虾很好吃。"

说起十三香小龙虾……昭棠深以为然，想了想又说："其实麻辣小龙虾也挺好吃的，蒜蓉也不错，有的地方油焖的做得也挺好。"

路景越神情莫测："原来你真的喜欢吃小龙虾。"

话题怎么就扯到小龙虾上了呢？总觉得路景越最后那句话多多少少有点阴阳怪气。最后昭棠没选小龙虾，她觉得，路景越过生日，还是应该去一个正式一点的餐厅。总不能以后回想起来，他们在一起后过的第一个生日是在烧烤摊吃小龙虾吧。

问路景越想吃什么他不说，最后只好由昭棠来做决定。她想了想，选了当初他们年少时很喜欢去的那家海鲜餐厅，就是他高考前一天还要拉着她过来的那家。只是没想到这么多年过去，那家店依旧火爆。还没到饭点，门口就排了长长的队伍。

昭棠觉得有些奇怪："这么早，太阳还没下山，生意就这么好吗？"

路景越看了队伍一眼，问昭棠："饿吗？"

他猜她今天一天就没吃过东西。

昭棠看出来路景越这是又要故技重施，花钱插队了，连忙拉住他："你别啊，我不饿。"她飞快地看了他一眼，轻声说，"其实排队挺好的。"

和他在一块儿，做什么都好。这一刻，昭棠鬼使神差地想起他找借口和她一起去超市那一晚，两人选好东西出来，他自觉地去排了最长的队。

那时候的她真是怎么都无法理解，原来竟是这样的心情。

她拉着路景越，两人排在队伍的最后。路景越忽然抽出自己的手臂，在昭棠不解的目光注视下，泰然地走到她的另一侧。夕阳还带着灼热的温度，顷刻间就被他的身体挡住了，她被笼罩在他的阴影里。

一瞬间，昭棠感觉胸口仿佛结了糖霜，忽然想起他知道她的脸受伤了，现在虽然掉了痂，早上出门也化了妆，不知道过了一天，妆有没有掉。而他现在的位置，正好面对着她受伤的脸。

她心里仍旧有些忐忑，其实别说是她了，就是随便哪个女孩子都不想男朋友盯着自己疤痕未消的脸看，偏他还直勾勾盯着她。

昭棠心里一着急，忍不住踮起脚去捂他的眼睛：“你别看啊，不是，你现在别看……”

“为什么现在不看？”他拉开她的手握在掌心里，指腹一下下抚摸着她的手心。

昭棠无奈，只好老实说道：“现在还有点儿瑕疵，等过阵子好了随便你看，你想怎么看就怎么看你完美无瑕的女朋友。”

路景越哂笑。

昭棠不知道他在笑什么。

“昭棠，”路景越微微躬身，平视着她的眼睛，声音低沉而笃定地说道，“我不需要你完美无瑕，我只要你是昭棠。”

我不需要你完美无瑕，我只要你是昭棠。

昭棠的心酸酸的，一会儿又甜甜的，也不躲了，抱着他的手臂，两人泰然地排队。晚霞绚烂，世界安静美好。

结果排到他们，两人就傻眼了。队伍的尽头根本不是餐厅，而是餐厅的隔壁。大厅里有些空旷，简单地支着一张桌子，两名工作人员坐在桌前，桌上摆了一堆文件表格，一旁还站着一名工作人员。

见到昭棠和路景越，三人眼睛一亮，原本恹恹的神情忽然间振奋了。

一名工作人员立刻将几张表抽出来递向他们：“填表吧。”

她只是想吃个饭而已啊。路景越一问，才知道他们排错了队。

这里是岁宜某个选秀节目的海选报名现场，大家排这么长的队是来报名的。

路景越说了声“抱歉”，牵着昭棠的手就走。

工作人员在这儿坐了好几天，好不容易看到长得这么漂亮的两个人，男俊女俏，比现在好些明星还好看。尤其是男人，气场比明星更胜一筹，简直太令人赏心悦目了。

他连忙喊住两人："等等，两位先了解一下吧。我们这个节目是大制作，胜出就能成团出道。"

路景越问昭棠："你要了解一下吗？"

昭棠执着地摇头："我好不容易考上编制，我不想换工作。"

路景越忍俊不禁。

工作人员连忙继续游说："不只是当明星，被导演看中的话，还有机会演戏的。我知道小姑娘小时候都会披着床单假装自己是大明星的，来报名看看啊，说不定就能圆你一个少女梦哦！"

那她可能比较没出息，她的少女梦……她看向路景越，只见他若有所思地问工作人员："演什么戏？"

工作人员想了一下："古偶、悬疑、正剧都有。"

路景越都不是很感兴趣，牵着昭棠的手进了隔壁餐厅。

这家餐厅在七八年前曾是岁宜最热门的店面之一，当初还有黄牛专门来这里帮忙排队。但如今随着各种店子雨后春笋般地崛起营销，这种老牌餐厅多多少少受到了冲击，虽然仍旧热闹，但终究没有昔日那样抢手。不用排队了，服务员带着两人去餐桌坐下。

等上菜的间隙，昭棠想起刚才的乌龙还忍不住笑，又问路景越："你刚刚那么问，是想演戏吗？"

虽然这么问，她其实也觉得不可能。路景越这么骄傲冷漠的性格，怎么可能会去娱乐圈混呢？

没想到路景越却泰然自若地点点头："嗯。"

昭棠惊讶地问道："真的吗？你想演什么戏？"

刚才工作人员说的那几种类型他都没兴趣。

路景越没说话，漆黑的眸子直勾勾地盯着她。

昭棠感到困惑，追问。

路景越倏地笑了一声，嘴角勾起一抹笑，不怀好意，慢条斯理地吐出两个字，像是贴着她的耳朵说出来的。

昭棠听清的瞬间，脸“唰”地红了，睁大了一双眼睛瞪着他。

昭棠又鬼使神差地想起她刚刚问他想吃什么，他那个意味不明的眼神，还有那一句，“还是你定吧，真要让我决定，你今晚就什么都吃不了了”。

原来他想吃的是……

昭棠谨慎地不再说话，低头安静地吃东西。然而因为心里已经有了某种认知，这顿饭吃得也不是那么清心寡欲。

她想起自己五一时就买好的新内衣，心跳得飞快，脸一阵阵发热，脑子里不知道在想些什么。直到离开餐厅，她才想起忘了给他买蛋糕。

她想去甜品店，路景越将她拉回来，垂着眼，目光幽暗：“你觉得我现在还有心情吃蛋糕吗？”

昭棠收到他的暗示，只觉得心脏在用力往胸口撞。

回去的路上，她的视线落在窗外，两个人谁都没有说话。经过超市，她想起什么，讷讷地出声提醒：“先去趟超市吧。”

路景越仿佛分外解风情，开着车，目光看着前方，自然地回了一句：“不用。”

显然是懂了。好吧，她也懂了，一颗心更加忐忑了，扑通扑通跳个不停。停好车，路景越自然地伸手过来牵她，昭棠触及他微凉的指尖，才意识到自己的手心在发烫。

她好像太紧张了，但她觉得这事不能怪她，毕竟她没有经验……其实如果是情到浓时，水到渠成的话她甚至可能会主动，可偏偏那时他们在外面，她没有发挥的余地。

但现在，他提前让她知道，她就很紧张。

开门的时候她两次输错了密码，结果这个人真的太讨厌了，还在旁边笑她，意味深长地拖着音调说：“还剩四次。”

四次什么？输错六次，密码锁就会自动锁定。

他以为她像他上次一样故意输错，找借口去他家吗？昭棠真的好生气啊，为什么都这种时候了他还要这么坏？

她飞快打开了门，转身望着他，认真地说道：“太晚了，我就不请你进去坐了。”

“晚安。”她一本正经地说。

路景越背光站着，遮挡了身后的光线，闻言慢腾腾地挑了下眉。

过了两秒，他倏地笑着摇了下头：“也行。”

昭棠不怎么信任地看着他。

路景越今晚似乎格外好说话，说到做到：“进去吧。”

直到昭棠在他面前关上门，他都一脸认罚的样子。

昭棠站在玄关没动，竖起耳朵听外面的动静，不久就听见对面传来关门的声音。她松了一口气的同时隐隐有些失落，但转念一想，让她主动去找他，也着实有点为难她。就像她迫不及待，非要今晚得到他似的……这么想着，她摇了摇头，换鞋进门。

给手机充上电，重新开机，几十个未接来电一股脑地蹦出来，持续响了一两分钟，几乎全是来自路景越一个人的，中间只夹杂着一个本城的陌生来电。她没有理会，微信消息也很快弹出，全是路景越一个人发的。

一开始是十几条语音通话邀请，全部显示未接通，仿佛隔着屏幕都能感觉到他的焦灼。后来大概是实在没有办法了，他就给她发语音。

一共三段语音。

她轻轻点开，男人的嗓音在那一刻显得格外低哑。

路景越：“对不起眠眠，我刚下飞机。”

一条播完，自动播放下一条。

路景越：“你在哪里？”

路景越：“不用你来找我，我去找你。”

昭棠轻轻点开最后一条，她的眼睛有些酸涩，听了一遍又一遍。最后，她终于想起来，她竟然一直忘记了心心念念要对他说的话。今天一天，好像一直都没有机会说。

她摁下语音键，轻声说："路景越，生日快乐。"

放下手机，她走进浴室。

洗澡，洗头，涂涂抹抹，吹完头发敷面膜，撕掉面膜再洗一次脸，之后再涂涂抹抹……一番折腾下来，一两个小时过去了。做完这一切，她还要喝一杯温开水补充洗澡时流失的水分。

拉开卧室的房门，她并不意外地看到了客厅沙发上坐着的男人。他换了浅色的T恤衫和长裤，头发蓬松，看起来应该也是刚洗了头洗了澡。

他正低头看着手机，听见开门的动静，自然地抬眼，朝她看过来。

昭棠身上穿着宽松的睡裙，露出精致的锁骨。

他的目光幽深，不过是一个眼神，昭棠就莫名地心跳加速。

过了几秒，她才想起来装腔作势地问他："你怎么会在这里？"

路景越拿起茶几上的盒子，神情无比真诚："帮你把盒子拿过来，装你那张券。"

这个借口……您还真是敢说啊。

结果她刚这么想，就听他泰然自若地补了一句："再顺便来收个礼。"

如福至心灵一般，昭棠在他暗示的目光里，瞬间想起了自己送他的那张"昭棠兑换券"。

天哪！他该不会以为，她送他昭棠，是这个意思吧？

"我不是！"昭棠立刻否认。

"不是什么？"路景越一脸茫然地看着她。

昭棠进退两难，解释会不好意思，但不解释又不行。最后她只好换个思维，重新解释了一遍那张昭棠兑换券的含义："我只是想送给你一个勇敢快乐的昭棠，除此以外，没有别的意思。"

路景越仿佛这时才恍然大悟："这样啊……"

昭棠用力地点头。

却听他话锋一转，慢腾腾地说道：“那你就当我是来给你回礼吧。”

回礼。绝了！

昭棠说不过他，闷声不响地走进厨房。她负气似的拆了一桶新的矿泉水，将水倒进烧水壶，再摁下烧水键。

等待水开的时间里她也没出去，就站在料理台边，听着水翻滚沸腾的声音，直至“哒”的一声，水开了。她倒了一半热水到水杯里，又倒了一半凉的矿泉水进去，估计温度差不多了，才小口小口喝着。

但水总是要喝完的。

重新回到客厅，路景越还在看手机，不知道在看什么看得那么认真，连她出来了他都仿佛没察觉。昭棠想自己安安静静地回房间，反正她算是看穿这个人了，就算他现在坐着没动，一会儿肯定会跟进来。

她再也不会被他坐怀不乱的样子骗了，可是脑子里想起他对她说的话，还是走了过去，在他身边坐下。

因为紧张，她肩背挺得笔直。

“在看什么？”她扫了一眼他的手机屏幕。

路景越大方地将手机递给她，却在她接过的一刹那，将她拉进了自己怀里。昭棠本来笔直坐着，这么忽然歪在他怀里觉得有些不自在，轻轻挣扎了一下，结果他直接霸道地将她抱到自己腿上。有力的长臂不容抗拒地环住她的腰，下巴轻轻搁在她的肩上，还趁机亲了她一口。

呼吸间全是这段时间令他辗转难眠的气息。

昭棠低头看手机，页面停留在一个网络主页上。

她觉得有些稀奇，抬眼看路景越：“你也看这些吗？”

“你爱看，”路景越停了停，继续道，“我总要知己知彼，不能输给网上这些男人。”

昭棠忍不住笑，她还以为这个人永远这么胸有成竹呢，原来也会暗暗努力啊。

此刻屏幕上显示的是：“恋爱中让你刻骨铭心的瞬间。”

底下有三百多条评论，昭棠随手点开，最上面一条就有五百多个点赞，然而定睛一看内容——“初吻”。

昭棠只觉血液直往脸上冲，她垂着头，没敢看路景越。又想起来他刚才盯着这条看那么久……天哪！

不知道是心虚还是怎的，昭棠像是被烫了手指，飞快往下翻睦评论，那些情侣“秀”恩爱的图片：一起看日出日落，送上火红的玫瑰，还有一起看夏日盛开的烟花。都被她毫不留情地刷掉。

直到翻到底，在看到最下面那一条评论时，目光定住了。

“被抛弃。”

寥寥三个字，落在眼底，昭棠仿佛被不轻不重刺了一下。

路景越跟着她的视线扫了一眼，将手机从她手上收走，放到一旁，吻随之落下。

他的耐心似乎早已经用尽，在他吻过来的一瞬间，她就能感觉到和之前的不同。如疾风骤雨，带着势不可挡的攻势。她的心跳乱了一拍，脑子却还回想着刚才那三个字……被抛弃。

她轻轻推了推他的胸膛。

路景越看着她，用额头抵着她的额头，距离那么近，两人呼吸交缠。

昭棠的声音有些干涩：“你今天是不是问我，我的欲望是什么？”

路景越愣了一下，过了几秒才想起来，在她母亲的墓前，她哭着说她想无欲则刚，却一直做不到。

他当时问她：“你的欲望是什么？”

虽然这么问，但其实心底早已有答案，所以他并不一定要她说出来。

“你。”此时，昭棠看着他的眼睛，郑重地告诉他，“路景越，我的欲望就是你。”

路景越漆黑的眼底仿佛有什么在暗暗涌动，像势不可挡的潮水。

“一直都是。”昭棠呢喃着，“那个时候，妈妈去世，爸爸……也开始了新的人生，我生病了。是……”昭棠闭了闭眼，这一次，似乎并没有用多大的力气，就说出了那三个字，“是抑郁症。”

她终于在他面前说了出来，脸色显得有些苍白。

路景越干燥的指腹抚摸着她的脖颈儿：“不用说，我都知道。”

昭棠轻轻摇头：“不，你不知道。那年冬天的时候，你找到我，问我想要什么，就是我想要星星月亮，你也可以为我做宇航员去登上太空，可是我……”

那年，他不顾一切地来找她，为她卑微得低至尘埃里，可是她是怎么回答的呢？她说：“可我不想要星星月亮。”

昭棠看着他，眼睛里含着泪光：“你终于被我气走了。”

路景越想起当年，无奈地笑了笑：“是，怪我当年太软弱。不过你放心，我现在很坚强，再也不会被你气走了。”

“不是，你从来不软弱，软弱的那个人一直是我。”昭棠用力摇头，“你不知道，其实那句话我没有说完，后半句，我一直都不敢说出来，一直都不敢……”

“后半句是什么？”

“后半句是，”昭棠看着他，轻轻吸了一口气，“我只想要你。”

我不想要星星月亮，我只想要你。

路景越看着她。

昭棠继续道：“可是我太软弱了，我不敢说出来。那个时候我生病了，我的状态很不好，我妈妈就是因为生病，因为变得不漂亮了，所以我爸爸才会变心，可是他们从前明明那么相爱……我怕你也会像我爸爸一样……我喜欢你，可我已经要不起你了……所以我想，得不到的，不如放弃。”

“都说无欲则刚，我知道我那时候会那么难过就是因为想要的太多，想要的都得不到。我急切地想让自己振作，我想让自己坚强，我想……如果我没有了欲望，是不是就不会有弱点，就能变得无坚不摧？”昭棠说着，掉下两滴眼泪。

路景越轻轻吻去她的泪水，无奈地轻叹：“傻姑娘，人怎么可能没有弱点？”

“你就没有。”昭棠看着他说道。

眼前的男人，不管是年少时还是如今，都是那么恣意夺目。昭棠从来就没见过谁像他一样，毫无弱点。这样的路景越，会令她自卑，尤其是在那个时候。她会觉得，配不上他。

“你什么都不缺，什么都不惧。”她用手指轻轻戳他的心脏。

路景越被她逗笑了，握住她的手指：“没有人是没有弱点的，我的弱点可能会超出你的想象。”

昭棠好奇地问道：“是什么？”

“自己找。”路景越这个时候又不好好说话了。

昭棠瞪他一眼。

路景越笑了一声：“知道阿喀琉斯之踵吗？”

昭棠点头。

《荷马史诗》里的英雄阿喀琉斯降生后，他的母亲忒提斯为了让儿子刀枪不入、永生不死，将年幼的阿喀琉斯倒提着浸入冥河，好让他拥有不死之身。可惜因为冥河水流湍急，忒提斯不敢放手，只能捏住阿喀琉斯的脚后跟，这也就让阿喀琉斯不慎露在水外的脚踵成了他唯一脆弱的地方，成了他身上唯一一处死穴。

“昭棠，你就是我的阿喀琉斯之踵。”路景越看着她的眼睛，坚定地说道，“我这一生所缺，也不过一个你而已。”

昭棠连呼吸都不自觉地放轻了，半晌，喃喃问道：“为什么是我？

你这么好，会有很多比我更好的女孩子喜欢你，她们比我勇敢、比我聪明……你那时候也说，从此只爱比我更爱你的人。”

路景越回想自己年少时说过的气话，只觉得既好气又好笑。

他深深地看着她，说道：“可是我的爱有限，我爱上了你，就再也无法爱上别人。”

昭棠，我这一生所求，也不过一个你而已。

路景越不知道她明不明白，只是用力吻着她，以一个男人吻心爱女人的方式，毫不介意自己的欲望会吓到她，只是觉得不够，不够……

他恨不得将她揉进骨子里，让她感受到他全部的热情和赤诚。

他不需要她完美无瑕，只要她是昭棠，他就是她的不贰之臣。

不知何时被抱回卧室的，意识到的时候，昭棠已经躺在床上了。

她微微侧头，视线落在绿色的窗帘上。原本有些清冷的颜色，不知道是不是卧室里暖调灯光的缘故，此刻仿佛多了一丝缱绻暧昧。

不知道过了多久，昭棠默默扯过被子，将自己裹在里面。嗓子这会儿还有点哑，眼睛也红红的，水汪汪的，就像一朵娇弱粉嫩的花，刚刚经历过风雨，惹人生出无限怜爱。

身边的男人将她拥进怀里。

昭棠偎依在他胸前，听着他有力的心跳声。过了一会儿，她又轻轻睁开眼睛，唤道：“路景越。”

他果然没有睡着，在她耳边应了一声：“嗯。”

“我还没有跟你说……”

路景越睁开眼睛，凝视着她，眸子漆黑，里面藏着期待。

昭棠凑到他耳边，小声说：“生日快乐。”

说不出是惊喜还是失望，他还以为她要说……他低声笑，抬手遮住眼睛，不正经地道：“嗯，快乐极了。”

昭棠：“……”他什么意思？

快乐的代价是，昭棠睡了一个好觉，再醒来的时候已经是第二天。

空气里还残留着缠绵的气息，她渐渐想起来自己做了什么。

她轻轻转头，就看到了身侧的男人。

此时天光大亮，透过略厚的窗帘照进来，可以将一切看得清楚。她枕在他的臂弯里，他还没有醒，睫毛安静地垂下，闭着眼睛的他，虽然五官还是一样的挺拔立体，可是少了几分锋芒。她忍不住盯着他看，脑子里不合时宜地想着，如果昨晚无尽掠夺的男人是狼，那现在沉睡的他顶多是条狼狗。

这么想着，她就忍不住轻轻地凑上去吻他。

结果刚刚碰到他的嘴唇，他忽然睁开眼睛，目光带着侵略性，完全不像刚刚醒来的样子，不轻不重地咬住她的下唇。

她瞪大眼睛，正要控诉他装睡，他已经强势地翻过身，将她压在了身下。装睡的男人还反咬一口，在她耳边说："眠眠，知不知道……永远不要在早上吵醒你的男朋友。"

真的是她吵醒的吗？她觉得冤枉。但是不是都不重要了，吵醒男朋友的后果就是……她睡了一整天。

再次醒来的时候已经是晚上。天黑了，房间里一片昏暗，身侧没有人，周遭显得十分寂静。

睡了一天，昭棠体力恢复了大半，肚子却有些饿。

起床收拾好自己，拉开房门，客厅里灯光明亮，饭菜的香味飘散在空气里。路景越正好端着菜从厨房里出来，身上系着围裙。

她见过他各种模样，骄傲恣意，张扬洒脱，甚至像昨晚那样……醒来却是一副居家好男人的模样。

"来吃饭。"路景越将最后一盘糖醋鱼放在桌上，拉开椅子，让她坐下。

昭棠一对上他的视线，脑子里立刻想起了他们在一起的画面。

一瞬间，她觉得路景越穿了衣服跟没穿差不多，她简直无法坦然面对，飞快地挪开目光，胡乱找借口去厨房：“我去帮你……”

“不用你帮。”路景越含笑将她拉进自己怀里，“别动，让我来伺候……就像昨晚和今天早上一样。”

她刚刚怎么会觉得这个人是居家好男人！

吃饭的时候，昭棠低垂着头没说话，路景越倒是泰然自若。

头顶暖色灯光下，他的眉眼仿佛比灯还要夺目。整个人神清气爽，态度格外殷勤，细心地替她夹菜，又替她盛了汤，放下时，忽然想到什么，随意地说道：“我再买套房吧。”

昭棠看向他，不解地问：“为什么还要买套房？”

“这套不是给你住了吗？我再在附近买一套，到时候我们一起住。”

这套路真是似曾相识……防不胜防！

她没吭声，不想让他得逞。

可恨没能坚持太久，没一会儿，她就听见自己的声音，轻得几乎听不清：“你住过来吧。”

第二十三章 聚会

“路师傅”的听力跟他的顺路和有空一样是玄学。那几个字，昭棠自己都没听清，他愣是听得明明白白，吃完饭就迫不及待回去搬东西。

其实他放在这边的东西根本不多，在昭棠看来，此举不过是路师傅的又一种仪式感。饶是如此，她还是主动帮了把手。

路景越这种时候从不跟她客气，他自己拿重的东西，让昭棠帮他收衣服。昭棠默不作声地将他的衣服放到主卧的衣柜里，和她的放在一起。

她看着两人交叠的衣服，想到什么，只觉得说不出地暧昧。

路景越不知什么时候跟进来了，倚着门框，注视着她，眼梢微扬，似笑非笑。昭棠对上他的视线，假装没懂，没理他。她拿了自己的衣服出来，转身进了浴室。

主卧的浴室很大，干湿分离。她站在莲蓬头下洗了一会儿，淋浴玻璃上起了白茫茫的雾气。路景越不知什么时候进来的，她一睁开眼，隔着水雾，就看到那道高大挺拔的身影，一步步向她走近。

浴室的灯光明亮，白花花的，格外刺眼。

昭棠万万没料到这个人这么直接，下意识抬手捂住自己的身体，耳边立刻传来一声轻笑,像是在笑她多此一举。

昭棠的脸涨红了，赶他出去。

路景越两步走到她面前，将她抱进自己怀里，在她耳边低声问：“正式住一块儿的第一晚，是不是得有点儿仪式感？”

昨晚的仪式感还不够吗？不够。

结束后，路景越抱着精疲力竭的昭棠，视线不知道落在哪里，只觉她倚着的那片胸膛里满满当当的。

他忍不住低低地笑了一声。

胸腔震动，昭棠刚刚睡着又迷迷糊糊地醒过来，抬头茫然地问他：“笑什么？”

路景越垂着眼，意味深长地说：“快乐。”

“……”

昭棠没理他,过了几秒,他自言自语道:“没想到是在这里。”

买这套房子那年，他二十岁。重新高考，上了岁大，再没心情去住宿舍，打算在岁大附近买套房。

那时房价还没有现在这么高，但那周边的房子从来不便宜。不仅不便宜，还因为是老城区，房子普遍破旧。那年头就一个高端小区，叫什么摩卡小镇，一个小区占了大片地皮。可惜已经交了房，买不到了。

他拿出自己全部的存款，回祖宅吃饭那天顺手把卡给了外公，让他帮忙买一套。

外公很吃惊，问他：“这钱你不是存了很久吗？怎么就这么花了？”

他沉默了片刻，淡淡地道：“本来就是存来买房的。”

本来是存来买房的，只不过不是买岁大附近的房，而是望大附近的房。

他十八岁生日正好在高考前一天，那晚昭棠请他吃饭，还送了他一张礼物兑换券。他想，自己总是这么坦然地收她的礼多不好啊，怎么也得回个礼不是。他比她高一届，提前一年填志愿。她对自己的认识一向清楚，也没什么心比天高的志愿，她安于望大。

那好，他就报望大。

老师和同学都万分不理解他是怎么想的，就算觉得临绛大学太远了懒得去，那也可以报边上的岁大啊，家门口，还好。

他可是状元啊！

爸妈倒是放养惯了，从小就什么事都让他自己拿主意，只是在他说要报望大以后问了一句："了解过这所学校吗？"

他说了解过，他们就没意见了，随他。

但他那时候对那所大学的了解仅限于——眠眠明年要去。

哦，对，还有望大的宿舍不怎么好。老校区，六人间，上下铺，没有卫生间。他想这个问题也不大。他们家的小孩都有点存款，在学校旁边买套房给她住，权当是给她的回礼了。毕竟高中那两年她总请他吃饭，他每次都心安理得地接受。别的男孩女孩一起出去吃饭，男孩从不让女孩付钱，女孩非要坚持付钱的话，两人还能当场吵一架。他就从来没有这种自觉。她请，他就吃；她送什么东西给他，他也来者不拒，统统收下。虽然她就送了他一张纸……但礼轻情意重。

他一度花了好些心思在望大附近挑房子，可是望大附近只有老小区，他就考虑买套老房子，重新装修。

他留意着她的喜好，她生活中所有的细节。打算房子一切按她喜欢的风格来。大一大二让她自己一个人住，他偶尔过去看看她，省得她的同学们背地里说她闲话，影响不好。

等她满二十岁了，他再住进去。

如果她不愿意，那也好办，先把证领了。

就这样，他把未来规划得明明白白。如果不是大一下学期出国交流一年，他房子都买好了。那时候他想，他们本来就分隔两地，如果趁着这时候出去，等他交换完回来，她大一上学期刚结束，他们算起来只用分开半年。如果之后再出去，他们分开可就是一年。

可是万万没有料到，在那一年里，发生了太多的事。

先是她的母亲去世，他竟然是时隔两天后才从爷爷口中得到消息。彼时他正和小组成员合作完成一个投资模型，成败不仅关系学科成绩，第一名还能拿到一笔不小的风险投资基金。

小组一共三人，他是组长，其他两个都是白人，优秀、野心勃勃。本来一切都很顺利，第二天就是发布会，还差最后一个关键模型，他们就势在必得了。结果这个时候，他接到了爷爷的电话。

他高中时住的房子是爷爷奶奶的，因为上学近，临时搬了过去。本来他一个大老爷们儿，自己一个人住也没什么问题，但爷爷奶奶嚷嚷着反正退休了也没什么事，就跟着搬了过来陪他。

他高二的时候，昭棠一家也搬进了那个小区，和他成了邻居。

高考后，他去了望城，爷爷奶奶自然从那个小区搬离了。不过爷爷在那里住了三年，认识几个棋友，偶尔还会回去一起下个棋，这才从邻居口中得知昭棠的母亲去世了。

那一瞬间，他的心像是被什么狠狠拧了一下，起身就往外跑。

两个白人同学不明所以，拉住他问道：“Lu, where are you going?（路，你去哪里？）”

他没空跟他们解释，推开他们，言简意赅地道：“Airport。（机场。）”

一瞬间，两个白人男孩快疯了。

“What’s wrong with you！（你发什么疯！）”

“Are you crazy！（你疯了！）”

他们上前来拦他，让他有点担当，像个男人。他没时间跟他们废话，三个人在草地上打了一架。两个白人男孩跟他身高差不多，也同他一样热爱健身、户外运动，身体健壮。他以一敌二，费了一番功夫才打赢。自己也没讨着便宜，眉骨上挨了一拳，破了皮。

他冲那两人满怀歉意地说了一声：“I’m sorry, I have to be with her!（抱歉，我必须去见她！）”

他转身跑去了机场。

然而飞机落地岁宜已经是第二天了，他都来不及换衣服，打了个车直接过去了。

万幸赶上了，葬礼上的她像只走失的小奶猫，悲痛又茫然，眼睛里还藏着深深的恐惧和不安。

他心都揪疼了，无人的角落，他低声承诺：“别怕，你还有我，以后的人生，由我陪你走完。”

一抬头，却对上一个老人的眼睛。

老人手臂上缠着黑纱，唇抿成了一条线，眉头紧锁，微微下垂的眼睛里满是敌视，那敌视里还带着点儿不屑。

离开的时候，他随手薅了把自己的头发，薅下一根被碾碎的草。

他心里暗骂一句，肯定是打架的时候弄上去的！不知道她的外婆会不会把他当成打架斗殴的不良少年。

美国那边的惩罚来得更快。

她母亲的葬礼一结束，她就催他赶紧回去，他又多待了两天才走，但这两天他没见到她。他回到学校，结果刚下飞机就被警察带走了。

原因是他动手打人，对方报了警。所幸他是第一次打人，交了一千美元保释金这件事就算了结了。再就是小组作业惨败，他的两名组员被他拖累，别说和风险投资基金无缘了，连这门课都跟着他一起没过。

路景越虽然被两人告了，但从来敢作敢当。他又花了一个月时间，重新做出一个新的模型，没拿去参加比赛，直接杀入资本市场，带着两人赚到了人生第一桶金。

他开始联系不上昭棠，短信不回，电话不接，杳无音信。他以为她发生了什么事，一面往机场赶，一面给她发短信："我现在立刻回来！"

这一次，她终于回复他了："我离高考只剩三十八天。"

他迟疑了一瞬，没有回国。后来他无数次后悔自己当初的决定，如果那个时候他不顾一切地回去了，一切是不是就会变得不一样？

但那个时候他一无所知。

他熬到高考出成绩后，想问一问她的分数。短信编辑好了，却久久没发出去。最后，他买了张机票飞回国，却发现她已经搬家了。那时候他以为她和自己一样，只是为了念高中才短暂地搬来这个小区三年，高考后搬走再正常不过。他在小区里没有等到她，于是掏出手机。

他本想告诉她，他回来了，想问她，能不能……见见他。然而来来回回编辑了半个小时，他又将文字全部删掉。

最后发出去的只有一句："我会提前修完学分，年前回国。"

他以为她不会回复，没想到，只过了一分钟，她的消息就发来了。

眠眠："嗯。"

可恨年少时太自以为是，他天真地将这个"嗯"字理解成了她与他的又一个约定，全然不知彼时的她正经历着什么，全然不知那时她正在机场，万念俱灰，准备永远离开这座城市。

而他，守着自己一厢情愿的约定，满心欢喜地再次回了美国。

等他完成学业再回去的时候，自然已经找不到她了。她没有去望大，也没有去望城，甚至不在岁宜。他通过学校打听到了她报考的学校，马不停蹄飞去临绛。然而一切已经无法挽回，即使他几乎耗尽尊严……

到那一刻为止，他一生都是骄傲恣意的，还从未为谁如此跌进尘埃里。

不值得。他毅然转身离开。那时候他有多恨她？就像那晚他对那小破孩说的——恨死她了。

望大成了一个笑话，他毅然决然地退了学。回去正好赶上高三下半学期，刚好参加高考。他再考一次，分数上岁大也绰绰有余。

他就这么换了志愿，换了大学，换了城市。连同那原本准备好打算给她买房子的钱，他也花在了别的地方。

“岁大旁边，摩卡小镇。剩下的钱我帮你在那边拍了片商用地，钱不太够，孟言溪凑了一半。”外公将钥匙交给他的时候这么说。

一切都与她再无关系，他那时候生气地想。

房子是精装修的，可是鬼使神差地，后来的软装还是全按着她的喜好来，连窗帘都费尽心思挑了她喜欢的颜色。然而天地明鉴，他那时候生气都来不及，是真没想到会在这间卧室……只能说命运兜兜转转，着实令人意想不到。

“没想到是在这里。”他的嗓音里都透着愉悦。

夜里很安静，昭棠抬眸问他：“在这里什么？”

“在这里，”他垂眼凝视着她，想了一下，才意味深长地吐出两个字，“圆梦。”

“什么梦？”昭棠这会儿又累又困，脑筋一时没转过来。

路景越欠揍地反问：“你说一个血气方刚的男人，躺在这张床上想你，能做什么梦？”

昭棠嗔怪地看了他一眼。

路景越笑着将她抱得更紧。

昭棠的目光落在绿色的窗帘上，迟疑了一会儿，轻声问：“你当初，是不是真的很生气？”所以才会连望大都待不下去，退学重来。

路景越没有否认：“是，我真的很生气。”

昭棠鼻子酸酸的。

路景越无奈地轻叹："可除了生气，我无能为力。对付别人，我有各种手段。唯独对你，我恨不得，弃不得……你是唯一一个让我只能默默生闷气的人。"他抱着她，"昭棠，只有你让我束手无策。"

这年农历闰了一个月，已经六月份了，还没到端午节。

昭棠有些失望。

路景越以为她是想吃粽子，昭棠不悦地道："肤浅！"

"怎么一说端午节你就只能想到吃呢？"她睨着他道。

不知道是不是人逢喜事精神爽，昭棠现在气色十分好，肤色不再是疲惫的惨白，而是白皙里透点粉嫩的红，眉间眼底隐隐藏着动人的风情。

路景越笑，点头："抱歉，这两天觉悟高不到哪儿去。"

昭棠气得追着他打。

这个小区有恒温恒湿系统，到这个季节了，室内温度还是舒适的二十六度。昭棠跑两圈就跑热了，又懒洋洋地倒在沙发上，放弃追他了。

路景越笑着回到她身边，将她抱在怀里，说："你体力不行啊。"又意味深长地说道，"一直喊累。"

昭棠被他挤到沙发角落里，两条手臂轻轻搂着他的脖子，他粗硬的头发一下一下擦过她的脸颊。

"端午节有什么想做的事？"他随口问她。

"端午节不就是放假吗，还要做什么事？不过，我可能要回望城。"

她没有端午假期，今晚就要回望城了。

路景越愣了一下，好一会儿才反应过来："回哪儿？"

昭棠眨了下眼："望城。"

路景越不敢相信地看着她："不是已经回来了吗？"

昭棠冲他笑，有点儿心虚："我只请了两天假，第一天给你做礼物，第二天给你过生日，这还是运气好，刚好碰上这两天是周末，我还多蹭到了两天假。”

“所以你的意思是，如果不是刚好碰上周末，你连……”路景越故意反问，“生，日，快，乐，都不要了？”

昭棠对他的断句表示服气。

路景越想了想还是舍不得她，问道：“你不是好不容易才考上岁博吗？成天往望城跑是怎么回事？”

昭棠解释道：“我们研究中心和吴教授的实验室合作的甲骨文大数据平台现在进入第二期建设，吴教授那边人手不够，我们赵主任又摔断了尾椎住院了……而且之前是我自己说要过去的，结果一个星期就跑回来，不是对工作很不负责任吗？”

“那我呢？”路景越反问，“就不用对我负一点责？”

昭棠心虚，不敢说话。

过了一会儿，她小心翼翼地问：“你看，你要个皇后的凤印册宝什么的吗？”

路景越没说话。

昭棠伸手去抱他，主动讨好，连声音也柔柔的：“我对你负责，从今以后你就是‘越皇后’了。”

路景越长叹一口气。

其实他不生气，他只是一时不能接受两人都和好了还要分隔两地，嘴上说两句。反倒是昭棠内心自责，最后决定今晚不走了，明天一早坐高铁回去。好在两个城市离得近，她早上六点半出门，到那边九点半。

两人还能在一起一天时间，昭棠问路景越想干什么。

结果两人还没定下来，昭棠就收到一条消息。看到是刘诗芮，她眉毛挑了下。很多年没有联系的高中同学，还是她向路景越表白那天在烤肉店里偶然遇见的。当时扫了微信，但之后一直没有联系。

不过刘诗芮从学生时代人缘就非常好，且非常热情，随意一个时机都能抓住联络老同学。说几个高中同学刚逛完岁宜博物馆，无意间说起她就在岁博工作，问她中午要不要过来一起同学聚会。

昭棠以前有心结，刻意避着所有人，去临绛后换了电话号码，社交软件也通通不登录了。可是现在，她看着外面灿烂的阳光，风那样自在，觉得倒也没有必要这么直白地扫别人的兴。

刘诗芮约的是一家烤肉店，在岁博附近。说是在岁博附近，不过和她家不在一个方向，在另一边，过去两公里，路景越开了车。

昭棠事先在微信上问了刘诗芮可不可以带家属，刘诗芮知道路景越要来，不知道是不是对学生时代的男神还心存膜拜，一行人提前就下来等在了烤肉店门口了，远远看着路景越的车开过来，笑着热情地挥手。

路景越把昭棠放下，自己去停车。

很多年没见的老同学了，不知道是不是没话找话，刘诗芮看到昭棠第一句话就是："哎，这么热的天你怎么穿这么严实？"

昭棠脸一热，不过只要不是面对路景越，她一般很淡定，于是面不改色就撒了个谎："不是很信得过防晒霜，我一般都是物理防晒。"

刘诗芮深信不疑，一脸佩服："难怪你这么白！"

甚至她还由此开启了一个新话题："我就觉得防晒霜没什么用，哎呀看来以后只能物理防晒了。"

八个同学，有男有女，还有家属，看起来和刘诗芮都关系熟络。一个男生闻言，嘲笑地说了一句："刘诗芮，你就别物理防晒了，人家昭棠和路景越住的多半是恒温恒湿的小区，她这么穿没事，你学她别晒没防着，先把自己给热死了！"

刘诗芮笑骂了一声："陈川柏！"

一群同学嘿嘿笑，有人好奇："岁宜恒温恒湿的小区没几个吧，真有那么神奇吗？"

几个人正说着话，路景越停好车过来了，男人身材挺拔，一身黑衣黑裤，走在烈日里，神采飞扬。

众人纷纷跟他打招呼。

昭棠自己是个脸盲，除了刘诗芮其他人记得都不是很清楚，而且，今天大部分人都带了家属，指望不了她介绍。最后还是刘诗芮介绍的，路景越一一颔首致意。

包间在二楼，路景越牵着昭棠的手走在最后，低头问她："刚刚在聊什么？"

昭棠没好气地瞅他一眼。他还好意思问？如果不是她机灵反应快，刚刚当场就被笑话了。

她看了眼他身上和她一样的长袖长裤，故意反着说："他们说，这里冷气开这么大，你就穿这点儿衣服出来，不冷吗？"

路景越怔了下，看着她的眼睛，却见她一本正经的模样。

他倏地笑了，随后摇了摇头，凑到她耳边，低声说："我运动量大，不冷。"

昭棠："……"

高中同学聚会，话题自然是围绕着学生时代那点事转。谁和谁结婚了，谁去了哪个大学，最近又去了什么厉害的公司……

但要说现在谁混得最好，那肯定是路景越了，没什么好说的。后来又说到昭棠，不知道谁没过脑子，惋惜地感叹了句："昭棠当初成绩那么好，还以为她会学金融。"

气氛顿时就有了变化。

毕竟这话就跟说一个女人"当初长得那么美，还以为她能一直美到现在呢"差不多，惋惜里又带着点儿对她现如今的否定。

路景越抬起眼。

刘诗芮立刻笑着接过话：“我就觉得棠棠很适合学甲骨文啊，她一直就是很纯粹很有情怀的那一类人，她都不去传承中华文明，那谁去？”

但说话那人这点儿眼色都看不明白，继续说道：“但做父母的，哪个不望子成龙、望女成凤？我记得昭棠爸爸当初就一心想让她念岁大金融，这同学们都知道的，对吧？”

其他人一时都不敢接话。

刘诗芮见路景越要说什么，立刻抢先说道：“所以说你这人忒庸俗了，你对龙凤的定义标准就是有钱吗？说起有钱，你们还记得罗心欣吗？”

她就这么不着痕迹地把话题转移了。

说起罗心欣，那知名度可能就仅次于路景越了。

陈川柏笑着说：“我忘了谁也不能忘了这姐们儿啊，她家可是真有钱！你们知道城南有个小区叫‘心欣花园’吗？那就是她爸开发的。那会儿她才念高一，她爸为了表示对她的疼爱，特地以她的名字命名。”

另一个人笑着说：“心欣花园我不知道，我就记得她当初声势浩大给路景越送礼物，出手就是卡地亚、百达翡丽……得亏是路景越，否则咱们一群穷学生，谁能经得起这金钱诱惑啊。”

“哈哈哈……也是她时运不济，踢到铁板上了。”

昭棠安静地坐在一边。

她还记得罗心欣，当初她那百达翡丽还试图让她转交呢。那她肯定不愿意啊，信口胡说，问能不能卖给她，她也想给路景越送那款表。结果把罗心欣气走了，却被路景越听到了。这人太坏了，后来还一直问她要礼物，还说没钱没关系，他可以借钱给她。

想到年少时那些荒唐事，昭棠忍不住看向路景越，却见路景越也正瞧着她，一双眼睛黑漆漆的，在闹哄哄的包间里显得格外安静。

不知何时，大家又聊到了罗心欣的近况。

“只能说十年河东十年河西吧，我听说罗心欣现在混得挺惨的。”

“她惨什么？她那么有钱！”

“那是她爸有钱，钱又不是她的。”

“她不是独生女吗？”

“本来是，可是后来她妈妈不是过世了吗？她爸爸那么有钱，没多久就娶了个年轻漂亮的女人回来，那女人又给他爸生了两个儿子……古话说得好，有了后妈就有后爹。你能想到当初开发‘心欣花园’的男人和现在眼睁睁看着女儿租违规合租房的男人是同一个？”

刘诗芮知道的事儿应该最多，无奈地感慨道：“有了后妈就有后爹固然没错，但罗心欣行事太偏激……就为了她爸娶小后妈这件事，跟她爸置气，书都不念了，成天跟着一群小混混玩，好好一个富家女，愣是自暴自弃，最后高中都没读完就辍学了……她爸一看这女儿没指望了啊，放弃她那就更没什么心理负担了。听说现在她家的财产都牢牢攥在她那小后妈和两个弟弟手上，罗心欣一无所有，在外面租违规合租房。”

“不对啊，罗心欣的舅舅不是也挺有钱的吗？”

“有钱什么啊！还不是指望她爸？她妈妈都过世了，她舅舅还能为了她得罪自个儿的财神爷？”

昭棠垂着眼，一直没有说话。

话题转换得快，很快就又扯到了别的地方。

烤肉店旁边有一家宠物店，但不是猫舍狗舍，是卖鸟的。隔着落地玻璃，一眼就能看见里面各种五颜六色的羽毛，绚烂惹眼。

饭后，一行人出来，不知道谁最先提议，大家又一窝蜂挤进去逗鸟。

路景越站在外面，没动。

昭棠停下脚步，狐疑地问他：“你不进去吗？”

路景越没看里面，只是看着她说道：“你进去吧，我在外面等你。”

昭棠打量着他。刹那间，她想起学生时代的一件事。

有一次她帮同学值日，同学回赠她一只鸽子。小小的一只乳鸽，雪白的羽毛，浅黄色的喙，肚皮软软的，十分乖巧可爱。可是昭锦程不让她养宠物，她就只好忍痛割爱，转送给了路景越。路景越当时的神情微妙极了，现在回想起来，他是捏着鼻子咬牙硬接过去的。

她后来问他鸽子好不好，他说："味道挺好，谢谢。"

那时候她只觉得这人太没有爱心了，她送他鸽子，是送给他吃的吗？她是送给他养的啊！

现在联想起来……她看着眼前的男人，试探地问道："你是不是，怕鸟？"

路景越的神色微微一变。

昭棠进去和同学们打了招呼，很快又出来，牵着路景越的手走了。

她尽量装作平静的样子，可是一想到天不怕地不怕的路景越竟然怕鸟……她又忍笑忍得好辛苦。

路景越竟然怕鸟……

昭棠仿佛发现了什么了不得的大事，在心里暗暗兴奋着。

路景越侧头看了她一眼，不轻不重在她手心里一挠。

她立刻再也绷不住，大笑出来："哈哈哈……"

昭棠笑得倒在他身上，边笑边说："路景越，原来这就是你的弱点啊！原来你的阿喀琉斯之踵不是我，是鸟！"

昭棠自己笑了一会儿，觉得这么嘲笑男朋友的弱点太不厚道，很快就没笑了。她抱着他的手臂，仰头问他："你是怕鸟的嘴巴还是怕它的羽毛？"

路景越沉默了两秒，哼了一声："羽毛。"

昭棠又问："那你怎么不告诉我呢？"

路景越看她一眼，说道："告诉你有什么用！"

"毕竟，"他停了停，意有所指地说道，"我总不能以恐羽症为借口，借机多看你几眼吧。"

总觉得他是在说她年少时以脸盲为借口每次多看他几秒的事。但他应该没发现她是假装的吧？毕竟她是真的脸盲，只是不严重，而他对她来说刚好很特别。但想到最后她不得不认出他时，他说的话，她心里又不是很有底。她记得那时候装了整整两个月，每次见面都假装认不出他，装出一脸茫然地站在原地，借机盯着他多看几秒。后来终于自己都装不下去了，再见面只好干巴巴地打招呼。

他挑了下眉：“认出我了？”

“认出了。”

他忽然说道：“有件事你可能不知道，我这张脸开过光，一般人记不住。”

那时候她被他逗得一张脸憋得通红，好一会儿说不出话来，最后尴尬地跑了，后来每次想起来都觉得荒唐。

此时，她故意问他：“你真找大师算过命？”

路景越笑了一声，不答反问：“你呢，你小时候就没有大师给你算过命？”

昭棠摇头：“没有，昭锦程不信这个。”

路景越闻言一脸失望：“那还真是可惜。”

昭棠追问道：“可惜什么？”

路景越停下脚步，低头注视着她，认真地说道：“如果算过，那你就能提前二十年知道，你未来老公有——恐羽症。”

昭棠：“……”

第二十四章 光芒

周一，昭棠又回到了望城。

她的状态说是焕然一新都不夸张，吴翰予开玩笑地问她：“你是有多思乡？让你回趟岁宜就跟让你回炉重造了似的。”

昭棠抿着唇笑，总不能说哪儿是思乡，是因为跟男朋友和好了吧。

她的伤口养得算不上坏，但也算不上好，掉痂后多多少少有点色素沉淀。好在一天天在变淡，到底年轻，估摸着个把月就彻底好了。

她对照着日历算了一会儿，一个月后刚好是端午节。路景越已经通知她了，端午节要带她回去见家长。是的，通知她，这次没问她意见。

“总让我这么没名没分算怎么回事啊？”他说。

昭棠已经做好了心理准备，紧张归紧张，倒也不再抗拒和他回家见他爸妈了。她原本是打算周末回岁宜的，没想到还没到周末，路景越就从岁宜过来了。

正好是下班时间，他给她发了条微信：“下来。”

昭棠一颗心突地跳快，收拾好东西就飞快下了楼。

路景越之前忙着追老婆，公司里的事都是能压的压，不能压的指使孟言溪去帮他处理。结果最近孟言溪的儿子生病了，老婆还跟他置气，他自己也焦头烂额自顾不暇，路景越也不好太过分。

现在手头几件大事都急需他亲自去处理，他看了眼行程，七天飞四个城市，最快也得下周才能回岁宜。这才赶在临走前过来见她一面，见完就去机场。

昭棠想到他让司机开车三个多小时过来，就为了见她一面，哭笑不得，故意问他：“岁宜是没有机场吗，要你来这边登机？”

路景越挑了下眉，不正经地说道：“有啊，刚进入二期建设。”

这绝对是在暗指她这个甲骨文大数据平台刚进入二期建设。

还记得他送她过来那天，问她：“你这个二期建设要多长时间？”

她心里“咯噔”了一下，避重就轻地说道：“应该比一期建设快点儿。”

但她就从没有在他跟前成功糊弄过去的记录。

果不其然，他追问：“一期建设花了多长时间？”

她沉默了三秒，心虚地回答：“两年……多。”

明明是甜甜的恋爱，不知道怎的，就给她弄成了苦兮兮的异地恋。

开车三个多小时过来就为了见一面，还真是只见了一面，在人来人往的校园里，周遭一直都有人。到头来也没找到机会抱一下，两人就牵了下手，之后路景越就去了机场。

路景越离开后，昭棠退了周末回岁宜的高铁票，又重新买了下个周末的票。但她这一个周末没能见到路景越，却出乎意料地见到了昭锦程。

周五下午快下班的时候，吴翰予从外面回来，跟她说：“提前一点走吧，你爸在下面等着呢。”

昭棠恍惚间以为自己听错了。过了几秒，她才茫然地问：“谁？”

吴翰予往窗户的方向抬了抬下巴：“昭锦程，在楼下碰见他，我让他上来坐，他没来。”

很多家事外人必然不清楚，吴翰予低头翻着资料，随口嘀咕：“看他那样像是来接你回去的，不知道多想女儿，这么大个老总还亲自开车来接。看不出来，你爸还挺疼你。”吴翰予又扭头过来打趣，“你都二十五了，还拿你当十五岁小丫头呢，放学了要爸爸来接？”

昭棠干巴巴地笑了笑。

最后，她在座位上磨蹭了一会儿，才慢吞吞开始收拾东西。

望大校园分区域，教学区一般情况下不让车进。吴翰予的实验室在一幢红墙绿瓦的民国风小楼里，位于非教学区，车辆登记一下就能进来。

楼下停着一辆宾利，昭锦程没坐在车里，就站在车前。

昭棠刚走到一楼大厅，就看到了他。不知道是不是今天太阳太大，将人晒蔫了，分明离上次见面才过去十多天，她却觉得昭锦程明显多了几分疲态。但仔细分辨，他又仿佛并没有什么变化，或许只是心情不佳。

昭棠抬手摁下门禁，玻璃门缓缓往两旁打开。似乎察觉到动静，昭锦程朝她看过来。

“上车。”

等她走到面前，昭锦程拉开后座车门，神情有些复杂。

昭棠扫了眼车门，没动。她上次停下脚步，是因为想起了叶君繁墓前的花，她以为，那是他送的。但现在既然误会已经解除，而且想到不久前他老婆唆使他儿子毁她的容，他却和他们站在一边，她觉得自己实在没有多余的话和他说。她一言不发地想转身离开。

“你妈妈说得没错，我们父女俩还真是走到了反目成仇这一天。”昭锦程在她身后开了口，语气中带着自嘲的意味。

昭棠停下脚步，不知道是因为听见了“妈妈”，还是因为听见了“反目成仇”，她抬头望了望远处的夕阳，然后转身。

昭锦程必然不是像吴翰予以为的那样来接她放学回家，但他的来意着实令她困惑。

经过上次派出所里她逼着他们一家八口站在她面前排队向她道歉的事，昭棠还以为再见面昭锦程就该正式通知她断绝父女关系了。虽然昭棠觉得，在昭锦程心里，就只是说出来跟没说出来的区别了。

不能说她近况比罗心欣好点儿，昭锦程就比罗父更加顾念父女之情，只能说这里面其他的因素太多了。譬如当初她的妈妈提前离婚分割了财产，譬如她坚持参加了高考……但不能说昭锦程真和罗父一样。只能说男人孩子一旦多了，放弃一个两个并不是什么难事。

这么多年，昭棠早已经默认自己被放弃了。但昭锦程这趟过来，表现得却十分慈爱。先是和她回忆了一番她小时候的事，要说不动容那肯定是假的。

昭棠看着昭锦程的眼角微微泛红，笑起来时露出浅浅的皱纹。

后来又说起了昭浩小时候的事，这部分她就没什么兴趣听了，目光冷淡地转向窗外。

昭锦程看着她，无奈地说道：“这孩子本性不坏，小时候很可爱，听我们说他有个姐姐，成日里问‘我的姐姐在哪里，我的姐姐在临绛吗？那我可以去看看她吗？’只是这么多年被他妈和外公外婆灌输了些不好的思想，现在才会变成这样……你，不要跟他计较。”

昭棠听到这里，终于听出点不对劲，皱了一下眉：“我跟他计较什么了？”

昭锦程没接话，只是转而说道：“上次给你打电话，你没接，所以我亲自过来一趟。”

昭棠更加困惑了，回忆了一下才依稀想起来，好像路景越生日那天她手机没电，后来开机是有个陌生号码夹杂在路景越的几十个未接来电里，那个陌生号码似乎还不止打过一次。只是那时候她满心满眼都是路景越，自然无暇理会其他人。

原来是他？昭棠吃了一惊，昭锦程竟然会给她打电话。昭棠再清楚不过昭锦程是多么骄傲的一个人，当初她执意去临绛，昭锦程这么多年就真的再也没有管过她。

“有什么事吗？”昭棠问。

昭锦程依旧没有回答，话锋一转，沉吟道：“你当初为什么不说呢？”

昭棠彻底一头雾水，完全搞不清楚昭锦程到底想说什么。她也不问了，反正问了他也不回答，只是看着他。

昭锦程沉默了片刻，说道：“路景越。”

昭棠仿佛明白了什么。

昭锦程轻叹：“我知道他，你上高中的时候，他跟他爷爷奶奶住在一块儿，我从没有见过他的父母。后来在你母亲的葬礼上，他又那个样子出现，衣服头发乱糟糟的，脸上还挂着彩，所以我和你外婆才会误会他是打架斗殴的不良少年，才不让你和他做朋友。”

昭棠似乎明白过来昭锦程为什么会出现在这里了，她忽然觉得无比好笑，反问道：“那现在呢？您终于知道他是谁了吗？”

昭锦程安静地看着她。

昭棠又反应过来：“不对，你为什么会知道路景越？”

路景越这几天连轴转，人不是在飞机上就是在会议室里，好不容易处理完工作，已经是凌晨两三点了。有时候夜深人静，他的身体和心都忍不住想她，却又舍不得这么晚打扰她睡觉，就这么煎熬地压下了思念。

结果他体谅她呢，她倒是不识好人心，控诉他都不想她。

“行，你别睡，等到了酒店再跟你打电话，我好好跟你说说，我到底有多想你。”

登机时已经快夜里十一点了，机场大厅亮如白昼，路景越咬牙切齿地给昭棠发去一条消息。倒也只是说说气话，真没想让她等他。

到了酒店，他迅速洗了个澡，围着浴巾出来，正好听见手机响了一声，他走过去拿起来一看。

两条未读消息，第一条在五分钟前。

眠眠："还没到酒店吗？"

他当时在洗澡没听见，过了一会儿，她又发来一条。

眠眠："不会还没落地吧？怎么飞机晚上也要限速的吗？"

后面跟着发来一个昏昏欲睡的表情包。

嘴角无声地勾起，路景越立刻给她回了视频过去。

昭棠倒在松软的被子里，将手机扔在被子上，闭着眼睛都快要睡过去了，忽然听见视频邀请的铃声。她一下子睁开眼睛，拿起手机，飞快点了接通。

路景越的脸刚出现在屏幕里，略带责备的声音就传了出来："怎么这么晚还不睡觉？"

昭棠等了他大半个晚上，一听不乐意了，噘着嘴反问："不是你让我别睡，等你告诉我你有多想我的吗？"

她刚洗完澡，趴在被窝里，白肤红唇，黑发如瀑，身上的睡裙因为她的姿势微微有些凌乱，露出胸前大片雪白的肌肤，在卧室明亮的灯光下白得晃眼，再往下……路景越的视线在某个地方停留了片刻。

"真想知道？"他的声音蓦地哑了几分。

昭棠一听他这语气，身体立刻一阵酥麻，再对上他略带深意的眼神。心里立刻生出警惕，连忙摇头："不不，不用了。"

路景越笑着说道："也行，等我回来当面告诉你……"他意有所指地说道，"我到底有多想你。"

昭棠的耳根不争气地红了。

行吧，这个话题到此为止。

昭棠转移话题，问他这几天累不累。

路景越挑了下眉，说："还行，还有精力想你。"

最后她作势要生气了，他才肯好好跟她说话。

凌晨两三点，两个人各自躺在被窝里，和相隔千里的人有一句没一句地说着话。最后还是昭棠先熬不住，眼皮一开一合的，眼见着就要睡过去了。路景越心疼得不行，笑着赶她去睡觉。昭棠是真熬不住了，最后重重地点了下头，手指胡乱碰了下挂断键，连灯都没关，就睡了过去。

结果根本没挂断。

路景越又在那头肆无忌惮地盯着她的睡颜看了半小时，最后低声说了一句："晚安，宝贝。"

昭棠睡到快天亮的时候，觉头顶的灯光亮得刺眼，又闭着眼爬起来摸床头开关，关灯。

迷迷糊糊间，她总觉得自己似乎忘了件很重要的事，但她实在是太困了，这个念头刚刚闪过脑海，下一秒，她又睡了过去。

第二天醒来睁开眼睛，在床上躺了一会儿，她总算想起来昨晚到底什么重要的事没说了。但路景越这段时间实在太忙了，她又舍不得因这种事打扰他，便没有再提。

就这样，一直到路景越回来，她才找着机会问他。

路景越没回岁宜，直接飞到望城，之后就让司机开车送他到她的公寓楼下。

那天是周六，她不上班。本来买了昨晚的高铁票打算回岁宜，结果路景越忽然跟她说临时还要去趟别的地方，周末不回岁宜，她又闷闷不乐地退了票。没想到第二天上午她刚睁开眼睛，正犹豫着是起床还是再睡会儿，他忽然就发来一个位置共享。

昭棠狐疑地点开，发现两人在同一个校园里，只相隔几百米，并且他的头像在快速地向她的方向移动。

那一刹那，昭棠心里仿佛有烟花炸开，飞快地起床刷了牙，随意薅了薅头发，就匆匆跑下楼。

路景越没来过她这暂时居住的公寓，电梯里，昭棠就没话找话说地给他介绍房子。几几年的建筑，一楼几户，坐北朝南，她住几楼……只差没有将容积率、绿化率一一说出来了。

路景越就牵着她的手，安静地听她说话，偶尔“嗯”一声，表示自己在听。

昭棠后知后觉，自己这是什么反应啊！不知道的还以为她是房产中介在带客人看房子呢，于是她索性闭上嘴。

结果一进门，两人的角色就对换了。

路景越像头狼似的，她刚在他身后拉上房门，他就抱了过来，将她按在门上，呼吸急促而粗重。

昭锦程的事，她一直到晚上才找着机会问他。

路景越一听她提昭锦程，双眸轻眯，问道：“他来找过你了？怎么没有跟我说？”

昭棠点点头，又不好意思地说道：“本来是要跟你说的，结果聊着别的，睡着了。”

“他说什么了？”

昭棠摇头：“没说什么。”

她回忆了一下当天的对话，言简意赅地总结：“算是简单联络了下父女感情吧。”她又看向路景越，试探性地问道，“你是不是做过什么？”

“为什么这么问？”

“不然他为什么会知道你？”

路景越被她逗乐了，反问道：“我很见不得人吗？”

昭棠："你知道我不是这个意思。"

他拣了她能知道的那一部分，避重就轻地说："他应该是看了派出所外面那个监控。"

"派出所外面的监控？"昭棠愣了下，很快反应过来，惊讶地问，"你是说那晚，你就在派出所外面。"

路景越被她这惊讶的模样气笑了，故意和她对着干，说反话："我在那儿干吗？你那个时候都不想见我，我识趣得很，一个人在家里睡大觉呢。"

她曾以为那晚她孤身一人……却没想到，原来他一直都在。昭棠心情复杂，想要问他的话，再也问不出口。她没再说什么，只是安静地抱着他的腰。

路景越无奈地道："放心，我不为难小孩，毕竟吓唬一个小孩已经是我这辈子做过最无耻的一件事……我也要脸。"

路景越仿佛什么都没说，又仿佛说了什么。

昭棠更加明白为什么昭锦程会来找她了。

昭棠安静了许久，轻叹一声："那天昭锦程说，我终于还是和他反目成仇了。"

路景越凝视着她。

昭棠笑了一声："其实他并不知道，这么多年，我对他有怨有痛，但无仇无恨。"

"怨我和我妈妈终究都成了被他放弃，但是仇恨……倒也不至于。"昭棠摇了摇头，"至少我知道我妈妈在生老病死那样的关头，并不恨他，否则她也不会为了成全昭锦程和他离婚，也不会在临终前让我好好听爸爸的话，不要叛逆。她至死都没有跟我说过她离婚的事，她只想让我陪伴昭锦程……她既然已经做出了这样的选择，我自然就没有权利去替她恨。"

再次说起叶君繁，昭棠的眼角仍有些湿润："至于我自己……我离家的时候已经十八岁，成年了，考上了大学。假如我不奢求更多情感，他其实也没有什么对不起我的，将我娇养到大，给我最好的生活和环境，甚至在他有别的选择以前、在我陡然面临那么大的变故以前，我也算得上不知人间疾苦。他其实……已经对我尽完了养育之恩、养育之责。所以说来说去，我的心结不过是，他最终在我和郑菀晚母子之间，选择了郑菀晚母子。”

“但这也是没有办法的事，毕竟我不是他唯一的孩子，他作为一个独立的人，面临选择的时候，的确有权利也有条件选择他想选择的，放弃他愿意放弃的。”昭棠苦涩地笑了笑，“所以你看，从道理上来说，我并不能恨他。”

路景越低着头注视着她，平静地说道：“无仇无恨，不是也有怨有痛吗？”

“那是没有办法的事啊。”昭棠无奈，“毕竟这世上怕是没有哪个女儿被父亲放弃以后还能无怨无痛吧，毕竟是血浓于水的亲人啊，又不是普通人。”

“你倒是想得通透。”路景越哂笑一声。

“我的意思是……”昭棠仰着脸，黑白分明的眸子直直地看着他，“路景越，不要为了我去做不好的事，我希望我带给你的是美好、是愉悦，是春天的花、是夏天的雨，是秋天里清润的空气……而不是其他不好的事。”

她无奈地感叹：“再说这一切，其实都是人之常情罢了。”

路景越没说话。

天擦黑了，两人谁也没去开灯。

房间里的光线晦暗，像像素不高的老旧电影。

半晌，他低声反问：“人之常情？你这么尊重别人的人之常情，就不能尊重下我的人之常情？”

昭棠茫然地眨了下眼：“你的什么人之常情？”

“记不记得我跟你说过，你是唯一一个让我只能默默生闷气的人，只有你能让我无能为力？”路景越将她抱进怀里，用下巴轻轻碰她的头发，“对别人，我的字典里可没有什么无能为力。”

昭棠睫毛轻轻一颤。

他忽然低笑了一声：“放心吧，你男朋友没别的优点，就是根正苗红遵纪守法，我能有什么坏心思呢？”

昭棠仰头看他。

“不过是跟你一样，尊重别人的‘人之常情’。”

昭锦程这件事，昭棠后来想想，觉得自己是不是过于敏感了。

其实那天昭锦程并没有说什么，只是她凭借着自己多年对他的了解，猜测路景越是不是去为难他了。但之后看路景越那坦然的反应，她又觉得是自己多想了。

想想还挺不好意思的，因为自己的敏感，都让他说出“根正苗红，遵纪守法”这样的话来保证了。多半是昭锦程自己遇见了什么难事就东想西想，以为是路景越对他做了什么。

但“越妃”能有什么坏心思呢？昭棠很快就将这件事抛诸脑后。

路景越自从来了她这儿一趟，很快就熟门熟路。他第二次过来的时候把自己不少东西搬了过来，看那架势是打算以后一有空就过来了。

昭棠哭笑不得，问他：“万一校方有别的安排，安排别人住进来怎么办呢？”

“不是，你怎么就这么肯定，校方安排的那个人不能是我呢？”

昭棠觉得这人脸皮可太厚了。

“我好歹是来为学术做贡献的。你呢？校方安排你来干吗？”

路景越一脸理直气壮：“安排我来好好伺候你。”

虽然嘴上说他，可想到他这么忙还甘愿在两个城市之间来回奔波，昭棠心里既甜蜜又心疼，周末都自己跑回岁宜见他。

但她的时间不如他自由，如果是工作日他想见她了，也会不管不顾地跑过来，第二天一早又回去。如果白天两人都有空，还会一起在望大校园里闲逛。有时候两人手牵着手走过篮球场，看着篮球场上奔跑的少年，看着迎面走来和他们一样手牵着手的情侣，昭棠甚至有些恍惚，觉得仿佛回到了十八岁那年。

那年什么都没有发生，她最后如愿考上了望大，来到了这个提前一年来这里等待她的少年身边。他们一起学习、恋爱，然后水到渠成地住在一起。

一路无事发生，就像现在一样。

道路的尽头是两树合欢花，枝叶交错，花开得灿烂。

端午放假前，昭棠收到孙珞宁的消息，喊她去岁博办公室领水果。

"你的奖励！从元宵节欠到端午节，可算是发给你了！"

昭棠失笑。

什么元宵节啊，哪有那么夸张？元宵节那天她才刚回来呢。

她提前一个下午走的，吴翰予知道她正在谈恋爱，体谅她和男朋友分隔两地，来回奔波不容易，给她布置了点工作，之后就让她回岁博去，不用在这儿耗到二期建设结束了。但就这么些工作，她至少也得做到今年结束。

当初坦诚点就好了啊，就不用异地恋那么辛苦了。

昭棠到岁宜才四点半，博物馆还没下班。她回到办公室，孙珞宁已经帮她将水果领回来了，就放在她位子上。

"我们都是一箱山竹、一箱木瓜，你一样两箱，多出的是给你的奖励。"孙珞宁悄悄说，"这奖励真够小气的，还不如不要呢。"

昭棠为难地看着面前这四箱水果，点点头。

真的，还不如不要。她怎么提回去啊？如果是平常还好，办公室里大家分着吃了刚好，偏偏是端午节，人人都有，自己的都提不动，谁能来帮她分了？最后这跑腿的事必然还是落到了男朋友头上。

路景越今天下班有点晚，等从城南回来的时候，同事们都走得差不多了。后院这栋学术研究部的小楼里空空的，昭棠坐在窗前看书，天边的晚霞绚烂如火，光线透过窗户洒进来。手机响了一声，昭棠点开。

路景越发来位置共享。

她没点开，用语音回复道："车开不进来，你在外面等我，我拿出来。"

发完语音，她拿起东西准备离开，路景越的语音很快发来："我车都停好了，你在原地别动，等我来找你。"

慵懒低沉的嗓音落在安静的办公室里，像一粒糖霜落在心尖，刹那间融化。昭棠停下脚步，轻轻点开了他发来的位置共享。

屏幕上，两人的头像相隔不远，她停在原地，他一点点向她靠近。

时间仿佛变得格外悠长。她忽然想起，那天早上，他来望大找她也是这样。让她开着共享，他一步步向她走来。

昭棠的嘴角无声地扬起，这一刹那，脑海里忽然想起那一句歌词："我想你这一生不再寻寻觅觅，在浩瀚人海里等着我去找你"。

两人头像重叠的一刹那，路景越推开了办公室的门。

昭棠抬眼望去，男人身高腿长，五官英俊，晚霞正好透过窗户，照在他的脸上，他笔直地立在光芒万丈之中。

一直都是。

回去的路上，路景越还十分不嫌麻烦地带她跑遍了大半个城的水果店。昭棠一开始不明白他要买什么，问他，他只说："过季了，不太好买。"

好在跑遍大半个岁宜以后，路景越最后在一家高端水果店买到了。昭棠没下车，坐在副驾驶座上，看着他将两箱水果搬上车，有点无奈。

他是嫌她今天水果领得还不够多吗？

她好奇地转身，凑过去张望，看清了他买的是什么，心情顿时十分复杂。一箱5J脆甜车厘子、一箱丹东红颜大草莓。

路景越很快就回到了车上，车子重新汇入车流。

昭棠不好意思地摸了摸鼻子，小声说："还记着呢？"

"啊，记着呢。"路景越握着方向盘，目光落在前方，意味深长地说道，"我脸盲，不记得了。"

重逢那天是在博物馆负一楼的展厅里，光线晦暗，她正在美国记者面前骄傲地宣传中华文明，一抬眼，猝不及防撞入他的视线。

刹那间，一颗心兵荒马乱。她表面上却淡定，与他擦肩而过，假装没有认出他，假装专心致志和同事闲聊。

同事说，因为她今天的表现，馆里应该会给她奖励，但奖金就别想了，应该会给她发两箱水果。她随口说，想要一箱车厘子、一箱草莓，最好是5J脆甜车厘子和丹东红颜大草莓。

同事发现了路景越，问她是不是认识，让她回头看看。

她那时面不改色地说："我脸盲，不记得了。"

谁能想到这个人记仇至今？还专门趁着单位水果发下来这天给她买车厘子和草莓。这绝对是在提醒她吧。

昭棠理亏在先，晚上回去后格外殷勤。见路景越拿了围裙就要进厨房，立刻小跑着跟进去："我来，我来，今晚我来伺候你。"

路景越挑眉看了她一眼，那个眼神格外意味深长。两秒后，他将围裙递给她："那你来。"却在她指尖刚刚碰到的一瞬，慢条斯理地问，"木瓜炖燕窝，会做吧？"

这种看不起人的语气是什么意思啊！愧疚荡然无存，他爱伺候就让他伺候好了！

昭棠毫无心理负担地回到客厅吃车厘子和草莓，脑子里却很自然地想起他说的"木瓜炖燕窝"……

昭棠忍不住低下头，视线落在自己的胸前。他是不是在暗示什么？是觉得她……小了吗？她忍不住抬手，隔着空气，五指并拢，大体描摹着自己的形状。虽然不大，但应该也不至于小吧……

昭棠的脸红红的，一抬头，她差点灵魂出窍。那个本应在厨房里做饭的男人不知道什么时候出来了，正一言不发地倚在厨房门边，视线安静地落在她身上，神色晦暗。

昭棠只觉得手心滚烫。

路景越直勾勾地盯着她，没说话。最后还是昭棠先承受不住心理压力，假装无事地端起面前的水果盘："你要吃车厘子和草莓吗？"

要说她现在心理素质真是越来越好了，不得不说这里面也有某人的功劳。每天和没皮没脸的男人斗智斗勇，心理素质想不好都难。

总之她就这么面不改色地看着他，一脸无辜。不知道是不是因为她过于纯洁，路景越都不好意思"耍流氓"了，"嗯"了一声，果然走过来，仿佛什么都没看到一般，拣起一颗车厘子放在嘴里。

"不甜。"

"不甜吗？"昭棠拿了一颗放进嘴里，"这不是很甜吗？"

路景越深深地看了她一眼，没说话，又回到了厨房。

昭棠以为这件事就算揭过去了，结果到晚上，她才知道自己错了，并且错得离谱。明亮的灯光下，她被男人压在柔软的床上。

"你指望木瓜有什么用呢？那只能给你解馋。只有我能帮你……"

第二十五章 每一天

第二天是端午节，和他约定好的，跟他回家的日子。

本来按照昭棠的性格，像这种大事的头一天晚上，必然会有全套的挑衣服、化妆预演流程，就像她之前表白的时候一样。但昨晚她根本就没有机会……总之她的计划被某人破坏得猝不及防。早上出门前多多少少就有些手忙脚乱。

昭棠不知道路景越父母的喜好，从衣柜里拿出衣服一件件在身上比着。路景越双手撑在身后，大少爷似的半躺在床上看她紧张的模样。

“这件这么样？”

“还行。”

“这件呢？”

“差不多。”

“路景越！”

这个始作俑者不将功补过就算了，还这么不认真。

路景越笑了，随手拿起一条裙子看了一眼又扔到一旁，吊儿郎当地说：“我对衣服又没感觉，要我怎么说？你要是问我人怎么样，那我话可就多了。”

昭棠无话可说。

不过仔细看看，的确没有一件衣服可以达到艳惊四座的效果，她顿时有些懊恼：“我该提前买几件新衣服的。”

结果一来这段时间两地奔波，二来……她不知道哪里来的自信，觉得自己每件衣服都好看。

“你不是买了新衣服吗？”路景越忽然问。

昭棠被他给问愣住了：“什么时候，我怎么不知道？”

路景越神情无比认真：“五一的时候，我亲眼看你收起来了。”

昭棠下意识想说五一买的衣服这都快六月底了还算新衣服吗。但转念一想，她五一没买过什么衣服啊，见他一脸笃定的神情，忍不住反思自己真的是像鱼的记忆只有七秒？

衣柜里的衣服大半被她扔床上了，她又扫了一眼，没看见，问路景越：“你看我放哪里了？”

路景越笑了一声，在昭棠期待的目光里起身走到她身边。然后，昭棠就眼睁睁看着他拉开内衣抽屉，先从里面挑了一件茱萸粉缀着蕾丝花边的内衣，再从旁边拿出一条面料轻薄的同色内裤，递到她面前：“这个不挺好看的吗？”

如果不是考虑到一会儿要见他家人，他身上不好带伤，她真的是恨不得捶他一顿！

昭棠在他手里吃尽了亏，最后没再问他的意见，靠着自己的直觉挑了一条浅色的裙子。V领，微微落肩，腰收得细细的，还带一条拇指宽的腰带，长度到小腿，端庄大气中透着点慵懒。

换好衣服后，她又化了个淡妆，和裙子的色调呼应。她又仔细地卷了卷发梢，头发自然地垂落，才发现这段时间头发已经长长了不少。昭棠犹豫了一下，最后还是将头发扎成一个高高的马尾。

路景越父母家在城南，别墅不算大，环境却极好，周围有天然的植物绿化，小区门口有两人站岗。与一般小区门口打瞌睡的大爷不同，这两人年轻英俊，身姿笔挺，两手垂落紧贴裤缝，在大太阳底下纹丝不动。

路景越的车刚一开进去，昭棠立刻有种连周遭空气都安静肃然的感觉，下车的时候紧张地去牵他的手，想了想又怕被长辈们看到不太好，立刻松开。

路景越被她逗笑了，主动来牵她的手："你紧张什么？该紧张的是他们。"

昭棠不理解："他们紧张什么？"

路景越笑得不正经："要是今儿个让你跑了，他们的儿子就得单身到八十岁了，你说他们紧张不紧张？"

昭棠："……"

说起来，虽然昭棠高中的时候与他同住一个小区，但他是跟爷爷奶奶住，他的父母没有陪读，那时候昭棠没怎么见过他的爸妈。

此时路景越推门而入，夫妻两人已经等在了玄关处。

他们看起来比昭棠想象的还要年轻，已经人到中年的一对夫妻，身上却看不出什么烟火气。

孟时锦皮肤白皙，容貌美丽，面容中透着几分英气。她的身材高挑，身上穿一袭蓝色的裙子，剪裁利落大气，质感不俗。孟时锦的身后站着路景越的父亲路寻，比孟时锦还要高出一个头。昭棠曾经在电视上见过他几次，但她本就是个脸盲，更何况隔着电视机，只是觉得这人格外高大英俊，气质不同寻常，言行举止沉稳得体。

此时近距离一看，才发觉路景越的五官至少有七分像爸爸。只是路寻的眼睛是浅咖色，气质上更加温和。而路景越双眸漆黑，眼角微微上扬，带一点点攻击性，多了几分少年的飞扬恣意。

昭棠将礼物递上，腼腆地喊：“伯父、伯母，你们好。”

孟时锦连忙上前接过礼盒，路寻温和地笑着说：“小棠，快进来坐。”

阿姨早已经准备好了茶，今年新春的雨前龙井。路寻怕昭棠年轻人喝不惯茶，又让阿姨去榨果汁。

昭棠哪儿好意思，忙说不用，孟时锦笑着说：“你陪我喝，我喝不来他们爷儿俩这苦茶水。”

第一次跟男朋友回家，紧张在所难免，好在路景越爸妈都是很好很体贴的人，一直在拿路景越开涮。

孟时锦为了让她放松，一点不给自己儿子面子，专挑丢脸的事说给昭棠听。

“你别看他现在这样，小时候还被鸽子吓得发高烧呢。”孟时锦掩着嘴笑，和丈夫相视一眼，“是小学五年级吧？”

路寻含笑点头：“对，五年级。”

“他小学五年级那会儿，他们班课外活动组织去广场上喂鸽子，老师事前问过有没有怕鸟的同学啊，怕鸟的同学请举手，这次活动可以和别的班级交换，可他愣是没吭声，还真跟着一帮老师同学去广场喂了半天鸽子。”

昭棠吃惊极了，转头看向身边的路景越，一脸不解：“你不是怕羽毛吗？怎么不说？”

“他爱面子啊！”孟时锦笑着替他回答，“你不知道他小时候有多怕鸟，孟逐溪养的珍珠鸟，拳头大的一只，小小的，圆圆的，肚皮是白色的，耳朵边两撮橘色的毛，可爱极了，都能把他吓得呼吸急促，浑身发抖。可是那个下午他一脸平静地喂完鸽子，老师和同学竟然没有一个人发现他怕鸟！”

“这……这么厉害吗？”昭棠简直难以置信，“广场上那么多的鸽子啊。”

换位思考一下，她怕蛇，假如让她去给……天哪，不能想，想想就浑身发麻！

“厉害什么啊？死要面子活受罪！”孟时锦笑得直摇头，“回来当晚就发了高烧，病了好几天呢。”

爸妈当着女朋友的面说自己丢脸的事，传说中十分要面子的路景越竟然没半点脾气，只是跟着笑，目光安静地跟着昭棠转。

路寻笑着解释：“他不是死要面子活受罪，他是心思重，从小就不肯让人知道他的弱点。”

四人聊着，没一会儿就听见院子里传来汽车引擎声，然后隔着窗户响起热热闹闹的交谈声。

路景越拍了拍她的手，起身出去：“是外公和爷爷他们来看我带回来的是真人还是AI。”

AI……昭棠十分无奈。

孟时锦在一旁笑道：“光棍打太多年了，忽然说自己有女朋友，谁能信他？还以为又是什么拒绝相亲的借口呢。”

“又？”昭棠好奇。

“啊，之前说什么大师算过了，未来老婆名字两个字，前面一个字带火，后面一个字带木，木火通明。”

“……”

三两句话的工夫，路景越父子已经将人迎了进来。

他亲近的长辈都来了。

他的外公，还有他的爷爷奶奶。连孟言溪和孟逐溪兄妹都来了，孟言溪手里还抱着个白白胖胖的奶娃娃，胖乎乎的手指摸着爸爸的下巴，嘴巴里发出咿咿呀呀的声音。

昭棠一一叫了人。

路景越心细如发，早算准了这堆人提前不说，但临到头了肯定会来凑热闹，都替昭棠准备好了礼物。

昭棠将礼物一一送上，外公和爷爷奶奶笑得合不拢嘴，和路寻孟时锦夫妻对视一眼，十分默契地掏出红包来。

昭棠很惊讶。她刚刚是在拜早年吗？这……这也太早了一点儿吧。而且这些红包看起来很厚。她怎么敢接？

她求助地去看路景越，路景越也很无奈，站在她身边，对长辈们说：“你们这样该把她吓着了。”

昭棠以为路景越是在帮自己说话，用力点头。结果下一秒，他转头看向她：“收下吧，你要是不收就该把我吓着了。”

昭棠没有见过别人的父母，也没见别人见过父母，对这种情况不了解，但见所有人神情郑重，她心中隐隐猜测这是某种仪式，她不敢擅自拒绝，在路景越鼓励的目光下，接下了五个红包，并一一道谢。

昭棠后来才知道，原来见家长，长辈给红包是认定了她的意思；而她收了红包，则是认定了路景越的意思。

难怪路景越笑着说，如果她不收就该吓着他了。

人多热闹，再加上孟言溪和孟逐溪兄妹，还有孟言溪襁褓中的儿子，一屋子笑声不断。大人们聊着天，昭棠喜欢小孩子，目光一直被孟言溪的儿子吸引。

虽然事先从路景越口中知道孟言溪有个儿子，但上次并没有见到。而且昭棠从未见过孟言溪的妻子，孟言溪给昭棠的感觉就是年轻有钱、有一点点风流的单身男人，此时这样的男人怀里却抱着个奶娃娃……反差实在是有些大。

小家伙乳名小团子，倒是人如其名。糯米团子似的，胖嘟嘟的，看起来软乎乎的。阿姨上来将孩子抱走，小家伙大概察觉到昭棠的目光，黑葡萄似的眼睛滴溜溜转，竟在阿姨抱起他的一瞬间，用他软乎乎的小手指一把抓住了昭棠的衣服，冲她咯咯笑。

昭棠没想到他会来抓自己，一颗心顿时都要化了。

长辈们听到这边的动静，目光投过来，见孟言溪的儿子小身子被阿姨抱着，手指却抓着昭棠不放，还冲昭棠讨好地笑，都跟着笑起来。

爷爷奶奶连连说："好啊，好啊！"

昭棠一头雾水，都没搞清楚他们在说什么好。

外公也笑着说："小棠，小团子喜欢你，你快抱抱他。"

昭棠不会抱这么小的小孩，生怕把他磕着碰着，路景越走到她身边，在她耳边教她。昭棠按照路景越说的要领，小心翼翼地把小宝贝抱进自己怀里。小婴儿的身子软得不行，抱过来的时候她仿佛还感觉到温软的嘴唇擦过自己的脸颊，她觉得她整个人都快融化了。

结果下一秒就听路景越在一旁笑骂："你小子，她是我媳妇儿！你亲什么亲！"

小团子不知道听懂了没，紧紧拽着昭棠的一根手指，冲路景越咯咯笑。那画面就像一家三口，长辈们看在眼里顿时又开心起来，笑声不停。路景越也被小家伙逗得乐得不行，俯身凑到昭棠怀里，用手指去碰他嫩嫩的小脸蛋。

孟言溪不乐意了，挑眉提醒路景越："你悠着点儿，那是我儿子！"

一屋子人哈哈大笑。

孟逐溪年纪最小，咋咋呼呼就要起哄，孟时锦轻轻拉住她的手，凑到她耳边低声说："你别说破让他们害羞啊。"

昭棠抱着小团子，路景越凑到她面前，她一抬眼，就对上他黑沉沉的眼睛。近在咫尺，四目相对，她在欢声笑语里听见了自己心脏怦怦跳动的声音。

她好像，知道他们在笑什么了。

路寻端午节也不得闲，陪着大家一起吃了午饭，没坐一会儿司机就到了，送他去机场。临走前路寻特意嘱咐昭棠，让她记得常带路景越回家吃饭。这话里的意思俨然已经把她当成了女儿，昭棠不好意思地红了脸，又轻轻点头。

下午一家子人一起打牌，外公和爷爷亲自下场，路景越和孟言溪作陪。不知道是他们故意的还是果然姜还是老的辣，路景越和孟言溪各输了一套房。

昭棠惊讶于他们这么大的赌注，转念一想，可能对他们而言，这不过是小钱。反正她见孟言溪云淡风轻，路景越眼里还有几分得意，完全不像是输了大钱的人该有的样子。

牌局结束，小团子也睡醒了，阿姨抱着下来。

小家伙眼珠子转了一圈，最后又冲着昭棠咯咯直笑，笑得殷勤极了。孟言溪笑着骂了一句“白眼狼”，任由路景越把自己儿子抱过去讨好昭棠了。

结果乐极生悲，小团子刚换下尿不湿，阿姨包里的尿不湿用完了，想着应该没这么快尿，就先把孩子交给大人抱着，自己去车上取新的。没想刚进门，就听见满屋子大笑声。

小团子尿了，尿了路景越一身。

孟言溪幸灾乐祸，平日里喜怒不形于色，在这一刻却笑得跟个少年似的。

“快回房去洗澡。”孟时锦也许不是最心疼儿子的母亲，但绝对是最爱看儿子笑话的母亲，笑声仅次于孟言溪，笑完了推着路景越回房。

路景越牵着昭棠的手，眼睛直勾勾地盯着她：“来帮我挑衣服。”

昭棠不好意思，想拒绝，但他太了解她了，提醒道：“我早上也帮你挑了。”

行，是她欠他的！她挑还不行吗！

路景越回自己房间的浴室洗澡，不知道是不是介意被孩子尿在了身上，难得洗得有些久。

他的衣服千篇一律的深色衬衫配长裤，昭棠替他准备好换洗衣服后，就坐在床上安静地等他，视线扫过这个房间。

路景越手上有几处房产，在这附近还有别墅，算是自立门户了。

这个房间里东西不多，衣柜里只有简单几件换洗的衣服，书架上倒是还有不少书。但看得出来一直有人定期打扫，桌面一尘不染，窗帘洁净，在阳光底下也看不见细碎的尘埃。

昭棠走到书架前，想看看他平日里都看些什么书。视线一排排扫过，在看到几本熟悉的甲骨文专著时，她停住了。

路景越从浴室出来，下身只围了一条浴巾，上身裸露着，还往下淌着水珠。不知道是不是故意“耍流氓”，一面往外走，一面调侃：“眠眠，你闻闻我身上还有没有那个味。”

昭棠坐在书桌旁，面前摊开一本书。

和市面上的大众科普读物不同，这几本都是十分艰深专业的专著，这正是她一眼看到就觉得奇怪的地方。路景越可能会为了和她有共同话题看甲骨文书籍，但应该不会看这么专业的。她好奇地取出，翻了几页，书页里夹着的照片从里面掉出来。

她记人脸不太行，却总是能一眼分辨出古文字。几乎看清的一瞬间，她就想起了很多年前论坛上的一个帖子。

楼主发帖问为什么喜欢甲骨文。

配图是几块从未面世过的甲骨文的照片，这立刻就在学术界引起了极大的轰动，她也是听同学说起才去看的。

当时有讨论甲骨文出处的，有什么都没搞明白就盲目攻击楼主的，就是没有人认真回答楼主的问题。她思索了一下，觉得这个问题才是重点，而这几张图片多半是为了吸引关注。于是她认真地回答了他的问题——因为它让我相信，即使沧海桑田，这世上始终还有一些东西不会改变，不管经过多久都会一直在那里，保留着最初的样子，刀凿不破，火烧不灭。

好像就是在她回答了这个问题以后，每当她出现在论坛，就会有一个叫“半眠”的ID时时出现在她眼前。

就这么一直陪伴着她，一年、两年……七年。直到几个月前的那一次聊天，“半眠”忽然将ID改成了“伴眠”。她出于对文字的敏感，问对方是不是谈恋爱了。

这个人当时是怎么回答的呢？

“看和谁。

“如果你说的是和人谈恋爱，那还差点儿。

“如果是和木头，那我已经谈了有一段时间了。”

将这一切串联起来的一刹那，甚至不用再发消息证实，昭棠心里就已经有了确定的答案。

是他会说的话，却没想到，会是他做的事。

“眠眠。”他走到她身边，又喊了一声，她还是没回应他。

“眠眠？”他又喊了一声，故意“耍流氓”，摁着她的后脑勺往自己身边凑，“你闻闻？”

昭棠难得没有跟他计较，仰着脸，看着他的眼睛轻轻道：“你刚刚喊我什么？”

路景越愣了一下，视线很快扫过桌面。摊开的书页上，正是几张甲骨文拓片的图片。黑漆漆的底色，上面的甲骨文字古朴深刻。

昭棠看着他，轻声问：“所以，伴眠，是……陪伴眠眠的意思吗？”

路景越眉心跳了一下，怕她误会他故意骗她，一时喉咙发干，话都不知道该怎么说了：“你听我……”

他话还没说完，就被她紧紧抱住。她坐着，他站着，她紧紧抱住他的腰，头埋在他小腹的位置。

血气方刚的男人，很多时候不是那么受控制的。更何况他只围了一层薄薄的浴巾，连她温热的呼吸都挡不住，透过单薄的面料，她的气息喷到他的皮肤上。

昭棠还不知道这一刻，男人的心思早不在此了。她抱着他结实有力的腰，紧紧闭着眼睛，脑子里想着这么多年来那个叫“伴眠”的ID。

他像是住在论坛上一样，每一次她发帖，他总是第一个回复，她好几次难过孤单无处诉说，只能对着陌生的头像发送一句不抱希望的“在不在”时，不管是白天还是深夜，他都会立刻回复“在”。

她有时候会想，他是怕论坛太孤单了，才这么二十四小时不眠不休地陪伴吗？原来他不是怕论坛太孤单，他是怕她太孤单。他陪伴的也不是冰冷的网页，而是……她。

昭棠心里发酸，情绪千回百转，在胸中激荡。

“路景越……”她的声音微微颤抖。

下一秒，她察觉到什么，愣了一下。

“路景越！”昭棠咬着牙，用力推开他。

考虑到这里是什么地方，楼下都是些什么人，路景越不敢乱来，认命地滚回浴室，重新洗了个澡。

昭棠独自坐在外面，既生气又好笑。她原本满心感动，被他这么一弄，气氛荡然无存。

路景越这次洗完澡出来后自觉地将衣服穿好，他一面扣着衬衫扣子，一面走到她身边。

昭棠从书页上抬起头来，安静地看着他。

路景越靠在书桌前，他摸不准她现在的心思，但这么猝不及防地被揭露身份，总让他有些心虚。他怕昭棠觉得他这人没什么真心，摸了摸鼻子，沉吟道："这件事吧……"过了半晌，他也没说出个所以然来。

昭棠忽然露出笑容："嗯，扯平了。"

路景越挑眉，做贼心虚，没什么底气地问："什么扯平了？"

昭棠在他的目光里，轻轻点开自己的手机，微信通信录那一栏，几个企业号以下是一个星标朋友。

罗心欣。

路景越的视线在这个久违的名字上停了两秒，抬起眼皮看向她："这个罗心欣，我没记错的话，是觊觎你男人的那个吧。"

昭棠笑了，大方地点了点头："嗯，就是觊觎我男人的那个。她高中时还给你送过很多礼物，最贵的是百达翡丽，你一样都没收。"

路景越越发觉得荒唐："你什么时候加的她？"

昭棠诚实地说："微信刚推出就加了。"

路景越沉默了。

"昭棠，你加她不加我。"

昭棠没说什么，轻轻点开罗心欣的头像。那是一个成熟女子的黑白剪影，指间夹着香烟，烟雾缭绕。

昭棠又点进罗心欣的朋友圈。

路景越不明所以，视线顺着昭棠嫩葱般的手指移动。

罗心欣的朋友圈内容很杂，会分享工作的烦心事，也会分享男朋友送的花和旅游照。昭棠的手指很快停留在一组照片上，点开放大。

路景越看向她。

昭棠冲他眨了眨眼："有没有觉得照片上的人很像我男朋友？"

路景越被她逗笑了："有没有一种可能，他就是你男朋友？"

图片上的男人一身深蓝正装，身材挺拔，像是出席某个活动，他站在台上，身后是签到板，签完字后，他微微侧着头让记者拍照。一共四张照片，都是同一场景，抓拍时间和角度不同，只是无论哪个角度，他都好看得没有瑕疵。

下方有一个点赞——昭棠。

路景越挑眉。

昭棠又往下翻罗心欣的朋友圈。

看得出来，罗心欣倾诉欲很强，有时候一天能发三五条朋友圈，而她所有的状态，昭棠都会点赞。她发几条，昭棠就赞几条。

就这么翻了好久好久，翻过夏天的荷花，春天的海棠，画面已经变成去年冬天的雪景，昭棠终于停了下来。

轻轻点开一张照片，英俊立体的五官，还是他。灯火明亮，他手持香槟站在宴会厅之中，表情冷淡，身边簇拥着几个身着正装的男人，都是电视上常见的面孔，脸上挂着殷勤的笑容。

路景越知道这种应酬场合必然会被拍照，却从未想过，这些照片最后都能通过罗心欣的朋友圈被昭棠看到。

“罗心欣哪儿找来这些照片的？”路景越有些费解。

“她有个小姐妹在一家财经杂志社上班，她小姐妹知道她喜欢你。”

“那你有没有想过，她为什么会发出来？”

昭棠坦然地承认：“因为我跟她说，我被你甩了，她发你的照片出来多多少少有点儿向我炫耀的意思。”

路景越不满地说道：“你可真说得出口。”

昭棠摊摊手：“那没办法，如果我不让她觉得我惨点儿，她怎么会愿意加我？”

“为什么一定要让她加你呢？”路景越注视着她的眼睛，“她不是你的情敌吗？”

她坐在椅子上，他斜靠在书桌前。他低着头，她微微仰起脸看着他。

窗帘只拉了里面一层薄纱，外头是绚烂的晚霞，光线照进来，被恰到好处地削减，成了温暖的橘色。

她看着他，许久。

“因为这世上只有情敌才能和我一样在意你。”

路景越直勾勾地看着她，没说话。

昭棠浅浅一笑，带着涩意：“曾经我以为决绝地放弃你，我就可以无欲无求，再没有谁能抓住我的弱点伤害我。可是后来……我放不下，我还是想要看到关于你的只言片语，我又开始想尽办法打听你的消息。”

她有些心虚地看了他一眼：“其实我一开始用小号加的是骆珩，因为他跟你关系最近。可是骆珩这人从不发朋友圈，我从新闻上看到他得了全国一等奖他都没发过朋友圈，这种毫无倾诉欲的人我加他有何用……我又想去加我的同学，可是他们都跟你不熟，这个时候我就想到了罗心欣。”

“你不记得她，她却时时关注着你，还很有倾诉欲。”昭棠理智地分析道，“唯一的缺点就是她戒心太重了，我一开始用小号加她，她以为我是她后妈派去的‘间谍’，把我骂了一顿后拉黑了，我这才不得不用大号加她，但因为当初……她也不愿意加我。我试了几次她都不理我，我才只好说，你把我甩了。”

路景越没说话。

昭棠继续说道：“一开始，我真的只是想知道关于你的只言片语，知道你过得好不好、开不开心，可是人总是贪心的。

“后来我又开始期待看到你的笑容，想听见你的声音……我把罗心欣设为星标，每当看到朋友圈有新的状态，预览那里看到她的头像我就会心跳加快。可是她比我也好不到哪儿去，也就多了一个在财经杂志社上班的小姐妹，基本上半年能有一张你的照片就不错了，可我还是很期待。我怕她觉得我不找她说话会把我删掉，我就很积极地给她每条朋友圈点赞。”

路景越哼了一声，听不出情绪。

“后来，我变得越来越贪心……我不再满足于通过别人半年一次的朋友圈看到你，我想亲眼见到你。我想，哪怕见一次也足够我往后余生回忆时平静愉悦。所以毕业那年，我报了岁宜博物馆。我一共考了三次，失败两次，却从未想过放弃，只是为了能有机会回来见你一面。”她抬眸看向他，“可是真的见到你之后，我又不满足于此了，我盼着再见一次、再见一次……路景越，我想每天都能见到你，我想每天一睁开眼就能见到你。”

路景越双眸明亮。

昭棠倏地笑了：“我只是怎么都没有想到，这么多年，在我心疼自己求而不得的时候，你原来一直都在我身边，原来我从未失去过你。”

晚饭已经做好有一阵子了，“小鸳鸯”没出来，阿姨一直不敢上来催。等了一会儿，生怕饭菜凉了，才为难地和孟逐溪提了提。

孟逐溪跟她一样为难，谁知道两人在楼上做什么。万一……她哪儿敢去打扰她越哥的兴致啊，又不是活得不耐烦了。

孟言溪见她畏畏缩缩的模样，问她怎么了。

孟逐溪这才支支吾吾地说：“可以吃晚饭了。”

龙凤胎兄妹心有灵犀，孟言溪闻言，若有所思地“啧”了一声。

“你啧什么啧！”孟淮支使道，“晚饭好了你就上去喊景越吃饭啊！”

孟言溪笑着说道：“这是不是不太好？”

孟淮笑着骂道：“你脑子里乱七八糟想些什么鬼玩意儿！你越哥比你知道分寸，你别把你那些不知轻重的心思安他身上！快去！”

这就看怎么理解分寸吧。要说他越哥不敢在人家姑娘第一次上门就不管不顾……他信，但要说孤男寡女独处一室，连个亲亲抱抱都没有，他怎么就那么不信呢？

但孟言溪已经成精了，他不反驳孟淮，笑着支使孟逐溪：“听见爷爷的话了吧？放心，你越哥知道分寸，你只管去喊他们吃饭。”

要说这一屋子人里除了小团子就数孟逐溪最天真，不知道是对孟言溪有信心还是对路景越有信心，竟真的去敲门……

后来，孟逐溪把孟言溪骗到花园角落里，不声不响地暴打了一顿。

第二十六章 只要你

两个月后，昭棠在望大里偶遇罗心欣，两人在学校里的奶吧坐了一会儿。这么多年过去，罗心欣变化很大。算起来她和昭棠同龄，可昭棠还似十七八岁的小姑娘粉嫩美好，罗心欣却俨然像是个被风雨侵蚀的中年妇女。

她的皮肤干燥，有些脱妆，眼角下垂，因为常年吸烟，牙齿泛黄，嗓音粗哑。这么多年，她换过很多工作。她在酒吧卖过酒，在KTV陪过唱，现在在做房产中介。据她说，卖房能挣不少，租房就是蚂蚱腿，但她租房卖房都不放过，毕竟蚂蚱腿也是肉。她也遇见过跳单不付中介费的顾客，但她也不是吃素的，使出浑身解数报复对方，就算钱追不回来也能出一口恶气。

昭棠很难想象，这是当初一出手就是百达翡丽的罗心欣会说出来的话。

“对了，我打算听你的话，去提升学历，现在正在考成人本科。”罗心欣忽然说道。

昭棠愣了一下，而后微微一笑：“你早这么想就好了。”

“这不是一直想不开吗？”罗心欣下意识想摸烟，想起这是学校，又作罢，只是讽刺地笑了笑，“凭什么我妈含着血泪磨出来的珍珠最后却挂在了别的女人身上！”

昭棠垂下眼：“其实我曾经也想不通。”

“嗯，我知道，不然那时候你也不会跟我混。”罗心欣歪头瞧着她笑道。

其实当初昭棠不敢去见路景越的妈妈孟时锦是有原因的，因为孟时锦亲眼见过她曾经如何自暴自弃。

离开岁宜以前，一次偶然的机会，她遇见了罗心欣。

那时候的罗心欣穿着暴露，染了一头扎眼的黄毛，脸上的妆很浓，提着一个酒瓶在巷子里跟人干架。

她从那条暗巷经过的时候，警察刚到。她往里头扫了一眼，一地狼藉。

她冷漠地走开，里面却忽然传出一道哭腔：“昭棠，找我爸来捞我！”

罗心欣妈妈去世的时候动静闹得比较大，几乎全年级的同学都知道，昭棠也知道。

不知是不是兔死狐悲，昭棠真的去帮罗心欣找到了她的爸爸。派出所里，罗父当着所有人的面，狠狠教训了罗心欣一通，可罗心欣仿佛一点儿都不生气。相反，她好像还很开心，歪着脑袋冲她爸爸笑。

后来，罗心欣对昭棠说：“有了后妈就会有后爹，我们女孩子要是还不自救，他们早晚会忘了还有我们这个女儿！”

昭棠茫然地问她：“怎么自救？”

公园里，罗心欣撑着单杠轻轻一跃就坐了上去，两条白花花的长腿一直裸露到腿根，前后踢着：“闯祸啊，惹是生非啊，怎么吸引他注意力怎么来。”

昭棠皱眉。

罗心欣居高临下地看着她：“知道心理学吗？当一个人对另一个人付

出越多，就越不愿意放弃那个人。简单点来说就是，你看我们的妈，怀胎十月把我们生下来，所以轻易没哪个妈能真狠得下心不管自己的孩子。但男人就不同了，顶着爸爸的名号，却从来没有对我们真正付出过，舍弃的时候自然半点儿不心疼。”

昭棠忽然觉得罗心欣说得有点儿道理，好奇地问道：“那你就准备这么一直闯祸吗？”

“在我想到别的办法把他从小妖精的温柔乡里揪出来前，就先这么着吧。”罗心欣看向她，“你要一起吗？我教你。”

昭棠摇头：“我不会打架。”

罗心欣忽然从单杠上跳下来，揽过她的肩：“不用一开始就这么猛，循序渐进，今晚先带你去泡吧。”

昭棠将信将疑地跟着她走。

罗心欣边走边嫌弃她身上的衣服：“你这穿的什么玩意儿？你要戴个头巾我还以为你是阿拉伯妇女……”

那是昭棠第一次去酒吧，人声鼎沸，光怪陆离。

罗心欣还叫了几个朋友，一群人进了舞池热舞。

昭棠觉得声音太大了，震耳欲聋的声音刺激得她的耳朵和心里十分不舒服，她想走，但又觉得这么走了很不礼貌，她想进舞池里和罗心欣打声招呼再走，但看着男男女女在里面贴身热舞，她又不想过去，就坐在吧台干等着。

她警惕心重，不敢喝这里的东西，局促地坐在那里。

调酒师个子不高，染了一头黄毛，脖子上挂着劣质金属项链，凑到她面前，和她搭话。

昭棠有点害怕，没吭声。

调酒师大概察觉出来她胆子小，将一杯鸡尾酒凑到她嘴边，大有强迫她喝下去的意思。昭棠下意识觉得危险，生气地一把夺过酒杯，泼了黄毛一脸，还把杯子用力扔到了他身后的酒柜上。

霎时，玻璃酒杯、酒瓶碎了一地。

近处的人的注意力都被吸引了过来。

黄毛发怒了，和几个男人一起朝她围了过来。昭棠害怕地后退，想喊罗心欣。可是罗心欣在舞池里正跳得起劲，根本不知道她出了事。

关键时刻，一张卡忽然被放到吧台上："我替她赔了。"

是一道女声，甜美却不失干练，她的神情似笑非笑，仿佛在说：这点儿钱也值得你们这样？

昭棠循声看去，顿时整个人如遭雷击。

女人美丽中透着几分英气，身材高挑，长发发梢微卷，身上穿一袭蓝色的裙子，剪裁不俗。她在一片混乱中随意落座，目光投来，眼角微扬，笑容里隐隐藏着锋芒。

那样的神态，昭棠再熟悉不过——她无数次曾在路景越身上看到过。那是他的妈妈，她曾经见过几次。

她不是很擅长认人，可是路景越的眼睛和他妈妈的很像，尤其是说话时恣意飞扬的神情，如出一辙。

事情被孟时锦用一张卡解决了。

昭棠离开前还是负责任地去跟罗心欣说了一声，还问她要不要一起走。

舞池的音乐太响了，罗心欣大声问她："你说什么？"

昭棠只好指了指外面，示意自己先走了，罗心欣点点头。

孟时锦就在一旁看着，在昭棠出了舞池以后，带着她离开了。

昭棠十八年来从未有过羞愧的情绪，那晚在孟时锦面前，她却像是做了什么天理难容的事一般，无地自容。

她低着头，脸颊滚烫。

孟时锦却什么也没有问，只是轻轻拍了拍她的肩："其实我大概懂你现在的心情，我也没有了妈妈……可能我运气比你稍微好点儿，但无论如何，我想我都不会用伤害自己的方式去吸引别人的注意力。无论是谁，不论是我的父亲，还是我的爱人，抑或是我的孩子，都不值得我伤害自己。”

那晚，昭棠久久没有说话。孟时锦派司机送昭棠回家，昭棠终于抬起头，小声问她：“可以给我您的地址吗？”

孟时锦怔了一下，随即大方地告诉她。

“有什么困难随时来找我。”

昭棠只是点头，没有说好。

离开岁宜那天，她将一张等值的银行卡寄给了孟时锦，密码用便利贴贴在了背面。

她真的一度以为，那就是结束。她们，他们，这辈子都不会再见了。所以才会在路景越第一次提出要带她去见他的父母时，心生退意，甚至害怕得生病了。她害怕亲眼见过她自暴自弃的孟时锦会因此不喜欢她。直到后来端午节去见他的父母前，她才将这件事向路景越坦白。

路景越听完吊儿郎当地将她揽进怀里，不正经地说道：“放心，孟女士年轻时砸的酒吧比你多，说不定她更怕你不喜欢她。”

当初到临绛后，昭棠重新加上罗心欣，也曾多次劝她，让她回学校好好把高中念完，好好参加高考，继续念书。可是罗心欣从未听她的，还觉得她多管闲事，如果不是看在每天点赞的交情上，罗心欣大概早就把她删了。如今不过短短七年，再回头看，罗心欣如出走半生般落寞。

坐在校园的奶吧里，周围都是年华正好的学生，干净纯粹得像太阳一样。罗心欣看着两个女孩子进来，看着她们一人挑了一杯酸奶，一杯蛋奶，在旁边的桌边坐下，多多少少有点儿羡慕。

罗心欣看向昭棠，说道：“我真该早些听你的话。”

昭棠笑着说：“学无止境，现在考也不迟，我不也还在校园里吗？”

“不，我不是说考成人本科。”罗心欣摇头，点开手机。

她很快就找到了那条语音，是很多年前昭棠发给她的。她换过几次手机，可是两人的聊天记录至今仍在。

点开语音，昭棠甜美的嗓音顺着听筒传出来——

“这个世界待我们或许冷漠，但我们可以给自己加倍的温暖。即使被放弃了，我们也可以选择做一个善良的人，善待别人，更重要的是，善待自己。”

夏日的午后，太阳透过奶吧的落地窗照进来，空气里飘浮着细碎的尘埃，在阳光下慵懒且温暖。

和罗心欣分开后，昭棠收到一条微信。

罗心欣：“对了，刚才忘了问你，你和路景越在一起了没？要是在一起了，以后我就不费尽心思帮你找他的图了。”

昭棠愣住了，过了好一会儿才反应过来罗心欣话中的意思，有些不敢相信地问：“你是……为我找的？”

“不然呢？你以为我现在这个样子还配妄想得到他？”

“可是，为什么啊？”

“大概是因为……”罗心欣停了停，自嘲地说道，“你是这么多年来，唯一肯借我钱的人。”

因为工作的关系，这一年里，路景越和昭棠几乎都在两个城市之间奔波，有时候是她回去见他，但更多的时候是他过来陪她。昭棠半开玩笑地说，是不是命中注定他们要谈一阵子的异地恋。

昭棠以为自己就谈了段异地恋，却不知道她在望城的这半年里，岁宜发生了不少戏剧性的故事。

最有戏剧性的莫过于昭锦程的公司经历了一次大起大落，几近破产，却在最后关头奇迹般地起死回生。

这一切发生得突然，也恢复得快，最后没有人丢了饭碗，也没有人倾家荡产，一切又在短时间内恢复了原来的样子。

这件事仿佛没有留下任何痕迹。

除了一段破碎的婚姻和一个独自住院的老人。

昭锦程和郑菀晚离婚了，孩子归郑菀晚。表面上的原因是郑菀晚在昭锦程面临经济危机时不愿意共患难，选择了及时止损，离婚分割财产，但实际上还有一个原因，外人并不知情——郑菀晚出轨了。

最后，公司恢复原貌，昭锦程却元气大伤。

他这个年纪，多多少少有些基础病，不知道是急火攻心还是彻底失望，在公司一切恢复正常以后，他独自在医院住了一个星期。

这段时间去看过他的人，除了他的下属就只有一个人。

路景越去的时候提了一个很大的果篮，里面装满了车厘子和草莓。护工将果篮接过去，放在昭锦程床头。

昭锦程看了他一眼，疲惫地笑了下："没错，她是喜欢吃车厘子和草莓。"

"她让你来的？"昭锦程问路景越。

路景越站在床尾，居高临下地看着他，一言不发。

昭锦程闭了闭眼："她终究还是恨我，连这个时候也不肯来看看我。"

路景越终于开口了："她并不知道您病了。"

昭锦程看向他。

"抱歉，您派去找她的人，我给拦下了。"路景越嘴里说着"抱歉"，却没有任何抱歉的样子，面无表情，看起来十分冷漠。

"还有，她跟我说过，她对您或许有怨有痛，但无仇无恨。"

"为什么？"昭锦程问道。

"您问的是什么？"路景越淡淡地看着面前头发苍白的老人，"如果您问的是她为什么不恨您，她说，因为她不是您唯一的孩子，您作为一个独立的人，确实有权利选择您想要选择的，放弃您愿意放弃的，而在那之前，您已经养她至十八岁，对她尽了养育之恩、养育之责。所以无论从道德上还是法律上，她都没有权利恨您，只是她作为被放弃的那一个，难免痛苦难过而已。但没办法，这一切不过是人之常情罢了。”

昭锦程神情复杂，平日里锐利的双眸显得浑浊不堪，眼底饱含着惊讶，还有一丝丝悔恨。他的喉咙滚动几下，过了好几秒，才无奈地说道：“那为什么……”

他没有问出口，但路景越完全能领会他的意思。

“您是问我为什么不让她来看您吗？”

路景越嘴角勾了勾：“因为人之常情并没有错，但这世上各有各的人之常情。譬如您，譬如您的妻子，譬如我……她尊重了您的人之常情，也希望您能尊重我的人之常情。

“您不止昭棠一个孩子，而我却只有昭棠一个妻子，我的孩子也只有她一个母亲。我不能让她来见您，还请见谅。至于您对她十八年的养育之恩，从今往后，由我来替她偿还。”

话说完，路景越径直离开。

临走前他看了眼床头的果篮，留下一句：“车厘子和草莓味道都不错，我替她祝您早日康复。”

年底的时候，甲骨文大数据平台正式发布，正好十二月份在临绛有一场甲骨文学术研讨会，昭棠和实验室另外一名同事陪同吴翰予教授前往临绛参加学术会议。

虽然大数据平台至今未完全建成，但吴翰予实验室引入全新算法的甲骨文自动缀合系统已经完成，而这部分正是昭棠负责的内容。

会议上，昭棠就这一全新的甲骨文自动缀合系统做演讲。

“过往的自动甲骨缀合系统大体上还是依照传统的字体、分类、同文、残字等线索进行缀合，这类线索相对门槛不高，却在准确率上遭遇瓶颈。而依据甲骨碎片的轮廓曲线缀合其实是一个更为直观的线索，却难以被人类的视觉轻易捕捉。所以我们的系统引入了一个新的依据边缘轮廓匹配的视觉算法，从而实现甲骨碎片的自动拼缀。”（参考论文《The Research on Rejoining of the Oracle Bone Rubbings Based on Curve Matching》）

“基于这一全新的计算机视觉算法，参考目前已发表的验证实验数据，甲骨自动缀合的准确率已突破88%的门槛。如果进一步完善算法，更乐观的情况下将可以高达90%，到那个时候，我们可以基于全球甲骨拓片数据集实现自动甲骨缀合。甲骨文在经历了二十世纪的巅峰发展以后，学科发展就一直处于瓶颈期，这一全新甲骨缀合系统的问世几乎算得上是近年来学界最具有突破意义的学术成果。”

昭棠演讲到这里，掌声不断。

这时，昭棠又含笑补充了一句：“目前缀合系统已发布，与所有科研人员共享。”

演讲结束，掌声雷鸣。

因为吴翰予教授毫无保留地将自己苦心孤诣的学术成果免费共享这一举动，当夜，“吴翰予实验室”和“甲骨自动缀合系统”两个词条同时登上了热搜。这在学术界实属罕见，毕竟人之常情就是，娱乐新闻更能博人眼球，而学术界那些事门槛相对较高，不大能激发普通人的兴趣。

很快就有媒体联系采访吴翰予，问得最多的自然是为什么会愿意将自己多年来的心血免费共享。

吴翰予只觉得这个问题本身十分可笑，反问：“那你觉得我该收多少钱合适？”

记者愣住了。

吴翰予最终没有接受正式采访，昭棠在一旁看着年近六旬的老教授，身材瘦高，头发已经白了大半，鼻梁上架着厚底眼镜，忽然想起很多年以前，关于让她选什么专业，昭锦程和叶君繁之间有过一次对话。

不是什么正式的对话，那天他们好像在看电视，说起她将来大学学什么专业，昭锦程毫不犹豫地说金融。

叶君繁问他金融好在哪里。

昭锦程随口说道：“你看看历年高考录取分数线、考研分数线，同一个大学，金融哪年不是最高？这说明最优秀的人都在往里面涌……我培养她进最优秀的圈子总不能是害她吧。”

叶君繁笑着摇摇头：“但你不能否认，总有些行业，无法给人泼天的权势富贵，却可以吸引最优秀而纯粹的灵魂。”

昭锦程沉默了片刻，说：“优秀的灵魂，平凡的外在，那也要她能安于平凡才行。”

昭棠看着吴翰予，忽然想起叶君繁的话，也想起了昭锦程的话。

她想，她确实挺安于平凡的。

这场学术会议为期三天，第二天正好是圣诞节，晚上大家一起在外面吃了饭，回去的路上竟然下起了雪。

听说是临绛今冬的初雪，她点开微博，竟也占了个热搜。

因为出差，昭棠和同事住同一个房间，晚上趴在床上，没有和路景越视频，就在微信里打字，跟他说临绛下雪了，又把自己堆的小雪人发给他看。

路景越不知道在忙什么，一直都没有回复她。昭棠点开自己堆的小雪人，觉得有些寂寞。算了，自己给自己点个赞吧。

她一直等着路景越的回复，迷迷糊糊地睡了过去。手机响起的时候，她才惊醒过来。酒店房间里暗暗的，手机屏幕的光线显得格外明亮，同事在隔壁床上睡着了。

昭棠连忙接了起来，迅速地往卫生间走去。

接通的一刹那，听筒里传来路景越低沉的声音：“下来。”

临绛大雪，机场管制，大部分航班延误了。直到这边雪停了，那边的飞机才起飞。路景越落地的时候一点都过了，车不敢开太快，到酒店楼下已经是凌晨三点。

普通的快捷酒店，门面不大，开在居民区里。门口街道不宽，一个人也没有，路边停了一排车。满街皑皑白雪，在昏黄的路灯下，反射着比路灯还亮的光。路景越在灯下等着，没一会儿，昭棠就跑了下来。

她身上穿着厚厚的羽绒服，鼓鼓囊囊的，脚下踩着雪地靴，脑袋上还戴了顶毛线帽子，顶端缀着一个球。皮肤白皙，鹿眼清澈，自己更像一个雪人——漂亮的、让他心动的雪人。

昭棠还没想明白他怎么忽然就出现在她眼前了，一路惊喜地跑下楼。看到他的一瞬间，想也没想就冲到了他怀里。

路景越张开双臂，将她紧紧抱住。

“想我吗？”他吻着她的耳垂，哑着嗓子问。

昭棠用力点头，又眼巴巴地问他：“你不是出差吗？怎么会在这里？”

路景越笑了笑：“那边的事情结束了，顺路来看看你。”

昭棠想说越哥你是去祖国的最南端出差，再顺路也顺不到北边来吧……刚刚张嘴，他的吻落下来。

昭棠到嘴边的话又咽了下去，两条胳膊搂着他的脖子，闭着眼，柔软地回应他的亲吻。

凌晨三点，街上一个人也没有，只有铺满了整条街的白雪和安静的路灯。还有，路灯下拥吻的男女。

你在哪里，我都顺路。

这间酒店满房了，路景越订了附近的酒店，不远，五百米的距离。昭棠跟着他回去，两人手牵着手踩在雪地里，谁也没说话，每踩一步，脚下就发出“嘎吱嘎吱”的声音。

昭棠看着天上——下了雪，云层很厚，看不到星星月亮。

俩人十指交扣，走到一个岔路口，昭棠忽然说：“路景越。”

“嗯？”

昭棠转头看向他：“你再问一遍我想要什么，好不好？”

路景越垂眸看向她。

一个对视，他就懂得了她所有的心意。

她一直记着那天，七年前的圣诞节，也像今天一样，鹅毛大雪，银装素裹。他打听到她来了这里，立刻就飞了过来，那时岁宜温度不算低，他身上只穿了薄薄的棉外套。那天，他们一起在她大学旁边的小饭馆里吃了午饭，谁都没有说话。她一直低着头，没看他。

小饭馆门口就是一条分岔路口。寒风萧瑟，车辆行人，来来往往，行道树只剩下光秃秃的枝丫。

他拉住她的手，几乎卑微地问她：“你想要什么？”

不知道是气温太低还是岔道口的朔风过于凛冽，他的眼眶泛红。他直直地盯着她，低声道：“你就是想要星星月亮，我也可以为了你去做宇航员登上太空。”

昭棠的脸转向别处，许久，她轻轻转过头，抬眸看着他：“可我不想要星星月亮。”

他终于被她气走了。

后来无数次午夜梦回，她总是梦见自己站在岔路口，望着他离去的背影，一遍遍对他说后半句话。

如今回到这个城市，一样的圣诞节，一样的雪天，一样的岔路口。

昭棠停下脚步，水汪汪的眼睛直直地看着他：“你再问我一遍，好不好？”

当年那个少年笑了。

他用力握紧她的手，将她拉到自己胸前，双臂搂住她的腰。他凝视着她，周遭似乎都安静下来，什么声音都没有。

过了许久，他低声问："昭棠，你想要什么？"

昭棠直直地看着他的眼睛，声音轻却笃定："我不想要星星月亮，路景越，我只想要你。"

路景越笑着将她搂进自己怀里，只觉左胸口被她填得满满当当。

他俯下身，温柔地亲吻她的眼睛："不，我们眠眠星星月亮也要。"

自那天起，路景越总是有意无意地提星星月亮，昭棠原本没有放在心上，听他提得多了，心中倒是疑惑起来。

她十分好奇，路景越到底要怎样给她星星月亮。

年后，昭棠在吴翰予实验室的工作总算完成，回到岁宜，两人结束分隔两地的日子。路景越又在她耳边提起，听说两个月后会有一场流星雨。

一开始是两个月后，后来变成二月中旬，再后来日子像是说定下来就定下来那般精确，直接变成了她生日那天会有一场流星雨。

昭棠心里想笑，流星雨她不信，她更相信有人是想和她一起去露营。

她也不说破，只笑盈盈地问他："要去看吗？"

要看"流星雨"只能去山上看，而且是在晚上。

"我们可以去露营。"她作为人家的女朋友，自然要十分体贴，替男朋友把心里想说的话说出来才行。

路景越果然欣然同意，热情高涨地选址，准备各种露营用品。

昭棠也在准备，悄悄买了几套好看的内衣，生日那天下午洗完澡，自己对着浴室的镜子害羞地试，最后挑了一套他最喜欢的颜色。

出来的时候，她的脸还红扑扑的。路景越以为她是洗太久了，没放在心上，说他先出去一趟，让她把东西收一收。

昭棠轻轻点头。

等路景越回来，两人就出发了。他对于户外运动这些事一向游刃有余，到了地方，片刻工夫就扎好帐篷，又生起了火堆。虽然是春天，但他怕有蛇虫出没吓着她，又在周遭谨慎地撒了药粉。

昭棠还从来没有露过营，觉得稀奇，这里碰碰，那里碰碰。

天很快就黑了。

路景越从行李箱里取出厚衣服让她穿上，最后两人就坐在帐篷外的火堆旁看月亮。很巧的是，今夜是满月。这一周天气都晴好，云层薄，月亮显得格外明亮。

路景越问她以前有没有看过流星。

昭棠说："看到过一次，本科的时候。"

不记得大二还是大三了，只记得凌晨两三点，她本来已经睡着了，被宿舍楼里"哇哇哇，流星雨"的尖叫声吵醒，迷迷糊糊爬起来，透过蒙尘的窗户，跟着看了一回热闹。看大家许愿，她也跟着许了一个，许愿期末考试不要挂科，后来果然没挂科。至今早已想不起来那晚的流星是什么样子了，她只记得，许愿挺灵的。

昭棠提前看过气象预告，知道这两个月并没有流星雨。她也不拆穿他，盯着火堆看了一会儿，转头向路景越提议："我们来烤红薯吧。"

路景越抬起腕表看了眼，说："等会儿。"

昭棠问："等会儿是什么时候？"

路景越转头看向她："等看完流星，你想做什么我都陪你。"

昭棠嘀咕："你入戏还挺深。"

路景越愣了下，很快明白过来她这是不信。他也没有解释，只是侧头瞧着她，拖着音调反问："那你呢？明知道没有流星雨，还跟我来野外做什么？"

他刻意强调了"野外"两个字，实在引人遐想。

昭棠的脸立刻就红了，一双水汪汪的眸子瞪着他。

路景越脸皮超级厚，还笑。

昭棠气不过，起身回帐篷："我要睡了。"

路景越拉住她的手，昭棠没回头，别扭地扭着身子。

路景越无奈地一笑："眠眠，回头。"

不知道是不是因为他每次喊她乳名时，声音总是格外低沉温柔，昭棠鬼使神差地回过头。

一瞬间，她睁大了眼睛。只见远处，山的尽头，竟果真有大片星辰坠落成雨。真的是流星雨！

与她那暗沉的、雾蒙蒙的印象完全不同的流星雨！

不知道是因为今夜天气格外好，还是别的原因，眼前的画面震撼极了。一颗颗星子飞快划过漆黑的天幕，留下一条条璀璨夺目的光束，将半边天幕照得透亮。

昭棠握紧路景越的手，惊喜地呢喃："真的是流星雨！"

路景越扫了一眼流星，没说什么，只是转头看着她。

昭棠对上他的视线，刹那间，仿佛有所感应，心脏往胸口重重地撞了下。下一秒，就见路景越起身，握住她的手，单膝跪在她面前。

昭棠不由自主地睁大了眼睛。

他拿出早已准备好的钻石戒指，递到她面前。

他仰头看着她，漆黑的眸底仿佛映着漫天流星的璀璨光芒："眠眠，星星月亮已经有了，要我的话，还算数吗？"

夜间的山顶，空旷寂静，脚下的城市没有声音。她站着，他跪着。他的身后，是漫天夺目的流星雨，无声照着半边漆黑的天幕。

他的手上捧着钻戒，钻石如流星一样璀璨。

昭棠的眼泪夺眶而出。

星星月亮——原来这就是他送给她的星星月亮。

今晚明明没有流星雨，他却为了她，人工创造了一场。在她曾经那般决绝地拒绝他以后，仍旧费尽心思地将星星月亮捧到她面前，虔诚地送给她。昭棠视线模糊，眼泪落到手背上，早已说不出话来，用力地点头。

路景越笑了，俯下身亲吻她的手背，又取出那枚硕大的钻石戒指，缓缓地戴在她的手指上。

她迫不及待地将他拉起来，用力撞进他的怀里。

两人无声相拥，他们所在的一片山顶被天幕尽头的流星雨照亮，与星星月亮同样夺目。

许久，昭棠才发出声音。

天地广阔，她的声音很轻："路景越。"

"嗯？"

"你说如果我们以后的孩子既有恐羽证又脸盲，那可怎么办？"

"那也挺好。"

昭棠仰头看着他。

路景越的嘴角露出一丝笑，直直地看进她的眼里："那也，见证了我们的爱情。"

番外一 领证

昭棠出于女孩天生的直觉，悄悄去了一趟医院。

出来的时候，外面下起了雨。

意料之外的一场雨，很多人没有带雨伞，不少人滞留在医院门口，无奈地望着雨落在地面上，发出啪啪啪的声音。

昭棠却觉得天光都亮了，她安静地等在门口，既没有排队叫车，也没有让路景越来接她，就这么安然地站在那里。她的视线透过雾蒙蒙的雨帘，落在两侧的花坛，嘴角一直扬着，眼睛像被水洗过。

等这场雨过去，她才抬步走进天光里。

医院门口的两侧花坛里种着山荷叶，现在还没有完全到花期，大片大片的绿叶间只开出了三五朵小花朵，透明的花瓣半拥着鹅黄色的花蕊。她来的时候花瓣还是白色的，雪白鹅黄的配色有一点点像水仙花。下了一场雨，花瓣变成了透明的，能清楚地看到丝丝脉络。

昭棠拍了两张照，顺手发给路景越。

路景越回家没见着她，正想问她去哪儿了，刚掏出手机，锁屏就亮了。两张图片，从缩略图看像是花。

他本就不是个浪漫的人，都懒得点开，视线落在文字上。

眠眠："好看吗？"

路景越这才慢腾腾点开图片看了一眼，被逗乐了，用语音回复她："下这么大雨你出去赏什么花！在哪儿？我去接你。"

昭棠抬眼看着远处，被雨水冲刷过的城市分外明亮。

"不用，我一会儿就回来了。"昭棠笑道，"等我。"

等我回来，告诉你一个好消息。

昭棠到家的时候，路景越正在阳台上浇花。他一只手拿着花壶，一只手拿着手机讲电话，语气听起来有些漫不经心。

听见开门声知道昭棠回来了，他顺手放下花壶走进客厅。

昭棠见他在讲电话，没出声，脱了外套进卫生间洗手。出来的时候，路景越已经坐到了沙发上，还举着手机，没说话，意兴阑珊地听着对方讲。

见她出来，他抬起眼，朝她伸出手。

昭棠轻轻走到他身边，被他一把拉了过去。她没出声，偎依在他怀里。

隐隐约约能听见手机那头有人说话，只是听不清说了什么。路景越显然有些没耐心了，偶尔"嗯""啊"一声，再多一个字都不说，只是专注地摩挲着她的手。她最近用的这个护手霜味道很淡，却十分润滑，抹完吸收后皮肤一点都不油腻，水水嫩嫩，像豆腐一样。

昭棠抬头看着他，心里甜丝丝的。这个男人，是她孩子的爸爸。

她抽出自己的手，轻轻凑上去亲了下他的唇。

路景越挑眉笑，有些受宠若惊。

昭棠凑上去，亲了他一口。路景越眼底的笑意更深了，直勾勾地看着她，又指了指自己的唇，示意她再亲一下。

昭棠今天心情好，一点都不讨价还价，又悄悄凑上去亲了一口，再亲一口，再亲一口……

路景越的心思早没在电话上里了，偏偏电话那头的人不识趣，说了半天连个“嗯”字都没得到，又扬声问了一句：“喂，还在吗？”

“孟言溪？”她用口型问他。

“嗯。”他点点头。

孟言溪还以为路景越是在跟他说话，大受鼓舞，又继续滔滔不绝地往下说，完全想不到电话这头的两个人背着他正在干什么。

等他说完，毫无悬念又是一阵安静。

孟言溪皱了下眉，催促道：“你倒是给我支个招啊。”

昭棠听见了，用食指抵住他的胸膛，示意他听电话。

路景越停下来，回忆了一遍孟言溪刚才说了什么。他也就听了个大概，好像是从他老婆不理他，说到了小团子忽然间不喝牛奶了。

路景越不清楚孟言溪问的到底是哪件事，但他现在软玉温香在怀，对他老婆不理他这事实在很难产生共鸣，随口说了一句：“那你就换个牌子。”说着没什么耐心地将手机按了免提，随手扔到沙发上。

“已经换了好几个。”孟言溪无奈的声音从扬声器里传出。

路景越的耐心终于用尽，直接将昭棠压到沙发上，同时一条手臂越过她的头顶，拿起手机。

“先挂了。”他简明扼要地对电话那头的人说。

孟言溪震惊了，这人不是说他自己一个人在家，说他有空听他倾诉吗？怎么说到一半就要挂电话？

孟言溪没好气问他：“那我儿子今晚吃什么？”

路景越手指停了一下：“等我生了儿子告诉你答案。”

路景越挂断电话，将手机扔到一边，手肘撑在昭棠耳侧，俯下身子去亲她。昭棠躺在他身下，看着他，目光狡黠又迷人，偏偏等他吻下来了又躲。

昭棠用手抵着他的胸膛，他就将她的两条手臂握住压在头顶，不正经地说："我们抓紧点，孟言溪的儿子还等着我告诉他喝什么牌子的奶粉呢。"

昭棠被他逗得笑出来，抬手轻轻抱住他劲瘦的腰，掌心的温度炙热，只觉得一颗心满满当当的。

昭棠小声说："不用抓紧了。"

路景越完全没往别的方向想。

昭棠看着他的眼睛，说道："你已经有儿子了。"

路景越保持着伏在她身上的姿势，一只手撑在她耳侧，停了好一会儿，直勾勾地看着她，眼睛里的情绪复杂万千。起初是茫然，再是惊讶，然后从眼底一点点浮出喜悦，转瞬间，喜悦就无限扩大，变成了欣喜若狂，狂得巧舌如簧的路景越竟久久说不出话来。

半晌，他张了张嘴，似乎想说什么，但过了几秒也没能发出声来。

昭棠扑哧一声笑出来，又补充了一句："也有可能是女儿。"

被惊喜冲昏头脑的路景越终于反应过来，下一秒，铺天盖地的吻落了下来。和刚才的吻截然不同，此时他亲得毫无章法，绵绵密密的吻像雨点一样落在她的嘴唇、眼睑、额头……

"真的吗？"他有些不敢相信，像个傻子一样向她确认。

昭棠抱着他的腰，轻轻"嗯"了一声。

激动的男人下一秒略显慌乱地从她身上起来。

"我没有压着你吧？"

昭棠好笑地看着他小心翼翼的模样。

路景越又将她抱到自己腿上，安静地抱着她，手掌交叠，放在她小腹上。昭棠不知道他在想什么，也没有说话，只感受着他手心炙热的温度。

天色渐晚，房间里的光线开始暗下来。眼前的景象渐渐仿佛变成像素不清晰的照片，却格外静好。她安静地听着他有力而快速的心跳，恍然间发现，原来，这个世界如此安稳。

得知昭棠怀孕这晚，路景越一夜没睡。他小心翼翼地躺在她身侧，眼睛一眨不眨地看着她，从满目漆黑到天光大亮。

第二天一早，路景越就拉着她去了民政局。

昭棠不太乐意，他们早有约定，说好了等路景越今年生日时再去领证。因为昭棠喜欢夏天，并且格外喜欢路景越生日那天。

六月六日，蝉鸣盛夏，骄阳似火。

可是现在计划被打乱了。

昭棠磨磨蹭蹭，嘟囔着："我还要上班呢。"

路景越现在只想结婚，不想说话，一言不发将她打横抱起来，大步出了门。昭棠被抱上车，又被抱下车。到底没他脸皮厚，她迎着路人的目光感到害羞，最后妥协了，拍了拍他的肩，让他放她下来。

进民政局拍了照，两人又去窗口填表。

昭棠对这天的到来还没来得及准备，看了眼陌生的表格，对方信息她这不会填那不会填，正想抄他的，手里的表格被抽走了："我来填，你签字就行。"

昭棠心想，这样也好。她放下笔，安静地看着他。

路景越这张脸足够昭棠迷恋到下辈子，不管是正脸还是侧脸，不管看多少遍，她都毫无抵抗力，看着看着，又觉得比起去年的路景越，他仿佛多了几分成熟稳重。也是，他快要当爸爸了。爸爸，她孩子的爸爸。

路景越很快填完了表，昭棠扫了一眼，笔走龙蛇，字迹强劲有力。

他却没有将表格递给工作人员，而是又要了两份。

昭棠愣了一下，听工作人员问："填错了吗？"

“嗯。”路景越神态自若地应了一声，接过工作人员重新递来的表格。

昭棠没有经验，好奇地凑过去问：“这个表格不能改吗？”

她上次填不能改的材料还是硕士毕业材料，教秘说要放在档案里的，不能有改动。

路景越专心地填表，头也不抬地应了一声：“嗯。”

昭棠没有放在心上。

直到他再次填好，将两张表格递到她面前：“签字。”

昭棠怔了下，很快反应过来。视线扫过刚才那两份表，签字那一栏里都是——路景越。

难怪他说不能改，原来他替她把名字给签了。才觉得他变沉稳了呢！昭棠想笑，又不太敢，只能很辛苦地忍着，飞快接过他递来的两份表格，埋头签字。

红色的小本本很快就做好了，拿在手里，还散发着热气。

昭棠揭开第一页，视线落在两人的合照上。

他们穿着干净的白衬衫，照片里，她的嘴角微微扬着，眼睛却晶亮，眼里的快乐仿佛能溢出来。他在她身边，嘴角微扬，神情看起来难得地柔和。他似乎笑得有些克制，可是眸子里的光芒让昭棠觉得，他笑得从未如此放肆。

昭棠久久盯着合照，路景越却忽然从她手中抽走，将两个小本本一并据为己有。

“这么宝贝啊？刚才不是还不想来吗？”

昭棠立刻不满地看着他，路景越太讨厌了，这个时候还不让着她。他们刚刚结为夫妻，她不要求他甜甜地喊她老婆了，但也别这么快跟她抬杠啊！

昭棠噘起嘴，故意气他：“我现在也不想来，这么平平无奇的日期印在上面我才不喜欢呢，你喜欢，都给你正好。”说着转身往路边走。

路景越慢腾腾地跟上她，他腿长步子大，不疾不徐地走着，一直在她身边，她甩也甩不掉。他又看了眼结婚证上的日期，三月二十六日。

“不是，这日子怎么就平平无奇了？”他将两个小本本轻轻碰了下，“我就没见过比今天更特别的日子。”

昭棠停下脚步，问他：“哪里特别？”

路景越笑了一声，慢条斯理地道：“从今天起，路景越完完全全只属于昭棠，这还不够特别啊？”

昭棠心里生出一阵暖意，直直地看着他。他站在她面前，身材挺拔，器宇不凡，笑容比天光更亮。她看着他的眼睛，他也看着她。四目相对，周遭人来人往，世界明亮而安静。

她倏地笑了。

是，这一天没什么特别，只是因为你，才变得不一样。就像我的人生，原本平平无奇，因为有了你，才会如此刻骨铭心。

她仰起脸，白皙柔软的脸庞迎着他，也迎着朝阳，呢喃着：“嗯，从今天起，昭棠也完完全全只属于路景越。”

这年的夏天格外温柔，到六月份了，气温也不算太高。雨水落得勤快，燥热感常常刚冒出个头就被压下去，空气清新舒适。

早上，昭棠刚踏进岁宜博物馆，就看到主楼前的广场上列队聚集着几十名学生，由老师带着等待进入博物馆。

十六七岁的少年，身上穿着蓝白相间的校服，青涩又充满活力。来到办公室，赵希声和她说起，才知道今天有馆校互建活动，而且巧的是校方正是她和路景越的高中学校。

孙珞宁问她：“要不要过去看看，缅怀一下自己逝去的青春？”

昭棠笑着摇摇头。青春有青春的好，现在有现在的好。她的青春虽然美好，可也有太多的求而不得。现在虽然不再年少，可是，眼前人是心上人。

路景越给她发微信，他下午临时要出趟差，问她能不能把今天下午的产检改到上午。和望大那边合作的甲骨文缀合系统完成后，赵希声有意让她轻松些，工作安排得不多。昭棠原本今天下午请了假，看了信息，和赵希声说了一声，赵希声爽快地答应了。

她回复了路景越，路景越让她在办公室等他，他开车从公司过来。

没一会儿，赵希声忽然转头问她："小路过来还要多长时间？"

昭棠看了眼时间，说："可能还要半个小时。"

"半个小时，差不多了。"赵希声沉吟了下，对昭棠说，"主楼那边说这些学生想学习书写甲骨文，讲解员搞不定，你过去看看。"

孙珞宁"哟"了一声，感慨地道："现在的小孩觉悟很高啊，我记得我们那会儿只要考试不考，很少有人会主动去学习传统文化，哪儿像现在的小孩，穿汉服，跳汉舞，还主动学甲骨文，这都自发成为一股复兴汉文化的潮流了。"

"这是好事啊，说明我们文化自信了。"赵希声笑着说。

昭棠也笑了，站起身来："那我过去了。"

赵希声点头。

路景越在路上收到了昭棠的微信，说她临时有个工作，一会儿可能不方便接电话，让他到了就直接过去找她。

近中午的太阳有些烈，路景越停好车，直接去了二楼活动室。

活动室很大，几十个人站在里面也丝毫不显拥挤。落地窗外种着几排竹子，夏天最是青翠，一阵风吹来，一排排翠竹朝着一个方向摇晃。昭棠背对落地窗，端正地站在书桌后，一只手背于身后，一只手提笔，手腕保持平稳，羊毫蘸满了墨汁，在浅黄色的宣纸上游走。

学生们围在书桌前，低头打量着她笔下古朴的字体。

昭棠很快写好了，放下毛笔，将宣纸揭起来，看着眼前的少年们，指着字，温和而有力地说道：“这两个字就是甲骨文的‘中国’。先看这个‘中’字，是不是很像一面飘扬的旗帜，迎风招展？在古时候的氏族部落，每当有重大事情发生，人们就会在部落所在地的中心插上一面旗帜，这样所有人都会朝着旗帜聚集过来。所以它代表凝聚的意思，是所向之处。

“再看这个‘国’字，左边是一方领土的象形，右边是一个长形的武器，戈。它寓意一方领土需要武器的捍卫。

“这就是‘中国’两个字最早的起源，最早见于西周时期一个名为‘何尊’的青铜器上，并且最初就是以‘中国’两字组词的形式出现。所以‘何尊’也被称为‘中国鼎’，是中国礼仪之邦的象征。”

这种观摩学习，不同于教室里定时定量的教学，最重要的是激发学生们的兴趣和热情。几个典型的文字，点到即止，时间就差不多了，带队的老师让同学们感谢昭棠学姐。

昭棠看着少男少女们脸上熟悉的青涩和朝气，一阵恍惚，时间仿佛一瞬间回到十年前。

原来时间竟已经过去了这么久。

她和路景越已经不再是十六七岁的少年少女，但一直会有少年少女十六七岁。她心中感慨，忽然间福至心灵，抬眸，一眼就看到了门口的男人。黑衣黑裤，单手揣在兜里，倚在门边，含笑看着她。

她的嘴角霎时扬起来。

这时，一道清脆的嗓音传来：“我想问昭棠学姐一个问题，可以吗？”

视线收回，昭棠的目光落在近处的一个女孩身上，圆圆的脸蛋，圆圆的眼睛，扎着高马尾。

昭棠含笑点了点头：“可以。”

“听说学姐以前成绩很好，我能问问学姐为什么会选择学习甲骨文吗？毕竟在大多数人的眼里，古文字是很冷门的专业，学姐这么高的分数去学，不会觉得不值得吗？”

昭棠低头笑了笑：“只要喜欢，怎么样都值得。而且不只是我选择它，或许更多的是它在陪伴我。”

“我的性格从小就很安静，不太喜欢变化。可是就在高考以前，我的生活发生了翻天覆地的变化，让我措手不及。我一度很迷茫，这个世界让我充满了恐惧和不安。可是每当看到甲骨文经历沧海桑田，仍旧保留着最初的样子，刀凿不破，火烧不灭，我又多了一点点信心，会忍不住愿意去相信……”

昭棠的视线越过眼前的少年少女，落在远处的男人身上。

“这世上也许还是会有那么一个人，终我一生，能够有幸遇见。他会一直在那里，时光荏苒，白驹过隙，他却从未改变，一直都是最初的那个少年。”

活动结束，同学们在老师的带领下有序离开。路景越的视线一直落在昭棠身上，昭棠被他看得脸都有些发烫，没好意思跟过去，等老师和同学们都走了，她才拿好东西走过去。

昭棠走到门口也没停下来，越过他，刚走了一步，手就被他抓住。路景越轻轻一拉，将她拉到自己怀里。

“又假装没认出我啊。”男人的气息暧昧地拂过她的耳根。

昭棠好笑地睨他一眼：“啊，我脸盲。”

“又脸盲？”路景越俯下身就要亲她。

昭棠想到这里是活动室，虽然现在没人了，但保不准下一秒就有同事过来，她脸皮薄，连忙偏头躲开他，笑着服软：“认出来了，认出来了。”

“认出来了啊……”路景越用双臂将她禁锢在怀里，垂眸看着她，“那你得对我负责。我这张脸开过光，一般人记不住。”

昭棠仰起脸，看着他漆黑的眼眸，时间拉回到十年前。

那个夏天，她升入高中。为了上学近一些，他们一家搬到了学校附近的小区。小区旁边有个篮球场，暑假不上学，几个少年在球场上打球。

昭棠从小卖部买了水回家，从篮球场穿过，细碎的阳光自头顶青翠的树叶间隙落下，在地面投下小片的光斑。

焦躁不歇的蝉鸣声里，昭棠忽然听见有人喊了一声："越哥！"

她循声看去，一个篮球径直朝她的脸砸来。一只手却忽然出现在她面前，离她的脸不过二三十厘米的距离，却准确无误地截住了篮球。

"砰"的一声，篮球稳稳落在少年的掌心。

与此同时，恣意张扬的嗓音自耳旁传来："往哪儿传呢你！"

篮球被少年用力扔了回去，快得昭棠都没来得及受惊。

少年回过头来，离她很近，昭棠仰着脸才看清他的脸。

五官英俊立体，双眸漆黑，眼角微微上扬，神情张扬恣意。短发利落，热汗将身上的T恤衫打湿，连发梢都是湿的，浑身散发着少年气息。

"你住这小区？"他看了眼她的身后。

昭棠直直地看着他，愣了两秒，才反应过来，讷讷地回答："啊，对，我刚搬来。"

"那就是邻居，我叫路景越。"

她自小有点脸盲，虽然不算严重，这却是她第一次一眼就记住了一个人的模样。她记住了，后来再见，却假装认不出他。因为她发现，只要不立刻认出他来，她就可以仗着自己天生的缺陷，肆无忌惮地盯着他的脸多看三秒。毕竟，人天生都喜欢美丽的事物。

可惜两人同住一个小区，几乎天天见面，总有认出来的那天。那天早晨上学的路上，她遇见他，再也装不下去了，于是主动跟他打招呼。

路景越若有所思看着她："认出我了？"

"……认出来了。"昭棠支支吾吾地道。

"有件事，你可能不知道。"路景越的神情忽然变得沉重，"我这张脸开过光，一般人记不住。”

昭棠愣住了：“啊？”

“你看，你要不负个责？”

昭棠以为路景越在戏弄她，措手不及地背着书包逃跑了。

深秋的清晨，天空澄净，湖边的草叶上凝结着清澈的露珠，随着她仓皇逃跑的身影经过，晶莹剔透的水珠在草叶上俏生生地滚了两圈，跌进湖水里。

那个时候的昭棠还不知道，这个少年就是她终其一生能够有幸遇见的那个人。时光荏苒，白驹过隙，他始终在那里，从未改变，一直都是最初的那个少年。

番外二 婚后二三事

昭棠怀孕后迷上了锁骨发，没事儿就琢磨着把头发剪短。

昭棠从小爱美，从她有记忆以来，她就留着长长的头发。她发量多，根根分明，很有光泽，见过她头发的人都会夸漂亮，所以她从来没有想过有一天自己会主动把头发剪短。

当年大学宿舍里偶尔闲聊未来，十八九岁的小姑娘天真地讨论生几个小孩，由此问出一些异想天开的问题：“我发现女孩子怀孕后大多会把头发剪短，你们说莴苣公主怀孕了也会剪头发吗？”然后大家就“莴苣公主怀孕后会不会剪头发”这个问题讨论了大半个小时。

昭棠的头发最长最漂亮，属于坚定的“不剪头发”派。室友们就给她“科普”坐月子不洗头有多难熬，告诉她宝宝会薅她的头发，扯得可疼了。

昭棠那时候不确定自己会不会有孩子，但坚持自己的立场：“那我也不剪，我戴帽子。”

谁能想到，因为怀孕，她就喜欢上了短头发。有一天她点进一个社交APP，看到一个锁骨发视频。厚重的发梢，微微往内扣，恰到好处的层次感，垂在锁骨下的位置，再剪一个薄薄的空气刘海，甜美清新，初恋的感觉顿时溢出屏幕。

昭棠当时就心动了。

从那以后，她有事没事就用食指和中指去夹自己锁骨以下的头发，想象减掉后的样子，越发觉得自己的长头发累赘。

剪头发的决心算是下了，但要找个靠谱的理发师是个难题，网友都说这款发型极易失败。

刚好那两天有个热搜，不知道哪家媒体那么闲做了个不靠谱调研，说90%的人是哭着从理发店出来的。

昭棠不太信这个数据，但她真亲眼见到同学哭着跑出来，从理发店一路哭回宿舍楼，让她至今想起来都心有余悸。

身边的人里属孟逐溪最精致，昭棠颇为周全地向孟逐溪打听。没想孟逐溪听后悲伤地叹了一口气：“你要上个月问我我还能给你推荐，现在我自己都没着落了。我以前那发型师转行，回老家了。”

回老家就回老家吧，孟逐溪还不遗余力地吹捧一番，又给昭棠发了不少从前的照片，大赞这个发型师。

看得昭棠既遗憾又害怕，越发谨慎。

网络上人气高的店面，点评是必看的，然而失败的案例也不少。后来不知道哪天，她自己琢磨出了一个窍门，跟孟逐溪分享：“我发现，发型师本人长得好看干净的，一般失败的概率比较小。”

英雄所见略同，孟逐溪深以为然，两人一拍即合，此后有事没事就在微信上互发最近探到的好店，试图通过选美的方式找出一个最靠谱的发型师。当然主要还是孟逐溪给昭棠发，昭棠一般会在收到照片以后及时做出点评，等级从上往下依次是“好看”“备选”“有点油”。

两人来回选了一个多月的“美”，路景越要是还没发现那他就是眼瞎。他也不多问，直接把自己的照片发给了孟逐溪。

收到照片的孟逐溪一头雾水：“越哥，咱就是说，您知道我发的这是什么吗？”

路景越：“不知道，没兴趣，发给她。”

孟逐溪：“……”

昭棠是一个小时后看到孟逐溪的消息的。

怀孕后越发嗜睡，难得周末，午后阳光又好，她饱饱地睡了一个下午，拿起手机看到孟逐溪发来的图片，兴致勃勃以为又有收获，结果点开一看……路景越？

沉默了半分钟，她给孟逐溪回了两个字：“绝色。”

没一会儿，外面传来一道短促的手机提示音。

路景越婚后就在家和公司两点一线跑，用骆珩的话来说是，“路师傅”自从结了婚，日常爱好就从开货拉拉变成了当厨师。

厨房里小火煲着汤，轻轻的咕噜声偶尔传到客厅，空气越发宁静。

昭棠拉开房门，一抬眼，路景越果然已经回来了，他正拿着手机看，神情颇为骄傲。微信上是孟逐溪刚刚给他发来的截图。

路景越目光上移，落在昭棠的脸上，装腔作势地问道：“你给多少人回了‘绝色’？”

昭棠刚刚睡醒，此时皮肤状态极好，白里透红，细腻得能掐出水来，盯着他看的样子显得格外真诚：“我看过那么多，哪儿能记得清？”

还挺老实！

昭棠走过去在他身边坐下，主动去抱他的手臂。路景越把自己的手臂从她怀里抽出来：“注意点儿影响，别动手动脚的。”

昭棠笑出声来，凑到他眼前仰头看着他：“你知道我们在干什么吗？

就乱吃醋。”

路景越低头看了她一眼，往一旁坐了坐，和她划分楚河汉界，一脸贤惠大度：“我哪儿知道？我不过是你记不清的‘绝色’之一罢了。”

昭棠故意逗他：“那没办法，虽然大家都是绝色，但绝色的人也各有各的分工，你不会的事我总得找别人来做吧。”

路景越闻言倒是被激起了胜负欲，斜眼看她：“我什么不会？”

剪锁骨发你就不会。昭棠心里嘀咕，想到路师傅虽然偶尔会制造令人惊喜的浪漫，但整体而言还是不太浪漫，搞不好他连锁骨发是什么都不知道，说不定还以为是在锁骨上文头发……于是换了种说法：“玩剪刀你就不会。”

路景越撇开头，轻嗤一声：“你确定？”

说着起身走开了，没一会儿回来，手里多了把剪刀，红色的塑料外壳，锐利的不锈钢刀锋。

他在昭棠身边坐下，抬了抬下巴，神情倨傲：“看着。”

他盯着昭棠，昭棠只看清他的拇指似乎先动了一下，紧接着剪刀就在他手上旋转起来，像极了武侠剧里加了特效的挽剑花。

“你说的是这样玩吗？”路景越一面挽剪刀花，一面睇着昭棠。

昭棠睁大眼睛，目瞪口呆，一会儿看他的手，一会儿看他的脸，只觉得眼花缭乱，脸上的神情既崇拜又惊喜。

“路师傅”达到目的，按住剪刀停下来，意兴阑珊地放到茶几上。

昭棠看他炫技还没看够呢，他忽然停下来，她意犹未尽，忍不住凑上去抓着他那只手来来回回地看：“你怎么做到的？这么厉害！”

“厉害吗？”“路师傅”口是心非，一脸“这有什么了不起”的神情。

昭棠用力点头：“好厉害！”

路景越神情淡淡地道：“骗小孩子的小把戏而已，我更厉害的你又不是不知道。”

昭棠闻言眼睛立刻就亮了，一脸崇拜地凑到他眼前：“你还有什么更厉害的？”

路景越垂眸看着她，没说话，只是原本的冷淡神情再也维持不住，眼神里渐渐流露出坏笑。

昭棠心一紧，条件反射地躲开，结果被路景越眼明手快抓了回来，并被迫跨坐在他腿上。昭棠被他按在怀里，四目相对，他的头渐渐低下来，贴着她的耳际低声问：“我什么地方更厉害，眠眠不知道？”

气血霎时从脚趾直往脸上冲，昭棠假装没听懂，偏头躲他：“不知道。”

电动窗帘缓缓被拉上，客厅里的光被遮去大半，无端有种隐晦的暧昧。厨房里还煲着汤，她想着要不要提醒他先去厨房把火关了，但她还没来得及开口，门铃声急促地响了。

“越哥、棠棠，快开门！”孟逐溪的声音隔着厚重的防盗门，隐隐约约传来。

孟逐溪提着大包小包进门来的时候，隐约觉得给她开门的越哥脸色不太好，但她手上的东西太重了，实在没多余的心思去细究。

放了东西出来，注意到电动窗帘正在缓缓往两旁拉开，客厅里的光线渐渐明亮起来，她有口无心地问了一句：“大白天的你们拉着窗帘做什么？”

路景越从两人身边走过，轻飘飘地扔下一句：“商量搬家。”

孟逐溪被结结实实吓了一跳：“你们要搬家？不要好不好？我想跟你们做邻居！”

对面那套房子自从路景越搬过来后就一直空着，孟逐溪住进来后，昭棠才知道那是孟言溪的房子。

孟逐溪工作不在这边，但因为路景越一住进来凋零七年的桃花就重新绽放，开得越哥整个人美滋滋的，神清气爽。孟逐溪觉得风水好，于是搬了过来，每天不辞辛苦地开车挤早晚高峰上下班。

昭棠不知道他们家的小孩是不是都这么迷信，但多了个邻居，路景越不在的时候，有人陪她吃饭逛街，昭棠觉得还挺好的。

此时孟逐溪把路景越的话当了真。

昭棠还没来得及说话，路景越就淡淡地说道："但我们不想跟你做邻居。"说完一脸冷漠地进了厨房。

孟逐溪十分委屈，眼巴巴地望着他绝情的背影。

等孟言溪和骆珩他们过来的时候，孟逐溪反思了下自己最近的行为。

是有点过分，一帮人自从尝过"路师傅"的手艺以后就隔三岔五过来蹭饭，其中以孟逐溪这个"邻居"最过分，只要她在家，就天天晚上过来蹭饭。有时候有想吃的了，还会假借棠棠的口"点菜"。

但仔细想想，人家"路师傅"为老婆孩子洗手做羹汤是心甘情愿，可不见得愿意伺候别人的老婆别人的孩子。

孟逐溪反思了一番，郑重地向昭棠表达了歉意，并保证以后会把蹭饭的频率降低，只求他们千万别搬家，别扔下她孤苦伶仃一个人在这边，否则搞不好真的会饿死人。

昭棠捂住脸。

这误会大了，关键她还不能解释，她总不能直接跟孟逐溪说"路师傅"这会儿在气什么吧。只好胡乱找了个借口，说路景越是在为她发来的那些照片吃醋。孟逐溪这才长舒了一口气，放下心来。

吃晚饭的时候，孟逐溪趁机向路景越解释那些照片，指天为誓保证都是发型师，说棠棠对他一片痴心，绝对没有再"充盈后宫"的意思。

路景越瞧着昭棠，眼里的意思只有两人才懂：你就是这么跟她说的？

昭棠的脸热热的，默默转过头。

骆珩看热闹不嫌事大："发型师的手艺跟他长什么样有关系吗？"

"当然有关系啊！"孟逐溪用力点头，"大部分情况下，长相和审美成正比，审美和手艺成正比！"

孟言溪听到这儿，认真地点点头，说："看来你这头发只能交给我来剪了，既如此，择日不如撞日，吃完饭就动刀吧。"

"你可要点脸吧！"孟逐溪嫌弃地瞪了孟言溪一眼，"就算要剪也轮不到你，这里越哥最好看，要剪也是越哥剪。"

路景越看了昭棠一眼，冷哼一声："我可不敢，我不过是她众多'绝色'中的一个罢了。"

"众多？"孟逐溪愣了一下，"不是只有你一个吗？"

"一个？"

"对啊，如果有众多她那头发早就剪了，还用等到今天？"孟逐溪理起逻辑来也头头是道。

但"路师傅"就是一副不信的样子，这让孟逐溪又好一番真心实意地解释，只有昭棠知道路师傅这是在借题发挥呢。

晚上，路景越洗完澡回房，昭棠坐在床前的地毯上，捧着手机，不知道在看什么。

他擦着头发走过去，阴阳怪气地说道："又在看你的'绝色'呢。"

昭棠扑哧一声笑出来，大方地将自己的手机递给他："你自己看，除了你，哪里还有绝色？"

某人一脸道貌岸然，不为所动。

昭棠仰着头，撒娇般地又往他手里递了递："拿着啊，我要去洗澡了。"

路景越这才接过去，又拉住她的手，顺手将她给拉了起来。

昭棠洗完澡出来，只见路景越半躺在床上，手里还拿着她的手机。昭棠爬上床，蹭到他身边，问道："在看什么？"

手机屏幕上不是聊天记录，而是相册里她以前随意拍的一些风景照。很多年前的照片了，换手机都跟着同步了过来。

路景越伸臂将她搂进自己怀里，另一只手依旧不紧不慢地往下翻，也没看她，随口道：“看看你这拍照水平，也就马马虎虎吧。”

“还真是委屈你了。”昭棠没好气地伸手去抢手机。

路景越仗着手长，立刻举高了。昭棠在他怀里扑腾了两下，扑了个空，瞪他，他不以为耻，反而大度地说道：“没关系。”

昭棠抢不过他，索性趴在他身上跟他一起看。

时间隔了太久，有些她都不记得是在哪里拍的了，有些倒是一眼就能记起来。大多是在临绛拍的，也有些是在去别的城市实习时拍的。有春天的花、夏天的雨、秋天的天空、冬天的霜雪，也有海边的日出、山上的星空、溪涧里的瀑布、古刹里的经幢。

她可能是不爱拍照，几乎没有自拍照，都是风景照。

没有人的风景照看多了很容易觉得无聊，她不知道路景越兴致怎么那么好，一张张地往下翻，一张张地看得十分仔细，偶尔问两句她在哪儿拍的，好不好玩，喜不喜欢那儿，天气好不好。

昭棠随口答了两句，其实她感觉都差不多。

这世上的地方，除了岁宜，好像哪里都差不多。

昭棠看得直打哈欠，趴在路景越怀里睡了过去。

一觉睡到天亮，醒来的时候，明亮的天光透过拉拢的窗帘隐隐约约照进来，清晨鸟叫的声音远远地传来。路景越难得醒得比她晚，还在睡。

昭棠仰头安静地看他。

隔了一晚上，他下巴上冒出了一点点胡子茬，不难看，反而说不出地性感，昭棠盯着他看了一会儿，轻手轻脚地凑上去，用嘴唇碰了碰他的下巴。

腰上的手臂立刻就收紧了，路景越却没睁眼，哑着嗓子说了句：“别闹，再陪我睡会儿。”

难得路景越有睡懒觉的时候，昭棠轻轻“嗯”了一声，安静地躺在他怀里。不过她已经睡醒了，这会儿睡不着，盯着天花板，无聊地分辨着外面的鸟叫声是喜鹊的还是麻雀的。思索了一会儿无果，她只好放弃，转而拿起床头的手机玩起来。

昨晚睡前路景越在看她的手机，点开，屏幕还停留在她的相册。

她的相册没什么好看的……昭棠顺手点了退出，手指却忽地停住。过了一秒，她重新点进去，看清照片的一刹那，她愣住了。

路景越再次醒来的时候，怀里已经没有人，视线在房间里扫过一周，才在床尾的地毯上发现昭棠。

“怎么又坐地上？”他刚睡醒，声音有点沙哑，含着淡淡的笑意。

话虽这么说，自己却起床跟着坐了过去。

昭棠正在看照片，大概看了太久，手机快没电了，一头还连着充电器。

路景越在她身边坐下，往她手机屏幕上瞥了一眼，神情颇为自豪：“不用谢。”

昭棠没看他，盯着屏幕上的照片看了一会儿，又翻到下一张。一觉醒来，她几百张风景照里都有了人。或者是他，或者是她，又或者是他们。

路景越的审美果然和他的长相成正比，没想到修图也这么细致，挑选的照片都与照片的原景和氛围完美融合。如果她不是照片的拍摄者，几乎都会以为那就是照片本来的样子，甚至会以为那本来就是他们当年一起拍的合照。

会相信，那些年里，他们真的曾一起看过春天的花、夏天的雨、秋天的天空、冬天的霜雪，也曾一起去海边看过日出，去山上看过星空，去溪涧里看过瀑布，去古刹里绕着经幢祈福。

仿佛那些年里，她并不是一个人。

昭棠垂着头安静地一张张看下去，直到将路景越处理的图片全部看完，翻到他们在一起后真正的合照。

“我去弄点吃的。”路景越看了眼时间，十点过了，猜她应该饿了。

他刚要起身，就被昭棠抓住手。

路景越转过头，看着昭棠红红的眼睛，顿时慌了，连忙坐回去，手忙脚乱地把她抱在怀里哄：“怎么哭了？你别哭啊……”

猜她可能是不高兴他把她的照片毁了，又连连保证：“我备份了，你那些照片原件都还在，你要不喜欢我现在立刻把我弄的这些都删了。”

他说着去拿她手里的手机，她将手机往身后一藏，红着眼说：“我没有不喜欢。”

路景越垂眸看着她，忽然明白了她为什么哭。

她此刻的心情多半和他昨晚看到这些没有人物的风景照差不多，只是他是因为自己的缺席难受，想到那些年里，她的镜头下没有人，一个人孤孤单单地拍风景，他心里就堵得慌。而她的反射弧显然要长很多，多半之前没觉得有什么不对劲，如今他把自己放到了她的镜头里，她才后知后觉地难过起来。

昭棠说话的声音很轻，有点儿哽咽：“干吗要把自己放进去？”

甚至连觉都不睡了。

路景越看着她，忽然短促地笑了一声：“我也没别的办法。”

“什么？”昭棠没懂他的意思。

路景越拖着声调，慢腾腾地说道：“毕竟一时半会儿我也找不到穿越回去的方法。”

他总是这么不正经。

昭棠睨他一眼，想站起来，却被他拉回了怀里。

路景越低声道：“眠眠，如果能重来，我一定不会再让你一个人。”

如这世上所有的准妈妈准爸爸一样，昭棠孕期的时候也免不了和路景越讨论想要儿子还是女儿的问题。她问路景越，路景越就反问她。

昭棠想了一下，说："儿子女儿都可以，我只希望宝宝能像你。"

路景越故意逗她："像我一样怕鸟吗？"

昭棠抿着唇笑："那也好啊，只要像你就好。"

像你坚定、强大，有担当。

昭棠又问路景越："你呢，你想要儿子还是女儿？"

路景越思索了一下说："跟你一样。"

昭棠以为他的意思是希望宝宝像她，就听路景越说："儿子女儿无所谓，像谁也都可以，我不是很在意结果。"

路景越说不在意还真就不在意，相比起来，连路寻和孟淮都比他这个当爸爸的上心。

据孟时锦说，自从得知昭棠怀孕，路寻现在出差，在飞机、高铁上看的都是《诗经》《楚辞》，孟淮现在最爱看的书是诗词歌赋，两人偶尔还会交流探讨一番，天天想的就是给昭棠肚子里的孩子取一个最有文化、寓意又吉祥的名字。

中秋节那天，所有人在孟家祖宅聚会。

孟淮和路寻两人郑重其事地列出自己取的名字，足足有十个，个个寓意深刻又大道至简，男宝女宝的都有。昭棠喜欢得不行，只恨自己肚子里只有一个，不能都用上。

于是她又发现了嫁给路景越的另一个好处，他家里人都好有文化，就算当爸爸的吊儿郎当了一点儿，爷爷和太姥爷总不会掉链子。

昭棠拿着那十个名字问路景越的意见，没想到路景越这人取名字不积极就算了，有现成的都不用。

昭棠坐在沙发上，他就坐在昭棠身边的扶手上，往她手里的纸上轻飘飘扫了一眼，又看向一众长辈，说道："我形单影只了二十多年，好不容易当上爸爸，取个名字你们还跟我抢啊。"

一家子人哭笑不得，昭棠没好气地问他："你不是不在意结果吗？"

"但我在意你啊。"路景越垂眸看着她。

明明语气很欠揍，但昭棠心里还是甜丝丝的，也就没说什么。

他们毕竟是孩子的爸爸妈妈，都开了口了，孟淮和路寻就是再积极也不好意思越俎代庖。

路寻还好，孟淮想到自己冥思苦想好几个月的名字没派上用场，心里还是不怎么甘心，瞪着路景越说："那你赶紧想，想好了我还得找大师算算，大师说行才能用。"

其实在得知昭棠怀孕那晚路景越就已经想好名字了，只是他要面子啊，一开始是不太想在昭棠面前表现得过于积极，后来呢，昭棠又以为他不靠谱，还真就不问他了。

此时他没说出来，只是笑着耍贫嘴："行啊，不过您找的那大师要是算不出我未来媳妇、女婿姓什么，我不服气啊。"

顿时哄堂大笑。

孟淮笑得恨不得上前打他。

昭棠也笑，转头看着他，福至心灵一般想起了他当初说的那句："大师说过了，我未来老婆名字两个字，前面一个字带火，后面一个字带木。"

路景越见她嘴唇动了动，没听清她说什么，立刻弯腰往她这边凑："什么？"

昭棠在他耳边轻声说："嗯，你这个大师我就很服气。"

路景越听清了，转头看向她。

周遭闹哄哄的，说话声、笑声不断。视线交会，他眼底的光彩灼目。

半晌，他的唇凑到她耳边："叫路唯怎么样？"

昭棠愣了下，正想问他哪个"唯"，路景越看着她，眼底笑意浮动，说："你服气的那个大师说的。"

路唯这个名字，其实早在得知昭棠怀孕、路景越彻夜未眠那个晚上就想好了。那晚他安静地看着她，想了许多的事。从他们遇见，到他们分开。他想起昭棠家里的变故，想起她说，她不是她父亲唯一的孩子，他作为一个独立的人，确实有权利选择他想要选择的，放弃他愿意放弃的，一切都不过是人之常情罢了。而她作为被放弃的那一个，看起来委屈，其实细究起来，并没有怨恨的资格。

路景越又想起自己后来去医院见昭锦程时说："您不止昭棠一个孩子，我却只有昭棠一个妻子，我的孩子也只有她一个母亲。"

孩子就叫路唯吧，他想，儿子女儿都能用。

后来昭棠问他哪个"唯"，他说："唯一的唯。"

昭棠愣了一下，明白了什么，看着他笑出声来，又一言不发地去抱他。

路景越也没多说，亲了下她的耳珠："那就这么定了。"

昭棠用力地点头："嗯，定了。"

窗外月光皎洁，两人沉默着相拥。

过了一会儿，昭棠又问他："你怎么不早跟我说啊？"

要么说路景越心思深呢，明明一早就想好了名字，愣是直到现在才说。换位思考一下，要是昭棠想到了宝宝的名字，别说隔七八个月了，就是七八秒她都不能等，就是在梦里想到的，她也得立刻醒过来，然后把路景越喊醒两人探讨一番。

路景越在她耳旁轻轻说道："我不要面子的吗？"

昭棠仰头，茫然地看着他。

路景越提醒她："上次是谁说我土到骨子里的？"

昭棠忽然想起来，是上次他对她说：有你在的地方，我都顺路。她当时心跳得不行，却口是心非，问他从哪里学来的。

他当时被她气笑了，说："应该是自学成才。"

她就说："那你得反思一下自己是不是土到骨子里了，否则一般人真没办法自学到你这种程度。"

此时想起来有点好笑，也有点惭愧。

“那我是不好意思嘛。”昭棠搂着他的脖子，笑嘻嘻地替路景越‘平反’，“不土，路景越一点都不土。”

路景越垂眸望着她，眼里只有她一个人，说出来的话却欠得不行：“既然不土的话，就叫路顺路吧。”

昭棠：“……”

“叫路有空也行。”

“……”

路唯小朋友是十一月一号出生的。

说起来他和路景越还挺有父子缘分，昭棠的预产期原本是十一月中旬。路景越从八月起就一直没有离开过昭棠，但十一月初公司有个重大项目要他亲自去一趟国外。这个行程上半年就已经定下来了，十一月一号一早的航班，结果十月底，路景越忽然取消了行程。

他这人做事一向有点霸道，说取消就取消，不给别人反驳的余地。连孟言溪都被他惊呆了，他这趟不去，损失不可估量。

猜他是担心昭棠快生了，到时候他人在国外，来不及赶回来。孟言溪还劝他别担心，昭棠预产期在中旬，肯定赶得回来。

路景越漫不经心地说：“跟她没关系。主要是我，我没空，也不顺路。”

大项目黄掉了，路景越十一月一号那天也没去公司。

早上，昭棠问他，他面不改色地说道：“这不是做错事了吗？在家面壁思过一个月。”

昭棠被他逗得哭笑不得，问他：“万一公司倒闭了怎么办？”

“那没办法，就只能辛苦你赚钱养我一辈子了。”

昭棠知道他是紧张，怕她忽然要生了，一直为当年她家里生了变故他却在国外一无所知的事情耿耿于怀，就拉着他的手，跟他保证说她现在感觉挺好的。

结果这话说完没多久，她肚子就疼起来，然后羊水破了。

路景越连忙抱着她下楼，开车送她到医院。

虽然比预产期提前了，但好在他办事周到，提前两个月就把一切都安排好了。

是顺产，母子平安，小朋友生下来六斤六两。

昭棠生的时候疼得不行，脸上又是汗水又是泪水，听到孩子的重量，捂着脸笑起来。

是路景越的生日啊。路唯小朋友怎么和他爸爸这么有缘分呢？

但之后看来，路唯小朋友多多少少有点一厢情愿。

一大家子人挤在医院，热情地迎接这个初生的小生命，只有路景越眼睛片刻不离昭棠，压根儿不和其他人抢孩子。

昭棠睡着了他就在一旁安静地守着，昭棠醒了他就把孩子抱过来给她看。昭棠想干吗了，她一个指令，他一个动作，无微不至。陪她说话他也难得态度端正，半点不要贫嘴，惹她不开心。

倒是昭棠自己想着路唯小朋友的生日，多多少少有点担忧。

“十一月一号，怎么都是一啊……”昭棠躺在床上，考虑起了路唯小朋友的终身大事，“你说他未来是不是不太容易找到女朋友啊？”

路景越想说“那我哪儿管得着”，但看着昭棠的眼睛，又生出绵绵密密的温柔和耐心：“放心吧，十一月一号绝对不是单身的意思，十一月十一号才是。”

“那十一月一号是什么意思？”

路景越看着她的眼睛，低笑一声：“一生一世一双人的意思。”

昭棠不解，困惑地看着他。

路景越提示道：“你数一下，看看是不是都是三个一？”

还真的是。

昭棠总希望宝宝像路景越，可惜这世上的事多半事与愿违。尚在襁褓中的路唯小朋友看不出来性格怎么样，但从模样上看来，还是像昭棠稍微多一些。

眉眼像路景越，小小年纪就颇有英气，眼神却像昭棠，温柔无害。小鼻子挺挺的，像路景越，嘴巴却像昭棠，软软的、粉粉的，像花瓣一样。皮肤就更像昭棠了，白皙粉嫩，像刚剥开的水灵灵的荔枝。

昭棠一直想生个小路景越，现在再看遗传了自己不少特征的小朋友，多多少少有些失望。

路景越安慰她："这有什么好失望的，等过几年……"

昭棠以为路景越想说等过几年男孩子长开了，自然更像爸爸了。

路景越慢腾腾地把话说完："我们再生个像的。"

昭棠总是被他弄得哭笑不得，没好气地说："要生你来生。"

路景越轻哼一声："说得像是我没尽心尽力似的。"

不过生孩子这种事，路景越没什么意见，昭棠想要他就配合，不想要他也没意见。

"那就用路唯小朋友凑合一下吧。"

可怜的路唯小朋友，还不到一岁，就已经成"凑合"了。

不过看着看着，昭棠也就释然了。

孩子嘛，总是要爸爸妈妈都像一些。假如只像路景越一个人，不知道的还以为这孩子不是她生的呢。

不过同时像了他们两人，昭棠又开始担心别的。

万一小朋友既遗传了她的脸盲，又遗传了路景越的恐羽症，那可怎么办？

路景越说那也挺好，那也见证了他们的爱情。但昭棠觉得那是路景越这人比较自我，像她，她就比较会替别人考虑。

既脸盲又有恐羽症的路唯小朋友……他未来女朋友好可怜。

昭棠有些提心吊胆。

好在观察了大半年，总算确定，路唯小朋友既不脸盲，也没恐羽症。

小宝贝虽然年纪小，还不会说话，但每次家里来客人，只要是他曾经见过的，他的反应就会不同。这认人的本事，显然是昭棠没有的。

孟逐溪养了一只珍珠鸟，小小的、圆圆的，肚皮是白色的，耳朵边有两撮橘色的毛，可爱极了。她特意带过来逗小朋友玩，他在一旁看得可开心了。肉嘟嘟的小人坐在地上，白花花的一团，睁着黑宝石一样的眼睛，笑个不停，还不停地想爬过去给珍珠鸟洗澡。

昭棠总算放下心来，当妈妈的嘛，总希望自己的宝贝样样都好。

但路景越就比较清醒了，提醒她："这世上就没谁是样样都好的，这小子肯定偷偷把缺点藏起来了，没让你发现。"

这是一个爸爸能说出来的话?

但过于乐观的昭棠很快就发现，路景越才是对的。

时间一天天过去，小朋友开始渐渐有了自己的意识。虽然还不到一岁，但昭棠发现，他其实会有自己的一些可爱的小心思。

譬如带他去打疫苗，他开始知道装睡了。

夏天的尾巴，暑气还盛。昭棠给小朋友穿了一身露胳膊露腿的连体衣，粉嫩的颜色，露出小婴儿肉乎乎、白花花的胳膊腿，看得人恨不得抱着他亲两口。

一开始小朋友以为是要出去玩，还在车上就"咯咯"地笑，虽然不会说话，但看着车窗外的事物，会快乐得"嗷嗷"叫。

昭棠抱着他坐在后座，路景越不时从后视镜里看一看母子二人，眼底笑意就没消失过。

一路上笑声不断。

到了妇幼保健院，小朋友水汪汪的眼睛四处张望，忽然安静下来，不笑了，也不闹了，趴在妈妈怀里，耷拉着眼皮。

路景越以为他是路上闹腾累了，想睡觉了，把他从昭棠怀里接过去。

昭棠把孩子交给他，又说："你逗逗他，别让他睡，一会儿打疫苗惊醒了会吓着他的。"

夫妻二人轮番逗小宝贝，但并没有用，小朋友一脸困得不行的小模样，没两分钟就闭着眼睛睡了过去。

很快就到他们了，可是无论路景越和昭棠怎么摇他、喊他，他把眼睛闭得紧紧的，就是不醒。

昭棠和路景越对视一眼，都知道小朋友是在装睡。因为摇他的时候，小朋友的嘴角几次没忍住，差点笑出来，但又都在关键时刻装了下去。

他没笑，可爸爸妈妈笑得不行。

昭棠看了看儿子，又看了看路景越，意味深长说："百密一疏。"

"什么百密一疏？"

"他没遗传你的恐羽症——"昭棠慢吞吞地把话说完，"但他遗传了你的……很会说谎。"

两人视线交会，不约而同想起了年少时的旧事。

那年运动会，昭棠在终点线外摔倒，路景越不知道从哪里跑出来，将她抱起来就往校医院走。

她惊讶地看着他，运动场上嘈杂的声音仿佛从身后遥远的地方传来。

路景越问她疼不疼，又问她怎么不说话。

昭棠老实说道："我在想一会儿该怎么解释。"

少年人朝气勃勃，十八岁的男孩子多多少少都有些热血。

那时候他常说的句式是"不用你会，我很会……"。

昭棠故意逗他："我在想，一会儿怎么说谎。"

他身高腿长，脚步飞快地往校医院走，耳边有风拂过。

听她这么说，他果然想都不想，随口就接了一句："不用你说谎，我很会说谎。”

昭棠扑哧一声笑了：“路景越，你很会说谎啊？”

路景越：“……”